MARIE LACROSSE
Das Kaffeehaus
Falscher Glanz

Marie Lacrosse

Das Kaffeehaus
Falscher Glanz

Roman

GOLDMANN

Sollte diese Publikation Links auf Webseiten Dritter enthalten,
so übernehmen wir für deren Inhalte keine Haftung,
da wir uns diese nicht zu eigen machen, sondern lediglich auf
deren Stand zum Zeitpunkt der Erstveröffentlichung verweisen.

Dieses Buch ist auch als E-Book erhältlich.

Penguin Random House Verlagsgruppe FSC® N001967

2. Auflage
Originalausgabe April 2021
Copyright © 2020 by Marie Lacrosse
Copyright der deutschsprachigen Erstausgabe © 2021
by Wilhelm Goldmann Verlag, München,
in der Penguin Random House Verlagsgruppe GmbH,
Neumarkter Str. 28, 81673 München
Dieses Werk wurde vermittelt durch die
Montasser Medienagentur, München.
Gestaltung des Umschlags und der Umschlaginnenseiten:
UNO Werbeagentur, München
Umschlagmotiv: © Laurence Winram/Trevillion Images
© akg-images/IMAGNO/Archiv Seemann
© FinePic®, München
Redaktion: Heike Fischer
BH · Herstellung: ik
Satz: Uhl + Massopust, Aalen
Druck und Bindung: GGP Media GmbH, Pößneck
Printed in Germany
ISBN 978-3-442-20598-1
www.goldmann-verlag.de

Besuchen Sie den Goldmann Verlag im Netz:

*Onkel Ernst, dem mit 97 Jahren verstorbenen Onkel meines Mannes, gewidmet.
Er kannte all meine Bücher und war damit wahrscheinlich mein ältester Leser.*

Wien ist eine Stadt,
die um einige Kaffeehäuser herum errichtet ist.

Bertolt Brecht

Eine Möwe bin ich von keinem Land,
Meine Heimat nenne ich keinen Strand,
Mich bindet nicht Ort und nicht Stelle,
Ich fliege von Welle zu Welle.

Aus dem poetischen Tagebuch der Kaiserin Elisabeth:
Nordsee Lieder, März 1885,
zitiert nach Brigitte Hamann 1997

»Sie haben's gut, Sie können ins Kaffeehaus geh'n!«

Franz Joseph I., Kaiser von Österreich

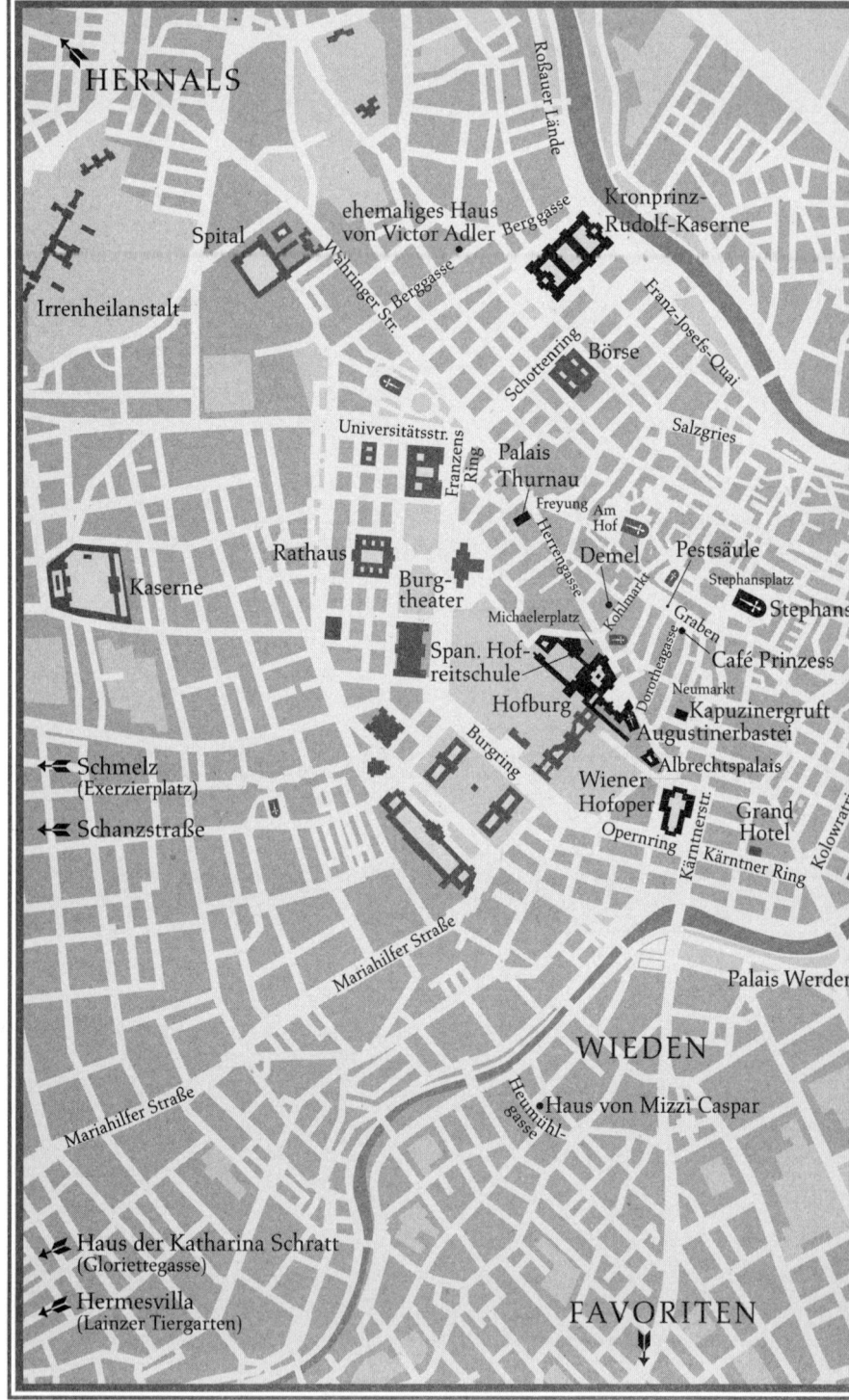

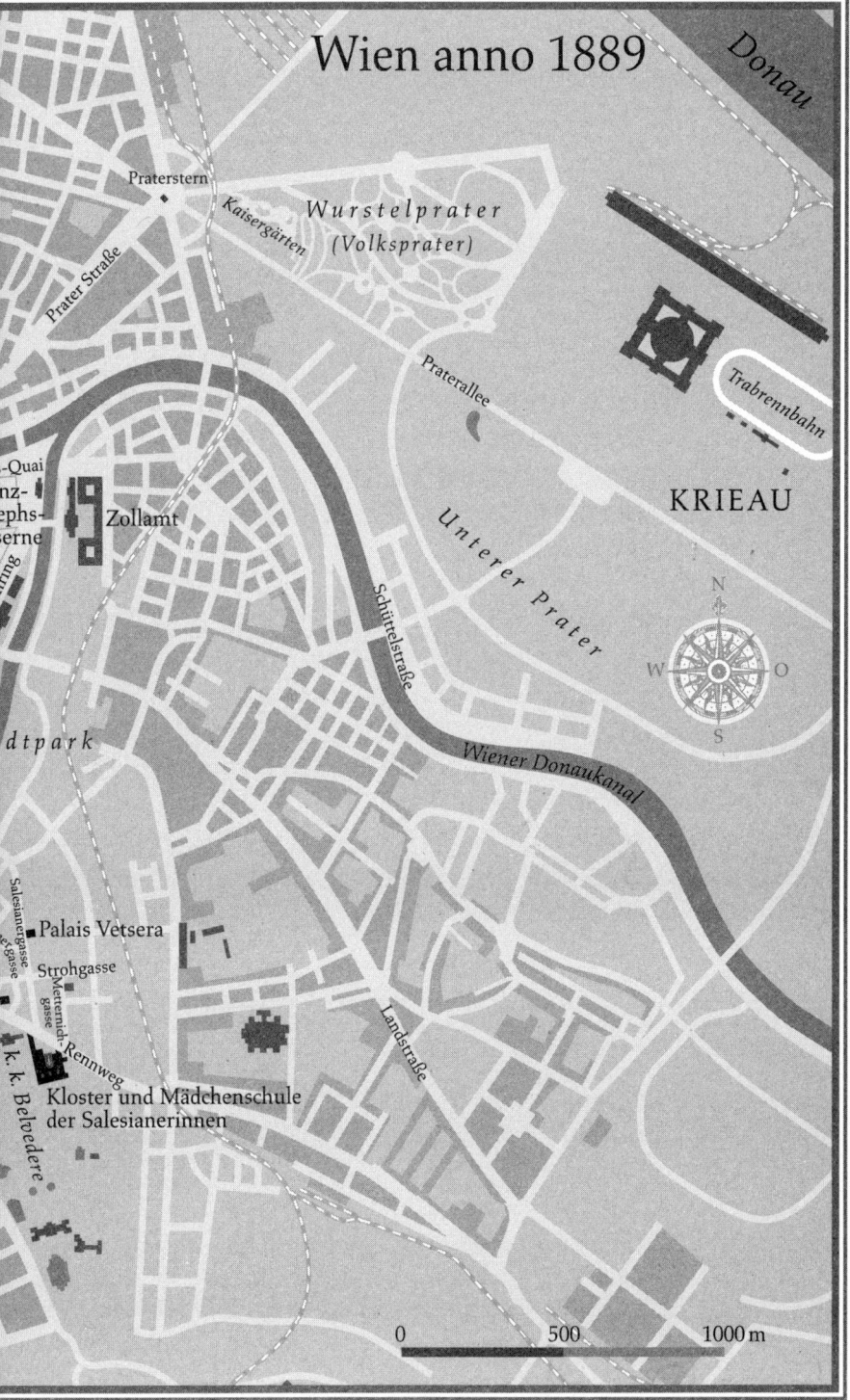

Dramatis Personae

*Es werden nur die handlungstragenden Figuren aufgeführt. Historische Persönlichkeiten sind mit einem * gekennzeichnet.*

Sophies Familie

Komtess Sophie von Werdenfels, genannt **Phiefi,** ältere Tochter des Freiherrn Nikolaus von Werdenfels
Freiherr Nikolaus von Werdenfels, ihr tödlich verunglückter Vater
Henriette von Freiberg, genannt **Yetta,** geb. Danzer, ehemalige Freiherrin von Werdenfels, Sophies wiederverheiratete Mutter
Arthur, Freiherr von Freiberg, ihr zweiter Ehemann und Sophies Stiefvater
Nikolaus, genannt **Nikki,** Sophies älterer Bruder, im Jahr 1881 umgekommen beim Brand des Ringtheaters
Emilia, genannt **Milli,** Sophies jüngere Schwester
Stephan Danzer, Henriettes älterer Bruder und Sophies Patenonkel; Besitzer des Kaffeehauses Prinzess

Richards Familie

Richard von Löwenstein, genannt **Richie,** einziger Sohn einer Nebenlinie der Familie; Offizier in der k. u. k. Armee und Freund des verstorbenen Kronprinzen Rudolf
Eduard von Löwenstein, Richards Vater
Aglae von Löwenstein, seine Mutter
Charlotte und **Bernadette,** Richards jüngere Zwillingsschwestern
Graf Maximilian von Löwenstein, genannt **Max,** Richards Onkel und Majoratsherr der Familie von Löwenstein
Maximilian, genannt **Maxi,** dessen ältester Sohn; Leutnant in der k. u. k. Armee
Graf Adalbert von Thurnau, ein Cousin mütterlicherseits von Richards Vater
Komtess Amalie von Thurnau, genannt **Ami,** seine einzige Tochter

Die kaiserliche Familie

Kaiser Franz Joseph I.*, regierender Monarch und Familienoberhaupt der Habsburger
Kaiserin Elisabeth*, genannt **Sisi,** seine Frau
Kronprinz Rudolf*, ihr einziger Sohn, durch Selbstmord verstorben im Januar 1889
Kronprinzessin Stephanie*, Rudolfs Frau
Prinzessin Elisabeth*, genannt **Erzsi,** Rudolfs und Stephanies Tochter
Prinzessin Gisela*, älteste Tochter des Kaiserpaars
Prinzessin Marie Valerie*, jüngste Tochter des Kaiserpaars
Erzherzog Albrecht von Österreich-Teschen*, Onkel des Kaisers Franz Joseph und oberster Heerführer von Österreich-Ungarn; Richard von Löwensteins Vorgesetzter

Marie Therese von Braganza*, Gattin des jüngeren Kaiserbruders Karl Ludwig, Stiefmutter des Thronprätendenten und erste Dame bei Hofe in Abwesenheit Sisis

Erzherzog Franz Ferdinand*, Sohn des jüngeren Kaiserbruders Karl Ludwig und zukünftiger Thronprätendent nach Kronprinz Rudolfs Tod

Erzherzog Rainer*, Schwager von Erzherzog Albrecht und Großneffe Kaiser Franz Josephs; Kommandeur des 59. Infanterieregiments in Salzburg

Gräfin Marie Louise Larisch*, geb. Wallersee, Sisis Nichte

Die Familie Vetsera

Komtess Marie Alexandrine von Vetsera*, genannt **Mary**, zweitälteste Tochter der Familie und Sophies ehemals beste Freundin; Geliebte des Kronprinzen Rudolf, mit ihm gestorben im Januar 1889

Baronin Helene von Vetsera*, Marys Mutter

Johanna*, genannt **Hanna**, ihre ältere Schwester

Mitglieder des Hofstaats

Baron Franz Nopcsa*, Obersthofmeister der Kaiserin

Gräfin Maria von Goëss*, Obersthofmeisterin der Kaiserin

Gräfin Ida von Ferenczy*, ungarische Hofdame Sisis

Gräfin Marie von Festetics*, ungarische Hofdame Sisis

Charlotte von Majláth*, ungarische Hofdame Kaiserin Sisis bis zum Frühjahr 1890

Janka von Mikes*, ungarische Hofdame Sisis; fiktiv als Nachfolgerin Sophies von Werdenfels, real als Nachfolgerin Charlotte von Majláths

Fanny Feifalk*, Friseurin der Kaiserin

Friederike von Taxis, genannt **Fredi**, Hofdame der Marie Therese von Braganza

Personal

Franzi, Sophies Kammerzofe in der Hofburg
Ida, langjährige Mitarbeiterin in Stephan Danzers Kaffeehaus, später Mamsell im Haushalt von Werdenfels
Mina Löb, Aufseherin im Café Prinzess
Toni Schleiderer, Chefkonditor und langjähriger Mitarbeiter im Kaffeehaus Prinzess
Sanna, Serviererin im Café Prinzess
Gruber, erster Diener im Haus Werdenfels
Sieber, erster Diener im Haus Thurnau
Clemens, Richards Bursche
Josef Bratfisch*, Rudolfs ehemaliger privater Leibkutscher

Weitere Personen von Bedeutung
(in alphabetischer Reihenfolge)

Dr. Victor Adler*, Arbeiterführer und Mitgründer der Sozialdemokratischen Partei Österreichs, Herausgeber der Zeitschrift *Gleichheit*
Ernestine von Breuner, eine junge Komtess
Mizzi Caspar*, ehemalige Luxusprostituierte und Geliebte Rudolfs
Irene Gerban, Arbeiterführerin, zukünftige Gräfin von Sterenberg
Theodor von Hirschstein, Textilfabrikant und Großaktionär der Wiener Tramway-Gesellschaft
Agnes Jahoda*, Mary Vetseras ehemalige Zofe
Joseph Jahoda*, Agnes Vater, ehemaliger Angestellter der Vetseras; im Roman fiktiv Tramway-Kutscher

Benjamin Löb, jüdischer Kleinkrämer und Minas Vater
Anna Nahowski*, langjährige Mätresse Kaiser Franz Josephs bis März 1889
Katharina Schratt*, Schauspielerin am Hofburgtheater; anfangs Freundin, später wahrscheinlich Mätresse Kaiser Franz Josephs
Graf Ferdinand von Sterenberg, Irene Gerbans Schwiegervater
Jakob Stern, Besitzer eines Zaubertheaters im Wurstelprater; entfernter Verwandter Mina Löbs
Graf Lajosz Szalay, reicher ungarischer Großgrundbesitzer; Verwandter der Hofdame Marie von Festetics
Gräfin Anna von Wilczek und ihre Tochter **Annelie**
Johanna Wolf*, Edelbordellwirtin in Wien

Angehörige des Militärs

Emil Schuster, Gefreiter im 59. Infanterieregiment in Salzburg
Leutnants Zimmerer und **Nemec,** Offiziere im 59. Infanterieregiment in Salzburg
Kadett-Offizier Holzinger*, Sohn des Richters Dr. Ferdinand Eduard Holzinger*; im Roman mit fiktiver Zugehörigkeit zum 59. Infanterieregiment
Hauptmann Bernhard von Gersfeld, Vorgesetzter der Leutnants Nemec und Zimmerer
Oberstleutnant Ferdinand Weiss*, Kommandant des 9. Dragonerregiments in Czernowitz; im Roman mit fiktiver Rolle

Weitere historische Personen von Bedeutung für die Handlung
(in alphabetischer Reihenfolge)

Graf Gyula Andrássy*, Führer der ungarischen Rebellen und späterer ungarischer Ministerpräsident

Graf Carl Albert von Bombelles*, Obersthofmeister des Kronprinzen Rudolf und stadtbekannter Lebemann

Dr. Ferdinand Eduard Holzinger*, Reichsritter von Janaburg; Richter am Wiener Ausnahmegericht

Fürstin Pauline von Metternich*, Grande Dame der Wiener Gesellschaft

Engelbert Pernerstorfer*, parteiloses Mitglied im Abgeordnetenhaus des österreichischen Reichsrats

Moritz Szeps*, persönlicher Freund Rudolfs, Herausgeber des *Neuen Wiener Tagblatts*

Graf Eduard von Taaffe*, konservativer Ministerpräsident Österreichs ab 1879

Dr. Hermann Widerhofer*, kaiserlicher Leibarzt

Prolog

Café Prinzess am Graben

Donnerstag, 28. Februar 1889

»Ach, Phiefi! Nun schau doch nicht gar so trübsinnig drein! Ich dachte, du freust dich, dass wir heute noch einmal alle gemeinsam hier sein dürfen.«

Sophie von Werdenfels schreckte aus ihren Gedanken auf und zwang sich, ihrer jüngeren Schwester Emilia zuzulächeln. »Du hast ja recht, Milli! Wer weiß schon, wann und ob ...«

Sophie biss sich auf die Lippen. ... *wir uns überhaupt wiedersehen können*, hatte es ihr schon auf der Zunge gelegen zu sagen.

»Schau, Phiefi!« Milli zeigte aufgeregt mit dem Finger auf einen großen, massigen Mann, der mit einem Tablett in den Händen und einem breiten Lächeln im runden Gesicht auf den Tisch zutrat, an dem Sophie mit ihrer Mutter Henriette und ihrer Schwester saß. »Onkel Stephan bedient uns heute sogar selbst!«

Stephan Danzer war der Besitzer des Kaffeehauses Prinzess, in dessen luxuriöserem Teil, dem Konditorei-Café, die drei Damen Platz genommen hatten.

»Servus, Yetta! Servus, ihr Madln!«, grüßte er. »Wie schön, euch hier alle zusammen zu sehen. Mina hat mir ausgerichtet, was ihr bestellt habt.« Er setzte das Tablett ab und küsste seine Schwester Henriette und ihre beiden Töchter nacheinander auf beide Wangen. »Über dich freu ich mich ganz besonders, Milli!« Er strich seiner jüngeren Nichte liebevoll über die blonden Haare. Dann zog er nachdenklich die Stirn kraus. »Bist du nicht sogar zum ersten Mal hier?«

Milli nickte strahlend. »Die Phiefi hat es beim Stiefvater durchgesetzt! Er hätte mich sonst nicht mitgehen lassen. Aber die Phiefi bekommt jetzt alles von ihm, was sie will!«

Danzer wechselte einen kurzen Blick mit Henriette. Die senkte den Kopf und griff nach Millis Hand.

»Als kleines Madl warst du schon einmal hier«, sagte sie leise. »Damals mit deinem Vater Nikolaus. Aber das weißt du sicher nicht mehr.«

Milli schüttelte den Kopf. Ihre Miene wurde ernst. Eine kurze Weile herrschte betretenes Schweigen.

Nikolaus von Werdenfels, Henriettes erster Mann und große Liebe, war vor fast zehn Jahren bei einem Unfall ums Leben gekommen. Schon ein Jahr später hatte sich die verzweifelte Henriette Trost und Halt von einer zweiten Ehe mit Arthur von Freiberg versprochen, was sich rasch als tragischer Irrtum herausstellte.

Schon unmittelbar nach der Hochzeit erwies sich Arthur als Familientyrann, der den ganzen Haushalt mit seiner despotischen Art beständig auf Trab hielt. Von Anbeginn an erhob er Anspruch darauf, seine ehelichen Rechte auch bei der Verwaltung von Henriettes beträchtlichem Vermögen, das ihr Nikolaus hinterlassen hatte, geltend zu machen. Dabei hielt er Frau und Stieftöchter äußerst knapp, sodass ihnen ein standesgemäßes Leben zeitweise kaum mehr möglich war.

Nachdem Sophies älterer Bruder Nikki dann auch noch im Dezember 1881 bei dem furchtbaren Brand des Ringtheaters ums Leben gekommen war, hatte sich Henriette jahrelang vollständig aus der Gesellschaft zurückgezogen.

Nur zwei Umstände bewahrten Sophie vor einer völlig beschwerten Jugend. Zum Glück der gesamten Familie hatte Arthur von Freiberg, der dem diplomatischen Dienst des Ministeriums des Äußeren angehörte, bis vor Kurzem mehrere Jahre lang in

Kairo gearbeitet. Die ägyptische Hauptstadt lag weit genug entfernt, sodass Arthur nur wenige Urlaubswochen pro Jahr in Wien verbringen konnte.

Diese Freiheit hatte Sophie vor allem dazu genutzt, ihren Patenonkel Stephan so oft wie möglich in seinem Kaffeehaus zu besuchen, was Arthur ihr eigentlich streng verboten hatte. Dort blühte sie regelrecht auf und half eine Zeit lang sogar als Aufseherin aus, bevor das Schicksal erbarmungslos zuschlug.

Ihre beste, erst siebzehnjährige Freundin Mary Vetsera hatte sich, trotz Sophies Warnungen, in eine unglückselige Liebesaffäre mit Kronprinz Rudolf, dem einzigen Sohn des Kaisers Franz Joseph und seiner Ehefrau Elisabeth, gestürzt. Die Beziehung endete überaus tragisch mit dem Freitod der beiden. Das war erst knapp einen Monat her. Und damit war es auch mit Sophies unbeschwertem Leben vorbei gewesen.

Denn ihr fehlten jetzt nicht nur die fröhlichen Stunden in Gesellschaft Marys, die Sophie immer wieder zu allerlei Festlichkeiten mitgenommen hatte, welche sie selbst sich aufgrund des Geizes ihres Stiefvaters nicht leisten konnte. Oder zu denen sie aufgrund der schlechten Reputation Arthurs in der Wiener Gesellschaft gar nicht erst eingeladen wurde.

Viel schlimmer war, dass Sophie seit Marys Tod nahezu ununterbrochen Schuldgefühle plagten. Mary hatte sie von Anfang an in ihre verhängnisvolle Beziehung mit dem Thronfolger eingeweiht, allerdings unter dem Siegel strengster Verschwiegenheit. Deshalb und weil Mary ihr immer wieder mit Selbstmord gedroht hatte, falls Sophie sie verriete, hatte sie es nicht gewagt, Marys Mutter Helene alles zu beichten.

Natürlich wäre ihre Freundschaft mit Mary dann zu Ende und damit der zweite Umstand dahin gewesen, der Sophies Leben in den letzten Jahren erträglich gemacht hatte. Doch wenigstens wäre Mary dann nicht tot und sie selbst nicht in dieser furchtbaren Lage.

»Phiefi! Du sagst ja gar nichts!«, riss Stephan Danzer sie aus den trüben Gedanken, denen sie erneut anheimgefallen war. »Deine Mandelmelange wird ganz kalt! Und magst du denn deine Torte gar nicht kosten?«

»Doch, doch, natürlich!«, schreckte Sophie auf. Obwohl ihr die Kehle wie zugeschnürt war, stach sie mit der Kuchengabel ein Stückchen der köstlichen Mokkaprinzentorte ab, dem Markenzeichen des Cafés Prinzess. Der vertraute, leicht bittere Geschmack des hochwertigen Arabica-Kaffees, den Danzer für das Rezept verwendete, das er hütete wie seinen Augapfel, lenkte Sophie ein wenig von dem ab, was ihr bald bevorstehen würde.

Einen Moment lang schloss sie genießerisch die Augen. »Das ist wirklich die beste Torte der Welt.« Sie ließ sich die Buttercreme mit ihrem feinen Aroma auf der Zunge zergehen.

Als sie die Augen wieder öffnete, fiel ihr Blick auf Millis etwas betretene Miene. Ihre Schwester hatte ebenfalls ein Stück Torte gekostet und ließ ihre Kuchengabel unwillkürlich auf den handbemalten, goldumrandeten Teller sinken. Auch das kostbare Geschirr war ein Markenzeichen des Cafés. Sophie schmunzelte.

»Doch mich dünkt, Milli ist noch ein wenig zu jung für die Torte«, schloss sie aus deren leicht verzogenem Mund. Sie hob lachend die Hand, als die Dreizehnjährige zu einem energischen Protest ansetzen wollte. »Als ich so alt war wie du, hat mir die Torte auch noch nicht so gut geschmeckt wie heute.«

Danzer musterte seine jüngere Nichte besorgt. »Magst du denn etwas anderes haben?«

»Komm, sag mir die Wahrheit!«, hakte er nach, als Milli zunächst den Kopf schüttelte. »Ich will, dass es euch allen heute so richtig gut geht!«

Milli lächelte zaghaft. »Könnte ich vielleicht eine Buchtel haben?« Das war eine mit Marmelade gefüllte und mit Vanillesoße übergossene Dampfnudel.

Danzer runzelte die Stirn. »Macht euch die Ida solche Buchteln denn nicht daheim?«

»O doch! Und sie sind ganz ausgezeichnet!«, mischte sich Henriette ein. Ida war eine ehemalige Angestellte Danzers und führte heute als Mamsell den Haushalt im Palais Werdenfels.

»Dann kannst du Buchteln doch alle Tage essen, Milli! Ich wollte dir etwas ganz Besonderes bieten«, wandte ihr Onkel ein. Als er ihren enttäuschten Blick sah, gab er nach. »Natürlich kannst du auch eine Buchtel haben, mein Schatzerl! Im Café Prinzess gibt es die zwar erst in der Fastenzeit, aber ich kann dir eine aus der Küche des Kaffeehauses kommen lassen.«

Das luxuriöse Café und das ihm angeschlossene traditionelle Kaffeehaus verfügten über verschiedene Küchen im weitläufigen Souterrain des Eckhauses an der Dorotheergasse zum Graben, zwei der belebtesten Straßen Wiens.

Schon winkte Danzer Mina Löb, der neuen Aufseherin, die erst seit einigen Wochen im Café arbeitete, als Sophie sich wieder einmischte.

»Warte, Onkel Stephan! Ich glaube, ich habe auch die herrliche Orangentorte in der Mehlspeisen-Vitrine gesehen, stimmt's?«

Danzers Augen begannen zu strahlen. »Das hast du richtig bemerkt, mein Liebes.« In seiner Stimme lag Stolz. »Die Torte kommt bei der Kundschaft so gut an, dass ich sie jetzt ganzjährig anbiete. Obwohl Orangen im Winter sehr teuer sind und ich daran nur halb so viel verdiene wie im Sommer.«

»Dann solltest du einmal davon kosten, Milli!«, riet Sophie ihrer Schwester. Als die weiterhin skeptisch dreinblickte, insistierte sie. »Bitte tu mir den Gefallen! Der Onkel freut sich, und ich mich auch! Und du hast doch selbst gesagt, dass es hier heute fröhlich zugehen soll!«

Eine halbe Stunde später war die Stimmung rund um den Marmortisch mit seinen gedrechselten, weißgoldenen Beinen deutlich gelöster. Milli hatte die Orangentorte ganz ausgezeichnet geschmeckt, und sie war sowohl gegenüber ihrem Onkel als auch gegenüber Sophie des Lobes voll.

Wie schön wäre es, wenn es in unserer Familie öfter so heiter zuginge, seufzte Henriette von Freiberg innerlich.

Ihr Ehemann Arthur, der vor Kurzem wieder nach Wien versetzt worden war, duldete während der Mahlzeiten kaum ein Gespräch, geschweige denn Lachen und Scherzen. Die Stieftöchter hatten die Eltern mit »Sie« anzusprechen. Auch die Eheleute siezten einander, selbst wenn sie unter sich waren. Genauso wenig durften die Kurznamen Yetta, Phiefi und Milli in seiner Gegenwart benutzt werden.

Dabei waren solche Spitznamen paradoxerweise sogar ein Merkmal der feinen Wiener Gesellschaft. Arthur selbst hatte jedoch keinen solchen Kurznamen. Damit unterschied er sich auch von fast allen Gästen, die sich mittlerweile mit schöner Regelmäßigkeit an jedem Donnerstag im Palais Werdenfels zu Henriettes Jours fixes einstellten.

Vielleicht bessert sich seine Stimmung jetzt ja mit der Zeit, nachdem er endlich in den Freiherrenstand erhoben wurde.

Henriettes erster Ehemann Nikolaus hatte diesen Titel trotz seiner ebenfalls bürgerlichen Herkunft bereits in zweiter Generation getragen. Er war seinem Vater, einem erfolgreichen Glasfabrikanten, wie so vielen Großbürgern, vom Kaiser verliehen worden. Arthur hatte es dagegen bis zu ihrer Hochzeit nur zum »Ritter« gebracht. Das war der niederste Adelstitel und typisch für den sogenannten Beamtenadel, der bewährten Staatsdienern nach einer gewissen Anzahl von Dienstjahren verliehen wurde.

Dass ein Beamter auch noch zum Freiherrn aufstieg, war allerdings überaus selten. Arthurs Vorgesetzter in Kairo, der verstorbene Vater der unglücklichen Mary Vetsera, war eine solche Ausnahme gewesen. Angestachelt durch dessen Vorbild und wohl auch bemüht, den gesellschaftlichen Abstieg zu kompensieren, den ihre Heirat für Henriette bedeutete, hatte sich ihr zweiter Ehemann jahrelang vergeblich um den Titel bemüht. Bis es ausgerechnet nach dem Tod des Kronprinzen Rudolf endlich so weit gewesen war.

Immerhin hat mir Arthurs Ehrgeiz dazu verholfen, wieder mehr am Leben teilzunehmen, musste sich Henriette insgeheim eingestehen. In der Hoffnung, dass dies für seine Bewerbung von Vorteil wäre, hatte Arthur Henriette anfangs quasi dazu gezwungen, ihr Einsiedlerinnendasein aufzugeben und wieder in der Öffentlichkeit aufzutreten. Dazu gehörte auch, dass sie in ihrem Palais jede Woche an einem festgelegten Tag, dem Jour fixe, ihr Haus ab einer bestimmten Stunde für Gäste öffnete, die ohne Anmeldung erscheinen konnten. Gelegentlich lud sie darüber hinaus sogar zu Soireen und Diners ein.

Trotz anfänglicher Bedenken fand Henriette mittlerweile großen Gefallen an diesen Aktivitäten. Zumal damit auch Arthurs Geiz bezüglich ihrer Garderobe und der ihrer Töchter ein jähes Ende gefunden hatte. Denn nahezu nichts nahm die Wiener Gesellschaft übler als aus der Mode gekommene oder unpassende Kleidung.

Habe ich Sophie für ihre neue Aufgabe wirklich gut genug ausgestattet?, ging es Henriette jetzt erneut durch den Kopf. Sie musterte ihre Tochter, bemühte sich aber, sich ihre Besorgnis nicht anmerken zu lassen. Heute war Phiefi endlich ein wenig fröhlicher als in der letzten Zeit, genauer gesagt, seitdem sie erfahren hatte, dass sie von der Kaiserin in deren Hofstaat berufen worden war. Schon morgen würde sie diese neue Position antreten.

Warum macht ihr diese Ehre denn so gar keine Freude?, grübelte Henriette wie so oft, seit die Nachricht vor einigen Wochen im Palais Werdenfels eingetroffen war. *An diesem jungen Mann, diesem Richard von Löwenstein, kann es nicht liegen. Es sah zwar eine Zeit lang für mich so aus, als ob er um Phiefi werben würde. Aber alle Welt weiß doch, dass er sich an Silvester mit Amalie von Thurnau verlobt hat. Also muss Phiefi in dieser Hinsicht wegen ihrer Berufung an den Hof ja auf gar nichts verzichten.*

Hofdamen mussten grundsätzlich unverheiratet sein und ihren Dienst quittieren, sobald sie sich verlobten.

Ob es also doch etwas mit dieser höchst merkwürdigen Geschichte um den Kronprinzen Rudolf und Mary Vetsera zu tun hat?, grübelte Henriette ebenfalls zum wiederholten Mal. *Aber was sollte Phiefi damit zu tun gehabt haben?*

Sophie selbst schwieg über dieses Thema wie ein Grab. Henriette hatte mehrmals vergeblich versucht, diesbezüglich etwas aus ihr herauszubekommen. Sie wusste, dass Mary kurz vor dem Tod des Kronprinzen durchgebrannt war, und dass man munkelte, sie sei mit Rudolf in Mayerling gestorben.

Dafür, dass dies wahr sein könnte, sprach auch der Skandal, den Henriette auf dem Empfang in der deutschen Botschaft am Tag vor Marys Flucht mitbekommen hatte. Mary hatte die Kronprinzessin Stephanie vor aller Augen brüskiert und ihr sogar den Hofknicks verweigert, als sie ihr vorgestellt wurde. Doch was für eine Rolle spielte Phiefi bei alledem?

Marys Mutter, ihre alte Freundin Helene Vetsera, konnte Henriette auch nicht danach fragen. Dies zwar nicht, weil ihr Arthur, wie immer ohne jede Begründung, den Kontakt zu der Familie seines ehemaligen Förderers untersagt hatte. An dieses Verbot gedachte Henriette sich nämlich nicht zu halten.

Schon immer hatte sie die berufliche Abwesenheit ihres Gatten genutzt, um solche Weisungen unauffällig zu missachten. Damit nutzte sie eine der wenigen Möglichkeiten, sich gegen den Despotismus ihres Gatten zu wehren, die den rechtlosen Ehefrauen in der Habsburgermonarchie zur Verfügung standen.

Doch die Baronin war noch vor Rudolfs Beerdigung Anfang Februar mit den beiden ihr noch verbliebenen Kindern Hanna und Feri nach Venedig abgereist. Henriette wusste nicht, wann sie zurückkehren wollte.

»Yetta!« Die Stimme ihres Bruders klang etwas ungeduldig. »Verfällst jetzt etwa *du* in Gedanken, obwohl unsere Phiefi endlich etwas aufgetaut ist? Ich dachte, wir feiern heute alle gemeinsam. Schließlich haben wir uns seit vielen Jahren nicht mehr in dieser fröhlichen Runde getroffen!«

Ebenso wie Sophie, die sich allerdings mit Henriettes Einverständnis nicht daran hielt, hatte Arthur auch ihr und Milli bislang jeden Kontakt zu ihrem Bruder Stephan verboten. Danzer war zwar bereits vor vielen Jahren zum k.u.k Hoflieferanten aufgestiegen, aber genau wie sie selbst vor ihrer ersten Heirat von bürgerlicher Herkunft und daher »kein standesgemäßer Umgang«, wie Arthur es auszudrücken pflegte.

Schuldbewusst blickte Henriette auf. »Milli hat dich gerade etwas gefragt!«, ergänzte Danzer.

»Was denn, mein Schatzerl?«, wandte sich Henriette an ihre jüngere Tochter.

»Phiefi sagt, ihre Ausstattung für den Hof sei viel zu üppig. Sie würde das alles dort gar nicht brauchen.«

Henriette straffte den Rücken. Dieses Thema hatte sie in den letzten Tagen schon öfter mit Sophie diskutiert.

»Das sehe ich nicht so«, antwortete sie Milli eine Spur verärgert. »Zumal sich der Salon der Madame Spitzer selbst übertroffen hat, um all die Roben, die deine Schwester bei Hofe benötigen wird, in so kurzer Zeit anzufertigen. Es ist schließlich eins der feinsten Modeateliers in Wien! Dennoch arbeiteten sie dort rund um die Uhr und stellten sogar vorübergehend einige zusätzliche Schneiderinnen ein.«

»Was ist bei der Ausstattung denn so alles dabei?«, fragte Danzer Sophie.

Die machte eine wegwerfende Handbewegung. »Eine Menge Toiletten, sowohl für den Sommer als auch für den Winter. Für den Morgen, den Nachmittag und den Abend. Sogar zwei Ballroben sind darunter, obwohl es bei Hofe so schnell ja wohl keine Festlichkeiten mehr geben wird.«

»Du meinst wegen der Trauerzeit für Kronprinz Rudolf?«, warf Milli ein.

Sophie nickte. »Trotzdem gehört sogar eine Trauerrobe zur Ausstattung! Das ist so vorgeschrieben. Man weiß ja nie, wann es den nächsten Todesfall gibt«, endete sie vielsagend.

»Jedenfalls habe ich in den letzten Tagen stundenlange Anproben über mich ergehen lassen müssen«, fügte sie angesichts der irritierten Blicke rund um den Tisch rasch hinzu.

Danzer musterte Sophie verwundert. »Ich dachte, so etwas macht jungen Damen eher Spaß, als dass es ihnen Verdruss bereitet.«

Sophie zuckte mit den Achseln und erwiderte nichts.

Henriette war nun ernstlich gekränkt. »Arthur hat keine Kosten, und ich habe keine Mühen gescheut, um Sophie standesgemäß auszustatten«, wandte sie sich an ihren Bruder. »Alle Roben und Toiletten sind aus den wertvollsten Stoffen gefertigt: Seide, Taft, Crêpe de Chine, die Winterroben aus Samt und Brokat! Alles besetzt mit Brüsseler Spitze oder mit feinster Stickerei verziert. Das Budget dafür war dreimal so hoch wie für unsere gesamte Garderobe in der letzten Saison. Und damals hat Arthur sich schon nicht lumpen lassen.«

»Erstaunlich«, brummte Danzer. Die Abneigung, die er für den zweiten Mann seiner Schwester empfand, beruhte auf Gegenseitigkeit.

»Ich habe mich von meiner Freundin, der Gräfin Anna Wilczek, beraten lassen«, ging Henriette mit einem enervierten Unterton in der Stimme darüber hinweg. »Sie hat das mit sehr viel Contenance getan. Schließlich findet ihre eigene Tochter Annelie nicht einmal einen Bräutigam, geschweige denn, dass sie an den Hof berufen wird. Wahrscheinlich würde die Gräfin ihre rechte Hand dafür hergeben, könnte sie ihrer Tochter damit solch eine Chance verschaffen.«

Sophie öffnete schon den Mund, um trotzig etwas zu erwidern, als Danzers Blick sie zum Schweigen brachte.

Es war Milli, die die peinliche Stimmung fröhlich durchbrach. »Und es sind noch ganz viele andere Sachen dabei! Hüte, Schals, Fächer, Wäsche, Nachtgewänder, Seidenstrümpfe, Schuhe«, zählte sie auf. »Vier große Koffer voller Garderobe. Ach ja, und natürlich noch Jacken, Mäntel, Mantillen und sogar...«

»Lass es gut sein, Milli!«, unterbrach Sophie sie lächelnd.

»... Schmuck«, vollendete Milli dennoch ihren Satz. »Mama hat Phiefi Ketten, Broschen, Armbänder und Ringe aus ihrer eigenen Schatulle auswählen lassen! Als junge unverheiratete Komtess darf sie Schmuck nur als Mitglied des Hofstaats tragen! Sonst verbietet es der Anstand.«

»Besonders gut gefällt mir dein Abschiedsgeschenk, liebe Milli, der kleine silberne Wecker!«, fügte Sophie hinzu.

»Auch alles andere, was du erhalten hast, dünkt mich jetzt kein Anlass für Unmut zu sein, Phiefi!«, tadelte Danzer Sophie sanft. Die warf einen Blick auf die traurige Miene ihrer Mutter und sprang spontan auf.

»Verzeih mir, liebste Mama!« Sie legte Henriette die Arme um den Hals und küsste sie auf beide Wangen. »Ich wollte nicht undankbar sein und dich schon gar nicht kränken! Bitte verzeih mir!«

Henriettes Ärger schmolz dahin und wich der Rührung. »Dann ist es nur der Abschiedsschmerz, der dir so zu schaffen macht?«, fragte sie.

»Natürlich! Ich werde euch drei so sehr vermissen!« Sophies Antwort kam einen Moment verzögert, was ihrer Mutter ebenso wenig entging wie der Schatten, der kurz über die Züge ihrer Tochter glitt. Doch sie fragte nicht weiter nach.

»Dann sollten wir alle jetzt fröhlich weiterfeiern!«, schlug Danzer vor. »Schließlich scheint Phiefi mit ihrer zukünftigen Stellung selbst Arthur in die Schranken gewiesen zu haben. Immerhin hat sie durchgesetzt, dass ihr alle heute hierherkommen durftet.«

Und nicht nur das..., räsonierte Henriette.

Tatsächlich konnte sich Sophie an keine einzige Gelegenheit erinnern, bei der ihr Stiefvater ihr oder einem anderen Familienmitglied derart nachgegeben hätte. Anfangs gebärdete sich Arthur aufgrund ihrer Flucht zu ihrem Onkel, mit der Sophie spontan auf ihre Berufung an den Hof reagiert hatte, wie ein Wahnsinniger und drohte sogar damit, sie gewaltsam wieder nach Hause schaffen zu lassen. Im Vergleich dazu zeigte er sich geradezu lammfromm, als Sophie vor zehn Tagen aus freien Stücken wieder ins Palais Werdenfels zurückgekehrt war.

Immer wieder dachte sie seither an das Gespräch mit dieser seltsamen Frau aus dem Hause Sterenberg zurück, das ihrer freiwilligen Heimkehr vorausgegangen war. Die Dame nannte sich ganz bürgerlich Irene Gerban und war früher sogar als Dienstmädchen und Fabrikarbeiterin tätig gewesen, obwohl sie in ferner Zukunft einmal den Titel Gräfin führen würde. Diese harten Zeiten hatten aus Irene offensichtlich eine lebenserfahrene, wenn nicht sogar lebenskluge Frau gemacht. Die Unterredung mit ihr hatte Sophie im Erfrischungsraum des Cafés Prinzess geführt, in den sie sich zuvor in ihrer Verzweiflung, das Kaffeehaus wieder verlassen zu müssen, geflüchtet hatte.

In jenem Gespräch riet ihr Irene, nicht, wie einst sie selbst, mit dem Kopf durch die Wand zu wollen und sich dabei überflüssige Blessuren zu holen. Stattdessen solle sie die Vorteile ihrer neuen Position nutzen und sogar gewisse Forderungen mit ihr verbinden.

Sophie hatte dies eingeleuchtet. Und so war sie daher, anstatt demütig für ihre Widerspenstigkeit um Verzeihung zu bitten, an jenem denkwürdigen Tag mit hoch erhobenem Kopf ins Palais Werdenfels zurückgekehrt.

»Ich werde mich Ihrem Willen und dem der Kaiserin fügen und in deren Hofstaat eintreten«, erklärte sie mit noch ungewohntem Selbstbewusstsein, genau wie Frau Gerban es ihr geraten hatte. »Doch ich erwarte, dass ich nicht nur die *Pflichten* einer Hofdame erfüllen muss, sondern auch alle *Rechte*, die mit dieser Stellung verbunden sind, selbst in Anspruch nehmen darf.«

Arthur fixierte sie mit zusammengezogenen Augenbrauen,

was seinem Gesicht, wie üblich, ein diabolisches Aussehen verlieh. »Was genau soll das heißen?«

Sophie holte tief Luft. »Ich verfüge allein über mein Gehalt von zweihundert Gulden monatlich. Da ich noch nicht volljährig bin, ist dazu erforderlich, dass Sie mir als Vormund eine entsprechende Vollmacht für die Hofkasse ausstellen.«

Ihr Stiefvater verzog keine Miene und sagte zunächst weder Ja noch Nein dazu.

»Und weiter?« Offensichtlich bemerkte er, dass Sophie noch nicht fertig war.

»Wenn mir die Obersthofmeisterin Urlaub gewährt, kann ich nicht nur das Palais Werdenfels ohne Ihre Erlaubnis aufsuchen, sondern jederzeit auch das Kaffeehaus meines Onkels Stephan.«

Jetzt zeigte Arthur von Freibergs Gesicht einen Ausdruck von Ärger.

»Und was tust du, wenn ich mich weigere?«

Mit dieser Frage hatte Sophie gerechnet und daher ihre Antwort parat. »Dann werde ich am Tag des Antritts meiner Stelle die Obersthofmeisterin, Gräfin von Goëss, darum bitten, unverzüglich wieder aus meinem Amt entlassen zu werden.«

Arthur sog empört die Luft durch die Zähne. »In diesem Fall würde ich dich sofort in ein Kloster sperren lassen!«, drohte er.

Aber auch damit hatte Sophie gerechnet. Gespielt gleichgültig hob sie die Schultern. »Ich werde im übernächsten Sommer volljährig, *Vater*.« Sie betonte die von Arthur geforderte Anrede spöttisch. »Ob ich diese Zeit nun in der Hofburg verbringe, die man einen ›Goldenen Käfig‹ schimpft, oder in einem Kloster, ist mir einerlei.«

Eine Weile starrten die beiden Kontrahenten einander an. Dann wandte ihr Stiefvater, zu Sophies Triumph, zuerst den Blick ab.

»Nun gut. Ich bin einverstanden«, knurrte er. »Allerdings mit einer Einschränkung. Du wirst jeglichen Kontakt zu diesen Vetseras unterlassen. In Wien machen die seltsamsten Gerüchte über die Verwicklung dieser Familie in den Tod unseres hochverehrten Kronprinzen die Runde. Weiterhin mit ihnen zu verkehren, könnte sowohl deiner Reputation bei Hofe als auch meiner Diplomatenlaufbahn erheblich schaden.«

Henriette, die dem Gespräch bislang schweigend beigewohnt hatte, zuckte zusammen. »Das gilt selbstverständlich auch für Sie, meine Liebe«, fügte Arthur, an Sophies Mutter gewandt, hinzu.

Sophie wollte schon auffahren, als sie nach der gespielt demütigen Zusage ihrer Mutter deren Augenzwinkern wahrnahm, das Arthur völlig entging.

Kommt Zeit, kommt Rat, dachte sie, während sie mit einem knappen Kopfnicken scheinbar ebenfalls Zustimmung signalisierte. *Auf gar keinen Fall werde ich mich diesem Gebot fügen.* Obwohl sie vermutete, dass auch die Kaiserin einen solchen Kontakt mit der Familie der letzten Geliebten ihres Sohnes nicht dulden würde. Schließlich hatte Sisi Sophie ja nur an den Hof berufen, um sich auf diese Weise ihres Schweigens über die Geschehnisse im Jagdschloss Mayerling zu versichern.

Schweigen über Mayerling. Die Erinnerung an ein erst kurz zurückliegendes Ereignis schoss plötzlich wie ein Geysir in ihr hoch und erfüllte sie mit heißem Zorn. Um die fröhliche Runde im Café Prinzess nicht schon wieder mit ihren Gefühlen zu trüben, entschuldigte sich Sophie, um sich eine Weile in den Erfrischungsraum für Damen zurückzuziehen. Dort schloss sie sich, wie schon vor zehn Tagen, in einer der Kabinen ein und ließ die Szene Revue passieren, die sie so sehr bewegt hatte.

Die Vetseras waren schon längst nach Venedig abgereist, als Marys Zofe Agnes Jahoda Sophie vor ein paar Tagen im Palais Werdenfels aufgesucht hatte. Agnes war, wie sie selbst, Marys Vertraute gewesen. Als Tochter des Portiers hatte sie dieser immer wieder dazu verholfen, sich in der Abwesenheit ihrer Mutter und ihrer älteren Schwester Hanna unbemerkt mit Rudolf zu einem Schäferstündchen in der Hofburg zu treffen. Dazu entwendete sie jeweils den Schlüssel zum Eingangstor aus der Portiersloge ihres Vaters.

Obwohl Mary Agnes reichlich für ihre Dienste entlohnt hatte, musste zur Verteidigung der Zofe gesagt werden, dass auch sie Mary immer wieder vor den Folgen ihrer Affäre gewarnt hatte. Wie Sophie war Agnes nach dem Tod ihrer jungen Herrin am Boden zerstört.

»Die Gräfin Larisch hat mi scho am Tag nach der Beerdigung vom Kronprinzen in ihr Hotel bestellt«, teilte Agnes Sophie während ihres kürzlichen Besuchs mit. »Sie wollt' wissen, ob jemand was über ihre Kuppelei in der Affäre von der Mary und dem Rudolf weiß.«

Sophies Puls beschleunigte sich. »Und was hast du ihr gesagt?«

»Gar nix.« Agnes schürzte trotzig die Lippen. »Sie weiß ned, dass wir beide der Baronin die ganze Wahrheit g'sagt haben. Und sie wollt' mi zum Schweigen bringen. I sollt auf kein Fall verraten, dass sie auch drin verwickelt war.«

Marie Louise von Larisch, die Tochter aus der morganatischen Ehe von Sisis ältestem Bruder Ludwig, war ehemals die Lieblingsnichte der Kaiserin gewesen. Sophie hatte sie zuletzt in der Hofburg gesehen. Das war an jenem Tag gewesen, an dem Sisi sie selbst einbestellt hatte, um sie über die Geschehnisse in Mayerling auszufragen. Damals schien die Kaiserin, Marie Louise nicht empfangen zu wollen. *Etwa, weil sie deren Rolle als Kupplerin schon kannte? Aber woher?*, ging es ihr nun während ihres Gesprächs mit Agnes durch den Kopf.

»Hast du denn sonst noch jemandem über die Rolle, die die Gräfin in der Affäre gespielt hat, erzählt?«, fragte sie Agnes gespannt.

»Gar niemand außer der Gnädigen«, beteuerte Agnes.

Wenn die Kaiserin etwas weiß, muss sie das also aus einer anderen Quelle haben, wurde Sophie klar. *Aber welche könnte das sein?*

»Was wird denn nun aus dir und deinem Vater?« Sie vermutete, dass Agnes sie aus diesem Grund aufgesucht hatte.

Tatsächlich traten dem jungen Mädchen, es war kaum älter als Mary, Tränen in die Augen.

»Die Baronin wollt' mein Vater und mi z'erst auf der Stell' rauswerfen«, gestand sie. »Nur die Hanna hat sie dran g'hindert. Sie hat g'sagt, dass mei Vater und i ned dafür büßen sollen, dass die Mary mit dem Rudolf g'flohen is.«

»Aber Marys Mutter hält sich jetzt doch nicht daran«, schloss Sophie aus Agnes' trauriger Miene. Die schluchzte auf.

»Na, des macht's ned. Neulich is a Schreiben kommen, dass mei Vater und i aus'm Haus müssen, bevor's aus Venedig z'ruckkommt. Der erste Diener hat's uns g'sagt. Wir kriegen zwar noch a Abfindung von drei Monatslöhn, aba wir müssen weg. Und drum komm i heut zu Ihna.«

Sophie ahnte, was nun kam. »Haben S' ned a Stellung für mi, gnä's Fräulein? Mei Vater will sich bei die Tramway-Kutscher verdingen, aba da verdient man nur an Hungerlohn. Der reicht ned zum Leben und ned zum Sterben. Und er wird mir außerdem nie verzeih'n, dass er sei' gute Stellung wegen mir verlor'n hat.«

Erst jetzt fielen Sophie Spuren von Misshandlungen in Agnes' Gesicht auf.

»Er hat dich geschlagen!«, konstatierte sie voller Mitleid.

Nun rannen Agnes die Tränen über die bleichen Wangen. »So verdrosch'n wie am Tag von sei'm Rausschmiss hat er mi noch nie«, bejahte sie mit erstickter Stimme.

Sophie zog sich der Magen zusammen. Denn auch sie würde die junge Frau enttäuschen müssen.

»Leider kann ich gar nichts für dich tun, Agnes.« Dann erzählte sie der Zofe von ihrer Berufung an den Hof. Dort würde man ihr eine eigene Kammerzofe zur Verfügung stellen, hatte in dem Schreiben der Obersthofmeisterin an ihren Stiefvater gestanden.

Kurz überlegte sie, ob sie ihre Mutter bitten sollte, Agnes einzustellen. Doch womit hätte sie das begründen sollen? Ihrer Mutter die ganze Wahrheit zu enthüllen, kam nicht infrage. Sie wollte ihre Familie nicht in ihren eigenen Schlamassel hineinziehen. Und Henriette würde sicher wissen wollen, warum sie eine Zofe einstellen sollte, die ihre Freundin Helene entlassen hatte.

So drückte Sophie Agnes ihre ganze Barschaft von fünf Gulden in die Hand und ließ die Weinende mit wehem Herzen ziehen.

Ihre Hilflosigkeit verwandelte sich an jenem Tag zum ersten Mal in brennenden Zorn auf die Gräfin Larisch. Durch ihre Geldgier und Skrupellosigkeit hatte diese nicht nur Mary auf dem Gewissen. Nein, auch deren junge Zofe geriet dadurch nun ins Elend. Seither grübelte Sophie immer wieder ergebnislos darüber nach, wie sie sich an Marie Louise Larisch für all das Unheil, das sie mit angerichtet hatte, rächen könnte. Doch bislang war ihr nichts eingefallen.

Zumal die Kaiserin ja möglicherweise bereits Verdacht geschöpft hatte und ihre Nichte durch Missachtung strafte. Doch reichte das aus, um es der Larisch, dieser falschen Schlange, heimzuzahlen? Auf dem Mahagonideckel der Toilette sitzend, ballte Sophie jetzt hilflos die Hände zu Fäusten.

Jemand betrat den Erfrischungsraum. »Phiefi?«, hörte Sophie ihre Schwester Milli rufen. Wenig später klopfte es an ihrer Kabinentür. »Phiefi?« Nun klang Milli ängstlich. »Bist du da drinnen? Geht's dir nicht gut? Ist dir übel geworden?«

»Nein, nein.« Zum Schein betätigte Sophie die Spülung und trat dann aus der Kabine. »Mit mir ist alles in Ordnung.«

Milli musterte sie forschend. Sie schien nicht überzeugt zu sein. »Dann komm jetzt mit, Phiefi. Onkel Stephans Landauer ist schon vorgefahren. Er soll uns rechtzeitig zum Nachtmahl nach Hause bringen.«

Mit einem Kloß im Magen betrat Sophie hinter Milli wieder das Café. Wehmütig ließ sie ihren Blick durch den Raum schweifen.

Trotz der Faschingszeit fehlte in diesem Jahr die bunte Dekoration. Wegen des Todes des Kronprinzen verzichteten die an sich faschingsbegeisterten Wiener auf fast alle Festlichkeiten.

Zwar hatte man im Café den Trauerflor eine Woche nach Rudolfs Beerdigung wieder entfernt, um die Gäste nicht dauerhaft melancholisch zu stimmen. Aber die wertvollen venezianischen Masken, die sonst zu dieser Jahreszeit an den Wänden hingen, waren ebenso in den Aufbewahrungsschränken geblieben wie die mit Karnevalsmotiven bemalten Väschen und die mit Faschingssymbolen bestickten Tischdecken.

Stattdessen war bereits die übliche Dekoration für die Fastenzeit angebracht worden. Buchsbaumzweige in schlichten weißen Gefäßen ohne jede Bemalung standen als einziger Schmuck auf den Tischen mit den blütenweißen, nur mit Lochstickerei versehenen Decken. Auch auf den Wandkonsolen befand sich keine der wertvollen, kostümierten Figurinen aus Meißner Porzellan, die ihr Onkel erst im vergangenen Jahr erstanden hatte. Sie stammten vom k.u.k Glaswarenhändler Lobmeyr, der neben seinen in der eigenen Manufaktur hergestellten, kostbaren Trinkservicen auch hochwertige Porzellanwaren ausländischer Firmen vertrieb. Bei Lobmeyr hatte ihr Onkel auch einst die kleine Figur gefunden, die ihn zu seinem Mokkaprinzen aus Marzipan, dem Markenzeichen seiner berühmten Torte, inspiriert hatte.

Anstelle der Figurinen standen verschiedene Grünpflanzen auf den Konsolen. Frühestens zu Ostern würden im Café Prinzess wieder bunte Frühlingsmotive vorherrschen.

Trotzdem erinnerte Sophie sich an eine andere Faschingssaison, zu der ihr damals Stephan Danzer ein Meerjungfrauenkostüm für einen Ball im Palais Vetsera geschenkt hatte. Ein Stich fuhr ihr durch die Brust. Auf diesem Ball war sie Richard von

Löwenstein zum ersten Mal begegnet. War das erst drei Jahre her? Es kam ihr vor wie eine Ewigkeit.

Wann würde sie das nächste Mal hierher ins Café kommen können? Würde ihr die Obersthofmeisterin überhaupt ab und zu Urlaub gewähren, wenn die Kaiserin abwesend war? Oder müsste sie Sisi auch auf ihren zahlreichen Reisen begleiten und wäre dauernd weit weg von Wien?

Sophie spürte den forschenden Blick ihres Patenonkels auf sich ruhen. Jetzt trat er auf sie zu und nahm sie fest in die Arme.

»Kopf hoch, Phiefi!«, murmelte er. »Du wirst auch diese Herausforderung meistern. Ich schicke dir jede Woche ein paar Köstlichkeiten aus dem Café an den Hof. Wird dich das freuen?«

Sophie nickte. Es würgte sie in der Kehle. Aus Angst, jeden Moment in Tränen auszubrechen, brachte sie kein Wort hervor.

»Dann leb wohl, mein Schatzerl.« Danzer ließ sie los. Auch Mina Löb, die neue tüchtige Aufseherin, reichte Sophie zum Abschied die Hand und wünschte ihr Glück.

»Sie sind hier jederzeit von ganzem Herzen willkommen, Fräulein Sophie«, sagte sie. »Ich verspreche Ihnen, ich passe gut auf alles auf und halte Ihr Andenken in Ehren. Ich weiß, wie sehr Sie an alldem hier hängen!« Sie machte eine ausholende Bewegung mit dem Arm, die den ganzen Caféraum umfasste.

Der Brief! Plötzlich durchfuhr es Sophie siedend heiß. *Mina wird das Ankleidezimmer schon benutzt haben! Jetzt, wo ich es nicht mehr brauche. Hoffentlich findet sie das Geheimfach in der Kommode nicht.*

Dort hatte Sophie Marys Abschiedsbrief an sie versteckt, von dessen Existenz außer ihr nur Richard von Löwenstein wusste. Es war ein gefährliches Dokument. Es enthielt kompromittierende Informationen über Rudolfs und Marys Pläne, auf welche Weise sie gemeinsam in den Tod gehen wollten. Da der Hof bislang offiziell Marys Anwesenheit in Mayerling verschwieg, hatte Sophie gegenüber der Kaiserin behauptet, den Brief vernichtet zu haben.

Was sie aber trotzdem nicht davor bewahrt hatte, als Hofdame berufen zu werden. An ihrer Person hatte Sisi dabei mit Sicherheit keinerlei Interesse. Es ging ihr nur darum, Sophie mit ihrem gefährlichen Wissen unter Kontrolle zu bekommen.

Wieder würgte es sie in der Kehle. Einen kurzen Moment lang war Sophie versucht, sich ins Ankleidezimmer zu schleichen, den Brief aus seinem Versteck zu nehmen und ihn am nächsten Tag der Kaiserin zu übergeben. Doch würde ihr das wirklich weiterhelfen?

Nein. Es würde lediglich beweisen, dass ich Sisi damals belogen habe, wurde Sophie klar.

Sie riss sich zusammen und straffte den Rücken. Plötzlich spürte sie mit untrüglicher Sicherheit, dass ihr der Brief eines Tages noch von Nutzen sein würde. Wann und unter welchen Umständen das wäre, wusste sie freilich nicht.

Doch der Tag wird kommen. Und so lange bleibt das Schreiben hier im Kaffeehaus. Ein besseres Versteck dafür gibt es nicht.

Teil 1

Im Schatten von Mayerling

Kapitel 1

Palais Thurnau in der Herrengasse

Freitag, 1. März 1889, am frühen Morgen

Richard erwachte unsanft, als ihm Amalie, die sich im Schlaf neben ihm rekelte, mit ihrem spitzen Ellenbogen ins Gesicht stieß.

»Autsch!« Er griff sich an die Nase und betastete sie. Natürlich war sie nicht gebrochen, so stark war Amalies Schlag nun auch wieder nicht gewesen. Aber sie schmerzte höllisch. Außerdem merkte er, dass seine Füße eiskalt waren, da ihm Amalie auch das dicke Federbett weggezogen hatte.

Sein Blick fiel auf die nur halb zugezogenen Vorhänge. Draußen war es noch stockfinster. Wahrscheinlich war der Kachelofen, der sein Schlafzimmer im Palais Thurnau beheizte, nur mehr lauwarm.

Richard lauschte in das noch stille Palais. Nur entfernt waren einige leise Geräusche zu hören. Die ersten Dienstboten standen auf, also konnte es nicht später als halb fünf Uhr früh sein. Dennoch höchste Zeit für Amalie zu verschwinden. Er rüttelte sie unsanft an der Schulter, erreichte aber lediglich, dass sie sich murrend auf die andere Seite drehte.

Seufzend zog er die Decke über seine Füße und streckte sich noch einmal auf dem Rücken aus. Wie jedes Mal, wenn er mit ihr geschlafen hatte, fühlte sich Richard danach schäbig und ekelte sich vor sich selbst.

Fast jede zweite Nacht schlich seine Verlobte sich mittlerweile in sein Zimmer, seitdem sie zum ersten Mal miteinander verkehrt hatten. Das war in einer der Nächte gewesen, in denen Richard sich sinnlos betrunken hatte, um seinen Schmerz über den Selbstmord des Kronprinzen, mit dem er eng befreundet gewesen war, aber vor allem über Sophies Zurückweisung zu betäuben. Berauscht, wie er war, hatte Ami ihn verführt, während er dabei von Sophie träumte. Erst als er im Morgengrauen aufgewacht war, fand er Amalie anstatt Sophie an seiner Seite.

Rasend vor Wut und Scham hatte Richard sie damals aus seinem Schlafgemach gewiesen und so lange geschnitten, bis seine Verlobte sich ihrem Vater anvertraute. Adalbert von Thurnau machte Richard unmissverständlich klar, dass er ihn für den Schuldigen an ihrem vorehelichen Beischlaf hielt, obwohl Richard Amalie dabei keineswegs ihre Unschuld geraubt hatte. Die hatte sie schon zwei Jahre vor der Verlobung mit ihm verloren, als sie eine Affäre mit einem Kammerdiener einging, von dem sie sogar schwanger wurde.

Obwohl Amalie von Thurnau zu den vermögendsten und hübschesten Komtessen des Hochadels gehörte, war sie damit »verdorbene Ware«, wie Richards Offizierskameraden es verächtlich ausgedrückt hätten. Die damals blutjunge Sechzehnjährige war nicht nur keine Jungfrau mehr, was ein erfahrener Ehemann in der Hochzeitsnacht sicherlich gemerkt hätte. Aufgrund einer Fehlgeburt, die überhaupt erst zur Entdeckung ihrer Liebschaft geführt hatte, war es sogar möglich, dass sie unfruchtbar geworden war.

Jedenfalls wollte Adalbert von Thurnau den Zorn des Kaisers nicht riskieren, indem er seine Tochter unter falschen Voraussetzungen einem hochadeligen Gemahl andiente, der womöglich die Scheidung verlangen würde, wenn dies alles herauskäme. Adalbert hätte damit auch seine Hoffähigkeit aufs Spiel gesetzt. Denn Kaiser Franz Joseph ahndete solche Verstöße gegen die guten Sitten selbst in seiner eigenen Familie gnadenlos.

Also traf es sich gut, dass Adalberts Cousin Max, der Majoratsherr der Löwensteiner, ihn bat, ihm das Geld für die Tilgung von Spielschulden zu leihen, die sein Neffe Richard leider gemacht hatte. Adalbert beglich zwar die Schulden und bewahrte Richard damit vor der unehrenhaften Entlassung aus der Armee, zwang ihm im Gegenzug dafür aber seine Tochter als zukünftige Gattin auf.

Zähneknirschend beugte sich Richard, da ihm gar keine andere Wahl blieb. Eine unehrenhafte Entlassung aus seinem in der Wiener Neustadt stationierten 2. Dragonerregiment, aus dem Richard zudem als Stabsoffizier des Kronprinzen abgeordnet worden war, hätte die mittlerweile verarmte, aber uralte Familie von Löwenstein die Hoffähigkeit kosten können. Und damit den Ausstoß aus der illustren Gesellschaft der dreihundert Familien, die sich zum Hochadel und damit zur Crème de la Crème der Habsburgermonarchie zählten.

Doch dann hatte Richard Sophie kennengelernt. Sie eroberte sein Herz zwar nicht im Sturm. Aber bei jeder Begegnung verliebte er sich mehr in sie.

Sophie war die beste Freundin Mary Vetseras gewesen, der Geliebten des Kronprinzen in jener fatalen Affäre, die beide vor knapp einem Monat das Leben gekostet hatte. Weder Richard noch Sophie hatten die Tragödie verhindern können. Aber diese brachte sie zunächst sehr eng zusammen.

Angesichts einer trostlosen Zukunft als Gemahl seiner seit jeher ungeliebten Cousine Amalie brachte Richard es nicht über sich, auf Sophies Liebe zu verzichten. Er wollte daher einen Ausweg wählen, wie er für viele unglücklich verheiratete Ehemänner in der Habsburgermonarchie typisch war, und bot Sophie an, seine heimliche Geliebte zu werden. Das lehnte sie empört ab. Als er sie bei ihrer letzten Begegnung im Kaffeehaus ihres Onkels diesbezüglich noch ein weiteres Mal heftig bedrängte, betonte sie sogar, dass sie in Zukunft nur noch formell mit ihm verkehren wolle, wie mit einem flüchtigen Bekannten.

So standen die Dinge, als sich Amalie vor einigen Wochen zum ersten Mal in sein Bett geschlichen hatte. Da ihre Hochzeit aufgrund des Hoftrauerjahrs um Kronprinz Rudolf, währenddessen sich jede größere Festlichkeit in Wien verbot, aufs nächste Frühjahr verschoben werden musste, hatte Adalbert in völliger Verkennung von Richards wahren Gefühlen für Amalie den beiden sogar die Fortsetzung ihres vorehelichen Verkehrs erlaubt. Vorausgesetzt, die Dienerschaft bekäme nichts davon mit und Richard behandelte Amalie respektvoll als seine zukünftige Ehefrau.

Seither kam Amalie nachts immer öfter in Richards Bett. Ihren Kniffen, ihm Lust zu bereiten, die er eher von einer professionellen Dirne erwartet hätte als von seiner achtzehnjährigen Braut aus vornehmem Hause, erlag er dabei immer wieder aufs Neue. Um sich danach selbst zu verachten und Amalie innerlich zu verfluchen. Zumal ihn diese an Olga erinnerte, die Kokotte, deretwegen er sich überhaupt so sehr verschuldet hatte, dass die Heirat mit Amalie sein letzter Ausweg gewesen war.

Nun kniff Richard die Augen zusammen und versuchte, im Dunkeln das Zifferblatt einer kleinen Standuhr zu lesen. Gerade in diesem Moment hörte er die Glocke des nahe gelegenen Stephansdoms fünfmal schlagen. Er rüttelte wieder an Amalies Schulter, diesmal so energisch, dass sie endlich wach wurde.

»So stürmisch, mein Geliebter?«, hauchte sie lasziv und drückte ihren nur mit einem hauchzarten Negligé bekleideten, geschmeidigen Körper enger an ihn.

Schon ließ sie ihre Hand erneut seinen Bauch hinabwandern, als er sie festhielt. »Für heute Nacht ist es genug, Ami«, knurrte er. »Du musst jetzt in dein Zimmer zurückkehren. Die Mägde werden jeden Moment kommen, um die Öfen anzuheizen und die Nachtgeschirre zu leeren.«

»Ooooch!«, machte Amalie. »Du willst mich schon wieder wegschicken? Aber ich gehe erst, wenn du mir eine Frage beantwortet hast.«

Mittlerweile hatten sich Richards Augen an die Dunkelheit gewöhnt, zumal die Gaslaternen im Hof ein schwaches Licht durch den Spalt zwischen den Vorhängen warfen. Ami wirkte nun hellwach und blickte ihn mit einem Ausdruck an, den er mittlerweile zu fürchten gelernt hatte. So sah sie aus, wenn sie etwas im Schilde führte.

»Was für eine Frage?«, brummte er unwirsch.

»Stimmt es, dass die Gräfin Marie Louise Larisch diese Mary Vetsera mit dem Kronprinzen verkuppelt hat? Sie soll dieser halbseidenen Komtess angeblich sogar zur Flucht nach Mayerling verholfen haben. Deshalb hat die Kaiserin auch mit ihr gebrochen, obwohl die Gräfin ihre eigene Nichte ist.«

Richard fuhr auf, als hätte ihn etwas gestochen. »Wer behauptet denn so etwas?«, fragte er scharf.

Doch Amalie ließ sich, wie üblich, nicht einschüchtern. »Mein eigener Vater und dein Onkel Max«, erwiderte sie frech. »Ich habe gestern ganz zufällig ein Gespräch der beiden mit angehört, nachdem die Tür zum Rauchsalon offen stand.«

»So, so, ganz zufällig.« Richard versuchte, sarkastisch zu klingen, während ihm in Wirklichkeit der kalte Schweiß ausbrach. Pfiffen die Spatzen in Wien die Einzelheiten dieses tragischen Ereignisses denn mittlerweile schon von den Dächern?

Auf den zweiten Blick wunderte ihn das allerdings nicht. Er hatte Alexander Baltazzi, Marys Onkel und Vormund, im exklusiven Wiener Jockeyclub, dem sie beide angehörten, davor gewarnt, auch nur das Geringste darüber verlauten zu lassen.

Doch Alex hatte seine Warnungen in den Wind geschlagen. Die Empörung seiner Freunde, mit denen er vor allem die Liebe zum Reitsport teilte, tat Marys Onkel gut. Zumal nach dem Trauma von Marys würdeloser heimlicher Beerdigung, bei der ihm nur Richard tröstend zur Seite gestanden hatte. Vor diesem Hintergrund stimmte sogar er – trotz seiner Trauer um den Kronprinzen – ab und zu offen der Verurteilung von Rudolfs

Verhalten zu, das verantwortungslos oder sogar erbärmlich und feige genannt wurde. Denn war es das nicht auch gewesen?

Rechtfertigte Rudolfs Angst vor einem einsamen Tod tatsächlich die Erschießung einer siebzehnjährigen naiven Komtess, die in ihrer Liebe zu ihm völlig verblendet gewesen war? Sooft sich Richard diese Frage stellte, so oft lautete die Antwort mit jeder Faser seines Körpers darauf: Nein.

Doch mit Ami hatte er noch nie über diese Angelegenheit gesprochen. Lieber hätte er sich die Zunge abgebissen.

»Also ist es wahr?«, hakte die nun nach. Die Sensationslust in ihrer Stimme war nicht zu überhören. Sie griff nach dem Nachtlicht und knipste es an, offensichtlich, um Richards Miene im matten Schein besser deuten zu können.

»Was genau hast du denn gehört?«, wich er zunächst aus.

»Nun, man munkelt, dass diese Mary Rudolf...« Offensichtlich suchte Amalie nach den richtigen Worten, was bei ihr alles andere als oft vorkam.

»Du weißt schon«, fuhr sie fort. »Wie in dieser komischen Geschichte von diesem Abélard und seiner Geliebten, hieß sie nicht Louise?«

Richard war fassungslos. »Du willst damit sagen, dass Mary Rudolf...« Jetzt fehlten selbst ihm die Worte.

»Also ist es wahr!«, schlussfolgerte Amalie freudig. »Diese Vetsera war also in der Todesnacht bei Rudolf. Sie hat ihm aus Eifersucht den Pimmel abgeschnitten, worauf er sie aus Rache erschossen hat. Bevor er sich dann selbst entleibte. Wie hätte er auch weiterleben sollen als Kronprinz ohne Gemächt?«

Richards Fassungslosigkeit verwandelte sich in Wut. Er vergrub seine Fäuste im Deckbett, um der Versuchung zu widerstehen, Amalie in ihr hübsches, jetzt aber zu einer hämischen Grimasse verzerrtes Gesicht zu schlagen.

»Gar nichts weißt du und schwätzt jeden Unfug hirnlos nach, den du hörst«, schnauzte er sie an. »Woher kennst du eigentlich die unappetitliche Geschichte von diesem Philosophen Abélard und seiner Geliebten? Sie hieß übrigens Héloïse und hat ihren Verführer keineswegs entmannt. Das befahl ihr entrüsteter Onkel einigen Schergen, als er von dem Verhältnis seiner Nichte erfuhr ...«, *die ebenfalls erst siebzehn Jahre gewesen ist,* hätte er fast schon hinzugefügt, unterließ dies aber im letzten Moment.

Er hatte ohnehin schon zu viel über seinen Gemütszustand preisgegeben, wie er an Amalies triumphierender Miene erkannte.

»Also hat Mary Rudolf wirklich entmannt!«, schloss sie aus seinen Worten.

Richard verfluchte sich innerlich. »Das ist absurd!«, fuhr er seine Verlobte noch einmal an. »Und nun scher dich hinaus! Wird's bald?«, setzte er nach, als ihn Amalie vorwurfsvoll anschaute.

Die zog einen beleidigten Schmollmund und stieg endlich aus seinem Bett. Mittlerweile waren die Geräusche aus den Untergeschossen des Palais lauter geworden und zeigten an, dass die Dienerschaft tatsächlich dabei war, ihre Arbeit aufzunehmen.

»Ich sage es meinem Vater, wenn du weiter so unfreundlich zu mir bist«, drohte Amalie, als sie sich ihren mit weichem Pelz gefütterten Morgenmantel übergestreift hatte.

Diesmal zahlte Richard es ihr mit gleicher Münze heim. »Dann erzähle ich deinem Vater, dass du seine Unterhaltungen belauschst und dich Fantasien hingibst, die einer vornehmen Komtess völlig fremd sein sollten.«

Plötzlich völlig erschöpft, ließ er sich zurück in die Kissen sinken, nachdem Amalie sich endlich hinausgeschlichen hatte.

Wohin wird uns die Tragödie von Mayerling wohl noch führen? Plötzlich sah er Rudolfs Gesicht so deutlich vor seinem inneren Auge, als stünde er leibhaftig vor ihm. *Wen wirst du noch mit dir in den Abgrund reißen, du unseliger, unglücklicher Mensch?*

Zurück in der Stille ihres eigenen keuschen Jungmädchenzimmers ließ Amalie ihrer Wut und Enttäuschung über Richards harte Worte freien Lauf. Tränen des Zorns schossen ihr in die Augen, zumal sie ihr Ziel nicht erreicht hatte, mehr über die skandalösen Ereignisse von Mayerling zu erfahren.

Wen könnte ich denn sonst noch danach fragen?, grübelte sie. Ihr Vater würde sie in der Tat hart zurechtweisen. In dieser Hinsicht hatte Richard leider recht. Plötzlich kam ihr eine Idee.

Hektisch durchwühlte sie einen kleinen Zeitungsständer aus Nussbaumholz, in dem sie Modemagazine und Klatschblätter aufbewahrte. Unter diesen befand sich auch das jüngste Exemplar der *Wiener Fremdenzeitung*, das sie gestern mit auf ihr Zimmer genommen hatte.

Mit der Zungenspitze zwischen den Lippen fuhr ihr Zeigefinger eifrig die Liste der hochwohlgeborenen Gäste entlang, die sich zurzeit in der Hauptstadt aufhielten. Und diesmal war ihr das Glück hold. Sie fand genau die Person, die sie suchte.

Wiener Hofburg

Freitag, 1. März 1889, kurz vor acht Uhr

Sophie schlug das Herz bis zum Hals, als die brandneue Equipage ihres Stiefvaters über das Pflaster des Burghofs bis zum Haupteingang des Amalientrakts rumpelte, in dem die Wohnräume der Kaiserin lagen. Zuvor hatte das Gefährt, vom Josefsplatz kommend, den Schweizerhof und das prächtige Schweizertor mit seinen vergoldeten Reliefs auf rot gestrichenem Mauerwerk durchquert. Sophie hatte dafür ebenso wenig einen Blick wie für das pompöse Denkmal des Kaisers Franz I. in der Tunika eines römischen Imperators.

Die Kutsche und das ihr folgende Mietfuhrwerk mit Sophies zahlreichen Gepäckstücken wurden von zwei Leibgardisten begleitet. Vor der Einfahrt ins Burggelände musste Arthur von Freiberg ihnen den Passierschein vorweisen, den die Obersthofmeisterin Gräfin Goëss vor einigen Tagen zusammen mit der Weisung, wo Sophie sich um acht Uhr früh einzufinden habe, ins Palais Werdenfels gesandt hatte.

Anfangs ärgerte sich Sophie noch darüber, dass ihr Stiefvater sie unbedingt in die Hofburg begleiten wollte. Wohl auch, um sein neues Statussymbol, den gerade erst erstandenen Landauer samt dem neuen Kutscher in seiner noch makellosen Livree, vorzuführen.

Gestern hatte sich Arthur unter dem Vorwand, die Kutsche selbst zu benötigen, noch geweigert, seiner Frau und ihren Töchtern damit die Fahrt ins Café Prinzess zu ermöglichen. Stattdessen waren sie von der bereits etwas schäbig gewordenen Equipage ihres Onkels Stephan Danzer abgeholt worden.

Doch je mehr sich Sophie nun von ihrem Elternhaus entfernte, desto mehr schnürte ihr die Furcht vor dem, was sie gleich erwarten mochte, die Kehle zu. Jetzt kam der Landauer mit einem Ruck zum Stehen. Noch bevor der Kutscher von seinem Bock gestiegen war, öffnete einer der Leibgardisten bereits den Schlag. Vor Aufregung verhedderte sich Sophies Fuß beim Aussteigen im Saum ihres neuen hellbraunen Samtkleides. Fast wäre sie gestürzt und dem Leibgardisten, der ihr eine helfende Hand reichte, geradewegs in die Arme gefallen.

Kopfschüttelnd über ihr Missgeschick folgte Arthur ihr nach, verkniff sich in Gegenwart der Burgwachen und seines Kutschers jedoch jede tadelnde Bemerkung.

Diesmal wurde Sophie nicht, wie anlässlich ihrer Audienz bei Sisi vor knapp zwei Wochen, zur Adlerstiege geführt. Die ihr bereits von ihrem ersten Besuch in der Hofburg bekannte ungarische Hofdame, Ida von Ferenczy, erwartete sie stattdessen am Hauptportal. Sie war erneut ganz in Schwarz gekleidet.

»Guten Morgen, Komtess von Werdenfels«, begrüßte Ida Sophie mit einem freundlichen Lächeln. Sophie wusste, dass

Ida ungefähr fünfzig Jahre alt war. Mit ihrem silbergrauen Haar und den vielen Fältchen um Mund und Augen wirkte sie jedoch deutlich älter. Sophie erwiderte den Gruß und deutete dabei einen Knicks an.

Dann wandte sich die Hofdame an Arthur. Ihr Lächeln wurde schmaler. »Und mit wem habe ich noch die Ehre?«, fragte sie förmlich. Jetzt war ihr ungarischer Akzent deutlich herauszuhören.

Auch Arthurs Lächeln gefror. Er zog seinen Zylinder und verbeugte sich steif. »Ich bin Freiherr Arthur von Freiberg, gnädige Frau. Sophias Vater und Vormund.«

Ida von Ferenczy streckte ihre behandschuhte Rechte aus, auf die Arthur einen angedeuteten Kuss hauchte. »Dann bedanke ich mich, auch im Namen der Obersthofmeisterin Gräfin Goëss, dass Sie Ihre *Stieftochter*«, sie betonte das letzte Wort deutlich, »hierher begleitet haben.« Sie stockte kurz. »Nach meiner Kenntnis sind alle Formalitäten bereits im Vorfeld erledigt worden. Oder irre ich mich?«

Arthur von Freiberg schüttelte verdutzt den Kopf. »Nein, gnädige Frau. Auch meines Wissens gibt es nichts weiter die neue ehrenvolle Stellung meiner *Tochter betreffend*«, er blieb bei dieser Bezeichnung, »zu klären.«

Ida nickte knapp. »Dann danke ich Ihnen noch einmal, Freiherr von Freiberg, und wünsche Ihnen einen guten Tag.« Zu Sophies klammheimlicher Freude beabsichtigte sie offensichtlich nicht, Arthur zur Gräfin Goëss mitzunehmen.

»Und was ... was geschieht mit Sophias Gepäck?« Offenbar hatte Arthur nicht mit einer solchen Abfuhr gerechnet.

Ida winkte. Sofort traten zwei Diener aus dem Portal. »Schaffen Sie das Gepäck der Komtess in ihre zukünftige Wohnstatt im Fräuleingang.« Dann wandte sie sich zum Gehen. »Und Sie folgen mir bitte, Komtess. Die Obersthofmeisterin hat, wie an jedem Tag, einen straffen Zeitplan.«

Nur kurze Zeit später betrat Sophie hinter Ida von Ferenczy den opulenten Salon der Obersthofmeisterin. Neben etlichen reich geschnitzten Vitrinen und Kommoden war er mit einer brokatbezogenen Sitzgarnitur, die um einen runden Tisch mit polierter Mahagoniplatte gruppiert war, ausgestattet. Der Tisch war mit einem silbernen Teeservice für drei Personen gedeckt.

Weiche Perserteppiche bedeckten den Parkettboden, die mit grünen Seidentapeten bezogenen Wände waren über und über mit kleinen Gemälden und Fotografien in goldenen Rahmen bedeckt. Fotografien standen auch auf den Wandsimsen und Kommoden. Ein mächtiger weißer Kachelofen beheizte den Salon, es war sehr warm. Sophie spürte, wie ihr der Schweiß auszubrechen begann.

Aus einem ebenfalls brokatbezogenen, schweren Sessel mit gedrechselten Füßen erhob sich eine zierliche alte Dame mit einem trotz ihrer Falten noch immer hübschen Gesicht und sanften blassblauen Augen. Auch sie trug ein schlichtes schwarzes Kleid mit einem Stehkragen und Manschetten aus Spitze als einzigem Schmuck.

Sophie hatte von den Gästen beim letzten Jour fixe ihrer Mutter, die sich natürlich lebhaft für ihre Berufung an den Hof interessierten, erfahren, dass die Gräfin Goëss schon fünfundsechzig Jahre alt war und seit fast zwanzig Jahren im Dienst der Kaiserin stand.

»So lange hat es noch keine österreichische Dame bei der Kaiserin ausgehalten«, äußerte sich die Gräfin Anna Wilczek ganz unverhohlen. »Aber Maria von Goëss hatte ja schon zuvor Erfahrung mit schwierigen Dienstherrinnen, als sie ihre Stellung bei Sisi antrat. Schließlich war sie vorher Hofdame bei der Erzherzogin Maria Annunziata.«

Das war die bereits vor langer Zeit verstorbene zweite Ehefrau des jüngeren Kaiserbruders Karl Ludwig, die Mutter des zukünftigen Thronprätendenten Franz Ferdinand. Obwohl dessen noch lebender Vater gemäß der Erbfolge der eigentliche

Nachfolger Franz Josephs war, rechnete niemand damit, dass dieser jemals den Thron besteigen würde. Jedermann sprach daher zumindest inoffiziell von Karl Ludwigs ältestem Sohn als Thronfolger.

»Das ist wirklich bewundernswert«, warf Nora Fugger ein. »Zumal Maria seit vielen Jahren auch die einzige deutschstämmige Hofdame ist. Unter all diesen Ungarinnen«, fügte sie etwas abfällig hinzu.

»Allerdings hat Sisi Maria von Goëss ja auch von vornherein von einer ganzen Reihe ihrer Pflichten entbunden«, erklärte eine verwitwete Cousine der Gräfin Wilczek. »Die Gräfin muss Sisi auf keiner ihrer zahlreichen Reisen begleiten. Insofern nimmt Marie von Festetics bei diesen wahrscheinlich häufiger die Pflichten einer Obersthofmeisterin wahr, als es die offizielle Amtsinhaberin tun muss.«

Der Klatsch um Maria von Goëss hatte sich noch eine ganze Zeit lang fortgesetzt. Sophie erinnerte sich nur noch an wenige weitere Einzelheiten. Die Gräfin sei schon in jungen Jahren Witwe geworden, lange vor Antritt ihrer Stelle bei der Kaiserin. Sie galt als eine sanftmütige Frau, die allen Konflikten und Schwierigkeiten tunlichst aus dem Weg ging.

»Insofern müsstest du schon goldene Löffel von der Hoftafel stehlen, Phiefi, um mit der Gräfin von Goëss aneinanderzugeraten«, hatte die Gräfin Wilczek daher gescherzt.

»Und nicht einmal dann würde sich Maria einmischen«, fügte die Fürstin Fugger hinzu. »Das überließe sie Sisis Obersthofmeister, dem Baron Franz Nopcsa. Ebenfalls ein Ungar.«

All diese Informationen schwirrten nun wie ein Schwarm Bienen durch Sophies Kopf, als Maria von Goëss auf sie zutrat und ihr die Hand zum Gruß reichte. Sophie nahm sie und versank erneut in einen Knicks.

»Willkommen in der Hofburg, Komtess Sophie. Ich darf Sie doch bei Ihrem Vornamen nennen?« Die leise Stimme der Gräfin klang tatsächlich so sanft, wie man sie Sophie beschrieben hatte. Sie spürte, dass sich ihr Herzschlag langsam beruhigte.

»Möchten Sie eine Tasse Tee mit mir trinken? Sie auch, liebe Ida?«

Obwohl Sophie morgens Kaffee dem Tee vorzog, fand sie ihn heiß und gut, nachdem sie am Tisch Platz und den ersten Schluck genommen hatte, den ihr die Gräfin mit eigener Hand einschenkte.

»Was wissen Sie denn über Ihre neuen Pflichten als Promeneuse Ihrer Majestät, Sophie?«, wollte die Gräfin sodann wissen.

Sophie war irritiert. Promeneuse? War das eine andere Bezeichnung für Hofdame?

»Man hat mich bislang nur vage darüber unterrichtet, Exzellenz«, räumte sie ein. Dieser Titel stand einer Obersthofmeisterin zu.

Doch die Gräfin Goëss winkte ab. »Unter uns müssen wir nicht so förmlich sein, Sophie. Nennen Sie mich wie die anderen Damen im Hofstaat einfach Maria, wenn wir unter uns sind.«

Sophie war überrascht und erleichtert zugleich. Vielleicht würde es ihr am Hof doch nicht so schlecht ergehen, wie sie befürchtet hatte.

»Nun, dann möchte ich Sie aufklären«, ergriff die Gräfin wieder das Wort. »Was Sie an allererster Stelle wissen müssen, ist, dass sich Ihre Pflichten gegenüber der Kaiserin nur so weit erstrecken, wie Ihre Majestät selbst es wünscht. Lässt sie Sie also nicht rufen, dürfen Sie sie auf keinen Fall von sich aus belästigen. Das leidet sie nicht.«

»Oh!«, entfuhr es Sophie unwillkürlich. »Womit soll ich mich dann stattdessen beschäftigen?«

Die Gräfin Goëss lächelte milde. Sie strich sich über das straff zurückgekämmte, völlig ergraute Haar, das am Nacken schlicht in ein Haarnetz gebunden war. Diese Geste war charakteristisch für die Gräfin, wie Sophie schon bald bemerken sollte.

»Sie werden an den Mahlzeiten der Hofdamen teilnehmen oder sogar an Diners gemeinsam mit Kaiser Franz Joseph, seiner Tochter Marie Valerie und womöglich weiteren hohen Gästen«, erklärte sie. »Dazu erhalten Sie dann jedes Mal eine gesonderte Einladung. Unsere liebe Kaiserin wird allerdings in der Regel fehlen. Sie zieht es vor, allein in ihren Gemächern zu speisen.«

»Sehr wohl!« Sophie nickte zum Zeichen, dass sie verstanden hatte.

»Sollte Ihre Majestät Ihre Gesellschaft einmal wünschen, gehört es zu Ihren Pflichten, ihr vorzulesen, wenn sie es fordert, obwohl dies eigentlich die Aufgabe unserer lieben Ida ist. Auch könnte sie Ihnen das eine oder andere Schreiben diktieren. Einladungen verschickt Ihre Majestät allerdings kaum noch.«

Sophie nickte wieder. All das schien ihr nicht allzu schwierig zu sein.

Die Gräfin musterte sie aufmerksam. Dann blitzte der Schalk in ihren Augen auf. »Wahrscheinlicher ist es allerdings, dass die Kaiserin Sie bitten wird, sie bei ihren ausgedehnten Spaziergängen und Wanderungen zu begleiten. Sie pflegt nahezu jeden Tag solche Gänge zu unternehmen, nicht nur wenn sie auf Reisen ist. Auch den Lainzer Tiergarten durchstreift sie bei jedem Wetter, wenn sie in der Hermesvilla weilt. Ebenso wie den Schlosspark in Schönbrunn, wenn sie dort logiert.«

Das Lächeln der Gräfin vertiefte sich. »Sie sind ja mit Ihren noch nicht einmal neunzehn Jahren viel jünger als die Damen Festetics und Ferenczy. Diese würden es Ihnen sicherlich danken, wenn sie zukünftig weniger marschieren müssten, nicht wahr, liebe Ida?«

Die nickte mit einem säuerlichen Lächeln. »In der Tat fühle ich mich diesen Anstrengungen mit den Jahren immer weniger gewachsen. Die Kaiserin nimmt darauf ja dankenswerterweise bereits die größte Rücksicht. Aber Sie haben natürlich recht, liebe Maria. Sophie könnte uns in dieser Hinsicht ganz wunderbar ersetzen. Zumal unsere liebe Charlotte sich ja bald verloben will und wir alle damit rechnen, dass sie ihren Dienst spätestens zum Ende des Jahres quittieren muss.«

Charlotte von Majláth war Sisis dritte ungarische Hofdame, was Sophie ebenfalls dank des Klatsches beim letzten Jour fixe ihrer Mutter wusste. Auch sie war wesentlich älter als Sophie, aber deutlich jünger als Ida Ferenczy und Marie Festetics.

»Natürlich werden Sie auch an allen Hoffeierlichkeiten teilnehmen und dabei Ihre repräsentativen Pflichten erfüllen, Sophie«, fuhr die Gräfin fort. »Wobei die großen weltlichen Feste und Bälle in diesem Trauerjahr leider ausfallen werden.« Ihre Miene verdüsterte sich.

»Ich hoffe, Sie sind mit ausreichend Garderobe ausgestattet?«, lenkte sie dann sofort auf ein unverfängliches Thema.

»Das bin ich, Exzellenz,... verehrte Maria«, versicherte Sophie.

Eine kleine Barockwanduhr schlug halb neun. Die Gräfin sah auf. »Oh, nun muss ich mich aber sputen. Baron Nopcsa erwartet mich zu einem Gespräch.«

»Meine Liebe!« Sie stand auf und reichte Sophie, die sich ebenfalls rasch erhoben hatte, wieder die Hand. »Alles Weitere wird Ihnen die liebe Ida erläutern. Nicht wahr, Sie zeigen Sophie ihre Kammer und erklären ihr die Hofetikette. Und alles, was sie sonst noch wissen muss.«

»Ach ja, liebe Ida«, wandte die Gräfin schon im Gehen noch einmal den Kopf. »Bereiten Sie Sophie vor allem auf die morgen stattfindende Vereidigung vor. Sie ist für neun Uhr früh im Obersthofmeisteramt angesetzt.«

Palais Thurnau in der Herrengasse

Freitag, 1. März 1889, am Morgen

Missmutig schlug Richard die letzte der Tageszeitungen zusammen, die Adalbert von Thurnau bezog. Es war die *Wiener Zeitung*, wie alle Gazetten im Palais Thurnau ein konservatives Blatt.

Unter der Rubrik »Aus dem Ausland« wurde ein im *Münchner Generalanzeiger* erschienener spekulativer Artikel über die Motive für Kronprinz Rudolfs Selbstmord erwähnt. Die *Wiener Zeitung* monierte, dass darin wilde Spekulationen über eine angebliche Verschwörung Rudolfs gegen seinen Vater Franz Joseph breitgetreten würden, die jeder Grundlage entbehrten. Man unterstellte Rudolf in dem Beitrag aus Bayern, gemeinsame Sache mit den ungarischen Nationalisten gemacht zu haben, um sich selbst vorzeitig zum ungarischen König krönen zu lassen.

»Was für ein hanebüchener Unsinn!«, war sich Richard mit der *Wiener Zeitung* einig. »Rudolf, der der Zweiteilung der Monarchie immer kritisch gegenüberstand, ein Verbündeter der Nationalisten und Aufrührer! Es ist nicht zu fassen!«

Zum zweiten Mal an diesem noch jungen Tag wurde er mit den unsäglichen Gerüchten konfrontiert, die anlässlich Rudolfs Tod die Runde machten. Allerdings wurde Mary Vetsera im *Münchner Generalanzeiger* mit keinem Wort erwähnt.

Auch das ärgerte Richard. Nach Rudolfs Selbstmord hatte er zunächst gehofft, dass sich das ganze Ausmaß der Tragödie gewiss nicht verheimlichen ließe und der Hof zumindest Marys Existenz einräumen müsse, wenn schon nicht den genauen Hergang ihres Todes. Aber die vom Obersthofmeisteramt eingesetzte Untersuchungskommission hatte ihren Abschlussbericht bereits zwölf Tage nach Rudolfs Freitod vorgelegt, ohne Mary Vetsera darin auch nur mit einer Silbe zu erwähnen.

Offiziell war die Affäre damit sowohl für den Hof als auch für die Regierung des Ministerpräsidenten von Taaffe abgeschlossen. Selbstverständlich ohne bahnbrechende neue Erkenntnisse erbracht zu haben. Man wollte die ganze Tragödie möglichst rasch vergessen und wieder zur Tagesordnung übergehen. Umso mehr brodelte die Gerüchteküche.

Richard seufzte. Vor ihm stand sein fast unberührter Teller mit kalt gewordenem Omelett und gebratenem Schinken. Die Diskussion mit Amalie hatte ihm schon heute früh den Appetit verdorben. Sie selbst schien zu schmollen und hatte sich das Frühstück auf ihr Zimmer kommen lassen, was Richard nur recht war.

Adalbert von Thurnau wiederum war bereits zu einer Aktionärsversammlung der Wiener Tramway-Gesellschaft aufgebrochen, an der er erhebliche Anteile hielt. Gestern Abend hatte Adalbert versucht, mit Richard ein Gespräch über dieses Thema zu führen. Doch der hatte nur einsilbig reagiert. Die bourgeoisen Geschäfte seines zukünftigen Schwiegervaters sicherten zwar auch seinen Wohlstand, waren ihm aber herzlich gleichgültig.

Weit mehr beschäftigte ihn hingegen, was denn jetzt aus ihm werden sollte. Pflichtgemäß hatte er sich schon eine Woche nach Rudolfs Tod zu seinem Dragonerregiment in die Wiener Neustadt begeben, um sich zum Dienst zurückzumelden. Zu seiner Verwunderung erfuhr er dort, dass man derzeit gar keine Verwendung für ihn habe, da alle Hauptmannsposten besetzt seien.

Kurz danach erreichte Richard ein offizielles Schreiben des Regimentskommandeurs, er habe sich in Wien zur weiteren Verfügung zu halten. Seither wartete er Tag um Tag auf einen Bescheid.

Gewohnheitsmäßig griff Richard nach seiner Kaffeetasse und verzog den Mund, da sein Großer Schwarzer mittlerweile ebenfalls kalt geworden war. Das Gebräu war so bitter, dass er es gerade zurück in die Tasse spucken wollte, als es an der Tür des kleinen Esszimmers, in dem die Familie in der Regel ihr Frühstück einnahm, klopfte. Hastig würgte Richard den Kaffee hinunter und verschluckte sich dabei, was einen heftigen Hustenanfall auslöste. Aufgrund seiner tränenden Augen erkannte er Sieber, den ersten Diener im Palais Thurnau, nur undeutlich. Er hielt ein kleines silbernes Tablett in der Hand.

»Was ... was gibt es denn?«, keuchte Richard peinlich davon berührt, von einem Dienstboten in dieser blamablen Situation angetroffen zu werden.

»Verzeihen Sie mein Eindringen, Euer Hochwohlgeboren!« Diese Anrede war nicht dazu angetan, Richards Laune zu bessern.

In ganz Wien war es üblich, dass Adelige mit ihrem Titel angesprochen wurden, auch wenn dieser ihnen gar nicht zustand. Streng genommen durfte ihn nur der Majoratsherr einer Familie tragen, die sich der sogenannten Primogenitur verpflichtet hatte, einer Erbfolge, bei der sowohl das gesamte Familienvermögen als auch der Adelstitel nur an den jeweils ältesten männlichen Nachkommen weitergegeben wurden.

Das war bei den Löwensteinern der Fall. Da Richards Onkel Max als Majoratsherr gleich zwei Söhne hatte, würde Richard der Titel »Graf« somit zeit seines Lebens nicht rechtmäßig zustehen. Dennoch wurde er in der Regel, insbesondere von einfacheren Leuten, die es vielleicht auch gar nicht besser wussten, entsprechend angesprochen.

Nur hier im Hause Thurnau achtete man sorgfältig darauf, ausschließlich den Ersatztitel »Hochwohlgeboren« zu verwenden, um seine subalterne Stellung zu betonen, wie Richard vermutete. Blieb nur zu hoffen, dass ihn sein Schwiegervater Adalbert als Erben einsetzen würde, da dieser außer ihm keine anderen nahen männlichen Verwandten hatte. Das würde Richard wenigstens dessen Vermögen, wenn auch nicht dessen Grafentitel sichern.

»Also, warum stören Sie mich?«, fügte Richard unfreundlich hinzu, als er wieder zu Atem gekommen war.

Der Diener, seit Jahrzehnten darin geübt, in schwierigen Situationen mit seiner Herrschaft die Ruhe zu bewahren, verzog keine Miene und verbeugte sich. »Ich bitte nochmals um Nachsicht. Dieses Schreiben ist soeben per Kurier eingetroffen. Ich bin sicher, Sie wollen es sogleich zur Kenntnis nehmen.«

Richards Pulsschlag beschleunigte sich. Er griff nach dem Brief, drehte ihn um und betrachtete das Siegel. Es zeigte neben weiteren Symbolen auch den kaiserlichen Doppeladler.

Richards Herz schlug noch schneller. Ohne ein weiteres Wort winkte er den Diener hinaus und brach das Siegel. Dann überflog er die handgeschriebene Botschaft. Sie war kurz und bündig unter Verzicht auf alle Höflichkeitsfloskeln abgefasst.

Finden Sie sich am kommenden Montag, den 4. März, um halb acht Uhr früh in meinem Palais auf der Augustinerbastei ein.

Gezeichnet Erzherzog Albrecht von Österreich-Teschen

Sophies Kammer im Fräuleingang der Hofburg

Freitag, 1. März 1889, ungefähr elf Uhr vormittags

Noch immer fassungslos sah sich Sophie in der überaus schlicht möblierten Kammer um, in der Ida und ihre neue Kammerzofe Franzi sie gerade eben allein gelassen hatten. Sophie hatte gegenüber Franzi Müdigkeit vorgeschützt und den Wunsch geäußert, sich vor dem Mittagsmahl, das für halb eins im Speisezimmer der Hofdamen angesetzt war, noch ein wenig ausruhen zu wollen. Das enttäuschte Gesicht des Mädchens, das sie sicher gerne näher kennengelernt hätte, nahm sie dafür erst einmal in Kauf.

Selbst im Vergleich zu ihrem Zimmer im Palais Werdenfels, dessen Möbel im Lauf der Jahre ein wenig schäbig geworden und aufgrund des chronischen Geizes ihres Stiefvaters nie ersetzt worden waren, konnte man diese Kammer nicht anders als »ärmlich« bezeichnen.

Schon der Weg dorthin war mühsam gewesen. Nachdem Ida von Ferenczy Sophie noch zu einem reichlichen Frühstück im gut geheizten Speisezimmer der Hofdamen eingeladen hatte, das in der Nähe des Salons der Obersthofmeisterin lag, traf Sophie die eisige Kälte in den düsteren Gängen der Hofburg völlig unvorbereitet. Obwohl sie ihren pelzgefütterten Umhang und Handschuhe trug, fror sie zunächst erbärmlich. Das änderte sich erst, als sie Ida über eine schweißtreibende, immer steiler werdende Stiege in den dritten Stock des Leopoldinischen Traktes der Hofburg folgte, in dem sich der sogenannte Fräuleingang befand.

»Hier lebt seit alters her der gesamte weibliche Hofstaat«, erklärte ihr Ida. »Früher hatte sogar die Obersthofmeisterin ihre Schlafkammer auf dieser Etage. Heute bewohnt die Gräfin Goëss allerdings ihre eigene kleine Suite in der Nähe der Gemächer der Kaiserin in der Amalienburg. Auch Marie Festetics und sogar die kaiserliche Friseurin Fanny Feifalk leben dort. Ihre Majestät will Fanny immer in ihrer unmittelbaren Nähe haben.« In Idas Stimme schlich sich ein Unterton, als würde sie dies der Friseurin nicht gönnen. Nicht zum ersten Mal in ihrer heutigen Unterhaltung mit Sophie.

»Wir anderen aus dem Hofstaat der Kaiserin, also Charlotte von Majláth, Sie und meine Wenigkeit müssen mit Kammern im Fräuleingang vorliebnehmen.« In ihrem Entsetzen über die Dürftigkeit ihres zukünftigen Domizils, in dem sie mittlerweile angekommen waren, hörte Sophie nur noch mit halbem Ohr hin.

Denn auch in der Kammer war es recht kühl, obwohl Franzi den kleinen Ofen, der in einer Ecke des Raums stand, angeheizt hatte. Bislang hatte Sophie damit gerechnet, in ihrem Zimmer einen der modernen Kachelöfen vorzufinden, die sie aus dem

Palais Werdenfels kannte und die auch den Salon der Gräfin Goëss und das Speisezimmer der Hofdamen beheizten.

Diese Öfen sahen nicht nur viel hübscher aus als der gusseiserne Ofen in ihrer Kammer. Sie wurden auch von dahinterliegenden Gängen aus beheizt, sodass kein rußiger Rauch austreten und Wände und Decken verschmutzen konnte. In ihrem Gemach war jedoch sowohl die Decke über dem Öfchen als auch die Wand dahinter grauschwarz verfärbt.

Zudem war das übrige Interieur weit abgenutzter und schäbiger als jedes Möbel in einer der Dienstbotenkammern im Palais Werdenfels. Auch passte die Einrichtung nicht zusammen. Etliche Stücke waren aus unterschiedlichem Holz gefertigt.

Ein schmales Bett stand an der rechten Längsseite des Raums. Immerhin war es mit einer dicken Daunendecke ausgestattet. Darunter lugte ein bemalter Nachttopf mit einem Deckel hervor.

Eine verschrammte Frisierkommode mit einem fleckig gewordenen Spiegel stand unter dem kleinen Fenster, durch das nur wenig Tageslicht in den Raum fiel. Daneben befand sich eine irdene Waschgarnitur mit Schüssel und Krug in einem hölzernen Ständer. Sie war zwar hübsch mit Frühlingsblumen bemalt, allerdings waren etliche Stellen im Lauf des Gebrauchs herausgeschlagen worden.

Immerhin befanden sich dem Bett gegenüber tiefe, teils begehbare Wandschränke, deren Türen aus Eichenholz zwar ebenfalls leicht beschädigt waren, in denen Franzi jedoch zu Sophies Erleichterung bereits ihre gesamte Garderobe untergebracht hatte.

Auf dem Boden lag ein abgetretener Plüschteppich, die Vorhänge am Fenster waren aus einfachem Baumwollstoff. Es gab einige Petroleumlampen aus Zinn und ein oder zwei Kerzenleuchter. Sophie hatte zwar schon einmal gehört, dass Kaiser Franz Joseph allen Neuerungen wie fließendem Wasser oder Gaslicht eher abgeneigt war, hatte eine solche Ausstattung aber dennoch in ihrem neuen Domizil erwartet. Denn in jedem Wiener Haus, das etwas auf sich hielt, war diese mittlerweile gang und gäbe. Manche Gebäude verfügten sogar schon über das neue elektrische Licht.

Ein winziges Tischchen und zwei unbequem aussehende Stühle mit hohen geschnitzten Lehnen vervollständigten die Möblierung.

Sophie blickte sich ratlos um. »Gibt es hier irgendwo auch ein Badezimmer?«, fragte sie Ida.

Die schmunzelte amüsiert. »Am Ende des Gangs, gleich neben dem Abtritt«, erklärte sie. »Franzi soll Ihnen die Räume später zeigen. Es gibt eine Badeliste. Darin müssen Sie sich eintragen, wenn Sie ein Vollbad nehmen möchten. Schließlich muss das heiße Wasser erst die drei Stiegen aus dem Brunnen im Hof heraufgeschafft und dann auf dem Badeofen erwärmt werden.«

»Immerhin gibt es dafür eigene Knechte und Bademägde«, deutete Ida Sophies entsetzten Blick richtig. »Franzi ist nur dafür zuständig, Ihnen morgens heißes Waschwasser zu bringen und Ihre Leibschüssel zu leeren.«

»Das Letztere wird kaum nötig sein. Ich ziehe den Abtritt vor«, erklärte Sophie. Mit Schaudern erinnerte sie sich an die Tage, an denen ihr Stiefvater sie in ihrem Zimmer eingesperrt hatte, weil sie sich weigerte, ihrer Berufung an den Hof Folge zu leisten. Die Benutzung ihres Nachttopfs war ihr dabei am unangenehmsten und auch am peinlichsten gegenüber den Dienstmädchen gewesen, die ihn danach reinigen mussten.

Ida öffnete schon den Mund, als wolle sie etwas erwidern, entschloss sich dann aber offenbar anders. »Das steht ganz in Ihrem Belieben, Sophie.« Ihr feines Lächeln ließ Sophie ahnen, dass es wohl noch einen Pferdefuß gab, was den Abtritt betraf. Aber erst einmal ließ sie es dabei bewenden, anstatt nachzufragen.

»Ich kann Ihnen vom Gesicht ablesen, dass es Ihnen nicht

anders geht als mir oder Marie von Festetics, als wir unsere Kammern vor vielen Jahren zum ersten Mal sahen. Auch wir waren über die Dürftigkeit der Ausstattung weidlich entsetzt. Aber wenn Sie sich im Dienst der Kaiserin bewähren, Sophie, wird man Ihnen mit der Zeit zumindest eine angemessenere Möblierung zubilligen. In den Amalientrakt umziehen wie Marie von Festetics werden wir beide aufgrund unserer fehlenden Angehörigkeit zum Hochadel wohl nie, wobei bei Ihnen ja noch hinzukommt...« Ida stockte und biss sich auf die Lippen.

Sophie war schon seit dem gemeinsamen Frühstück klar, dass Ida von Ferenczy als Vertraute der Kaiserin die Hintergründe ihrer Berufung an den Hof kannte. Womöglich bereits seit jenem Tag vor drei Wochen, als sie Sophie zur Audienz bei Sisi geführt hatte. Doch zu Sophies Erleichterung war Ida offensichtlich nicht danach zumute, dieses unangenehme Thema weiter zu vertiefen. Stattdessen lenkte sie ab.

»Achten Sie sorgfältig darauf, dass jede Lampe gelöscht ist, wenn Sie Ihre Kammer verlassen«, mahnte sie. »Dieser ganze Trakt ist vor ein paar Jahrhunderten durch einen Brand schon einmal völlig zerstört worden. Nur acht Jahre nachdem der damalige Kaiser Leopold I. ihn in Auftrag gegeben hatte.«

»Noch etwas möchte ich Ihnen mitteilen, bevor ich mich zurückziehe, meine Liebe«, erklärte Ida. »Das Frühstück, zu dem ich Sie heute eingeladen habe, war leider eine Ausnahme. Dort im obersten Fach dieses Wandschranks finden Sie ein wenig Geschirr und auch einen Wassertopf. Denn normalerweise nehmen die Hofdamen das Frühstück auf ihren Zimmern ein. Die Zutaten dazu lassen Sie am besten bereits am späten Nachmittag des Vortages von Ihrer Zofe aus der Hofküche holen. Sofern es der Dienst bei der Kaiserin erlaubt, treffen wir uns frühestens zum gemeinsamen Mittagsmahl im Speisezimmer der Hofdamen im Amalientrakt.«

Kaum hatte Franzi die Tür hinter sich geschlossen, ließ Sophie sich auf einen der Stühle sinken, der tatsächlich so unbequem war, wie er aussah. Jetzt bereute sie, dass sie die Kissen und Zierdecken, die ihre Mutter ihr hatte mitgeben wollen, abgelehnt hatte. Dies war ihr angesichts des Umfangs ihrer Garderobe und der erwarteten Pracht in der Hofburg allzu überflüssig erschienen.

Ob Mama wohl geahnt hat, was mich hier erwartet?, fragte sie sich.

Dann versuchte sie, die vielen Informationen zu rekapitulieren und zu verarbeiten, die ihr Ida während des Frühstücks über das Leben bei Hofe und die Vereidigung, die ihr morgen bevorstand, gegeben hatte.

Dass Sophie als Mitglied des Hofstaats zum Schweigen über alle internen Angelegenheiten verpflichtet war, hatte sie bereits gewusst. Nicht jedoch, dass sie darüber sogar einen Eid ablegen müsste. Und schon gar nicht, dass man dies nur von ihr forderte, weil sie gar keine vollwertige Hofdame in Sisis Gefolge war. Das hatte sie erst von Ida erfahren.

»Hofdame im Dienst eines Mitglieds der kaiserlichen Familie kann nur jemand werden, der mindestens sechzehn hochadelige Vorfahren in ununterbrochener Generationenfolge aufweisen kann, acht sowohl von väterlicher als auch von mütterlicher Seite. Erst recht, wenn es sich dabei um den Dienst bei einer regierenden Majestät handelt«, erklärte ihr Ida.

Auch die Sonderstellung hochadeliger Familien war Sophie an sich nicht neu. Sie wusste, dass nur solche Personen als »hoffähig« galten. Trotzdem hatte sie diese Tatsache völlig aus den Augen verloren, als ihre Eltern sie mit der Nachricht überraschten, dass Sisi Sophie in ihr Gefolge berufen hätte.

Zumindest mein Stiefvater muss das ganz genau gewusst haben, wurde ihr klar. Heißer Ärger stieg in ihr auf. *Er hat es mir wahrscheinlich wohlweislich verschwiegen, um meinen Widerstand nicht noch mehr zu verstärken. Oder es war ihm einerlei. Denn wenn ich*

Ida richtig verstanden habe, gibt es bereits einige Ausnahmen in Sisis Hofstaat, die diese Anforderung ebenfalls nicht erfüllen.

Eine davon war die Friseurin Fanny Feifalk, die allerdings bei repräsentativen Gelegenheiten nicht in Erscheinung trat. »Sie musste seinerzeit den Eid natürlich gleichfalls ablegen, da sie ja nur eine einfache Bedienstete ist. Wäre sie nicht so außerordentlich geschickt im Umgang mit Sisis Haar, das der Kaiserin kostbarer ist als jedes Juwel, wäre sie Ihrer Majestät nie so nahe gekommen.«

Sophie hatte bei dieser Erläuterung Idas nicht zum ersten Mal an diesem Tag den Eindruck, dass Ida die Friseurin nicht mochte. »Wie kam diese Dame denn überhaupt an den Hof?«, fragte sie nach.

Ida ließ die Frage unbeantwortet und lenkte zu Sophies großer Überraschung das Thema auf sich selbst.

»Vor Ihnen war ich die zweite Ausnahme, Sophie. Ich stamme nur aus einer kleinen ungarischen Landadelsfamilie. Bis heute ist unklar, wie mein Name einst auf die Liste der ungarischen Hofdamen geriet, unter denen Sisi auswählen sollte. Die anderen stammten alle aus uraltem Hochadel und erfüllten damit die Voraussetzungen für eine Berufung an den Kaiserhof. Vielleicht steckte der spätere ungarische Ministerpräsident Gyula Andrássy dahinter, mit dem sowohl die Kaiserin als auch ich bis heute befreundet sind. Aber genau weiß ich es nicht.«

Sophie ließ dies auf sich wirken. »Sie sind schon sehr lange bei Hofe, nicht wahr?« Ihre eigentliche Frage, nämlich, wie es Ida damals unter all den höhergestellten und zudem österreichischen Hofdamen ergangen war, wagte sie nicht zu stellen.

Ida schien dies zu ahnen und antwortete dementsprechend. »Im Dienst der Kaiserin stehe ich seit dem Herbst 1864. Dieses Jahr wird das Vierteljahrhundert voll, seitdem ich mein Amt bekleide. Anfangs war ich hier in Wien recht einsam. Damals gab es ja die Hermesvilla im Lainzer Tiergarten noch nicht. Die hat der Kaiser seiner Gemahlin erst im Jahr 1887 nach ihrer Fertigstellung geschenkt. Also lebte Sisi entweder hier in der Hofburg oder im Schloss Schönbrunn. Und Sisis Schwiegermutter, die Erzherzogin Sophie, war noch am Leben.«

Ida machte eine Pause. Die Falten um ihren Mund vertieften sich. Einen Moment lang schien sie zu überlegen, ob sie weitersprechen sollte. Schließlich fuhr sie fort:

»Sie sind ja noch sehr jung, Sophie, und daher viele Jahre nach der Hochzeit der Majestäten im Jahr 1854 geboren. Trotzdem haben Sie sicherlich bereits gehört, dass es zwischen Ihrer Majestät und der Erzherzogin viele Spannungen gab.«

Sophie nickte.

»Als die Kaiserin mich in ihren Hofstaat berief, empfanden dies die Erzherzogin und der gesamte damalige Hofstaat als einen weiteren Affront Sisis, nachdem sie bereits Lily Hunyadi als erste ungarische Hofdame und Paula von Königsegg als Obersthofmeisterin durchgesetzt hatte. Das war die Zeit, in der Sisi begann, mehr oder weniger offen gegen ihre Schwiegermutter zu opponieren. Anfangs zeigte sie es vor allem in ihrer unverhohlenen Sympathie für das ungarische Volk. Die Kaiserin begann, die ungarische Sprache zu erlernen, und genau dies war auch der Grund, eine weitere ungarische Hofdame in ihr Gefolge zu berufen, damit sie sich täglich darin üben konnte. Dass ihre Wahl dabei auf mich fiel, war allerdings günstig und ungünstig zugleich für Sisi.«

»Inwiefern?« Jetzt wurde Sophie wirklich neugierig. Der »österreichisch-ungarische Ausgleich«, wie man die formale Trennung der Habsburgermonarchie in ein Kaiserreich Österreich und ein Königreich Ungarn nannte, hatte im Jahr 1867 und damit drei Jahre vor ihrer Geburt stattgefunden. Sophie war in der Zeit nach der vollzogenen Reichsteilung aufgewachsen und hatte diese daher nie infrage gestellt. Nur aus dem Geschichtsunterricht bei den Salesianerinnen wusste sie, wie stark sich Sisi damals für diesen Ausgleich eingesetzt hatte.

»Nun, ich war der Kaiserin von Anbeginn an eine ergebene

Freundin«, erklärte Ida. »Und niemandem aus dem Hochadel verpflichtet. Die Clique der Erzherzogin versuchte natürlich zunächst, mich als Spionin zu gewinnen. Aber es versteht sich von selbst, dass diese Bemühungen scheiterten.« Ida warf sich stolz in die Brust. Ihre dunklen Augen, die in einem reizvollen Kontrast zu ihrem silbergrauen Haar standen, glänzten.

»Das war günstig für Sisi. Nach der Berufung von Lily Hunyadi und Paula von Königsegg war dies ihr dritter Triumph. Er betraf zunächst die Vertrauten in ihrer nächsten Umgebung, die sich die Kaiserin endlich selbst aussuchen wollte. Wenig später stellte sie sich ganz offen gegen die Erzherzogin, indem sie ihren Ehemann zwang, den sadistischen Günstling seiner Mutter, den Grafen Gondrecourt, als Erzieher des jungen Kronprinzen Rudolf zu entlassen.«

Ida stockte und blickte auf einmal traurig drein.

»Vielleicht liegt in diesem für Rudolf furchtbaren Jahr in der Gewalt dieses Unmenschen die Wurzel für all das spätere Unglück«, sagte sie leise wie zu sich selbst. Ihr Blick schweifte abwesend in die Ferne.

Sophie fragte diesmal nicht nach. Richard von Löwenstein, der mit Rudolf gut befreundet gewesen war, hatte ihr einmal erzählt, dass Gondrecourt den damals erst Sechsjährigen nachts mit Pistolenschüssen aus dem Schlaf zu reißen pflegte. Er unterzog Rudolf außerdem Kaltwasserkuren und anderen unmenschlichen Abhärtungsmethoden, um aus dem sensiblen Knaben einen »richtigen Mann und wahren Soldaten« zu formen, so wie es Kaiser Franz Joseph gewünscht hatte.

Auch sie fühlte die ihr bereits vertraute Traurigkeit über die Ereignisse von Mayerling wieder aufs Neue und gab sich schweigend ihren eigenen trüben Gedanken hin.

Plötzlich fiel ihr jedoch etwas ein. »Entschuldigen Sie, liebe Ida. Wird von allen Hofdamen erwartet, Schwarz zu tragen?«

Auch Ida schreckte nun aus ihren Gedanken auf und schüttelte den Kopf. »Natürlich trägt die Kaiserin seit dieser Tragödie nur noch Schwarz. Und Maria Goëss, Marie Festetics, die Sie heute Abend kennenlernen werden, und meine eigene Wenigkeit tun es ihr aus Solidarität mit ihrem unendlichen Schmerz gleich.«

Ida blickte Sophie prüfend an. »Aber vorgeschrieben ist es nicht. Und da Sie Ihre Majestät ja noch kaum kennen, würde ich Ihnen auch nicht dazu raten. Es könnte aufdringlich wirken, wenn Sie den Anschein erweckten, Sisis Trauer zu teilen. Tragen Sie heute Abend eine hochgeschlossene, möglichst schlichte Robe in einer gedeckten Farbe. Das halte ich für passender als ein schwarzes Kleid.«

Ida ging offensichtlich wie selbstverständlich davon aus, dass Sophies Garderobe ein solches Kleid umfasste. Dies war auch tatsächlich der Fall. Zum ersten Mal begriff Sophie, warum ihre Mutter ihr solch eine üppige Ausstattung mit an den Hof gegeben hatte.

»Ich danke Ihnen für den guten Rat, Ida«, sagte sie leise. »Aber mögen Sie mir vielleicht noch ein wenig davon erzählen, wie es Ihnen in Ihren ersten Monaten hier erging? Sie erwähnten, dass es da auch einen für die Kaiserin ungünstigen Aspekt gegeben habe.«

»So ist es«, bestätigte Ida. »Sisi hatte meine Berufung zwar durchgesetzt, aber man zwang sie, sich an die höfische Etikette zu halten. Da ich die für mein Amt vorgeschriebenen Voraussetzungen nicht mitbrachte, wird mir der Titel einer Hofdame bis heute verweigert. Ebenso wie der Sternkreuzorden, der allen anderen Damen bei Hofe über kurz oder lang verliehen wird. Deshalb habe ich auch kein eigenes Appartement im Amalientrakt. So wollte man über mich die Kaiserin demütigen.«

Plötzlich lächelte sie spitzbübisch. »Aber es gelang ihnen nicht. Obwohl mich die Erzherzogin Sophie samt ihrer Entourage komplett ignorierte, bin ich bis heute die engste Vertraute der Kaiserin. Sie hat mir schon im ersten Jahr das »Du-Wort« angeboten. Obwohl sie sich sehr darum bemüht, ist nicht einmal Marie von Festetics, die Nachfolgerin von Lily Hunyadi, Ihrer Majestät so nahe wie ich.«

Aha, dachte Sophie. Also herrscht selbst unter den ungarischen Hofdamen Konkurrenz um die Gunst der Kaiserin.

»Dennoch erwähnten Sie, Sie seien anfangs sehr einsam gewesen«, erinnerte sie Ida vorsichtig an deren erste Worte.

Die nickte. »Stellen Sie sich einmal vor, Sie wären eine Österreicherin unter lauter Ungarinnen, die Sie aufgrund Ihrer Nationalität und niedrigen Herkunft verachten. Damals beherrschte ich das Deutsche zudem noch nicht so gut wie heute. Selbst die Obersthofmeisterin Paula von Königsegg konnte nichts mit mir anfangen, da sie wiederum kein Ungarisch sprach.«

Ida seufzte. »Zum Glück gab es mit Lily Hunyadi noch eine zweite Ungarin in Sisis Hofstaat, mit der ich mich in meiner Muttersprache unterhalten konnte. Als sie dann heiratete, folgte ihr Ende des Jahres 1871 Marie von Festetics nach.«

»Wobei Marie allerdings das Kriterium der hochadeligen Herkunft erfüllt«, fügte sie mit einem fast unmerklichen Unterton von Bitterkeit hinzu. »Ebenso wie alle weiteren Ungarinnen, die danach in Sisis Gefolge eintraten.«

»Und wie lautet Ihr Titel im Dienst Ihrer Majestät?«

»Ich bin offiziell Sisis Vorleserin. Sie erinnern sich sicher an die diesbezügliche Bemerkung der Gräfin Goëss heute Morgen. So wie Ihr offizieller Titel der einer ›Promeneuse‹ sein wird. Was auch immer das letztlich bedeuten mag.«

Sophie überlegte einen Augenblick lang. Dann trat sie die Flucht nach vorn an.

»Werden Sie von der jetzigen Obersthofmeisterin denn im Vergleich zu den anderen Hofdamen benachteiligt? Zumal Gräfin von Goëss ja Österreicherin ist?«

Zu ihrer Überraschung begann Ida zu schmunzeln.

»O nein, meine Liebe. Oder offen gestanden, wenn es so wäre, hätte ich es noch nie bemerkt. Die Gräfin von Goëss hält sich vor allem wegen ihres großen Taktgefühls und ihrer Zurückhaltung seit so vielen Jahren auf ihrem Posten. Eigentlich ist sie als Obersthofmeisterin unter allen adeligen Damen bei Hofe, die nicht mit dem Kaiser verwandt sind, diejenige mit dem höchsten Rang. Aber davon merkt man bei Marias bescheidenem Auftreten kaum je etwas.«

Sophie fiel etwas auf. »Warum hat Sisi denn keine ungarische Oberstdhofmeisterin?«

Jetzt lächelte Ida breit. »Ausnahmen bestätigen die Regel. Sisis erste Oberdthofmeisterin, die ihr nach ihrer Hochzeit von ihrer Schwiegermutter aufgezwungen wurde, war zwar Österreicherin, aber mit einem Ungarn aus dem Fürstengeschlecht der Esterházys verheiratet. Sie pflegte die damals blutjunge Kaiserin ununterbrochen zu belehren und zu bevormunden. Sie durch die nicht standesgemäße Paula von Königsegg zu ersetzen, war Sisis erste erfolgreiche Auflehnung gegen die übermächtige Erzherzogin.«

»Wieso war Paula von Königsegg nicht standesgemäß?«, fragte Sophie. »Verfügte auch sie nicht über die sechzehn hochadeligen Vorfahren?«

Ida lachte kurz auf. »Einen solchen Verstoß gegen die Hofetikette würde man wohl bis heute nicht dulden. Obwohl die Kaiserin jetzt fast alles durchsetzt, was sie will. Aber dies wäre immer noch undenkbar!«

Dann fuhr sie mit ernsterer Miene fort. »Paula von Königsegg stammte aus keinem gefürsteten, sondern nur aus einem ›einfachen‹ Grafengeschlecht. Was bei Hof nichts Geringeres bedeutet, als dass sie aus keiner standesgemäßen Familie stammt. Damit stellte Sisi damals die überaus strenge Rangordnung bei Hofe auf den Kopf. Schließlich mussten jetzt Fürstinnen einer simplen Gräfin ihre Referenz erweisen.«

Sophie fühlte plötzlich ein Gefühl der Resignation. Wie sollte sie sich in diesem Dschungel aus offiziellen Regeln und inoffiziellen Verstößen gegen die geltende Hofetikette nur jemals zurechtfinden?

Aber schon fuhr Ida fort. »Paula war ursprünglich ebenfalls eine Hofdame Sisis und dieser in ihren ersten Jahren bei Hofe eine enge Vertraute. Als sie den Grafen von Königsegg ehelichte, musste sie ihren Dienst bei Sisi zunächst quittieren. Einige Jahre später setzte die Kaiserin dann ihre Ernennung zur Obersthofmeisterin durch und berief sogar deren Ehemann zu ihrem Obersthofmeister. Das ging aber nur wenige Jahre gut.«

»Weil die Hofentourage gegen die beiden intrigierte?«, vermutete Sophie.

Ida schüttelte den Kopf. »Nein, weil leider auch Paula von Königsegg uns Ungarinnen im Hofstaat ablehnend gegenüberstand und weder Ungarisch sprach noch Anstalten machte, diese Sprache zu erlernen. Dadurch geriet sie immer mehr in einen Gegensatz zur Kaiserin und verlor schließlich samt ihrem Ehemann ihre vormalige Stellung.«

»Aha!« Mehr fiel Sophie dazu nicht ein. Zumal ihr der Kopf von all diesen Informationen bereits zu schwirren begann.

»Danach berief man in diese Ämter zwei Persönlichkeiten, die sich beide bis heute nur durch eines auszeichnen: nämlich dadurch, sich niemals die Finger zu verbrennen und alles weitgehend laufen zu lassen, solange nur nach außen hin der Schein gewahrt bleibt. Weder die Gräfin Goëss noch der ungarische Obersthofmeister Baron Nopcsa spielen heutzutage eine bedeutende Rolle bei Hofe.« Jetzt klang Ida ein wenig verächtlich.

Sie sah Sophie direkt in die Augen. »Also nehmen Sie diesen weiteren Rat von mir an, liebe Sophie! Verhalten Sie sich möglichst unauffällig und achten Sie darauf, mit niemandem in einen auch noch so unbedeutenden Konflikt zu geraten. Denn in der Gräfin Goëss fänden Sie keine Stütze, auch wenn Sie noch so sehr im Recht wären. Maria würde sich, wie immer, aus allem heraushalten.«

Sophies zunehmende Bedrückung und Verwirrung musste ihr am Gesicht abzulesen sein.

»Aber nun sollte ich Ihnen Ihr Zimmer zeigen und Sie hernach noch ein wenig allein lassen, damit Sie sich vor dem Mittagessen noch etwas ausruhen können. Über weitere Eigenheiten der Hofetikette informiere ich Sie ein andermal.« Ida machte Anstalten, vom Frühstückstisch aufzustehen.

Doch Sophie hielt sie mit einer Geste zurück. »Bitte sagen Sie mir doch noch, was mich morgen bei meiner Vereidigung erwartet. Wie war das denn damals bei Ihnen?«

»Ach Gott, das hätte ich jetzt beinahe völlig vergessen!« Ida schlug sich leicht mit der Hand an die Stirn.

Dann huschte ein undefinierbarer Ausdruck über ihr Gesicht. »Vereidigt wurde ich nie«, gab sie offen zu. »Ich weiß nur, dass die Kaiserin in Ihrem Fall auf dieser Zeremonie besteht.«

Sophie fühlte sich plötzlich furchtbar verzagt. »Und wozu genau soll ich verpflichtet werden?«

Jetzt musterte Ida sie streng. »Vor allem zu Ihrer absoluten Verschwiegenheit, Sophie. Über alle vergangenen und zukünftigen Ereignisse, die den Hof betreffen. Ich vermute, Sie wissen selbst am besten, worum es sich dabei handeln könnte.«

Sophie spürte, dass ihre Augen feucht wurden. Ihre schlimmsten Befürchtungen schienen sich zu bestätigen. Wahrscheinlich würde sie hier in der Hofburg ein von der Kaiserin vollkommen ignoriertes Schattendasein führen, geschnitten und gemieden von allen anderen Mitgliedern des Hofes. Nur um sicherzustellen, dass sie ihr kompromittierendes Wissen über das wahre Ausmaß der Tragödie von Mayerling niemals preisgab.

Ida schien Sophies Gedanken zu erraten. Wieder mit einem herzlichen Lächeln ergriff sie spontan ihre Hand. »Aber nun verzagen Sie nicht, meine Liebe. Ich habe die Kaiserin sogar andeuten hören, dass sie Sie nach der Vereidigung mit auf einen wichtigen Gang nehmen möchte. Wohin, hat sie weder mir noch Marie Festetics verraten, die sich sehr darüber geärgert hat. Also verlieren Sie um Himmels willen nicht jetzt schon den Mut!«

Dies erschien Sophie, als sie sich schließlich in ihrer dürftigen Kammer ein wenig auf das immerhin weiche Bett legte, leichter gesagt als getan zu sein. Hinter ihren Schläfen pochte ein leichter Kopfschmerz. Was würde in dieser Schlangengrube, als die ihr der Hof bereits jetzt erschien, wohl noch alles auf sie zukommen?

Kapitel 2

Speisezimmer der Hofdamen in der Hofburg

Samstag, 2. März 1889, am Abend

»Nun, liebe Sophie! Wie empfanden Sie denn die Zeremonie Ihrer Vereidigung?«

Marie von Festetics, neben Ida von Ferenczy Sisis langjährigste Hofdame, fragte sie dies mit ihrer rauen, etwas schnarrenden Stimme. Dabei musterte sie Sophie durch ein Lorgnon, was ihr rechtes Auge grotesk vergrößerte.

Sophie spürte, dass sie errötete, zumal sich jetzt auch die Augen der übrigen Hofdamen rund um den Tisch auf sie richteten. Man hatte gerade das Dessert beendet und saß noch bei einer Melange und Konfekt beisammen.

»Es war ...«, sie suchte nach den richtigen Worten, »ein wenig ungewohnt.«

Marie von Festetics lachte spöttisch auf. »Das kann ich mir denken, meine Liebe. Schließlich sind Sie die erste Dame von Stand aus dem Hofstaat der Kaiserin, die dieser Prozedur unterzogen wird. Wenn auch von niedrigem Stand«, ergänzte sie demonstrativ. »Denn eigentlich ist die Vereidigung nur für gewöhnliche Beamte und Lakaien gedacht.«

»Marie!«, zischte Ida von Ferenczy ihrer Landsmännin zu und stieß sie dabei leicht in die Seite. Die ignorierte die Intervention jedoch und hörte nicht auf, Sophie durch ihr Lorgnon hindurch zu betrachten.

»Nun, wollen Sie uns denn gar keine nähere Auskunft geben? Schauen Sie sich doch einmal am Tisch um! Auch die anderen Damen sind sehr gespannt. Nicht wahr, liebe Fredi?«

Mit den letzten Worten sprach Marie von Festetics eine Hofdame der Erzherzogin Marie Therese von Braganza an. Es war eine junge Adelige in Sophies Alter aus dem Fürstenhaus von Taxis, die bei der jetzigen Gemahlin des Erzherzogs Karl Ludwig, dem jüngeren Bruder von Kaiser Franz Joseph, im Dienst stand.

Sophie spürte einen heftigen Widerwillen in sich aufsteigen. So sympathisch ihr Ida von Ferenczy auf den ersten Blick gewesen war, so unsympathisch war ihr Marie von Festetics. Bei ihrem ersten Diner am gestrigen Abend hatte die arrogante Ungarin Sophie keines einzigen Wortes gewürdigt.

»Sie dürfen Marie ihre Zurückhaltung nicht übelnehmen!«, hatte Ida, der Sophies stiller Zorn nicht entgangen war, sie gestern Abend auf dem Rückweg vom Amalientrakt in den Fräuleingang zu beschwichtigen versucht. »Auch Marie hatte es anfangs im Hofstaat der Kaiserin sehr schwer. Sie wurde ebenfalls von Erzherzogin Sophie, der Mutter des Kaisers, vollständig ignoriert und hat seither eine Abneigung gegen die meisten österreichischen Damen bei Hofe entwickelt.«

»Aber Sie haben mir doch erst heute Morgen erzählt, dass es Ihnen damals genauso ergangen ist«, wandte Sophie ein. »Und Sie sind nicht derart abweisend!«

Ida zuckte nur mit den Achseln. »Marie ist wahrscheinlich viel sensibler als ich. Sie kommt ja auch aus dem höheren Adel und war eine solche Respektlosigkeit in Ungarn und in ihrer vorigen Stellung als Hofdame wohl nicht gewohnt. Zumal sie anfangs nur ungern in die Dienste der Kaiserin wechselte.«

Darauf hatte Sophie erst einmal nichts erwidert. Wenn ihr eine Eigenschaft als gänzlich ungeeignet für die Beschreibung der Hofdame Marie von Festetics erschien, dann war es der Begriff »sensibel«.

Umso mehr freute sie sich über die bereits recht herzliche Beziehung zu Ida von Ferenczy und ihre wohlgemeinten Ratschläge. Tatsächlich hatte außer Marie und Ida keine der anderen Hofdamen am gestrigen Abend eine schwarze Robe getragen. Sophies mittelgraues hochgeschlossenes Seidenkleid mit dem Stehkragen aus cremefarbener Spitze war überaus passend, wie ihr ein rascher Blick in die Runde gezeigt hatte.

Zu ihrem Erstaunen trugen sowohl Ida Ferenczy als auch Marie Festetics heute Abend wieder dieselben schwarzen Kleider wie gestern. Auch Charlotte Majláth erschien in derselben anthrazitfarbenen Robe. Sophie entgingen die missgünstigen Blicke Maries nicht, mit denen sie ihr dunkelblaues, mit einem grauen Spitzeneinsatz versehenes Kleid betrachtete.

Offensichtlich war die Garderobe der Ungarinnen nicht so reichhaltig wie die Sophies oder die der Hofdame Friederike von Taxis. Denn auch Friederike, die von allen nur bei ihrem Kurznamen Fredi gerufen wurde, trug ein anderes, zwar schlicht wirkendes, aber aus schwerer Seide gefertigtes, braunes Kleid.

Marie von Festetics fixierte Sophie weiterhin unverwandt. Die wusste von Ida, dass die Festetics seit mehr als siebzehn Jahren im Dienst der Kaiserin stand. Die beiden Ungarinnen waren fast gleichaltrig. Auch Marie von Festetics würde in diesem Jahr ihren fünfzigsten Geburtstag feiern.

In ihren jüngeren Jahren hatte Marie als Schönheit gegolten. Heute war davon nicht mehr allzu viel übrig geblieben, konstatierte Sophie bei sich, während sie noch überlegte, was sie über die recht profan verlaufene, in wenigen Minuten abgehandelte Vereidigung erzählen sollte. Maries dunkles Haar war mittlerweile von grauen Strähnen durchzogen. Die dichten Brauen hatten jedoch ihre ursprüngliche Farbe behalten.

Ihr Gesicht wurde von den ausdrucksstarken, mittlerweile von kleinen Fältchen umgebenen Augen und der großen, spitzen Nase dominiert. Die fast schwarzen Augen wirkten lebendig und scharf. Ihnen schien kaum etwas zu entgehen. Maries Gestalt war wie die von Ida trotz ihres fortgeschrittenen Alters rank und schlank. Wahrscheinlich hätte Sisi, die selbst allerhöchsten Wert auf ihre Figur legte, korpulente Hofdamen in ihrer unmittelbaren Umgebung auch kaum geduldet.

»Marie Festetics hat außerdem einige Male darauf verzichtet, sich zu verheiraten, um im Dienste Sisis bleiben zu können«, hatte Ida Sophie gestern Abend noch erklärt. »Da betrachtet sie natürlich jede neue Hofdame mit großem Misstrauen. Maries ganzes Leben dreht sich um den Dienst für die Kaiserin.«

»Ach, Sophie, nun zieren Sie sich doch nicht so!«, kam jetzt auch Fredi von Taxis Marie Festetics zu Hilfe. »Ich weiß fast gar nichts über diese Vereidigungszeremonie.«

»Nun«, kam Sophie der Bitte endlich zögernd nach. »Man hat mich schwören lassen, alle Vorgänge bei Hofe absolut vertraulich zu behandeln und niemandem, nicht einmal meinen engsten Angehörigen, etwas davon weiterzugeben.«

»Sonst nichts?« Fredis blassblaue Augen blickten enttäuscht.

»Nein, sonst nichts«, bestätigte Sophie wahrheitsgemäß. »Außer dass ich den mündlich geleisteten Eid auch noch schriftlich in einem Dokument abgeben und unterschreiben musste.«

»Also hat man Sie nicht zusätzlich darauf verpflichtet, Ihren Pflichten als Promeneuse sorgfältig nachzukommen? Und auch sonst allem, was die Kaiserin von Ihnen verlangen mag?«, insistierte Marie mit einem missgünstigen Unterton.

»Nein!« Sophie schüttelte verstört den Kopf. »Warum hätte man mich auch dahingehend verpflichten sollen? Das ist doch der Sinn und Zweck meiner Berufung.«

»Wurden Sie wenigstens auf die Sittenstrenge bei Hofe hingewiesen?«, setzte Marie nach. »Und darauf, sich an alle Gebote der katholischen Kirche zu halten?«

»Auch das ist selbstverständlich für mich«, beteuerte Sophie, nun zunehmend irritiert. Sie straffte den Rücken und blickte Marie, die das Lorgnon inzwischen gesenkt hatte, gerade in die Augen.

»Man wird mir diesbezüglich also ebenso vertrauen wie einst Ihnen, Gräfin von Festetics«, sagte sie förmlich. »Schließlich haben Sie ja soeben erwähnt, selbst niemals vereidigt worden zu sein.«

Marie von Festetics' Wangen röteten sich. »Bei mir wäre so etwas auch in der Tat nicht vonnöten gewesen«, betonte sie demonstrativ.

Also scheint auch sie etwas über die wahren Hintergründe meiner Berufung zu wissen, schoss es Sophie durch den Kopf.

Es war Ida, die jetzt einer weiteren Eskalation zuvorkam. »Ach herrje! Es ist ja schon nach neun Uhr. Lasst uns die Tafel nun aufheben, meine Lieben. Morgen müssen wir mit den Hühnern aus dem Bett, um rechtzeitig zur Frühmesse in der Augustinerkirche zu sein.«

Fredi und Charlotte sprangen nahezu gleichzeitig auf. Offensichtlich war auch ihnen die Diskussion um Sophies Vereidigung in den letzten Minuten peinlich geworden. Gemeinsam mit Sophie und Ida verließen sie das Speisezimmer, um ihre Kammern im Fräuleingang aufzusuchen. Marie von Festetics, deren Zimmer im Amalientrakt lag, blieb zwangsläufig zurück.

»Die Nacht ist kühl, aber der Himmel sternenklar«, bedeutete Ida Sophie. »Lassen Sie uns doch noch ein wenig frische Luft schnappen und den Weg über den Burghof wählen. Ihr nicht«, hielt sie Charlotte und Fredi zurück. »Ich habe noch etwas mit Sophie zu bereden.«

Sobald sie außer Hörweite der anderen waren, fragte Sophie gereizt nach. »Was möchten Sie denn noch mit mir besprechen, Ida? Dass ich mir von nun an jeden Abend solche Affronts von Ihrer ungarischen Landsmännin gefallen lassen muss?«

»Es wird Ihnen wohl nichts anderes übrig bleiben, Sophie«, erwiderte Ida lakonisch. »Marie von Festetics besitzt Kaiserin Elisabeths volles Vertrauen. Und neigt leider zu extremer Eifersucht, wenn sie vermutet, dass ihr jemand in dieser Rolle gefährlich werden könnte.«

»Da besteht bei mir ja wohl kaum eine Gefahr«, antwortete Sophie bitter.

Ida hielt sie am Arm zurück, drehte sie leicht zu sich herum und blickte ihr in die Augen. »Da bin ich mir nicht so sicher!«, erwiderte sie zu Sophies größter Überraschung. »Immerhin möchte die Kaiserin Sie morgen Abend in ihren Gemächern empfangen. Um Punkt acht Uhr soll ich Sie nach dem Diner zu ihr bringen.«

»Warum, weiß ich nicht«, kam sie einer diesbezüglichen Frage Sophies zuvor. »Nur, dass Marie Festetics diese Anordnung der Kaiserin ebenfalls kennt. Schon aus diesem Grund sollten Sie sorgfältig darauf achten, sich Marie nicht zur Feindin zu machen!«

Palais Thurnau in der Herrengasse

Sonntag, 3. März 1889, gegen acht Uhr abends

Vorsichtig lugte Amalie aus ihrem Zimmer in den zum Glück menschenleeren Flur. Kein Dienstbote war zu sehen. Wenn dies auch auf der Hintertreppe so bliebe, würde niemand zu dieser für eine unverheiratete Komtess schon späten Abendstunde bemerken, dass sie das Haus verließ.

Sie winkte ihrer verschüchterten Zofe, die mit ihr im Zimmer gewartet und der sie unter Androhung strenger Strafe eingeschärft hatte, kein Sterbenswörtchen über ihren heimlichen Ausflug verlauten zu lassen.

»Geh vor und schau, ob die Luft auf der Hintertreppe rein ist!«, befahl sie ihr.

Während das Mädchen die Treppe hinunterhuschte, derweil sie auf der obersten Stufe stehen blieb, beglückwünschte Amalie sich selbst zu dieser unverhofften Gelegenheit. Sie hatte sich viel rascher ergeben, als sie gestern noch vermutet hatte. Sowohl Richard als auch ihr Vater speisten heute Abend außer Haus. Richard traf sich mit ein paar alten Offizierskameraden aus seiner Zeit in Prag. Ihr Vater war zu einem Essen der Aktionäre der Wienerberger Ziegelfabriken geladen. Auch an diesem Unternehmen hielt er erhebliche Anteile. Richards Onkel Max war mit seiner Frau schon Mitte der vergangenen Woche auf sein Landgut nach Tirol abgereist, zumal die Frühjahrssaison aufgrund der Hoftrauer völlig ausfiel.

Amalie hatte vorgeschützt, auf ihrem Zimmer speisen zu wollen, brachte vor Aufregung aber keinen Bissen hinunter. Berta, ihre Zofe, hatte ihr Mahl auf dem Abtritt entsorgt, bevor sie das Geschirr in die Küche im Untergeschoss zurückbrachte. Dort saßen die meisten Dienstboten in der Leutestube zusammen, berichtete Berta, und freuten sich über einen ungewohnt entspannten Sonntagabend.

Also war die Bahn für Amalies Vorhaben frei. Schon gestern war die erhoffte Zusage eingetroffen, nur eine Stunde, nachdem sie Berta losgeschickt hatte, um ihre Anfrage persönlich abzugeben. Amalie sei jederzeit zu einem Besuch willkommen, hatte es geheißen.

Und als sie heute Morgen erfahren hatte, dass am Abend kein gemeinsames festliches Souper vorgesehen war, schickte sie Berta gleich wieder auf den Weg und erhielt erneut die ersehnte Antwort: »Ich erwarte Sie gerne nach acht Uhr in meiner Suite, wertes Fräulein von Thurnau.«

Nur einhundert Meter vom Palais Thurnau entfernt standen beständig Mietfiaker, die auf Kundschaft warteten. Weder ihr Verlobter noch ihr Vater würden vor Mitternacht wieder zu Hause sein. So lange war auch die Portiersloge unbesetzt.

Jetzt gab Berta Amalie das Zeichen, dass sich niemand auf der Hintertreppe und den angrenzenden Fluren aufhielt. Rasch huschte sie hinunter und durch die Hintertür, zu der Berta einen Schlüssel besaß, hinaus in den Hof. Er lag an der Rückseite des Palais und führte auf die Freyung, einen der größten Plätze in der Wiener Innenstadt.

Neben dem großen schmiedeeisernen Tor befand sich eine kleine Pforte, zu der wiederum Amalie seit Langem einen Schlüssel besaß, den sie einst dem ersten Diener Sieber entwendet hatte. Durch diese Pforte pflegte er, die Dienstboten nach ihren wenigen Freistunden wieder einzulassen, damit das schwere Tor nicht eigens für sie geöffnet werden musste.

Nun schlüpften beide Frauen hindurch und saßen nur wenige Minuten später in einer Mietdroschke.

»Wohin des Wegs, gnä's Fräulein?«, fragte der Kutscher und zog seinen Zylinder, während er ihnen den Schlag aufhielt.

»Ins Grand Hotel am Kärntner Ring«, beschied ihm Amalie kühl.

Kapuzinergruft am Neuen Markt

Sonntag, 3. März 1889, gegen neun Uhr abends

Sophie spürte Gänsehaut am ganzen Körper, als der Kapuzinermönch, der ihr und der Kaiserin die Tür zur Gruft geöffnet hatte, diese wieder hinter sich ins Schloss fallen ließ. Nun war sie mit Rudolfs Mutter in der düsteren, nur von den Laternen, die ihnen der Mönch gegeben hatte, schwach beleuchteten Grabkammer der Habsburger allein.

Schaudernd folgte Sophie Sisi die glitschige Treppe hinab, ängstlich darauf bedacht, nicht auszurutschen. Die Situation kam ihr vollkommen unwirklich vor. Sie konnte kaum glauben, dass dies wirklich geschah. Zumal es sie vollkommen unerwartet getroffen hatte.

Als Ida Ferenczy sie nach dem Diner der Hofdamen aus dem Speisezimmer hinausführte, waren die eifersüchtigen Blicke, die Marie Festetics ihr hinterherschickte, noch ihr größtes

Problem gewesen. Sie schienen sich wie Pfeile in ihren Rücken zu bohren.

Nur kurz hatte sie sich gewundert, als Ida ihr schon nach dem Mittagsmahl die Bitte der Kaiserin überbracht hatte, heute Abend bei der Visite ein schwarzes Kleid zu tragen. Offensichtlich legte die Kaiserin also doch Wert darauf, dass ihre ganze Umgebung wie sie selbst Trauer trug.

Da Sophie nach dem Diner keine Zeit mehr gehabt hätte, sich umzuziehen, trug sie ihr Trauerkleid bereits, als Ida sie zum Abendessen abholte. Da das Wetter sehr kalt war und es daher in den Gängen der Hofburg eisig sein würde, hatte sie von sich aus einen zum Kleid passenden schwarzen Umhang gewählt. Nun bat Ida sie, außerdem noch einen gleichfarbigen Hut mit dichtem Schleier aufzusetzen.

Allerdings gelang es Sophie nicht, Ida auch nur ein einziges Wort darüber zu entlocken, was die Kaiserin mit ihr bereden wollte. Schließlich tröstete sie sich damit, dass wohl jede ihr von Sisi aufgetragene Tätigkeit besser sein würde als das stundenlange Ausharren in ihrer Kammer im Fräuleingang, wo sie sich bisher zwischen den Mahlzeiten nur mit Lesen, dem Schreiben von Briefen an ihre Mutter und Schwester und einer Stickarbeit beschäftigen konnte.

Sisi hatte sie im Kleinen Salon, demselben Raum, in dem Sophie vor einigen Wochen zu ihrer ersten Audienz empfangen worden war, erwartet. Natürlich war auch sie völlig in Schwarz gekleidet. Trotz der wenigen Wandlampen, die nur ein diffuses Licht spendeten, erkannte Sophie, wie verhärmt das Gesicht der Kaiserin war. Dunkle Schatten lagen unter ihren Augen, ihr Blick wirkte leblos.

Ohne einen Gruß, geschweige denn eine Geste, um Sophie in ihrem Hofstaat willkommen zu heißen, musterte Sisi sie und richtete das Wort zunächst an Ida.

»Ist sie zum Schweigen verpflichtet worden?«

Ida bestätigte dies. »Jawohl, Majestät.« Dies klang weitaus

förmlicher, als Ida Sophie ihr Verhältnis zur Kaiserin geschildert hatte. Aber möglicherweise pflegten sie nur dann einen vertrauteren Umgang miteinander, wenn sie unter sich waren.

»Dann helfen Sie mir in meinen Umhang, Ida!«, befahl Sisi. Nachdem die Ungarin der Aufforderung nachgekommen war, warf sich die Kaiserin einen fast bodenlangen schwarzen Crêpeschleier über den Kopf, der ihr Gesicht völlig verhüllte. Dann ging sie zur Tür.

»Warten Sie hier auf unsere Rückkehr, Ida!«, sagte sie über ihre Schulter hinweg. Und an Sophie gewandt, ohne sie anzublicken: »Folgen Sie mir!« Sie öffnete eine vorher unsichtbare Tapetentür, hinter der sich eine Stiege auftat, die steil hinabführte.

Zunehmend beklommen folgte Sophie der Kaiserin, die ihr vorausging und sich kein einziges Mal nach ihr umdrehte. Am Fuß der Treppe angekommen, durchschritten sie mehrere weitläufige Gänge der Hofburg, die schwach von Petroleumfunzeln erhellt wurden. Schließlich öffnete Sisi eine kleine Pforte ins Freie, hinter der eine unscheinbare Kutsche wartete.

Offensichtlich verfügte die Hofburg, deren erste Gebäude bereits im Mittelalter errichtet worden waren, über viele solcher geheimen Ein- und Ausgänge. Auch Mary hatte Sophie einst erzählt, dass Rudolfs Kammerdiener sie auf der Augustinerbastei hinter einer unauffälligen Eisentür erwartet hatte, um sie dann durch ein wahres Labyrinth von Gängen und Treppen in die Gemächer des Kronprinzen zu führen.

Erst als sie sich im völlig dunklen Inneren der Kutsche gegenübersaßen, sprach die Kaiserin Sophie zum ersten Mal an.

»Ich erwarte völliges Stillschweigen über das Ziel unserer kleinen Ausfahrt von Ihnen. Erst recht über das, was sich womöglich dort abspielen mag. Nur Ida Ferenczy ist eingeweiht.«

Sophie nickte, bis ihr auffiel, dass Sisi dies womöglich gar nicht sehen könnte. »Jawohl, Kaiserliche Majestät«, antwortete sie leise.

Kurz überlegte sie, ob sie fragen sollte, wohin man fahren würde, unterließ es dann aber. Sisi schien ihre Gedanken zu erraten und gab ihr die Antwort auch ohne Aufforderung.

»Wir besuchen gemeinsam das Grab meines Sohnes.«

Sophie fuhr der Schrecken in alle Glieder. »In der Kapuzinergruft?« Ihre Stimme zitterte. »Um diese Stunde?«

»So ist es. Besser wäre ein Besuch um Mitternacht gewesen.« Die Kaiserin seufzte hörbar. »Aber dies hätten die Burgwachen, die uns die Tore öffnen müssen, sicher so seltsam gefunden, dass es Gerüchte darüber gegeben hätte. So werden sie glauben, dass ich in Ihrer Begleitung zu einem Souper ausfahre.«

Tatsächlich hielt die Kutsche in diesem Moment an. Sophie hörte den Fiaker einige unverständliche Worte raunen, dann setzte sich das Gefährt wieder rumpelnd in Bewegung.

»Sie waren doch die beste Freundin der kleinen Vetsera, nicht wahr?«

Die Frage traf Sophie unvermittelt. »Ja, so ist es.«

Ihre nächsten Worte richtete Sisi nicht an Sophie, sondern murmelte sie leise vor sich hin. »Dann ist mir der große Jehova dieses Mal vielleicht gewogener als bei meinem ersten Besuch.«

Sophie konnte sich auf all das keinen Reim machen. Sie spürte, dass ihre Hände in den warmen Handschuhen vor Aufregung feucht wurden. Doch wieder wagte sie nicht zu fragen.

»Ich muss herausfinden, ob Rudolf in dieser Gruft beerdigt sein will«, gab die Kaiserin Sophie die Antwort auf ihre stummen Fragen erneut von sich aus. »Sie haben mir doch bei unserer ersten Begegnung gesagt, dass Ihre Freundin Mary hoffte, neben Rudolf begraben zu werden. Mein Sohn schrieb mir das Gleiche in seinem Abschiedsbrief. Nun sorge ich mich darum, dass sein Geist ruhelos umherirrt, da sein Vater dieser Bitte aus dynastischen Gründen nicht Folge geleistet hat.«

Sisi stockte und blickte einen Moment lang zu dem mit einem schwarzen Vorhang verhängten Fenster, als ob sie durch den Stoff hindurch etwas auf der Straße betrachten wolle.

»Ich war schon einmal dort«, räumte sie zu Sophies wachsender Bestürzung ein. »Das war wenige Tage nach der Beisetzung. Doch dieser Versuch blieb ergebnislos. Nun erhoffe ich mir von Ihrer Gegenwart, dass Sie den Geist des Mädchens, das ihm im Tod vorausging, wie ein Medium erwecken. Auch wenn Mary ganz woanders begraben liegt. Oder dass Sie zumindest Rudolfs Sehnsucht nach ihr hervorrufen, sollte er sie verspüren. Vielleicht eröffnet sich mir dabei der Geist meines Sohnes und teilt mir seine Wünsche mit.«

Sophie war es, als ob eine eiskalte Hand nach ihrem Herzen griffe. Sie fühlte sich wie gelähmt. Geschah dies hier wirklich, oder war sie in einem schlimmen Albtraum gefangen?

»Sie brauchen sich nicht zu fürchten!«, erriet die Kaiserin ihren Zustand. »Die Geister der Toten fügen den Lebenden kein Leid zu. Aber sie können sich ihnen mitteilen, wenn es der große Jehova zulässt.«

Jehova? Sisi nannte den Namen des alttestamentarischen Gottes jetzt schon zum zweiten Mal. *Ob sie vielleicht vor Gram irrsinnig wird?* Die Vermutung drängte sich Sophie geradezu auf.

Erneut reagierte die Kaiserin, als verfüge sie über hellseherische Kräfte. »Es ist das schlechte Blut der Wittelsbacher, das schon so viel Unheil verursacht hat«, wiederholte die Kaiserin nun eine Aussage, die sie Sophie gegenüber schon bei deren erster Audienz vor einigen Wochen geäußert hatte.

Doch jetzt wurde Sisi deutlicher. »Zu viel Inzucht über eine zu lange Zeit. Der Wahnsinn liegt in meiner Familie. Auch mein Cousin Ludwig, der König von Bayern, fiel ihm anheim. Ebenso wie sein jüngerer Bruder Otto.«

Sophie wusste nicht, was sie darauf erwidern sollte, und blieb stumm.

Doch die Kaiserin schien ohnehin keine Antwort zu erwarten und fuhr fort. »Ludwig ist mir nach seinem Tod erschienen«, fuhr sie zu Sophies andauerndem Schrecken fort. »Ich lag allein in meinem Bett, als ich mich plötzlich fühlte, als müsse ich ersticken. Ein Geräusch wie das Gurgeln von Wasser war um mich herum. Mit letzter Kraft setzte ich mich auf, um Atem zu schöpfen.«

Die Kutsche rumpelte durch ein tiefes Schlagloch. Sisi hielt einen Moment lang inne und sprach dann weiter.

»Dann öffnete sich die Zimmertür. Im Schein des Mondlichts sah ich deutlich, dass Ludwig hereinkam. Seine Kleider waren triefend nass, das feuchte Haar klebte um sein totenblasses Gesicht. Doch er war es, ich habe ihn ganz deutlich erkannt. Er sprach zu mir von ...« Sie stockte. »Doch das geht Sie nichts an.«

Sophie entfuhr unwillkürlich ein Stöhnen. Kein Zweifel, die Kaiserin war genauso wahnsinnig wie ihr Cousin, der im Juni 1886 auf bislang ungeklärte Weise im Starnberger See ums Leben gekommen war.

Auch diese Gedanken schien Sisi zu erraten. »Ich merke schon, Sie glauben mir nicht«, sagte sie Sophie auf den Kopf zu. Ihre Stimme klang ärgerlich. »Vielleicht war es doch keine gute Idee, Sie in die Gruft mitzunehmen.«

Kurz schien Sisi etwas zu erwägen. »Aber nun können wir nicht mehr zurück«, seufzte sie dann. »Allein habe ich es schon einmal versucht und keinen Erfolg erzielt. Also warten wir ab, was sich heute tun wird.«

Der Rest der Fahrt verlief schweigend. Gedanken rasten durch Sophies Kopf. Sie war nicht in der Lage, sich für das zu wappnen, was gleich auf sie zukommen würde.

Nun standen sie und die Kaiserin tatsächlich am Fuße der Treppe der Kapuzinergruft. Die Luft roch leicht modrig, als ob die Wände feucht wären. Darunter mischte sich der süßliche Geruch verwelkender Blumen und erloschener Wachskerzen.

Im Schein der Laterne sah Sophie, dass Sisi ihr winkte. »Folgen Sie mir! An Rudolfs Sarg brennt ein ewiges Licht. Daran können wir einige Fackeln entzünden, die dort bereitliegen. Dann wird es heller.«

Sisi wandte sich nach links. Sie schritten an einigen Särgen vorbei, die nur als Schemen zu erkennen waren.

Plötzlich tauchte ein riesiger Schatten aus dem Dunkel auf. Er sah aus wie ein gefährliches Ungeheuer, das mit erhobener Waffe bereit war, sich auf sie zu stürzen. Mit einem Aufschrei ließ Sophie ihre Laterne fallen, die sofort erlosch. Um sie herum wurde es stockfinster.

Grand Hotel am Kärntner Ring

Sonntag, 3. März 1889, gegen halb neun Uhr abends

»Es ist überaus freundlich von Ihnen, verehrte Gräfin Larisch, mich so rasch zu empfangen«, säuselte Amalie und nahm geziert einen der Kekse zu ihrem Tee. Beides hatte die Gräfin von ihrem Kammermädchen servieren lassen. Die goldverzierte Schachtel, die auf einer Kommode im Salon der Suite lag, wies das Backwerk als ein Produkt des Cafés Prinzess aus.

Genüsslich ließ sich Amalie das mit Marzipan und einer kandierten Kirsche verzierte Plätzchen auf der Zunge zergehen. Jetzt verspürte sie nach dem ausgefallenen Abendessen doch Appetit. Gleichzeitig wuchs ihre Neugier ins Unermessliche.

»Die Ehre ist ganz meinerseits. Was führt Sie denn heute Abend zu mir, Fräulein von Thurnau?« Marie Louise ließ ihren Blick an Amalie hinabgleiten. Die glaubte einen Zug der Anerkennung auf dem Gesicht der Gräfin auszumachen.

Obwohl auch Marie Louise sehr elegant gekleidet war, trug sie eindeutig eine Robe aus der letzten Herbstsaison. Amalies Toilette aus silbergrauem Samt war dagegen nagelneu und erst vor einigen Tagen vom Atelier der Madame Spitzer ins Palais Thurnau geliefert worden. Sie betonte vorteilhaft Amalies hellgraue, von langen dunklen Wimpern umrahmte Augen und bildete einen reizvollen Kontrast zu ihrem rotgoldenen Haar.

»Nennen Sie mich doch einfach Ami!«, schlug sie spontan vor. Dann holte sie tief Luft und wagte den Sprung ins Ungewisse. »Mein Interesse an den Geschehnissen von Mayerling führt mich her«, gab sie offen zu. »Ich bin mit Richard von Löwenstein verlobt, wie Sie vielleicht wissen.«

»Das ist mir natürlich bekannt, Komtess«, bestätigte Marie Louise kurz, wartete dann aber zunächst ab. In ihre dunklen Augen trat ein argwöhnischer Ausdruck.

»Er war ein guter Freund des verstorbenen Kronprinzen und weiß mehr darüber, als er mir mitteilen möchte«, fuhr Amalie hastig fort. »Vielleicht weil eine übel beleumundete Komtess von Werdenfels, die mit Mary Vetsera befreundet war, ebenfalls in die Affäre verwickelt ist«, schoss sie ins Blaue. »Mein Verlobter und diese Komtess von Werdenfels hatten rund um den Tod unseres hochverehrten Kronprinzen ...«

Sie stockte und suchte nach den richtigen Worten. »...äh, Kontakt, wenn Sie verstehen, was ich meine. Das beunruhigt mich sehr!«

So, nun war alles gesagt, was sich Amalie vorher zurechtgelegt hatte. Zwar schneller, als sie es beabsichtigt hatte, aber das war egal. Entweder würde die Gräfin ihr nun die Auskünfte geben, die sich Amalie erhoffte, oder eben nicht. Im letzten Fall wäre ihr Besuch dann rascher beendet, als wenn sie lange Zeit um den heißen Brei herumgeredet hätte. Dann vergeudete sie hier auch nicht unnötig ihre Zeit.

Zu ihrer Überraschung schlug sich Marie Louise an die Stirn. »Ach, jetzt verstehe ich das!«, murmelte sie vor sich hin.

Amalie war verdutzt. »Was verstehen Sie, werte Gräfin, wenn ich nachfragen darf? Oder darf ich Sie ebenfalls bei Ihrem Kurznamen nennen?«

»Den gibt es leider schon lange nicht mehr«, antwortete die Gräfin. Sie wirkte immer noch abwesend. Dann hob sie ruckartig den Kopf und lächelte Amalie an. »Als ich ein kleines Mädchen war, riefen meine Eltern mich Malou. Aber hier in Wien hat sich dieser Name nie durchgesetzt. Nennen Sie mich einfach Marie Louise!«

Amalie verkniff sich ein spöttisches Grinsen und hoffte, dass die Gräfin ihr die leichte Verachtung nicht ansah, die sie ihr gegenüber empfand. Wäre Richard nicht so verschlossen und unverschämt gewesen, hätte sie sich nie dazu herabgelassen, diese Gräfin zweifelhafter Herkunft auch nur eines Blickes zu würdigen, geschweige denn mit ihrem Besuch zu beehren.

Marie Louise von Larisch war ein Bastard aus der Beziehung eines Bruders der Kaiserin mit einer Schauspielerin, die er erst nach der Geburt des Kindes geehelicht hatte. Dass die Larisch keinen Kurznamen hatte, mit dem man sie in Wien rief, war der beste Beweis dafür, dass sie nie wirklich zur feinen Gesellschaft gehört hatte. Trotz ihrer Einheirat in ein angesehenes Grafengeschlecht.

Da Marie Louise ihre Frage noch nicht beantwortet hatte, hakte Amalie nach. »Darf ich noch einmal fragen, worüber ich Sie unwissentlich aufgeklärt habe?«

Anstatt zu antworten, stand die Gräfin auf und nahm eine Gazette aus einem Zeitungsständer. Es war die neueste Ausgabe des *Wiener Salonblatts*, des prominentesten Gesellschaftsblatts von Wien, das getreulich über jeden noch so kleinen Klatsch berichtete.

Auch Amalie hatte die Zeitschrift abonniert und hätte sie normalerweise bereits Wort für Wort studiert, schon allein um zu erkunden, ob ihr Name darin erwähnt wurde. Das war seit der vergangenen Saison, in der sie zum ersten Mal am Wiener Highlife, wie man das Gesellschaftsleben nannte, teilgenommen hatte, immer häufiger der Fall. Angesichts ihrer heutigen Pläne war sie aber zu unkonzentriert gewesen und hatte das Blatt nur kurz überflogen.

Jetzt deutete Marie Louise auf eine kleine Notiz unter der Rubrik »Aus Hofkreisen«.

Pünktlich zu Beginn des Monats März hat Komtess Sophie von Werdenfels ihre Stellung als Promeneuse der Kaiserin Elisabeth angetreten, las Amalie dort zu ihrer Verblüffung.

»Oh!«, machte sie. Dann hatte sie einen Geistesblitz.

»Und Sie meinen, liebe Marie Louise, dass diese Berufung einer in der Gesellschaft nahezu unbekannten Komtess aus dem niederen Adel mit der Sache in Mayerling zu tun haben könnte?«

Die Gräfin nickte heftig. Den berechnenden Ausdruck, der über ihre Miene glitt, wusste Amalie nicht zu deuten und vergaß ihn auch gleich wieder, als sich Marie Louise äußerte.

»Dieses junge Weibsstück ist eine ganz falsche Schlange!«, sagte sie genau das, was sich Amalie zu hören gewünscht hatte. »Sie hat ihre unglückliche Freundin Mary immer wieder in ihrer verblendeten Liebe zu unserem hochverehrten Kronprinzen Rudolf, meinem über alles geliebten Cousin, bestärkt.« Die Stimme der Gräfin zitterte leicht. Sie wischte sich mit einem Spitzentaschentuch über die Augen, als ob sie feucht geworden wären.

Amalie ließ sich davon nicht täuschen. Denn diese Geste verwendete sie gleichfalls häufig, wenn sie Betroffenheit mimte, die sie in Wahrheit gar nicht empfand. Nichtsdestotrotz ließ sie sich natürlich auf das Spiel ein.

»Und Sie haben sich vergeblich bemüht, dieses Unheil zu verhindern?«, legte sie der Larisch die nächsten Worte quasi in den Mund.

»Sie treffen den Nagel auf den Kopf, meine Liebe«, bestätigte Marie Louise, ohne zu erkennen zu geben, ob sie Amalie ihrerseits durchschaute. »Daher können Sie sicherlich nachempfinden, was ich nun zu erdulden habe, da man mich bei meiner geliebten Tante, der Kaiserin, so entsetzlich verleumdet hat.«

»Und Sie meinen, das geht zulasten dieser Sophie von Werdenfels?«

Marie Louise nickte. »Ich traf sie vor einigen Wochen im Vorzimmer der Kaiserin. Anders als ich selbst wurde sie sofort vorgelassen.«

Sie stockte und biss sich auf die Lippen. *Das ist ihr jetzt wohl versehentlich herausgerutscht,* schloss Amalie aus der betretenen Miene der Gräfin. *Und war eigentlich nicht für meine Ohren bestimmt.*

Wieder verkniff sie sich ein spöttisches Grinsen. »Und Sie meinen, bei dieser Gelegenheit hat diese Komtess Sophie Sie diffamiert?«

»So muss es gewesen sein«, schnappte Marie Louise nach dem Köder. »Sie wird mir ihre eigene Schuld in die Schuhe geschoben haben. Schließlich hat sie als heimliche Sendbotin zwischen Rudolf und Mary fungiert und an Mary gerichtete Briefe des Kronprinzen empfangen und an sie weitergegeben.«

»Oh, wie furchtbar!« Amalie schlug sich in gespieltem Entsetzen die Hände vor den Mund. Sie glaubte der Gräfin kein Wort und vermutete, dass diese ihr gerade ihre eigene Rolle in der Liebesaffäre verraten hatte. Doch das sollte Marie Louise keineswegs an ihrer Miene ablesen können.

»Und aus diesem Grund hat die Kaiserin Sophie zu ihrer Hofdame berufen, während sie Sie als ihre leibliche Nichte nicht einmal mehr empfängt?«

Diese Bemerkung konnte Amalie sich nun doch nicht verkneifen. Dass Sisi Marie Louise seit Rudolfs Tod völlig ignorierte, wusste sie schon aus dem belauschten Gespräch zwischen ihrem Vater und Onkel Max über Mayerling.

»Sie Ärmste!«, heuchelte sie rasch noch Mitleid. Denn ihre Neugier war noch keineswegs befriedigt.

»Wissen Sie denn genau, was in Mayerling eigentlich geschehen ist und ob diese Mary dort zugegen war und ebenfalls ums Leben kam, wie man munkelt?«

Am wachsamen Ausdruck, der nun wieder in die Augen der Gräfin trat, erkannte Amalie sogleich, dass sie jetzt über das Ziel hinausgeschossen war.

»Ich weiß nicht mehr, als Sie selbst wahrscheinlich schon gehört haben, Ami«, wich Marie Louise aus. »Der Kronprinz hat sich dort in einem Anfall geistiger Verwirrung das Leben genommen. Nur das steht einwandfrei fest und wurde auch von der Hofkommission bestätigt, die die Untersuchungen mittlerweile abgeschlossen hat. Die Wiener Gazetten berichteten das schon vor zwei Wochen.«

»Und diese Mary Vetsera wird in diesem Bericht gar nicht erwähnt?« Amalie blieb hartnäckig.

Die Gräfin zuckte mit den Achseln. »Soviel ich weiß, nicht, Ami. Was mit Mary geschehen ist, kann ich daher nicht beurteilen.« An ihrem unsteten Blick erkannte Amalie, dass Marie Louise log.

»Aber Mary Vetsera soll tatsächlich ebenfalls tot sein«, wagte sie einen letzten Versuch.

»Das habe ich auch gehört, aber nur als Gerücht. Es täte mir sehr leid für meine alte Freundin Helene Vetsera, die damit bereits ihr zweites Kind verloren hätte. Doch die Baronin ist mit unbekanntem Ziel verreist. Deshalb kann ich sie nicht danach fragen.«

Marie Louise hielt inne und überlegte kurz. »Vielleicht hat sich Mary aus Gram über Rudolfs Tod ebenfalls entleibt. Zuzutrauen wäre es ihr, denn sie hat sehr oft damit gedroht. Deshalb war das Verhalten dieser Sophie ja so unverantwortlich.«

Ihr Tonfall bekam jetzt etwas Endgültiges. Sie machte Anstalten aufzustehen. Amalie erkannte das Signal und sprang auf.

Nach einem Seitenblick auf eine kleine Wanduhr, stieß sie in gespieltem Schrecken einen kleinen Schrei aus. »Oh, liebe Marie Louise! Nun habe ich Sie schon viel zu lang aufgehalten! Ich bedanke mich noch einmal sehr dafür, dass Sie mich empfangen haben!«

Dann hielt sie verlegen inne. Die Höflichkeit hätte es erfordert, die Larisch jetzt zu einem Gegenbesuch ins Palais Thurnau einzuladen. Doch selbst wenn sie dazu bereit gewesen wäre, diese Dame von zweifelhafter Herkunft in ihrem Haus zu empfangen, hätten sowohl ihr Vater als auch Richard heftige Einwände dagegen erhoben. Wenn auch aus unterschiedlichen Gründen.

Denn dass Marie Louise nach dem Verlust von Sisis Gunst in der feinen Gesellschaft immer krasser geschnitten wurde, hätte zumindest ihrem Vater Adalbert genügt, um einen Besuch der Gräfin im Palais Thurnau zu verbieten. Mit einer Verfemten wollte niemand verkehren.

Marie Louise schien Amalies Bedenken zu erraten. »Was halten Sie denn davon, liebe Ami, wenn wir uns einmal in einem Kaffeehaus treffen? Zum Beispiel dem Café Prinzess, aus dem diese köstlichen Kekse stammen.«

»Eine wunderbare Idee!«, stimmte Amalie sofort zu.

Eigentlich hatte sie sich vorgenommen, keinen Fuß mehr in dieses Café zu setzen, nachdem sie dessen Besitzer, Sophies Onkel, im Januar daraus verwiesen hatte, nachdem sie Sophie dort öffentlich ein Liebesverhältnis zu Richard vorgeworfen hatte.

Aber einen besseren Anlass, wieder über Richards Liebchen und damit auch über Mayerling zu sprechen, als sich im Kaffeehaus ihres Onkels zu treffen, gab es nicht. Vielleicht war die Larisch im Laufe der Zeit ja doch noch bereit, ihr mehr darüber zu verraten, was sie wirklich über Mayerling wusste.

Kapuzinergruft am Neuen Markt

Sonntag, 3. März 1889, nach neun Uhr abends

»Sophie! Komtess von Werdenfels!« Jemand rüttelte Sophie am Arm. »Nehmen Sie doch die Hände von den Augen. Es ist finster genug hier drinnen!«

Sophie erwachte wie aus einer schweren Betäubung. Ihr Herz klopfte zum Zerspringen, sie war am ganzen Körper schweißnass.

Langsam ließ sie die Hände sinken. Tatsächlich hatte sie sich diese in ihrer Panik vors Gesicht gepresst. Vor ihr stand die Kaiserin mit hoch erhobener Laterne. Da sie ihren Schleier zurückgeschlagen hatte, erkannte Sophie, dass Sisi ärgerlich die Augenbrauen zusammenzog.

»Was ist Ihnen denn? Einen Augenblick lang glaubte ich, Sie wären im Stehen ohnmächtig geworden!«

»Da war ... da war ein bedrohlicher Schatten«, stammelte Sophie und deutete nach links. »Hoch über mir, als wolle er sich gleich auf mich stürzen!«

Zu ihrem Erstaunen zuckte ein gespenstisches Lächeln über Sisis Gesicht. Im Schein ihrer Laterne wirkte es noch magerer und faltiger als in der Hofburg. Die Haut schien gegerbt zu sein wie altes Leder. War es nur das schwache Licht, das die schönste Frau Europas, als welche die Kaiserin allgemein bezeichnet wurde, so alt und verbraucht aussehen ließ wie eine Greisin?

»Sie fürchten sich vor Maria Theresia und ihrem Gemahl Franz Stephan? Ich versichere Ihnen, ihre Körper sind aus Bronze gefertigt und tun Ihnen keinen Harm.«

Sophie verstand zunächst nicht, was die Kaiserin meinte. Erst als Sisi ihre Laterne noch höher hob, erkannte sie den mächtigen Aufsatz auf dem Sargdeckel der großen Habsburgerkaiserin.

»Warten Sie hier! Ich hole eine der Fackeln! Dann können Sie alles besser erkennen!« Sisi drückte Sophie ihre eigene Laterne in die Hand und schritt furchtlos den düsteren Gang hinunter, an dessen Ende Sophie ein winziges rötliches Licht ausmachte.

Als die Kaiserin zurückkehrte, hatte sie sich allerdings schon wieder gefasst. Sie erinnerte sich an Fotografien und Kupferstiche von der letzten Ruhestätte Maria Theresias.

Die Kaiserin und ihr lange vor ihr verstorbener Gemahl blickten einander, nun endlich im Tode wieder vereint, liebevoll in die Augen. Über ihre Köpfe hielt ein nur mit einem Lendenschurz bekleideter Knabe einen Lorbeerkranz. Wahrscheinlich war es diese Figur gewesen, die im schwachen Licht der beiden Laternen einen so bedrohlichen Schatten geworfen hatte, bei dem der Lorbeerkranz wie eine Waffe wirkte.

Daher riss sich Sophie zusammen, als sie Sisi mit einer Fackel zurückkehren sah. Was sollte die Kaiserin nur von ihr denken, wenn sie noch einmal die Nerven verlor? Zudem glaubte sie eigentlich nicht an Geister, erinnerte sich nun aber an vage Gerüchte, die sie im Kaffeehaus ihres Onkels aufgeschnappt hatte. Angeblich frönte die Kaiserin dem Spiritismus. Sophie hatte das ehedem für müßiges Geschwätz gehalten, wurde nun aber eines Besseren belehrt.

Dennoch fröstelte sie am ganzen Körper, als sie unter dem prüfenden Blick Sisis ein verkrampftes Lächeln auf ihr Gesicht zwang. Sie deutete einen Knicks an. »Es geht mir wieder gut, Majestät«, beteuerte sie. »Ich bin nur so furchtbar erschrocken.«

Sisi nickte und wandte sich ohne ein weiteres Wort wieder um. Zielstrebig schritt sie den langen Gang hinunter, an weiteren Särgen entlang. Sophie bemühte sich, weder nach rechts noch nach links zu blicken, stattdessen sah sie starr geradeaus.

Schließlich hielt die Kaiserin vor einem schlichten Holzsarg auf einem kleinen Sockel an. Ein frischer Kranz aus weißen Nelken und Tannengrün lag darauf. Rundherum standen zwei Vasen mit Blumen, die bereits die Köpfe hängen ließen. Am Fußende flackerte das ewige Licht, eine einzelne Kerze in einem schlichten roten Glasgefäß.

»Halten Sie sich im Hintergrund!« Sisis Stimme klang jetzt schroff.

Die Kaiserin kniete sich auf einen Betschemel, der vor dem Sarg stand. Sie barg ihr Gesicht in den Händen. Sophie hörte sie eine Zeit lang murmeln, verstand aber lediglich immer wieder die Worte »großer Jehova«.

Erneut wurde ihr unheimlich zumute. Es war ihr, als zöge ein kühler Luftzug an ihr vorbei. Auch hörte sie ein leises Rascheln. Im Schein der Fackel, die Sisi in einen Ständer gesteckt hatte, sah sie alle Blätter einer gelben Rose aus einem der Sträuße zu Boden fallen.

Die Minuten schienen sich zu Stunden zu dehnen, in denen Sophie auf etwas wartete, das sie nicht genauer beschreiben konnte. Aber außer dem Umstand, dass sie trotz ihres pelzgefütterten Umhangs immer stärker zu frieren begann, geschah nichts.

Nach einer gefühlten Ewigkeit erhob sich die Kaiserin und griff nach der Fackel. Im flackernden Licht sah sie unendlich traurig aus und wirkte noch einmal um Jahre gealtert.

Schweigend winkte sie Sophie und schritt durch die Gruft und die Treppe hinauf zurück zum Eingang. Die eiserne Tür öffnete sich sofort, als Sisi klopfte. Der Mönch, der offenbar dahinter auf ihre Rückkehr gewartet hatte, geleitete sie zur Kutsche hinaus. Erst als diese angefahren war, begann die Kaiserin wieder zu sprechen.

»Der große Jehova hat kein Erbarmen mit mir. Wenn er es nicht erlaubt, kann Rudolfs Geist nicht zu mir sprechen. Offenbar hat auch Ihre Gegenwart nichts daran geändert. Also werde ich nie erfahren, warum mein Sohn sich wirklich das Leben genommen hat. Sollte es wegen seiner unglücklichen Liebe zu dieser kleinen Komtess geschehen sein, ist es schon bald für eine Umbettung an ihre Seite zu spät. Bereits in wenigen Wochen wird der Prunksarg fertig sein, in den man Rudolf legen wird. Dann ruht sein Körper für alle Zeit hier in dieser schaurigen Gruft.«

Ein trockenes Schluchzen entrang sich ihrer Kehle.

Plötzlich wurde Sophie von solch einem überwältigenden Mitleid für die Kaiserin ergriffen, wie sie es zuvor noch nie gespürt hatte. Es überdeckte sogar ihre bisherige Furcht und Befremdung. *Sie ist zwar die Kaiserin, doch im Grunde ihres Herzens nur eine tieftraurige, alternde Frau.*

Über die Worte, die ihr nun im Dunkel der Kutsche über die Lippen strömten, dachte sie vorher nicht nach.

»Ich glaube nicht, dass es eine unglückliche Liebe war, die Ihren Sohn zu seinem Freitod bewogen hat, Majestät. Meine Freundin Mary hat den Kronprinzen nahezu besessen geliebt. Doch umgekehrt war es meines Wissens nicht so.«

Schon bei den nächsten Worten der Kaiserin bereute sie ihre Anwandlung. »Das würde zumindest erklären, warum Ihre Anwesenheit nichts genützt hat. Doch woher wissen Sie über Rudolfs Gefühle Bescheid? Sie waren doch mit Mary befreundet und nicht mit meinem Sohn. Oder irre ich mich?«

Während Sophie verzweifelt nach einer Antwort auf Sisis erste Frage rang, schüttelte sie, um Zeit zu gewinnen, zur zweiten erst einmal den Kopf. »Nein, Majestät. Ihrem Sohn bin ich nie begegnet.«

»Und worauf beruht dann Ihr Wissen über ihn?«

Nun saß Sophie in der Falle. Sie konnte doch der Kaiserin nichts von Rudolfs großer Liebe zu Mizzi Caspar, einer ehemaligen Luxusprostituierten, erzählen. Außerdem hätte die Kaiserin dann erst recht nachgefragt, woher sie dies wüsste. Doch Richard von Löwenstein hatte ihr dies einst unter dem Siegel der strengsten Verschwiegenheit anvertraut.

»Ich kenne jemanden, der vielleicht mehr dazu sagen könnte«, gab sie nun die einzige Antwort, die ihr einfiel.

Trotz der Dunkelheit in der Kutsche und des dichten Schleiers, den Sisi wieder über ihr Gesicht gezogen hatte, fühlte sie den bohrenden Blick der Kaiserin auf sich gerichtet. Doch ihre Reaktion fiel anders aus, als Sophie erwartet hatte.

»Dann fragen Sie diese Person, deren Identität Sie offensichtlich nicht preisgeben wollen, und erstatten Sie mir hernach Bericht!«, befahl sie. »Spätestens in einer Woche erwarte ich Ihre Auskünfte!«

Den ganzen restlichen Weg zurück zur Hofburg und in ihre Kammer im Fräuleingang überlegte Sophie verzweifelt, wie sie das bewerkstelligen könnte. Viel mehr über Rudolfs Gemütszustand als sein Verhältnis zu Mizzi Caspar hatte Richard ihr nie erzählt, nur immer wieder angedeutet, dass der Kronprinz trotz seiner hohen Stellung ein zutiefst unzufriedener und unglücklicher Mensch sei. Zum Glück stellte Ida, die im Appartement der Kaiserin auf sie gewartet hatte, ihr keine Fragen und begleitete sie schweigend.

Nach einer halb durchwachten Nacht stand Sophies Entscheidung fest: Es würde ihr nichts anderes übrig bleiben als das, was sie zuletzt für alle Zeit hatte vermeiden wollen. Sie musste Richard um eine Unterredung bitten. Da sie ihn nicht in die Hofburg bestellen und auch nicht im Palais Thurnau aufsuchen konnte, gab es dafür in ganz Wien nur einen Ort: eins der Separees im Café Prinzess ihres Onkels.

Kapitel 3

Albrechtspalais auf der Augustinerbastei

Montag, 4. März 1889, am frühen Morgen

Richard versuchte, sich seine Nervosität nicht anmerken zu lassen, als er im Vorzimmer des Kontors von Erzherzog Albrecht auf seine Audienz bei Österreichs oberstem Heerführer wartete.

Schon um halb sechs Uhr früh war er hellwach gewesen und hatte sich wohl zum hundertsten Mal gefragt, warum ihn der Erzherzog einbestellt hatte.

Um sechs Uhr hielt es Richard nicht mehr im Bett. Er klingelte nach seinem Burschen und wechselte dreimal die Uniform, bis er sich schließlich dafür entschied, weder in der Galauniform seines Regiments noch in der grünen Uniform eines Stabsoffiziers zu erscheinen. Er entschied sich für die Alltagsuniform, die seinem offiziellen Status entsprach: Hauptmann im 2. Dragonerregiment in der Wiener Neustadt.

Aus der irrationalen Sorge heraus, zu spät zu kommen, war Richard schon um Viertel vor sieben von der Herrengasse aufgebrochen. Mit seinem Rappen war er binnen zehn Minuten am Albrechtspalais. Es verstand sich von selbst, dass ihn der Erzherzog auf die Minute pünktlich genau zu der Uhrzeit empfangen würde, zu der er ihn einbestellt hatte.

So schlug Richard nun die Zeit bis zur Audienz um halb acht Uhr mit müßigen Grübeleien tot. Gutes versprach er sich nicht von seiner heutigen Visite. Der Erzherzog, ein Großonkel des Kronprinzen, wusste von seiner engen Freundschaft mit Rudolf. Da er als erzkonservativ galt, missbilligte er sicherlich, dass Richard gleichzeitig Offizier im Stab des Thronfolgers gewesen war. Mit höchster Wahrscheinlichkeit hielt er dies für eine unzulässige Verquickung beruflicher und privater Interessen. Zumal die Familie von Löwenstein aufgrund ihrer Verarmung trotz ihrer Hoffähigkeit schon seit mehreren Generationen nicht mehr die geringste Rolle am Habsburger Hof spielte. Wahrscheinlich verdächtigte er Richard, auf Vorteile durch seine enge Beziehung zu Rudolf gehofft zu haben.

Fataler war jedoch, dass Richard bei Rudolfs Beerdigung in der Kapuzinergruft die Contenance verloren hatte. Er hörte Albrecht zuerst vernehmlich über Rudolfs Ehrlosigkeit schimpfen, weswegen er den Kronprinzen sogar als »Deserteur« bezeichnete. Noch völlig gefangen in seiner eigenen Erbitterung über die Geschehnisse in Mayerling gab Richard daraufhin spontan zu erkennen, dass er von Marys Tod wusste.

Diese Offenheit bereute er angesichts der strengen Reaktion des Erzherzogs sofort. Der gab deutlich zu erkennen, dass es ihm äußerst unrecht war, dass Richard nähere Einzelheiten über die Begleitumstände von Rudolfs Selbstmord kannte.

Schon als man Richard bei seinem Regiment in der Wiener Neustadt mitteilte, dass man ihn dort nicht benötige, er sich aber weiterhin in Wien zur Verfügung zu halten habe, vermutete er, dass dies etwas mit Albrecht zu tun haben könnte. Nun war er sich sicher. Heute würde ihm Österreichs oberster Feldherr vermutlich nahelegen, seinen Dienst beim Militär zu quittieren. Oder ihn in einen der hintersten Winkel des Reichs versetzen.

Richard war sich nicht im Klaren darüber, was ihm lieber wäre. Er war immer gern Offizier gewesen und hatte vor allem seine Tätigkeit in Rudolfs Stab sehr geschätzt. Zwar hatte der Kronprinz kaum eine seiner Ideen verwirklichen können, nicht zuletzt weil ihm sein mächtiger Großonkel und oberster Dienstherr dabei immer wieder in die Parade gefahren war. Aber es hatte Spaß gemacht, mit Rudolf über eine Modernisierung der hoffnungslos veralteten Zustände im k.u.k Heer zu debattieren. Natürlich auch, weil Richard lange Zeit gehofft hatte, Rudolf würde seine Pläne in die Tat umsetzen können, wenn seine Zeit erst einmal gekommen wäre.

Alles Schall und Rauch, dachte er nun, während er trübsinnig vor sich hin starrte. Da er nichts gefrühstückt hatte, sehnte er sich nach einem Großen Schwarzen, der morgens stets seine Lebensgeister weckte. Aber hier im Palais des Erzherzogs auf der alten Augustinerbastei war nicht einmal daran zu denken. Er war als subalterner Befehlsempfänger hier, nicht als Gast. Der vor der Tür zu Albrechts Kontor stationierte Ordonnanzoffizier hätte sicherlich nicht einmal seine starre Miene verzogen, wenn Richard ihn um ein Getränk gebeten hätte.

Sein erster Gedanke, dass eine Versetzung nach Galizien oder Bosnien wohl die bessere Alternative zu einem Ausscheiden aus der Armee wäre, bezweifelte Richard mittlerweile. Anfangs hatte ihn an dieser Perspektive vor allem gelockt, dass er damit die Heirat mit Ami weiter hinausschieben oder diese zumindest sofort nach der Hochzeit sich selbst überlassen könnte.

Dann aber hatte Richard sich klargemacht, dass er die Voraussetzungen eines Offiziers in einem herkömmlichen Regiment kaum mehr erfüllte. Es fehlte ihm nicht nur die Praxis beim Exerzieren und der Durchführung militärischer Manöver. Das hätte er sich schnell wieder aneignen können. Aber von allen Offizieren wurde erwartet, dass sie die Sprache der in einem Regiment vertretenen Nationalitäten beherrschten oder sie sich zumindest rasch aneigneten.

Richard hatte seinerzeit als junger Leutnant in Prag leidlich gut Tschechisch gesprochen. Zudem beherrschte er sowohl das Englische als auch das Französische fließend. Doch das war ihm nur in Rudolfs Stab zugutegekommen, wenn der Kronprinz ausländische Gäste empfing. In der k.u.k. Armee waren beide Sprachen völlig nutzlos.

Und will ich wirklich Polnisch oder Kroatisch lernen und in einem gottverlassenen Kaff vor mich hin vegetieren? In einem Regiment, in dem die Rekruten womöglich nicht einmal lesen und schreiben können? Ist es da nicht besser, Ami zu ertragen? Zumal sie zumindest keine zimperliche Jungfer ist und mir die Freuden der körperlichen Liebe verschafft, was in den meisten Ehen alles andere als selbstverständlich ist.

Zum ersten Mal sah Richard diese Eigenschaft Amalies in einem positiven Licht. Außerdem war er sich sicher, dass sein Schwiegervater Adalbert Himmel und Hölle in Bewegung setzen würde, um ihn in Wien zu halten. Zumal sein Vermögen durchaus mit dem immensen Reichtum des Erzherzogs mithalten konnte.

Andererseits, würde Erzherzog Albrecht dulden, dass irgendjemand seine Pläne mit Richard durchkreuzte, so er denn tatsächlich welche hatte? Er war bekannt dafür, eisern an dem festzuhalten, was er sich einmal in den Kopf gesetzt hatte.

Endlich schlug die Uhr der Augustinerkirche halb acht. Der Wachsoldat schlug die Hacken zusammen und bedeutete Richard, ihm zu folgen.

Sophies Kammer im Fräuleingang der Hofburg

Montag, 4. März 1889, gegen sieben Uhr morgens

»Grüß Sie Gott und an schön' guten Morgen, gnä's Fräulein. I bring Ihna des Waschwasser.«

»Guten Morgen, Franzi!« Sophie rührte sich in ihrem Bett und streckte die schmerzenden Glieder. Sie hatte höchstens drei Stunden geschlafen und fühlte sich nach den aufregenden Ereignissen am Vorabend wie zerschlagen.

Einen Moment lang ärgerte sie sich darüber, dass Franzi sie ohne Not so früh geweckt hatte. Aber sie hatte dem Mädchen schon am Tag ihres Einzugs in die Hofburg befohlen, sie jeden Morgen um sieben Uhr zu wecken. Schließlich wusste sie damals noch nicht, ob und wann die Kaiserin sie zum Dienst rufen lassen würde.

»Se seh'n aba müd aus«, konstatierte Franzi nach einem prüfenden Blick in Sophies Gesicht. »Haben S' ned gut g'schlafen?«

Sophie schüttelte den Kopf. »Leider nicht, Franzi!«

Ein besorgter Ausdruck trat auf das Gesicht des Mädchens. »War's Ihna zu kalt bei der Nacht?«

Sophie rührte der Anblick ihrer Zofe. Wie sie selbst war Franzi ganz neu in der Hofburg. Sie stammte aus einer Winzerfamilie in Grinzing, hatte dort bei einer Bürgersfrau als Kammermädchen gedient und war durch Beziehungen ihrer Tante und aufgrund ihres großen Talents zum Frisieren erst kürzlich bei Hof eingestellt worden.

Franzis Tante gehörte selbst seit zwanzig Jahren zum Hofpersonal. Es war üblich, dass freie Stellen mit den Verwandten bereits bewährter Bediensteter besetzt wurden. Außenstehende hatten kaum je eine Chance, eine dieser begehrten Stellungen zu ergattern.

»Nein, nein, meine Liebe!«, beruhigte Sophie das Mädchen, das beständig Angst hatte, etwas falsch zu machen. »Du hast gestern Abend ganz prächtig eingeheizt, bevor ich zu Bett ging. Ich habe in der Nacht nicht gefroren.«

»Aba es is spät worden, ned wahr?« Franzis Stimme klang begehrlich, mehr über Sophies nächtlichen Ausflug zu erfahren.

Unwillkürlich musste diese lächeln. Alles an der siebzehnjährigen Zofe war rund, ihre nussbraunen, jetzt weit aufgerissenen Augen ebenso wie ihr pausbäckiges Gesicht und ihre mollige Figur. Gerade eben verkörperte sie die zu Fleisch gewordene Neugier.

»Ja, es war spät«, antwortete Sophie ohne weitere Ausführung. »Aber nun wäre ich froh, du gingst gleich die Leibschüssel leeren. Ich fürchte, ich muss sie noch einmal benutzen, wenn du zurückkommst.«

Tatsächlich fühlte Sophie einen heftigen Druck auf der Blase. Noch immer genierte sie sich, Franzi um diesen unappetitlichen Dienst zu bitten. Aber nun wusste sie, was Ida Ferenczys Andeutungen an ihrem ersten Tag bei Hof zu bedeuten hatten.

Für den gesamten, sicherlich mit je zwanzig Kammern auf jeder Seite bestückten Flur gab es nur einen einzigen Abtritt mit zwei hölzernen Kabinen ganz am Ende des Gangs. Da Sophie im vorderen Teil wohnte, der den adeligen Damen vorbehalten war, hatte sie einen besonders weiten Weg dorthin, wofür ihr im Gegenzug die schlechten Gerüche erspart blieben.

Auch die hochgeborenen Bewohnerinnen mussten sich den Lokus mit allen anderen weiblichen Bediensteten im Fräuleingang teilen. Nicht nur Franzi und weitere Kammerzofen wohnten dort. Auch Küchenfrauen, Wäscherinnen und Putzfrauen teilten sich hier oft zu dritt eine Kammer. Insgesamt lebten an die hundert Frauen in diesem Gang.

Das einzige Mal, dass Sophie den Abtritt aufgesucht hatte, war gleich am Tag ihrer Ankunft gewesen. Und sie hatte ihn nicht nur zunächst besetzt, sondern hernach auch übelriechend und wenig reinlich vorgefunden. Zudem gab es auch hier kein fließendes Wasser. Man musste Wasser mit einem Krug aus einem Bottich schöpfen, um das Plumpsklo bei Bedarf nachzuspülen, woran sich leider offensichtlich so manche Benutzerin nicht hielt. Dass die Leibschüssel also die weitaus bessere Alternative war, insbesondere nachts, hatte Sophie daher schon bei diesem ersten Mal gedämmert.

Zum Glück war Franzi nicht zimperlich und scheute auch vor dieser unangenehmen Aufgabe nicht zurück. »I hab scho als Kind mein jünger'n G'schwisterln die Windeln g'wechselt«, erklärte sie, als Sophie sie, peinlich berührt, zum ersten Mal bat, den Nachttopf zu leeren. »Mir macht des nix aus.«

Auch jetzt reagierte Franzi völlig ungerührt. »Des mach i

glei, gnä's Fräulein. Und wenn i des zweite Mal wiederkomm, koch i Ihna an schön starken Kaffee. Se schau'n ja so bleich aus wie a Leich.«

Franzi hielt Wort und servierte Sophie auf einem Tablett ein ganz anständiges Frühstück. Die nahm es, noch im Bett sitzend, ein. Die Zutaten dazu hatte Franzi am Vortag aus der Hofküche besorgt, genau wie Ida ihr geraten hatte, es der Zofe aufzutragen. Es gab neben dem starken Kaffee, den Sophie mit Milch verdünnte, ein weich gekochtes Ei, Weißbrot, Butter und Marmelade. Franzi verstand es ausgezeichnet, den kleinen Ofen auch als Herd zu benutzen.

Wenn das Madl nur nicht so neugierig wäre, seufzte Sophie in sich hinein. Franzi hatte sie gleich bei ihrem ersten Gespräch nicht nur nach Strich und Faden ausgefragt, sondern wohl auch in Sophies Abwesenheit in ihren Sachen gestöbert. Verschwunden war nicht das geringste Stück. Aber einige Kleider und Accessoires hingen oder lagen anders in ihren Fächern, als es Sophie in Erinnerung hatte.

Kurz überlegte sie, ob sie Franzi darauf ansprechen sollte, unterließ es dann aber, um ihre noch frische Beziehung nicht gleich zu belasten. Aber sie war einmal mehr froh, Marys verräterischen Brief in seinem Versteck im Kaffeehaus gelassen zu haben.

Dieser Gedanke erinnerte sie jetzt daran, dass sie ihrerseits heute Morgen noch einen Brief zu verfassen hatte. Diesmal seufzte sie laut und vernehmlich, bevor sie aus dem Bett stieg.

»Franzi, ich muss mich ein wenig sputen, weil ich einen wichtigen Brief schreiben muss. Lass uns gleich mit dem Frisieren und Ankleiden beginnen! Dann lässt du mich eine Stunde allein und bringst das Schreiben gleich im Anschluss zu einem Dienstmann, der es noch heute Vormittag zustellen soll.«

»Und bitte, stell mir erst gar keine Fragen dazu!«, kam sie Franzi, die schon den Mund geöffnet hatte, zuvor. »Ich kann und ich will dir nichts über den Inhalt des Briefes erzählen.«

Albrechtspalais auf der Augustinerbastei

Montag, 4. März 1889, um punkt halb acht Uhr

Erzherzog Albrecht saß hinter seinem mächtigen Schreibtisch aus Nussbaumholz, als Richard eintrat. Er machte keine Anstalten, sich zu erheben, um ihn zu begrüßen. Instinktiv nahm Richard Haltung an und salutierte.

»Richard von Löwenstein, Eure Exzellenz. Melde mich gehorsamst zum Rapport!« Schon lange hatte er diese Geste nicht mehr ausgeführt. Rudolf hatte solche Formalitäten in seinem inneren Zirkel sogar gehasst und dementsprechend aktiv unterbunden. Am flüchtigen Lächeln, das um die Mundwinkel des Erzherzogs spielte, erkannte Richard jedoch, dass er damit den richtigen Ton getroffen hatte.

Albrecht wies auf einen lederbezogenen Lehnstuhl vor seinem Schreibtisch. »Guten Morgen! Nehmen Sie Platz, Hauptmann von Löwenstein!«

Richard zog sein Käppi, setzte sich und bemerkte sogleich, dass der Stuhl so niedrig war, dass er trotz seiner stattlichen Größe zu Albrecht aufschauen musste. Es waren sicher nur wenige Zentimeter Höhenunterschied. Aber sie erfüllten ihren Zweck und betonten die Hierarchie zwischen einem Feldmarschall und einem einfachen Hauptmann.

Albrecht fixierte Richard mit seinen eisblauen Augen. Sein Haar war schlohweiß und ebenso wie der Vollbart sehr kurz geschnitten. Auf seiner Nase saß ein randloser Kneifer, den der Erzherzog jetzt zurechtrückte.

Richard erinnerte sich daran, dass der Feldmarschall sehr schlecht sehen konnte, was er, da es sich mit seinem hohen militärischen Rang nicht vertrug, zu verbergen suchte. Rudolf hatte sich oft über den »Alten« bei ihm beklagt, der den Anspruch hatte, jedes Manöver anzuführen und dabei Truppen zu befehligen, die er kaum mehr erkennen konnte.

Albrecht war in eine flaschengrüne Generalsuniform gekleidet, auf der etliche Orden prangten. Sie waren ihm im Laufe seiner militärischen Karriere von Kaiser Franz Joseph verliehen worden, unter anderem für den Sieg bei Custozza im Dritten Italienischen Unabhängigkeitskrieg von 1866. Das war die einzige Schlacht zu Lande, die Österreich in diesem Krieg gewonnen hatte. Genutzt hatte dem Habsburgerreich der Sieg gegen das mit Preußen verbündete Italien nichts. Die ehemals österreichische Provinz Venetien war trotzdem, wie der gesamte Krieg, verloren gegangen.

Noch immer musterte der Erzherzog Richard schweigend. Dessen Puls begann, sich zu beschleunigen, obwohl er wusste, dass dies eine pure Einschüchterungstaktik des halb blinden Feldmarschalls war. Doch es widersprach nicht nur der Etikette, sondern auch jedem militärischen Regelwerk, dass er als Jüngerer und weit niedriger im Rang zuerst das Wort ergriff. Also blieb auch er stumm.

Endlich richtete der Erzherzog die Augen auf ein vor ihm liegendes Dokument, das er wohl ebenfalls nicht mehr lesen konnte. Stattdessen behalf er sich mit seinem ausgezeichneten Gedächtnis, wie Richard rasch feststellte.

»Sie sind Richard von Löwenstein, Hauptmann im 2. Dragonerregiment in der Wiener Neustadt?«

»Jawohl, Eure Exzellenz«, bestätigte Richard.

»Sie haben Ihre Ausbildung zum Offizier Seiner Kaiserlichen Majestät an der Theresianischen Militärakademie absolviert und hernach einige wenige Jahre in Prag als Leutnant gedient? Dort jedoch nicht in der Kavallerie, sondern im 36. Infanterieregiment, das unser seliger Kronprinz Rudolf damals befehligte? Sie selbst führten dort die 10. Kompanie?«

Nach jedem Ausbildungs- und Entwicklungsschritt machte der Erzherzog eine kurze Pause, in der Richard dessen Korrektheit bejahte.

»Sodann stiegen Sie trotz Ihrer geringen militärischen Erfahrung binnen nur zwei Jahren zuerst in den Rang eines Oberleutnants und wenig später sogar in den eines Hauptmanns auf und gehörten derweil bereits zum Stab des Kronprinzen?«

Jetzt spürte Richard, dass er errötete. Natürlich war ihm bekannt, dass ein so rascher Aufstieg keineswegs der normalen militärischen Laufbahn entsprach, musste doch so mancher Offizier in der Regel jahrzehntelang auf seine erste Beförderung vom Leutnant zum Oberleutnant warten.

»Und begleiteten dann Kronprinz Rudolf nach dieser kurzen Zeit in Prag zurück nach Wien? Wo Sie als vormaliger Infanterist nunmehr als Kavallerist in eines der renommiertesten Dragonerregimente des Kaiserreichs eintraten?« Albrechts Tonfall war jetzt eine Mischung aus Spott und Verächtlichkeit.

Diesmal nickte Richard nur und vergaß, dass Albrecht dies vielleicht gar nicht sehen konnte. Er schämte sich plötzlich dafür, dass er seinen raschen Aufstieg ausschließlich Rudolf zu verdanken hatte, als dessen Günstling er nun zwangsläufig gelten musste.

»Ich vermute, unser verstorbener Kronprinz hat Ihre schnelle Karriere gefördert«, sagte ihm Albrecht nun tatsächlich auf den Kopf zu.

Wieder antwortete Richard nichts, ließ diesmal aber auch keine andere Regung erkennen. Eine Weile herrschte wieder Schweigen im Raum. Plötzlich hatte Richard es satt. Es war doch ohnehin egal, was er hier heute sagte oder tat. Der Erzherzog hatte doch längst den Stab über ihn gebrochen.

Er holte tief Luft. »Darf ich ergebenst fragen, worauf Sie hinauswollen, Exzellenz?«

Ein undefinierbarer Ausdruck glitt über Albrechts Gesicht. Doch bevor er antworten konnte, öffnete sich die Tür. Sein Adjutant, der Richard schon am frühen Morgen ins Vorzimmer geführt hatte, trat ein.

Er salutierte. »Eine wichtige Nachricht aus der Hofburg, Exzellenz! Von Seiner Majestät, dem Kaiser persönlich! Sie duldet keinen Aufschub!«

Ohne ein weiteres Wort winkte der Erzherzog Richard wieder hinaus.

Sophies Kammer im Fräuleingang der Hofburg

Montag, 4. März 1889, am frühen Vormittag

Lieber Richard,
ich schreibe Dir heute, um Dich im Auftrag Ihrer Majestät, der Kaiserin Elisabeth, um ein Gespräch sehr heiklen Inhalts zu bitten. Allerdings weiß die Kaiserin nicht, dass Du derjenige bist, von dem ich mir einige Auskünfte erhoffe.

Sophie hielt inne und überlas die bereits geschriebenen Zeilen. Um sie herum war schon der ganze Boden der Kammer mit zerknüllten Briefbögen bedeckt. Alle trugen die Signatur der Hofburg und waren aus feinem Büttenpapier. Wie das dazugehörige Siegel und etliche Stangen roten Siegellacks hatte Sophie die Schreibutensilien im untersten Fach ihrer Frisierkommode gefunden.

Nun waren nur noch wenige Bögen übrig, zumal Sophie seit ihrem Einzug in die Hofburg schon mehrere Briefe ins Palais Werdenfels gesandt hatte. Sicherlich würde Ida Ferenczy ihr sagen können, wo sie Nachschub bekam. Aber sie würde die Ungarin frühestens beim Mittagsmahl treffen, sofern Sisi sie nicht mit Beschlag belegte. Diesmal mussten ihr also die richtigen Formulierungen einfallen.

Nach einigem Hin und Her hatte sie sich dazu entschlossen, Richard zwar nicht mit seinem Kurznamen »Richie« anzusprechen, ihn aber zu duzen, wie sie es bei ihren letzten Begegnungen getan hatte. Sie wollte ihn einerseits nicht durch zu viel

Distanziertheit verprellen, denn sie war ja auf den Gefallen angewiesen, den er ihr erweisen sollte. Andererseits sollte der Ton des Briefs aber auch nicht zu vertraulich werden.

Über den genauen Inhalt meines Anliegens möchte ich dem Papier nur das Nötigste anvertrauen. Die Kaiserin erhofft sich weitere Aufklärung über das, was sich unlängst ereignet hat. Ich selbst weiß zu wenig über die Hintergründe und möchte Dich deshalb danach fragen.

Bitte teile mir mit, ob Du bereit bist, mit mir darüber zu sprechen, und falls ja, wann wir uns noch in dieser Woche im Café Prinzess treffen könnten. Da mich die Kaiserin als Promeneuse in ihren Hofstaat berufen hat, sende Deine Antwort zu meinen Händen bitte in die Hofburg. Ich wohne im Fräuleingang im Leopoldinischen Trakt.

In der großen Hoffnung, dass Du mir behilflich sein kannst und willst
grüßt Dich herzlich
Deine Sophie von Werdenfels

Albrechtspalais auf der Augustinerbastei

Montag, 4. März 1889, kurz nach acht Uhr

Als Richard erneut auf einem der lehnenlosen, unbequemen Schemel Platz nahm, die entlang der Wände im Vorzimmer standen, fiel ihm plötzlich ein Ölgemälde mit zwei jungen Frauen ins Auge. Heute früh hatte er auf der anderen Seite des Raums gesessen. Da war ihm das Gemälde nicht aufgefallen. Jetzt erblickte er am seitlichen Rahmen neben der links porträtierten Frau ein Stück schwarzen Trauerflors.

Das muss Albrechts jüngere Tochter sein. Sie kam mit achtzehn Jahren ums Leben, als ihr Kleid Feuer fing.

Richard versuchte, sich an das zu erinnern, was ihm seine

Mutter Aglae einmal über diese tragische Angelegenheit erzählt hatte. Die junge Erzherzogin Mathilde hatte, bereits festlich für einen Empfang gekleidet, heimlich auf ihrem Zimmer eine Zigarette geraucht, was ihr der Vater aufs Allerstrengste verboten hatte. Als Albrecht plötzlich in den Raum trat, versteckte Mathilde die glimmende Zigarette in ihren weiten Röcken. Der Stoff fing sofort Feuer. Vierzehn Tage später war das Mädchen nach furchtbaren Qualen seinen schweren Brandverletzungen erlegen.

Wie muss sich Albrecht als Vater gefühlt haben, als er sein Kind verlor, weil es sich vor den Folgen eines übertretenen Verbots fürchtete, sinnierte Richard. *Hat ihn dieses Unglück so hart gemacht, oder war er schon vorher so?*

Auch Albrechts Frau Hildegard, eine Tochter des bayerischen Königs Ludwig I., war früh verstorben, ebenso wie sein einziger Sohn, den er schon im Säuglingsalter verloren hatte.

Da nutzt ihm auch sein ganzer Reichtum nichts. Er wird ohne einen männlichen Nachkommen sterben, wie der Herzog Albert von Sachsen-Teschen, dem er sein riesiges Vermögen verdankt. Reichtum allein macht wahrlich nicht glücklich.

Der sächsische Herzog hatte einst Albrechts Vater Carl adoptiert und ihm nicht nur sein Geld, sondern auch seine wertvolle Kunstsammlung hinterlassen. Durch den Fideikomiss stellte Albert von Teschen sicher, dass diese, bereits weit über die Grenzen der Monarchie hinaus berühmte Sammlung zum unveräußerlichen Gut der Familie gehörte. Albrecht hatte sie daher wie das Palais, das Albert von Teschen ursprünglich für seine gesammelten Kunstwerke erworben und dann um einige Wohnflügel erweitert hatte, von seinem Vater Carl geerbt.

Jetzt öffnete sich die Tür zum Kontor. Der Adjutant bedeutete Richard, wieder hineinzugehen. Mit hoch erhobenem Kopf nahm er auf seinem niedrigen Lehnstuhl vor dem Schreibtisch Platz.

Albrecht schien eine Mitteilung erhalten zu haben, die ihn noch beschäftigte. Eine Weile starrte er abwesend in die Ferne, ehe er seufzte und das Wort wieder an Richard richtete.

»Noch immer Unruhen in Ungarn wegen des Wehrgesetzes«, erläuterte er zu Richards Verwunderung, worum es bei der Nachricht des Kaisers gegangen war.

Seine nächste Frage versetzte Richard in noch weit größeres Erstaunen. »Sie waren doch ein enger Freund des Kronprinzen Rudolf, nicht wahr?«

»Jawohl, Eure Exzellenz.«

»Können Sie mir bei Ihrer Ehre als Offizier versichern, dass der Kronprinz in keine Verschwörung gegen unsere erhabene Majestät, den Kaiser, verwickelt war?«

Spontan legte Richard seine rechte Hand auf die Brust. »Das kann ich Ihnen aus ganzem Herzen versichern, Eure Exzellenz. Rudolf verehrte seinen Vater trotz aller Differenzen...«

Er stockte und biss sich auf die Lippen. Albrecht nahm davon keine Notiz.

»So sind die Gerüchte haltlos, dass Rudolf den Kaiser stürzen und sich selbst an die Spitze einer Republik stellen wollte? Und sich selbst entleibte, als diese Pläne zunichtewurden?«

Richard glaubte, seinen Ohren nicht zu trauen. Der Tratsch um Rudolfs Selbstmord war offenbar noch weit abstruser, als er es bislang für möglich gehalten hatte.

Der Zorn ließ ihn einen Augenblick lang die Etikette vergessen. »Wer setzt denn solch eine ungeheure Verleumdung in die Welt?«

Der Erzherzog machte eine abwehrende Handbewegung. »Das tut hier nichts zur Sache, Hauptmann von Löwenstein.« Trotz der Förmlichkeit klang seine Stimme jetzt eher besorgt als streng. »Wie hätte sich der Kronprinz Ihrer Ansicht nach verhalten, wenn man ihm eine solche Verschwörung angetragen hätte?«

Über seine Antwort dachte Richard keine Sekunde lang nach.

»Er hätte die Verräter verhaften und ihrer gerechten Strafe als Aufrührer zuführen lassen.«

Als der Erzherzog einen Moment lang schwieg, sprudelte Richard weitere Argumente hervor. »Denken Sie doch nur an das neue Wehrgesetz! Rudolf war davon überzeugt, dass eine Änderung der Kommandosprache vom Deutschen ins Ungarische in den Truppenteilen Ungarns eine Spaltung der Armee zur Folge haben würde. In dem gemeinsamen österreich-ungarischen Heer sah er nach dem Ausgleich die einzige integrierende Kraft in der Monarchie, die eine weitere Absonderung des Königreichs Ungarn vom Kaiserreich Österreich verhindern könnte.«

Plötzlich wurde Albrechts Miene sehr traurig.

»Darin waren mein Großneffe und ich uns also bis zuletzt einig«, sagte er leise, wieder mit einem in die Ferne gerichteten Blick.

»Und nicht nur darin, Eure Exzellenz!« Richard wusste selbst nicht, wie ihm gerade geschah. »Wie Sie sah auch er die Entscheidung über die zukünftige Größe des Habsburgerreichs auf dem Balkan liegen und betrachtete Russland als die größte Bedrohung der K.-u.-k.-Monarchie. Und wie Sie selbst traute er den Preußen und ihrem Kaiser Wilhelm II. nicht.«

Jetzt hatte Richard sogar den Eindruck, dass ein feuchter Schimmer in Albrechts Augen trat. Täuschte er sich wegen des Kneifers auf der Nase des Erzherzogs, oder war dieser wirklich bewegt?

Seine nächsten Worte bestätigten Richards zweite Annahme. »Ja, der Kronprinz und ich hatten weit mehr gemeinsam, als es auf den ersten Blick aussah. Er lag mir am Herzen wie der Sohn, der mir nicht vergönnt war. Leider hat er verkannt, dass ich ihm nicht nur ein gütiger, sondern zu seinem eigenen Wohl oft auch ein strenger Vater sein musste.«

Dann drehte Albrecht den Kopf und richtete seinen Blick auf Richards Gesicht, als könne er trotz seiner Sehschwäche darin lesen.

»Sagen Sie mir die Wahrheit, Hauptmann von Löwenstein! Hat sich Rudolf wirklich wegen dieses Mädchens das Leben genommen, oder gab es andere Gründe dafür?«

Richard fühlte seine Kehle eng werden. Was sollte er darauf bloß antworten?

»Nur die Wahrheit!«, insistierte Albrecht, als könne er Richards Gedanken lesen.

Der holte tief Luft. »Mary Vetsera war lediglich Rudolfs Gefährtin für den Tod. Offensichtlich fürchtete er sich davor, diesen Gang ins Ungewisse allein anzutreten. Für seinen Selbstmord gab es in der Tat völlig andere Gründe.«

»Welche kennen oder vermuten Sie?« Albrecht blieb unnachgiebig.

Richard zögerte kurz. Dann riet ihm eine innere Stimme, alles zu sagen, was er wusste.

»Der Kronprinz war sehr krank, Eure Exzellenz. Er litt an der Syphilis und war wahrscheinlich mittlerweile morphiumsüchtig. Er wusste, dass er sterben oder geistesschwach werden würde, bevor er den Thron besteigen könnte. Ich denke, das gab den Ausschlag für seine tragische Entscheidung.«

»Gab es keine politischen Motive?«

»Keine Verschwörung, Eure Exzellenz«, beteuerte Richard noch einmal. »Aber Rudolf hatte sich sehr viel vom deutschen Kaiser Friedrich versprochen, der nur wenige Monate nach seiner Thronbesteigung verstarb. Beide vertraten die gleiche Vision eines vom Liberalismus geprägten Europas.«

Jetzt verzog Albrecht das Gesicht. Richard wusste, dass der Erzherzog in dieser Hinsicht eine völlig konträre Position zu Rudolf vertrat. Dennoch fuhr er unbeirrt fort.

»Mit dem jetzigen deutschen Kaiser Wilhelm II. kam Rudolf nie zurecht. Es graute ihm vor der Perspektive, weiterhin Freundschaft ihm gegenüber heucheln zu müssen, wie es Seine Majestät, Kaiser Franz Joseph, noch wenige Tage vor seinem Tod von ihm verlangte. Rudolf war fest davon überzeugt, dass

Deutschland Österreich bei einem Krieg gegen Russland im Stich lassen würde.«

Jetzt entspannte sich Albrechts Miene wieder. Richard wusste, dass der Erzherzog sich hierin wieder mit Rudolf einig gewesen war. Ein letztes Argument fiel ihm noch ein.

»Hinzu kommt, dass Rudolfs Ehe mit der Kronprinzessin Stephanie völlig zerrüttet war. Er wusste, dass er mit ihr keinen Thronfolger mehr zeugen könnte und dass dies seine eigene Schuld war.«

Albrecht nickte. Zweifellos war ihm bekannt, dass Rudolf Stephanie vor einigen Jahren mit Gonorrhoe infiziert hatte und sie dadurch unfruchtbar geworden war. Die grenzenlose Promiskuität des Kronprinzen, mit der er bereits in jungen Jahren seine Gesundheit ruiniert hatte, war nicht nur innerhalb der kaiserlichen Familie, sondern in ganz Wien ein offenes Geheimnis gewesen.

Der Erzherzog stellte eine letzte Frage. »Und die Affäre mit der noch minderjährigen kleinen Vetsera? Wussten Sie davon, und haben Sie sie gebilligt?«

Richard schüttelte empört den Kopf. »Ich habe getan, was ich konnte, um Rudolf zur Besinnung zu bringen.« Plötzlich würgte es ihn in der Kehle. »Doch Sie überschätzen meinen Einfluss auf ihn, Exzellenz. In dieser Hinsicht war ich leider völlig machtlos.«

Albrecht ließ dies schweigend auf sich wirken. Eine lange Pause trat ein, in der Richard wieder zunehmend unruhig wurde. Seine zwischenzeitliche Zuversicht, dass dieses Gespräch sich für ihn doch noch zum Guten wenden würde, sank.

Es vergingen sicherlich fünf Minuten, die Richard wie eine Ewigkeit vorkamen, bis Albrecht wieder das Wort ergriff.

»Ich danke Ihnen für Ihre Offenheit, Hauptmann von Löwenstein. Ich hatte mir im Vorfeld ein völlig anderes Bild von Ihnen gemacht. Nun habe ich erkannt, dass ich mich irrte.«

»Ich wollte Sie ursprünglich vor die Alternative stellen, Ihren

Dienst in der k.u.k Armee zu quittieren oder in ein Infanterieregiment nach Galizien versetzt zu werden«, bestätigte er sodann Richards Vermutungen im Vorfeld dieses Gesprächs.

»Nun habe ich mich anders besonnen. Ich möchte Ihnen die Gelegenheit geben, sich hier in Wien in meinem Stab zu bewähren. Melden Sie sich morgen früh um sieben Uhr zum Dienst bei meinem Generaladjutanten!«

Innerlich noch völlig vom unerwarteten Verlauf seines Gesprächs mit Erzherzog Albrecht aufgewühlt, erreichte Richard das Palais Thurnau erst wieder gegen elf Uhr. Sein Pferd hatte er zunächst im Stall des Albrechtspalais stehen gelassen und war durch die Straßen Wiens gelaufen, um sich zu sammeln.

Er war kaum in den Hof eingeritten, als der erste Diener auch schon die Tür zum Palais öffnete. Offensichtlich hatte er auf Richards Rückkehr gewartet.

»Ein Brief aus der Hofburg ist in Ihrer Abwesenheit für Sie eingetroffen, Euer Hochwohlgeboren.«

Völlig verblüfft drehte Richard das mit dem Siegel der Hofburg verschlossene Schreiben in seinen Händen. Als er es schließlich hastig aufriss, erwartete ihn die zweite Überraschung an diesem denkwürdigen Tag.

Café Prinzess am Graben

Donnerstag, 7. März 1889, am Nachmittag

»Mit welchen Auskünften kann ich dir denn dienen, Phiefi? Offenbar lässt uns diese Tragödie noch immer nicht aus ihren Fängen.«

Sophie und Richard saßen sich in einem der Separees des Cafés Prinzess gegenüber. Sobald Richards Antwort in der Hofburg eingetroffen war, hatte Sophie Kontakt zu ihrem Onkel

Stephan aufgenommen, um ihn zu bitten, eines der Separees für sie und Richard von Löwenstein am heutigen Donnerstag ab drei Uhr nachmittags frei zu halten.

Früher kann ich leider nicht kommen, hatte ihr Richard geantwortet. *Erzherzog Albrecht hat mich in seinen Stab aufgenommen, und ich muss erst um Urlaub für diesen Nachmittag bitten. Das möchte ich nicht gleich an den ersten beiden Tagen in meiner neuen Stellung tun.*

Gegenüber ihrem Onkel deutete Sophie an, dass sie einen Auftrag der Kaiserin zu erfüllen hätte. Danzer hatte daraufhin ihrem Wunsch willfahren, ohne ihr weitere Fragen zu stellen. Auch heute hatte er sich nach einer kurzen Begrüßung Sophies nicht mehr blicken lassen und Mina angewiesen, Getränke und eine Etagère mit Petits Fours und Kanapees ins Separee zu bringen. Offensichtlich ahnte er, dass es sich beim Treffen von Richard und Sophie um eine delikate Angelegenheit handelte, die äußerste Diskretion erforderte.

Als Richard auf die Minute pünktlich das Café betrat, durchfuhr Sophies Brust ein schmerzhafter Stich. Obwohl seine Miene beunruhigt wirkte, sah er so fesch aus wie eh und je. Die flaschengrüne Uniform passte gut zu seinen dunkelbraunen Haaren und Augen. Der dunkle Schnauzer verlieh seinem Gesicht in Kombination mit der dünnen Narbe auf seiner linken Wange etwas Verwegenes. Er erinnerte Sophie ein wenig an einen Piraten.

Sie hoffte, dass Richard ihrer Mimik nicht ansah, was ihr in diesem Augenblick klar wurde. Sie liebte ihn noch immer von ganzem Herzen.

Nach dem Austausch einiger Höflichkeitsfloskeln berichteten Sophie und Richard einander zunächst, wie es ihnen seit ihrer letzten Begegnung Anfang Februar ergangen war. Staunend erfuhr Sophie dabei, dass nicht nur sie selbst, sondern auch Richard infolge seines Wissens um die Ereignisse in Mayerling einen gesellschaftlichen Aufstieg erfahren hatte.

Allerdings schätzte Richard es deutlich mehr, nun dem Stab des obersten Befehlshabers im Kaiserreich anzugehören, als Sophie ihre Stellung als Promeneuse der Kaiserin, unter der sie sich noch immer nichts Rechtes vorstellen konnte. Dass sie nun zu Sisis Hofstaat gehörte, war Richard allerdings nicht neu, als er Sophies Brief erhielt. Er teilte ihr mit, dass darüber eine Notiz im *Wiener Salonblatt* erschienen war, wovon ihm seine Verlobte Amalie erzählt hatte.

»Also, meine Liebe, was möchtest du von mir wissen?«, wiederholte Richard nun seine Frage. Sophie wich seinem Blick aus, als sie diese zögernd beantwortete. Obwohl sie im Separee saßen, senkte sie zudem die Stimme und vermied es, Namen zu nennen.

»Die Kaiserin hat mir anvertraut, dass sie sich große Sorgen darüber macht, ob ihr Sohn an der richtigen Stelle begraben wurde. Er hat ihr vor seinem Tod einen Abschiedsbrief geschrieben, in dem er den Wunsch äußerte, an der Seite seiner letzten Geliebten beerdigt zu werden.«

»Wann hat sie...?«, begann er verblüfft.

»Ich möchte dir nicht sagen, bei welcher Gelegenheit Ihre Majestät mir das mitgeteilt hat«, unterbrach Sophie Richard, bevor er seine Frage zu Ende formulieren konnte. »Sie hat mich darüber zu absolutem Stillschweigen verpflichtet.«

Dass sie den letzten Satz besser weggelassen hätte, erkannte sie an Richards nun noch größerer Verwunderung, die sich auf seinen Zügen abzeichnete. Aber er respektierte ihren Wunsch und bedrängte sie nicht.

»Jedenfalls glaubt sie, ihr Sohn habe das alles wegen seiner unglücklichen Liebe zu Mary getan«, fuhr Sophie hastig fort. »Dabei dauerte sie mich so, dass ich ihr die Wahrheit über seine Gefühle für meine Freundin sagte. Als sie mich hernach befragte, woher ich das wisse, konnte ich ihr doch nicht von Mizzi erzählen...« Sie stockte, erschrak und schlug sich mit der Hand auf die Lippen.

»Selbst, wenn es hier Lauscher gäbe, könnten sie mit dem Namen ›Mizzi‹ nichts anfangen. Tausende Wienerinnen heißen so«, beruhigte Richard sie. »Und jetzt willst du von mir wissen, was die wirklichen Gründe dafür waren, dass er so handelte, wie er es tat.«

Sophie nickte und rührte in ihrer inzwischen nur noch lauwarmen Mandelmelange. Auch Richard hatte an seinem Großen Schwarzen bislang nur genippt.

»Habe ich dir je erzählt, dass er unheilbar krank war?«

Sophie nickte. »Ja, aber den Namen dieser Krankheit hast du mir nie genannt.«

»Aus gutem Grund«, räumte Richard ein. »Eine junge Dame sollte von so etwas gar nichts wissen.«

»Was für eine Krankheit war es denn?«, hakte Sophie jetzt beunruhigt nach.

Richard kämpfte einen Moment lang mit sich. Dann entschloss er sich, ihr die ungeschminkte Wahrheit zu sagen.

»Man nennt sie die ›Franzosenkrankheit‹ oder medizinisch auch Syphilis. Es ist eine Krankheit, die sich Männer bei leichtlebigen Frauen holen. Wenn du verstehst, was ich meine, Phiefi.«

An ihrer entsetzten Miene erkannte er, dass Sophie begriff. Einmal hatte sie heimlich ein Gespräch der Dienstboten mit angehört, in dem von der Franzosenkrankheit und auch der Art und Weise, wie sie sich verbreitete, die Rede gewesen war. Jedoch hatte Sophie bislang geglaubt, auch diese Krankheit würde, wie so viele andere Seuchen, am ehesten die Armen und Mittellosen treffen. Nun wurde sie eines Besseren belehrt.

»Also wäre auch Mary erkrankt und später daran gestorben?« In ihrer Erschütterung achtete sie nicht mehr darauf, keine Namen zu nennen.

Richard nickte schweigend. Wie gerne hätte er sie jetzt in die Arme genommen und an sich gedrückt. Mit ihren vor Schreck geweiteten dunkelgrünen Augen und den halb geöffneten vollen Lippen sah sie bezaubernder denn je aus. Zudem waren ihre blonden Haare kunstvoller aufgesteckt, als er es bislang in Erinnerung hatte. Passend zu ihrem dunkelblauen Seidenkleid thronte ein kleines Hütchen mit einer schillernden Pfauenfeder darauf. Eine Aufmachung, die ihr schmales Gesicht mit den hohen Wangenknochen und dem rosigen Teint vorteilhaft zur Geltung brachte.

Sophie spürte, dass sie unter Richards intensivem Blick errötete. »Woran denkst du gerade?«, fragte sie überflüssigerweise, aber froh darüber, von dem schrecklichen Thema ablenken zu können.

»Du siehst heute irgendwie anders aus, Phiefi«, gab Richard offen zu. »Wunderschön wie eh und je, aber trotzdem anders.«

»Ich habe eine neue Kammerzofe, die sehr geschickt frisieren kann«, antwortete Sophie mit einem verlegenen Lächeln. »Sie heißt Franzi und ist sehr lieb, aber leider das neugierigste Geschöpf unter Gottes Sonne.«

Dann verdüsterte sich ihre Miene wieder. »Aber von dieser furchtbaren Krankheit kann ich Ihrer Majestät doch nichts erzählen!«

Richard nickte. »Da hast du recht. Ebenso wenig, wie sehr er unter der Gefühlskälte seiner Eltern litt, von der ich dir ja schon früher erzählt habe. Sein Vater nahm ihn so gut wie nie ernst. Seine Mutter beachtete ihn kaum noch, seitdem ihre jüngste Tochter geboren wurde. Trotzdem liebte er seine Eltern und trachtete immer wieder danach, ihre Gegenliebe und Anerkennung zu gewinnen.«

Auch Richard wurde nun traurig. *Was für eine Vergeudung eines brillanten Verstandes und ehemals hoffnungsfrohen Lebens,* dachte er nicht zum ersten Mal.

Dann gab er sich einen Ruck. Phiefi würde es nicht helfen, wenn sie sich jetzt gemeinsam der Melancholie hingaben.

»Vielleicht kannst du sie hiermit beruhigen.« Dann wiederholte er die gleichen Ursachen für Rudolfs Verzweiflung, die er vor drei Tagen auch schon Erzherzog Albrecht vorgetragen hatte.

»Der, über den wir gerade sprechen, war ein sehr empfindsamer Mensch«, nannte er noch einen weiteren Grund, den er wohlweislich gegenüber Albrecht nicht erwähnt hatte. »Man beschimpfte ihn oft wegen seines Lebenswandels ...«

»Ach nein, das lässt du besser auch weg«, korrigierte er sich. »Jedenfalls kränkte es ihn sehr, dass er im In- und Ausland oft wegen seiner politisch liberalen Ansichten und vor allem wegen seiner Freundschaft zu Juden geschmäht wurde. Und er hasste die Enge und die Konventionen, in die seine Stellung ihn zwang. Vor allem seinen Großonkel empfand er als engstirnig und bevormundend. Ich glaube zwar, dass unser besagter Herr dem Großonkel auch manches Mal unrecht tat und ihm üblere Motive unterstellte als angemessen, aber die Kaiserin ...«, nun stockte Richard und sah sich instinktiv um, »aber sie kann den Alten genauso wenig leiden wie ihr Sohn. Daher heiligt der Zweck die Mittel. Und wenn es sie tröstet ...«, ließ er flüsternd den Satz unvollendet.

Sophie biss sich auf die Lippen. »Ich danke dir, Richie.« Zum ersten Mal sprach auch sie ihn mit seinem Kosenamen an. »Ich hoffe, ich kann sie damit ein wenig beruhigen. Aber es heißt, sie hat überhaupt kein Interesse an Politik. Hoffentlich kann sie seine Motive überhaupt nachvollziehen und glaubt mir.«

Richard seufzte. »Der Sohn war seiner Mutter in vielerlei Hinsicht ähnlicher, als es auf den ersten Blick erscheint. Wie sie hasste er die strenge Hofetikette, verabscheute die hochnäsige Wiener Adelsgesellschaft und strebte nach Freiheit und Selbstverwirklichung. Vielleicht kannst du sie damit erreichen. Denk einfach noch mal gut darüber nach, was du ihr sagen willst.«

»Und er war kein Verschwörer!«, ergänzte er zu Sophies Überraschung. »Falls sie das glauben sollte!«

»Ach Gott!«, entfuhr es ihr unwillkürlich. »So etwas sagt man ihm nach?«

Richard bestätigte es schweigend, ohne sich weiter darüber auszulassen. »Aber erwähne diesen letzten Punkt nur, wenn sie selbst darauf zu sprechen kommt«, mahnte er.

Sophie nickte. Dann stellte sie Richard noch eine Frage, die sie selbst bewegte.

»Ich glaube, beobachtet zu haben, dass Ihre Majestät«, sie unterbrach sich kurz und suchte nach der richtigen Bezeichnung, ohne den Namen nennen zu müssen, »jene besagte Nichte«, fuhr sie schließlich fort, »du weißt, wen ich meine?«

Richard verzog das Gesicht. »Ja!«, schnaubte er.

»... nun also jene besagte Nichte möglicherweise gar nicht mehr empfängt. Weiß sie etwas von der Rolle dieser Frau in der besprochenen Angelegenheit?«

»O ja, deren Rolle wird ihr bekannt sein.«

Wenn Richard so grimmig dreinschaut, könnte er einen das Fürchten lehren, durchfuhr es Sophie.

»Woher könnte sie davon wissen?« Das interessierte sie brennend.

»Nun, das Luder hat ihrem Sohn Briefe geschrieben, in denen sie von ihm Geld für ihre Dienste forderte. Das hat mir der Bruder seiner letzten Geliebten erzählt, der es wiederum vom Obersthofmeister des Kronprinzen erfahren hat. Ein Brief wurde in einer Uniformjacke entdeckt, die Rud... er einem bekannten Porträtmaler überließ, bei dem er sein letztes Gemälde in Auftrag gegeben hatte. Weitere Briefe besagter Nichte fand man in seinem Nachlass. Er hat sie vor seinem Tod nicht vernichtet. Wahrscheinlich wollte er, dass sie gefunden werden. Seine Eltern werden sie mit an Sicherheit grenzender Wahrscheinlichkeit gelesen haben.«

»So gibt es also doch noch so etwas wie Gerechtigkeit«, konstatierte Sophie zufrieden. »Ich hoffe, die falsche Schlange büßt für all ihre Schandtaten!«

»Das hoffe ich auch.«

Einen Augenblick lang sahen sich beide intensiv in die Augen.

Sophie senkte zuerst den Kopf. Sie zog eine kleine goldene Taschenuhr hervor und warf einen Blick darauf.

»Oh, es ist schon fast halb fünf«, sagte sie leise. »Ich muss langsam an Aufbruch denken. Der mir von der Obersthofmeisterin zugestandene Ausgang, um meinen Onkel zu besuchen, der angeblich an einem schweren Brustkatarrh leidet, ist nur kurz. Um fünf Uhr muss ich zurück sein.«

Tatsächlich war die Zeit wie im Fluge vergangen. Angesichts des bevorstehenden Abschieds mit der ungewissen Perspektive auf ein Wiedersehen hielt Richard es nun nicht mehr aus. Spontan griff er nach Sophies Hand. »Was wird aus uns?« Seine Stimme klang rau. »Du weißt, dass ich dich immer noch liebe, Phiefi!«

Ihr Gesicht verzog sich schmerzlich. »Und du weißt, dass es nicht sein darf. Jetzt sogar noch weniger als je zuvor!«

»Das heißt, du hast es früher wenigstens in Erwägung gezogen?« Richard griff nach dem Strohhalm.

Sophie schüttelte energisch den Kopf. »Niemals, Richie! Das habe ich dir schon zweimal gesagt, und daran hat sich nichts geändert.«

Der Schmerz über ihre Worte legte sich wie eine eiserne Klammer um seine Brust. Einen kurzen Moment lang glaubte er, nicht mehr atmen zu können. Dann riss er sich gewaltsam zusammen und stand als Erster auf.

»Darf ich dich noch zu deiner Droschke geleiten?«

»Wenn du willst. Sie wartet mit meiner Zofe am Fiakerstand am Graben. Aber den Arm möchte ich dir nicht reichen.«

Richard ließ das unkommentiert und ging Sophie voran aus dem Separee. Mitten in der Bewegung hielt er inne.

Gerade betrat Amalie an der Seite jener besagten Nichte der Kaiserin das Café. In ihrem Gesicht spiegelte sich seine eigene Verblüffung wider.

Palais Thurnau in der Herrengasse

Donnerstag, 7. März 1889, am Abend

»Was hast du mit dieser Frau zu schaffen, Ami?«, schnauzte Richard. Sein seit der Begegnung im Café Prinzess aufgestauter Zorn auf Amalie brach sich nun Bahn.

Wie üblich, ließ sich Amalie nicht einschüchtern. »Das Gleiche könnte ich dich fragen«, fauchte sie. »Was hast du noch mit dieser dubiosen Komtess zu schaffen? Du hast Papa erst vor ein paar Wochen geschworen, den Kontakt zu ihr zu beenden!«

»Lass Sophie von Werdenfels aus dem Spiel! Ihre Person tut hier rein gar nichts zur Sache.«

»Nein?«, feixte Amalie. »Genau sie ist der Grund dafür, dass Marie Louise von Larisch und ich uns heute getroffen haben.«

»Um über Phiefi zu sprechen?«, entfuhr es Richard in seiner Verblüffung.

»Phiefi!«, äffte Amalie ihn nach. »Du nennst sie also selbst mir gegenüber bei ihrem Kosenamen! Schämst du dich denn gar nicht?«

»Warum sollte ich mich schämen? Sophie von Werdenfels ist eine ehrbare Frau. Ganz im Gegenteil zu jener Gräfin Larisch!«

»Eine ehrbare Frau?«, spottete Amalie. »Das weiß ich aber besser! Eine falsche Natter ist sie! Hat sich mit ihren Lügen diese Position bei Hofe verschafft, von der ich dir neulich erzählt habe! Dabei lagen ihre Großeltern noch in der Gosse!«

Angesichts der Ungeheuerlichkeit dieser Behauptung war Richard wieder einmal versucht, Amalie in ihr nun zu einer höhnischen Grimasse verzogenes Gesicht zu schlagen. Er ballte die Hände zu Fäusten und verschränkte sie hinter seinem Rücken.

Sie befanden sich in der Bibliothek des Palais Thurnau und waren bereits zum Abendessen umgekleidet. Jeden Augenblick konnte Sieber sie zum Diner rufen.

Richard atmete dreimal tief durch, um sich zu beruhigen.

»So etwas behauptet jene Gräfin? Ich werde das Sophie von Werdenfels mitteilen, damit sie diese Person wegen Verleumdung verklagt.« Seine Stimme war nun gefährlich leise. »Denn merk dir eines! Sophies Großeltern beiderseits waren angesehene Bürger und Kaufleute. Ihr Großvater väterlicherseits wurde sogar zum Freiherrn geadelt!«

Zu seiner Genugtuung begann Amalies Blick nun zu flackern. »Marie Louise hat so etwas nicht behauptet«, ruderte sie zurück. »Das habe ich selbst vermutet.«

»Aha! Man duzt sich also schon und nennt sich beim Vornamen. Weiß dein Vater eigentlich, mit wem du so alles Umgang pflegst?«

Amalie wurde blass. Im Versuch, ihren Kopf aus der Schlinge zu ziehen, tappte sie noch tiefer in die Falle. »Wir duzen uns erst seit heute. Als ich die Gräfin Larisch im Grand Hotel besucht...« Ihre Stimme erstarb. Sie wurde noch bleicher.

Richard setzte gnadenlos nach. »Also hast du diese Frau schon früher getroffen? Das wird deinen Vater auf Äußerste interessieren. Seine einzige Tochter verkehrt in aller Öffentlichkeit mit dieser übel beleumundeten Frau. Ich bin sehr gespannt, was er dazu sagt, wenn ich es ihm gleich beim Diner erzähle.«

»Bitte! Bitte, sage ihm nichts!«, flehte Amalie nun. Ihre hellgrauen Augen waren weit aufgerissen. Auf nichts achtete ihr Vater mehr als auf die Standesehre. Zumal ihn ein Teil des Hochadels schon seit Jahren schnitt, wie Richard wusste, weil er beim großen Wiener Börsenkrach von 1873 durch Spekulationen zu Reichtum gekommen war. Das galt beim konservativen Adel als nicht standesgemäß. Auf keinen Fall wollte Adalbert von Thurnau es sich daher auch noch mit denen verscherzen, die ihm bislang gewogen waren.

Denn dass Marie Louise von Larisch in keinem Haus, das auf sich hielt, mehr empfangen wurde, erzählte man sich mittlerweile in der ganzen Stadt, wenn auch noch hinter vorgehaltener Hand.

»Was hattest du also mit dieser Gräfin zu schaffen? Ich frage dich das jetzt zum letzten Mal. Sonst weihe ich deinen Vater in alles ein.«

Richard entging der berechnende Ausdruck nicht, der kurz über Amalies hübsches Gesicht huschte. Langsam wich sein Zorn sogar der Neugier, in welche Ausreden sie sich nun wohl wieder flüchten würde.

»Ich dachte mir doch gar nichts dabei«, begann sie ihre Verteidigung dann genau so, wie es Richard erwartete. »Schließlich ist Marie Louise eine Nichte der Kaiserin. Die sie nun nicht mehr empfängt, weil diese Sophie sie niederträchtig verleumdet hat.«

»Was sagst du da?« Richards Zorn schoss wieder hoch wie eine Fontäne. Er packte Amalie hart am Arm. »Was erzählt dieses Luder über Phiefi herum? Sage mir alles und lass kein einziges Wort aus!«

»Aua, du tust mir weh! Ich erzähle dir ja schon alles, was ich weiß!« Jetzt klang Amalie ungewohnt eingeschüchtert und ängstlich.

Richard selbst war sich seiner grimmigen Miene gar nicht bewusst. Aber Sophie hätte ihm sagen können, wie furchterregend er wirkte, wenn er zornig war.

Er ließ Amalies Arm los. »Setz dich da hin!« Er wies auf einen schweren lederbezogenen Sessel und zog sich selbst einen Schemel heran.

Dann hörte er mit zunehmender Fassungslosigkeit zu, was sie ihm berichtete.

Grand Hotel am Kärntner Ring

Donnerstag, 7. März 1889, am späteren Abend

»Es tut mir leid, Herr Graf!« Der in eine Livree gekleidete Rezeptionist des Grand Hotels breitete in einer Geste der Hilflosigkeit die Hände aus. »Aber Ihre Erlaucht, die Gräfin von Larisch, hat sich heute bereits zurückgezogen und empfängt keine Besucher mehr. Das ließ sie vor knapp einer halben Stunde durch ihr Kammermädchen ausrichten.«

Richard zügelte seine Wut. Auf diese Weise würde er hier nicht weiterkommen. »Die Angelegenheit, wegen der ich die Frau Gräfin sprechen möchte, ist sehr dringend und duldet keinen Aufschub. Vielleicht haben Sie einen Bogen Papier für mich, auf dem ich ihr eine Nachricht zukommen lassen kann?«

Der Rezeptionist runzelte zwar missbilligend die Stirn, kam Richards Aufforderung aber nach. Der kritzelte hastig ein paar Worte auf den Briefbogen und faltete ihn dann zu einem kleinen Quadrat zusammen, da er keinen Siegellack hatte, um ihn zu verschließen. Er hoffte, dass dies den Boten daran hindern würde, den Brief zu öffnen.

Seine Nachricht zeigte Wirkung. Schon fünf Minuten später holte ihn eine junge Frau in der Tracht einer Zofe an der Rezeption ab. »Die Frau Gräfin erwartet Sie.«

Marie Louise von Larisch saß im Salon ihrer Suite. Wie stark seine wenigen Worte gewirkt hatten, konnte Richard daran ermessen, dass sie sich nicht einmal die Zeit genommen hatte, sich erneut ein Kleid anzuziehen. Offensichtlich hatte sie sich schon für die Nacht fertig gemacht. Sie trug einen perlenbestickten hellblauen Morgenmantel. Ihre bloßen Füße steckten in gleichfarbigen Seidenpantöffelchen.

Marie Louise machte sich nicht die Mühe, aufzustehen und Richard entgegenzukommen. Ohne Begrüßung eröffnete sie das Gespräch. »Was führt Sie zu dieser späten Stunde zu mir,

Herr von Löwenstein?«, fragte sie barsch. »Mich dünkt, dies ist keine angemessene Zeit für den Besuch einer Dame.«

Tatsächlich war es bereits kurz vor zehn Uhr. Früher hatte Richard nicht kommen können, da er am Souper im Palais Thurnau teilnehmen musste, um seinem Schwiegervater, wäre er dem Nachtmahl ferngeblieben, keinen Grund für bohrende Fragen zu geben.

»Also halten Sie sich tatsächlich nach wie vor für eine Dame?« Richard wählte diese provozierenden, jede Höflichkeitskonvention missachtenden Worte bewusst. Tatsächlich schnappte die Gräfin hörbar nach Luft.

»Was fällt Ihnen ein, Sie ungehobelter...?« Marie Louise stoppte mitten im Satz, als ihr Blick auf die Zofe fiel, die mit schreckgeweiteten Augen neben der Tür stand.

»Geh auf deine Kammer, Hilda!«, befahl sie ihr.

»Aber, aber Herrin«, stammelte Hilda. »Sollte ich nicht...?«

»Tu, was ich dir sage! Sofort!« Nun klang die Stimme der Gräfin schrill. Eingeschüchtert huschte die junge Frau hinaus.

Richard entging nicht, dass sich die gepflegten Fingernägel der Gräfin in ihre Handballen bohrten. Doch noch bewahrte sie die Contenance. Niemals starke Emotionen zu zeigen, galt als eine der höchsten Tugenden adeliger Damen.

»Nehmen Sie Platz!«, forderte sie Richard auf.

Der schüttelte den Kopf. »Ich bevorzuge es, stehen zu bleiben.« Es war ihm bewusst, dass er mit seiner imposanten Größe von über einem Meter achtzig bedrohlich auf die sitzende Gräfin wirken musste, die ihm im Stehen nicht einmal bis zur Schulter gereicht hätte.

»Also, was wollen Sie von mir?« Noch ließ sich Marie Louise nicht einschüchtern.

»Dass Sie Ihre Lügen über eine Dame namens Sophie von Werdenfels nicht weiterverbreiten und ihr damit die Schuld in die Schuhe schieben für das, was Sie selbst zu verantworten haben.«

Zu seiner Genugtuung bemerkte Richard, dass die Farbe aus dem Gesicht der Gräfin wich.

»Weil sonst...?« Sie ließ den Satz in der Luft hängen. *Eine geübte Blenderin,* wurde Richard klar. *Sie verzieht keine Miene.*

»Weil ich sonst Ihren Gatten über Ihre Beteiligung an der Tragödie von Mayerling unterrichten werde. Genau, wie ich es Ihnen soeben geschrieben habe.«

»Er würde Sie einen Lügner nennen und Sie umgehend zum Duell fordern!« Marie Louise gab immer noch nicht auf.

»Nicht, wenn ich ihm meine Beweise vorlege!« Im Täuschen und Tarnen war Richard sicherlich nicht halb so geübt wie die Gräfin. Doch die Strategie, es ihr heute nachzutun, hatte er sich auf dem Weg ins Grand Hotel zurechtgelegt.

Das Gesicht der Gräfin wurde noch etwas blasser. Als Richard demonstrativ seinen Blick auf ihre zu Fäusten geballten Hände richtete, öffnete sie diese, worauf für einen Augenblick die roten Halbmonde sichtbar wurden, die die spitzen Nägel in ihre Handflächen gegraben hatten. Dann verschränkte Marie Louise ihre Hände im Schoß und verbarg so die verräterischen Spuren ihrer Nervosität.

»Es sind Briefe von Ihnen in Rudolfs Nachlass aufgetaucht. Im jüngsten davon, den Sie wenige Tage vor Rudolfs Abreise nach Mayerling in die Hofburg gesandt haben, fordern Sie die ungeheure Summe von siebzigtausend Gulden dafür, dem Kronprinzen am nächsten Tag die Komtess Mary Vetsera zuzuführen.«

Die Gräfin sog hörbar die Luft ein. »Das ist eine Lüge! Ich weiß nichts von einem solchen Schreiben«, stritt sie alles ab.

»Oder wollen Sie es etwa gelesen haben?«

»Ich nicht«, gab Richard zu. »Aber der Obersthofmeister des verstorbenen Kronprinzen, Graf Carl von Bombelles, hat es gelesen und Alexander Baltazzi, dem Onkel des unschuldig zu Tode gekommenen Mädchens, davon berichtet.« So weit blieb Richard noch bei der Wahrheit.

Denn gegenüber Baltazzi, den man ja damit beauftragt hatte, Marys Leiche zum Friedhof von Heiligenkreuz zu schaffen, sah sich Rudolfs Obersthofmeister damals nicht zu der gleichen Diskretion verpflichtet, die er gegenüber jedermann sonst zu wahren hatte. Alexander wiederum, gänzlich erschüttert von der Tücke der Larisch, hatte die Information über den Inhalt des Briefes noch am gleichen Abend an Richard weitergegeben.

Der straffte nun den Rücken und fixierte die Gräfin. »Ich selbst besitze allerdings einen Brief mit einer früheren Geldforderung, den Sie an den Kronprinzen geschrieben haben. Wie Sie vielleicht wissen, war ich ein Mitglied seines Stabs und eng mit ihm befreundet. Eines Abends vergaß Rudolf seine Jacke in einer Wirtschaft, die wir inkognito aufsuchten. Weil er sich hernach noch zu seiner Geliebten Mizzi Caspar begab, von der Sie sicherlich wissen«, der verächtliche Zug um Marie Louises Mund bestätigte seine Vermutung, »nahm ich die Jacke an mich und vergaß sie später in meiner Wohnung. Erst nach seinem Tod fand ich Ihr Schreiben darin. Ich lieferte das Original zwar pflichtgemäß beim Grafen Bombelles ab, machte mir vorher davon allerdings eine Abschrift.«

Hier nahm Richard auf eine reale Begebenheit Bezug, von der er ebenfalls über Alexander Baltazzi wusste und von der er auch Sophie am Nachmittag im Café Prinzess erzählt hatte. Der Maler Tadeusz Ajdukiewicz hatte nach Rudolfs Tod eine Uniformjacke des Kronprinzen in die Hofburg zurückgebracht, die ihm Rudolf als Vorlage für ein Reiterporträt überlassen hatte. Darin fand dessen Kammerdiener Carl Nehammer ein Schreiben solchen Inhalts, das er an Bombelles weitergab, der auch davon wiederum Baltazzi erzählt hatte.

Offensichtlich log Richard gut. Denn der Ausdruck des Entsetzens in den Augen der Gräfin war jetzt nicht mehr zu übersehen.

»Außerdem gibt es eine Zeugin für Ihre Verwicklung in die Affäre. Marys Zofe Agnes Jahoda hat Baltazzi und der Baronin

Vetsera alles gestanden und wäre sicherlich bereit, ihre Aussagen auch gegenüber Ihrem Gatten zu wiederholen.«

Unwillkürlich entfuhr der Gräfin ein Laut des Entsetzens. Trotzdem trat sie die Flucht nach vorn an.

»Und Ihre Komtess, die Ihnen mehr am Herzen zu liegen scheint als Ihre Verlobte, würde sie meinem Mann Georg ebenfalls berichten, was sie weiß? Die Kaiserin würde sie sofort aus ihren Diensten entlassen, wenn sie die Rolle der Sophie von Werdenfels in der Tragödie von Mayerling kennen würde!«

»Im Gegenteil würde die Kaiserin Sophie nur dann entlassen und darüber hinaus sogar aufs Strengste bestrafen, wenn sie erführe, dass die Wahrheit über die Affäre durch sie nach außen gedrungen wäre«, konterte Richard. »Ihre Majestät hat Sophie ein Schweigegelübde ablegen lassen, dass sie niemandem erzählen darf, was sie darüber weiß. Nur deshalb hat sie Sophie in ihren Hofstaat berufen.«

Jetzt schnappte Marie Louise nach Luft. »Die ... die Kaiserin, meine verehrte Tante ...«

»... weiß bestens über Sie Bescheid. Sie kennt all Ihre Briefe, die man in Rudolfs Nachlass fand.«

Marie Louise presste sich beide Hände vor den Mund.

»Genau aus diesem Grunde werden Sie bei Hofe ja auch nicht mehr empfangen«, bohrte Richard gnadenlos in der Wunde.

»Bitte!«, stöhnte die Gräfin nun. »Bitte klingeln Sie nach meinem Mädchen! Mir wird ganz flau, ich brauche mein Riechsalz. Sonst werde ich ohnmächtig.«

Richard betrachtete die Larisch prüfend. Zweifellos spielte sie jetzt kein Theater mehr, sondern war wirklich durch die Wucht der Erkenntnis, auf immer vom Hof verbannt zu sein, völlig verzweifelt.

»Also, werden Sie jetzt alles unterlassen, was Sophie von Werdenfels' Ruf beschädigen könnte? Und sich vor allen Dingen zukünftig von meiner Verlobten Amalie fernhalten?«, insistierte Richard ohne Mitleid.

Marie Louise nickte stumm.

»Wenn Sie sich nicht daran halten, fahre ich mit der kleinen Jahoda und der Abschrift Ihres Briefes bis nach Pardubitz, um Ihrem Gatten alles zu enthüllen«, drohte Richard noch einmal. »Bis jetzt machen in Wien nur Gerüchte die Runde. Gerüchte sind im Kaiserreich allerdings noch kein Anlass für eine Scheidung. Und der Hof wird sich natürlich weiterhin in Schweigen hüllen, um das tragische Los der kleinen Vetsera zu vertuschen. Aber mit handfesten Beweisen wie diesem Schreiben an Rudolf von Ihrer eigenen Hand könnte sich Ihr Gatte sofort von Ihnen trennen. Zumal wenn ich ihn an den Grafen Bombelles als Zeugen verweise. Jeder Richter würde von Seiner Majestät persönlich die Anweisung erhalten, in aller Stille und Eile den Stab über Sie zu brechen, um den Skandal nicht noch zu vergrößern. Dann lägen Sie mittellos auf der Straße. Wahrscheinlich würden Sie als gebürtige Bayerin sogar des Landes verwiesen.«

Marie Louise hob mit letzter Kraft eine Hand. »Ich werde kein Wort mehr über diese ganze furchtbare Sache verlieren. Ich reise schon morgen nach Pardubitz ab.« Ihr Atem ging mittlerweile fast keuchend. »Danach begebe ich mich an die Riviera und …«

»Das möchte ich Ihnen auch geraten haben!«, unterbrach Richard sie. Dann drehte er sich um und stürmte grußlos aus der Suite. Die Tür zum Salon warf er mit einem lauten Knall ins Schloss.

Kapitel 4

Sisis Appartement in der Hofburg

27. März 1889

»Oh, wie ich diesen Käfig hasse! Ich sehne mich so nach Ischl!«

»Es sind ja nur noch wenige Stunden bis zu Ihrer Abfahrt, Majestät. Ihr Zug steht um sechs Uhr abends am Bahnhof für Sie bereit. Dann können Sie endlich zur Ruhe kommen. Sie haben es sich verdient!«

»Und uns beiden wird es auch guttun, einmal aus dieser Trostlosigkeit herauszukommen, liebe Mama. Ich freue mich sehr darauf. Selbst wenn es in Ischl um diese Jahreszeit oft noch kalt und neblig ist.«

Sophie stand beklommen an der Tür zu Sisis Turn-und-Toilette-Zimmer, wie der Raum genannt wurde, in dem die Kaiserin ihre täglichen sportlichen Übungen und den größten Teil ihrer Körperpflege bestritt, und wusste nicht, wie sie sich am geschicktesten bemerkbar machen sollte. Obwohl ihr Gespräch mit Richard jetzt schon einige Wochen her war, hatte Ida Ferenczy ihr erst gestern Abend mitgeteilt, dass sie heute um elf Uhr von der Kaiserin erwartet würde.

Der livrierte Türsteher vor Sisis Wohnräumen ließ Sophie kommentarlos eintreten, als sie ihren Namen nannte. Offenbar war ihm bekannt, dass sie nun zu Sisis Hofstaat gehörte, obwohl sie nach jenem Abend in der Kapuzinergruft das Appartement der Kaiserin nicht mehr betreten hatte.

Im Vorzimmer und in den beiden Salons hielt sich niemand

auf, als Sophie sie durchschritt. Auch ihr zaghaftes Pochen an der halb offenen Tür zum Turn-und-Toilette-Zimmer, aus dem halblaut verschiedene Stimmen drangen, hörte man offenbar nicht. Schließlich trat sie ohne Aufforderung behutsam ein und erkannte sofort, dass dies nichts nutzte. Denn die drei Damen, die sich außer der Kaiserin noch im Gemach befanden, drehten ihr alle ganz oder teilweise den Rücken zu und bemerkten sie nach wie vor nicht.

Schon an den Stimmen und den mit angehörten Worten hatte Sophie erkannt, dass es sich bei zwei von ihnen um die Hofdame Marie Festetics und Sisis Tochter Marie Valerie handeln musste, bevor sie diese jetzt sah. Die dritte Frau, die ein schwarzes Kleid und eine große weiße Latzschürze trug, die auch den ganzen rückwärtigen Teil des Rocks bis zum Saum hinab bedeckte, kannte sie bislang nur vom Hörensagen. Da sie sich am Haar der Kaiserin zu schaffen machte, musste es die Friseurin Fanny Feifalk sein.

Von Sisi sah Sophie kaum etwas, weil die Friseurin sie fast völlig verdeckte. Staunend beobachtete sie, wie Fanny mit äußerster Vorsicht eine fast armdicke Haarsträhne der Kaiserin aufnahm, die, ihrer Länge nach zu schließen, zuvor wohl bis zum Boden gereicht hatte. Mit einer Hand hob sie die Strähne hoch über ihren eigenen Kopf, um sie hernach mithilfe eines Bands, das von einem an der Decke befestigten Gestänge herabhing, aufzuhängen. Etliche weitere Strähnen waren schon auf die gleiche Weise hochgebunden worden. Der Anblick wirkte grotesk.

»Lassen deine Kopfschmerzen langsam nach, liebste Mama?«, fragte Marie Valerie.

Noch immer verdeckt von ihrer Friseurin hörte Sophie die Kaiserin stöhnen. »Mein Haar ist mir Qual und Freude zugleich. Es reicht mir seit vielen Jahren bis zu den Fersen. Aber seine Schwere verursacht mir oft große Pein. Ich bin sehr froh, dass Fanny diese Methode erfunden hat, um mir zu helfen, das auf meinem Kopf lastende Gewicht zu verringern.«

»Niemand hat so prächtige Haare wie Sie, Majestät.« Das war Marie Festetics.

»Aber sie fallen mir zunehmend aus«, klagte die Kaiserin.

»Das ist nicht wahr, Majestät.« Fanny Feifalks Stimme war sehr hoch und klang jetzt seltsam schrill. »Kaum fünf Haare hatte ich heute nach der Wäsche in meiner Hand.«

»Fünf Haare?« Sophie glaubte, ihren Ohren nicht zu trauen, so entsetzt klang die Kaiserin. »Das ist ja furchtbar! Woraus bestand die heutige Mixtur, die Sie zum Waschen verwendet haben?«

»Überwiegend aus Cognac und zwanzig Eiern, wie Sie es gewohnt sind. Ein wenig Rosenwasser habe ich noch daruntergemischt. Wegen des Dufts.«

»Aha! Daran muss es liegen, dass ich mein Haar verliere. Lassen Sie dieses Rosenwasser beim nächsten Mal weg!«

Die Friseurin und Marie Valerie, die halb rechts neben ihrer Mutter auf einem Lehnsessel saß, wechselten einen Blick. Sophie bemerkten sie immer noch nicht.

»Aber Mama!« Marie Valeries Stimme gab nun einem leisen Tadel Ausdruck. »Was sind denn fünf Haare bei dieser unnachahmlichen Pracht? Du wirst gar nicht merken, dass sie dir fehlen!«

»Zeigen Sie sie mir später, Fanny!«, befahl Sisi. »Ich möchte Abschied von ihnen nehmen.«

»Jawohl, Majestät. Ganz, wie Sie es wünschen.«

Sophie räusperte sich. Als sie wieder keine der Damen bemerkte, meldete sie sich endlich leise zu Wort. »Bitte entschuldigen Sie mein Eindringen, meine Damen.« Doch noch immer nahm niemand von ihr Notiz.

Kurz überlegte Sophie, ob sie sich unauffällig zurückziehen sollte, um den livrierten Türsteher vor den Räumen Sisis zu bitten, sie anzumelden. Offensichtlich war die Kaiserin ja ganz von ihrer Haarpflege in Anspruch genommen. Doch auf den zweiten Blick wagte sie es nicht. Denn Ida Ferenczy hatte ihr eindeutig befohlen, sich um elf Uhr bei der Kaiserin einzufinden. Und bereits jetzt war es zehn Minuten über der Zeit.

In diesem Augenblick blieb ihr der Mund vor Verblüffung offen stehen. Denn bevor Fanny Feifalk nach der nächsten Haarsträhne der Kaiserin griff, um sie aufzuhängen, führte sie ihre linke Hand hinter den Rücken. Sophie konnte deutlich erkennen, dass sie darin ein ganzes Haarbüschel der Kaiserin hielt. Sie ließ es in einer Tasche am Rückenteil ihrer Schürze verschwinden.

Sophie hatte sich beim Eintreten schon über den merkwürdigen Schnitt der Schürze gewundert. Schürzen hatte sie in ihrer Zeit als Aushilfe und später als Aufseherin im Café Prinzess oft getragen. Aber die schützten vor allem die Vorderseite eines Kleides vor Verschmutzung, nicht den hinteren Rockteil. Nun erkannte sie den Zweck von Fanny Feifalks Schürze. In der hinteren Tasche konnte sie, unbemerkt von Sisi, alle Haare verstecken, die der Kaiserin tatsächlich ausfielen.

Ihre Bewegung war allerdings auch der halb links von Sisi sitzenden Marie Festetics aufgefallen. Nun drehte sie den Kopf, sodass Sophie ihr Profil sehen konnte. Sie wirkte grimmig und öffnete schon den Mund, als Marie Valerie einen Finger auf ihre Lippen legte und ganz leicht den Kopf schüttelte. Offensichtlich wusste sie von Fannys geheimen Kniffen und wollte nicht, dass Marie sie ihrer Mutter verriet.

Marie Festetics zog ärgerlich die Brauen zusammen. Vielleicht nur, um die peinliche Situation zu überbrücken, fragte sie laut: »Hatten Sie nicht den Besuch Ihrer Promeneuse erwartet, Majestät?«

Sophie ergriff die Gelegenheit beim Schopf. Beherzt trat sie nun zwei Schritte vor und ergriff diesmal laut und deutlich das Wort. »Ich bin hier, liebe Marie. Ich warte schon eine ganze Weile, wollte aber nicht stören.«

Die Ungarin fuhr zu Sophie herum und fixierte sie aufgebracht durch ihr Lorgnon. »Warum schleichen Sie denn auf so leisen Sohlen herein, dass niemand Sie hört? Haben Sie uns etwa belauscht?«

»Aber Marie!«, griff erneut Sisis Tochter ein. »Wir haben doch über gar nichts Vertrauliches gesprochen.«

Dann stand Marie Valerie auf, trat mit einem herzlichen Lächeln auf Sophie zu und reichte ihr die Hand. »Wie schön, Sie endlich kennenzulernen, Komtess von Werdenfels! Bislang gab es ja noch keine Gelegenheit dazu.« In der Tat war Sophie noch nicht an die kaiserliche Abendtafel geladen worden.

»Was bringen Sie meiner Mutter für Neuigkeiten? Sie hat mir beim Frühstück erzählt, dass Sie sie vor einiger Zeit zu Rudolfs Grab in die Kapuzinergruft begleitet haben und dass sie Sie heute erwartet, weil Sie ihr neue Kunde über meinen armen Bruder bringen wollen.«

Sophie registrierte, dass Marie Festetics scharf die Luft durch die Zähne sog. Offenbar war ihr neu, was Sisis Tochter gesagt hatte.

Da auch Fanny Feifalk sich umgedreht hatte, um Sophie zu mustern, sah sie außerdem, dass sich die Kaiserin ebenfalls zu ihr umdrehen wollte, aber sofort zusammenzuckte. Wahrscheinlich ziepten dabei die aufgehängten Strähnen an ihrer Kopfhaut.

Sisi trug einen überdimensionalen weißen Kittel und machte nun eine auffordernde Handbewegung. »Treten Sie näher, Sophie! Marie, machen Sie ihr Platz, damit sie mir berichten kann, was sie in Erfahrung gebracht hat!«

Sophie entging nicht, dass Marie Festetics Sisis Aufforderung nur widerwillig nachkam. Hätte der Blick, den die Hofdame ihr zuwarf, als sie mit einer abfälligen Geste auf ihren Sessel wies, töten können, wäre Sophie ihrer heiklen Mission wohl auf der Stelle ledig gewesen.

Nun nahm sie, beklommener denn je, auf der äußersten Kante des Sessels Platz. Die Gedanken rasten durch ihren Kopf. Welche Begründungen sollte sie der Kaiserin denn nur in Gegenwart dieser drei Zeuginnen für den Selbstmord ihres Sohnes mitteilen? Einige davon waren ja nicht einmal für die Ohren der Kaiserin bestimmt, und schon gar nicht für die Ohren Unbeteiligter.

»Also, was haben Sie mir zu sagen?«, forderte Sisi Sophie nun auf, ohne einen weiteren Versuch zu machen, sie anzusehen. Im Spiegel sah Sophie, dass das Gesicht Sisis bleicher und hagerer war denn je, was das dunkle, schwere Haar noch betonte. Unter ihren Augen lagen tiefe Schatten.

»Es waren wohl vor allem politische Gründe, die Ihren verehrten Sohn so unglücklich machten«, begann sie zögernd und fühlte sich dabei äußerst unbeholfen.

Tatsächlich zeigte schon die erste Reaktion, dass diese Aussage missverständlich war. Sie kam allerdings nicht von der Kaiserin. »Wollen Sie wirklich behaupten, dass der Kronprinz an einer Verschwörung gegen Seine allerhöchste Majestät beteiligt war? Das ist ja ungeheuerlich!«, sagte Marie Festetics im Brustton der Empörung.

»Nein, nein!«, wehrte Sophie hastig ab. »Dies war keineswegs der Fall. Im Gegenteil verehrte der Kronprinz Seine Majestät, auch wenn die beiden nicht immer einer Meinung waren.«

»Darüber steht Ihnen überhaupt kein Urteil zu!«, zischte die Festetics.

»Marie!«, griff Sisis Tochter erneut begütigend ein. »So lassen Sie die Komtess doch aussprechen, was sie sagen möchte! Außerdem weiß doch jeder hier im Raum, dass Papa und mein Bruder oft Differenzen hatten.«

»Das ist wahr«, meldete sich erst jetzt die Kaiserin zu Wort. »Rudolf schrieb mir in seinem letzten Brief aus Mayerling von seinen vielen Enttäuschungen. Jedoch auch, wie sehr er seinen Vater trotzdem liebte. ›Ich bin nicht würdig gewesen, sein Sohn zu sein‹, hieß es da.« Ihre Stimme zitterte leicht. »Da hatte er das arme Mädchen schon längst erschossen, sodass ihm keine andere Wahl mehr blieb, als ihm ins Jenseits zu folgen. Auch das schrieb er mir.«

Diese unerwartete Neuigkeit traf Sophie wie ein Schlag in den Magen. *Rudolf hat seinen letzten Brief an seine Mutter neben Marys Leiche geschrieben? Die er schon viel früher erschossen hat?*

Allein das erschütterte sie bis ins Mark. Denn sie wusste ja aus Marys an sie adressierten Brief, dass ihre Freundin erwartet hatte, gemeinsam mit Rudolf im Jenseits anzukommen, um dort endlich mit ihm vereint zu sein.

Doch jetzt überfiel sie ein entsetzlicher Gedanke. *Kein Eingeweihter hat je verstanden, dass Rudolf sich zwar den Tod geben wollte, aber Furcht davor hatte, dabei allein zu sein. Gab am Ende der Mord an Mary den Ausschlag für ihn, sich selbst zu entleiben? Weil ihm dann keine andere Wahl mehr blieb, wie es seine eigene Mutter sagt?*

Was Sophie nicht wusste, war, dass Richard ihr hätte eingestehen können, dass er den gleichen Verdacht schon kurz nach Rudolfs Tod gehabt hatte.

»Also, welche Gründe für den Freitod unseres hochverehrten Thronfolgers haben Sie denn nun in Erfahrung gebracht?«, riss die Festetics Sophie aus ihrem Schock. Marie stand hinter ihrem Rücken, sodass Sophie ihr nicht ins Gesicht sehen konnte. Aber ihr zweifelnder Tonfall war nicht zu überhören.

Sophie fühlte sich ganz durcheinander. Sie hatte ein Vier-Augen-Gespräch mit Sisi erwartet. Doch ihre ganze, unter dieser Voraussetzung vorbereitete Rede war nun hinfällig. Denn sollte sie wirklich in Gegenwart von Marie Festetics, die sie ja offensichtlich nach wie vor nicht ausstehen konnte, sowie der Tochter der Kaiserin und einer einfachen Bediensteten das aussprechen, was sie sich an erster Stelle zurechtgelegt hatte? Dass nämlich Rudolf mit den Zwängen bei Hofe und in der k.u.k Armee auf Dauer nicht zurechtgekommen war. Sie hatte dabei auf die Gemeinsamkeiten zwischen Mutter und Sohn hinweisen wollen, wie Richard es ihr geraten hatte. Jetzt entschied sie sich gegen diese Strategie und wählte stattdessen ein anderes Argument.

»Ihr ... Ihr verehrter Herr Sohn fürchtete, seine politischen Ideale nicht verwirklichen zu können, Majestät«, stammelte sie hilflos. »Er war kein Freund des deutschen Kaisers Wilhelm II., der eine völlig andere politische Richtung verfolgte, und trug sich mit der Sorge, in ihm keinen wirklichen Verbündeten zu ... «

»Das kann ich mir beim besten Willen nicht vorstellen!« Zu Sophies Bestürzung fiel ihr jetzt Marie Valerie ins Wort. »Ich schätze meinen Vetter Wilhelm ganz außerordentlich, ebenso seine politische Ausrichtung, dem Deutschtum wieder zu mehr Geltung in der Welt zu verhelfen. Auch Rudolf kann dies nicht anders empfunden haben.«

Nun fehlten Sophie erst einmal die Worte. Weder von Rudolfs Syphilis noch von seinem Leiden unter der Lieblosigkeit seiner Eltern konnte sie den Damen erzählen, ohne sie noch viel mehr zu brüskieren und sich selbst damit zu kompromittieren. Doch zu ihrer Überraschung kam ihr nun die Kaiserin zu Hilfe.

»Oder liegt ein Grund dafür, dass sich Rudolf gemeinsam mit diesem jungen Ding erschossen hat, in seiner zerrütteten Ehe mit diesem belgischen Trampeltier?«

»Aber Mama!«, entrüstete sich Marie Valerie.

Sisi winkte abfällig ab. »Du weißt, dass man Stephanie regelrecht vor Rudolfs Leiche zerren musste, damit sie ihm die letzte Ehre erweist.«

»Sie hatte eben, übrigens genau wie ich, vorher noch nie einen toten Menschen gesehen. Sie fürchtete sich wahrscheinlich vor dem Anblick«, wandte Marie Valerie ein. »Mir ging es jedenfalls so.«

»Das mag ja so sein«, erwiderte Sisi. »Getrauert hat das Trampeltier jedenfalls nicht um Rudolf. Sie hat schon vor seiner Beerdigung keine einzige Träne um ihren toten Gemahl vergossen, worüber sich sogar ihre eigene Mutter wunderte. Hast du das etwa schon vergessen, Marie Valerie?«

»Lass es gut sein, Mama!«, versuchte ihre Tochter, Sisi angesichts ihrer wachsenden Empörung zu beschwichtigen. Wahrscheinlich war ihr das Thema vor so vielen Zeuginnen peinlich, vermutete Sophie.

Doch ihre Mutter war nicht zu bremsen. »Wenn Stephanie überhaupt etwas an Rudolfs Tod bedauert, dann den Umstand, mich als Witwe nicht mehr bei Hofe vertreten zu können, wenn ich auf Reisen bin. Diese Rolle fällt jetzt an Marie Therese von Braganza.«

Dies war die Frau des jüngeren Kaiserbruders, der jetzt offiziell Franz Josephs Nachfolger war, obwohl jedermann damit rechnete, dass sein ältester Sohn Franz Ferdinand dem amtierenden Kaiser auf den Habsburgerthron folgen würde. Auch Marie Therese hatte Sophie noch nie persönlich kennengelernt, sondern bislang nur deren junge Hofdame Fredi von Taxis.

»Also«, wandte sich Sisi dann an Sophie. »Können Sie meine Annahme bestätigen?«

Da Sophie das heikle Thema von Rudolfs Ehe ebenfalls in Gegenwart der anwesenden Damen nicht von sich aus angesprochen hätte, griff sie nun nach dem ihr gereichten Strohhalm.

»Es ist richtig, was Sie sagen, Majestät«, formulierte sie vorsichtig. »Auch die unglücklich verlaufene Ehe Ihres Sohnes, aus der nie ein Thronfolger hervorgegangen wäre, begünstigte seine tragische Entscheidung.«

»Wusste ich es doch!« Jetzt klang Sisi sogar ein wenig triumphierend. »Offensichtlich fand Rudolf mehr Trost und Halt bei diesem armen jungen Ding, das bereit war, mit ihm zu sterben, als bei seiner hochwohlgeborenen Gattin.«

»War diese Mary Vetsera denn wirklich so unschuldig und naiv, wie Sie es glauben, Majestät, oder erhoffte sie sich etwas von der Beziehung zu Rudolf? Und animierte ihn schließlich sogar dazu, sich selbst zu töten, als sie nicht erhielt, was sie begehrte?« Wieder war es Marie Festetics, die in abfälligem Ton diese Frage stellte.

Sophie stockte der Atem. Doch bevor ihr Ärger über die arrogante ungarische Hofdame die Oberhand gewinnen konnte, geschah etwas Unerwartetes.

»Das Mädchen trifft keine Schuld an der Sache, Marie!«, erwiderte die Kaiserin zu Sophies Überraschung.

»Woher weißt du das denn so genau, Mama?«, fragte Marie Valerie, die ebenfalls überrascht klang.

Sisi seufzte. »Ich habe mir ihre Briefe zeigen lassen, die im Obersthofmarschallamt verwahrt werden. Der Hofsekretär Dr. Slatin, der als einer der Ersten in Mayerling war, hat sie mir auf meine Bitte gebracht. Die Liebe dieses Mädchens zu meinem Sohn war rein und über jeden Zweifel erhaben. Ich wünschte, ich könnte mich bei ihrer Mutter dafür entschuldigen, dass ich Mary zunächst sogar verdächtigte, Rudolf mit Strychnin vergiftet zu haben. Leider ist das nicht möglich.« Ihre Stimme wurde leiser und erstarb schließlich ganz.

Eine kurze Zeit lang herrschte Schweigen im Raum. Auch Sophie wusste nicht, was sie noch sagen sollte. Schließlich griff Fanny Feifalk, die ihre Arbeit seit Sophies Eintritt unterbrochen hatte, nach einer weiteren Haarsträhne Sisis.

»Also haben Sie von Ihrem Gewährsmann auch nichts erfahren, was mir die Handlungsweise meines Sohnes wirklich erklären könnte.« Jetzt schwangen Tränen in Sisis Stimme mit. »Dann können Sie jetzt wieder gehen! Fanny hat noch stundenlang mit meinen Haaren zu tun. Und ich muss rechtzeitig fertig sein, um noch heute Abend nach Ischl zu kommen.« Ihre Handbewegung zeigte eindeutig, dass Sophie entlassen war.

Die stand sofort auf und versank in einen tiefen Hofknicks, wobei ihr siedend heiß einfiel, dass sie diesen bei ihrem Eintritt völlig versäumt hatte. Dann ging sie rasch hinaus.

Sie war bereits einige Schritte durch den nächsten Raum gegangen, als sie Marie Festetics' Stimme hörte. Da sie die Tür, so wie sie sie vorgefunden, halb geöffnet gelassen hatte, konnte sie deren Worte deutlich verstehen.

»Das war ja auch nicht anders zu erwarten«, schnarrte die Ungarin. »Dieses junge Ding tut wichtig, um sich Ihnen angenehm zu machen, Majestät. Dabei weiß sie nur etwas von dieser Mary Vetsera. Den Rest fantasiert sie sich zusammen. Und nicht einmal überzeugend, wie sich jetzt erwiesen hat.«

Sophie blieb wie angewurzelt stehen. Ihr Puls begann sich zu beschleunigen.

»Aber Marie!« Das war wieder die leicht tadelnde Stimme der Kaisertochter. »Immerhin hat Sophie von Werdenfels Mama auf deren eigenen Wunsch hin bei diesem schaurigen Gang in die Kapuzinergruft begleitet.«

»Bei dem sich auch nichts ergeben hat, wie ich vermute«, fauchte die Festetics. »Außer, dass Sophie von Werdenfels die Gelegenheit beim Schopf ergriff, um sich einzuschmeicheln.«

»Allerdings verstehe ich Sie auch nicht wirklich, Majestät«, wandte die Hofdame sich jetzt offensichtlich an Sisi. »Wieso suchen Sie nach anderen Gründen für Rudolfs Tod als denen, die Ihnen die Ärzte genannt haben? Rudolf hat in geistiger Umnachtung gehandelt. Er war verwirrt und wusste nicht mehr, was er tat.«

Wie Sisis Antwort zeigte, war dieses Argument jedoch nicht dazu geeignet, die Kaiserin zu beschwichtigen. Im Gegenteil stöhnte sie auf. »Schweigen Sie still, Marie! Mit dem Urteil der Ärzte tröstet sich nur mein Gatte! Mich stürzt es dagegen noch tiefer ins Elend! Denn wenn mein Sohn wirklich wahnsinnig war, ist es doch *mein* schlechtes Blut, das dies alles verursacht hat!« Sophie kannte diese Befürchtung der Kaiserin schon aus ihrer ersten Begegnung mit ihr.

»Was würde ich nur darum geben, wenn es andere Motive gegeben hätte!«, schluchzte Sisi auf. Dann schien sie sich wieder zu fassen. Als sie erneut sprach, klang ihre Stimme hart und seltsam teilnahmslos.

»Die Liebe zu dieser Mary war es ja nicht, wie ich jetzt weiß. Ich glaube auch nicht, dass Stephanie die alleinige Schuld trifft. Sie war ihm nie eine liebevolle Gemahlin. Aber deshalb bringt man sich doch nicht um! Ebenso wenig um der schnöden Politik willen! Er war der Thronfolger eines der mächtigsten europäischen Reiche! Rudolf hätte später jede Politik betreiben können, die ihm beliebte! Nein, Jehova ist es, der mich mit seiner Rache trifft! Der gnadenlose Jehova!« Jetzt wurde ihre Stimme wieder lauter. »Wäre ich als dumme Fünfzehnjährige dem Kaiser doch niemals begegnet!«

»Mama! Liebe Mama! So beruhige dich doch!«, ertönte Marie Valeries sanfte Stimme. »Lass uns Trost im wahren Glauben suchen und für Rudolfs Seelenheil beten! Und auch für das dieses unglücklichen Mädchens! Du wirst sehen, das wird dir helfen!«

»Beten – das kann ich nicht mehr. Meinen Glauben hat Rudolf totgeschossen!«, hörte Sophie die Kaiserin antworten.

Jetzt war es genug. Sophie spürte, dass sie kein einziges weiteres Wort mehr ertragen konnte. Die Anspannung der letzten Stunde brach sich Bahn. Ihr völliges Scheitern, Sisis Auftrag zu erfüllen, um ihr ein wenig Erleichterung zu verschaffen! Die unverhohlene Feindseligkeit der Hofdame Marie Festetics! Ihre aus beiden Gründen nun vollkommen ungewisse Zukunft bei Hofe! Und nicht zuletzt das Bild von Mary, das ihr die Fantasie vorgaukelte: Tot und starr lag ihre blutjunge Freundin da, derweil Rudolf noch einen Brief an seine Mutter schrieb, anstatt mit ihr gestorben zu sein.

Blindlings stürzte Sophie aus Sisis Appartement, so schnell und so leise sie es in ihrem Zustand konnte. Für den Rest des Tages vergrub sie sich weinend in ihrer Kammer.

Café Prinzess am Graben

6. April 1889, am späten Nachmittag

»Grüß Sie Gott, Graf von Löwenstein. Wie schön, Sie wieder einmal im Café Prinzess begrüßen zu dürfen!«

Richard schreckte aus seinen nutzlosen Grübeleien auf, als Sophies Onkel Stephan Danzer plötzlich vor seinem kleinen Tisch in der Nische stand, in die sich Richard zurückgezogen hatte, um möglichst unauffällig zu bleiben.

»Grüß Sie Gott, Herr Danzer!«, beantwortete er den Gruß.

»Darf ich mich kurz zu Ihnen setzen?«

Richard war überrascht, dass der Kaffeehausbesitzer ihn darum bat. Er wusste, dass Danzer oft in seinem Café umherging, um die Gäste persönlich willkommen zu heißen, und hatte seine Begrüßung daher zunächst für eine reine Formsache gehalten.

Nun machte er eine einladende Geste. Danzer zog sich einen der filigranen Stühle heran, der unter seiner imposanten Gestalt wie ein Kinderstühlchen wirkte.

»Ich würde gerne offen etwas mit Ihnen besprechen, Herr Graf.« Danzer runzelte die Stirn, als er auf Richards Gedeck sah. Der Teller mit Kanapees, die sich Richard bestellt hatte, war nahezu unangerührt, sodass die feinen Lachs- und Gänseleberschnittchen schon unansehnlich geworden waren.

»Doch bevor ich beginne, ist etwas mit diesen Kanapees nicht in Ordnung?«

Richard verneinte. »Absolut nicht, Herr Danzer. Sie schmecken sicher so köstlich wie immer. Aber irgendwie hat es mir heute den Appetit verschlagen.«

Er grinste schief. »Vielleicht ist dies meine Strafe dafür, dass ich die Fastengebote verletzen wollte.« Er wies auf eine leere Weinkaraffe. »Immerhin hat mir Ihr köstlicher rheinbayerischer Tropfen so gut gemundet wie eh und je. Beziehen Sie ihn noch immer von diesem deutschen Weingut?«

Danzer nickte. »Ja, diese Geschäftsbeziehung hat sich bewährt. Das Weingut gehört dem Adoptivsohn des Grafen von Sterenberg. Vielleicht ist Ihnen bekannt, dass Herr von Sterenberg eine bürgerliche deutsche Dame geehelicht und deren Sohn gleich adoptiert hat. Dessen Name ist Gerban, bis er einst den Grafentitel erben wird. Er ist mit seiner Gemahlin und seiner Tochter hier öfter zu Gast.«

Danzer musterte Richards übernächtigt wirkendes Gesicht. Tatsächlich hatte Richard die Begegnung mit Sophie vor einigen Wochen wieder aus dem emotionalen Gleichgewicht gebracht, das er erst kurz zuvor durch die Berufung in Erzherzog Albrechts Stab wenigstens zum Teil wiedergefunden hatte. Ende März hatte ihn außerdem ein zweites Schreiben Sophies erreicht, dem er entnahm, dass ihre Mission, die Kaiserin mit seiner Hilfe zu trösten, auf der ganzen Linie gescheitert war.

Wenn Ami sich seither wieder in sein Bett schleichen wollte, wies er sie rüde hinaus und lag danach oft bis zum Morgengrauen wach. Auch seinen heutigen Dienst im Stab Albrechts hatte er todmüde absolviert. Auf die Listen mit den Bestellungen für ein bald stattfindendes Frühjahrsmanöver konnte er sich kaum konzentrieren.

Da es ihm schließlich davor graute, nach seinem Dienstende gegen fünf Uhr nachmittags wieder nach Hause gehen und Amis vorwurfsvolle Blicke ertragen zu müssen, hatte er sich heute erst einmal ins Café Prinzess geflüchtet. Dabei trieb ihn die irrationale Hoffnung um, an diesem von Sophie so geliebten Ort wenigstens ihre Aura spüren zu können. Stattdessen war er nur noch mehr in Melancholie verfallen.

»Nur Wein auf nüchternen Magen zu trinken, ist aber gar nicht gesund«, mahnte Danzer jetzt. »Soll ich Ihnen ein paar frische Kanapees bringen lassen?«

Richard lehnte höflich ab.

»Haben Sie denn heute überhaupt schon etwas Vernünftiges gespeist?«, insistierte Danzer, nun Gastwirt mit Leib und Seele.

»Wenn ich ehrlich bin, nein«, gab Richard zu. Er fühlte sich nach der durchwachten Nacht auch entsprechend flau im Magen.

»Dann lasse ich Ihnen jetzt erstmal einen Großen Schwarzen bringen. Und noch etwas anderes, das Ihren Appetit sicherlich anregen wird. Aber das ist eine Überraschung!«

Danzer winkte einer Serviererin und flüsterte ihr etwas ins Ohr.

»Machen Sie sich doch keine Mühe, Herr Danzer!«, reagierte Richard gequält. »Ich bringe keinen Bissen hinunter. Zumal keines Ihrer köstlichen, aber für mich viel zu üppigen Tortenstücke.«

»Was ich gerade für Sie bestellt habe, ist meine erstmals in dieser Saison von meinem Chefkonditor kreierte neue Fastenspeise.« Danzer blieb hartnäckig. »Sie werden sehen, sie erweckt sogar Tote zum Leben und kräftigt ganz ungemein.«

Richard gab auf. Dann würde er wohl oder übel einige Bissen hinunterwürgen müssen. Was blieb ihm auch anderes übrig? Nun wusste er wenigstens, woher Sophies Dickköpfigkeit stammte. Offensichtlich lag sie in ihrer Familie mütterlicherseits.

Plötzlich fiel ihm wieder ein, dass sich Danzer wegen eines Anliegens zu ihm gesetzt hatte. »Was wollten Sie denn mit mir besprechen?«

»Etwas Vertrauliches, Herr Graf. Aber ich möchte dazu nicht in eines der Separees mit Ihnen gehen. Darüber würde sich mein Personal wundern.«

Er blickte sich kurz um. »Es ist gut, dass Sie sich gleich diese Nische ausgesucht haben. Denn es ist wahrlich nicht für jedermanns Ohren bestimmt, was ich gestern beobachtet habe und Ihnen nun berichten möchte.«

Café Prinzess am Graben

5. April 1889, am Tag zuvor gegen drei Uhr

Der Caféraum begann sich, wie immer um diese Uhrzeit am Nachmittag, langsam zu füllen, als zwei ganz in Schwarz gekleidete Damen das Café betraten. Erst als sie die dichten Schleier lüfteten, die ihre Gesichter verhüllten, erkannte Danzer die Baronin Helene Vetsera und ihre ältere Tochter Hanna. Sie sahen sich suchend nach einem freien Platz um.

Mina Löb, die Aufseherin, eilte sofort auf die beiden zu, führte sie an einen soeben frisch eingedeckten Tisch und nahm ihnen die Umhänge ab.

Von seinem Platz hinter der Kuchentheke aus musterte Danzer Mutter und Tochter unauffällig. Beide waren abgemagert. Das Haar der Baronin, das unter ihrem schwarzen Hut hervorlugte, war von grauen Strähnen durchzogen, die ihm früher nie aufgefallen waren. Ihr Gesicht zeigte tiefe Falten. Helene Vetsera sah um zehn Jahre älter aus, als er sie in Erinnerung hatte.

Gerüchteweise hatte Danzer erfahren, dass das junge lebenslustige Ding, mit dem sein Patenkind Sophie befreundet gewesen war und sich recht oft hier im Café Prinzess getroffen hatte, im Winter plötzlich und unerwartet verstorben war. Seine Schwester Henriette, die mit Helene Vetsera befreundet war, hatte ihm dies zu seiner Erschütterung bestätigt und dabei eine ganz ungeheuerliche Andeutung gemacht.

»Marys Tod scheint etwas mit dem Selbstmord unseres Kronprinzen zu tun zu haben.«

Hatte Danzer diese Nachricht bereits weidlich schockiert, so war er regelrecht fassungslos, als Henriette hinzufügte:

»Und Sophie ist ebenfalls irgendwie in diese Sache verwickelt. Sie weigert sich, mir darüber auch nur die geringste Auskunft zu geben. Aber ich spüre es als Mutter und halte es sogar für den ausschlaggebenden Grund ihrer Berufung in Kaiserin Sisis Hofstaat.«

»Was meinst du denn damit genau?«

Henriette zog ratlos die Schultern hoch. »Ich kann mir keinen rechten Reim darauf machen und auch die Baronin Vetsera nicht fragen, denn sie ist mit ihrer restlichen Familie nach Venedig gereist.«

Danzer erinnerte sich vage daran, dass sich Sophie irgendwann im Jänner mit Richard von Löwenstein hier im Café getroffen hatte, weil Mary angeblich durchgebrannt war. Doch er konnte sich nicht mehr an den genauen Zeitpunkt erinnern. War das vor oder nach dem Tod des Kronprinzen gewesen?

Da er keines der Serviermädchen fragen wollte, wandte er sich schließlich an die Aufseherin Mina. »Haben Sie von einem Gerücht gehört, das eine Baroness namens Mary Vetsera mit dem Tod unseres Kronprinzen in Verbindung bringt?«

Zu seiner Bestürzung bestätigte das auch Mina. »Genaues weiß man darüber nicht, weil es heißt, dass unsere Wiener Zeitungen gar nichts darüber berichten dürfen. Aber einige Gäste haben mir erzählt, dass dieses Mädchen gemeinsam mit Rudolf im Jagdschloss Mayerling gestorben sein soll.« Näheres hatte die Aufseherin allerdings nicht gewusst.

Als sich Sophie dann vor ungefähr einem Monat erneut mit Richard von Löwenstein hier im Kaffeehaus getroffen hatte, um einen Auftrag der Kaiserin zu erfüllen, vermutete Danzer aufgrund seiner Vorinformationen sofort, dass dieses Treffen etwas mit der Tragödie von Mayerling zu tun haben könnte. Allerdings war er zu diskret, um seine Nichte danach zu fragen. Zumal sie zweifellos, falls die Gerüchte auch nur ein Körnchen Wahrheit enthielten, vom Hof darüber zum Schweigen verpflichtet worden war.

Das elende Aussehen der beiden Damen Vetsera berührte Danzer zutiefst. Doch noch bevor er an ihren Tisch eilen konnte, um ihnen sein Beileid auszusprechen, passierten gleich mehrere Dinge auf einmal.

Schon als die Baronin ihren Schleier lüftete, fiel Danzer auf, dass einige Damen, denen sie grüßend zunickte, sich mit versteinerter Miene abwandten. Beim ersten Mal glaubte er noch, man habe die Baronin übersehen oder angesichts ihres veränderten Äußeren nicht erkannt.

Doch als dies insgesamt vier Mal hintereinander passierte, glaubte er nicht mehr an einen Zufall. Im Gegenteil drohte sich die Situation schon in den nächsten Momenten zuzuspitzen.

Zu seinen weiblichen Gästen zählten an jenem Nachmittag auch Mitglieder der hochadeligen Familien Esterházy, Bourgoing und Montenuovo, die Danzer in besseren Zeiten gemeinsam mit den Damen Vetsera in fröhlicher Runde in seinem Café begrüßt hatte. Nun winkten jene Damen, die an verschiedenen Tischen saßen, einem Serviermadl, um sich zur Kasse geleiten zu lassen, obwohl sie noch nicht aufgegessen hatten. In einem Fall waren die Speisen und Getränke noch nicht einmal serviert worden. Die Vetseras wurden keines Blickes gewürdigt, obwohl die hochadeligen Damen dicht an deren Tisch vorbeischritten.

Selbst Gäste, die offensichtlich nicht mit den Vetseras bekannt waren, da Helene ihnen nicht zugenickt hatte, erhoben sich nach und nach von ihren Plätzen. Grußlos und mit demonstrativ verächtlichen Blicken und leisem Getuschel defilierten sie an Helenes Tisch vorbei und ignorierten sie und ihre Tochter dabei ebenfalls vollständig. Noch nie zuvor hatte Danzer erlebt, dass die Wiener Gesellschaft jemanden in aller Öffentlichkeit derartig schnitt.

Zorn und Mitgefühl kamen in ihm auf. Da ihm die Vetseras leidtaten und er sich für das Verhalten seiner übrigen Gäste schämte, trat er demonstrativ an deren Tisch. »Darf ich Ihnen einen Platz in einem der Separees anbieten?«, fragte er, nachdem er sein Beileid ausgesprochen hatte. »Dort bleiben Sie unbehelligt.«

»Nein, wir sollten nach Hause zurückkehren und hätten auch nie hierherkommen dürfen«, wehrte die Baronin mit resigniertem Gesichtsausdruck ab. In Hannas dunklen Augen blitzte dagegen Trotz auf. »Lass mich doch zumindest meine Mandelmelange und meine Mokkaprinzentorte genießen, bevor wir uns wieder wie Ratten in einem Loch verkriechen.«

Ihre Mutter zuckte zusammen. Erst später im Separee erfuhr Danzer, dass man Helene Vetsera tatsächlich in einem in der Provinz erschienenen Klatschblatt als »Kanalratte« beschimpft hatte und ihr unterstellte, sie habe ihre jüngere Tochter Mary für viel Geld mit dem Kronprinzen verkuppelt und daher ihren Tod mit verursacht.

»Meinen Bruder Alexander beschuldigt man sogar, er habe Rudolf mit einer Sektflasche erschlagen, um die verlorene Unschuld seiner Nichte Mary zu rächen. Mary habe sich daraufhin selbst das Leben genommen.«

Danzer schnürte sich vor Mitleid die Kehle zu, zumal Helene schließlich leise zu weinen begann. Hanna streichelte ihr hilflos über den Arm.

Schließlich riss sich die Baronin zusammen. »Wenn Sie so freundlich wären, uns eine Mietdroschke in die Dorotheergasse zu bestellen«, bat sie. »Wir verfügen augenblicklich nicht mehr über einen eigenen Kutscher.«

Danzer hatte den Wunsch der Baronin sofort erfüllt und ein Serviermädchen zum nahe gelegenen Fiakerstand im Graben geschickt. Als er das Café wieder betrat, nachdem er die Vetseras, die beide kaum etwas zu sich genommen hatten, zur Kutsche geleitet hatte, kam Mina mit sehr ernster Miene auf ihn zu.

»Ich soll Ihnen etwas ausrichten, Herr Danzer. Leider nichts Erfreuliches. Eine Frau von Hirschstein, offensichtlich eine jener neu geadelten Ringstraßenbaroninnen, hat mir mitgeteilt, dass kein Café, das etwas auf sich hielte, diese zweifelhaften Damen bewirten würde. Sie zöge es daher – zumindest in der nächsten Zeit – vor, das Demel aufzusuchen.«

»So, so«, meinte Danzer nur, da ihm die Worte fehlten.

»Das ist leider noch nicht alles«, fuhr Mina fort. »Eine andere Dame sagte sogar, wir sollten uns schämen, diesen Mörderinnen Zutritt zum Café zu gewähren.«

»Was? Das hat sie wörtlich gesagt?«

Mina nickte. Danzer war fassungslos ob dieser drastischen Aussage.

»Und schließlich war da noch ein älterer Herr, der mit einer sehr jungen Frau hier war. Er lässt Ihnen ausrichten, dass er unser Café mit seiner Enkelin nie mehr betreten wird, um deren Charakter nicht zu verderben. Die Aura mancher Personen, die sich hier ungehindert aufhalten dürften, wie er sich ausdrückte, sei giftiger als Arsenik für die Moral junger Menschen.«

Café Prinzess am Graben

6. April 1889, am späteren Nachmittag

»Und nun frage ich Sie, Herr von Löwenstein. Können Sie sich auf all das einen Reim machen?«

Richard nickte, aufs Äußerste bestürzt.

»Das kann ich, Herr Danzer, bin jedoch, genau wie Phiefi, zum Schweigen verurteilt. Mary Vetsera ist tot, und in den meisten Gerüchten steckt ein mehr oder weniger großes Stückchen Wahrheit«, erklärte er kryptisch. »Mit Ausnahme derer über die Beteiligung der Vetseras und Baltazzis am Tod des Kronprinzen. Von diesen Verleumdungen ist kein einziges Wort wahr.«

Danzer ließ dies zunächst stumm auf sich wirken. Plötzlich verzerrte sich sein Gesicht. Er griff sich mit der rechten Hand an den Hinterkopf.

»Was ist Ihnen? Geht es Ihnen nicht gut?«, erschrak Richard.

»Nein, nein«, wehrte Danzer ab. »Ich bin wohlauf. In jüngster Zeit durchzuckt mich nur ab und an ein plötzlicher Schmerz. Doch er verschwindet genauso schnell wieder, wie er gekommen ist.«

»Ah!« Jetzt lächelte er wieder breit. »Da kommt Mina mit der Fastenspeise! Können Sie den Duft riechen?«

Tatsächlich drang ein köstliches Aroma nach Rum, Vanille und Zimt in Richards Nase. Im nächsten Augenblick stellte Mina einen Teller mit einem merkwürdig aussehenden Gericht vor ihm ab. Es duftete in der Tat wunderbar, sah aber aus wie ein verunglückter, in Stücke zerfallener und daraufhin mit Staubzucker bedeckter Pfannkuchen.

»Was ist denn das?«

»Unter der Hand nennt man das *Kaiserschmarrn*«, erklärte Danzer stolz. »Man erzählt sich, dass unsere allerhöchste Majestät persönlich diese Speise zuerst gegessen hat. Und das kam so: Eines Tages vor vielen Jahren verirrte sich der Kaiser auf einem Jagdausflug. Er und sein einziger Begleiter wurden in den Bergen vom Nebel überrascht und suchten schließlich bei Einbruch der Dunkelheit Zuflucht in einer einfachen Bergbauernhütte.

Die Bauersfrau hatte nichts außer Butter, Eiern, Mehl und ein paar gedörrten Pflaumen im Haus, dazu natürlich Milch von ihrer Kuh. Daraus machte sie einen Pfannkuchen, der ihr beim Lösen aus der Pfanne dann auch noch zerfiel.

Das war der Frau unendlich peinlich. Sie entschuldigte sich viele Male für das einfache und zudem noch misslungene Gericht. Doch unser Kaiser verspeiste es mit allergrößtem Genuss und lobte die Köchin über alle Maßen. Bescheiden antwortete sie ihm schließlich: ›Das ist doch nur ein einfacher Schmarrn.‹ ›Aber ein veritabler Kaiserschmarrn‹, soll Seine Majestät darauf geantwortet haben.«

Danzer lächelte verschmitzt.

»Außer den Buchteln, die es schon immer um diese Zeit im Café gab, verwende ich dieses Gericht heuer zum ersten Mal als Fastenspeise. Natürlich mit einem anderen Namen, hier heißt es ›Staubzuckerschmarrn‹, und enthält ein paar Zutaten mehr, als ich Ihnen verraten habe. Kosten Sie einmal davon! Und glauben Sie mir! Ein besseres Mittel gegen Trübsinn und Appetitlosigkeit gibt es nicht.«

Tatsächlich war Richard schon beim Duft des Schmarrn das Wasser im Munde zusammengelaufen, obwohl er Süßspeisen in der Regel nicht gerne aß. Und Danzer behielt recht.

Der exquisite Geschmack dieser einfachen Speise vertrieb für eine kleine Weile sogar seine Melancholie.

Kapitel 5

Sophies Kammer im Fräuleingang der Hofburg

Gründonnerstag, 18. April 1889, am frühen Morgen

Der kleine silberfarbene Wecker, das Abschiedsgeschenk ihrer Schwester Milli, schrillte und riss Sophie aus einem unruhigen Schlummer. Es war sechs Uhr früh.

Sie fühlte sich völlig erschöpft, da sie erst spät in der Nacht eingeschlafen war. Zum einen war sie tief bewegt und noch immer verwirrt von ihrem ersten Besuch im Palais Vetsera nach Marys Tod, zum anderen voller Unruhe über den bevorstehenden Tag. Wenigstens hatte der Kräutertee, den sie sich gestern Abend nach ihrer Rückkehr selbst aufgebrüht hatte, gegen ihre Kopfschmerzen geholfen.

Heute würde sie zum ersten Mal an einer Feierlichkeit bei Hofe teilnehmen. Anfangs hatte sich Sophie sehr auf die Abwechslung in ihrem monotonen Alltag gefreut. Seit Sisis Abreise nach Ischl nach jener denkwürdigen letzten Unterredung in ihren Gemächern vor drei Wochen, hatte sie rein gar nichts mehr zu tun und langweilte sich noch mehr als in den ersten Wochen nach ihrem Einzug. Das Café Prinzess, vor allem ihre ehemalige Tätigkeit als Aufseherin, fehlte ihr mehr denn je.

Das lag vor allem daran, dass Sisi alle drei ungarischen Hofdamen, also auch Ida Ferenczy, mit nach Ischl genommen hatte. Übrig geblieben waren nur die Gräfin Goëss, die mittags meistens in ihren eigenen Räumen und abends häufig an der kaiserlichen Tafel speiste, und einige Hofdamen anderer, in der Hofburg lebender Erzherzoginnen. Diese hatte Sophie zuvor noch nicht kennengelernt, da sie nur an den gemeinsamen Mahlzeiten teilnahmen, wenn die Ungarinnen nicht da waren. Das hatte ihr Frederike von Taxis, die junge geschwätzige Hofdame der Erzherzogin Marie Therese, eines Tages augenzwinkernd verraten.

Diese Damen pflegten Sophie jedoch entweder zu ignorieren oder genauso unfreundlich von oben herab zu behandeln wie Marie Festetics. Aus diesem Grund zog Sophie es schließlich vor, auch die Mittags- und Abendmahlzeit in ihrem Zimmer einzunehmen. Nur mit Fredi traf sie sich ab und zu zum Tee, wenn deren Pflichten es erlaubten.

Natürlich war es kein ausgelassenes, fröhliches Fest, dem sie heute beiwohnen würde. Denn selbst jenseits der Tragödie von Mayerling, die Feste dieser Art noch das ganze Jahr über nicht erlaubte, war der Anlass heute, am Gründonnerstag der Karwoche, ein ernster: Die alljährliche Fußwaschungszeremonie stand bevor.

Der Kaiser würde dabei öffentlich seine Demut und christliche Nächstenliebe gegenüber Gott und den Menschen demonstrieren, indem er, natürlich nach einem bis in die Einzelheiten festgelegten Ritual, zwölf armen Greisen aus dem Volk die Füße waschen würde. Damit ahmte er, wie auch alljährlich der Papst in Rom, Jesus von Nazareth nach, der seinen zwölf Jüngern beim Letzten Abendmahl im Garten Gethsemane diesen Dienst erwiesen hatte.

Eigentlich hätte auch die Kaiserin an dieser Zeremonie teilnehmen und zwölf Greisinnen die Füße waschen sollen. Doch Sisi war demonstrativ in Ischl geblieben.

»Diese Pflicht war der Kaiserin schon als ganz junge Frau überaus lästig«, verriet Fredi Sophie bei ihrem letzten Nachmittagstee vor einigen Tagen. »Wahrscheinlich ekelt sie sich vor den alten Weibern, obwohl alle geladenen Greise und Greisinnen gebadet, von den Hofärzten untersucht und in reine

Kleidung gesteckt werden, bevor sie den Rittersaal überhaupt betreten dürfen.«

»Jedenfalls hat Sisi meines Wissens während ihrer gesamten Regentschaft kaum drei- oder viermal an der Fußwaschung teilgenommen. Damit hat sie die alten Frauen jahrelang um die ihnen dabei gewährten Wohltaten gebracht. Erst als der Kaiser die ranghöchste Dame nach Sisi im Fall ihrer Abwesenheit zu deren Vertreterin bestimmte, ersetzt diese die Kaiserin bei allen höfischen Zeremonien«, fügte Fredi mit einem spöttischen Lächeln hinzu. »Im Augenblick ist dies meine Herrin Marie Therese, die Gattin von Franz Josephs nächstjüngerem Bruder.«

Das wusste Sophie bereits aus ihrem Gespräch mit Sisi vor deren Abreise nach Ischl. Etwas anderes realisierte sie dagegen heute zum ersten Mal.

Ida Ferenczy hatte ihr erzählt, dass die meisten Angehörigen des konservativen Hochadels innerhalb und außerhalb des Hofs der Kaiserin kritisch gegenüberstanden. Dass auch Fredi dazugehörte, erkannte Sophie erst jetzt. Bei den Abendessen mit Sisis ungarischen Hofdamen, an denen sie als Hofdame von Sisis Vertreterin teilnahm, hatte Fredi diesbezüglich noch kein Wort der Kritik verlauten lassen. Das wäre ihr in Gegenwart der scharfzüngigen Marie Festetics wohl auch schlecht bekommen.

Doch auch Sophie war jetzt, und das nicht zum ersten Mal, über das Verhalten Sisis schockiert. »Selbst in ... in diesem besonderen Jahr«, sie hoffte, dass sie die richtigen Worte fand, »will die Kaiserin sich dieser honorigen Verpflichtung entziehen? Das dürfte beim Volk keinen guten Eindruck hinterlassen.«

Fredi schürzte abfällig die Lippen. »Keine zehn Pferde bringen mich *ins Geschirr*«, äffte sie sowohl Sisis Tonfall als auch eine ihrer bekannten Redewendungen nach. »Das soll sie dem Kaiser gesagt haben, obwohl der sie ganz inständig darum bat, aus Ischl zurückzukehren und an der Zeremonie teilzunehmen. Doch ihr Ansehen beim einfachen Volk ficht Sisi schon lange nicht mehr an. Trotz der riesigen Anteilnahme der Untertanen am Tod ihres Sohnes, fühlt sie sich nicht verpflichtet, ihnen durch ihre Teilnahme an diesem volksnahen Ritual, zumindest diesmal, symbolisch etwas zurückzugeben. Und das, obwohl sie am Selbstmord Rudolfs aufgrund ihrer Gefühlskälte nicht einmal ganz unschuldig ist.«

Fredis Blick bekam etwas Lauerndes. Natürlich hatte auch sie den Tratsch gehört, dass Sophies Berufung in den Hofstaat der Kaiserin mit der Mayerling-Affäre zu tun haben könnte, und schon mehrfach versucht, Sophie darüber auszufragen. Zu ihrer Enttäuschung wechselte die jedoch, wie immer in dieser heiklen Situation, rasch das Thema.

»Was für ein Gewand tragen die Hofdamen denn als Zuschauerinnen bei der Fußwaschungszeremonie?«

Fredi zuckte die Achseln und zahlte Sophie ihre Verschwiegenheit über Mayerling mit ihrer vagen Antwort heim. »Dem Anlass angemessene Gala«, äußerte sie kryptisch, ohne sich näher darüber auszulassen, was damit konkret gemeint war. Auch auf Sophies Nachfragen hin blieb sie vage.

Ausnahmsweise war auch Ida Ferenczy Sophie in dieser Situation keine Hilfe. Sie war zwar schon in der letzten Woche aus Ischl zurückgekehrt, um sich wegen eines nicht ausheilen wollenden Brustkatarrhs vom kaiserlichen Hofarzt Dr. Widerhofer behandeln zu lassen. Der Arzt hatte Ida jedoch bis vorgestern strenge Bettruhe verordnet und ihr auch jeglichen Besuch untersagt. Erst gestern wollte Ida zum ersten Mal aufstehen und heute auch an der Fußwaschungszeremonie teilnehmen, wusste Franzi von Idas Krankenpflegerin.

Doch Ida und Sophie hatten sich gestern nicht treffen können. Denn Sophie war gar nicht in der Hofburg gewesen, da sie sich ihren ersten vollen Tag Urlaub erbeten hatte, um zunächst im Palais Werdenfels zu Mittag zu speisen und danach Helene und Hanna Vetsera zu besuchen.

Diese waren Anfang April von ihrer Venedig-Reise nach

Wien zurückgekehrt und erfuhren von Sophies Mutter Henriette, dass Sophie inzwischen an den Hof berufen worden war. Hanna hatte ihr dorthin geschrieben und sie ins Palais Vetsera eingeladen. Nach ihrem gestrigen erschütternden Besuch hatte sich Sophie, die überdies an heftigen Kopfschmerzen litt, sofort in ihre Kammer zurückgezogen und war Ida daher den ganzen Tag über nicht begegnet.

So musste sich Sophie bezüglich der Kleiderfrage auf ihre Kammerzofe Franzi verlassen, obwohl diese ebenso neu und unerfahren am Kaiserhof war wie sie selbst. Franzi hatte zwar zunächst auch keinen Rat gewusst, aber versprochen, sich bei Zofen anderer Damen nach der passenden Garderobe zu erkundigen.

Unruhig warf Sophie einen Blick auf den Wecker. Schon zehn Minuten nach sechs. Wo blieb das Mädchen denn nur? Hatte es schon wieder verschlafen? Das passierte Franzi relativ häufig.

Sophies Nervosität stieg. Seufzend schob sie das schwere Federbett zur Seite und schwang sich aus ihrem schmalen Bett. In ihrem dünnen Nachthemd schauderte sie sogleich vor Kälte. Noch waren die Nächte sehr kühl. Nach wie vor ließ sich ihr kleines Gemach nur schwer beheizen, da der Ofen, trotz einer mittlerweile durch einen Hofdiener erfolgten Inspektion, noch immer nicht richtig zog. Natürlich war er außerdem über Nacht ausgegangen.

Ungünstig war auch, dass es keine Klingel gab, die mit Franzis Schlafraum verbunden war, den sie sich mit zwei anderen Kammermädchen teilte. Also würde sich Sophie erst einmal selbst behelfen müssen, wie so häufig, seit sie in der Hofburg lebte. Dass dieser von außen so prächtig wirkende Palast innen so viel unbequemer, zugiger und kälter war als das Palais Werdenfels in der Marokkanergasse, hätte sie sich nicht träumen lassen, bevor sie hier eingezogen war.

Selbstverständlich wurde trotz all dieser Widrigkeiten von ihr erwartet, dass sie sich, angemessen aufgeputzt, pünktlich um neun Uhr im Rittersaal einfand. Dort war ihr gemäß ihres niedrigen Ranges vom Obersthofmeisteramt ein Platz in der hintersten Reihe der Zuschauertribüne zugewiesen worden. Wenn sie trotz der aufwendigen Toilette vorher zumindest noch ein frugales Frühstück einnehmen wollte, musste sie sich sputen.

Nachdem sie ihre Leibschüssel benutzt hatte, griff Sophie mit klammen Fingern nach ihrem pelzgefütterten Morgenmantel, für den sie Tag für Tag dankbarer war. Als ihre Mutter Henriette ihr das warme Kleidungsstück als Teil ihrer Hofdamenausstattung quasi aufgedrängt hatte, war Sophie noch skeptisch gewesen, ob sie es überhaupt brauchen könne.

Doch Henriette, die die Hofburg noch nie betreten hatte und als ehemalige Bürgerliche wahrscheinlich auch nie betreten würde, mauserte sich zunehmend zu einer echten Dame der Wiener Gesellschaft. Wahrscheinlich hatte sie im vergangenen Jahr an ihren recht gut besuchten Jours fixes so manches über die Verhältnisse im Kaiserpalast erfahren. Aber Sophie wohlweislich verschwiegen, um sie nicht noch mehr zu frustrieren, als sie es angesichts der ihr unwillkommenen Berufung ohnehin schon war.

Gerade beugte sich Sophie hustend über den rauchenden Ofen, den sie vergeblich anzuzünden versuchte, als sie schnelle Schritte vor ihrer Kammertür hörte. Wenig später stieß Franzi sie mit dem Ellenbogen auf. In beiden Händen hielt sie eine schwere Kanne mit Waschwasser. Es war schon kurz vor halb sieben.

»Grüß Sie Gott, gnä's Fräulein«, murmelte sie mit gesenkten Augen. »I hab verschlaf'n und ganz vergess'n, dass es heut ned um sieb'n, sondern scho um sechse losgeht. Verzeih'n S' mir, i bitt recht schön.«

»Franzi!«, setzte Sophie schon mit tadelnder Stimme an, als sie die Träne bemerkte, die sich aus dem Auge des jungen Mädchens stahl. Franzi wollte es ihr einerseits immer recht machen, hatte andererseits aber leider ein paar Schwächen, wie sie mittlerweile festgestellt hatte. Außer Franzis fast unersättlichen Neugier war dies insbesondere ihre gelegentliche Unzuverlässigkeit.

Doch vor allem Franzis Talent zum Frisieren machte diese Schwächen mehr als wett. Sophies blonde Haare steckte sie zu immer neuen, wunderhübschen Frisuren auf. Und wenn Franzi Sophie, die ja nur zwei Jahre älter war, mit diesem bittenden Blick aus ihren braunen Augen ansah, konnte die ihr nie lange böse sein. So auch heute nicht.

»Schon gut«, gab sie nach. »Aber gib halt acht, dass das nicht dauernd vorkommt! Zumindest nicht an einem so wichtigen Tag wie heute. Wenn ich zu spät in den Rittersaal komme, erhalte ich einen mächtigen Rüffel.«

So sanft die Gräfin Maria Goëss als Sisis Obersthofmeisterin auch im alltäglichen Umgang war, so sicher war Sophie, dass sie heute streng auf die Etikette achten würde. Insbesondere bei den ihr direkt unterstellten weiblichen Mitgliedern von Sisis Hofstaat.

Immerhin war das Waschwasser, das Franzi mitgebracht hatte, noch heiß. Obwohl sich Sophie nach einem Vollbad sehnte, was sie aufgrund der aufwendigen Vorbereitung seit ihrem Einzug in die Hofburg bislang nur einmal genommen hatte, genoss sie das warme Wasser auf ihrer Haut.

Franzi machte sich derweil am Ofen zu schaffen, in dem bald ein lustiges Feuerchen prasselte. Sophie war es ein Rätsel, wie Franzi das, trotz des schadhaften Abzugs, immer wieder so gut hinbekam. Wahrscheinlich hatte sie diese Fertigkeit schon als Kind auf dem Winzerhof, von dem sie stammte, erworben.

Dann machte sich Franzi mit Sophies Nachttopf auf den Weg zum Abtritt.

Als die Zofe zurückkam, war es schon fast sieben Uhr. Endlich standen die jungen Frauen vor Sophies Kleiderschrank. Zielsicher griff Franzi nach einer hellblauen Nachmittagsrobe mit halblangen Ärmeln und einem runden Ausschnitt. »Des Kleid passt für heut«, meinte sie.

Sophie musterte die Toilette aus feinem Seidensamt skeptisch. »Am heiligen Gründonnerstag? So eine helle Farbe mit solch einem Dekolleté und den Halbärmeln?«

Franzi nickte heftig. »I hab zwei and're Kammermadln g'fragt. Die ham mir beschrieb'n, was des gnä' Fräulein anzieh'n soll. So a Robe is des Richtige.«

Zweifelnd ließ sich Sophie von Franzi, passend zum Mieder des Kleids, schnüren. Als sie es schließlich überstreifte und Franzi begann, die zahlreichen Häkchen und Ösen zu schließen, betrachtete sie sich in dem halb blinden Standspiegel, der an der Innenseite der Schranktür befestigt war. Sophie trug dieses Kleid heute zum ersten Mal. Es saß wie angegossen.

Trotzdem blieben ihr Zweifel. *Hätte ich doch nur gewagt, die Goëss neulich nach der richtigen Aufmachung zu fragen,* ging es ihr durch den Kopf. Die Gelegenheit dazu hätte es gegeben, als die Obersthofmeisterin Sophie ihre sehr bescheidene Rolle beim heutigen Zeremoniell erläuterte.

Aber die Gräfin war, wie üblich, sehr in Eile gewesen, zumal sie Sophies Vorsprache wegen ihrer Bitte um Urlaub gleich genutzt hatte, um sich auch dieser, ihr offensichtlich lästigen Pflicht zu entledigen. Schon früher hatte Sophie den Eindruck gehabt, der Gräfin sei ihre höfische Unerfahrenheit unterschwellig lästig. Obwohl die sehr distinguierte Dame nie ein Wort darüber verlor.

So hatte Sophie sie nicht nach der passenden Robe zu fragen gewagt. Es blieben ja noch einige Tage bis zur Zeremonie, in denen sie die Information anderswo zu erhalten hoffte.

Das bereute Sophie jetzt heftig, da ihr die mögliche Blamage einer unpassenden Bekleidung bei ihrer ersten Hoffeierlichkeit nun weitaus schlimmer vorkam als eine leicht enervierte Antwort auf eine harmlose Frage.

Während Franzi Sophie zu frisieren begann, nahm sie ihr

Frühstück ein. Aus Sorge, das Kleid zu beflecken, verzichtete sie auf die köstliche Beerenmarmelade, die sie erst gestern aus dem Palais Werdenfels mitgebracht hatte. Sie gehörte zu den vielen Köstlichkeiten, die Mamsell Ida und Milli für sie ausgesucht und ihr mitgegeben hatten.

Stattdessen begnügte sich Sophie mit einer Scheibe trockenem Brot, das schon etwas hart geworden war. Auch der Kaffee, den Franzi mit auf dem Ofen gewärmtem Wasser aufgebrüht hatte, war zu dünn geraten und schmeckte schal.

Wieder seufzte Sophie innerlich. Schon an ihrem ersten Tag in der Hofburg hatte Ida Ferenczy ihr mitgeteilt, dass sie ihr Frühstück in ihrer Kammer einnehmen solle, sich tags zuvor am Nachmittag jedoch die dazu nötigen Zutaten frisch aus der Hofküche besorgen könne. Wegen ihres gestrigen Urlaubs hatte Sophie es jedoch versäumt, Franzi frisches Brot und Butter holen zu lassen. Jetzt musste sie sich mit dem begnügen, was es noch gab.

»Und, ham' S' denn gestern an schön Tag g'habt?«, fragte Franzi unvermittelt.

Sofort spürte Sophie, wie sich ihr Magen zusammenzog. Plötzlich ohne jeden Appetit, legte sie die Brotscheibe zurück auf den Teller.

»Ja, ja«, antwortete sie mechanisch.

Im Spiegelbild sah sie, dass Franzi die Augenbrauen zusammenzog. Offensichtlich war sie von der einsilbigen Antwort enttäuscht.

»War's daheim denn ned schön?«, machte die Zofe einen zweiten Versuch.

»Doch, doch.« Sophie blieb wortkarg. Jetzt fühlte sich auch ihre Kehle staubtrocken an.

»Gib mir einen Schluck Wasser aus der Karaffe dort«, bat sie Franzi. »Ich habe auf einmal schrecklichen Durst.« Sie trank mit großen Schlucken und ließ sich das Glas gleich noch einmal nachfüllen.

Als sie der Zofe im Spiegel ihrer Frisierkommode am Gesicht ablesen konnte, dass diese gleich weitere Fragen stellen wollte, kam sie dem zuvor.

»Und bitte lass mich jetzt noch ein wenig in Ruh«, seufzte sie. »Ich bin ein bisserl nervös heute. Schließlich ist dies meine erste Feierlichkeit bei Hofe.«

Da Franzi ihrer Bitte nachkam, wenn auch mit unmutiger Miene, schweiften Sophies Gedanken zu ihren gestrigen Erlebnissen ab. Nach dem Aufwachen heute Früh hatte der traurige Besuch bei den Vetseras weiterhin alles andere überschattet. Doch jetzt fiel ihr auf, dass es auch zu Hause im Palais Werdenfels nicht so unbeschwert zugegangen war, wie es anfangs ausgesehen hatte.

Palais Werdenfels in der Marokkanergasse

Mittwoch, 17. April 1889, einen Tag zuvor

»Phiefi! Meine allerliebste Phiefi! Wie schön, dich endlich wiederzusehen! Milli und ich haben dich ganz furchtbar vermisst!«

So herzlich war Sophie von ihrer Mutter seit dem Tod ihres älteren Bruders Nikki nicht mehr umarmt worden. Offensichtlich hatte Henriette die Melancholie, die ihrer aller Leben nach diesem Unglück überschattet hatte, endgültig überwunden. Darauf wiesen auch ihre strahlenden Augen und die rosigen, ein wenig fülliger gewordenen Wangen hin.

»Mama! Mama!«, drängte sich Milli dazwischen. »Lass mich Phiefi doch auch mal drücken!« Ihre jüngere Schwester strahlte ebenfalls über das ganze Gesicht und schloss Sophie fest in die Arme.

»Darf ich mich dem herzlichen Willkommen anschließen?«, ertönte eine dunkle Frauenstimme aus dem Hintergrund der Eingangshalle des Palais Werdenfels.

»Ida!« Sophie löste sich von Milli und streckte auch ihrer mütterlichen Freundin, die sie schon von Kindesbeinen an kannte, die ausgebreiteten Arme entgegen. Etwas gemessener, wie es sich für die Mamsell eines Haushalts im Vergleich zu den Familienangehörigen gehörte, trat Ida auf Sophie zu und erwiderte ihre Umarmung.

»Du hast uns allen wirklich arg gefehlt!«, wiederholte ihre Mutter. Sophie, die diesen Aspekt noch nie bedacht hatte, wurde klar, welche Veränderung ihr Einzug in die Hofburg auch für ihre Mutter und Schwester bedeutete. Vorher war sie nie länger als ein paar Stunden von zu Hause fort gewesen und hatte keine einzige Nacht je woanders verbracht.

»Ich hoffe, du hast tüchtig Hunger mitgebracht«, jauchzte Milli. »Die Köchin hat ein Festmahl zubereitet, wie wir es sonst nur am Sonntag haben. Und Ida hat uns eigenhändig Buchteln zum Nachtisch gemacht!«

Beides war tatsächlich eine Auszeichnung, die zeigte, wie ersehnt Sophies Besuch im Palais Werdenfels war. Ida leitete den Haushalt und stand nur noch selten selbst am Herd. Vor zirka acht Jahren war sie aus dem Café Prinzess, wo sie zuletzt Aufseherin gewesen war, auf Bitten von Henriettes Bruder Stephan Danzer in die Dienste von deren Familie getreten.

Trotzdem war Sophie verblüfft. »Was sagt denn dein Gatte zu dieser Verschwendung, noch dazu in der Fastenzeit?« Unwillkürlich senkte sie die Stimme.

Henriette zuckte mit den Achseln. »Er ist zum Glück wieder einmal unabkömmlich«, sagte sie offen. »Eine wichtige Konferenz mit dem Außenminister persönlich.«

Dann winkte sie in Richtung der Garderobe. Sofort trat Gruber, der erste Hausdiener, herbei. Sophie hatte ihn zuvor nicht bemerkt.

»Nehmen Sie meiner Tochter den Umhang ab!«, befahl sie, für Sophie überraschend energisch. »Und halten Sie sich zum Servieren bereit! Wir speisen in einer Viertelstunde.«

»Du hast dich sehr verändert, Mama!«, konstatierte Sophie, als sie im Speisezimmer rund um den Tisch aus Mahagoniholz Platz genommen hatten. Auch Ida saß mit am Tisch.

Anfangs hatte die Mamsell gezögert, als Henriette sie dazu aufforderte, am gemeinsamen Mittagessen teilzunehmen. »Ihr Gatte wird es womöglich nicht gutheißen, gnädige Frau!«

»Er muss es ja nicht erfahren«, erwiderte Henriette.

»Und wenn Gruber es ihm meldet?« Ida war noch nicht überzeugt.

»Dann sagt ihr ihm, *ich* hätte darauf bestanden, dass Ida mitisst!«, mischte sich Sophie ein. Eine solch selbstbewusste Haltung gegenüber den oft überzogenen Erwartungen und Ansprüchen ihres Stiefvaters konnte sie sich als Sisis Hofdame, im Gegensatz zu früher, leisten.

Das Mittagessen verlief zunächst in heiterer Stimmung. Henriette erzählte, wie sehr sie ihr neues gesellschaftliches Leben genoss. Besonders stolz war sie darauf, dass jetzt auch Damen ihre Jours fixes besuchten und sie im Gegenzug in ihr Haus einluden, die sich bislang nie hatten sehen lassen.

»Etliche Ringstraßenbaroninnen sind darunter, die offensichtlich erfahren haben, dass du jetzt zu Sisis Hofstaat gehörst, und mir darob schöntun wollen«, schätzte Henriette ihre neuen Kontakte realistisch ein. »Nach Ostern besuche ich zum ersten Mal eine Baronin von Hirschstein. Ihr Mann ist ein sehr reicher Textilfabrikant. Die Hirschsteins haben sich ein sagenhaftes Palais am Wiener Ring erbauen lassen.«

»Und Arthur geht mindestens einmal in der Woche mit mir ins Theater oder in ein Konzert, um sich in der Öffentlichkeit sehen zu lassen. Am Palmsonntag haben wir die *Johannes-Passion* von Johann Sebastian Bach in der Augustinerkirche gehört«, fügte sie hinzu.

»Darf Milli denn auch schon manchmal mitgehen?«

Ihre Schwester schüttelte ein wenig traurig den Kopf. »Erst nächstes Jahr, wenn ich fünfzehn Jahre alt bin.«

Das wird erst im Mai der Fall sein, überlegte Sophie. *Ist das der Grund, warum Milli gerade eben ein wenig stiller geworden ist?*

Doch erst einmal vergaß sie diesen Eindruck wieder. Als man sie beim Hauptgang, einem köstlichen Tafelspitz mit Krensoße und Petersilien-Erdäpfeln, über ihr Leben bei Hofe befragte, konnte Milli zunächst nicht genug davon hören und war so lebhaft wie bei der Begrüßung. Doch je ehrlicher Sophie berichtete, wie es ihr dort erging, desto mehr verdüsterte sich Millis Stimmung wieder.

»Du sagst, die Kaiserin ist ohne dich nach Ischl gereist, und jetzt langweilst du dich ganz schrecklich, Phiefi?«, fasste sie Sophies Bericht schließlich zusammen.

Die seufzte. »Leider ist das so, Milli!«

»Und du hattest noch gar keine Gelegenheit, deine feinen Kleider zu tragen oder sogar den Schmuck, den Mama dir geschenkt hat?«

»Es kommt darauf an, was du unter ›feinen Kleidern‹ verstehst«, relativierte Sophie. »Wenn du meine Ballkleider oder die Abendroben meinst, nein, dafür gab es noch keinen Anlass, sie anzuziehen. Aber ich bin Mama mittlerweile dankbar für alles, was sie mir mitgegeben hat.« Sie lächelte ihrer Mutter zu, die das Lächeln herzlich erwiderte.

»Ohne den gefütterten Morgenrock, den ich anfangs gar nicht mitnehmen wollte, wäre ich sicher schon längst in meiner zugigen Kammer unter dem Dach erfroren. Und auch die ›langweiligen Kleider‹, wie ich sie anfangs genannt habe, leisten mir sehr gute Dienste. Ich trage sie in der Regel nachmittags oder abends bei den Mahlzeiten mit den anderen Hofdamen. Zumindest die Ungarinnen haben längst nicht so eine reichhaltige Garderobe wie ich.«

Sogar das Trauerkleid habe ich schon einmal gebraucht, hätte sie um ein Haar ihre Fahrt mit Sisi in die Kapuzinergruft ausgeplaudert.

Während sich Ida und Henriette unverändert interessiert

zeigten, fiel Sophie im Laufe der Mahlzeit auf, dass Milli wieder stiller wurde. Noch bevor sie sie darauf ansprechen konnte, läutete Henriette nach Gruber, damit er das Geschirr des Hauptgangs abräumte.

»Soll ich nun das Dessert auftragen, gnädige Frau?«, fragte er in seiner üblichen devoten Art.

»Warten Sie noch ein wenig, Gruber! Erst haben wir noch eine Überraschung für meine älteste Tochter.«

Sie wandte sich an Milli und Ida. »Geht ihr beiden sie holen?«

»O ja!« Nun wirkte Milli wieder lebhaft und sprang gleich vom Tisch auf.

Sophie nutzte die Chance, um ihre Mutter unter vier Augen nach ihr zu fragen. »Ist Milli in jüngster Zeit immer so sprunghaft? Mal wirkt sie ganz unbeschwert und fröhlich auf mich, dann im nächsten Moment wieder niedergedrückt. Gibt es dafür einen Grund?«

Henriette runzelte die Stirn. »Keiner, der mir auf Anhieb einfallen würde, Phiefi. Vielleicht sind es die typischen Stimmungsschwankungen beim Übergang vom Mädchen zur Frau. Schließlich wird Milli im nächsten Monat vierzehn Jahre alt. Oder«, sie stutzte, »oder Milli hat wirklich gehofft, du würdest sie als Hofdame empfehlen. Heute Morgen hat sie so etwas angedeutet. Jetzt ist sie vielleicht enttäuscht, dass du gar keine so glanzvolle Position hast, wie wir alle gedacht haben.«

»Wieso...?«, wollte Sophie schon nachfragen, als Henriette die Hand hob.

»Nicht jetzt, Liebes. Ich möchte die Pause nutzen, um dir etwas Wichtiges über die Vetseras mitzuteilen. Du wirst sie ja heute ebenfalls besuchen.«

Sophie spürte, dass sich ihr Herzschlag beschleunigte. Bis zu diesem Moment hatte sie das erste bevorstehende Wiedersehen mit Marys Familie nach der Katastrophe verdrängt, um das Zusammensein mit ihrer eigenen Familie ungestört genießen zu können. Sie wartete schweigend, während Henriette offensichtlich nach den richtigen Worten suchte.

»Du weißt ja, dass ich die Vetseras entgegen dem Verbot deines Vaters ebenfalls schon besucht habe.«

Meines Stiefvaters, dachte Sophie und wollte dies schon einwenden, als die überaus ernste Miene ihrer Mutter, die in krassem Gegensatz zu ihrer bisherigen guten Laune stand, sie davon abhielt.

»Helene und Hanna geht es sehr schlecht, Phiefi.« Henriette klang jetzt sehr bedrückt. »Sie haben mir unter dem Siegel der Verschwiegenheit erzählt, wie Mary zu Tode gekommen ist. Und auch angedeutet, dass Mary dich in diese unselige Affäre eingeweiht hat und du sie nicht daran hindern konntest, in ihr Unglück zu rennen.«

Sophie würgte es in der Kehle. »Ich darf darüber nichts sagen, Mama, das verst...«

Wieder hob Henriette die Hand. »Das verstehe ich nicht nur, ich hatte es mir längst gedacht. Es wird auch der Grund sein, warum Sisi dich an den Hof berufen hat. Damit du über das, was du weißt, schweigst.«

»Auch dazu musst du mir nichts sagen«, ergänzte sie hastig angesichts Sophies starrer Miene. »Kein Mitglied des Hofstaats darf hofinterne Angelegenheiten ungestraft nach außen tragen. Das ist mir sehr wohl bewusst. Und erklärt mir einiges.«

Sophie erwiderte den Blick ihrer Mutter. »Du hast dich wirklich verändert, Mama«, wiederholte sie bewundernd. »So viel Scharfsinn...« Sie stockte verlegen. Fast wäre sie taktlos geworden.

»...hättest du mir gar nicht zugetraut«, ergänzte Henriette Sophies Satz mit einem schmerzlichen Lächeln.

»Und... und weiß auch dein Mann...?«

Wieder erriet Henriette, was Sophie sagen wollte, und fiel ihr ins Wort.

»Arthur ist völlig ahnungslos.« Ein verächtlicher Ausdruck

huschte über Henriettes Züge. »Er glaubt nach wie vor, du seist wegen seiner unschätzbaren Verdienste zu dieser ›hohen Ehre‹, wie er sich ausdrückt, gekommen.« Nun klang sie sogar sarkastisch.

Dann verdüsterte sich ihre Miene wieder. »Mach dich darauf gefasst, Phiefi, dass es ein sehr trauriger Besuch im Palais Vetsera werden wird. Das wollte ich dir noch mitgeben, bevor du gehst.«

»Gibt es denn weitere schlimme Neuigkeiten?« Wieder spürte Sophie das Würgen in ihrer Kehle.

Von draußen waren just in diesem Moment Schritte und fröhliche Stimmen zu hören.

»Mach dir dein eigenes Bild, Phiefi!«, antwortete Henriette ihr rasch, bevor Milli die Tür aufriss. Die strahlte nun wieder über das ganze Gesicht. Sie und Ida schleppten einen riesigen Präsentkorb heran.

»Schau mal, Phiefi! Das alles hat Ida im Café Prinzess für dich ausgesucht. Wir haben die Sachen gestern abgeholt! Onkel Stephan hat sie uns sogar geschenkt. Er wollte durchaus keinen Kreuzer dafür annehmen.«

Gerührt betrachtete Sophie den übervollen Korb. Er enthielt Schachteln mit verschiedenen Pralinés und Bonbons, zwei Beutel gemahlenen Arabica-Kaffee, einen Beutel Kakaopulver, drei Gläser hausgemachter Marmelade, eine große Ananas und anderes exotisches Obst, je eine Flasche Wein und Champagner und eine, in eine goldverzierte Schachtel verpackte Mokkaprinzentorte im Miniaturformat, über die sich Sophie besonders freute.

»Die musst du aber schnell aufessen.« Milli war ihrem Blick gefolgt. »Onkel Stephan lässt dir ausrichten, dass sich die Torte ohne Kühlkeller nur zwei bis drei Tage lang hält. Er wäre heute nur allzu gern zum Mittagessen gekommen, war aber wegen einiger wichtiger Termine verhindert.«

»Torten in dieser Größe werden jetzt im Café zum Mitnehmen verkauft«, ergänzte Ida. »Das ist die neueste Geschäftsidee deines Onkels.« Die Mamsell klang so stolz, als wäre sie noch immer Aufseherin im Café Prinzess. Sophie wusste, dass sie ihren Onkel seit vielen Jahren aus der Ferne verehrte.

»Ich... ich danke euch allen von ganzem Herzen!« Fast kamen Sophie sogar die Tränen. Doch bevor sie ihrer Rührung noch mehr Ausdruck verleihen konnte, wies Ida auf eine weitere Tortenschachtel im Korb. »Dies ist ein Geschenk deines Onkels für die Vetseras. Du sollst sie herzlich von ihm grüßen.«

Augenblicklich war Sophie die Kehle wieder wie zugeschnürt. Was mochte sie drüben im Palais Vetsera, das nur zwei Straßen von ihrem Zuhause entfernt lag, erwarten?

Die köstliche mit Danzers Beerenmarmelade gefüllte Buchtel, die es zum Dessert gab, brachte sie nur mit Mühe hinunter.

Sophies Kammer im Fräuleingang der Hofburg

Gründonnerstag, 18. April 1889, nach acht Uhr morgens

»Jetzt bin i fertig. G'fallt's Ihna?«

Sophie schreckte aus ihren Gedanken auf und betrachtete ihre Frisur. Tatsächlich hatte sich Franzi diesmal selbst übertroffen. Sie hatte Sophies blondes Haar von der Stirn aus in weichen Wellen über den Kopf gelegt, die sie am Hinterkopf zu einem ebenfalls nur aus wellenförmig gesteckten Strähnen bestehenden Dutt zusammengefasst hatte.

Trotz der Kunstfertigkeit wirkte die Frisur zart und luftig und betonte vorteilhaft Sophies schmales Gesicht mit den hohen Wangenknochen. Ihr Spiegelbild erinnerte sie an die Abbildung einer Fee aus einem der Märchenbücher, in denen sie als kleines Mädchen so gerne gelesen hatte.

»Soll i Ihna noch a paar Federn einsteck'n?«

Sophie dachte gerade darüber nach, als es laut an die Tür klopfte. Draußen stand Ida Ferenczy.

»Helfgott! So wollen Sie heute auftreten?« Idas herzliches

Lächeln, mit dem sie Sophies Gemach betreten hatte, gefror. Vor Entsetzen traten ihr beinahe die Augen aus dem Kopf.

Sophie erschrak bis ins Mark. Also hatte sie ihr Gefühl nicht getrogen, und die hellblaue Robe war vollkommen unpassend für die heutige Zeremonie.

Das bestätigte ihr auch der Blick auf Idas Garderobe. Die Ungarin trug ein anthrazitfarbenes, hochgeschlossenes, langärmeliges Seidenkleid, das mit hellgrauen Rüschen an Kragen und Manschetten besetzt war.

Verzweifelt warf Sophie einen Blick auf den Wecker. Es war bereits weit nach acht Uhr. Viel zu spät, um das Kleid noch einmal zu wechseln, zumal auch die Frisur dadurch in Mitleidenschaft gezogen worden wäre.

»Man ... man hat meine Zofe so beraten«, stammelte sie hilflos. »Sie ... sie dachte, ein solches Kleid wäre passend.«

Diesmal liefen Franzi Tränen über beide Wangen. »Des ... des is wahr, gnä' Frau Gräfin«, schluchzte sie.

Ida Ferenczy überraschte sie beide mit ihrer Reaktion. Anstatt der scharfen Missbilligung, die Sophie und Franzi erwarteten, wich ihr entsetzter Gesichtsausdruck einer Mischung aus Mitgefühl und Amüsement.

»Also hat man Sie aufs Glatteis geführt, meine Liebe«, äußerte sie. Mit einem Anflug von Bitterkeit fuhr sie fort. »Glauben Sie mir, ich weiß, wie sich das anfühlt. Als ich vor einem Vierteljahrhundert in die Dienste der Kaiserin trat, trieb man monatelang einen solchen Schabernack mit mir. Bis ich meine Lektion gelernt hatte und keinem einzigen Menschen außer der Kaiserin mehr vertraute.« Wenn Ida erregt war, wurde ihr ungarischer Akzent stärker. »So halte ich es mit wenigen Ausnahmen bis heute.«

Sophie wusste, dass Sisis ungarische Hofdamen es immer noch schwer in Wien hatten. Dennoch hielten Ida Ferenczy und Marie Festetics Sisi schon länger als jede österreichische Hofdame die Treue. Zwar waren die beiden Ungarinnen befreundet, hätten im Charakter aber nicht verschiedener sein können. Das zeigte sich auch in der völlig unterschiedlichen Art, wie sie mit der beständigen Ablehnung in Wien umgingen.

Während Marie Festetics darauf schon bald mit einem Panzer aus Schroffheit und Unnahbarkeit reagiert hatte und ihre scharfe Zunge heute von jedermann bei Hofe gefürchtet war, hatte sich Ida Ferenczy ihre Güte und Mitmenschlichkeit bewahrt. Das zeigte sich in ihrem heutigen Verhalten gegenüber Sophie einmal mehr.

»Eigentlich wollte ich Sie rechtzeitig abholen kommen«, erklärte Ida ihr plötzliches Erscheinen. »Wenn Sie sich nicht spätestens um Viertel vor neun vor dem Eingang zum Rittersaal einfinden, können Sie Ihren Platz nicht rechtzeitig einnehmen, wenn der Saal um neun Uhr öffnet. Denn dann warten schon viele andere Damen und Herren vor Ihnen. Schließlich sind fast zweihundert Gäste geladen. Und da Sie in der hintersten Reihe stehen, würde es die Etikette verletzen, wenn hochrangigere Damen vor Ihnen die Zuschauertribüne betreten.«

Das hatte die Obersthofmeisterin Sophie so nicht mitgeteilt. Der Saal würde pünktlich um neun Uhr öffnen, hatte sie gesagt und den Rest offensichtlich vorausgesetzt.

»Ach Gott!«, stöhnte Sophie, noch immer wie gelähmt vor Entsetzen. »Was soll ich denn jetzt nur machen? Es sind sicherlich mindestens zehn Minuten Wegs vom Fräuleingang bis zum Rittersaal.«

Ida sog energisch die Luft ein. Noch einmal betrachtete sie Sophies Kleid und schüttelte den Kopf. »Nackte Haut darf bis zum Hals nicht zu sehen sein«, konstatierte sie. »Verfügen Sie über einen Brusteinsatz aus Spitze?«

Zum ersten Mal glomm ein Hoffnungsfunke in Sophie auf. »Ja«, bestätigte sie. »Ich habe sogar zwei. Einen elfenbeinfarbenen und einen schwarzen.« Schon lief sie zum Kleiderschrank, fasste in das entsprechende Fach und hielt beide Einsätze in die Höhe. »Sicherlich ist der schwarze Einsatz der passende.«

Ida musterte Sophies Robe erneut und schüttelte wieder den Kopf. »Schwarze Spitze beißt sich mit dem cremefarbenen Besatz. Sie müssen die elfenbeinfarbene Spitze nehmen. Gib mir ein paar Nadeln, Mädchen!«, wandte sie sich an Franzi.

Rasch und geschickt befestigte Ida den Einsatz im Dekolleté der Seidensamtrobe.

»Die nackten Arme müssen Sie auch bedecken«, forderte sie dann. »Ziehen Sie lange weiße Handschuhe an! Ich hoffe, Sie verfügen außerdem über eine passende Spitzenmantille?«

Sophie schickte ein erleichtertes Dankgebet zum Himmel. »Ja!«, bestätigte sie und freute sich ein weiteres Mal über die Hartnäckigkeit ihrer Mutter bei der Zusammenstellung ihrer Ausstattung.

»Dann legen Sie sie um die Schultern! Damit dürften Sie züchtig genug gekleidet sein«, urteilte Ida nach einem letzten prüfenden Blick. »Jetzt müssen wir uns aber sputen!«

»Und der Gräfin Goëss werde ich erklären, warum Sie nicht in ›gedeckten Farben‹ erscheinen«, beschwichtigte sie unaufgefordert Sophies letzte Ängste. »Wenn es nicht noch einmal vorkommt, wird sie es Ihnen nachsehen. Doch wenden Sie sich das nächste Mal frühzeitig an mich, meine Liebe, wenn Sie eine Frage zur Etikette haben.«

Erleichtert eilte Sophie an der Seite der Ungarin durch die zugigen Gänge der Hofburg. *Die Idas sind die guten Engel in meinem Leben,* dachte sie und bezog dabei auch Mamsell Ida im Haushalt ihrer Mutter mit ein. *Die Heilige Jungfrau möge die beiden dafür segnen.*

Als die Damen am Ende des Fräuleingangs am Klosett vorbeihasteten, verspürte Sophie ein drückendes Gefühl in der Blase. Die zwei Gläser Wasser, die sie hinuntergestürzt hatte, machten sich bemerkbar. Doch dem Drang jetzt nachzugeben, fehlte die Zeit.

Es muss halt auch einmal so gehen, nahm sie sich vor.

Eine knappe halbe Stunde später standen Ida und Sophie, drei Plätze voneinander entfernt, in der hintersten Reihe der Zuschauertribüne, wie es ihrem geringen Status als »Vorleserin« und »Promeneuse« der Kaiserin entsprach. Dabei gehörte die Ungarin seit Jahrzehnten zu den engsten Vertrauten Sisis. Hätte diese an der Fußwaschungszeremonie teilgenommen, hätte niemand gewagt, Ida solch einen schlechten Platz zuzuweisen.

Trotzdem war ihr Einfluss auch in Abwesenheit der Kaiserin so groß, dass die Obersthofmeisterin Goëss tatsächlich kein Wort des Tadels an Sophies Aufmachung übte, nachdem ihr Ida ein paar Worte ins Ohr geflüstert hatte.

Die Minuten wurden zu gefühlten Stunden, während sich der Saal nach und nach füllte. Dazu trug maßgeblich bei, dass Sophies Blase immer stärker zu drücken begann.

So lenkte sie sich schließlich damit ab, ihren gestrigen Besuch im Palais Vetsera noch einmal Revue passieren zu lassen.

Palais Vetsera in der Salesianergasse

Ein Tag zuvor, am 17. April 1889, zum Nachmittagstee

Schon als der alte Diener Christian Sophie in den Salon führte, wo ein runder Tisch für drei Personen mit Tee und Kuchen gedeckt war, fiel Sophie auf, wie schlecht Helene und Hanna Vetsera trotz ihrer langen Venedigreise aussahen. Um einen Erholungsurlaub konnte es sich dabei um gar keinen Fall gehandelt haben.

Das Gesicht der Baronin wirkte um mindestens zehn Jahre gealtert. Noch vor wenigen Monaten hätte man Helene sogar für jünger als die knapp zweiundvierzig Jahre halten können, die sie zählte, so makellos frisch war damals ihre Haut gewesen. Jetzt hatten sich tiefe Furchen von der Nase bis zum Kinn in ihr Gesicht eingegraben. Ihr dunkles Haar war von grauen Strähnen durchzogen. Am meisten erschrak Sophie jedoch wegen der einstmals lebhaft glänzenden, nunmehr aber trüb dreinblickenden graublauen Augen der ehemals so lebenslustigen Frau. Helene Vetsera war seit Marys Tod nur noch ein Schatten ihrer selbst.

Hätte sich Sophie mit ihrem Onkel Stephan über ihre gegenseitigen Eindrücke ausgetauscht, hätte sie festgestellt, dass sie fast identisch waren.

Auch Hannas dunkle Augen waren von schwarzen Ringen umgeben und lagen tief in den Höhlen. Sie schlief seit dem Tod ihrer jüngeren Schwester Mary kaum noch, vertraute sie Sophie an.

Sowohl Helene als auch Hanna traten Tränen der Rührung in die Augen, als Sophie ihnen Stephan Danzers Präsent überreichte.

»Hätte ich gewusst, dass Sie sich beide so über die Mokkaprinzentorte freuen, hätte ich auf dem Weg von der Hofburg noch eine kleine Orangencremetorte besorgt, anstatt dieser langweiligen Blumen«, versuchte sich Sophie unbeholfen an einem Scherz. »Unsere Mamsell Ida hat mir erzählt, dass mein Onkel einige seiner Torten jetzt in diesen Schachteln zum Mitnehmen verkauft.«

»Das ist wirklich sehr schön!« Einen Lidschlag lang lächelte Hanna so herzlich wie früher. »Denn das Café Prinzess können wir ja leider vorläufig nicht mehr besuchen.«

»Warum denn nicht?«, fragte Sophie erschrocken.

Zunehmend fassungslos und wütend hörte sie den Bericht der beiden darüber an, wie man sie dort vor aller Augen schmählich geschnitten hatte.

»Schon Ihrem Onkel zuliebe können wir uns dort nicht mehr blicken lassen«, schloss Helene traurig. »Es würde sein Geschäft sicher auf Dauer schädigen.«

»Aber zumindest können wir jetzt Christian oder eins unserer Dienstmädchen darum bitten, uns ab und an dort eine dieser köstlichen kleinen Torten zu besorgen«, ergänzte Hanna mit einem schmerzlichen Lächeln.

Bei der Erwähnung der Dienstmädchen fiel Sophie sofort Agnes Jahoda, Marys ehemalige Zofe, ein. Kurz erwog sie, deren trauriges Schicksal anzusprechen, entschied sich dann aber dagegen. Dies war nicht der geeignete Zeitpunkt dafür. Vielleicht würde sich im Laufe ihres Besuchs ja ein besserer ergeben.

»Meine Mutter erzählte mir, Sie seien mit Feri lange in Venedig gewesen«, versuchte Sophie nun, auf ein angenehmeres Thema abzulenken. »Das ist sicher eine sehr schöne Stadt. Ich würde sie auch gerne einmal kennenlernen.«

Wie ungeschickt ihr Versuch war, zeigte ihr schon die nächste Reaktion der Baronin. Deren Züge verhärteten sich.

»Venedig ist fürwahr eine schöne Stadt«, bestätigte sie zunächst Sophies Aussage. »Bislang habe ich mich dort immer sehr wohl gefühlt. Aber diese Reise war ein großer Fehler und hat alles nur noch schlimmer gemacht.«

»Schlimmer gemacht?«, echote Sophie hilflos.

»Die Reise hat wie eine Flucht gewirkt«, erklärte Hanna. »Dabei hat Mama sie nur auf die Bitte des Ministerpräsidenten Eduard von Taaffe hin angetreten. Er hat sie wenige Tage nach der Tragödie eigens deswegen im Palais Vetsera aufgesucht. Um sie zu bitten, die Trauer des Kaiserpaars um ihren Sohn nicht noch durch unsere Anwesenheit in Wien während dessen Beerdigung zu vergrößern. Also haben wir Ihren Majestäten zuliebe Wien verlassen.«

»Ungeachtet dessen, dass auch ich ein Kind verloren habe. Sogar durch die Hand ihres Sohnes«, fügte Helene mit zitternder Stimme hinzu. Sie schien kurz davor zu stehen, in Tränen auszubrechen.

»Doch unsere Abreise wirkte wie ein Schuldeingeständnis«, führte Hanna weiter aus. Ihre Augen blieben trocken. Ihre Stimme klang hohl.

Sophie erfuhr nun im Weiteren von den Verdächtigungen, Helene habe die Beziehung Marys zu Rudolf nicht nur geduldet, sondern wie eine Kupplerin für viel Geld sogar gefördert.

»Dabei habe ich überhaupt nichts davon gewusst!« Jetzt war es mit Helenes Contenance vorbei. Ihre nächsten Worte, die sie schluchzend hervorbrachte, verstand Sophie kaum. »Und hätte nie für möglich gehalten, dass Mary sich auf so etwas einlassen könnte.«

Angesichts Hannas harten Blicks, mit dem sie ihre Mutter musterte, befürchtete Sophie, sie würde Helene nun die gleichen Vorwürfe machen, die sie, leider zu Recht, bereits zu Lebzeiten Marys erhoben hatte. Wiederholt hatte Hanna ihre Mutter aufgefordert, ihre jüngere Schwester strenger anzufassen und ihr vor allen Dingen ihre närrische Schwärmerei für Rudolf nicht ungestraft durchgehen zu lassen. Doch zu ihrer aller Unglück hatte Helene diese nur für eine Backfischallüre gehalten, die schnell wieder vorbeigehen würde.

Schnell lenkte Sophie das Gespräch auf die Person, die sich wirklich der Kuppelei schuldig gemacht hatte.

»Mary hätte sich auf diese Beziehung gar nicht einlassen können, wenn ihre falsche Freundin Marie Louise Larisch es ihr nicht ermöglicht hätte. Ihr gelten all diese Vorwürfe zu Recht. Zum Glück kommt auch sie nicht ungeschoren davon.«

Helene und Hanna nickten mit einem Ausdruck der Schadenfreude. »Zum Glück! Onkel Alex hat uns erzählt, dass Rudolf die Briefe der Larisch vor seinem Tod nicht vernichtet hat, sodass sie in seinem Nachlass gefunden und dadurch gewissen Hofkreisen bekannt geworden sind. Das dürfte dem Ansehen dieser falschen Schlange gewaltig schaden.«

»Zumindest wird sie von der Kaiserin nicht mehr empfangen, obwohl Marie Louise ehemals ihre Lieblingsnichte war. Das kann ich sogar persönlich bezeugen.« Auch Sophie empfand darüber eine grimmige Befriedigung.

»Wie das?«, fragten Helene und Hanna wie aus einem Munde.

Sophie erzählte von ihren Beobachtungen vor und nach ihrer ersten Audienz bei der Kaiserin im Februar, jedoch ohne deren Anlass zu erwähnen.

»Auch Dr. Widerhofer hat uns bei seinem Besuch erzählt, dass Marie Louise bei Sisi ›erledigt sei‹, wie er sich ausdrückte. Doch Sophie hat es sogar mit eigenen Augen gesehen. So ist also wahr geworden, worum ich Tag und Nacht gebetet habe.«

Helene hatte bereits vorher aufgehört zu weinen. Sophie, der diese Information über den Besuch Widerhofers neu war, fand, dass Marys Mutter nun genauso aussah, wie sie sich im Schulunterricht immer die Rachegöttin Nemesis aus der griechischen Mythologie vorgestellt hatte. »Ich wünsche Marie Louise die gleiche Hölle auf Erden, wie wir sie jetzt durchmachen. Ihr und dieser verlogenen Zofe Agnes Jahoda!«

»Mama!« Hanna erhob nun sogar ein wenig die Stimme. »Agnes trifft nicht die gleiche Schuld wie diese verkommene Gräfin. Sie stand in Marys Diensten und musste tun, was die von ihr verlangte. Mary hat uns doch sogar in einer ihrer Abschiedsbriefe aus Mayerling gebeten, Agnes und ihren Vater nicht für ihre eigenen Taten büßen zu lassen.«

Sophie merkte auf. Sie erinnerte sich vage daran, dass Agnes bei ihrem letzten Gespräch, in dem sie Sophie um eine Stellung im Palais Werdenfels bat, erwähnt hatte, dass Hanna ihre Mutter darum gebeten habe, die Jahodas nicht für Marys Verhalten zu bestrafen. Davon dass Mary in ihrem Abschiedsbrief aus Mayerling selbst schon eine solche Bitte geäußert hatte, sagte Agnes allerdings nichts.

Doch bevor Sophie nachfragen konnte, reagierte Helene auf Hannas Vorwurf. Ihre Miene blieb unverändert rachsüchtig. »Hätte Agnes Mary nicht das Tor geöffnet, während wir in der Oper waren, wäre es ebenfalls niemals so weit gekommen. Bei der letzten dieser Gelegenheiten hat dieser Unmensch Mary sogar die Unschuld geraubt. Das hat Agnes doch eingestanden.«

»Aber Hanna hat trotzdem recht, liebe Baronin«, kam Sophie

deren Tochter zu Hilfe. »Agnes hat, genau wie ich, Mary vergeblich immer wieder vor dieser Beziehung gewarnt.«

»Du hast zwar ebenfalls darüber geschwiegen, Phiefi, aber uns zumindest nicht belogen. Noch zwei Tage vor Marys Flucht hat Agnes jedoch abgestritten, dass es Grund zur Besorgnis gebe, als ich sie befragte.« Helene Vetsera blieb unerbittlich. »Ich habe Jahoda mit drei Monatslöhnen großzügig abgefunden. Aber ihn und seine Tochter länger im Haus zu behalten, hätte ich nicht ertragen.«

Sophie sah ein, dass hier nichts im Sinne von Agnes zu machen war. Die Zofe musste wie die Vetseras selbst als Sündenbock für Mayerling herhalten.

Apropos Mayerling. Ihre Frage von vorhin fiel ihr wieder ein. »Hat Ihnen Mary vor ihrem Tod noch aus dem Jagdschloss geschrieben?«

Hanna nickte. »Sie hat für Mama, Feri und mich je einen Brief hinterlassen. Das Briefpapier trug das Wappen des Jagdschlosses: Ein Geweih in einem Rahmen zwischen dem Schriftzug *Schloss* und *Mayerling*.«

Die Beschreibung entsprach exakt dem Zeichen auf dem Briefkopf des Schreibens, das Mary Sophie über den Fiaker Bratfisch hatte überbringen lassen.

»Aber die Briefe durften wir nicht behalten, sondern nur kurz einsehen. Feri war nicht mal dabei und kennt Marys letzten Gruß nur vom Hörensagen«, fuhr Hanna bitter fort.

Sophie war schockiert. »Was heißt das, ihr durftet die Briefe nicht behalten?«

Hanna lächelte zynisch. »Graf von Taaffe brachte sie bei seinem besagten Besuch mit. Er stellte uns vorab aber die Bedingung, dass wir sie nur lesen dürften, wenn wir uns zur Abreise aus Wien bereit erklärten. Danach nahm er sie wieder mit. Sie werden im Archiv des Obersthofmarschallamts verwahrt.«

Obersthofmarschallamt? Von einer Sekunde auf die andere erinnerte Sophie sich, fast hätte sie sich sogar mit der Hand an die Stirn geschlagen. Waren das etwa die Briefe, auf die sich Sisi während ihres Frisierrituals bezogen hatte? Damals war Sophie automatisch davon ausgegangen, dass es sich um Briefe von Mary an Rudolf gehandelt hatte.

Während sie noch überlegte, zog Helene etwas unter ihrem Kragen hervor. »Das ist die einzige Erinnerung, die wir von Marys letzten Stunden in Mayerling haben.«

Zu ihrem Erstaunen erkannte Sophie Marys kleine brillantbesetzte Taschenuhr, die Helene jetzt an der Uhrkette um den Hals trug. »Der Fiaker Josef Bratfisch hat sie uns vor ein paar Tagen gebracht. Du kennst ihn doch, liebe Phiefi?« Ihre Stimme veränderte sich und klang jetzt stählern. Die Baronin musterte Sophie scharf. »Die Uhr war die Gegenleistung für eine letzte Gefälligkeit, die er Mary erwies.«

Sophie fuhr der Schrecken in alle Glieder. Sie hoffte, dass man dies ihrer Miene nicht allzu deutlich ansah.

»Was für eine Gefälligkeit war das?«, presste sie mit einem gezwungenen Lächeln hervor.

»Es war ein Brief Marys an dich«, sagte Hanna Sophie auf den Kopf zu. Ihre Stimme war sanfter als die ihrer Mutter. »Bratfisch hat uns davon erzählt. Ich ... ich habe dich eingeladen, um dich zu bitten, uns diesen Brief zu übergeben, liebe Phiefi. Natürlich auch, um dich wiederzusehen«, fügte sie hastig hinzu. »Aber ... aber Mama wäre es ein unendlicher Trost, im Besitz von Marys letzten Worten zu sein. Da sie ihren eigenen Brief schon nicht behalten durfte.«

Die Gedanken rasten durch Sophies Kopf. Auf gar keinen Fall durfte dieser Brief jemals in die Hände Helene Vetseras geraten. Sie würde ihn ebenso gnadenlos zur Rache am Kaiserhaus verwenden, wie sie die Jahodas behandelt hatte.

Schließlich wählte Sophie den gleichen Ausweg wie weiland während ihrer Audienz bei der Kaiserin. »Es ist wahr«, begann sie zögernd. »Mary hat mir geschrieben, um sich von mir zu verabschieden. Aber sie hat mich auch gebeten, niemandem den Brief zu zeigen und ihn zu verbrennen, nachdem ich ihn gelesen habe. Das hat mir auch der Fiaker Bratfisch geraten, als er ihn mir überbrachte. Und an Marys Bitte und seinen Rat habe ich mich gehalten.«

»Du ... du hast den Brief nicht mehr?« Helenes Miene zeigte jetzt wieder einen Ausdruck tiefer Resignation. »Auch die letzte Hoffnung dahin«, murmelte sie leise. »Jetzt gibt es nichts mehr, womit wir das Ansehen unserer Familie wiederherstellen können.«

Sophie starrte die Baronin verständnislos an.

»Mama hoffte, in diesem Brief stünde etwas, das Mary und damit auch sie und die ganze Familie entlasten würde«, bestätigte Hanna unwissentlich Sophies Befürchtung, Helene hätte den Brief öffentlich gemacht. »Der Hof ist bemüht, sämtliche Spuren von Mary zu tilgen. Das Fotoatelier Adèle musste sogar alle Bilder von ihr vernichten. Man konnte uns nicht einmal mehr Abzüge von älteren Fotografien herstellen. Die Geheimpolizei hat die Platten konfisziert. Doch in der Wiener Gesellschaft kursieren die grässlichsten Gerüchte. Wir werden behandelt wie Aussätzige. Das haben wir dir ja bereits erzählt.«

»Zumindest bei der Kaiserin ist Mary rehabilitiert. Das habe ich selbst gehört«, kam Sophie in diesem Moment eine Idee, wie sie die Vetseras trösten könnte. Sie erzählte den beiden Frauen nun, was Sisi in ihrer Gegenwart über Mary gesagt hatte, und auch, dass die Kaiserin es bereute, Mary bei ihrer Begegnung mit Helene fälschlicherweise des Giftmordes an Rudolf bezichtigt zu haben, weil sie es zu dem Zeitpunkt noch nicht besser wusste.

Doch dies hatte nicht den begütigenden Effekt, den sich Sophie erhoffte. »Der Kaiser selbst verweigert uns allerdings eine Audienz«, erklärte Helene, nun wieder mit harter Stimme. »Mein Bruder Alexander und auch ich haben schon mehrere Male darum ersucht, um uns und Mary rehabilitieren zu können. Wenn uns der Kaiser empfinge, würde uns hernach niemand mehr zu schneiden wagen.«

Wie schon mehrere Male zuvor während dieses denkwürdigen Besuchs fühlte Sophie sich hilflos. Bis ihr dann doch noch etwas einfiel.

»Aber Sie haben doch vorhin erwähnt, der kaiserliche Leibarzt Dr. Widerhofer hätte Sie besucht, liebe Baronin. Ist denn das nicht ein Hoffnungsschimmer? Das Ansehen dieses Mannes bei Hofe ist doch beträchtlich.«

Während Helene aufstöhnte, betrachtete Hanna Sophie mit einem sonderbaren Gesichtsausdruck.

Die Baronin reagierte zuerst auf deren Argument. »Pah!«, machte sie verächtlich. »Auch Dr. Widerhofer gehört zu den Speichelleckern des Kaisers. Natürlich dachte ich anfangs, er käme, um uns sein Beileid wegen Mary auszusprechen. Er war einmal unser Kinderarzt und hat Mary schon als Kleinkind behandelt.«

Die Stimme versagte ihr. Sie griff zu ihrer Tasse und nahm einen Schluck Tee. Da er inzwischen kalt geworden war, verzog sie den Mund.

»Doch weit gefehlt«, fuhr sie ein wenig krächzend fort. »Auch Widerhofer wollte uns manipulieren. Damit es kein weiteres Aufsehen gebe, wie er ausführte«, fuhr sie verächtlich fort, »sollte ich Mary umbetten lassen. Hier auf den Wiener Zentralfriedhof, schlug er vor, oder einen anderen Friedhof meiner Wahl. Nur möglichst weit weg von Mayerling, dem Ort der Schandtat des Kronprinzen.« Ihre letzten Worte stammten zweifellos nicht von dem kaiserlichen Leibarzt.

Sophie begann der Kopf von all diesen Neuigkeiten zu schwirren. Sie spürte einen leichten Druck an den Schläfen, Vorboten des Kopfwehs, das sie seit Marys Tod manchmal befiel.

»Aber in dieser Sache werde ich nicht nachgeben.« Helenes Stimme klang nun wieder stählern. »Genau dort, auf dem Friedhof von Heiligenkreuz, wo man Mary so schmählich verscharrt hat, werde ich ihr eine Gruft mit einem würdigen Grabstein errichten lassen. Und eine Kapelle für meine beiden verstorbenen Kinder stiften.« Jetzt begann ihre Stimme wieder zu zittern. »Der Abt hat seine Zusage bereits erteilt, mit dem Bau der Kapelle wurde sogar schon begonnen. Im Mai möchte ich Mary umbetten lassen.«

»Und wenn der Kaiser uns weiterhin nicht empfängt, werde ich eine Denkschrift über die Ereignisse verfassen und in Druck geben.« Helenes Augen blitzten trotzig. »Dann erfährt eben auf diese Weise alle Welt meine Version der Geschichte.«

Hanna murmelte beifällig Zustimmung.

»Doch nun erzähle uns doch ein wenig von deinem neuen Leben bei Hofe«, wählte Hanna endlich ein anderes Thema. Obwohl Sophies Kopfschmerzen stärker wurden, bemühte sie sich, so gut sie konnte, der Bitte von Marys Schwester nachzukommen. Auch Helene Vetsera hörte interessiert zu. Zum Glück verloren beide Frauen kein Wort über den Anlass von Sophies Berufung. Wenn sie ihn ahnten, ließen sie es sich zumindest nicht anmerken.

Sophie ihrerseits bemühte sich, nur Heiteres und Unverfängliches zu berichten. Sie erzählte von den Zuständen im Fräuleingang, ihrer neuen Kammerzofe Franzi und den Abendessen der Hofdamen, verlor jedoch kein Wort der Kritik an der Kaiserin, geschweige denn, dass sie den nächtlichen Besuch in der Kapuzinergruft erwähnte.

Die Einladung zum Abendessen lehnte sie, entgegen ihrer ursprünglichen Absicht, jedoch ab. So leid ihr die Vetseras auch taten, so unerträglich empfand sie die veränderte Atmosphäre in diesem ehemals so heiteren Palais, in dem sie so viele schöne Stunden verbracht hatte. Sie brauchte jetzt dringend Abstand und ein wenig Zeit für sich. Zumal ihr morgen ein weiterer anstrengender Tag bevorstand.

Hanna begleitete sie noch hinunter in die Halle. »Ich danke dir sehr für deinen Besuch, Phiefi. Und würde mich freuen, wenn du bald einmal wiederkämst.«

»Sobald mir die Obersthofmeisterin Urlaub gewährt«, versprach Sophie.

Als die Mietdroschke, die der alte Christian bestellt hatte, aus dem Hof des Palais fuhr, hatte Sophie, die tief in Gedanken durch das Fenster sah, einen Moment lang den Eindruck, eine dunkle Gestalt husche hinter einen Baum am Straßenrand. Doch über all den Eindrücken des Tages vergaß sie dies sofort wieder.

Rittersaal in der Hofburg

Gründonnerstag, 18. April 1889, gegen zehn Uhr

Eine knappe Stunde nachdem Sophie ihren Platz eingenommen hatte, war ihr Gefühl, sich erleichtern zu müssen, nahezu unerträglich geworden. Auch ihre Füße in den dünnen Seidenschuhen schmerzten bereits vom langen Stehen. Dabei hatte die Zeremonie noch nicht einmal begonnen.

Um den Blasenreiz und die Schmerzen zu unterdrücken, biss Sophie sich immer wieder auf die Lippen, was ihr schließlich besorgte Blicke von Ida Ferenczy einbrachte, die ja nur drei Plätze von ihr entfernt stand. Als sie es kaum mehr auszuhalten glaubte, öffnete sich um Punkt zehn Uhr endlich das Portal. Die Zeremonie begann und lenkte Sophie tatsächlich zunächst wieder ab.

Zuerst betraten zwei Züge von Leibgardesoldaten, geführt von ihren Offizieren, den Saal. Sie trugen ihre Paradeuniformen mit goldenen Knöpfen und den hohen mit schwarzem Rosshaar besetzten Hüten. Die Jacken der Offiziere waren überdies mit goldenen Epauletten und Achselschnüren geschmückt.

Die Soldaten nahmen in der Mitte des Saals Rücken an Rücken Aufstellung und teilten ihn derart in zwei Hälften. In jeder Hälfte stand im hinteren Teil ein für zwölf Personen gedeckter Tisch.

Begleitet von Hofwürdenträgern beiderlei Geschlechts betraten danach die geladenen Greise und Greisinnen den Saal. Zuerst führten Kämmerer, die an ihren goldenen, am Gürtel hängenden Schlüsseln erkennbar waren, zwölf sehr alte, ganz in Schwarz gekleidete Männer in den Saal. Ihnen folgten die ebenfalls schwarz gekleideten Greisinnen, geleitet von Palastdamen, die Sophie an ihrem merkwürdigen Kopfputz erkannte. Es war eine Art Haube mit seltsam geschlungenen silbernen Spitzenbarben.

Die greisen Männer und Frauen, Sophie hatte gehört, dass viele weit über neunzig Jahre alt waren, nahmen rund um die Tische Platz. Früher hatten Kaiser und Kaiserin ihnen persönlich Speisen serviert, die die Alten vor aller Augen verzehrten. Jetzt trugen Diener in Galalivree lediglich sogenannte Schaugerichte auf, die den Leuten nach der Zeremonie in einer bemalten Holzwanne nach Hause mitgegeben wurden, hatte Fredi Sophie erzählt.

»Es sind natürlich nur Fastenspeisen. Fisch, Hefeklöße und dergleichen mehr. Aber trotzdem von einer Güte, die die Armen sicher kaum je in ihrem langen Leben gegessen haben«, erinnerte sich Sophie an weitere Erläuterungen der jungen Hofdame.

Tatsächlich rührten die Alten nichts an, auch nicht den Wein, der aus grünen Krügen in gleichfarbige Becher gegossen wurde. Auch dieses Getränk und Geschirr würden sie nach der Zeremonie mitnehmen dürfen.

Sophie reckte den Hals, um besser sehen zu können. Anfänglich fasziniert von der Szene, von der sie vor ihrer Zeit bei Hofe nur flüchtig gehört hatte, vergaß sie darüber sogar eine kurze Weile ihre lästigen körperlichen Beschwerden. Doch schließlich wurde ihr die Zeit wieder lang, und sie meldeten sich erneut mit Macht.

Gerade noch rechtzeitig, um sie wieder abzulenken, wurde die Zeremonie fortgesetzt. Zwei als Herolde gekleidete Bedienstete zu beiden Seiten der Tür klopften dreimal vernehmlich mit goldenen Stäben auf den Boden. Das war das Zeichen, dass der Kaiser erscheinen würde. Die Garden präsentierten ihre Schwerter, alle Geräusche im Saal verstummten.

Nur wenig später betrat Franz Joseph in Begleitung der Erzherzöge, hoher, in Galauniformen gekleideter Militärs sowie geistlicher Würdenträger in prächtigen Brokatgewändern den Rittersaal. Wie all seine zahlreichen Begleiter war der Kaiser barhäuptig. Er trat an den Tisch mit den Greisen, reichte jedem die Hand und sprach ein paar freundliche Worte mit ihm, die Sophie von ihrem Platz aus jedoch nicht verstehen konnte.

Zudem richtete sich ihre Aufmerksamkeit schnell auf die Gruppe der Damen, die jetzt mit Erzherzogin Marie Therese von Braganza an der Spitze, der Vertreterin der Kaiserin bei der heutigen Zeremonie, den Saal betrat.

Unvermittelt befiel Sophie wieder eine große Traurigkeit über Mary Vetseras Tod. *Wäre sie nicht die unselige Liebschaft mit dem Kronprinzen eingegangen, sondern hätte ihren Verehrer Miguel von Braganza, den älteren Bruder der Erzherzogin, geheiratet, wäre Mary jetzt sogar entfernt mit dem Kaiserhaus verwandt*, dachte sie. *Und ihre arme Mutter Helene wäre am Ziel ihrer Träume und noch immer eine glückliche, lebenslustige Frau.*

Aus den Augenwinkeln nahm Sophie erneut Idas prüfenden, auf sie gerichteten Blick wahr. Gewaltsam riss sie sich aus ihren Grübeleien und beobachtete stattdessen die zwölf Palastdamen, die Erzherzogin Marie Therese folgten. Sie alle waren mit dem Sternkreuzorden, der höchsten Auszeichnung für Frauen in der Habsburgermonarchie, geschmückt. Auf ihren meist hellgrauen oder taubenblauen Gewändern kam der ovale Orden mit dem goldenen Doppeladler und dem Kreuz in der Mitte besonders gut zur Geltung.

Anders als Hofdamen, die einerseits für ihre Dienste bezahlt wurden, andererseits ledig sein mussten, waren »Palastdamen« ausschließlich verheiratete Frauen, die ihre Aufgaben ehrenamtlich wahrnahmen. Der Titel wurde wie die Kämmererwürde nur verdienten Mitgliedern des Hochadels auf Lebenszeit verliehen.

Auf ein Zeichen des Zeremonienmeisters erhoben sich nun die Greise und Greisinnen von ihren Plätzen und wurden zu den Stühlen, die unmittelbar vor den Gardesoldaten standen, in beide Hälften des Saales geleitet. Der Höhepunkt der Zeremonie stand bevor.

Sophie erblickte von ihrem Platz aus nur den fast kahlen Hinterkopf des Kaisers, der nun vor dem ersten Greis niederkniete. Um ihn herum standen und knieten geistliche und militärische Würdenträger.

Wie genau das Ritual vonstattenging, konnte sie weit besser bei den Greisinnen verfolgen. Eine der zwölf Palastdamen beugte sich nieder und zog der ersten Alten einen Schuh und Strumpf aus. Das nun bis zum Knie nackte, runzlige Bein bedeckte sie mit einem Leinentuch.

Dann kniete sich Erzherzogin Marie Therese vor die Frau. Mit Wasser aus einem goldenen Becken benetzte sie den Fuß der Alten und trocknete ihn hernach mit einem Handtuch, das ihr die Palastdame reichte, ab.

Zu Sophies Erstaunen war die Aufgabe der Erzherzogin, anders als die des Kaisers, der auf den Knien von Greis zu Greis rutschte, damit bereits beendet. Vor der zweiten alten Frau kniete eine weitere Palastdame, die die Fußwaschung übernahm. Auf diese Weise kam fast jede Palastdame nacheinander an die Reihe, jeweils assistiert von mehreren anderen, die den Fuß der alten Frau entblößten, Wasser aus einem goldenen Krug in das Becken nachfüllten und die Handtücher anreichten.

Nur der Teil der Zeremonie, auf den Sophie aufgrund des Berichts von Fredi am neugierigsten war, fehlte bei den Damen. So stellte sie sich trotz ihrer schmerzenden Füße auf die Zehenspitzen, um zu sehen, ob sich der Kaiser an das althergebrachte

Ritual halten würde. Gerade in diesem Augenblick flüsterte die Dame vor ihr ihrer Nachbarin etwas ins Ohr und gab Sophie den Blick auf den Kaiser frei.

Und tatsächlich! Franz Joseph beugte sich tief über den nackten Fuß des Greises, vor dem er gerade kniete, und drückte einen Kuss darauf. Derweil las ein Prälat mit lauter Stimme die Stelle aus dem Johannesevangelium vor, die von der Fußwaschung der Apostel durch Jesus Christus am Tag vor seinem Tod handelte.

Die plötzliche Bitterkeit, die Sophies Kehle mit Galle füllte, überraschte sie selbst. Anstatt von diesem Zeichen höchster Erniedrigung des allmächtigen Kaisers vor einem seiner geringsten Untertanen beeindruckt zu sein, fühlte sie nur Empörung. Dieser Mann dort, der so inbrünstig Demut mimte, weigerte sich, die zutiefst unglückliche Mutter Marys zu empfangen, um sie auf diese Weise wenigstens vor der Wiener Gesellschaft zu rehabilitieren. Denn nur der Kaiser hätte zumindest die furchtbaren Wunden, die die Öffentlichkeit der Familie schlug, lindern oder sogar heilen können. Auch wenn dies Mary der Familie nicht zurückgebracht hätte.

Drei weitere Stöße der Herolde mit ihren goldenen Stäben rissen Sophie aus ihren Gedanken. Überrascht stellte sie fest, dass die Zeremonie schon zu Ende war. Der Kaiser verabschiedete seine greisen Gäste erneut per Handschlag und drückte jedem einen weißen Beutel in die Hand. In Anlehnung an den Lohn, den Judas Ischariot für Jesu Verrat erhalten hatte, befanden sich darin dreißig Silbermünzen, wie Sophie ebenfalls von Fredi wusste.

Auch die Greisinnen, denen die Erzherzogin die Hand zum Kuss reichte, erhielten diese Gabe. Dann verließen der Kaiser und Marie Therese mit ihrem Gefolge den Saal.

Plötzlich spürte Sophie ihre Blase wieder. Sie drückte jetzt so arg, dass sie einen Augenblick lang sogar glaubte, ihr könnte das denkbar entsetzlichste Malheur passieren. Trotzdem musste sie noch über eine halbe Stunde warten, bis zunächst die Alten, dann die ranghöheren Zuschauer den Saal verlassen hatten.

Verzweifelt trat sie von einem Fuß auf den anderen, angestrengt bemüht, sich von der immer drängender werdenden Pein irgendwie abzulenken.

Als sie endlich durch die Tür des Rittersaals trat, blickte sie sich panisch um. Wo könnte es in diesem Gewirr von Sälen und Gängen den nächsten Abtritt geben?

Wieder war es Ida, die ihr aus der Patsche half. Sie hatte Sophies Qual offensichtlich bemerkt und vor der Tür auf sie gewartet. »Dort hinein!«, zeigte die Ungarin auf eine kleine, unscheinbare Holztür. »Und nehmen Sie einen weiteren guten Rat von mir an, Sophie! Trinken Sie vor solchen Anlässen niemals auch nur einen einzigen Tropfen!«

Teil 2

Überraschende Entwicklungen

Kapitel 6

Stephansplatz in Wien

Freitag, 3. Mai 1889, am späten Nachmittag

Missmutig schlenderte Richard vom Café Prinzess in Richtung Stephansplatz. Die große Uhr am Dom hatte gerade die fünfte Nachmittagsstunde geschlagen.

Eigentlich hätte Richard schon vor einer Stunde im Palais Thurnau eintreffen sollen, um an Amalies Geburtstagsfest teilzunehmen. Sie wurde heute neunzehn Jahre alt. Doch er hatte absichtlich an seinem Arbeitsplatz in der Franz-Josephs-Kaserne, die nahe der Mündung des Wienflusses in den Donaukanal lag, getrödelt.

Morgen würde, wie alljährlich an jedem ersten Samstag im Mai, die große Frühjahrsparade für Kaiser Franz Joseph stattfinden. Als Stabsoffizier des obersten Heerführers, Erzherzog Albrecht, war Richard vor allem an der Planung des Aufmarschs des gesamten Generalstabs beteiligt gewesen, der sich an der Schanzstraße aufstellen würde. Von dort aus würde der Kaiser, gefolgt von einigen ausgewählten Generälen, seinen Truppen in scharfem Galopp entgegenpreschen, um sodann der großen Parade auf der Schmelz zuzusehen und die Ehrenbezeigungen der verschiedenen Waffengattungen entgegenzunehmen.

Seit Wochen dienten Richard die Vorbereitungen für dieses militärische Spektakel als Vorwand dafür, erst spätabends ins Palais Thurnau zurückzukehren. Doch heute war Amis Geburtstag, und nicht nur sie selbst, sondern auch ihr Vater, hatten Richard gestern eindrücklich gebeten, früher nach Hause zu kommen. Geplant war aufgrund der andauernden Hoftrauer um Kronprinz Rudolf ohnehin nur ein bescheidenes Fest im kleinen Kreis.

Kleiner Kreis, räsonierte Richard sarkastisch. Es würde zwar nicht den üblichen Ball zu Ehren des Geburtstagskindes geben, aber immerhin waren ungefähr vierzig Gäste zur abendlichen Soiree geladen. Zuvor sollte Amis Ehrentag im Kreis der Familie bei einer Kaffeetafel gefeiert werden. Richards Eltern Eduard und Aglae waren dazu eigens mit seinen jüngeren Zwillingsschwestern Charlotte und Bernadette, die gerade ihre Ausbildung in einer höheren Töchterschule beendet hatten, von ihrem Landsitz in Tirol angereist.

Lange hatte Richard überlegt, was er Amalie schenken sollte. Da er als Offizier nach wie vor nur einen bescheidenen Sold erhielt und vor der Heirat noch nicht über Amis beträchtliche Mitgift verfügte, hatte er sich schließlich für Präsente entschlossen, die seinem kümmerlichen Einkommen entsprachen.

Im Café Prinzess erstand er eine große Schachtel von Amis Lieblingsgebäck, von dem sie neuerdings nicht genug bekommen konnte. Es waren Marzipankekse mit kandierten Kirschen, von denen es zum Glück einen Vorrat im Kaffeehaus gab. Nun war er auf dem Weg zu den Ständen vor dem Stephansdom, um noch einen Strauß Frühlingsblumen zu kaufen.

Gerade sah er sich suchend um, als plötzlich jemand mit voller Wucht in ihn hineinrannte.

Sophies Kammer im Fräuleingang der Hofburg

Freitag, 3. Mai 1889, ein paar Stunden früher am späten Vormittag

»Brauchen S' noch irgendwas, gnä's Fräulein?«
»Nein, Franzi. Ich danke dir. Du kannst jetzt gehen.«

»Und wann kann i zum Saubermach'n kommen? Wollen S' denn wieder der Wachablösung zuschau'n?«

Sophie seufzte. Diesem Spektakel, das jeden Tag um ein Uhr mittags im inneren Burghof stattfand, hatte sie jetzt schon dreimal beigewohnt, um die unerträgliche Langeweile, die sie immer stärker empfand, zumindest für eine Weile zu vertreiben. Ein weiteres Mal würde die Zeremonie ihre trübe Stimmung kaum aufhellen.

Denn seit Ida Ferenczy schon kurz nach Ostern dem Ruf der Kaiserin gefolgt und wieder nach Ischl abgereist war, wusste Sophie mit ihrer Zeit noch weniger anzufangen als je zuvor während ihres Aufenthalts in der Hofburg. Das führte dazu, dass sie abwechselnd beständig die Sehnsucht nach ihrer Tätigkeit im Kaffeehaus und nach Richard plagte, den sie sich seit ihrer letzten Begegnung nicht mehr aus dem Kopf schlagen konnte. Häufig träumte sie mit offenen Augen von ihm, bis sie sich energisch zur Ordnung rief. Doch schon das nächste Mal, wenn sie erneut müßig auf ihrem Bett in ihrer kleinen Kammer lag, dachte sie wieder an ihn.

»Nein, Franzi«, entschloss sie sich trotz ihrer Furcht vor der Öde des bevorstehenden Tages. »Heute schaue ich nicht zu. Also lass mich nun allein!«

Doch Franzi fragte, ungeachtet Sophies Aufforderung, weiter: »Und geh'n S' denn zum Mittagsmahl von die Hofdamen, oder soll i Ihna was aus der Hofküche hol'n?«

Sophie versuchte, sich ihren zunehmenden Unmut über Franzis Hartnäckigkeit, mit ihr ins Gespräch zu kommen, nicht anmerken zu lassen, auch wenn sie deren ständige Versuche durchaus nachvollziehen konnte. Denn mittlerweile machte ihr eintöniger Tagesablauf auch ihrer Zofe zu schaffen. Und das Mädchen konnte ja nichts dafür, dass sich Sophie von Tag zu Tag unwohler fühlte. Wahrscheinlich langweilte es sich genauso wie sie.

Schließlich konnte Franzi, wenn sich ihre Herrin den ganzen Tag in ihrem kleinen Gemach aufhielt, ihren täglichen Pflichten der Reinigung der Kammer und der Pflege ihrer Garderobe kaum nachkommen. Und natürlich sollte Franzi auch rechtzeitig wissen, ob sie für Sophie etwas zum Mittagessen aus der Hofküche holen sollte. Denn wenn Franzi zu spät kam, war entweder nichts mehr da, oder die Köche reagierten gereizt.

Heute mit den hochnäsigen Hofdamen zu Mittag zu essen, um ihre Langeweile zu bekämpfen, hatte Sophie aber auch keine Lust. Obwohl ihr mittlerweile selbst Fredi mit ihren hartnäckigen Versuchen, mehr über Mayerling zu erfahren, auf die Nerven ging, waren die Treffen mit ihr zum Tee die einzige Abwechslung gewesen, die ihren eintönigen Tagesablauf unterbrach. Fredis Anwesenheit hatte auch die wenigen Mittagessen, an denen Sophie in den letzten Wochen teilnahm, wenigstens etwas erträglicher gemacht.

Doch auch Fredi befand sich im Augenblick nicht in der Hofburg. Sie begleitete ihre Herrin Marie Therese von Braganza auf einer Reise in den deutschen Kurort Bad Kissingen.

Kurz überschlug Sophie im Geiste ihre Möglichkeiten. Von den beiden köstlichen kleinen Torten, die ihr Stephan Danzer vorgestern aus dem Café Prinzess geschickt hatte, waren noch ein paar Stücke übrig. Sie mussten ohnehin rasch gegessen werden, denn ohne Kühlmöglichkeit würden sie bald verderben. Dies galt insbesondere für die jüngste Kreation des Konditormeisters Toni Schleiderer, eine Zitronen-Schlagobers-Torte. Schlagobers verdarb rascher als Buttercreme. Die Reste der Torten würden dann eben heute ihr Mittagessen sein.

»Aus der Hofküche brauche ich nichts, Franzi. Ich nehme am Mittagsmahl der Hofdamen teil«, schwindelte Sophie. »Du kannst also kurz vor halb eins kommen, um sauber zu machen.«

»Und den Soßenfleck aus dem Grünseidenen zu entfernen«, fiel ihr noch ein. »Versuch es einmal mit der verdünnten Ochsengalle! Aber sei achtsam mit dem zarten Stoff und probiere das Mittel erst mal an einer verdeckten Stelle, am besten innen am Saum, aus!«

Ochsengalle hatte Sophie noch im Hauswirtschaftsunterricht bei den Salesianerinnen als probates Mittel zur Fleckenentfernung kennengelernt und im Kaffeehaus ihres Onkels erfolgreich zur Reinigung der Tischwäsche empfohlen. Aber dort waren die Decken und Servietten aus feinem Leinen und damit weit unempfindlicher als Seide.

Franzi deutete einen Knicks an. »Passt! Bin scho achtsam damit, gnä's Fräulein!« Die devote Geste verstand Sophie allerdings nicht als Zeichen der Zustimmung, sondern eher als schweigende Missbilligung. Franzi knickste in der Regel nur, wenn ihr eine Anweisung überflüssig erschien oder unverständlich war.

»Dann kannst du jetzt gehen!«, wiederholte Sophie, ohne darauf einzugehen.

Kaum hatte Franzi die Kammertür hinter sich geschlossen, ließ sie sich auf das gerade frisch gemachte Bett fallen. Draußen begann eine Uhr zu schlagen. Mechanisch zählte Sophie mit. Es war genau elf Uhr.

Noch zu früh, um sich jetzt schon in das kleine Lesezimmer der Hofdamen zu begeben, das, ebenso wie der Speisesaal, im Amalientrakt der Hofburg lag. Hier gab es eine Auswahl von Werken bekannter Dichter wie Friedrich Schiller, Johann Wolfgang von Goethe und Franz Grillparzer. Auch einige französische Romane waren dabei, die Sophie allerdings kaum verstand, da sie ihr Schulfranzösisch mittlerweile größtenteils wieder vergessen hatte.

Es war nicht erwünscht, dass man Bücher aus der Bibliothek mit in die eigene Kammer nahm, hatte ihr die Obersthofmeisterin, Gräfin Maria Goëss, erklärt, als Sophie sie einmal bei einer ihrer seltenen Begegnungen danach fragte. Die Bücher sollten allen Hofdamen beständig zur Verfügung stehen und seien deshalb stets nur im Büchersaal zu lesen, begründete sie diese Anweisung.

In der schlecht geheizten und zudem düsteren Bibliothek war Sophie allerdings bei ihren bisherigen Aufenthalten noch nie einer anderen Hofdame begegnet.

»I wo«, erklärte ihr Fredi denn auch beim Nachmittagstee. »Da brauchst du dich nicht dranzuhalten. Die Goëss hat die Bestände der Bücherei noch nie kontrolliert.« Trotzdem hatte Sophie seit ihrem Besuch im Palais Vetsera nicht mehr gegen das Verbot zu verstoßen gewagt.

»Sie müssen achtsamer sein, liebe Sophie!« Schon am Karsamstag, also gerade einmal drei Tage nach ihrem Besuch bei der Baronin Vetsera und ihrer Tochter Hanna, stand Ida Ferenczy mit ernster Miene vor Sophies Tür. »Ich war bei einem Gespräch des Obersthofmeisters Baron Nopcsa mit der Gräfin Goëss dabei. Dort fragte Nopcsa die Gräfin, ob sie wüsste, dass Sie am Mittwoch im Palais Vetsera gewesen seien. Ein Geheimpolizist hat Sie dabei beobachtet.«

Sophie erinnerte sich an die Gestalt, die sie dort bei ihrer Abfahrt davonhuschen gesehen hatte, und erschrak. »Und wie hat die Gräfin Goëss reagiert?«, fragte sie ängstlich.

»Nun, erfreut war sie darüber natürlich nicht, da Sie Ihnen die Erlaubnis ja nur für den Besuch Ihrer Familie erteilt hatte. Aber wie immer, wenn ihr etwas Unangenehmes erspart bleibt, war sie erleichtert darüber, dass ich mich erboten habe, mit Ihnen darüber zu sprechen. Was ich hiermit tue.«

»Und was raten Sie mir nun zu tun, liebe Ida?«

»Verzichten Sie eine Weile, ich würde sagen, mindestens vier oder besser noch sechs Wochen lang, darauf, die Gräfin Goëss um einen weiteren Urlaub zu bitten. Und wenn Sie die Hofburg das nächste Mal verlassen, bedienen Sie sich einer der Hofequipagen. Dass Sie in einer einfachen Mietdroschke bei den Vetseras abfuhren, machte Ihren Besuch besonders verdächtig.«

Sophie war völlig verblüfft. »Mir steht eine Hofequipage zu?«, fragte sie ungläubig nach.

Ida schmunzelte. »Natürlich, meine Liebe. Jedes adelige Mitglied des Hofstaats hat Anspruch darauf. Zumal, wenn es über keine eigene Kutsche verfügt. Und ist damit natürlich auch gleich unter Aufsicht«, fügte sie ernst hinzu. »Es steht Ihnen leider nicht mehr frei zu gehen, wohin Sie möchten.«

Sophie musste dies erst einmal verdauen. »Also stehen die Vetseras unter ständiger Beobachtung, wenn man meinen Besuch dort bemerkt hat«, schlussfolgerte sie schließlich leise.

Ida schnaubte. »Was glauben Sie denn, meine Liebe? Aufgrund der Verwicklung der ganzen Familie in den Tod unseres Kronprinzen und vor allem ihrer Kenntnisse über die Vorkommnisse in Mayerling zählen sie im Moment zu den gefährlichsten Bürgern Wiens, was die Reputation unserer Monarchie angeht.«

Sophie schwieg betroffen.

»Also, sehen Sie sich vor, meine Liebe!«, wiederholte Ida ihre Warnung. »Auch Sie verfügen diesbezüglich über gefährliches Wissen. Man könnte versucht sein, andere Mittel und Wege zu finden, um sich Ihres Schweigens zu versichern als eine Aufnahme in den Hofstaat der Kaiserin. Sofern Sie sich weiterhin verdächtig machen.« Was Ida mit dieser letzten Bemerkung meinte, erläuterte sie Sophie nicht.

Und so schlug diese seit Idas Abreise am Osterdienstag ihre Zeit in der Hofburg tot, bemüht, nicht noch einmal unangenehm aufzufallen. Und hasste den ihr aufgezwungenen Müßiggang. Wie gern hätte sie ihre Stellung bei Hofe gegen die der Aufseherin im Café Prinzess eingetauscht, die sie zuletzt innegehabt hatte. Oder sogar gegen die eines einfachen Serviermädchens. Alles war besser als diese eintönigen Tage!

Doch Melancholie half diesbezüglich auch nicht weiter. Sie musste versuchen, das Beste aus ihrer jetzigen Situation zu machen. Also stand Sophie niedergedrückt von ihrem Bett auf, als es draußen halb zwölf schlug. Sie griff gerade nach einer Jacke, um in die Bibliothek aufzubrechen, als es an ihre Tür klopfte. Franzi konnte das noch nicht sein. Die trat meistens ein, ohne Sophies Zeichen abzuwarten. Außerdem war es noch viel zu früh.

Als Sophie daher gespannt, wer sie wohl besuchen würde, öffnete, strahlte sie über das ganze Gesicht.

»Sie schickt der Himmel, liebe Ida! Gerade habe ich an Sie gedacht!«

Stephansplatz

Freitag, 3. Mai 1889, am späten Nachmittag

»Es ... es tut mir ganz schrecklich leid, gnädiger Herr! Verzeih'n Sie mir bitte!«

Die junge Frau starrte zerknirscht auf den Schaden, den sie angerichtet hatte. Er war durchaus beträchtlich.

Richards Sackerl mit der Gebäckschachtel lag zerknautscht auf dem Kopfsteinpflaster. Beim Versuch, nach dem Zusammenstoß das Gleichgewicht zu halten, hatte er sie fallen lassen und war dann zudem mit seinem schweren Stiefel versehentlich daraufgetreten.

Auch die Blumen, die das Mädchen bei sich hatte, waren zu Schaden gekommen. Durch den Aufprall war ihr der Weidenkorb, in dem sich Sträußchen mit Maiglöckchen und Vergissmeinnicht befanden, die sie zum Verkauf anbot, aus der Hand geglitten. Die Sträußchen lagen in weitem Umkreis verstreut um sie herum. Vorbeieilende Passanten trampelten achtlos darüber hinweg. Zwei Gassenbuben rafften mit beiden Händen ein paar noch unversehrte Gebinde auf und rannten jauchzend mit ihnen davon.

Trotz ihres Ungeschicks tat Richard die junge Frau leid. Zumal sie ihm bekannt vorkam, wobei er dem mageren Gesicht mit den großen himmelblauen Augen und den schmalen Lippen zunächst keinen Namen zuordnen konnte. Auf ihrer rechten Wange changierte ein ehemals blauer Fleck nunmehr ins Gelbliche.

»Helfgott, der Graf von Löwenstein!« Jetzt schlug sich die Blumenverkäuferin spontan die Hände vor den Mund. Gleichzeitig schossen ihr Tränen in die Augen.

»Du kennst mich?«, wunderte sich Richard. Bevor er weiter nachfragen konnte, trat ein bulliger Mann in einem Handwerkerkittel auf sie zu. In seinen prankenähnlichen Händen hielt er ein paar unbeschädigte Sträußchen.

»Da hast, Madl…« Mitten im Satz hielt er inne. »Du bist doch die Agnes, oder täusch i mi?« Er streckte ihr die Blumen entgegen. »Da hast zumindest a paar z'ruck, die'st no verkauf'n kannst. Dein Vater wird's ned freu'n, wenn du kaum an Kreuzer heimbringst.«

Agnes klaubte ihren Korb vom Boden auf, in den der Mann die Sträußchen legte. Auch Richard bückte sich nach drei noch unversehrten Gebinden, die direkt vor seinen Füßen lagen, und hob dabei auch das zerknautschte Sackerl mit dem Gebäck auf. Zum Glück gab es genug Nachschub im Café Prinzess zu kaufen.

Agnes?, schoss es ihm plötzlich durch den Kopf, während das Mädchen, das jetzt leise schluchzte, ebenfalls noch ein paar nur leicht beschädigte Sträußchen aufsammelte. Jetzt kam Richard auch wieder in den Sinn, mit wem er es zu tun hatte. »Du bist doch die Agnes Jahoda, die Zofe der kleinen Vetsera?«

Zwar hatte er das Kammermädchen, von dem ihm Alex Baltazzi zuletzt erzählt hatte, zuvor nur ein paarmal flüchtig gesehen, wusste nun aber, warum er es nicht gleich erkannt hatte. Agnes war abgemagert, das verwaschene Baumwollkleid von undefinierbarer Farbe schlackerte um ihren Körper. Die blonden Haare waren zu zwei Zöpfen geflochten, aus denen sich die ersten Strähnen bereits gelöst hatten. Als Agnes ihm nun unter Tränen zulächelte, bemerkte er, dass einer ihrer Schneidezähne abgebrochen war.

»Sie haben recht, gnä' Herr. Ich bin die Agnes.«

»Aber gut ist es dir nicht ergangen!«, konstatierte Richard.

Wieder füllten sich Agnes' Augen mit Tränen. »Na, gnä' Herr. Des is wahr. Nach dem Tod von der Mary sind mei Vater und i ins Elend g'raten.« Unwillkürlich verfiel Agnes jetzt wieder stärker in den Dialekt.

Während Richard noch überlegte, was er antworten sollte, fuhr Agnes mit leiser Stimme fort. »Aba i kann's der Frau Baronin ned verdenken, dass sie mi rausg'schmiss'n hat. Jetz, wo die Mary doch tot is.«

»Und wie geht es deinem Vater?«

»Den hat die gnä' Frau glei mit rausg'schmiss'n. Er is jetz bei die Tramway-Kutscher.«

Richard fasste spontan einen Entschluss. Kurz überschlug er verschiedene Alternativen. Das Café Prinzess kam nicht infrage, dort würde man Agnes in ihrer abgerissenen Kleidung gar nicht erst einlassen. Im daran angeschlossenen Kaffeehaus waren Frauen nicht erlaubt. Und im Goldenen Stern, seinem Lieblingsgasthaus, war er zu bekannt und würde in weiblicher Begleitung nur unnötige Aufmerksamkeit erregen. Also blieb noch …

»Ich kenne ein kleines Beisl, gleich in einer Gasse beim Michaelerplatz. Du hast doch sicher Hunger?«, schoss er ins Blaue.

Der gierige Ausdruck, der einen Moment lang in Agnes' Augen trat, erschütterte Richard fast noch mehr als ihre ärmliche Erscheinung.

Sie nickte. »Für die paar Sträuß' krieg i heut eh nur a paar Kreuzer. Wenn mir überhaupt einer was abkauft.« Auch das Elend, das in Agnes' Stimme mitschwang, ging Richard zu Herzen.

»Den entgangenen Verdienst ersetze ich dir natürlich«, versprach er.

»Aba des kann i ned annehmen, Herr Graf«, wehrte Agnes ab. »I bin doch in gnä' Herrn reing'laufen.«

Richard begutachtete die verbliebenen Sträuße und suchte drei davon aus, die das Malheur völlig unbeschadet überstanden hatten. »Kannst du mir diese drei zu einem Strauß zusammenbinden?«

»Des kann i natürlich, gnä' Herr.«

Richard grinste innerlich. Im Geiste freute er sich schon auf Amalies indigniertes Gesicht, wenn er ihr die bescheidenen Blumen überreichen würde. Dann fiel ihm noch etwas ein.

»Du kannst den Strauß fertig machen, während ich rasch die verdorbenen Kekse ersetze. Dazu muss ich kurz ins Café Prinzess am Graben.«

Die beiden machten sich auf den Weg. In der Nähe eines Fiakerstands beim Stock im Eisen erblickte Richard einen großen Abfallbehälter. Schon wollte er das zerknautschte Sackerl hineinwerfen, da fiel ihm Agnes in den Arm.

»I bitt' recht schön, Herr Graf! Wenn i die Keks' wohl essen dürft.«

Richard drehte sich verblüfft zu ihr um. »Aber sie sind sicher ganz zerkrümelt und schmecken gar nicht ...«

Angesichts des flehenden Blicks in Agnes' Augen verstummte er. Schweigend reichte er ihr das Sackerl.

Als er sich an der Konfekttheke des Cafés Prinzess von Mina Löb, der freundlichen Aufseherin, eine neue Schachtel mit Marzipanplätzchen füllen ließ, beobachtete er aus den Augenwinkeln, wie sich Agnes draußen vor der Tür verstohlen ein Stück des beschädigten Gebäcks in den Mund steckte. Der Genuss stand ihr dabei im verhärmten Gesicht geschrieben.

Idas Gemach im Fräuleingang der Hofburg

Freitag, 3. Mai 1889, am späten Vormittag

»Erzählen Sie mir, liebe Ida! Wie ist es Ihnen in Ischl ergangen?«

Sophie und Ida Ferenczy saßen in Idas Gemach bei Tee und den übrig gebliebenen Tortenstücken aus dem Café Prinzess, die Sophie mitgenommen hatte. Nur zu gern war sie Idas Einladung gefolgt, sich in deren Zimmer zu unterhalten, das nicht nur wesentlicher größer, sondern auch komfortabler eingerichtet war als Sophies Kammer.

Ida hob die Schultern. »Auch nicht viel anders als hier in der Hofburg«, antwortete sie. »Die Kaiserin war rastloser denn je und hat bei jedem Wetter ausgedehnte Wanderungen unternommen. Ich gehe schon lange nicht mehr mit, da es meine beständigen Schmerzen in den Gelenken nicht zulassen. Und Charlotte von Majláth hat überhaupt keine Lust dazu, was die Kaiserin zwar ahnt, ihr aber nicht nachweisen kann. Denn Charlotte schützt oft eine Erkältung oder eine Magenverstimmung vor, um Sisi nicht begleiten zu müssen.«

Ida nahm ein Stück Zitronentorte in den Mund. »Oh!« Sie schloss einen Augenblick lang verzückt die Augen. »Das schmeckt ja köstlich.«

Sophie nutzte die kleine Gesprächsunterbrechung für einen Einwurf. »Was würde *ich* nur darum geben, die Kaiserin bei ihren Spaziergängen begleiten zu können! An der frischen Luft und in Ischl sogar in der freien Natur zu sein, anstatt hier tagein, tagaus in meiner muffigen Kammer zu sitzen.«

Ida lächelte geheimnisvoll. »Dann wird Sie freuen, was ich Ihnen zu sagen habe.« Sie machte eine Kunstpause, um Sophies Spannung zu steigern, und ließ sich noch ein Stück Torte auf der Zunge zergehen.

»Die Kaiserin kommt bald nach Wien zurück. Sie wird ihren

Aufenthalt in der Hermesvilla nehmen. Offiziell folgt sie einer Bitte des Kaisers, der dort ebenfalls, wie in jedem Frühjahr, ein paar Wochen wohnen wird. In Wirklichkeit gibt es andere Gründe für ihre vorübergehende Rückkehr.«

»Und die wären?« Sophie war nun wirklich neugierig.

»Einer der Gründe ist die Beziehung des Kaisers zu der ehemaligen Burgschauspielerin Katharina Schratt. Sie haben sicherlich schon etwas darüber gehört.«

Sophie nickte, ein wenig peinlich berührt. »Ja ... sie soll ...«, suchte Sophie nach den richtigen Worten, »... eine ... eine gute Freundin des Kaisers sein.«

»Nicht nur des Kaisers, sondern auch eine Freundin der *Kaiserin*«, betonte Ida. Sie beugte sich mit einem verschwörerischen Gesichtsausdruck über die kleine Teetafel. »Ich kann doch auf Ihre absolute Diskretion zählen?«

Sophie nickte. »Natürlich, Ida!« Sie war überaus gespannt, was nun folgen würde.

»Also, Frau Katharina Schratt ist soeben in die Nähe von Schönbrunn gezogen. Wenn der Kaiser dort oder in der Hermesvilla weilt, kann er sie nun jederzeit unauffällig besuchen. Es heißt, er nimmt regelmäßig morgens sein zweites Frühstück bei ihr ein.«

»Aha!« Sophie konnte sich keinen rechten Reim auf Idas Worte machen. »Und die Kaiserin stört sich nicht daran?«

Ida lachte kurz auf. »Im Gegenteil, meine Liebe. Sie ermutigt die Freundschaft der beiden sogar. Was auch einer der beiden Gründe für ihre Rückkehr nach Wien ist, wie ich soeben schon sagte.«

»Sie ermutigt eine Beziehung ihres Gemahls zu einer anderen Frau?« Sophie konnte es kaum glauben.

»Mehr denn je, liebe Sophie. Zumal Franz Joseph seine langjährige Geliebte Anna Nahowski, die ebenfalls in der Nähe von Schloss Schönbrunn wohnt, gerade erst entlassen und für ihre jahrelangen Dienste ausbezahlt hat.«

Sophie fehlten die Worte. Der sittenstrenge Kaiser unterhielt seit Jahren heimliche Affären? Derselbe Mann, der seinen Sohn immer wieder wegen seines unzüchtigen Lebenswandels kritisiert hatte, wie sie von Richard wusste?

Plötzliche Bitterkeit schoss in ihr hoch. *Kein Wunder, dass auch Richard mir solch ein unanständiges Verhältnis angetragen hat,* dachte sie. *Mit der Begründung, das sei im Kaiserreich gang und gäbe.*

Trotzdem fiel ihr etwas auf. »Man sagt doch, dass Seine Majestät seine Gattin Elisabeth über alles liebt!«, wandte sie ein, als sie ihren ersten Schock überwunden hatte. »Wie kann es dann sein, dass er andere Frauen…« Sie stockte, da ihr erneut die richtigen Worte fehlten. »Und noch dazu eine nach der anderen«, fuhr sie schließlich fort. »Und die Kaiserin fördert das sogar?«

Ida blickte Sophie prüfend ins Gesicht. »Was wissen Sie über die fleischliche Liebe, Sophie?«, stellte sie ihr eine unerwartete Frage.

Sophie spürte, dass sie errötete. »Nun… nun…«, stammelte sie ein weiteres Mal in diesem merkwürdigen Gespräch. »Also wenn man verheiratet ist und sich Nachkommen wünscht, soll es die Krönung jeder christlichen Ehe…«

»Papperlapapp«, unterbrach Ida sie etwas unwirsch. »Ich spreche zwar nur aus der Theorie heraus, denn über Praxis verfüge ich nicht. Aber für die meisten Ehefrauen ist diese fleischliche Liebe eine schwere, nie endende Last. Sie dient ausschließlich dem Vergnügen des Mannes. Das ist beim Kaiserpaar auch nicht anders. Also entzieht sich Sisi seit der Geburt ihrer jüngsten Tochter diesen ihr widerwärtigen Pflichten und lässt sie andere Frauen an ihrer Stelle erfüllen.«

Wieder fehlten Sophie die Worte. Im Geiste überschlug sie, wie alt Marie Valerie mittlerweile war. *Einundzwanzig Jahre geht das schon so?*

»Allerdings hat Sisi Anna Nahowski vollständig ignoriert.

Sie wusste zwar von der Affäre und hat sie geduldet. Doch Katharina Schratt ist, anders als Anna, die die Ehefrau eines einfachen Eisenbahners ist, eine in der Öffentlichkeit sehr bekannte Person. Wenn die Kaiserin offensiv demonstriert, dass auch sie mit der Schratt befreundet ist, entzieht dies dem böswilligen Klatsch und Tratsch in der Wiener Gesellschaft den Boden. Und Sisi weiß ihren Gatten weiterhin gut versorgt mit dem, was sie selbst ihm nicht mehr geben will.«

Sophie sagte immer noch nichts. Was hätte sie darauf auch antworten sollen?

Ida stieß hörbar die Luft aus. »Der langen Rede kurzer Sinn, die Kaiserin hat mich nach Wien vorausgeschickt, um alles für ihren Einzug in die Hermesvilla vorzubereiten.« Sie klang eine Spur ungeduldig. »Dazu gehört auch unser beider Umzug dorthin.«

»Oh!« Damit hatte Sophie nicht gerechnet.

»Unsere Gemächer sind dort sehr viel komfortabler als hier«, kam Ida ihrer Frage zuvor. »Geben Sie Ihrer Zofe die Anweisung, alles zu packen. Morgen früh kommen die Fuhrwerke, um Ihre Habseligkeiten zu überführen.«

»Die Kaiserin wird übermorgen eintreffen,« erklärte Ida weiter. »Sobald die morgen stattfindende Militärparade auf der Schmelz vorbei ist, bei der sie auf keinen Fall in Erscheinung treten möchte.«

Sophie begann, sich langsam von ihrem Schock zu erholen. »Nun, immerhin ist dies eine mehr als willkommene Abwechslung für mich«, realisierte sie. »Zumal man sagt, die Hermesvilla sei ganz prächtig ausgestattet.«

Ida lächelte. »Der Kaiser hat bei ihrem Bau in der Tat weder Kosten noch Mühen gescheut. Dort gibt es keine zugigen Gänge und weiten Wege, wie Sie sie hier aus der Hofburg kennen. Und der Lainzer Tiergarten, der die Villa umgibt, ist gerade im Frühling ein zauberhafter Ort. Davon werden Sie sich ja schon bald selbst überzeugen können.«

»Also darf ich dort auch ohne besondere Erlaubnis spazieren gehen?«, freute sich Sophie.

»Vielleicht sogar mehr, als Ihnen letztendlich lieb ist«, schmunzelte Ida. »Denn der zweite Grund, warum Sisi nach Wien zurückkehrt, sind Sie.«

»Ich?«, fragte Sophie ungläubig.

»Jawohl, Sie!«, bestätigte Ida. »Marie Festetics, die Sisi zuletzt in Ischl auf ihren Gängen begleitete, hat sich bei der letzten Besteigung des Jainzen den Fuß verstaucht. Er ist zur Größe eines kleinen Kohlkopfs angeschwollen. Marie musste mit einer Sänfte abgeholt werden, da sie den Abstieg nicht mehr allein bewerkstelligen konnte, und geht jetzt an Krücken. Auch ohne die Diagnose des kaiserlichen Leibarztes Dr. Widerhofer abzuwarten, ist Ihrer Majestät klar, dass Marie sie noch wochen- oder gar monatelang nicht mehr begleiten kann. Und auf die unzuverlässige Charlotte mag sie nicht bauen. Also setzt sie auf Sie. Schließlich sind Sie ja auch ihre ›Promeneuse‹!«

Sophie war ein weiteres Mal sprachlos. Freude auf die neuen Herausforderungen und Furcht, ob sie diesen gewachsen wäre, erfüllten sie gleichermaßen.

Mittlerweile schlug die Uhr im Burghof eins. Ida zuckte zusammen.

»Oh, ist es schon so spät? Nun muss ich mich aber sputen, um unseren Umzug in die Wege zu leiten, zumal ich mich ja auch noch um die Überführung von Charlottes und Marie Festetics' in der Hofburg verbliebenen Habseligkeiten kümmern muss.«

»Was ist denn mit der Gräfin Goëss? Bleibt sie hier?«

Ida lächelte mokant. »Die Obersthofmeisterin bleibt in der Tat, wo sie ist. Sollte Sisi sie wirklich einmal benötigen, was eher unwahrscheinlich ist, hat die Gräfin es aus der Hofburg ja nicht weit bis zur Hermesvilla.«

Sie machte Anstalten aufzustehen. »Darf ich Sie denn zum Abendessen abholen?«, hielt Sophie Ida noch einen Moment lang zurück.

»Leider nein, liebe Sophie. Ich diniere heute mit dem Kaiser und Katharina Schratt. Ebenfalls, um beide auf die Rückkehr der Kaiserin einzustimmen.«

»Oh, als Chaperon fungiere ich in Sisis Abwesenheit schon seit Beginn der Freundschaft des Kaisers mit Katharina vor fast genau drei Jahren«, erklärte sie Sophie unaufgefordert angesichts deren verdutzten Gesichtsausdrucks.

»Ach ja, und da fällt mir noch etwas ein, was Sie betrifft. Melden Sie sich vor Ihrer Abfahrt zur Hermesvilla morgen um neun Uhr bei Dr. Widerhofer. Auf Wunsch der Kaiserin soll er untersuchen, ob Ihre körperliche Leistungsfähigkeit als zukünftige Begleiterin Ihrer Majestät gewährleistet ist.«

Damit erhob sich Ida und zeigte Sophie damit unmissverständlich das Ende ihres Treffens an.

»Möchten Sie die restlichen Tortenstücke wieder mitnehmen?«, fiel ihr noch ein, als Sophie schon an der Tür stand.

»O nein, liebe Ida. Behalten Sie sie, wenn sie Ihnen so gut munden. Vielleicht haben wir beide ja sogar einmal die Gelegenheit, das Café Prinzess meines Onkels gemeinsam aufzusuchen und die Köstlichkeiten dort ganz frisch vor Ort zu genießen.«

»Ja, vielleicht«, antwortete Ida zerstreut. Offensichtlich war sie im Geiste bereits dabei, ihre umfangreiche Aufgabenliste durchzugehen, die sie noch bis übermorgen zu erfüllen hatte.

So machte sich Sophie nach einem kurzen »Adieu« wieder zu ihrer eigenen Kammer auf, wo sie Franzi zum Glück noch antraf, der sie die Neuigkeiten zu deren großem Entzücken sogleich eröffnete.

Eine Gaststätte in der Nähe des Michaelerplatzes

Freitag, 3. Mai 1889, am späten Nachmittag

»Nun erzähle mir einmal, wo ihr, du und dein Vater, jetzt lebt und wie es euch geht!«, forderte Richard Agnes erst auf, nachdem sie aufgegessen hatte. Er selbst hatte sich nur einen Krug des süffigen Biers bestellt, das er hier vor einigen Tagen mit ein paar seiner Stabsoffizierskollegen genossen hatte. Derweil verspeiste Agnes zu ihrer Limonade eine riesige Portion faschierter Laibchen mit Erdäpfelsalat.

Gerade ging die dralle Wirtin mit einem Tablett voller Teller an ihrem Tisch vorbei. Es duftete herrlich nach Zimt. Richard folgte Agnes' Blick. »Magst du noch ein paar Apfelküchlein zum Nachtisch?«, interpretierte er ihren Gesichtsausdruck richtig.

»O ja, Herr Graf. Die hab i scho immer gern mögen. Mit viel Schlagobers, wenn's möglich is.«

Richard bestellte das kleine Gericht, konnte seine Neugier danach aber nicht mehr zügeln. »Also, wo lebt ihr denn jetzt?«

»Im Arbeiterviertel Favoriten. Mir ham da a kleine Wohnung im Keller. Eigentlich is es nur a Kammer mit dem Abtritt im Hinterhof. Aba es muss halt geh'n.«

Richard nickte gedankenvoll. »Und dein Vater arbeitet jetzt als Tramway-Kutscher?«

Die Pferde-Omnibusse waren das wichtigste innerstädtische Verkehrsmittel in Wien. Richard hatte selbst zwar noch nie eine Tramway benutzt. Die von zwei Pferden gezogenen Wagen unterschiedlicher Größe und Ausstattung waren jedoch aus dem Wiener Stadtbild seit vielen Jahren nicht mehr wegzudenken.

Agnes gab ein zustimmendes Geräusch von sich. Mittlerweile hatte die Wirtin die Apfelküchlein gebracht. Sie kaute mit vollen Backen.

»Ist das ein guter Beruf?«

Agnes' Miene verdüsterte sich. »Na, Herr Graf, is es ned. Mei Vater arbeitet von der Früh bis in d' Nacht. Und verdient nur a paar Gulden in der Woch'n. Des reicht grad für den Mietzins und a bisserl was zum Essen. Deshalb muss i ja die Blumen verkauf'n. Sonst täten wir ned auskommen.«

»Zumal grad der Bettgeher auf und davon is, ohne zahlt zu ham«, fügte sie, wieder mit vollem Mund, hinzu.

»Der Bettgeher?«, fragte Richard verblüfft. »Wer soll das denn sein?«

Agnes sah ihn verwundert an. »Des is a Schlafbursch aus die Ziegelfabriken am Wienerberg. Der arbeit' in der Nacht und schläft dann am Tag, wenn wir ned z'Haus sind.«

»Und warum nimmt sich der Kerl keine eigene Wohnung?«

Wie dumm Richards Frage war, konnte er an dem leicht verächtlichen Ausdruck erkennen, der einen Lidschlag lang über Agnes' verhärmte Züge huschte.

»Dafür reicht's ned, was ma als Ziegelböhm da verdienen kann.«

»Ziegelböhm?« Richard verstand immer weniger.

Wieder huschte der gleiche Ausdruck wie vorher über Agnes' Gesicht. »So heißen die Leut, die aus Böhmen kommen, zum Schuften in die Ziegelfabriken. In der Fabrik müssen's oft auf die Öfen schlafen und ham ned einmal a richtiges Bett.«

Richard ließ dies auf sich wirken. *Ich werde Adalbert bei nächster Gelegenheit einmal danach fragen,* nahm er sich vor. Aus einem jener Gespräche am Frühstückstisch, für die er sich bislang nie interessiert hatte, wusste er, dass sein Schwiegervater zu den Großaktionären der Wienerberger Ziegelfabriken gehörte. Richard konnte sich kaum vorstellen, dass Agnes' Aussagen der Realität entsprachen. *Sie plappert wahrscheinlich nach, was sie irgendwo aufgeschnappt hat.*

»Dann hat dein Vater es bei den Tramway-Kutschern doch besser. Immerhin könnt ihr euch eine Wohnung leisten.«

Agnes hörte auf zu kauen. Empört legte sie die Gabel weg.

»Des is a schimmlig's Kellerloch, Herr Graf. I hab's doch grad scho g'sagt: Dafür schuftet mei Vater von sechse in der Früh bis um zehne in der Nacht. Oder noch länger. Und muss auch sonntags oft Straftour'n fahr'n, wenn seine Tramway ned pünktlich is. Und jetz auch noch an Schaden zahlen, für den er gar nix kann.«

Zum ersten Mal, seit sie vom Stephansplatz aufgebrochen waren, wurden ihre Augen wieder feucht.

Richard schalt sich stumm einen Trottel. Wie hatte er nur die Anzeichen des Elends, in dem die ehemals hübsche, lebenslustige Zofe jetzt lebte, so rasch wieder vergessen können.

Behutsam begann er nachzufragen. Und erfuhr zunehmend erschüttert, wie es Agnes' Vater und seinen zahlreichen Kollegen erging.

Arbeitstage von sechzehn Stunden waren eher die Ausnahme als die Regel. Oft wurden neunzehn Stunden daraus, wenn nach Dienstschluss noch etwas an den Wagen zu richten war oder die Pferde mitversorgt werden mussten, weil es an Stallburschen fehlte. Dafür erhielt Agnes' Vater nur einen Gulden und vierzig Kreuzer pro Tag. Allein für das »Kellerloch«, wie Agnes es nannte, mussten vier Gulden pro Woche entrichtet werden.

»Und jetz muss der Vater a Straf von zwanzig Gulden zahlen, zu an Gulden die Woch'n, weil a Gaul aus'treten hat und an kleinen Lackschaden an sei'm Salonwagen g'macht hat.«

Salonwagen nannte man die luxuriöseren Tramway-Gefährte, in denen es auch eigene Abteile für Damen gab.

»Dabei is des scho vor vier Wochen g'schehn, und der Wagen läuft ohne Reparatur noch immer.«

»Und du sagtest eben, auch sonntags hat dein Vater kaum frei? Wie kommt das?«

Agnes schnaubte. »Des kommt daher, wenn er auch nur a einzige Minut'n zu spät in die Endstation einfahrt. Dabei is sei Streck'n ganz lang mit b'sonders vielen Haltestellen. Die geht von der Mariahilfer Straß'n an der Oper vorbei bis zum Praterstern.«

»Und für eine so geringfügige Verspätung muss dein Vater sonntags Straftouren fahren?« Richard konnte es kaum glauben.

Doch Agnes nickte heftig. »Allweil passiert des, Herr Graf. Letztens waren's sogar sechs Stunden am Sonntag.«

»Und du musst am Stephansplatz Blumen verkaufen, um mitzuverdienen?«

Agnes nickte. »Mei Vater hat sie von an Blumenhändler in Favoriten. Wenn i ned alles verkauf oder was verwelkt is, krieg i ...« Sie stockte mitten im Satz.

Schläge, ergänzte Richard bei sich. Die Spuren körperlicher Misshandlung waren Agnes deutlich anzusehen.

»Hast du denn gar keine Stelle als Kammerzofe mehr gefunden?«, fragte er hilflos, da ihm nichts Besseres einfiel.

Wieder füllten sich Agnes' Augen mit Tränen. Diesmal liefen sie ihr über beide Wangen.

»I hab die Komtess Sophie drum beten. Aba da war nix zu machen. Und a g'scheits Zeugnis hat die Baronin mir auch ned geben. Se gibt mir die Schuld, weil i der Mary g'holfen hab.« Sie legte ihre Gabel endgültig neben den Teller. Das Schlagobers war mittlerweile zerlaufen, die Küchlein sicherlich kalt geworden.

»Und mei Vater nimmt's mir auch übel, was i g'macht hab. Aba wer hätt des denn wissen können? Dass der Rudolf die arme Mary am Ende gar totschießt.«

»Pscht!«, machte Richard instinktiv. Er blickte sich nach allen Seiten um. Doch die Gäste an den Nachbartischen aßen und tranken ungerührt weiter. Niemand schien Agnes' Worte gehört zu haben.

Richard senkte die Stimme zu einem Flüstern, als er sich Agnes wieder zuwandte. »Du darfst niemandem sagen, was du über Marys Tod weißt, Agnes! Das ist gefährlich. Am Ende landet ihr, dein Vater und du, dafür noch im Gefängnis. Oder werdet des Landes verwiesen.«

Agnes' Augen weiteten sich vor Schreck. Entsetzt schlug sie beide Hände vor den Mund.

Richard zog seine Taschenuhr. Es war fast halb sieben. Der nachmittägliche Kaffeeklatsch im Palais Thurnau war längst vorüber. Nun musste er sich sogar sputen, um sich noch rechtzeitig zur Soiree umziehen zu können. Um acht Uhr wurden die ersten Gäste erwartet.

Er zückte seine Börse. »Hier hast du zwei Gulden für die Blumen. Und nun hör mir zu, Agnes!« Über seine Worte dachte er zunächst nicht nach. »Ich möchte dir Folgendes sagen. Meinem zukünftigen Schwiegervater gehören große Anteile an der Wiener Tramway-Gesellschaft. Sicherlich weiß er nicht, wie schlecht man die Kutscher dort behandelt. Ich werde diesbezüglich einmal mit ihm reden. Das verspreche ich dir. Auch über die Ziegelböhm, wie du sie nennst. Er besitzt nämlich auch Aktien der Wienerberger Ziegelfabriken. Bestimmt wird er Abhilfe schaffen.«

Angesichts des hoffnungsvollen Lächelns, das erahnen ließ, wie hübsch Agnes noch vor wenigen Monaten gewesen war, ergriff Richard ein beklemmendes Gefühl. War es denn wirklich so sicher, dass Adalbert von Thurnau nichts von den Missständen in den Firmen wusste, deren Mitbesitzer er war?

Richard schüttelte seine Zweifel ab. Das würde er nur in Erfahrung bringen können, indem er mit Adalbert darüber sprach.

Er holte tief Luft. »Und erzähle auch deinem Vater von unserem Treffen, Agnes! Aber sag ihm, ich rühre keinen Finger für ihn, wenn er dich noch ein einziges Mal schlägt.«

Palais Thurnau in der Herrengasse

Sonntag, 5. Mai 1889, am Morgen

Als Richard die Tür zum kleinen Esszimmer aufstieß, erkannte er zu seinem zunächst nicht geringen Ärger, dass sein zukünftiger Schwiegervater Adalbert bereits am Tisch saß und sich ein Omelett mit gebratenem Schinken und Schwammerln schmecken ließ. Sonst war Richard sonntags um diese Zeit kurz nach acht Uhr in der Regel immer der Erste und längst mit dem Frühstück fertig, wenn Vater und Tochter von Thurnau erschienen.

»Guten Morgen, Adalbert. So früh schon auf den Beinen?«

Adalbert von Thurnau musterte Richard durch die Gläser seines randlosen Kneifers. »Guten Morgen, Richard! Baron Reitzes hat alle Großaktionäre der Wiener Tramway-Gesellschaft zu einem Frühschoppen ins Sacher eingeladen, um ihnen den neuen Direktor Dr. Turba vorzustellen. Da darf ich nicht fehlen. Schließlich halte ich das drittgrößte Aktienpaket.«

»So, so!« Auch Richard bediente sich an den Speisen, die appetitlich auf einem schmalen Buffetschrank angerichtet waren. Er lud sich Eier und Speck auf seinen Teller. Dann goss er sich eine Tasse Kaffee ein, ohne nach dem Diener zu läuten, um sich den gewohnten Großen Schwarzen frisch aus der Küche servieren zu lassen. Diese Gelegenheit, etwas mehr über das zu erfahren, was ihm Agnes Jahoda berichtet hatte, war zu günstig. Er wollte sie nutzen.

»Was hat dich denn bewogen, in Aktien der Tramway-Gesellschaft zu investieren?«

Richard versuchte, möglichst beiläufig zu klingen. Da er sich bislang jedoch nie für die Geschäfte seines Schwiegervaters interessiert hatte, verfehlte das Manöver seinen Zweck.

Adalbert betrachtete ihn jetzt noch intensiver. »Seit wann ficht dies *dich* denn an?«

Richard zuckte betont gleichmütig mit den Achseln. »Mich

dünkt, der Tramway-Verkehr wird von Jahr zu Jahr lebhafter. Und neulich kam ich mit einem ehemaligen Kammermädchen ins Gespräch, deren Vater jetzt als Tramway-Kutscher arbeitet.«

»Aha! Ja, das hast du ganz richtig beobachtet. In den Pferde-Omnibussen liegt noch viel Potenzial für den Wiener Stadtverkehr«, bestätigte Adalbert den ersten Teil von Richards Aussage. Auf den zweiten Teil ging er nicht ein.

»Die Tramway-Gesellschaft wächst und gedeiht«, fuhr Adalbert fort. »Und schüttet ganz beträchtliche Dividenden aus. Fürwahr eine meiner besten Anlagen, die sich Jahr für Jahr mehr amortisiert. Nur mein Aktienpaket bei den Wienerberger Ziegelfabriken wirft noch mehr ab.«

Jetzt hatte Adalbert sogar beide »heißen Eisen« erwähnt, nach denen Richard ihn fragen wollte.

»Wer ist denn bei der Tramway nach Reitzes der zweitgrößte Aktionär?«, fiel ihm zunächst keine bessere Frage ein.

»Theodor von Hirschstein«, antwortete Adalbert bereitwillig. »Wie Baron Sigmund Reitzes ein jüdischer Geschäftsmann. Sehr tüchtig! Betreibt eine florierende Textilfabrik draußen in Favoriten.«

Er fixierte Richard, der lustlos in seinen Eiern stocherte, weiter mit seinem stechenden Blick aus stahlgrauen Augen. »Du willst doch auf irgendetwas hinaus?«, schloss er scharfsinnig. »Und das dürfte kaum die Bitte sein, mich zum heutigen Großaktionärstreffen der Tramway-Gesellschaft begleiten zu dürfen.«

»Gott bewahre, nein!«, wehrte Richard erschrocken ab. »Ich habe Ami eine Fahrt durch den Prater versprochen und hätte dafür gar keine Zeit«, ergänzte er lahm.

Natürlich wussten beide, dass diese Fahrt erst am Nachmittag stattfinden würde. Daher ließ sich Adalbert auch nicht täuschen. »Was ist also der Grund für all deine Fragen?«, insistierte er.

Richard holte tief Luft. Es blieb ihm nun nichts anderes mehr übrig, als seine Karten offenzulegen, wenn er etwas über die Arbeitsbedingungen der Tramway-Kutscher erfahren wollte. »Das Mädchen, das ich vorhin erwähnte, ich kenne es flüchtig von früher, hat mir Dinge berichtet, die ich kaum zu glauben vermag. Angeblich arbeitet sein Vater mindestens sechzehn Stunden pro Tag und muss sonntags sogar unbezahlte Sondertouren fahren, wenn er in der Woche auch nur die geringfügige Verspätung von einer Minute verursacht hat.«

Adalbert schnaubte. »Immer das gleiche Klagen und Jammern! Wie heißt dieses lose Ding beziehungsweise sein Vater?«

»Das weiß ich nicht mehr!« Richards Antwort kam instinktiv.

Doch dadurch geriet Adalbert erst recht in Rage. »Dieses Arbeitervolk ist unsagbar undankbar! Weißt du, wie viele Arbeitslose es in den Wiener Vorstädten gibt? Wie viele Männer täglich an unsere Fabriktore klopfen, weil sie nicht wissen, wovon sie ihre Familien ernähren sollen? Und da beschwert sich ausgerechnet die Tochter eines *Tramway-Kutschers*«, er betonte die Berufsbezeichnung demonstrativ, »über das Los ihres Vaters!«

»Also hätte sie deiner Ansicht nach gar keinen Grund dazu?«, schlussfolgerte Richard.

Adalbert knallte seine Gabel auf den Tisch. »Mitnichten! Tramway-Kutscher sind keine Ungelernten wie die Ziegelböhm in den Wienerberger Fabriken. Sie erhalten eine sorgfältige Ausbildung und müssen sogar eine behördliche Prüfung über ihre Fahreignung ablegen. Alles wird ihnen gestellt, die Uniform mit der weißen Mütze, der Wagen, den sie kutschieren, alle vier Stunden bekommen sie frische Pferde! Frag einmal einen Fabrikarbeiter, was für Arbeitsmittel er von seinem Brotherrn erhält!«

»Aber dauert der Dienst der Kutscher wirklich mindestens sechzehn Stunden an sechs Tagen pro Woche?« Richard blieb hartnäckig.

»Und wenn es so wäre?«, schnappte Adalbert. »Auf dem Leitstand stehen und Pferde dirigieren, die einen Wagen ziehen, der in festen Gleisen fährt, dünkt mich, keine sehr anstrengende Arbeit zu sein. Vergleich das einmal mit den Ziegelarbeitern, deren Schicht ebenfalls fünfzehn Stunden lang dauert und die Tag für Tag Mörtel und Steine schleppen! Ebenfalls an sechs oder, bei hohem Arbeitsaufkommen, sogar an sieben Tagen in der Woche!«

»Dennoch scheint mir auch der Beruf der Tramway-Kutscher anstrengend zu sein. Schließlich tragen sie ja die Verantwortung für die von ihnen Beförderten!« Richard gab noch nicht auf.

»Eben! Eben! Du sagst es, Richard!« Jetzt überschlug sich Adalberts Stimme fast. »Sie tragen die Verantwortung für die Fahrgäste! Vor allem dafür, dass diese pünktlich ankommen! Stell dir nur einmal vor, wie es einem von Hirschsteins Webern ergeht oder einer seiner Spinnerinnen, wenn sie zu spät dran sind! Die Leute sparen sich das Fahrgeld, das sie entrichten müssen, vom Munde ab. Wenn sie dann aber ihre Arbeit nicht pünktlich beginnen können, weil der Kutscher ihrer Tramway nicht fähig war, sie rechtzeitig an ihrer Haltestelle abzusetzen, dann zieht ihnen Hirschstein gleich den Lohn für die gesamte erste Arbeitsstunde ab. Deshalb ist Pünktlichkeit die oberste Tugend eines guten Tramway-Kutschers!«

Adalbert unterbrach sich, um hörbar nach Luft zu schnappen. »Und wem dies nicht gleich einleuchtet, dem helfen ein paar Sonderschichten am Sonntag eben rasch auf die Sprünge!«

Obwohl Richard die Argumente fehlten, um seinen Schwiegervater zu widerlegen, spürte er, dass irgendetwas an Adalberts Erguss grundfalsch war. Agnes' verhärmtes Gesicht trat vor sein inneres Auge.

Doch bevor ihm eine durchdachte Erwiderung einfiel, warf Adalbert seine Serviette auf den Tisch und stand auf. »Ich muss jetzt gehen, sonst komme ich noch zu spät ins Sacher!«

Auf dem Weg zur Tür drehte er sich noch einmal um. »Und wenn dir dieses Mädchen noch einmal begegnet, frag sie nach ihrem Namen und dem ihres Vaters! Subversive Elemente können wir in unserer Tramway-Gesellschaft nicht gebrauchen! Ich wünsche dir und Ami einen schönen Sonntag!«

Damit ging er hinaus und ließ die Tür geräuschvoll hinter sich ins Schloss fallen. Richard blieb ärgerlich und verwirrt zurück.

Kapitel 7

Café Prinzess am Graben

Mitte Mai 1889

Richard erkannte Graf Ferdinand von Sterenberg daran, dass er ihm zuwinkte, als er das Café Prinzess betrat. Offensichtlich schloss er aus Richards Stabsoffiziersuniform, mit wem er es zu tun hatte. Denn die beiden Männer waren sich vorher noch nie begegnet.

Auch seine Begleiterin, eine Dame gegen Ende dreißig mit einem schweren dunkelbraunen Haarschopf, auf dem ein kleines Hütchen thronte, kannte Richard nicht. Die markante Erscheinung des zweiten Herrn, der mit am Tisch saß, kam ihm jedoch vage bekannt vor. Das von welligem, dunklem Haar umrahmte Gesicht mit dem ausladenden Schnurrbart hatte er schon irgendwo gesehen.

Beide Herren erhoben sich, als Richard auf den runden Marmortisch zutrat. »Ich danke Ihnen von Herzen, dass Sie meiner Einladung gefolgt sind, Herr von Löwenstein.« Die Stimme des Grafen Sterenberg klang angenehm sonor. Seine blassblauen Augen blickten freundlich.

Richard hätte von Sterenberg auf ungefähr sechzig Jahre wie seinen Schwiegervater Adalbert geschätzt, hätte er es nicht besser gewusst. Anders als Adalbert, der mit den Jahren immer mehr Fett angesetzt hatte, wirkte der Graf drahtig und schlank. Tatsächlich sah er um zehn Jahre jünger aus als die siebzig, die er nach seinem im Gotha verzeichneten Geburtsdatum zählte.

Richard verbeugte sich. »Es ist mir eine Ehre, Graf von Sterenberg. Auch wenn ich zugegebenermaßen sehr gespannt darauf bin, welchem Anlass ich Ihre Einladung zu verdanken habe.«

Gleich nachdem er das Einladungsschreiben, das ein Kurier vorgestern überbrachte, überflogen hatte, griff er zum Gotha, dem Verzeichnis aller bedeutenden Adelshäuser Europas. Denn der Name kam Richard bekannt vor, obwohl er ihn nicht gleich dem entsprechenden Kontext zuordnen konnte. Dem Buch konnte er außer dem Geburtsdatum des Grafen lediglich entnehmen, dass es sich bei von Sterenberg um einen Adeligen aus der Steiermark handelte, dessen drei Söhne schon im Kindesalter verstorben waren. Allerdings gab es im Palais Thurnau auch nicht die neueste Ausgabe des Gotha.

Dank ihres unerschöpflichen Interesses an Klatsch und Tratsch half Amalie Richard auf die Sprünge, als er das Schreiben des Grafen beim Diner erwähnte.

»Stell dir vor, das ist ein Mann von uraltem Adel, der sich nicht entblödet hat, in seinem hohen Alter noch eine bürgerliche Deutsche zu ehelichen. Deren Sohn hat er sogar adoptiert und dadurch seine Hoffähigkeit eingebüßt.«

Jetzt wusste Richard, wo er den Namen von Sterenberg schon einmal gehört hatte. Dessen Adoptivsohn belieferte das Café Prinzess mit seinem köstlichen rheinbayerischen Riesling.

Auch Adalbert konnte etwas zu Amis Informationen beisteuern. »In gewissen Kreisen nennt man den Mann schon den ›roten Grafen‹«, sagte er abfällig. »Er soll mit den Sozialisten sympathisieren. Ich rate dir dringend davon ab, der Einladung eines solchen Menschen Folge zu leisten.«

Nun war Richards Neugier erst recht geweckt. Um Adalbert nicht zu provozieren, verschwieg er ihm, dass er gar nicht daran dachte, seinen Rat zu befolgen, und beantwortete von Sterenbergs Brief noch am gleichen Abend. Dabei kam er auch dessen Bitte nach, Zeit und Ort für ein Treffen vorzuschlagen, und wählte das Café Prinzess für den heutigen Tag um fünf Uhr nachmittags.

Den bereits servierten Getränken nach zu urteilen, waren von Sterenberg und seine Begleitung allerdings schon früher eingetroffen. »Wir wollten uns vor Ihrem Kommen noch ein wenig besprechen!« Der Graf war Richards Blick gefolgt und deutete ihn richtig.

»Daher möchte ich Sie erst einmal mit meinen Begleitern bekannt machen. Darf ich vorstellen? Frau Irene Gerban, meine Schwiegertochter. Dr. Victor Adler, mittlerweile ein guter Freund.«

Die Dame schien also die Frau des Weinhändlers zu sein. Richards Neugier stieg. Warum hatte von Sterenberg sie wohl zu diesem Treffen mitgebracht? Auf jeden Fall wusste er jetzt, mit wem er es bei dem zweiten Herrn zu tun hatte, den er schon einmal gesehen zu haben glaubte.

Victor Adler war einer der führenden Köpfe der österreichischen Sozialdemokratie, die sich erst um die Jahreswende als neue politische Partei etabliert hatte und für die Interessen der Arbeiter eintrat. Nach Neujahr hatte sich Adalbert eingehend über diese »gefährlichen Elemente«, wie er sie nannte, echauffiert. Die *Wiener Zeitung*, die er bezog, berichtete ausführlich über den Gründungsparteitag der Sozialdemokraten in Hainfeld und hatte in diesem Zusammenhang auch eine Fotografie von Victor Adler abgedruckt.

Während die Frau Richard eigenhändig mit Kaffee und Wasser aus den auf dem Tisch schon bereitstehenden Kannen bediente, ohne dafür ein Serviermädchen herbeizurufen, begann er zu ahnen, worauf die heutige Einladung zurückgehen könnte. Hatte sie etwa mit seinem kürzlichen Treffen mit Agnes Jahoda zu tun?

Schon die ersten Worte des Grafen von Sterenberg bestätigten seinen Verdacht. »Sie fragen sich zu Recht, was der Anlass unserer heutigen Zusammenkunft ist, Herr von Löwenstein.

Dr. Adler wurde vor einigen Tagen von einem Tramway-Kutscher namens Joseph Jahoda angesprochen. Ich sehe, dass Ihnen dieser Name etwas sagt.«

Richard nickte. »Jahoda war Kutscher in einem Haus, in dem ich früher häufig zu Gast war«, wählte er seine Worte vorsichtig und hoffte, dass ihn niemand auf das tragische Schicksal der Vetseras ansprechen würde. Doch die nächste Antwort des Grafen zeigte ihm, dass es den dreien um etwas völlig anderes ging.

»Jahoda hat Dr. Adler von einem Gespräch berichtet, das seine Tochter Agnes mit Ihnen geführt hat, und bei dem Sie Anteilnahme am Schicksal der Ziegelarbeiter und Tramway-Kutscher zum Ausdruck brachten. Da er Ihren Namen erwähnte, habe ich mir erlaubt, einige Nachforschungen anzustellen, und dabei herausgefunden, dass Sie der Verlobte der Komtess Amalie von Thurnau sind. Deren Vater Adalbert ist wiederum einer der Hauptaktionäre der Wiener Tramway-Gesellschaft und auch der Wienerberger Ziegelfabriken. Das Mädchen hat behauptet, Sie wollten Ihren zukünftigen Schwiegervater einmal auf die furchtbaren Zustände in beiden Unternehmen ansprechen.«

Das habe ich leider bereits vergeblich versucht, lag es Richard schon auf der Zunge zu sagen, doch er zügelte sich. Erst wollte er genauer erfahren, was die drei von ihm wollten.

»Leider ergab sich noch keine Gelegenheit dazu«, griff er stattdessen zu einer Notlüge. »Doch das Mädchen blieb relativ vage in seinen Angaben«, fügte er hinzu, um die Schilderungen von Agnes mit denen seiner Gesprächspartner vergleichen zu können. »Worin bestehen die Missstände denn genau?«

Von Sterenberg nickte Adler zu. Der überreichte Richard eine Gazette. Es war eine Wochenzeitschrift der Sozialdemokraten, die sich *Gleichheit* nannte und die Adler selbst herausgab, wie das Impressum auswies. Die Ausgabe stammte vom 1. Dezember des vorigen Jahres.

»Hier drin finden Sie meinen ausführlichen Bericht über

die Zustände in den Wienerberger Ziegelfabriken«, erläuterte Adler. »Ich habe mich selbst vor Ort davon überzeugt.«

Richard blätterte durch die Zeitschrift und sah, dass der Artikel mehrere Seiten lang war. »Fassen Sie die wichtigsten Ergebnisse doch für mich zusammen, Dr. Adler. Es würde zu lange dauern, Ihren Beitrag hier vor Ort zu lesen.«

Die Dame nickte zustimmend. »Berichte Herrn von Löwenstein, was du gesehen hast, Victor! Das wird ihn nicht nur tief beeindrucken, sondern er kann dir auch gleich Fragen dazu stellen, sollte er welche haben.«

»Die erste Frage hätte ich sogar sofort, Dr. Adler«, stimmte Richard zu. »Wenn Ihnen die Direktion eine Besichtigung der Ziegelfabriken erlaubt hat, können die dortigen Verhältnisse doch nicht allzu schlimm sein. Zumal, wenn man wusste, dass Sie später in Ihrer Zeitschrift darüber schreiben wollen.«

»Ich habe mich illegal in der Montur eines Ziegelarbeiters eingeschlichen«, erklärte Adler mit schockierender Offenheit. Irene Gerban lächelte zynisch dazu.

»Aha!« Richard war verdutzt. »Und was haben Sie dort gesehen?«

Victor Adler holte tief Luft. »Die Arbeiter und Arbeiterinnen stammen größtenteils aus Böhmen. Sie kamen nach Wien, weil sie sich hier eine bessere Zukunft erhofften, und leben nun in völliger Abhängigkeit von den Fabrikherren. Die meisten schuften fünfzehn Stunden pro Schicht an sieben Tagen pro Woche, um Ziegel für die neuen Paläste an der Wiener Ringstraße herzustellen. Ihr Arbeitslohn ist miserabel und wird ihnen nicht einmal in Gulden und Kreuzern ausgezahlt, sondern überwiegend in Form von Blechmarken.«

Richard hörte ungläubig zu. »Und davon haben Sie sich selbst überzeugt? Oder haben Ihnen die Arbeiter das nur erzählt?«

Adler schüttelte den Kopf. »Ich bin dort auch über Nacht geblieben. Die Ziegelböhm wohnen unter den erbärmlichsten

Umständen auf dem Werksgelände. Für Familien gibt es die sogenannten Arbeiterhäuser. Dort müssen sich manchmal bis zu zehn Familien einen einzigen Raum teilen.«

»Doch die ledigen Arbeiter wohnen noch viel schlechter«, fiel Irene Gerban in die Beschreibung Adlers ein. »Victor hat mit eigenen Augen gesehen, dass viele von ihnen neben oder sogar auf den Ringöfen schlafen müssen und nicht einmal über ein eigenes Bett verfügen. Stattdessen liegen sie auf verfaultem Stroh, in dem es von Ungeziefer nur so wimmelt.«

Richard erinnerte sich. Etwas Ähnliches hatte auch Agnes Jahoda behauptet.

»Manche Öfen sind sogar noch in Betrieb«, fuhr Irene fort. »Tagsüber werden Ziegel darin gebrannt. Und nachts sind die Öfen natürlich noch nicht abgekühlt. Da ist es darauf oder daneben dann unerträglich heiß.«

»Und wenn die Ringöfen, auf denen die Arbeiter schlafen, außer Betrieb sind, ist es dort im Winter eiskalt. Denn die Ärmsten verfügen nicht einmal über Decken und Laken«, meldete sich jetzt auch Graf von Sterenberg zu Wort. »Und für diese elenden Wohnstätten müssen die Bedauernswerten auch noch einen horrenden Mietzins entrichten, der direkt von ihrem kargen Lohn einbehalten wird.«

Richard schüttelte verständnislos den Kopf. »Warum suchen sich die Arbeiter denn keine Wohnung außerhalb des Fabrikgeländes?«

»Das ist ihnen bei Androhung der Kündigung verboten«, erklärte Adler. »Wer es dennoch wagt, wird sofort hinausgeworfen.«

»Dafür gibt es sogar ein jüngstes Beispiel«, berichtete nun wieder Irene. »Der Bettgeher, den die Jahodas hatten, gehörte zu den Arbeitern, die nachts die Ringöfen am Laufen halten, die nicht als Schlafplätze dienen. Er wurde entlassen, als herauskam, dass er bei Tag woanders schlief als in einem der verlausten Quartiere der Fabrik. In seiner Not prellte er den ehemaligen Kutscher sogar um die noch ausstehende Miete für das Bett, das er tagsüber benutzte.«

Richard erinnerte sich, dass Agnes ihm dies ebenfalls erzählt hatte.

»Aber es kann doch nicht rechtens sein, die Arbeiter derart zu tyrannisieren.«

Victor Adler lachte spöttisch auf. »Rechtens ist es wahrhaftig nicht, Herr Graf. Schon seit dem Jahr 1885 haben wir den gesetzlich festgelegten Elf-Stunden-Tag. Doch die meisten der großen Betriebe halten sich nicht daran, geschweige denn die kleineren. Bäckergehilfen schuften zum Beispiel bis zu einhundertfünf Stunden pro Woche.«

»Also dulden mein Schwiegervater und die übrigen Aktionäre, dass man in ihrem eigenen Betrieb gegen geltendes Recht verstößt?« Richard konnte sich das kaum vorstellen.

Graf von Sterenberg hob die Hand, damit ihm weder Adler noch Irene Gerban zuvorkamen. »Es geht noch weit über die bloße Duldung hinaus, Herr von Löwenstein. Man bereichert sich sogar zusätzlich auf ungesetzliche Weise. Soeben war ja schon von den Blechmünzen die Rede, die größtenteils anstelle eines Lohns in Form von Gulden und Kreuzern ausbezahlt werden. Haben Sie schon einmal von dem Trucksystem gehört?«

Richard verneinte.

Von Sterenberg machte eine Handbewegung in Richtung Irene. »Du hast mir seinerzeit zuerst davon berichtet, meine Liebe. Bitte kläre jetzt auch diesen jungen Herrn hier auf!«

Irene Gerban kam dieser Aufforderung nur zu gerne nach. »Den Arbeitern ist es nicht nur verboten, das Fabrikgelände zum Schlafen zu verlassen. Sie müssen auch in den dortigen Werkskantinen essen und allen Lebensbedarf in den angeschlossenen Krämläden erwerben. Bezahlt wird auf dem Fabrikgelände nun allerdings nicht mit dem gängigen Münzgeld, sondern eben mit jenen Blechmarken. Diese Blechmünzen sind außerhalb des Fabrikgeländes natürlich nichts wert. Aber in den fabrikeigenen Kantinen und Läden kosten Mahlzeiten und Lebensmittel bis zu einem Drittel mehr als in normalen Gaststätten und Geschäften außerhalb.«

»So bereichern sich die Fabrikbesitzer also ein zweites Mal! Sie beuten nicht nur die Arbeitskraft ihrer Mitarbeiter gnadenlos aus, sondern enthalten ihnen auf diese Weise auch einen großen Teil ihres regulären Lohns vor. Obwohl das Truck-System ebenfalls seit dem Jahr 1885 gesetzlich verboten ist«, empörte sich Victor Adler. Offensichtlich konnte er sich bei diesem Thema nicht länger zurückhalten. »Und sich selbst schütten die Eigner eine Rendite von 11,7 Prozent für das vergangene Geschäftsjahr aus. Ist das zu fassen?« Seine Stimme war zuletzt immer lauter geworden.

»Pscht!«, machte Irene und legte ihren rechten Zeigefinger auf die Lippen. Zum Glück war das Café um diese späte Nachmittagsstunde nicht mehr allzu stark frequentiert.

Auch Richard war erschüttert. »Aber was erwarten Sie nun von mir?«

Victor Adler holte tief Luft, um sich wieder zu beruhigen. Er zeigte auf das Exemplar der Zeitschrift *Gleichheit*, das er Richard ausgehändigt hatte.

»Vielleicht könnten Sie Einfluss auf Ihren zukünftigen Schwiegervater nehmen, damit die Ziegelarbeiter, die mir die Informationen zu diesem Artikel gegeben haben, nicht weiterhin drangsaliert werden. Einige von ihnen wurden bereits arretiert oder des Landes verwiesen. Aber noch immer sucht die Werkleitung nach Denunzianten.«

»Ich werde mit Adalbert von Thurnau darüber sprechen«, nahm sich Richard fest vor. »Aber was ist mit den anderen Missständen?«

Adler lächelte stolz. »Aufgrund des Aufsehens, das meine Artikelreihe erregte, wurde das Trucksystem von behördlicher Seite mittlerweile offiziell untersagt und infolge auch eingestellt. Die Fabrik musste wegen dieses Gesetzesverstoßes außerdem ein beträchtliches Bußgeld bezahlen. Und es gibt Auflagen für eine Verbesserung der Wohnverhältnisse.«

»Aber Herr von Löwenstein könnte trotzdem ein Auge darauf haben, dass nicht schon bald wieder alles beim Alten ist und die Behörden erneut wegschauen«, schlug Irene Gerban vor. »Denk doch nur an das Schicksal der armen Aneta und ihres Neugeborenen!«

»Eine ausgezeichnete Idee!«, lobte ihr Schwiegervater. »Aber erzähle Herrn von Löwenstein doch erst einmal, wie es Aneta ergangen ist.«

»Aneta musste ihr Kleines inmitten eines Schlafsaals mit fünfzig schmutzigen Männern darin zur Welt bringen. Die Familienhäuser waren bereits überfüllt, daher gab es keinen anderen Platz für das Ehepaar. Als Victor in seinem Artikel über Aneta berichtete, fand die Werkleitung rasch heraus, um welches Paar es sich handelte, und entließ die beiden auf der Stelle. Zum Glück fand Aneta einen Platz in unserem Haus für schwangere Frauen und junge Mütter. Pavel, ihr Mann, ist ebenfalls in einem Heim für obdachlose Arbeiter untergekommen. Beide Häuser werden von meinem Schwiegervater finanziert.« Sie lächelte dem Grafen von Sterenberg herzlich zu.

Richard war beeindruckt. »Darf ich fragen, was Sie zu einem solch großzügigen Engagement bewogen hat, werter Herr Graf?«

»Die Klugheit Irenes.« Von Sterenberg erwiderte deren warmes Lächeln. »Sie zeigte mir das Elend, das in den Zinshäusern der Wiener Vorstädte herrscht. Und Sie kennen sicher das alte Sprichwort: ›Adel verpflichtet‹. Für die Menschen auf meinen Landgütern in der Steiermark wird gut gesorgt. Nicht aber für große Teile der armen Wiener Bevölkerung. Für sie setzt sich neben dem geschätzten Dr. Adler meine Schwiegertochter ein. Zusammen mit ihrer Mitstreiterin Lea Walberger ist sie mittlerweile die bekannteste Arbeiterführerin in Wien.«

Arbeiterführerin? Richard war verblüfft. *Seit wann engagieren sich denn schon Frauen in der Politik?*

Offensichtlich bemerkte Frau Gerban Richards Erstaunen. Sie öffnete bereits den Mund, um darauf zu reagieren, als sich draußen ein leises Donnergrollen vernehmen ließ. Schon den ganzen Tag über war es für die Jahreszeit ungewöhnlich schwül gewesen.

»Holla, ich glaube, es zieht ein Unwetter auf«, sagte Richard. »Da ich zu Fuß hergekommen bin, sollte ich bald aufbrechen, wenn ich nicht völlig durchnässt nach Hause kommen will. Ich verspreche Ihnen allen noch einmal, dass ich meinen Schwiegervater auf die Ziegelarbeiter ansprechen werde, sobald sich eine Gelegenheit dazu ergibt. Aber was das alles mit Joseph Jahoda zu tun hat, erschließt sich mir noch nicht.«

»Das kann es auch nicht«, bestätigte Irene Gerban. »Denn wir haben mit Ihnen noch gar nicht über unser eigentliches Anliegen gesprochen. Sag du ihm, Victor, worum es uns dabei geht!«

Im Lainzer Tiergarten

Mitte Mai 1889

Unruhig warf Sophie einen Blick zum Himmel, an dem sich immer drohendere dunkle Wolken ballten. Für einen Maitag war das Wetter ungewöhnlich heiß und schwül. Das hatte die Kaiserin jedoch nicht davon abgehalten, sich gleich nach einem späten Frühstück zu einem ihrer geliebten Fußmärsche aufzumachen.

Seit ihrer Rückkehr von Ischl in die Hermesvilla begleitete in der Regel jetzt Sophie die Kaiserin bei deren Wanderungen. Marie Festetics konnte mit ihrem lädierten Fuß nach wie vor nicht richtig auftreten. Mittlerweile vermutete Dr. Widerhofer sogar eine gerissene Sehne als Ursache für ihre Beschwerden, anstatt der zunächst angenommenen Verstauchung.

»Majestät«, mahnte Sophie nun zaghaft. »Wir sind sicher fast zwei Stunden Fußmarsch von der Hermesvilla entfernt. Möchten Eure Majestät angesichts des drohenden Unwetters nicht umkehren?«

Sisi legte den Stock ihres weißen Sonnenschirms, der in krassem Kontrast zur schwarzen Farbe ihrer Kleidung stand, auf die Schulter, warf den Kopf mit der komplizierten Steckfrisur aus vielen geflochtenen Zöpfen in den Nacken und blickte zum Himmel empor.

»Ach was!«, wiegelte sie ab. »Ein Gewitter schreckt mich nicht. Hier unter den Bäumen sind wir geschützt. Im schlimmsten Fall werden wir ein wenig nass und nehmen dann nach unserer Rückkehr ein heißes Bad.«

»Ich habe einmal gehört, unter Bäumen sei es bei Gewittern besonders gefährlich«, wandte Sophie ein. »Der Blitz könnte in sie einschlagen. Vor allem Eichen sollen Blitze geradezu anziehen. Und hier sind sehr viele Eichen.«

»Aber auch Buchen«, antwortete Sisi, ohne ihr rasches Tempo im Geringsten zu verlangsamen. »Wenn Sie schon an diesen lächerlichen Kinderreim glauben, finden Sie genügend von diesen Bäumen, um sich unterzustellen, wenn es wirklich zu gewittern beginnen sollte.«

Vor den Eichen sollst du weichen, aber Buchen sollst du suchen, fiel Sophie der besagte Reim wieder ein. Dennoch war sie nicht überzeugt. Aber was blieb ihr anderes übrig, als der Kaiserin weiterhin zu folgen?

»Zumal es ja ein Rundweg ist, den wir gehen«, fügte Sisi hinzu. »Wir sind wahrscheinlich näher bei der Villa, als wenn wir jetzt umkehren. Also sollten wir weiter tüchtig ausschreiten.«

Der Lainzer Tiergarten, eines der vielen Jagdgebiete des Kaisers, war ein weitläufiges Mischwaldgebiet, das sich weit bis in den Wienerwald hinein erstreckte und von einer langen Mauer umgeben war. Seit man in seinem unteren Bereich die Villa Hermes errichtet hatte, wurde im Tiergarten allerdings nur noch selten gejagt. Das Haus war nach einer Marmorskulptur des griechischen Götterboten benannt, die man im Park aufgestellt hatte.

Innen war das Schlösschen, das Kaiser Franz Joseph seiner Gemahlin im Jahr 1887 zum Geschenk gemacht hatte, tatsächlich noch prächtiger ausgestattet als die repräsentativen Räume der Hofburg. Berühmte Wiener Künstler, allen voran Hans Makart und die Gebrüder Klimt, hatten an der Innendekoration mitgewirkt.

Wie in jedem Domizil Sisis gab es ein Turn-und-Toilette-Zimmer, das mit rotgrundigen Darstellungen im pompejanischen Stil ausgemalt war, wie Ida Ferenczy Sophie erläutert hatte. Die Malereien zeigten verschiedene antike Sportarten.

Der Raum beherbergte die Sportgeräte, an denen die Kaiserin jeden Tag turnte. Dazu gehörten unter anderem zwei Paar Ringe, die an der Decke befestigt waren, und ein Schwebebalken. Trotz seines skurrilen Interieurs gefiel Sophie dieses Zimmer am besten.

Am prächtigsten war jedoch Sisis Schlafzimmer eingerichtet. Das Prunkbett mit dem ausladenden Baldachin, welches noch aus der Ära ihrer großen Vorgängerin Maria Theresia stammte, verschmähte die Kaiserin allerdings. Sie schlief lieber auf einem einfachen Bettgestell unter dem offenen Fenster. Von Anfang an hatte sie angeblich keinen Hehl daraus gemacht, dass ihr die von ihrem Ehegatten entworfenen Räume nicht zusagten, da sie ihr viel zu überladen waren.

Das Deckengemälde in ihrem Schlafgemach zeigte den Elfenkönig Oberon mit seiner Gattin Titania aus Shakespeares Komödie *Ein Sommernachtstraum*. Das war eins der Lieblingsstücke der Kaiserin, welches sie zum größten Teil auswendig rezitieren konnte. Besonders auffällig war eine Wandmalerei rechts neben dem Bett. Sie zeigte die ihrem Gemahl untreue Titania, die ihren Liebhaber im Arm hielt. Der erzürnte Oberon hatte ihm einen Eselskopf angezaubert, was die Elfenkönigin jedoch erst bemerken würde, wenn sie aus ihrem Liebesrausch erwachte.

Auch Sophies Zimmer, das wie die Räume der übrigen Hofdamen in einem Nebengebäude der Hermesvilla lag, war größer, heller und besser eingerichtet als ihre Kammer im Fräuleingang der Hofburg. Dennoch war sie ernüchtert, als sie feststellte, dass es auch in diesem Neubau keine Wannenbäder, geschweige denn moderne Toiletten mit Wasserspülung gab. Im Gegenteil verfügte das Haus, in dem sie wohnte, nicht einmal über einen Abtritt. Ein zugegebenermaßen recht eleganter Leibstuhl aus Nussbaumholz, der hinter einem Paravent in der Waschecke ihres Zimmers stand, diente als Klosett. Erneut musste Franzi die dazugehörige Schüssel mehrmals am Tag reinigen.

Immerhin gehörte die Leibschüssel zu einer ganzen Waschgarnitur aus mit Blumen bemaltem Geschirr, zu dem sogar ein eigener Zahnbürstenständer gehörte. Anders als bei den Teilen ihrer Waschgarnitur in der Hofburg war davon kein einziges Stück angeschlagen. Trotzdem hielt auch Sophie die luxuriöse Einrichtung der Hermesvilla mit Ausnahme der fehlenden Bäder für übertrieben.

Allerdings hielt sie sich an den meisten Tagen ohnehin nicht allzu lange in ihr auf. Die Spaziergänge oder, besser gesagt, die Gewaltmärsche, die sie mit der Kaiserin absolvierte, dauerten immer einige Stunden und begannen in der Regel am späten Vormittag, nachdem Sisi ihre umfangreiche Morgentoilette abgeschlossen hatte. Sie endeten meistens nicht vor der Teezeit, manchmal sogar erst in den frühen Abendstunden.

Langeweile empfand Sophie nun wahrhaftig nicht mehr. Im Gegenteil sehnte sie sich nun ab und zu sogar nach den allzu ruhigen Tagen in der Hofburg zurück. Denn trotz des positiven Urteils des kaiserlichen Leibarztes Dr. Widerhofer, der sie für völlig gesund und altersgemäß kräftig erklärt hatte, konnte Sophie nach den Wanderungen mit Sisi beim abendlichen Diner mit den übrigen Hofdamen oft kaum noch die Augen offen halten. Danach fiel sie sofort todmüde in ihr Bett und einen traumlosen Erschöpfungsschlaf.

Aus der Ferne war jetzt ein leises Donnergrollen zu vernehmen. »Majestät«, versuchte es Sophie noch einmal.

»Still!« Die Kaiserin blieb abrupt stehen. Eine Elster stolzierte vor ihr auf dem Waldpfad einher. Zu Sophies namenlosem Erstaunen legte Sisi beide Hände vor die Brust und verneigte sich dreimal tief vor dem schwarz-weißen Vogel.

»Sie sollten es mir nachtun, Sophie!«, forderte Sisi sie auf. »Anstatt dort wie angewurzelt stehen zu bleiben. Elstern besitzen Zauberkräfte und stehen in Verbindung mit dem Jenseits. Es bringt Unglück, den mächtigen Vögeln die Ehrerbietung zu verweigern.«

»Sehr wohl, Majestät«, antwortete Sophie.

Wie schon öfter, seitdem sie regelmäßig Kontakt mit Sisi hatte, klangen ihr Ida Ferenczys Worte im Ohr. »Du darfst die Kaiserin niemals kritisieren oder ihr Tun infrage stellen, Phiefi.« Mittlerweile waren die beiden zum vertraulichen »Du« und der Verwendung von Sophies Kosenamen übergegangen. »Das leidet sie nicht, und sie ist äußerst nachtragend. So manch einer hat sich ihre über viele Jahre hinweg erworbene Gunst auf diese Weise schon verscherzt.«

Bevor Sophie Sisis Rat befolgen konnte, erhob sich die Elster jedoch in die Lüfte und ersparte ihr die Posse der Verbeugungen. Allerdings war dies im Moment nicht ihr drängendstes Problem. Wieder grollte der Donner, diesmal lauter und ein gutes Stück näher als zuvor. Doch Sisi nahm ihre Wanderung ungerührt wieder auf. Und eingedenk der Worte Idas wagte Sophie nicht, nochmals einen Einwand dagegen zu erheben.

Wenn ihr wenigstens das in Aussicht gestellte heiße Bad ein

Trost gewesen wäre! *Doch bis das Wasser für die Zinkwanne herbeigeschafft und erhitzt sein wird, werde ich in meinen durchnässten Kleidern schon längst erfroren sein,* grummelte sie missmutig in sich hinein. *Oder mir zumindest eine schlimme Erkältung holen.*

Schon einmal waren Sisi und Sophie im weitläufigen Waldgelände des Lainzer Tiergartens in einen Platzregen geraten. Noch dazu bei weit kühlerer Witterung als heute, jedoch nur eine Stunde Marsch von der Hermesvilla entfernt. Zum Glück hatte Franzi auf Ida Ferenczys Geheiß damals zwei Wärmpfannen bereitgehalten, als Sophie, vor Nässe triefend, endlich in ihr Gemach zurückkehrte. Trotzdem dauerte es mehrere Stunden, bis ihre Lebensgeister wieder erwacht waren.

Heute waren sie noch weiter von dem Schlösschen entfernt als damals. Wenigstens schmerzten Sophies Füße nicht mehr so arg wie bei den ersten Gängen mit Sisi. In den groben Schuhen, die man ihr in der Kleiderkammer ausgehändigt hatte, lief sie sich bei den ersten Wanderungen blutige Blasen an den Fersen und großen Zehen, die sich sogar zu entzünden drohten.

Ein weiteres Mal erwies sich Ida als »guter Engel«. Als Sisi Sophie aufgrund ihres Haarwäscherituals einen Tag Pause gönnte, ließ Ida die schweren Nagelschuhe vom schlosseigenen Schuster auspolstern und weiten.

»Das haben wir alle einmal mitgemacht«, sagte sie augenzwinkernd, als sie Sophie die Schuhe persönlich überbrachte. »Zumal unser aller Hofdamen-Ausstattung ein solches Schuhwerk nicht enthielt. Auch deine Mutter, die dir so viele Dinge mitgegeben hat, hätte sich sicher nicht träumen lassen, dass du so etwas nötiger brauchen würdest als die vielen Seidenschühchen und Halbstiefelchen.«

Wieder grollte der Donner, wieder zuckte Sophie zusammen. Zumal jetzt am Horizont auch die ersten Blitze aufleuchteten. Ein heftiger Windstoß fuhr durch die Bäume am Wegrand und riss Zweige und Blätter ab.

»Majestät!« Sophies Angst war nun stärker als ihre Scheu,

die Kaiserin zu verärgern. »Ihre Tochter und Ihr Gemahl werden sich Sorgen um Sie machen. Wir sollten heimgehen!«

Sowohl Marie Valerie als auch der Kaiser wohnten derzeit ebenfalls in der Hermesvilla. Einst hatte Franz Joseph sogar die Hoffnung gehegt, dass seine Gemahlin, wenn er ihr einen besser zu ihr passenden Wohnsitz bieten würde als die ihr verhasste Hofburg oder Schloss Schönbrunn, ihrer dauernden Reisen müde werden und im Alter dort mehr Zeit mit ihm verbringen würde. Aufgrund des unsteten Tagesablaufs Sisis und des hohen Arbeitspensums Franz Josephs, das der Kaiser auch in seinen »Urlauben« absolvierte, pflegten sich die drei allerdings frühestens beim Diner zusammenzufinden.

Daher verfehlte auch dieses Argument Sophies seinen Zweck. Entgegen ihrer ansonsten eher trüben Stimmung lachte Sisi laut und fröhlich auf. »Aber nein!«, jauchzte sie. »Ich liebe die tobenden Elemente der Natur! Dabei fühle ich wenigstens, dass ich lebe!«

Café Prinzess am Graben

Mitte Mai 1889

»Ich befürchte, dass es demnächst einen Streik der Tramway-Kutscher geben wird«, kam Victor Adler der Aufforderung des Grafen von Sterenberg nach, Richard den eigentlichen Zweck ihrer Zusammenkunft zu eröffnen. »Auch diese Menschen leiden unter entsetzlichen Arbeitsbedingungen. Wissen Sie bereits etwas aus Ihrem Gespräch mit der kleinen Jahoda darüber?«

Bevor Richard Gelegenheit zu einer Antwort hatte, trat die ihm mittlerweile bekannte Aufseherin Mina Löb an ihren Tisch. »Möchten die Herrschaften noch etwas bestellen?«

»Sehr gerne«, antwortete von Sterenberg. »Es ist ja schon

fast sechs Uhr. Zeit für etwas anderes als Kaffee. Bringen Sie uns doch eine Flasche des hervorragenden Spätburgunders vom Weingut Gerban aus Rheinbayern. Und vielleicht ein paar Kanapees dazu?« Er blickte auffordernd in die Runde. »Man sagt, sie sollen hier im Café Prinzess ganz besonders köstlich sein.«

»Das kann ich bestätigen«, meinte Richard. »Doch ich möchte nur noch ein Glas Wein. Ich darf mir den Appetit fürs Diner nicht verderben. Und muss daher auch in nächster Zeit aufbrechen«, wiederholte er noch einmal.

Sobald sich Mina umgedreht hatte, begann er zu drängen. »Was hat es denn mit diesem Streik auf sich?«

»Was wissen Sie denn Ihrerseits bereits über die aktuellen Arbeitsbedingungen bei der Tramway-Gesellschaft?«, wiederholte Victor Adler seine eigene Frage.

In der Hoffnung, dadurch etwas Zeit zu sparen, entschloss sich Richard preiszugeben, was ihm Agnes anvertraut hatte. Seine Zuhörer nickten bestätigend mit grimmigen Mienen.

»Das alles wäre ja schon furchtbar genug«, ergriff von Sterenberg das Wort, als Richard zum Ende kam. »Unmenschlich lange Arbeitszeiten, Lohnabzüge für angeblich selbst zu verantwortende Reparaturen, Straftouren am einzigen freien Tag in der Woche. Doch nun hat sich der neue Direktor Dr. Turba eine weitere Schikane ausgedacht, wahrscheinlich, um sich bei den Eignern zu profilieren. In Zukunft soll auch eine Unpünktlichkeit von Haltestelle zu Haltestelle mit solchen Straftouren am Sonntag geahndet werden. Nicht nur das verspätete Eintreffen an der Endstation.«

»Und es geht nicht einmal nur um Verspätungen«, ergänzte Adler. »Bestraft wird ein Kutscher auch, wenn er zu früh an der nächsten Haltestelle eintrifft.«

Richard glaubte, seinen Ohren nicht zu trauen. »Also wenn eine Tramway früher da ist, als es im Fahrplan steht? Das kann ich mir beim besten Willen nicht vorstellen.«

»Und dennoch ist es genau so«, bekräftigte Adler. »Damit stehen die Wiener Tramway-Kutscher an der unrühmlichen Spitze, was die Ausbeutung von Arbeitern betrifft. Im letzten Juni habe ich in der *Gleichheit* über eine Schraubenfabrik in Steyr berichtet. Dort musste an jedem Werktag von vier Uhr früh bis zehn Uhr abends gearbeitet werden, also achtzehn Stunden pro Tag anstatt der vorgeschriebenen elf. Und zudem am Sonntag bis zum Mittag. Mit einer Arbeitszeit von bis zu neunzehn Stunden und der Häufung der nun zu erwartenden Straftouren am Sonntag überbietet die Tramway-Gesellschaft diese Ausbeutung in Steyr aber noch. Denn dort wurden die Leute wenigstens für ihre Sonntagsarbeit entlohnt.«

»Doch das wollen sich die Kutscher und Schaffner nicht gefallen lassen, hat uns Joseph Jahoda berichtet«, ergänzte Irene. »Die Regelung soll ab der kommenden Woche gelten. Jahoda schätzt, dass die Empörung spätestens nach dem zweiten Straftourensonntag überkochen wird. Bereits jetzt, bevor die neue Schikane in Kraft getreten ist, sprachen die ersten Arbeiter schon von Streik.«

Wieder fühlte Richard sich hilflos, sogar noch mehr als während der Diskussion über die Ziegelarbeiter. »Aber wie kann *ich* helfen? Selbst wenn es mir gelänge, meinen Schwiegervater davon zu überzeugen, von dieser Strafregelung wieder Abstand zu nehmen, hat er doch nicht das alleinige Sagen bei der Tramway-Gesellschaft. Da gibt es noch zwei andere Großaktionäre, von denen jeder mehr Anteile hält als er.«

Gerade brachte Mina den Rotwein und schenkte ihn ein. Als sie sich wieder zum Gehen gewandt hatte, erhob von Sterenberg, der als Einziger gelassen wirkte, sein Glas und trank Richard zu.

»Ein solcher Streik muss unbedingt verhindert werden. Denn er schadet sowohl den Arbeitern als auch dem Unternehmen. Zudem würde er die öffentliche Ordnung erheblich stören, da die Wiener ja auf die Pferdebahn angewiesen sind. Deshalb möchte ich Sie bitten, mir einen Kontakt zu Ihrem künftigen Schwiegervater zu vermitteln und dann auch selbst am daraufhin stattfindenden Gespräch teilzunehmen. Ich würde gerne von Adeligem zu Adeligem mit Graf von Thurnau sprechen. ›Noblesse oblige‹, wie ich eben schon sagte. Sicherlich kann ich Ihren werten Herrn Schwiegervater dabei an seine Pflichten gegenüber den ihm anvertrauten Schutzbefohlenen erinnern und ihn bitten, Einfluss auf den neuen Direktor zu nehmen.«

Ob dieses naiven Optimismus verschluckte sich Richard fast an seinem Wein. »Glauben Sie denn, dass das etwas bewirken wird?«

Von Sterenberg lächelte selbstbewusst. »Warum denn nicht, mein Lieber? Graf von Thurnau und ich teilen die gleichen Werte unseres Standes. Daher hört man in unseren Kreisen auf seinesgleichen eher als auf einen bürgerlichen Arzt oder gar eine Frau.«

»Nichts für ungut«, korrigierte er umgehend seine Taktlosigkeit. »Ich wollte euer beider Engagement damit nicht herabwürdigen.«

»Wo du recht hast, hast du recht!«, seufzte Irene Gerban. »Oder wären Sie heute meiner Einladung oder der Dr. Adlers gefolgt?«, fragte sie Richard.

»Wahrscheinlich nicht!«, gab der zu. »Ich werde sehen, was ich für Sie und die betroffenen Arbeiter tun kann. Doch sehr hoffnungsvoll bin ich nicht«, fügte er in Erinnerung an sein fruchtloses Gespräch mit Adalbert vor zwei Wochen hinzu.

Graf von Sterenberg ließ sich nicht beirren. »Wer nicht wagt, der nicht gewinnt!«, lächelte er breit. »Lassen Sie uns daher auf diesen Wahlspruch und den Erfolg unseres Vorhabens anstoßen!«

Im Lainzer Tiergarten

Mitte Mai 1889

Schließlich war es so weit. Die ersten Tropfen fielen platschend vom Himmel. Die Blätter der Bäume hielten sie nur eine kurze Weile zurück. Blitze erhellten den Himmel, der Donner grollte ohrenbetäubend. Das Gewitter war jetzt genau über ihnen.

Ihre Sonnenschirme waren Sisi und Sophie keine Hilfe. Ein heftiger Windstoß stülpte sie um, als sie sie schützend über ihre Köpfe hielten. Dabei brachen die Stangen und Streben, sodass sich die Schirme danach nicht mehr aufspannen ließen. Trotzdem schritt Sisi nach wie vor lachend voran.

Eine Geschichte, die sie noch in der Hofburg gehört hatte, fiel Sophie ein. Eines Tages habe sich Sisi auf einer ihrer zahlreichen Schiffsreisen inmitten eines Sturms auf einem Stuhl an den Mast binden lassen, während sich ihr Gefolge in Todesangst unter Deck flüchtete.

Damals hielt Sophie diese Geschichte für übertrieben, zumal keine der Hofdamen, die sich darüber amüsierten, Augenzeugin dieser Szene gewesen war. Heute fragte sie sich jedoch zum ersten Mal, ob die Anekdote nicht doch den Tatsachen entsprach.

Erst ein lautes Knacken und Krachen, das unmittelbar auf eine Windböe folgte, ließ Sisi schließlich innehalten. Eine entwurzelte Buche fiel vor den Frauen mit lautem Getöse mitten auf den Weg. Ihre Krone verhinderte jedes weitere Durchkommen.

»So viel zu den Buchen, die man suchen soll!« Die Kaiserin schrie der zu Tode erschrockenen Sophie, die sich unwillkürlich an ihren Arm geklammert hatte, die Worte nahezu ins Ohr. Trotzdem verstand Sophie sie kaum, da der Wind sie davontrug.

»Was machen wir denn jetzt, Majestät?« Sophie riss sich

gewaltsam zusammen, um nicht zu weinen anzufangen. Was wäre, wenn sie umkehrten und ihnen umgestürzte Bäume auch den Rückweg versperrten? Der dann zudem länger wäre als die Strecke, die sie bisher schon auf dem Pfad zurückgelegt hatten, der laut Sisis Aussage als Rundweg in einem großen Bogen wieder zur Hermesvilla zurückführte.

»Erst einmal machen wir ein wenig Rast!«, rief die Kaiserin. »Hier irgendwo in der Nähe ist ein Jagdunterstand.«

Zu Sophies Schrecken bog Sisi jetzt ins Unterholz ab, das an dieser Stelle nicht allzu dicht war. Zum Glück ebbte wenigstens der Sturm ab.

Die Kaiserin zog eine Ratsche aus ihrer Rocktasche und betätigte sie. Das unangenehme Geräusch sollte die Wildschweine vertreiben, die die Wälder des Lainzer Tiergartens durchstreiften, wenn sie ihr zu nahe kämen.

Bislang waren Sisi und Sophie auf ihren Spaziergängen aber noch keinem gefährlichen Tier begegnet. Dennoch fürchtete Sophie sich zum Gotterbarmen. Zweige peitschten ihr ins Gesicht, dicke Tropfen hämmerten auf ihren bereits völlig durchnässten Strohhut. Ab und zu versank sie bis zu den Knöcheln im Matsch. Ihr Kleid war bis zu den Knien mit Schlamm bespritzt.

Auch robuste Bekleidung, die Sophies Märschen mit der Kaiserin standgehalten hätte, war kein Bestandteil der Ausstattung gewesen, die Henriette ihrer Tochter mit in die Hofburg gegeben hatte. Nachdem Sophie bereits ihre beiden schlichtesten Tageskleider aus feinem Wollstoff beschädigt und mit Moosflecken beschmutzt hatte, die sich nicht mehr entfernen ließen, wusste sie sich zunächst keinen Rat mehr.

Wo sollte sie auf die Schnelle einen Ersatz herbekommen? Und vor allen Dingen, wer sollte ihn bezahlen? Obwohl Sophie die zweihundert Gulden, die ihr Baron Nopcsa, Sisis Obersthofmeister, an jedem ersten Werktag des Monats als Gehalt ausbezahlte, zunächst für eine beachtliche Summe gehalten hatte, wusste sie nun, dass sie weniger als die Hälfte dessen bekam, was die anderen Hofdamen verdienten. Schon während des ersten Diners nach ihrem Umzug in die Hermesvilla hatte Marie Festetics dies Sophie genüsslich unter die Nase gerieben, nachdem sie sie zuerst scheinheilig nach der Höhe ihres Salärs gefragt hatte.

»Mach dir nichts draus! Und hab vor allem Geduld!«, tröstete Ida Ferenczy Sophie einmal mehr. »Wenn du deine Pflichten als Promeneuse erfüllst und Sisi mit dir zufrieden ist, wird sie bald dafür sorgen, dass dein Gehalt aufgestockt wird.«

»Wobei Ihre Majestät selbst niemals Geld mit sich führt!«, gab Ida Sophie einen weiteren ihrer unschätzbaren Ratschläge. »Also sorge dafür, dass du immer eine gut gefüllte Börse dabeihast! Und führe Buch über deine Auslagen! Baron Nopcsa wird sie dir später erstatten.«

»Bekomme ich auch eine Entschädigung für die ruinierten Kleider?«, fragte Sophie Ida daher, nachdem ihr die Malheurs passiert waren. Natürlich hätte sie auch von ihrem Gehalt für Ersatz sorgen können, aber das sah sie nicht ein. Zumal die Schneiderin ja einige Tage gebraucht hätte, um die Kleider zu nähen. Bis dahin wäre Sophie nichts anderes übrig geblieben, als auf ihre Nachmittagskleider aus Seide zurückzugreifen, die nicht einmal die ersten Minuten eines Waldspaziergangs unbeschadet überstanden hätten.

Ida nahm Sophie daraufhin mit in die Kleiderkammer. Dort gab es sogar ein paar abgelegte Gewänder der Kaiserin, die aus robustem Leinen gefertigt waren. Obwohl sie Sisi mittlerweile zu weit waren, wie Ida erklärte, waren sie Sophie trotz ihrer schlanken Gestalt viel zu eng. Die Haken und Ösen ließen sich beim besten Willen nicht schließen. Das war auch deshalb schade, weil Sophie nur wenige Zentimeter kleiner als Sisi war, sodass man die Säume nicht hätte umnähen müssen.

Schließlich fanden sich drei Waschkleider aus verschiedenen Baumwollstoffen, die zwar nicht standesgemäß waren, wie

Sophies Stiefvater Arthur bemängelt hätte, aber in der warmen Jahreszeit gemeinsam mit einer einfachen Strickjacke, ihren Dienst tun würden. Franzi hatte alle Hände voll zu tun, die Kleider zu säubern und auszubessern, wenn Sophie aus dem Wald in die Hermesvilla zurückkam.

Auch jetzt blieb der Rock ihres hellbraunen Kleids an einem Dornenzweig hängen. Sophie hörte das ihr schon vertraute Ratschen und seufzte einmal mehr auf dieser heute besonders beschwerlichen Wanderung.

Ihre Laune besserte sich etwas, als tatsächlich ein nach drei Seiten hin offener Unterstand auftauchte, an dessen einziger Wand eine schmale Holzbank angeschraubt war. Zudem ließ das Gewitter allmählich nach. Der Regen wurde schwächer.

Vorsichtig ließ sich Sophie neben Sisi auf der Bank nieder und erkannte, dass der Regen sie bis auf die Haut durchnässt hatte. Auch ihr Unterrock und Schlüpfer waren vollgesogen.

»Möchten Sie etwas trinken, Majestät?« Sophie wühlte in dem ebenfalls tropfnassen Rucksack, in dem sie ein wenig Proviant mit sich führte.

»Geben Sie mir die Ziegenmilch!«, verlangte Sisi.

Während Sophie selbst einen Schluck Wasser aus ihrer eigenen Feldflasche nahm, spuckte Sisi angewidert aus. »Die Milch ist sauer geworden«, klagte sie.

Das war bei der Schwüle auf ihrem stundenlangen Marsch eigentlich kein Wunder. Dennoch war Sophie ratlos. Sisi hatte außer einer Orange keinen weiteren Proviant mitgenommen. Sie konnte der Kaiserin doch kein Wasser aus der Flasche anbieten, aus der sie selbst soeben getrunken hatte. Andererseits, die Kaiserin hatte noch rein gar nichts zu sich genommen, seit sie vor etlichen Stunden aufgebrochen waren.

»Möchten Sie etwas Wasser trinken?«, rang sie sich schließlich zu der Frage durch.

Zu ihrer Erleichterung wehrte Sisi ab. »Nein, ich brauche nichts. Geben Sie mir die Orange!«

Während Sophie in ihre feucht gewordene Schinkensemmel biss, schälte die Kaiserin die Frucht. Sophie hörte sie etwas Unverständliches murmeln.

»Wie belieben, Eure Majestät?«

»Ich muss diese Ziege aus den Ställen entfernen lassen. Ihre Milch taugt nichts. Es ist gar zu ärgerlich. Dieses Tier stammt aus Korfu. Ich habe es den ganzen weiten Weg von meiner letzten Reise mitgebracht.«

Sophie wusste, dass sich die Kaiserin in den vergangenen Jahren häufig in Griechenland aufgehalten hatte. Doch dass sie von überall her Kühe oder Ziegen mitbrachte, deren Milch sie besonders schmackhaft fand, hatte Sophie bis dahin ebenfalls für böswilligen Tratsch gehalten. Nun wurde sie eines Besseren belehrt. Und hielt es jetzt sogar für möglich, dass sich Sisi tatsächlich auf Korfu eine Villa errichten lassen wollte, wie es ihr die geschwätzige Fredi von Taxis bei einem ihrer letzten Treffen zum Tee erzählt hatte.

Zuzutrauen wäre es Sisi tatsächlich, räsonierte Sophie. *Wahrlich, die Kaiserin ist eine seltsame Frau.*

Kapitel 8

Vor der Wiener Hofoper

Dienstag, 18. Juni 1889, gegen Mittag

Richards Rappe tänzelte nervös, als sich die nächste Tramway seinem Standort vor der Hofoper näherte. Wie schon die vorigen Wagen wurde sie innen von vier Wachmännern, die den Kutscher schützen sollten, und außen von zwei berittenen Polizisten begleitet. Die Junisonne stand im Zenit, es herrschte brütende Hitze. Richard in seiner Uniform war bereits seit einiger Zeit in Schweiß gebadet.

Die Menschenmenge in seiner Nähe, die sich zu beiden Seiten der Straße versammelt hatte, um die Streikbrecher und ihre Bewacher auf der gesamten Strecke von der Mariahilfer Straße über weite Teile der Ringstraße bis hin zur Endstation am Praterstern zu beschimpfen und zu schmähen, begann wieder mit ihren lauten Buhrufen und Spottgesängen.

Die Mutigsten näherten sich sogar dem Kutscher, um ihn aufzufordern, die Arbeit niederzulegen, wurden von den Berittenen aber rasch zurückgetrieben, die dabei auch ihre Reitpeitschen zum Einsatz brachten.

Wieder schnaubte und tänzelte Richards Rappe. Hermes, sein Hengst, mit dem er noch im letzten Jahr an den Rennen in der Freudenau teilgenommen hatte, wäre ihm bei diesem Trubel schon längst durchgegangen. Doch auch die Nervosität seines Rappens aus den Ställen Adalberts spiegelte Richards Seelenzustand sehr gut wider.

Bislang hatte sich die Menge zu beiden Seiten der Straße auf lautstarke Proteste beschränkt. Nur vereinzelt wurden Eier und verfaultes Obst geworfen. Keine Steine wie an einigen anderen Streiktagen, an denen es infolge dann auch zu Gewalttätigkeiten von Polizei und Militär gegen die Demonstranten gekommen war. Zum Glück gab es bislang keine Toten zu beklagen, aber bereits mehrere, teils schwer verletzte Arbeiter und je zwei Streikbrecher und Wachmänner.

An der gesamten Strecke standen heute besonders viele mit Schlagstöcken bewaffnete Polizisten bereit. Dazu hatten drei Dragonereinheiten in den Seitenstraßen Aufstellung genommen.

Denn aufgrund ihrer Nähe zur Innenstadt war dieser Abschnitt der Tramway-Strecke für eine Demonstration der Streikenden besonders sensibel. Die Tramway-Gleise führten nicht nur den größten Teil der prächtigen Ringstraße entlang, sondern waren nur eine kurze Distanz von den Hauptgeschäftsstraßen und sogar dem weitläufigen Gelände der Hofburg entfernt. Und da sich den streikenden Kutschern mittlerweile große Teile der übrigen Arbeiterschaft angeschlossen hatten, die derweil ihre Tätigkeit in den Fabriken und Werkstätten ruhen ließen, bestand die Gefahr, dass die weit über tausendköpfige Menge immense Schäden anrichtete, sobald die Wut der Volksseele überkochen würde.

Kleine Gruppen von Polizisten, die Knüppel schlagbereit in den Händen, patrouillierten vor den Menschen an den Rändern der Straße entlang. Immer wieder wurden sie wüst beschimpft. Männer und Frauen spuckten vor ihnen aus. Ab und zu kam deshalb einer der Knüppel zum Einsatz und ging mit einem hässlichen Geräusch auf so manchen Arm oder Rücken nieder. Auch Frauen blieben nicht von den Schlägen verschont. Dennoch verhielt sich die Menge noch einigermaßen friedlich und schlug nicht zurück.

Ob das wohl an den Dragonern liegt?, fragte sich Richard. *Oder ist das nur die Ruhe vor dem Sturm?* Immerhin warteten drei der vier Schwadronen Dragoner, die Erzherzog Albrecht nach Wien beordert hatte, auf ihren Einsatz. Aufgeteilt in kleinere Gruppen, waren sie wendig genug, ihren Kameraden sofort zu Hilfe zu eilen, sollte irgendwo wieder einer jener Tumulte aufflammen, von denen der mittlerweile schon zwei Wochen andauernde Streik der Tramway-Kutscher geprägt war.

Die Kavalleristen stammten aus dem 2. Dragonerregiment und waren schon kurz nach Beginn der Streikunruhen von der Wiener Neustadt in die Franz-Josephs-Kaserne am Donaukanal und die Kronprinz-Rudolf-Kaserne an der Rossauer Lände verlegt worden. Beide Kasernen waren nach der Revolution von 1848 gebaut worden, um Wien vor weiteren Aufständen der Bevölkerung zu schützen. Zwar hatte es seither keinen Umsturzversuch mehr gegeben. Aber immer wieder wurde Militär von dort aus gegen renitente Arbeiter eingesetzt.

Obwohl Richard offiziell nach wie vor den Wiener Neustädter Dragonern angehörte, hatte er bei diesem wie auch schon bei seinen vorherigen Einsätzen während des Streiks, keine Befehlsgewalt über die Truppen. Sie wurden von zwei Hauptmännern und mehreren Leutnants befehligt, welche die Kompanien auch am Standort des 2. Dragonerregiments führten. Richard war dagegen, wie zwei weitere Offiziere aus Erzherzog Albrechts Stab, als Beobachter abkommandiert worden und hatte seinem Dienstherrn jeden Abend Bericht über die Vorkommnisse des Tages zu erstatten.

Dabei hatte der Ausstand der Tramway-Kutscher für diese eigentlich ganz vielversprechend begonnen. Wie es Joseph Jahoda vorhergesagt hatte, gab die jüngste Schikane des neuen Direktors Dr. Turba den Ausschlag für den Streik. Allein auf der Strecke, entlang der die Streikenden heute demonstrierten, waren bereits in der ersten Woche dreiundvierzig Straftouren für insgesamt zweiundzwanzig Kutscher zusammengekommen, deren Tramways nicht pünktlich auf die Minute an jeder Haltestelle eintrafen.

Auch Jahoda war davon betroffen, da er diese Strecke regelmäßig befuhr. Gar nicht zu reden von den dreizehn weiteren Strecken, die die Kutscher der Tramway-Gesellschaft bedienten. Pro Tag waren ungefähr zweihundertachtzig Wagen im Einsatz, die die Routen jetzt im Sommer im Zeitraum von sechs Uhr früh bis halb elf Uhr abends überwiegend im Abstand von weniger als zehn Minuten passierten.

Rechnete man alle Straftouren zusammen, musste die Tramway-Gesellschaft sonntags kaum mehr einen Kreuzer für den Lohn der Kutscher aufwenden. Dadurch konnte sie etliche Arbeitskräfte einsparen und als überflüssig entlassen. »Was zweifellos genauso beabsichtigt war«, erklärte Victor Adler Richard bei einem weiteren Treffen im Café Prinzess wenige Tage nach dem Beginn des Streiks am 4. Juni.

Anlass dieser erneuten Zusammenkunft war das vergebliche Bemühen Ferdinands von Sterenberg gewesen, mit Adalbert von Thurnau in einem persönlichen Gespräch zu einer Übereinkunft zu kommen. Zwar hatte Adalbert Ferdinand empfangen, nachdem ihm Richard klargemacht hatte, dass von Sterenberg allein aufgrund seines immensen Vermögens, das dem Adalberts in nichts nachstand, in Wien noch immer über beträchtlichen Einfluss verfügte. Zudem ging der Graf trotz des Verlusts seiner Hoffähigkeit in den mächtigen Fürsten- und Grafenhäusern der Monarchie weiterhin ein und aus.

Wahrscheinlich war vor allem das zuletzt genannte Argument ausschlaggebend dafür gewesen, dass Adalbert und Ferdinand sich nach einigem Hin und Her doch noch im Palais Thurnau getroffen hatten. Aber Adalbert realisierte schnell, dass von Sterenberg keineswegs dazu bereit war, ihm die Türen zu öffnen, die ihm aufgrund seiner Spekulationen im Börsenkrach von 1873 bis heute verschlossen blieben. Als er erkannte, dass der Graf stattdessen gekommen war, um für »minderwertiges, faules Gesindel«, wie er sich später ausdrückte, ein gutes Wort einzulegen, war ihr Austausch sehr rasch zu Ende gewesen.

Richard, den eine unvorhergesehene Dienstverpflichtung daran gehindert hatte, am Gespräch teilzunehmen, erhielt von beiden Protagonisten danach völlig unterschiedliche Versionen vom Ablauf des Treffens.

»Von Sterenberg ist ein hochnäsiger Aristokrat, der gekommen ist, um mich als erfolgreichen Unternehmer zu belehren«, beschrieb Adalbert Richard die Begegnung beim Nachtmahl.

»Ihr Schwiegervater ist leider ein Ignorant, der mit stimmigen, gütlich gemeinten Argumenten nicht zu erreichen ist«, erklärte von Sterenberg dagegen am nächsten Tag im Café Prinzess. »Nun muss er eben aus Schaden klug werden, wie ein eigensinniger Jüngling, der noch grün hinter den Ohren ist.«

Und so nahmen die Dinge denn ihren Lauf. Über fünfhundert Kutscher legten schon am nächsten Tag ihre Arbeit nieder und damit den gesamten innerstädtischen Verkehr nahezu lahm.

Ihrer Forderung nach der Aufhebung des Straftourensystems samt Annullierung der bereits verhängten Strafen gab die Direktion überraschenderweise ebenso rasch nach wie der Forderung nach Verzicht auf Schadensersatzleistungen der Kutscher, wenn Reparaturen an den häufig maroden Wagen anfielen. Selbst eine um das Doppelte verlängerte Mittagspause von nunmehr sechzig Minuten wurde den Kutschern zugestanden.

»Offensichtlich war Turba anfangs erschrocken über die Konsequenzen seiner jüngsten Schikanen«, erklärte Adler während eines dritten Zusammentreffens im alten Kaffeehaus Prinzess, an dem wiederum nur er und Richard teilnahmen. »Doch dann gingen ihm und vor allem den Eignern die Ansprüche der Streikenden zu weit. Denn neben einer Verkürzung der täglichen Arbeitszeit auf maximal zwölf Stunden, was immer noch eine mehr ist, als es der gesetzlich vorgeschriebene Arbeitstag verlangt, fordern die Kutscher auch eine Lohnerhöhung von vierzig Kreuzern pro Tag.«

»Lohnerhöhung bei gleichzeitiger Verkürzung der Arbeitszeit?«, fragte Richard skeptisch.

»Auch diese Forderung ist mäßig«, erläuterte Adler. »Sie dürfen nicht vergessen, werter Herr von Löwenstein, dass wir von einem Basislohn von einem Gulden, vierzig Kreuzern pro Tag sprechen, der nun auf einen Gulden, achtzig Kreuzer erhöht werden soll. Für ein einziges Zimmer von fünf mal vier Metern Fläche müssen in so manchem Zinshaus schon bis zu fünf Gulden pro Woche entrichtet werden. Auch der Mietwucher in Wien gehört zur Profitmaximierung der Kapitalisten.«

Wieder erinnerte sich Richard, dass ihm schon Agnes von der exorbitant hohen Miete von vier Gulden berichtet hatte, die ihr Vater für das Kellerloch, in dem sie hausten, bezahlen musste.

Und so nahm der Ausstand seinen Fortgang. Doch Fortuna war den Streikenden nach ihren anfänglichen Erfolgen nicht länger hold. Denn es geschah etwas, das jeder Kutscher, aber auch Victor Adler für unmöglich gehalten hätte: Die Gesellschaft stellte auch völlig unerfahrene Arbeitslose als Tramway-Kutscher ein. Sie erhielten lediglich eine kurze Einweisung und nahmen bereits am zweiten Tag nach ihrer Einstellung ohne jegliche Fahrpraxis, geschweige denn die behördlich vorgeschriebene Fahrprüfung, ihren Dienst auf.

Gegen diese Streikbrecher entwickelte sich rasch ein erbitterter Widerstand. In den ersten Tagen wurden die anfangs noch unbewachten Wagen der Ungelernten oft gestürmt, die Streikbrecher nicht selten verprügelt und mehrere Tramway-Wagen umgeworfen. Das rief natürlich zunächst die Polizei auf den Plan.

Als die Streikenden jedoch auch die Wachmänner, die jetzt mit in den Wagen fuhren, mit Steinen und Abfällen bewarfen, wurde, wie schon früher in solchen Situationen, das Militär eingesetzt. Erzherzog Albrecht persönlich instruierte Richard und seine Stabsoffizierskameraden, nachdem die in Wien eingetroffenen Dragonerschwadronen in ständige Alarmbereitschaft versetzt worden waren.

»Ich erwarte von Ihnen, dass Sie die Operationen unserer Truppenteile beobachten und im Bedarfsfall auch Kurierdienste zwischen den einzelnen Polizei- und Kavallerie-Einheiten übernehmen. Die Soldaten sind ausdrücklich angewiesen, die Randalierer an weiteren Zerstörungen zu hindern. Gestern wurde im Arbeiterviertel Hernals sogar ein Kaffeehaus geplündert. Solch eine Anarchie dulden wir nicht in der Stadt. Gewalttäter, die sich am Eigentum der Tramway-Gesellschaft oder sogar unbeteiligter Dritter vergreifen, sind unverzüglich zu arretieren, damit sie ihrer gerechten Strafe zugeführt werden können. Auch Widerstand gegen die Anordnungen von Polizei und Militär gilt als Straftat. Erst recht, wenn er ebenfalls mit Gewalttätigkeiten einhergeht. In all diesen Fällen sind Polizei und Militär autorisiert, notfalls auch mit Waffengewalt gegen derartige Übeltäter vorzugehen.«

»Obwohl die Streikenden im Vergleich zu den Truppen weder über Säbel noch Schlagstöcke oder gar Schusswaffen verfügen?«, fragte Richard betroffen nach.

Der Erzherzog musterte ihn trotz seiner Sehschwäche mit einem Blick, der Richard durch Mark und Bein ging. »Auch mit Steinen und anderen Wurfgeschossen kann man Verletzungen zufügen.« Seine Stimme klang kalt wie Eis. »Erst gestern wurde ein Wachmann nach einem Angriff mit einer Steinschleuder ins Spital eingeliefert. Man unterrichtete mich, dass er erst heute Morgen aus seiner Bewusstlosigkeit erwacht ist.«

Angesichts seines stechenden Blicks verstummte Richard. »Sie selbst beteiligen sich nur in Notwehr an den Auseinandersetzungen«, beendete Albrecht seine Anweisungen an die drei Stabsoffiziere. »Ich erwarte Sie jeden Abend um Punkt sieben Uhr hier zum Rapport.«

Jetzt passierte der Tramway-Wagen Richards Standort vor der Oper. Der Kutscher wirkte verkrampft, die wenigen Passagiere verängstigt, soweit er das aus der Distanz heraus erkennen konnte. Denn die meisten Fahrgäste hatten den Wagen längst verlassen, nachdem sie begriffen, dass diese Strecke heute den Schwerpunkt des Streiks bilden sollte. Das war an der Anzahl der Protestierenden leicht zu erkennen und hatte sogar in einigen Morgenzeitungen gestanden.

In der Tat war die Situation hochexplosiv, was Richard sehr wohl bewusst war. Würde es zu Ausschreitungen hier in der Nähe von Hofburg und Innenstadt kommen, bestand kein Zweifel daran, dass die Truppen ein Blutbad in der Menge anrichten würden, um sie am Plündern und Zerstören zu hindern. Ungeachtet der Tatsache, dass auch viele Frauen unter den Streikenden waren. Einige führten sogar ihre Kinder mit sich.

Einen kurzen Moment lang atmete Richard daher erleichtert auf, als die Tramway ihren Weg vorerst ungehindert fortsetzte und schließlich vom Kärntner Ring in den Kolowratring einbog.

Doch da diese Strecke im Sechs-Minuten-Takt befahren wurde, kam schon bald die nächste Tramway in Sicht. Diesmal war es kein einfacher an beiden Seiten offener Sommerwagen, der nur mit Holzbänken und einem Segeltuchverdeck ausgerüstet war, sondern ein sogenannter Salonwagen.

Diese luxuriösen mit Samtpolstern, einem gewölbten Holzdach, stabilen Seitenwänden und Fenstern ausgestatteten Tramways wurden überwiegend von betuchteren Passagieren benutzt, die sich die deutlich höheren Fahrpreise leisten konnten. Salonwagen waren daher bislang das bevorzugte Ziel der Zerstörungswut der empörten Menge gewesen.

Tatsächlich war das Getöse am Straßenrand selbst aus der Entfernung schon jetzt bei Weitem lauter als beim Sommerwagen, der zuvor die Oper passiert hatte. Zudem schritten viele Menschen hinter dem Salonwagen her, wenn auch in gehöriger Distanz zu den vier berittenen Polizisten, die diesen besonders wertvollen Wagen bewachten. Immer mehr Männer und Frauen verließen ihren Platz am Straßenrand und schlossen sich ihren Genossen an.

Plötzlich hatte Richard das sichere Gefühl, dass es bei der Vorbeifahrt des vornehmen Wagens nicht so glimpflich abgehen würde wie bei den vorangegangenen an diesem heißen Junitag.

Auf dem Weg von der Hermesvilla zum Palais Werdenfels

18. Juni 1889, um die Mittagszeit

Sophie schreckte aus einem kurzen Schlummer auf, als sie aus der Ferne lautes Geschrei hörte. In der Hofequipage, die sie von der Hermesvilla zu ihrem Elternhaus bringen sollte, war es brütend heiß. Kurz war sie eingedöst.

Sie zog den Vorhang des kleinen Fensters zurück und spähte hinaus. Aber sie konnte die Ursache für den Lärm nirgendwo ausmachen. Im Gegenteil lagen die Straßen fast ausgestorben da. Kaum ein anderes Fahrzeug war unterwegs. Sie klopfte an die Rückwand der Kutsche.

Wenig später öffnete der Fiaker, der in seiner Livree stark schwitzte, den Schlag.

»Se wünsch'n, gnä's Fräulein? Is Ihna übel bei der Hitz?«

»Nein, nein«, wehrte Sophie ab. »Ich wundere mich nur über diesen furchtbaren Lärm. Ist irgendwo ein Unglück …?«

»Na, a Unglück is des ned, gnä's Fräulein«, unterbrach der Kutscher sie ärgerlich. »Da streikt des G'sindel, diese Tramway-Kutscher. Und schlag'n sich wahrscheinlich wieder mit die Gendarm'. Gottlose Leut sind des! Ehren ned Gott no unsern Kaiser. Zetteln womöglich die nächste Revolution an.«

Sophie erschrak. »Sind die Straßen um uns herum deshalb so leer?«

Der Fiaker nickte grimmig. »Des wird scho so sein. Jedenfalls, auf der Ringstraß'n könnt i des gnä' Fräulein heut ned fahr'n. Da wär'n mir in der Hofkutsch'n beide uns'res Lebens ned mehr sicher.« Der Mann redete sich immer mehr in Rage. »I hab's dem Stallmeister heut Morgen g'sagt, dass die Straß'n g'fährlich sind. Aber fahr'n hab i des gnä' Fräulein trotzdem müssen.«

Sophie fühlte eine Mischung aus schlechtem Gewissen und Ärger gegenüber dem Kutscher. »Das liegt daran, dass ich nur noch heute meine Mutter besuchen kann«, entgegnete sie schließlich, so würdevoll es ihr möglich war.

Ida hätte ihr jetzt bestimmt gesagt, dass man sich nie gegenüber dem Hofpersonal für eine Anweisung rechtfertigen sollte. »Die Leute sind größtenteils chronisch faul und drücken sich vor der Arbeit und jeder Verantwortung, wo sie nur können«, erinnerte sich Sophie an Idas Worte. »Doch entlassen wird kaum jemals jemand, der eine Stellung bei Hofe ergattert hat. Das leidet der Kaiser nicht.«

Andererseits wurde das Getöse immer stärker und klang jetzt wirklich bedrohlich. »Ich begleite Ihre Majestät, die Kaiserin, morgen nach Ischl«, fügte Sophie ihrer ersten Erklärung daher noch eine weitere hinzu. »Ich werde vielleicht monatelang nicht mehr nach Wien zurückkommen.«

Der Kutscher starrte sie unbeeindruckt an und drehte seinen Zylinder in den Händen.

»Also, fahren Sie jetzt weiter«, seufzte Sophie. »Nehmen Sie meinethalben jeden Umweg, den Sie für richtig halten. Aber ich werde zum Mittagsmahl erwartet. Wie lange dauert die Fahrt denn noch?«

»Des weiß i ned, gnä's Fräulein. Wenn die andern Straß'n frei sind, könnt's noch a Viertelstund dauern. Wenn ned, dann eben länger.«

Anstatt einer weiteren Antwort winkte Sophie dem Kutscher, auf den Bock zurückzukehren. Zum Glück wurde der Lärm mit der Zeit schwächer. Um sich abzulenken, begann Sophie, ihren Gedanken nachzuhängen.

Dass die Kaiserin spätestens morgen Wien wieder fluchtartig verlassen würde, hatte niemanden außer Sophie überrascht. »Am Donnerstag ist Fronleichnam. Der ›Hofball Gottes‹, wie die Wiener die große Prozession nennen. Der höchste kirchliche Feiertag, den die Monarchie öffentlich begeht. Seine Majestät wird barhäuptig hinter dem Baldachin mit der Monstranz einherschreiten. Der Kaiserin sind solche offiziellen Auftritte dagegen zutiefst zuwider, erst recht in diesem Jahr, wo sie in Trauer um ihren Sohn ist. Daher reisen wir alle am Tag zuvor nach Ischl ab.«

Nicht Ida, sondern Marie Festetics hatte Sophie dies mitgeteilt. »Auch Sie sollen Ihre Majestät begleiten«, fügte sie demonstrativ hinzu. Ihrem Tonfall war deutlich anzumerken, dass dieser Umstand Marie alles andere als recht war.

»Aber Marika«, obwohl er die ungarische Koseform ihres Vornamens benutzte, schwang ein leichter Tadel in der Stimme ihres Vetters mit. »Es wäre Ihrer Majestät wohl kaum zuzumuten, auf die Gesellschaft einer solch entzückenden jungen Dame zu verzichten.«

Er hob sein Champagnerglas und trank Sophie zu. »Das kann ich daran ermessen, wie sehr mir Ihre bevorstehende Abwesenheit bereits jetzt, nach unserer nur kurzen Begegnung, zu schaffen macht.«

Sophie lächelte gezwungen. Dieser Ungar, der Marie Festetics anlässlich einer Reise nach Wien einen Besuch abgestattet hatte, war ihr auf Anhieb unsympathisch gewesen. Mit jedem seiner schmeichlerischen Sätze, die er an sie richtete, wurde er ihr widerlicher.

Marie Festetics hatte ihn als einen entfernten Verwandten von sich angekündigt, als sie Sophie zu deren größter Überraschung gemeinsam mit Ida Ferenczy und Charlotte Majláth vorgestern zum Tee in ihren kleinen Salon einlud. Auch in der

Hermesvilla wohnte die Festetics komfortabler als Sisis übrige Hofdamen, die nur über einen einzigen Raum verfügten.

»Graf Lajosz Szalay, habe die Ehre«, begrüßte der Ungar Sophie, zog ihre rechte Hand an seine Lippen und drückte einen feuchten Kuss darauf. Sophie musste den Impuls unterdrücken, ihm ihre Hand zu entreißen.

Sie neigte den Kopf. »Komtess Sophie von Werdenfels, guten Tag. Ich freue mich, Sie kennenzulernen.« Die Lüge kam ihr nur schwer über die Lippen.

Der Mann grinste anzüglich. »Es ist mir eine ganz außerordentliche Ehre, Komtess.« Sophie konnte sich des Eindrucks nicht erwehren, dass Graf Szalay ihre Gestalt taxierte. Einen Moment zu lange blieben seine bernsteinfarbenen Augen am Dekolleté ihrer zartrosa Robe hängen, die wie jedes Nachmittagskleid tiefer ausgeschnitten war als die schlichteren Morgengewänder.

Im Laufe der Unterhaltung erfuhr Sophie, dass der Graf über ausgedehnte Ländereien in Ungarn verfügte, verwitwet und kinderlos war und bereits auf die fünfzig zuging, was man seinem verlebt wirkenden Gesicht auch deutlich ansah. Auch schien er ausgesprochen gerne dem übermäßigen Genuss von Alkohol zuzuneigen, denn er verlangte schon nach einer einzigen Tasse von Maries zugegebenermaßen bitter schmeckendem Tee, nach Champagner. Bis zur Verabschiedung hatte er die Flasche nahezu allein geleert.

Bis heute konnte sich Sophie keinen Reim auf die Einladung Maries machen. Und diesmal war ihr auch Ida keine Hilfe, die sie vorsichtig danach fragte. »Freu dich doch, Phiefi, dass Marie einmal versucht hat, nett zu dir zu sein«, wich sie Sophies Fragen nach dem Zweck dieser Einladung aus.

Doch da der Graf bis zu seinem Abschied keine Gelegenheit versäumt hatte, Sophie weitere zweifelhafte Komplimente zu machen, konnte sie sich im Nachhinein des Eindrucks nicht erwehren, dass Maries Einladung mit ihm zu tun gehabt haben könnte. Obwohl sie sich nicht schlüssig wurde, was die Festetics damit beabsichtigte. Dass diese sie ihrem Vetter andienen wollte, konnte sie sich nicht wirklich vorstellen.

Denn trotz seines immensen Reichtums war der Graf alles andere als ein ansehnlicher Mann. Er war so fett, dass sein Jackett über seinem beachtlichen Bauch spannte. Seine Gesichtszüge waren aufgedunsen, die knollige Nase von roten Äderchen durchzogen. Die unscheinbaren mausbraunen Haare waren bereits schütter geworden und wiesen große Geheimratsecken oberhalb der Schläfen auf. Besonders affig fand Sophie den Schnurrbart des Grafen, der schwarz gefärbt und mit Pomade zu beiden Seiten des Mundes zu lächerlichen Kringeln gezwirbelt war.

»Doch selbst wenn dieser Mensch auf Brautschau ist, bin ich sicher keine gute Partie für ihn«, versuchte sie, sich nun in der wieder dahinruckelnden Kutsche zu beruhigen. »Er wird sich jemand aus seinem eigenen Adelsstand suchen, sollte er tatsächlich vorhaben, sich wieder zu verheiraten.«

Die bemitleidenswerte, immer noch ledige Annelie von Wilczek fiel Sophie ein. Sie war die Tochter einer mittlerweile guten Freundin von Sophies Mutter. Vor Jahren hatte Sophie den beiden Wilczek-Frauen einen großen Gefallen getan, für den sich die Gräfin später erkenntlich gezeigt hatte. So manche Tür hatte Anna von Wilczek ihrer Mutter Henriette seither in der Wiener Gesellschaft geöffnet. Doch ihre unansehnliche Tochter, die sich allmählich auf Mitte zwanzig zubewegte, hatte sie immer noch nicht unter die Haube gebracht. Zweifellos war Annelie mittlerweile so verzweifelt, dass sie selbst den unangenehmen Grafen Szalay als Freier begrüßt hätte.

Aber bei mir wird er auf Granit beißen, sollte er solche Absichten hegen, dachte sie nun trotzig, als die Kutsche endlich den Rennweg erreichte. Nun waren es nur noch ein paar Minuten bis zum Palais Werdenfels in der Marokkanergasse.

Doch ihr Stiefvater würde dies zweifellos anders sehen,

durchfuhr es Sophie siedend heiß, als ihr Elternhaus endlich in Sichtweite kam. *Besser, ich erwähne den Grafen gegenüber Mama daher mit keinem einzigen Wort,* beschloss sie. *Sicher ist sicher.*

Dass ihre Mutter sie niemals in eine ungewollte Ehe zwingen würde, davon war Sophie fest überzeugt. Aber ein einziges unbedachtes Wort über diesen unerwünschten Courmacher gegenüber ihrem krankhaft ehrgeizigen Stiefvater könnte genügen, um die Lage zu ihren Ungunsten zu verändern.

Vor der Hofoper in Wien

Dienstag, 18. Juni 1889, gegen Mittag

Die Menge begann, lauter denn je zu johlen, als sich der Salonwagen der Hofoper näherte. Richards Gefühl trog ihn offenbar nicht.

Plötzlich lösten sich etliche Frauen aus der Menge an den Straßenrändern und rannten auf den Salonwagen zu. Sie hakten einander unter und bildeten vor dem Fahrzeug eine Menschenkette, um es an der Weiterfahrt zu hindern. Richard zählte sechsundzwanzig Frauen. In ihrer Mitte erkannte er zu seiner Bestürzung Irene Gerban, die Schwiegertochter des Grafen von Sterenberg. Diesmal wollten die Streikenden offenbar eine Aktion durchführen, die sie vorher miteinander abgesprochen hatten.

Erst im Nachhinein erfuhr Richard, dass diese eigentlich friedlich hätte verlaufen sollen. Doch dazu war die Stimmung bei allen Beteiligten mittlerweile zu aufgeheizt.

Notgedrungen stoppte der Kutscher das Gefährt, die beiden davorgespannten Pferde schnaubten nervös. Die wenigen Passagiere stiegen hastig aus und drängten sich durch die Menge am Straßenrand.

Während sich die vier berittenen Polizisten rund um das

Fahrzeug zunächst noch zurückhielten, sprangen die vier Wachmänner ab und rannten auf die Frauen zu. Gemeinsam mit einigen vom Straßenrand herbeieilenden Gendarmen versuchten sie rabiat, die Kette zu durchbrechen, stießen und pufften die Frauen und rissen sie sogar an den Haaren, um sie auseinanderzuzerren.

Dies rief natürlich sofort die streikenden Männer auf den Plan. Sie stürzten sich auf die Wachmänner und Gendarmen und schlugen einige von ihnen brutal zu Boden. Nun erkannte Richard auch Victor Adler, der sich schützend zwischen drei Streikende und einen schon am Boden liegenden Wachmann warf, auf den die Wütenden einzutreten versuchten.

Immer mehr mit Knüppeln bewaffnete Polizisten eilten ihren Kameraden zu Hilfe und prügelten wahllos auf die Menge ein. Vor Richard tobte eine wilde, brutale Schlägerei, an der sich auch Frauen beteiligten. Eine von ihnen schlug einem Gendarmen mit einem Bügeleisen eine blutende Wunde.

Währenddessen begannen weitere Männer und Frauen, aus allen Richtungen Steine und andere Wurfgeschosse auf den Salonwagen zu werfen. Dessen Fenster gingen splitternd zu Bruch. Die Menge brüllte und kreischte. Es herrschte ein ohrenbetäubender Lärm.

Jetzt griffen auch die vier berittenen Polizisten ein, die den Salonwagen begleiteten. Mit gezücktem Säbel sprengten sie auf die Streikenden zu. Insbesondere jene, die an ihren weißen Mützen als Tramway-Kutscher erkenntlich waren, wurden zuerst von der stumpfen Seite der Hiebwaffen getroffen. Das waren allerdings nicht mehr allzu viele.

Denn die Polizei hatte in den Wochen zuvor systematisch Jagd auf die streikenden Tramway-Kutscher gemacht, die ihre Uniform zunächst stolz zur Schau stellten und vom Volk frenetisch gefeiert wurden, wenn sie sich darin sehen ließen. Die Männer wurden überall, auf der Straße, in Gaststätten, ja sogar in den Hinterhöfen der Zinshäuser, in denen sie ihre Wohnungen hatten, aufgegriffen und so lange arretiert, bis sie dazu bereit waren, ihre Uniformen abzugeben. Die Tramway-Gesellschaft benötigte diese dringend für die Streikbrecher. Einige wenige Kutscher erklärten sich unter dem auf sie ausgeübten Druck sogar bereit, ihre Arbeit wiederaufzunehmen. Das wusste Richard aus den abendlichen Besprechungen bei Erzherzog Albrecht.

Plötzlich ertönte lautes Hufgetrappel in Richards Rücken. Ebenfalls mit bereits gezücktem Säbel galoppierte eine Gruppe von mindestens zwanzig Dragonern auf die Menge zu. Wahllos hieben sie auf Männer, Frauen und Kinder ein. Schon lagen die Ersten verletzt am Boden.

Richard sah eine Frau, die ein Kleinkind trug, stolpern und stürzen, als sie von einem Huf ins Gesäß getroffen wurde. Ihm stockte der Atem. In letzter Sekunde setzte das Ross über die am Boden liegende Frau hinweg. Hilfreiche Hände zogen sie aus dem Gemenge zur Seite. Wieder sah Richard Irene Gerban, diesmal unter den Helfern.

Abgelenkt durch die Steine und Abfälle werfende, brüllende Menge, der sie in alle Himmelsrichtungen nachsetzten, hatten Polizisten und Dragoner den Salonwagen einen Moment aus den Augen verloren. Das nutzte eine Gruppe von ungefähr dreißig Männern, stürmte auf ihn zu und stemmte sich seitlich mit voller Wucht dagegen. Der verängstigte Kutscher, der die Zügel bislang in der Hand gehalten hatte, rettete sich im letzten Moment, als sich der Wagen zur Seite neigte und schließlich umkippte.

Dabei riss das Gefährt auch die schreienden Pferde mit sich, die noch ins Joch geschirrt waren. Das Leid der verletzten Tiere tat Richard in der Seele weh. Doch er wusste, dass die Kutscher keine Rücksicht auf sie nahmen, da Pferde von der Tramway-Gesellschaft als wertvolles Eigentum betrachtet und daher von dieser weit besser behandelt wurden als die Menschen, die bei ihr arbeiteten.

Das alles spielte sich in rasender Schnelligkeit ab. Es schienen kaum zehn Minuten vergangen zu sein, seitdem die Arbeiterfrauen die Menschenkette gebildet hatten. Doch Richard kam es wie eine Ewigkeit vor. Er hatte alle Hände voll zu tun, seinen scheuenden Hengst im Zaum zu halten, als sich die Ereignisse zu überschlagen begannen.

Ein halbwüchsiger Knabe, Richard schätzte ihn auf höchstens vierzehn Jahre, warf einen Stein auf die Dragoner. Unglücklicherweise traf das Geschoss ausgerechnet das Ross eines Leutnants. In seinem Schreck und Schmerz stieg es hoch. Sein Reiter hielt sich nur mühsam im Sattel und verlor dabei seinen Säbel.

Zu Richards Entsetzen zog der Leutnant nun seine Pistole und zielte auf den Jungen. Der Schuss knallte und traf eine Frau, die sich im letzten Moment vor den Knaben geworfen hatte, ins Bein. Sie schrie gellend auf und fiel zu Boden.

Doch der Rachedurst des Leutnants war noch nicht gestillt. Wieder zielte er auf den Knaben, der vor Schreck wie erstarrt, vor der wimmernden Frau, höchstwahrscheinlich seiner Mutter, stand.

»Halten Sie ein, Mann!« Ohne nachzudenken, drückte Richard seinem Rappen die Sporen in die Weichen und preschte auf den kaum zehn Meter entfernten Leutnant zu. Dabei riss er seinen eigenen Säbel aus der Scheide und schlug dem Offizier die Pistole mit der stumpfen Seite aus der Hand. Der schrie vor Schmerz auf.

Richard kümmerte sich nicht weiter darum. Demonstrativ warf er seinen Säbel weg und trabte mit ausgebreiteten Armen auf die Menge zu. »Aufhören!«, schrie er aus Leibeskräften. »Hört auf!«

Ein Stein streifte ihn, er achtete gar nicht weiter darauf. Plötzlich tauchte ein Mann neben ihm auf, der die Tobenden ebenfalls aus Leibeskräften anbrüllte. Aus den Augenwinkeln sah Richard, dass es Victor Adler war. Ihm schlossen sich zwei weitere Männer an, dann vier Frauen, unter denen wieder Irene Gerban war. »Aufhören! Aufhören!«, schrien sie schließlich im Chor.

Weitere Streikende beiderlei Geschlechts, die sich nicht an den Kämpfen beteiligten, wurden aufmerksam, schlossen sich ihnen an und mahnten die Menge zur Vernunft. Auf ein Zeichen Irenes fassten sich alle schließlich wieder an den Händen und gingen in einer Menschenkette auf die noch Uneinsichtigen zu, die zunächst zurückwichen und sich dann nach und nach beruhigten.

Auch Richard tat ein Übriges, um die Gewalttätigkeiten zu beenden. »Rufen Sie Ihre Mannschaft zurück!«, schnauzte er den Dragonerleutnant an, der sich noch immer die Hand hielt.

Als der Leutnant keine Anstalten machte, Richards Befehl zu befolgen, begann der zu drohen. »Ich bringe Sie vors Kriegsgericht, wenn Sie mir als Vorgesetztem den Gehorsam verweigern!«

Eingeschüchtert durch Richards Uniformabzeichen, die ihn als Hauptmann auswiesen, gab der Mann schließlich nach. Er zog mit der unverletzten Hand eine Trillerpfeife hervor und gab einen durchdringenden Pfiff ab. Sofort ließen seine Dragoner von den Arbeitern ab, wendeten ihre Pferde und versammelten sich rund um ihn herum. Auch die berittenen und unberittenen Polizisten ließen ihre Knüppel sinken. Sie palaverten eine kurze Zeit mit dem Leutnant, dann zogen sie sich in die Kärntnerstraße zurück.

»Bringen Sie jetzt diese Wahnsinnigen zur Vernunft!«, zischte Richard Victor Adler zu. »Schicken Sie sie auf der Stelle nach Hause!«

»Ich will sehen, was sich tun lässt!«, stimmte Adler zu. Mit den beiden Männern, die sich ihm zuerst angeschlossen hatten, begann er, auf die Menge einzureden, bis diese sich tatsächlich zu zerstreuen anschickte. Einige humpelten, andere griffen verletzten Kameraden unter die Arme und schleppten sie mit sich. Doch mehr als fünfzehn Personen blieben am Boden liegen oder sitzen, darunter auch die Frau, der der Leutnant ins Bein geschossen hatte. Um sie herum hatte sich bereits eine große Blutlache gebildet.

Adler riss sich hektisch sein Halstuch ab, streifte der Frau die durchbluteten Röcke hoch und begann, das Bein abzubinden.

»Sie muss dringend fachgerecht versorgt werden«, drängte er. »Aber hier auf der Straße kann ich das nicht tun. Und das nächste Spital ist nicht nur zu weit entfernt, sondern ich habe Sorge, dass die Verwundeten dort verhaftet werden, wie es bisher schon geschehen ist. Unsere Polizei geht einfach davon aus, dass jeder Verletzte sich gewalttätig am Streik beteiligt hat. Etwas anderes lässt sie nicht gelten.«

»Doch wohin wollt ihr die Leute bringen?« Richard war ratlos.

Der Mann, der sich Adler als Erster angeschlossen hatte, um die Menge zu beruhigen, trat auf ihn zu. »Hier in der Nähe, an der Ecke Dorotheergasse und Graben, ist ein Kaffeehaus. Dort arbeitet meine Tochter Mina Löb als Aufseherin. Mina sagt, der Besitzer, mit dem ich einst die Schulbank gedrückt habe, sei ein gütiger Mann. Vielleicht wird er uns ja helfen und die Verwundeten erst einmal aufnehmen.«

»Meinen Sie etwa das Café Prinzess?«, fragte Richard erregt. Der Mann nickte.

»Haben Sie etwas zu schreiben? Geben Sie her, Freund!« Er riss dem Mann das Blatt samt dem Bleistift, den er ihm hinhielt, aus der Hand. Nebenbei registrierte er, dass der Zettel ein Flugblatt der Sozialdemokraten war. Hastig kritzelte Richard etwas an den Rand.

»Ich kenne den Besitzer des Prinzess und hoffe, das hilft. Suchen Sie sich ein paar Helfer und machen Sie sich schnellstens mit den Verwundeten davon! Nehmt die Seitengassen, das ist nicht nur näher, sondern auch sicherer!«

»Ich gehe mit«, sagte Adler. »Die meisten Leute brauchen einen Arzt!«

»Ich komme auch mit!« Plötzlich stand Irene Gerban vor Richard. Ihr blaues Baumwollkleid war verdreckt und an einer Stelle sogar zerrissen, ihr Haar zerzaust. Den Hut hatte sie offensichtlich verloren. »Ich habe Erfahrung in der Versorgung Verwundeter.«

Erneut erklang Hufgetrappel aus der Ferne. Richard legte die Hand über die Augen, um in der gleißenden Sonne besser sehen können. »Dahinten sehe ich eine weitere Polizeieinheit anrücken. Sie kommen sicherlich, um Verhaftungen vorzunehmen. Ich versuche, sie aufzuhalten, solange ich kann.«

Palais Werdenfels in der Marokkanergasse

18. Juni 1889, nach dem Mittagessen

»Das ist gemein!« Milli schlug sogar mit der flachen Hand auf den Tisch, als ihre Mutter Henriette sie bat, sie noch ein paar Worte unter vier Augen mit Sophie wechseln zu lassen. »Ich will auch hören, was ihr euch zu sagen habt!«

»Emilia!«, tadelte Henriette ihre jüngere Tochter sanft unter Verzicht auf deren Kosenamen. Dies war das äußerste Zeichen von Missbilligung, denn noch nie hatte sie eins ihrer Kinder geschlagen. »So benimmt sich eine junge Dame nicht.«

»Aber Phiefi reist doch schon bald nach Ischl und kommt vielleicht monatelang nicht mehr heim. Sie konnte mich ja nicht einmal an meinem Geburtstag im Mai besuchen!«

Das war allerdings wahr. Sophie hatte es zu dieser Zeit, eingedenk Ida Ferenczys Warnung, noch nicht gewagt, um einen weiteren Urlaubstag zu bitten. Zumal sie sich auch täglich der Kaiserin zur Verfügung halten musste.

»Umso schöner ist es doch, dass wir uns heute noch einmal gesehen haben«, versuchte Sophie, Milli zu trösten. »Und so hast du sogar fast vier Wochen nach deinem Geburtstag noch ein Päckchen aufmachen können.«

Sophie hatte ihrer Schwester ein emailliertes Schmuckkästchen mitgebracht, das zu den Waren gehörte, die ein Händler im Park der Hermesvilla mit besonderer kaiserlicher Erlaubnis ab und zu anbieten durfte, wenn sich die Kaiserin im Frühjahr dort aufhielt. Auch Sisi selbst hatte dem Stand einen kurzen Besuch abgestattet und ein paar Kleinigkeiten für ihre Tochter Marie Valerie und ihre Enkelin Erzsi, Rudolfs Tochter, erworben.

»Das Kastl ist wirklich sehr hübsch«, lenkte Milli ein. »Aber trotzdem möchte ich noch hierbleiben. Phiefi hat doch erzählt, dass sie nur herkommen durfte, weil die Kaiserin heute nicht wandern wollte.«

Das war in der Tat so gewesen. Als Sophie die Kaiserin gleich nach dem Tee bei Marie Festetics um die Erlaubnis gebeten hatte, heute Urlaub zu erhalten, um ihre Familie vor der Abreise nach Ischl noch einmal besuchen zu können, hatte diese anfangs unwillig reagiert und war vage geblieben.

Dann aber meldete Marie Valerie den Anspruch an, einmal einen ganzen Tag ungestört mit ihrer Mutter verbringen zu können. Zumal an jenem letzten Abend vor der Abreise nicht nur ihr Vater Franz Joseph, sondern auch dessen Freundin Katharina Schratt zum Diner erwartet würden. Marie Valerie mochte Katharina nicht, wie Sophie von Ida wusste, und empfand diese Zusammentreffen unter dem Deckmantel der angeblichen Freundschaft Sisis mit der Schauspielerin als ausgesprochen peinlich.

So begnügte sich die Kaiserin, anstatt des gewohnten Fußmarsches, mit einer besonders intensiven Turneinheit am Vormittag, um die restliche Zeit des Tages bis zum Diner mit ihrer Lieblingstochter zu verbringen.

»Und keiner weiß, wann die Phiefi das nächste Mal kommen kann«, wiederholte Milli. Nun schwangen sogar Tränen in ihrer Stimme mit. »Was ist, wenn die Kaiserin sie sogar mit nach Griechenland nimmt? Oder nach Bayern, oder wohin sie sonst noch reisen mag?«

Diese offenstehende Frage hatte Sophie beim Mittagessen

mit ihrer Familie erörtert. Vorläufig war nur von den Sommermonaten in Ischl die Rede. Aber jedermann wusste, wie sprunghaft Sisi war und wie häufig sie ihre Pläne spontan änderte.

»Milli!«, mahnte Henriette nun wieder mit weniger Strenge. »Was ich mit Phiefi besprechen möchte, ist sehr vertraulich und nicht für deine Ohren bestimmt. Nun sei nicht so grantig und lass uns allein!«

Milli schürzte die Lippen, während sich eine Träne aus ihren hellblauen Augen stahl. »Und was ist, wenn ich auch etwas Vertrauliches mit Phiefi besprechen möchte?«

Sophie lächelte. »Dann komme ich hernach noch zu dir auf dein Zimmer und du erzählst mir, was dir auf dem Herzen liegt«, schlug sie vor. »Ich habe ja noch den ganzen Tag Zeit und muss erst zum Abendessen wieder in der Hermesvilla sein.«

Zu ihrem Erstaunen schien Milli ihr Versprechen jedoch kaum zu trösten. Geräuschvoll schob sie ihren Stuhl vom Esstisch zurück, stand ohne einen Abschiedsgruß auf und ging mit hastigen Schritten hinaus. Auch die Tür schlug sie fester zu, als es nötig gewesen wäre.

Henriette sah ihr stirnrunzelnd nach. »Zum Glück hat Arthur dies nicht miterlebt. Er hätte Milli erneut hart bestraft.«

»Erneut, wie meinst du das?« Sophie war alarmiert.

»Nun, seit Milli vierzehn Jahre alt geworden ist, darf sie am Nachtmahl teilnehmen. Und hat sich angemaßt, auch ihrem Vater die eine oder andere freche Antwort zu geben. Zuletzt erhielt sie ein ganzes Wochenende lang Stubenarrest bei Wasser und Brot.«

»Ach Gott!« Sophie begann nun, sich ernstlich Sorgen zu machen. Nur zu gut erinnerte sie sich an ihren eigenen tagelangen Arrest, der ja nur wenige Monate her war. »Was ist denn nur mit Milli los? Hat sie wieder Probleme in der Schule?«

Henriette seufzte. »Ihre Rechtschreibung lässt nach wie vor zu wünschen übrig und wird von Arthur auch oft getadelt. In den anderen Fächern, besonders Mathematik und allen Naturwissenschaften, bringt sie dagegen glänzende Noten nach Hause.«

Bevor Sophie weiter nachfragen konnte, wehrte Henriette ab. »Aber lass uns nun über das sprechen, was ich dir mitteilen wollte. Vielleicht ist es dir ja möglich, diesbezüglich noch etwas bei Ihrer Majestät zu bewirken, wenn du jetzt so häufig mit ihr zusammen bist.«

Henriette bückte sich und zog ein dünnes Buch aus einer Tasche hervor. Sophie hatte sich schon vor dem Essen darüber gewundert, warum ihre Mutter die Tasche mitgebracht und neben ihren Stuhl gestellt hatte.

Denkschrift der Baronin Helene von Vetsera über die Katastrophe in Mayerling und den dabei erfolgten Tod ihrer Tochter Mary Vetsera, las sie nun zu ihrem nicht geringen Erstaunen.

Sophie erinnerte sich an ihren Besuch im Palais Vetsera am Tag vor der Fußwaschung. »Also hat die Baronin ihre Absicht wahrgemacht und tatsächlich eine Denkschrift verfasst und in Druck gegeben«, konstatierte sie. »Wurde sie denn Seiner Majestät, dem Kaiser, bereits überreicht?«

Henriette schüttelte den Kopf. »Ganz im Gegenteil, Phiefi. Die Denkschrift wurde noch am Tag ihres Drucks konfisziert. Dies ist eins der wenigen Exemplare, die den Schergen des Polizeipräsidenten entgangen sind. Und das nur, weil Helene einige Probedrucke abgeholt hat, bevor sie die restlichen zweihundert Stück in Auftrag gab.«

Sophie erschrak. Doch schon fuhr Henriette fort. »Auch deine Rolle bei dem ganzen Drama ist hier ganz genau beschrieben, obwohl die Baronin deinen Namen natürlich nicht nennt. Die Rede ist nur von Marys guter Freundin.«

Sophie schlug sich unwillkürlich beide Hände vor den Mund. »Dann ist der Besitz dieses Dokuments doch ungeheuer gefährlich für dich, Mama! Wie kommst du denn überhaupt an eines der wenigen Exemplare?«

»Die Baronin selbst hat es mir gebracht«, erklärte ihre Mutter lakonisch.

»Helene Vetsera war hier zu Besuch?«, fragte Sophie ungläubig. »Das hast du gewagt? Ohne dass dein Mann davon wusste?«

»Arthur hat leider vom Besuch der Baronin erfahren und mir eine seiner üblichen Szenen gemacht«, seufzte Henriette. »Doch dazu komme ich später.«

Sie nahm ihr Glas, das noch einen Rest Wein enthielt, und leerte es. Dann atmete sie hörbar ein.

»Ich wollte dich fragen, ob du es für möglich hältst, der Kaiserin ein Exemplar der Denkschrift zu überreichen. Helene hat ungefähr fünfundzwanzig Stück vor der Beschlagnahmung gerettet. Da ich die Denkschrift Wort für Wort gelesen habe, kann ich nur bestätigen, was mir Helene schon zuvor darüber gesagt hat. Es steht kein Wort der Kritik an der Kaiserfamilie darin. Im Gegenteil, Helene erwähnt die Majestäten nur mit dem allergrößten Respekt.«

Sophie schüttelte spontan den Kopf. »Ich halte das für keine gute Idee, Mama. Was soll es denn bewirken? Dass Mary in den Augen der Kaiserin rehabilitiert ist, habe ich der Baronin doch schon bei meinem letzten Besuch gesagt.«

Henriette nickte traurig. »Ja, das hat Helene erwähnt. Auch dass sie ein Schreiben eines Hofsekretärs namens Baron Braun erhalten hat, in dem der Mann ihr im Namen des Kaisers versichert, dass Seine Majestät ihr als Marys Mutter keine Mitschuld am Tod seines Sohnes gibt. Doch eine Audienz gewährt ihr Franz Joseph nach wie vor nicht. Aber nur dies würde Helene in den Augen der Wiener Gesellschaft rehabilitieren.«

Sophie nickte traurig. »Dass die Baronin genau aus diesem Grund auf eine Audienz hofft, hat sie mir auch schon erzählt. Doch leider kann ich gar nichts für die Vetseras tun. Im Gegenteil! Ich muss mich selbst vorsehen.«

Sophie erzählte von der Denunziation des Polizeiagenten anlässlich ihres Besuchs im Palais Vetsera im April.

»Und du musst verstehen, liebe Mama, dass die Kaiserin gerade erst begonnen hat, mir ihr Vertrauen zu schenken. Würde ich sie jetzt bitten, diese Denkschrift zu lesen oder sie sogar ihrem Gatten zu überreichen, würde sie diese Bitte nicht nur ablehnen, sondern es würde auch sicherlich meiner Stellung bei ihr schaden. Zumal ich bereits eine erklärte Feindin in ihrem Hofstaat habe.«

Sophie berichtete von Marie Festetics, die ihre Abneigung gegen Sophie unverhohlen zur Schau trug. Den Grafen Szalay erwähnte sie allerdings nicht, genau wie sie es sich vorgenommen hatte.

»Es würde Sisi nur erneut an ihren tiefen Schmerz über den schändlichen Tod des Kronprinzen erinnern. Immer wieder verfällt sie seither in große Melancholie. Sie isst kaum etwas und ist rastloser denn je zuvor. Von den ausgedehnten Fußmärschen, die sie fast jeden Tag unternimmt, habe ich euch doch schon beim Mittagessen erzählt.«

Angesichts Henriettes trauriger Miene fiel ihr noch etwas ein. »Zumindest diese verlogene Gräfin Larisch hat keine Aussicht mehr auf die Gunst Sisis. Neulich war ich selbst dabei, als die Kaiserin einen Brief der Larisch ungelesen zerriss. Leider muss das den Vetseras als Trost genügen.«

Henriette seufzte schwer. »Immerhin haben sie außerdem nun Marys Grab. Im Mai wurde ihre Leiche auf dem Friedhof von Heiligenkreuz in eine würdige Gruft umgebettet. Leider konnte ich nicht zur Beerdigung kommen. Das hätte mir Arthur niemals erlaubt.«

»Und heimlich hättest du ja auch nicht daran teilnehmen können«, konstatierte Sophie bitter. »Gruber hätte dich sicher wieder bei Arthur verraten.«

Henriettes Antwort versetzte Sophie in Erstaunen. »Wenn du den Diener Gruber im Verdacht hast, Arthur Helene Vetseras Besuch hinterbracht zu haben, irrst du dich, meine Liebe. Den hatte ich zuvor mit ein paar Gulden bestochen. Und

Arthur berief sich diesbezüglich auch gar nicht auf ihn, sondern auf ›Informationen, die man ihm aus dem Innenministerium zugetragen habe‹, wie er sich ausdrückte.«

»Also werden die Vetseras nach wie vor von der Geheimpolizei überwacht«, schloss Sophie daraus. »Da siehst du doch, wie gefährlich der Besitz dieser Denkschrift ist. Am besten wirfst du sie ins Feuer!«

»Ich denke gar nicht daran«, erwiderte Henriette für ihr ansonsten sanftes Gemüt sehr heftig. »Mach dir keine Sorgen, Phiefi! Es gibt ein sicheres Versteck dafür hier im Palais, wo weder Arthur noch ein Geheimagent das Dokument jemals finden werden.«

Sie wirkte so entschlossen, dass Sophie keine Widerworte zu geben wagte. Stattdessen lenkte sie auf ein anderes Thema.

»Du sprachst eben von Marys Gruft. Hat die Baronin denn auch an der Idee festgehalten, eine Kapelle zu errichten?«

Henriette bestätigte das. »Die Kapelle ist bereits im Bau und wird wohl im Herbst eingeweiht werden. Jetzt, wo der Zwist mit dem Abt von Heiligenkreuz über die Glasfenster bereinigt ist.«

»Welcher Zwist?«

»Nun, in ihrer Trauer über Marys Tod ist Helene zuerst über das Ziel hinausgeschossen. Sie gab ein Glasfenster in Auftrag, das eine Muttergottes mit den Gesichtszügen Marys zeigte. Doch das ging dem Abt zu weit, zumal Mary nun tatsächlich keine Heilige war und auch ihren Anteil ...«

Henriette stockte abrupt. »Aber was geschehen ist, ist geschehen und lässt sich nicht ändern«, fuhr sie ohne den vorwurfsvollen Ton fort, der sich in ihre letzten Sätze geschlichen hatte. »Schließlich haben sich die beiden Kampfhähne am Ende gütlich geeinigt. Helene musste zwar ein neues Fenster bestellen, aber das zeigt jetzt zwei kniende, betende Engel mit den Antlitzen ihrer verstorbenen Kinder Laszi und Mary. Das halte auch ich für einen guten Kompromiss.«

»Wusstest du übrigens, dass Kaiser Franz Joseph das Jagdschloss Mayerling in ein Karmelitinnenkloster umbauen lässt?«, fiel Henriette noch ein. »Die Nonnen sollen nach seiner Fertigstellung für Rudolfs Seelenheil beten. Die Einweihung des Klosters ist noch in diesem Jahr geplant.«

Das war Sophie neu. Sie verkniff sich die bittere Bemerkung, ob denn wenigstens die Unbeschuhten Karmelitinnen von Marys Existenz wussten. Da sie der ganzen Thematik jedoch weidlich überdrüssig war, sah sie demonstrativ auf die große barocke Standuhr im Speisezimmer.

»Ich sollte jetzt einmal nach Milli sehen, wie ich es ihr versprochen habe.«

Sophie fand Milli tatsächlich in ihrem Jungmädchenzimmer, wie sie es ihr vorgeschlagen hatte. Dort lag ihre jüngere Schwester auf dem Bett und starrte mit offenen Augen an die Decke.

»Nun, hier bin ich, mein Schatz«, sagte Sophie herzlich. »Was ist es denn, das dir schwer auf der Seele liegt und du vertraulich mit mir besprechen möchtest?«

»Ach, es ist nicht mehr so wichtig«, wehrte Milli zu Sophies Erstaunen ab. »Du kannst mir dabei ja sowieso nicht helfen, wenn du dauernd weg bist.«

»Wobei kann ich dir nicht helfen?«, fragte Sophie beunruhigt. Und als Milli nicht gleich antwortete. »Gibt es Probleme in der Schule der Salesianerinnen?«

Obwohl Milli nickte, hatte Sophie das sichere Gefühl, dass ihr das Mädchen irgendetwas verschwieg. Dennoch drang sie nicht in ihre Schwester, sondern korrigierte geduldig mit ihr einen Aufsatz über den österreichisch-ungarischen Ausgleich von 1867. Inhaltlich fand Sophie ihn ausgezeichnet. Doch leider wimmelte er von Rechtschreibfehlern. Diese Schwäche schien Milli nach wie vor trotz allen Übens nicht überwunden zu haben.

»Nun habe ich dir ja doch noch helfen können«, machte

Sophie schließlich einen erneuten Versuch. »War es denn wirklich das, was du mit mir besprechen wolltest?«

Milli lächelte. »Ja, liebe Phiefi. Du hast mir jetzt eine Strafe erspart. Ich muss dem Stiefvater jeden Aufsatz zeigen. Und wenn zu viele Fehler darin sind, sperrt er mich immer in meinem Zimmer ein.« Sophie nahm dies mit hilflosem Zorn zur Kenntnis, wusste aber auch keinen Rat.

Die verbleibenden Stunden verbrachten Sophie, Henriette und Milli scheinbar unbeschwert mit leichtem Geplauder und der köstlichen Zitronen-Schlagobers-Torte zum Nachmittagstee, die Mamsell Ida aus dem Café Prinzess geholt hatte.

Dennoch wurde Sophie das Gefühl nicht los, dass Milli ihr verschwieg, was sie wirklich bedrückte.

Kapitel 9

Kaffeehaus Prinzess in der Dorotheergasse

18. Juni 1889, gegen ein Uhr mittags

Nervös stand Mina vor dem fleckigen Spiegel im Ankleidezimmer der Aufseherin und strich sich eine Strähne ihres dunklen Haars aus dem Gesicht. Wie schon den ganzen Vormittag, seit der Öffnung des Cafés Prinzess um zehn Uhr, lauschte sie unwillkürlich mit einem Ohr nach draußen. Der Lärm und das Geschrei, die zunehmend lauter von der Ringstraße herübergetönt waren, hatten endlich nachgelassen. War die Streikaktion vorüber? Und war sie glimpflich für alle Beteiligten ausgegangen?

Im Café hatte sich heute kaum ein Gast eingestellt. Und die wenigen Besucherinnen waren rasch wieder verschwunden, sobald der Streiklärm begonnen hatte. Selbst im Kaffeehaus herrschte wenig Betrieb, hatte Danzer ihr mitgeteilt.

Ein Blick in den Graben hatte Mina vor zwanzig Minuten gezeigt, dass die um diese Zeit in der Regel sehr belebte Geschäftsstraße nahezu wie ausgestorben war. Gleich einem Lauffeuer hatte sich in Wien die Nachricht verbreitet, dass die Tramway-Kutscher und die mit ihnen verbündeten Arbeiter heute die prominenteste Strecke entlang des Wiener Rings bestreiken wollten.

Die lag nicht weit von der Innenstadt entfernt. Viele Ladenbesitzer hatten daher ihre Geschäfte aus Angst vor Tumulten und Plünderungen heute Morgen erst gar nicht geöffnet und

Türen und Fenster sogar mit Brettern vernagelt. Schließlich war es in den Arbeitervierteln Hernals und Favoriten bereits dazu gekommen, dass Geschäfte und Kaffeehäuser ausgeraubt worden waren.

Auch Danzer war zunächst unschlüssig gewesen, ob er nach dem Kaffeehaus, das wie üblich schon seit acht Uhr morgens geöffnet war, auch das Café Prinzess aufmachen sollte. Da das Demel jedoch geöffnet hatte, wie ein Serviermädchen, das dorthin als Kundschafterin ausgesandt wurde, Danzer berichtete, entschied er sich zunächst ebenfalls dafür.

Jetzt war das Café allerdings seit ungefähr einer Stunde wieder geschlossen, nachdem der letzte Gast es verlassen hatte. Zu bedrohlich war der Radau gewesen, der zuletzt von der Hofoper herübergeschallt war. Im Kaffeehaus hockten allerdings zwei Unverdrossene weiter über ihrem Kleinen Schwarzen und den Zeitungen. Küchen und Backstube waren dagegen verwaist. Danzer hatte fast dem gesamten Personal ab der Mittagsstunde frei gegeben. Nur der jüngste Ober hielt im Kaffeehaus die Stellung.

Auch Mina hätte längst heimgehen können. Eine ihr selbst unerklärliche Unruhe hielt sie jedoch im Café Prinzess zurück. Unschlüssig hatte sie hier und da etwas gerichtet, zwei vergessene Tassen gespült, die Grünpflanzen gegossen und eine fast noch makellose Tischdecke gewechselt. Schließlich war sie ins Ankleidezimmer gegangen und hatte sich umgezogen. Doch noch immer hielt etwas sie hier fest.

Vielleicht lag es daran, dass sie sich Sorgen um ihren Dienstherrn machte. Stephan Danzer litt heute wieder einmal an den Kopfschmerzen, die ihn in jüngster Zeit öfter wie aus heiterem Himmel anfielen.

»Das liegt nur an der Hitze«, wiegelte er die Symptome wie üblich ab, als ihn Mina auf sein verzerrtes Gesicht, ein untrügliches Anzeichen für eine erneute Schmerzattacke, ansprach. Nun hatte er sich in sein Kontor zurückgezogen, angeblich, um endlich seine Buchhaltung aufzuarbeiten.

Mina vermutete jedoch, dass er sich ein wenig auf die Chaiselongue gelegt hatte, die dort, ebenso wie in ihrem Ankleidezimmer, zur Einrichtung gehörte.

Ein plötzliches Geräusch im Flur ließ sie aufhorchen. Es hatte wie ein leises Poltern geklungen. Vorsichtig öffnete sie die Tür und lugte hinaus, nur um sie im nächsten Moment weit aufzureißen. Vor ihr stand ihr Vater, von oben bis unten mit Blut befleckt.

»Ich bitte Sie, diesen Unglücklichen Schutz zu gewähren, bis sie ärztlich versorgt worden sind.« Danzer murmelte die Worte, die er gerade auf einem zerknitterten, ebenfalls blutverschmierten Zettel las, leise vor sich hin. Mina, die ihm den Zettel gebracht hatte, kannte den Inhalt schon. »Ich zeige mich selbstverständlich dafür erkenntlich.« Die kaum leserliche Notiz war mit *R. von Löwenstein* unterzeichnet.

»Dieser Idiot«, schnaubte Danzer nun, anstatt auch den Namen des Absenders laut vorzulesen. Dann hob er den Kopf, wobei sich sein Gesicht einen Augenblick lang erneut vor Schmerz verzerrte. »Sie können bestätigen, dass diese Menschen in Not sind?«

Mina nickte. »Sie sind verletzt und müssen dringend behandelt werden. Die Frau, die mein Vater persönlich vom Opernplatz hergeschafft hat, wird sonst verbluten, hat er gesagt. Ein Leutnant hat sie ins Bein geschossen. Bei ihr sitzt ihr Sohn, fast noch ein Kind, und schluchzt sich die Seele aus dem Leib! Aber auch die anderen Verwundeten brauchen dringend Hilfe.«

»Dann ist das doch eine Selbstverständlichkeit, und dieser Mensch muss mich dafür nicht entschädigen«, knurrte Danzer und erklärte Mina damit, warum er Richard von Löwenstein gerade mit einem Schimpfwort bedacht hatte. »Wo sind die Leute jetzt?«

»Die verletzte Frau liegt auf meiner Chaiselongue, die anderen sitzen mit den Leuten, die sie hergebracht haben, im Lieferantenflur.«

»Lassen Sie alle ins Souterrain gehen, noch sind der Hansi und zwei Gäste im Kaffeehaus, die das nicht mitbekommen sollten. Außerdem können Sie dort unten unbemerkt Wasser in der Küche erhitzen und Eis aus dem Kühlkeller holen. Beides wird sicherlich nötig sein, um die Leute zu behandeln.«

Mina strahlte über das ganze Gesicht. »Ich wusste, dass Sie Ihr Herz nicht verschließen würden, Herr Danzer. Deshalb habe ich schon erlaubt, dass der Herd angefeuert wird. Und es gibt ein paar ausrangierte Tischdecken. Können wir sie ...«

»Ja, ja!«, fiel ihr Danzer ins Wort. »Machen Sie Verbandszeug daraus! Auch aus der neueren Wäsche, wenn es nicht ausreichen sollte.«

Mina wandte sich schon zur Tür, als er sie noch einmal zurückrief. »Sagen Sie mir Bescheid, wenn alle versorgt sind. Im Moment stünde ich nämlich nur im Wege. Denn menschliches Blut kann ich nicht sehen, ohne in Ohnmacht zu fallen«, machte er seiner Aufseherin ein unerwartetes Geständnis. »Deshalb hat man mich seinerzeit schon als Rekruten ausgemustert. Aber ich will noch mit Ihrem Vater sprechen und auch mit diesem Doktor Adler und dieser merkwürdigen Gräfin, die gar keine richtige ist und für die Rechte der Arbeiter demonstriert, anstatt in ihrem feinen Salon Tee zu trinken.«

»Wo haben Sie das denn gelernt, Frau Gerban?«

Bewundernd beobachtete Mina, die Irene Gerban assistierte, schon zum wiederholten Mal, wie gekonnt diese eine Wunde reinigte und verband. Es war die stark blutende Kopfverletzung eines Kutschers namens Joseph Jahoda, eines der Streikführer aus den Reihen der Tramway-Fahrer. Er hatte zu den Delegierten gehört, die mit der Direktion und den Haupteignern der Tramway-Gesellschaft vergeblich über die Lohnerhöhung und Arbeitszeitverkürzung verhandelt hatten. Seine ehemals weiße Mütze war jetzt blutdurchtränkt.

»Oh, ich bin schon recht weit herumgekommen, liebe

Mina«, erklärte Irene. »Und gelernt habe ich es eigentlich nie. Aber während der ersten Schlacht des Deutsch-Französischen Kriegs war ich Dienstmädchen in einem Herrenhaus. Das lag nur wenige Hundert Meter von der Straße nach Weißenburg entfernt, wo erbitterte Kämpfe tobten. Die Verwundeten und Sterbenden, Franzosen ebenso wie Deutsche, kamen in Scharen in unser Anwesen. Und wurden dort versorgt und später zum Teil auch gepflegt.«

Während Mina diese für sie völlig überraschenden Informationen verarbeitete, streckte Irene die Hand aus. »Reichen Sie mir nun bitte das Pflaster, damit ich den Verband befestigen kann. Die Wunde sieht schlimmer aus, als sie ist. Die Kopfschwarte ist durch einen Säbelhieb aufgeplatzt, aber Dr. Adler sagt, der Schädelknochen sei zum Glück unverletzt.«

»So, Joseph!«, wandte sich Irene dann an den Kutscher. »Geht es denn wieder? Was machen die Schmerzen?«

»Sind scho besser worden, Frau Gerban. Aba wenn i no an davon ham könnt?« Er hob ein leeres Branntweinglas hoch. »So an Schnaps kriegt unsereins ned alle Tag.«

Mina hob bereits die Flasche mit dem Marillenbrand, die ihnen Danzer aus den Beständen des Kaffeehauses spendiert hatte, und füllte nach. Jahoda kippte das Getränk in einem Zug hinunter.

»Aber nun ist es genug«, mahnte Irene. »Und du sollst mich doch nicht Frau Gerban nennen und auch nicht siezen. Ich bin einfach die Irene für euch. Für Sie auch, Mina, wenn Sie es möchten.«

»Des is mir ned recht, des wissen S' aba, Frau Gerban. Sie sind einmal a waschechte Gräfin, da schickt sich's ned, dass i du sag.«

»Dem möchte ich mich mit herzlichem Dank für Ihr Angebot anschließen«, antwortete Mina, im Vergleich zu Jahoda etwas gestelzt. »Denn ich hoffe, Sie und Ihre Familie noch oft als Gäste hier im Kaffeehaus begrüßen zu dürfen. Da wäre es ein Ding der Unmöglichkeit und würde völlig respektlos wirken, auch auf die Serviermadln, wenn ich Sie duzen würde.«

Irene Gerban seufzte. »Wie ihr wollt!« Sie wandte sich wieder an den Kutscher. »Der Verband muss zweimal täglich gewechselt und die Wunde mit Alkohol ausgewaschen werden. Hast du daheim jemanden, der das machen kann? Allein bekommst du das nämlich nicht hin.«

»Mei Tochter, die Agnes, kann des mach'n. I dank auch recht schön, Frau Gerban.« Jahoda erhob sich mühsam und wankte noch ein wenig unsicher auf den Füßen aus der großen Kaffeehausküche, die zum Verbandssaal umfunktioniert worden war.

»Herr Danzer hat den Leuten erlaubt, sich bis zum Einbruch der Dunkelheit hier im Kaffeehaus aufzuhalten, Frau Gerban«, sagte Mina, die Irenes besorgten Blick richtig deutete. »Und wer dann noch immer nicht alleine nach Hause gehen kann, den will er mit dem Landauer heimbringen.«

»Dann hatte Ihr Vater sogar mehr als recht, als er uns das Kaffeehaus Prinzess als Zufluchtsort vorschlug«, lächelte Irene. »Sein Besitzer hat das Herz wirklich auf dem rechten Fleck.« Dann wurde sie wieder praktisch. »Wenn die Leute bis heute Abend hier sind, können wir beide ja selbst noch ein paar Verbände wechseln, Mina.« Sie stutzte. »Natürlich nur, wenn Sie noch so lange im Haus sind.«

»Ich bleibe selbstverständlich noch da«, versicherte Mina. »Jemand muss den Leuten doch etwas kochen. Die paar belegten Brote, die sie bisher erhalten haben, reichen nicht den ganzen Tag lang.«

»Oh!«, freute sich Irene. »Dann helfe *ich* Ihnen *dabei*. Es ist schon eine Ewigkeit her, dass ich selbst gekocht habe.«

Mina lächelte erfreut über das Angebot, aber nicht mehr ganz so überrascht wie vorhin. »Ja gerne, Frau Gerban. Aber zuvor möchte Herr Danzer Sie, Dr. Adler und meinen Vater noch sprechen.«

»Und Sie alle versichern mir, dass sich die Leute, die ich aufgenommen habe, heute nicht strafbar gemacht haben?«

Stephan Danzer ließ seinen Blick prüfend über die Gesichter der Anwesenden gleiten.

Eine kurze Weile herrschte Schweigen. »In unseren Augen nicht, Stephan,« ergriff dann Minas Vater als Erster das Wort. Da Danzer und er alte Schulkameraden waren, hatten sie sich sofort wieder geduzt. »Doch die Obrigkeit würde das wahrscheinlich anders sehen.«

»Was heißt das, Benjamin?«

»Nun, der junge Jakob hat einen Stein auf den Dragonerleutnant geworfen, der daraufhin auf ihn schießen wollte und dabei seine Mutter getroffen hat.«

»So was meine ich nicht, Benjamin«, schnaubte Danzer. »Das halte ich nämlich für völlig unverhältnismäßig. Wegen eines Dummejungenstreichs gleich zu schießen.«

»Und Jahoda hat mitgeholfen, den Salonwagen umzustürzen«, bekannte Irene. »Auch das würde die Wiener Polizei als Straftat bewerten.«

Danzer runzelte die Stirn. »Das scheint mir schon etwas gravierender zu sein. Warum musste es denn dazu kommen?«

»Die Stimmung der Leute war außerordentlich aufgeheizt, Herr Danzer. Das gebe ich zu«, ergriff Adler das Wort. »Doch lassen Sie mich erklären, wie es den Tramway-Kutschern bislang auf ihrer Arbeitsstelle ergangen ist. Dann können Sie deren Wut vielleicht besser verstehen.«

Zunehmend fassungslos lauschte Danzer Adlers Bericht.

»Trotzdem war nicht geplant, dass es heute zu solchen Ausschreitungen kommt«, erklärte Irene Gerban, als Adler geendet hatte. »Wir wollten ursprünglich nur den Salonwagen mit einer Menschenkette, die aus lauter Frauen bestand, am Weiterfahren hindern und damit auch den Rest der Strecke ungefähr eine Stunde lang für die anderen Tramways blockieren. Ein paar der Frauen hatten sich sogar ihre Kinder auf den Rücken geschnallt.

So hofften wir, die Polizisten und Soldaten an Gewalttätigkeiten zu hindern. Aber sie griffen uns wehrlose Frauen dennoch genauso brutal an, als wären wir bewaffnete Staatsfeinde.«

Wieder hörte Danzer den Ereignissen, die diesmal Irene Gerban schilderte, aufmerksam zu.

»Dann verstehe ich jetzt wenigstens zweierlei«, erklärte er schließlich. »Nämlich, warum Sie, werte Frau Gerban, als zukünftiges Mitglied des Hochadels eine stadtbekannte Arbeiterführerin sind und man Ihren Schwiegervater sogar den ›roten Grafen‹ nennt.«

Irene lächelte ironisch. »Es ist meine Art, mich für die Armen zu engagieren. Das ziehe ich Wohltätigkeitsbasaren und Theatervorführungen vor, wie sie meine zukünftigen Standesgenossinnen ausrichten, um ihrer Pflicht zur Caritas Genüge zu tun. Ich weiß, dass jede Dame von Stand daran gemessen wird, ob und wie viele Spenden sie auf diese Weise einwirbt. Doch in Wirklichkeit geht es den Damen bei diesen Veranstaltungen vor allem darum, ihre neuesten Roben zu zeigen, die ein Vielfaches von dem gekostet haben, was als Spendensumme aufgebracht wird.«

»Aha«, machte Danzer. »Aus diesem Blickwinkel habe ich das noch nie betrachtet.«

»Und was verstehst du als Zweites besser, Stephan?«, fragte Minas Vater.

»Warum du als Jude und Geschäftsmann unter die Sozialisten gegangen bist, Benjamin Löb.«

Minas Vater schnaufte. »Pah, Geschäftsmann! Ich führe nur einen kleinen Krämerladen und beute niemanden aus, wie es die Barone Reitzes und Hirschstein mit den Tramway-Kutschern tun.«

»Und jüdischer Herkunft bin ich auch, Herr Danzer«, warf Adler ein. »Doch die Juden sind untereinander ebenso unterschiedlich wie die Christen. Überall gibt es solche und solche. Schließlich sitzen wir hier, weil Sie uns Zuflucht gewährt haben und ein hochadeliger Offizier jetzt sicherlich eine Menge Schwierigkeiten bekommt, da er uns zu Hilfe geeilt ist, anstatt auf uns einzudreschen wie seine Standesgenossen.«

»Das ist wohl wahr«, stimmte Danzer zu. Plötzlich verzerrte sich sein Gesicht erneut.

»Leiden Sie an plötzlichem Kopfschmerz?«, fragte Adler. »Ihre Grimassen sind mir heute schon einige Male aufgefallen«, fügte er mit der Unverblümtheit eines Arztes hinzu.

»Ach, das ist nichts«, wehrte Danzer erneut ab. »Ich nehme ein paar Tropfen Laudanum ein, dann ist alles wieder gut.«

Nun wirkte Adler erst recht besorgt. »Laudanum wird auf Opiumbasis hergestellt und ist daher auf Dauer kein probates Mittel, da es den Schmerz nur betäubt und zudem süchtig machen kann.« Er stand auf. »Darf ich einmal etwas prüfen?«

Danzer nickte ein wenig unwillig. Doch als Victor Adler hinter seinen Stuhl trat und seinen Nacken mit geübten Griffen zu untersuchen und schließlich zu massieren begann, stöhnte er zuerst schmerzvoll, dann wonnevoll auf. »Anfangs tat es furchtbar weh. Doch nun tut es gut.«

Adler nickte. »Das kann ich mir vorstellen, Herr Danzer. Ihre Nackenmuskeln sind völlig verkrampft. Das führt zu diesen stechenden Schmerzen, die von dort in den Kopf ausstrahlen. Und da sich die Muskeln unwillkürlich noch mehr anspannen, um die verkrampfte Stelle zu entlasten, wird es schlimmer und schlimmer, wenn Sie nichts dagegen tun.«

»Ich nehme doch schon Laudanum ein, um...«, wollte Danzer noch einmal erklären.

Adler winkte ungeduldig ab. »Ja, das sagten Sie schon. Ich werde Ihnen mein eigenes Mittel gegen diese Schmerzen zusammenmischen. Es enthält Baldrian, Melisse und noch ein paar andere entspannende Heilkräuter. Brühen Sie sich jeden Tag ein paar Tassen Tee damit auf und trinken Sie diese über den Tag verteilt! Abends, bevor Sie zu Bett gehen, empfehle ich sogar eine ganze Kanne. Dann werden Sie auch wieder besser schlafen.«

»Woher wissen Sie denn ...«, setzte Danzer schon an, als ihn Adler ein weiteres Mal unterbrach.

»Wir beide sind Spezialisten auf unseren Arbeitsgebieten. Sie wissen, wie man die Buttercreme für die Mokkaprinzentorte zusammenmischt. Ich habe mir erzählen lassen, dass schon etliche Konditoren im ganzen Reich versucht haben, die Torte nachzubacken. Ohne Erfolg, wie man sagt.«

Danzer lächelte geschmeichelt.

»Und ich kenne ein unschlagbares Rezept gegen Ihr Leiden. Ein geringer Dank für das, was Sie heute für uns getan haben.«

Albrechtspalais auf der Augustinerbastei

Freitag, 21. Juni 1889

Richard schwante nichts Gutes, als ihn Erzherzog Albrecht endlich in sein Kontor rufen ließ. Wie bei seinem Antrittsbesuch im März hatte er über eine halbe Stunde im Vorzimmer gewartet, obwohl er pünktlich zum angeordneten Termin erschienen war. Diesmal vertrieb er sich die Zeit mit der Betrachtung der komplizierten Muster des aus verschiedenen Holzsorten bestehenden Intarsienfußbodens. Es war sonnenklar, dass hinter der Warterei die Absicht Albrechts steckte, ihn mürbe zu machen.

Seine Vermutung, worum es gehen könnte, bestätigte sich unmittelbar, nachdem er auf dem Armsünderstühlchen vor Albrechts Schreibtisch Platz genommen hatte. Darauf hatte er schon seit längerer Zeit nicht mehr sitzen müssen, sondern war von Albrecht in die bequeme, mit gewirktem hellbraunem Brokatstoff bezogene Sitzecke gebeten worden, in der auch alle Besprechungen mit seinen Stabsoffizierskameraden über den Streik stattgefunden hatten.

»Man hat sich gleich zweifach über Sie beschwert, Hauptmann von Löwenstein«, fiel der Erzherzog ohne den üblichen Austausch von Höflichkeiten mit der Tür ins Haus.

Gleich zweifach?, wunderte sich Richard. Den Vorfall mit dem Leutnant hatte er vorsichtshalber bei der abendlichen Stabsbesprechung vor drei Tagen erwähnt, wenn auch vage und mit Worten, die weder ihn selbst noch den Leutnant in irgendeiner Weise belasteten. Offensichtlich hatte sich der Kerl jetzt aber über ihn beklagt. Doch was der Grund für eine zweite Beschwerde sein könnte, fiel ihm nicht ein.

Obwohl Richard wusste, dass der Erzherzog aufgrund seiner Sehschwäche kaum noch lesen konnte, tat dieser so, als ob er das Protokoll ihrer Besprechung vom Dienstag studieren würde. Dann hob er den Kopf und fixierte Richard mit jenem Blick, der seine blauen Augen so kalt wie Eis wirken ließ.

»Hier habe ich das Schreiben eines Leutnants von Hohenfels vorliegen. Er befehligt die erste Schwadron des 2. Dragonerregiments.« Albrecht zeigte auf ein weiteres Dokument. »Darin moniert er, dass Sie ihn an der Ausübung seiner Pflicht, gegen gewalttätige Streikende vorzugehen, gehindert hätten. Sie sollen ihm mit dem Säbel die Pistole aus der Hand geschlagen haben und zwar so hart, dass zwei Finger gebrochen sind und der Mann für Wochen dienstunfähig sein wird. Was haben Sie dazu zu sagen. Außer...«, Albrecht hob die Hand, als Richard schon zu seiner Verteidigung ansetzen wollte, »außer, dass Sie eine unnötige Eskalation erfolgreich beendet haben, wie Sie am Dienstagabend recht verschwommen zu Protokoll gaben.«

Richard spürte heißen Zorn in sich aufflammen. »Der Mensch zielte mit der Pistole auf einen halbwüchsigen Knaben, nachdem er bereits dessen Mutter niedergeschossen hatte. Da habe ich eingegriffen«, erklärte er mühsam beherrscht.

»Leutnant von Hohenfels wird für seine Attacke doch wohl einen Grund gehabt haben.« Der Erzherzog blieb ungerührt. Wieder tat er so, als ob er das Schreiben des Leutnants studieren würde. »Hier schreibt der Mann, er sei so hart angegriffen worden, dass Gefahr für Leib und Leben bestanden hätte.«

»Pah!« Richard war empört. »Welcher Dragonerleutnant, der etwas auf sich hält, gerät denn durch einen verirrten Steinwurf eines knapp Vierzehnjährigen, der nicht einmal ihn selbst, sondern sein Ross traf, in Gefahr für Leib und Leben? Solch ein Mann müsste sofort degradiert und von seinem Amt als befehlshabender Offizier entbunden werden«, gab er Kontra.

Tatsächlich zwinkerte Albrecht einen Lidschlag lang irritiert. Dann fing er sich wieder. »Also hat die Meute die Dragoner mit Steinen beworfen?«

Richard musste dies wohl oder übel zugeben. »Die Lage ist eskaliert, als die Gendarmerie eine Menschenkette aus friedlich streikenden Frauen gewaltsam auseinanderriss«, gab er zu. »Doch darüber habe ich doch bereits Rapport erstattet«, fügte er trotzig hinzu.

»Wenn der Junge den Stein warf, warum wurde dann die Mutter niedergeschossen, wie Sie soeben sagten?«

Mit unbewegter Miene hörte sich Albrecht Richards diesmal detaillierten Bericht über die Geschehnisse an. »Die Reaktion des Leutnants von Hohenfels war völlig unverhältnismäßig«, zog Richard sein Fazit. »Die Frau wäre beinahe verblutet.«

»Dennoch bleibt festzuhalten, dass sich der Pöbel gegen die Staatsgewalt erhoben und sogar das Eigentum der Tramway-Gesellschaft beschädigt hat. Im Protokoll vom Dienstag steht, dass die Meute einen Salonwagen umgestürzt und schwer beschädigt hat. Die beiden Zugpferde wurden dabei verletzt und konnten nur durch einen Gnadenschuss erlöst werden.«

»Und das rechtfertigt für Eure Exzellenz die Hinrichtung eines Knaben und seiner völlig unschuldigen Mutter?« Richard begann rotzusehen.

Wieder reagierte der Erzherzog nicht auf dessen wachsenden Zorn. Stattdessen lenkte er auf das nächste Thema über. »Die zweite Beschwerde«, er wedelte mit einem neuen Dokument vor Richards Augen, »stammt von einem Hauptmann der berittenen Gendarmerie. Sie sollen seine Leute absichtlich in die Irre geführt haben, als sie kamen, um Verhaftungen vorzunehmen.«

Richard erstarrte innerlich. Also daher wehte der Wind! Blitzschnell entschloss er sich zur einzigen Strategie, die ihm Erfolg versprechend erschien, nämlich, so viel wie möglich abzustreiten.

»Ich habe den Polizisten die Richtung gewiesen, in die ich viele Streikende flüchten sah.« Er hoffte, dass er überzeugend genug klang. »Doch die Menge zerstreute sich in alle Himmelsrichtungen. Es mag durchaus sein, dass manch ein Fliehender auch in eine andere Richtung rannte, als die, die ich der Gendarmerie angab.«

»Es soll auch verwundete Streikende gegeben haben«, beharrte der Erzherzog. »Wie kommt es, dass die Gendarmen keinen davon ausfindig machen konnten?«

Nun setzte Richard alles auf eine Karte. »Warum hätte ich den Polizisten den Weg weisen sollen, den viele bei den Kämpfen verletzte Menschen genommen haben? Wollen Sie mir allen Ernstes vorhalten, dass ich die Staatsgewalt nicht auf Leute gehetzt habe, die ohnehin bereits zu Schaden gekommen waren? Ist es nicht genug, dass sich unsere glorreiche Armee an der Niederschlagung des Streiks beteiligt und auf diese Weise sich auch feige an Wehrlosen vergriffen hat?«

Mit Genugtuung registrierte Richard, dass er Albrecht mit seinen Worten zum ersten Mal erreicht hatte. Dessen Wangen röteten sich. »Nennen Sie unsere wahrhaftig glorreiche Armee nicht feige!« Er klang wütend.

»Wie nennen Sie es denn, wenn sich bis an die Zähne bewaffnete Soldaten und Gendarmen mit Säbeln und Schlagstöcken auf Menschen stürzen, die lediglich für ihr Recht auf ein menschenwürdiges Dasein kämpfen?«

»Und dabei Gewalt gegen die Obrigkeit als probates Mittel wählen? Wo bleiben dann Recht und Gesetz in unserem Reich?«

Die beiden starrten sich wie zwei Kampfhähne in die Augen. Plötzlich hatte Richard es satt. Er sprang auf und salutierte. »Ich kündige Eurer Exzellenz hiermit gehorsamst an, dass ich schon morgen meinen Abschied einreichen werde. Einer Armee, die es verteidigt, dass Recht und Gesetz von Fabrikherren und Unternehmern in diesem Reich immer wieder gebrochen werden, möchte ich nicht mehr angehören. Das verbietet mir meine Ehre!«

Der Feldmarschall reagierte völlig anders, als Richard erwartet hatte. »Setzen Sie sich wieder, Hauptmann von Löwenstein«, donnerte er. »Und erklären Sie sich! Ich dulde nicht, dass der Name unserer ruhmreichen Truppen derart in den Schmutz gezogen wird. Inwiefern verteidigen unsere tapferen Soldaten Ihrer Meinung nach Gesetzesbrecher?«

Richard holte tief Luft und nahm wieder Platz. »Lassen Sie mich einen Moment lang nachdenken, wie ich es Ihnen am besten erklären kann, Exzellenz!« Er sammelte sich. »Darf ich Ihnen zunächst einige Fragen stellen?«

Albrecht nickte unwillig. »Wenn es sein muss. Doch ich erwarte eine lückenlose Aufklärung Ihrer Anschuldigungen!«

»Ist Ihnen bekannt, dass es seit 1885 im Habsburgerreich den gesetzlichen Elf-Stunden-Tag gibt?«

Albrecht stutzte. »Ich verstehe nicht, worauf Sie hinauswollen.«

»Auf Ihren riesigen Landgütern arbeiten sicherlich Tausende von Arbeitern. Wie halten Sie oder Ihre Verwalter es mit dieser Regel?«

»Ich gehe davon aus, dass man die Arbeiterinnen und Arbeiter nicht gegen das Gesetz zur Mehrarbeit zwingt«, schnauzte Albrecht. »Doch in der Erntezeit kann ich dafür meine Hand nicht ins Feuer legen. Da mag es manchmal notwendig sein, von Sonnenaufgang bis Sonnenuntergang anzupacken.«

Richard nahm dies zunächst kommentarlos hin und stellte die nächste Frage. »Wie oft wird sonntags auf Ihren Gütern gearbeitet?«

Der Erzherzog schnaubte unwillig. »Auch Sonntagsarbeit mag in der Erntezeit einmal notwendig sein. Und das Vieh muss jeden Tag versorgt werden.«

»Und werden Ihre Landarbeiter dann für diese Sonderleistungen bezahlt?«

»Selbstverständlich werden sie dafür entlohnt. Halten Sie mich etwa für einen schnöden Sklavenhalter?«

Richard lächelte schmal. »Nein, Exzellenz, dafür halte ich Sie nicht. Eher für einen Mann, der nichts vom Leben der einfachen Wiener Arbeiterschaft weiß. Weil es ihm nie in den Sinn käme, die ihm anvertrauten Leute so schändlich zu behandeln, wie es zum Beispiel die Eigner der Wiener Tramway-Gesellschaft tun.«

»Erklären Sie sich endlich, Hauptmann von Löwenstein!«, forderte Albrecht Richard ein weiteres Mal auf. »Worauf wollen Sie hinaus?«

Schweigend und mit nach wie vor unbewegter Miene hörte sich der Erzherzog Richards Bericht über die Hintergründe des Streiks an.

»Kennen Sie eine Person, die sich als Schlichter eignen würde, um diesen sinnlosen Arbeitskampf zu beenden?«, war Albrechts einzige Reaktion, als Richard zum Ende gekommen war.

»Vielleicht könnte Graf Ferdinand von Sterenberg diese Rolle übernehmen«, schlug Richard spontan vor. »Ich kenne den Grafen und bin sicher, dass er dazu bereit wäre.«

Ein Ausdruck des Wiedererinnerns huschte über Albrechts strenge Züge. »Ich kenne den Mann ebenfalls. Er hat tapfer bei Solferino gekämpft und dabei fast sein Leben verloren. Wieso halten Sie von Sterenberg für einen geeigneten Vermittler?«

Richard blieb jetzt nichts anderes mehr übrig, als die Gründe für seine eigene Betroffenheit wegen des Streiks preiszugeben.

Er gab sich einen Ruck. »Mein zukünftiger Schwiegervater Adalbert von Thurnau gehört zu den Großaktionären der Tramway-Gesellschaft. Bisher zeigt er sich uneinsichtig gegenüber den berechtigten Forderungen der Kutscher. Sowohl ich selbst als auch der Graf haben bislang vergeblich versucht, auf ihn einzuwirken.«

»Aha! Der Name von Thurnau sagt mir allerdings nichts.«

Richard verkniff sich ein Lächeln. Soweit er wusste, hatte Adalbert tatsächlich nie gedient.

Eine Weile herrschte Schweigen. Der Erzherzog blickte geistesabwesend aus dem Fenster. Richard kannte diese Angewohnheit des Feldmarschalls schon. Es war die Haltung, in der Albrecht nachdachte.

»Ich selbst kann in dieser Sache keine Partei ergreifen und muss mich im Hintergrund halten«, sagte er schließlich. »Aber Sie können von Sterenberg ausrichten, dass ich es gutheißen würde, wenn er einen weiteren Vermittlungsversuch machen würde. Vielleicht kann er ja seinen Einfluss bei den Stadtbehörden geltend machen. Schließlich geht es nicht an, dass ungelernte Kutscher den gesamten Passagierverkehr in der Innenstadt übernehmen. Da ist es nur eine Frage der Zeit, wann es den ersten Unfall gibt.«

Richard war bemüht, sich seine Freude nicht anmerken zu lassen. »Jawohl, Eure Exzellenz.«

»Und wenn sich die Eigner der Tramway-Gesellschaft auch in anderer Hinsicht nicht an Recht und Gesetz halten, ist dieser Zustand ebenfalls nicht hinzunehmen«, ergänzte Albrecht seine Schlussfolgerungen. »Dass ich dies missbillige, können Sie meinethalben auch Ihrem Schwiegervater andeuten.«

Nun konnte sich Richard ein breites Grinsen nicht mehr verkneifen. »Jawohl, Eure Exzellenz. Und ich bedanke mich recht schön für Ihr Verständnis.«

Der Erzherzog zog seine buschigen Augenbrauen zusammen. Er erwiderte Richards Lächeln nicht.

»Aber ich stelle den Streikenden ebenfalls eine Bedingung! Keine weiteren gewalttätigen Proteste mehr! Dann können die Dragoner zukünftig in ihren Kasernen bleiben! Ich erwarte, dass Sie auch dafür sorgen.«

Richard dachte an Victor Adler, Irene Gerban und Benjamin Löb, die hoffentlich ihren Einfluss auf die Streikenden geltend machen könnten. »Ich werde mein Bestes tun!«, versprach er.

»Und Ihr Abschiedsgesuch lehne ich vorläufig ab, Hauptmann von Löwenstein«, kam Albrecht zum letzten Punkt. »Über Ihre weitere Verwendung bin ich mir allerdings noch nicht schlüssig. Ich lasse Sie wissen, wenn ich diesbezüglich zu einer Entscheidung gelangt bin.«

Palais Thurnau in der Herrengasse

27. Juni 1889

»Ich bedanke mich für Ihre Gastfreundschaft, Herr von Thurnau. Der Kaffee und Ihr Cognac sind wirklich ausgezeichnet und diese Zigarren von exquisiter Güte. Dennoch würde ich jetzt gerne zum geschäftlichen Teil meines Besuchs übergehen.«

Ferdinand von Sterenberg nahm einen tiefen Zug aus der echten Havanna, die er einem geschnitzten, drehbaren Zigarrenständer entnommen hatte, in dem verschiedene Sorten paarweise angeordnet waren. Sie befanden sich im Rauchsalon des Palais Thurnau. Bis auf Richard hatten sich auch die anderen Herren bedient und pafften mit Inbrunst. Richard musste ein Hüsteln unterdrücken, als sich der Raum zunehmend mit Zigarrenqualm zu füllen begann.

Theodor von Hirschstein, ein beleibter Mann mit einer Glatze, auf der sich kleine Schweißperlen gebildet hatten, zog ein Schnupftuch aus seinem Jackett und wischte sich damit über den Kopf. Richard wusste, dass von Hirschstein, ein jüdischer Geschäftsmann ebenso wie der Haupteigner Baron Sigmund Reitzes, der zweitgrößte Aktionär der Tramway-Gesellschaft war. Er besaß außerdem eine prosperierende Tuchfabrik im Stadtteil Favoriten. Erst vor einigen Jahren hatte er sich eines der spektakulärsten Palais an der Ringstraße erbauen lassen. Allein die Reihe der Statuen auf dem Dach, die Figuren aus der griechischen Mythologie darstellten, musste ein Vermögen gekostet haben.

Aus Gründen, die Richard nicht kannte, schien von Sterenberg Hirschstein nicht zu mögen. Bislang hatte er ihn im Gespräch weitgehend ignoriert und das Wort hauptsächlich an seinen Schwiegervater Adalbert gerichtet.

Jetzt ergriff allerdings Baron Hirschstein das Wort. Er musterte den Grafen mit einem überraschend stechenden Blick aus seinen kleinen Schweinsäuglein, die bislang zwischen den Fettpolstern seines Gesichts eher gutmütig auf Richard gewirkt hatten. Auch die zuvor jovial klingende Stimme Hirschsteins drang nun hart an sein Ohr.

»Wenn ich meinen geschätzten Geschäftspartner Graf Adalbert von Thurnau richtig verstanden habe, führt Sie heute das Interesse hierher, uns als die Eigner der Tramway-Gesellschaft davon zu überzeugen, den Forderungen des Pöbels nachzugeben?«

Von Sterenberg setzte ein verbindliches Lächeln auf. Doch auch sein Blick war nun kalt. »Ich denke, werter Herr Baron, dass ich im Interesse einer ganzen Reihe von Instanzen handele, wenn ich den Versuch unternehme, in diesem für beide Seiten bislang verlustreichen Arbeitskampf zu vermitteln.«

»Um welche Instanzen geht es dabei?«

»Nun, die erste Instanz dürfte Ihnen als neu geadeltem Baron eher fernliegen, Herr von Hirschstein.«

Richard zuckte zusammen. Worauf wollte von Sterenberg hinaus?

»Mit meinem ersten Appell wende ich mich daher an Sie,

verehrter Graf von Thurnau. Unser beider Familien gehören seit mehr als zehn Generationen dem Adel an und stellen somit eine der wichtigsten Säulen des Kaiserreichs dar. Was Herrn von Hirschstein aufgrund seiner diesbezüglich fehlenden Ahnenreihe nicht naheliegen dürfte, sind die uralten Wertbegriffe unseres Standes. *Adel verpflichtet.* Diesen Spruch haben Sie sicherlich bereits gehört?«

Von Sterenberg richtete seinen Blick ausschließlich auf Adalbert. Der errötete verlegen und nickte dann unwillig. Auch Hirschsteins Gesicht wurde rot wie ein Paradeiser. Er schnappte hörbar nach Luft.

»Bitte lassen Sie mich die Antwort meines werten Standesgenossen hören, Herr von Hirschstein«, kam von Sterenberg dessen empörter Widerrede zuvor.

»Den Spruch kenne ich natürlich«, presste Adalbert mühsam hervor. »Doch worauf wollen Sie hinaus?«

Von Sterenberg lächelte weiter. »Unser Stand, verehrter Herr Graf, muss ein leuchtendes Vorbild für unsere Gesellschaft sein. Dazu gehört seit alters her, dass wir für die uns anvertrauten Menschen zu sorgen haben wie ein gütiger Vater für seine Kinder. Wohltätigkeit ist eine der hervorragendsten Tugenden des alten Adels. Denken Sie nur an die vielen Bemühungen der bewundernswerten Fürstin Pauline von Metternich! Gerne würde ich der Dame empfehlen, Sie zu Beginn der Wintersaison in ihre Gästeliste aufzunehmen.«

Das begehrliche Aufleuchten in den Augen Adalberts entging Richard nicht. Ebenso wenig wie dem Grafen.

Der fuhr gelassen fort. »Doch die Ihnen anvertrauten Tramway-Kutscher leben ebenso wie die Arbeiter der Wienerberger Ziegelfabriken im Elend. Profitmaximierung, wie man die Steigerung des persönlichen Gewinns auf Kosten der Ärmsten der Armen neumodisch nennt, mag man von den neureichen Ringstraßenbaronen nicht anders erwarten. Doch Sie, verehrter Graf von Thurnau, werden durch ein solches Verhalten zu einem Schandfleck unseres Standes, nähmen Sie es auf Dauer bewusst in Kauf.«

Adalberts Gesicht war nun ebenfalls puterrot. Doch noch gab er sich nicht geschlagen. »Und was ficht Sie das an?«

Von Sterenbergs Lächeln wurde schmal. »Sie haben nicht gedient, ist das richtig?«, wechselte er abrupt das Thema.

Adalbert starrte ihn mit offenem Munde an.

Ungerührt redete von Sterenberg weiter. »Dass Sie Ihre Pflicht gegenüber unserem ruhmreichen Vaterland in den letzten Kriegen nicht erfüllt haben, wurde sogar von allerhöchster Stelle mit Missbilligung zur Kenntnis genommen. Wenn Sie sich jetzt jedoch zusätzlich auf das Niveau neureicher Glücksritter herablassen, werde ich mich gezwungen sehen, dies in allen Adelshäusern, in denen ich verkehre, bedauernd zum Ausdruck zu bringen. Und dafür sorgen, dass Sie und die Ihren im ganzen Reich von keiner Familie, die etwas auf sich hält, jemals wieder empfangen werden.«

Adalbert keuchte. »Auch die Hoffähigkeit unserer Familie ist in Gefahr, Adalbert«, mischte sich nun Richard ein. »Wie der verehrte Graf von Sterenberg bereits richtig anmerkte, nehmen höchste Stellen Anteil am Ausgang des Streiks. Muss ich noch deutlicher werden, oder kannst du dir denken, wen ich meine? Ich sehe Seine Exzellenz nahezu täglich.«

Damit gab Richard weit mehr von der Haltung Erzherzog Albrechts preis, als diesem recht gewesen wäre. *Doch was soll's?*, dachte er. *Es ist ja für einen guten Zweck.*

Jetzt wandelte sich Adalberts Gesichtsfarbe. Die Röte wich. Stattdessen wurde er bleich.

»Was... was verlangen Sie von mir, Graf von Sterenberg?«

Der setzte wieder sein verbindliches Lächeln auf. »Nun, mir und anderen Fürsprechern in dieser Sache erscheinen die Forderungen der streikenden Tramway-Kutscher nur recht und billig. Sie verlangen nicht einmal den gesetzlich vorgeschriebenen Elf-Stunden-Tag, sondern sind bereit, ihren verantwortungsvollen Beruf gegen einen geringen Aufschlag von vierzig Kreuzern auf ihren Tageslohn sogar zwölf Stunden an sechs Werktagen in der Woche gewissenhaft auszuüben. Inwieweit sind Sie bereit, den berechtigten Wünschen Ihrer Arbeiter nachzugeben?«

Adalberts innerer Kampf zeichnete sich deutlich auf seinem Gesicht ab. Doch bevor er sich äußern konnte, hielt es Baron Hirschstein nicht mehr auf seinem Platz. Erregt sprang er auf und warf dabei ein Cognacglas um. Die braungoldene Flüssigkeit ergoss sich auf den kostbaren bunt gemusterten Perserteppich. Von Hirschstein schenkte dem keine Beachtung.

»Adalbert, hüte dich, hier irgendwelche voreiligen Zusagen zu machen. Denk daran, dass Reitzes und ich die Hauptaktionäre sind und ohne unsere Zustimmung kein Beschluss gefasst werden darf!«

»Ich freue mich über Ihr großes Interesse an einer Lösung!«, sprach Ferdinand nun von Hirschstein ironisch an. »Daher darf ich auch Ihnen einige Vorteile des von mir genannten Arrangements vor Augen führen.«

Er machte eine Kunstpause und trank einen Schluck Cognac. »Zweifellos sind Sie weiterhin in erster Linie daran interessiert, Ihre Börse zu füllen. Doch wie meine Gespräche mit Ihren Vertragspartnern, den Wiener Gemeinderäten und dem Bürgermeister der Stadt, in den letzten Tagen ergaben, erhält die Tramway-Gesellschaft morgen zunächst einen Bußgeldbescheid in Höhe von fünfzigtausend Gulden. Der Gesellschaft und damit ihren Eignern und leitenden Angestellten werden zahlreiche Pflichtversäumnisse zur Last gelegt. Allen voran die Beschäftigung ungelernter Kutscher als Streikbrecher, die ihren Dienst ohne die behördlich vorgeschriebene Fahreignungsprüfung ausüben. Auch legt man Ihnen die massive Störung der öffentlichen Ordnung zur Last, die durch Ihre Unnachgiebigkeit gegenüber den streikenden Kutschern und der darauf erfolgten Proteste verursacht wurde.«

Von Hirschstein stand einen Augenblick lang wie erstarrt da. Dann begann er zu brüllen. »Dagegen werden wir Rechtsmittel einlegen. Wir lassen uns nicht erpressen!«

Von Sterenberg blieb eiskalt. »Von Erpressung kann keine Rede sein, verehrter Herr Baron. Eher von der Durchsetzung geltenden Rechts. Jedoch habe ich noch einige weitere Punkte vorzutragen, die Ihrer fortdauernden *Gewinnmaximierung*«, der Graf betonte das Wort spöttisch, »im Wege stehen dürften, sollten Sie diese missachten.«

Wieder machte der Graf eine kleine Pause. Dann zog er ein Dokument aus seinem Jackett.

»Hier habe ich einen Bescheid vom Wiener Bürgermeister persönlich. Sollte mein heutiger Vermittlungsversuch scheitern, wird eine Strafzahlung von zehntausend Gulden für jeden weiteren Tag fällig, an dem es im innerstädtischen Tramway-Verkehr zu Betriebsstörungen kommt. Auch wird der Tramway-Gesellschaft jeder Schaden in Rechnung gestellt, der an öffentlichem oder privatem Eigentum durch weitere Streikhandlungen entsteht. Einschließlich der Unkosten für den Einsatz von Gendarmerie und Militär, sollte er erneut erforderlich sein.«

Von Hirschstein gab unartikulierte Laute von sich. Adalbert war nun weiß wie eine gekalkte Wand und hielt die Armlehnen seines Sessels mit beiden Händen umklammert.

»Zudem wird ein wöchentlicher Besuch Ihrer Tuchfabrik durch einen Gewerbeinspektor in Betracht gezogen, Herr von Hirschstein. Auch dort habe ich mir sagen lassen, soll es so manch einen Missstand geben.«

Der Baron stöhnte auf und ließ sich wieder in seinen Sessel sinken.

Von Sterenberg erhob sich dagegen. »Nun habe ich den Herren die Vorteile eines gütlichen Arrangements sicher deutlich genug vor Augen geführt. Ich lasse Sie nun allein, damit Sie meine Vorschläge in Ruhe überdenken und auch Herrn Baron

Reitzes übermitteln können. Sie haben Bedenkzeit bis morgen Früh um neun Uhr. Dann erwarten Bürgermeister und Gemeinderat Ihre Entscheidung.«

Er wandte sich zur Tür. »Begleiten Sie mich hinaus, Herr von Löwenstein?«

»Selbstverständlich, Herr Graf.« Richard sprang auf, um von Sterenberg die Tür aufzuhalten. Doch der drehte sich ein letztes Mal um.

»Fast hätte ich etwas Wichtiges vergessen, meine Herren. Ihre Konkurrenz, die Neue Wiener Tramway-Gesellschaft, die bislang nur die Vorstädte bedient, hat Interesse an der Übernahme einiger innerstädtischen Strecken bekundet. Nehmen Sie dies ergebenst in Ihre Überlegungen mit auf!«

Er machte eine knappe Verbeugung. »Damit darf ich mich empfehlen und bedanke mich noch einmal für die ausgezeichnete Bewirtung.«

Zurück blieben zwei zur Salzsäule erstarrte Gesellschafter.

Zwei Tage später gab die Wiener Tramway-Gesellschaft allen Forderungen ihrer streikenden Kutscher nach, die ihren Ausstand sofort beendeten und die Arbeit am nächsten Tag wiederaufnahmen.

Teil 3

Sisi

Kapitel 10

Wanderweg von der Kaiservilla in Ischl zum Jainzen

Anfang Juli 1889, am frühen Morgen

»Majestät!« Marie Festetics' Stimme klang ungewohnt kläglich. Sisi tat so, als hätte sie nichts gehört, und schritt unverdrossen weiter aus.

»Majestät! Bitte!« Ein Anflug von Verzweiflung schwang nun in Maries Stimme mit. Obwohl die Hofdame sie nach wie vor abfällig behandelte, blieb Sophie stehen.

»Geht es Ihnen nicht gut, Marie?«, fragte sie besorgt.

Maries Gesicht war schmerzverzerrt. »Mein Fuß!«, stöhnte sie. »Er scheint der Belastung des Bergwanderns noch nicht gewachsen zu sein. Ich bin vor einer Weile wieder damit umgeknickt. Und nun schmerzt er bei jedem Schritt mehr!«

»Sie sollten umkehren!«, schlug Sophie fürsorglich vor. »Soll ich Ihrer Majestät Bescheid sagen, dass wir in die Kaiservilla zurückkehren müssen?«

»Gott bewahre!« Marie schüttelte unwillig den Kopf. »Das würde die Kaiserin maßlos ärgern. Zu lange hat sie sich auf die heutige Wanderung gefreut. Sie will unbedingt den Sonnenaufgang miterleben.«

»Aber was ist mit Ihnen?«

»Das muss Sie nicht kümmern«, entgegnete Marie barsch. »Ich werde mich zu einer Bank schleppen und dort auf Ihre Rückkehr warten«, fügte sie angesichts Sophies konsternierter Miene etwas freundlicher hinzu.

Verschnörkelte gusseiserne Parkbänke standen überall im Schatten der Baumgruppen, auch in der Nähe des Durchschlupfs vom Garten der Kaiservilla zum Berg Jainzen.

»Und nun sputen Sie sich, und folgen Sie Ihrer Majestät!« Dieser Befehl klang nun wieder schroff.

Kopfschüttelnd setzte Sophie den steilen Aufstieg fort und bemühte sich nach Kräften, die Kaiserin einzuholen. Entweder hatte diese gar keine Notiz vom Zurückbleiben ihrer beiden Hofdamen genommen oder es ignoriert. Mit großen Schritten stieg sie weiter zum Gipfel des Jainzen empor. Das war der Berg, der unmittelbar hinter dem Park der Kaiservilla aufragte und den die Kaiserin jeden Morgen weit vor dem Frühstück zu besteigen pflegte, wie Sophie erfahren hatte.

Denn während ihres bisherigen Aufenthalts war Sisi dies zu ihrem großen Unmut noch nicht möglich gewesen. Gleich am Tag nach ihrer Ankunft hatte sie einen Hexenschuss bekommen. Der verklemmte Ischiasnerv war nicht nur ausgesprochen schmerzhaft, sondern erforderte zu Sisis unendlicher Frustration zuerst sogar ein paar Tage strenger Bettruhe und danach nur sehr vorsichtige Bewegungen, um einen Rückfall zu vermeiden.

»Seien Sie maßvoll!«, empfahl der trotz des Fronleichnamstags sofort in die Kaiservilla geeilte Badearzt. »Ich rate Eurer Majestät zu äußerster Schonung. Heiße Solebäder und nach und nach kleine Spaziergänge im Park«, salbaderte er noch, als er sich unter vielen Verbeugungen rückwärts aus Sisis Schlafgemach entfernte, aus dem ihn die Kaiserin nach seiner Diagnose ungehalten verwiesen hatte.

»Seither ist Ihre Majestät unausstehlich!«, gestand Ida, die der Szene beigewohnt hatte, Sophie auf einem ihrer nachmittäglichen Spaziergänge durch den herrlichen Garten, der zur Villa gehörte. Rabatten mit blühenden, süß duftenden Blumen in allen Farben säumten die mit weißem Kies bestreuten Wege zum »Cottage«, dem kleinen marmorverkleideten Schlössl, das der junge Kaiser einst für seine große Liebe Sisi hatte errichten lassen und in dem diese sich gewöhnlich tagsüber aufzuhalten pflegte.

»Nun muss sie bei diesem strahlenden Wetter das Bett hüten und kann nicht einmal mehr hierherkommen!« Ida machte eine ausladende Handbewegung, die das Cottage umfasste, und ließ sich neben Sophie auf einer Bank nieder, die zwischen den Ranken eines Pfeifenstrauchs stand. Solche Pflanzen wallten auch von den Balustraden der Kaiservilla herab. »Geschweige denn den ›Zauberberg‹ besteigen, wie sie den Jainzen nennt. Dabei hoffte ich so sehr, dass ihre Seele hier endlich ein wenig Frieden finden wird.«

Dies war jetzt natürlich angesichts der schmerzhaften Behinderung der nahezu bewegungssüchtigen Kaiserin nicht der Fall. Sisi, die in ihrem Zustand als Hofdamen nur Ida und Marie Festetics um sich duldete, verfiel in tiefste Melancholie. Davon berichtete Ida Sophie auf den Spaziergängen, die sie sich zur lieben Gewohnheit gemacht hatten, sooft Ida abkömmlich war. »Nicht einmal Marie Valerie, die sogleich von Wien herbeigeeilt ist, vermag die Kaiserin aufzumuntern.«

»Gestern hat sie sich sogar wieder den Tod gewünscht.« Unwillkürlich senkte Ida die Stimme. »Um den sie Rudolf beneidet, wenn sie in dieser Verfassung ist. Und als Marie Valerie sie mahnte, dass sie, wenn sie selbst Hand an sich legen würde, in die Hölle käme, hat sie geantwortet, die Hölle habe sie auch hier schon auf Erden.«

Die Ungarin rang die Hände. »Es bleibt daher nur zu hoffen, dass sich die Kaiserin schnell wieder erholt.«

Dies war auch zum Glück der Fall gewesen. Schon nach einer Woche konnte Sisi das Bett verlassen. Doch bei den Spaziergängen, die sie alsbald wieder durch den Park unternahm und täglich ausdehnte, schirmte Marie Festetics die Kaiserin eifersüchtig vor Sophie ab. Die hatte in Ischl bislang kaum ein Wort mit Sisi gewechselt, sondern war ihr lediglich mit Ida Ferenczy und der gelangweilten Charlotte Majláth durch den Park gefolgt.

Schon gestern Nachmittag war Sophie allerdings aufgefallen, dass Marie öfter zurückblieb, als Sisi den weitläufigen und an seinen Grenzen bereits steil ansteigenden Park dreimal umrundete. Damit bereitete sich die Kaiserin auf die heutige Besteigung des Jainzen vor, die ihr der Badearzt endlich erlaubt hatte. Marie begann jedoch rasch zu humpeln und verzog mehrmals das Gesicht vor Schmerz. Trotz dieser Beschwerden hatte sie heute Morgen darauf bestanden, die Kaiserin zusammen mit Sophie auf den Jainzen zu begleiten. Doch nun zeigte sich, dass Marie, im Gegenteil zu Sisi, die unverdrossen voranstieg, ihre Kräfte überschätzt hatte.

Ida war wegen ihres Rheumatismus von solchen Gewaltmärschen entbunden, und Charlotte hatte, wie so oft, eine Unpässlichkeit vorgeschützt, um nicht mitgehen zu müssen.

Endlich holte Sophie die Kaiserin ein. Erstaunt registrierte sie dabei, dass sie trotz des steilen Aufstiegs kaum außer Atem war und auch ihre Muskeln längst nicht mehr so schmerzten wie bei ihren ersten Wanderungen im Lainzer Tiergarten. Offensichtlich begann ihr Körper, sich an die Anstrengungen zu gewöhnen.

»Marie musste zurückbleiben, Eure Majestät«, informierte Sophie die Kaiserin, die nur gleichgültig mit den Schultern zuckte.

»Zum Glück habe ich ja noch Sie«, erwiderte sie zu Sophies freudiger Überraschung. »Auch wenn wir um diese Uhrzeit hier sicher keiner Menschenseele begegnen werden, würde man wieder einen Grund haben, sich zu mokieren, wenn ich den Gipfel allein bestiege.«

Tatsächlich gehörte auch der Berg Jainzen inzwischen zum Grundbesitz der Kaiservilla. Unbefugten war das Betreten des Geländes verboten, solange sich ein Mitglied der Kaiserfamilie in Ischl aufhielt. Aus diesem Grund hatte Sisi auch auf den obligatorischen schwarzen Fächer und den weißen Sonnenschirm verzichtet, hinter denen sie ihr Gesicht zu verbergen pflegte, sobald sich ihr ein Fremder bei ihren Unternehmungen in der Natur nahte.

Die Kaiserin warf einen Blick gen Himmel. »Aber sputen wir uns! Die Sonne geht schon über den Bergen auf!«

Nach einer weiteren halben Stunde erreichten die Frauen den Gipfel. Sophie schätzte, dass es ungefähr halb sechs Uhr früh sein musste. Man war gegen halb fünf in der Kaiservilla aufgebrochen.

Bezaubert von dem Anblick, der sich ihr bot, blieb sie stehen und blickte umher. Während das Tal noch in Dunstschleier gehüllt war, beschien die strahlende Morgensonne eine fantastisch schöne Gebirgswelt. Obwohl der Jainzen nur etwas mehr als achthundert Meter hoch war, reichte der Blick von seinem Gipfel bis zum Dachsteingebirge, dessen Gletscher im Sonnenlicht glitzerten.

Sie hörte Sisi, die neben ihr stand, etwas murmeln. »Wie belieben, Eure Kaiserliche Majestät?«

Die blickte sie leicht tadelnd an. »Nun seien Sie doch nicht so förmlich, Sophie! Hier sind wir allein, nur umgeben von Gottes Schöpfung.«

Sophie wusste nicht, was sie darauf antworten sollte. Sie konnte die Kaiserin doch nicht bei ihrem Vornamen ansprechen. Ida hatte ihr erzählt, dass dies nur ihr selbst erlaubt war, wenn niemand sonst anwesend war.

Genau dies war jetzt der Fall. »Wie darf ich Sie denn ansprechen, Maje…?«

»Wie's Ihnen beliebt!« Sisi war offensichtlich nicht bereit, Sophie die Entscheidung abzunehmen. Stattdessen murmelte sie weiter vor sich hin. Da Sophie jetzt einige Worte verstand, erkannte sie, dass es ein Gedicht war, das die Kaiserin rezitierte.

»Wie wunderschön! Doch ich habe nicht alles verstanden. Darf ich die Reime noch einmal hören?« Diplomatisch vermied sie nun jegliche Anrede.

»Gerne! Die Zeilen beschreiben, was wir gerade sehen,

Ich lieb' es, wenn die weißen Nebel wallen,
Am früh'sten Morgen auf dem Berg zu steh'n.
Es tauchen auf, wie sie allmählich fallen,
Des Gletschers Spitzen silberweiß zu sehn.

Da nahen, ihn zu küssen, Sonnenstrahlen,
Sein Silber muss in Rosen übergeh'n.
Doch tiefer sinket nicht, ihr Nebelschleier,
Lasst mir bedeckt die Welt, dies Ungeheuer!«,

entsprach die Kaiserin Sophies Bitte.

Die war gleichermaßen beeindruckt wie betroffen. »Wunderschön!«, erklärte sie noch einmal. »Wunderschön und traurig zugleich. Dies muss ein Poet gedichtet haben, den die Welt zutiefst verletzt hat und der nun in der Natur Trost findet. Von wem stammt das Werk, Eure...?« Sie unterbrach sich.

Sisi sah sie mit einem merkwürdigen Gesichtsausdruck an. »Das wissen Sie wirklich nicht, Sophie?«

»Nein, ich bitte um Vergebung für meine Unwissenheit. Aber diese Zeilen kannte ich bisher nicht.«

Dann kam ihr ein Geistesblitz. »Vielleicht stammen sie von Heinrich Heine? Ich habe einmal gehört, dass Sie dessen Werke überaus schätzen.«

Das Lächeln, das nun auf Sisis Gesicht erstrahlte, ließ ihre verhärmten Züge viel weicher erscheinen und Sophie zum ersten Mal einen Anflug der ehemaligen Schönheit der Kaiserin erahnen.

Die verbeugte sich leicht. »Ich danke Ihnen für dieses Kompliment. Denn nein, das Gedicht stammt nicht von Heinrich Heine, den ich in der Tat als Meister der Dichtkunst aufs Äußerste verehre. Es stammt von mir selbst.«

Sie drehte sich um und wies auf eine bescheidene Holzhütte

neben dem Gipfelkreuz. »Hier, an dieser Stelle habe ich es vor ungefähr zwei Jahren geschrieben. Es kommt mir vor wie eine Ewigkeit.« Sowohl das Lächeln als auch die Stimme der Kaiserin erstarben.

»Die letzte Zeile ist fürwahr sehr traurig, verehrte Frau«, behalf sich Sophie mit dieser Anrede. »Als hätten Sie bereits vorausgeahnt...« Sophie stockte und biss sich auf die Lippen. War nicht taktlos, was sie gerade eben fast gesagt hätte?

»Nennen Sie mich doch Elisabeth, wenn wir unter uns sind, Sophie!«, reagierte die Kaiserin auf Sophies ungeschickten Versuch. Ihr Gesicht nahm wieder den bitteren Ausdruck an, den es meistens zeigte.

»Das Leben erspart mir nichts«, fügte sie hinzu. »Ich war einmal jung und unbeschwert, so wie Sie. Doch heute bin ich alt und müde. Ich schwinge mich nicht mehr voller Leichtigkeit in die Lüfte. Meine Flügel sind verbrannt.«

»Aber Sie dichten doch so wundervoll, Elisabeth! Ist Ihnen die Kunst denn gar kein Trost?«, machte Sophie den hilflosen Versuch, die Kaiserin aufzumuntern.

»Seit Rudolfs Tod dichte ich nicht mehr. Jede Inspiration, die mir Heinrich Heine einst verlieh, liegt nun mit meinem Sohn in der Kapuzinergruft begraben.«

Die Stimme der Kaiserin hatte etwas Endgültiges. Sophie fühlte sich ohnmächtig.

»Doch nun lassen Sie uns umkehren! Marie Valerie erwartet mich um zehn Uhr zum Frühstück. Bis dahin muss meine Morgentoilette beendet sein.«

Damit wandte sich Sisi um und begann, den Jainzen hinabzusteigen. Sophie folgte der Kaiserin, bedrückter und ratloser denn je.

Albrechtspalais auf der Augustinerbastei

Ende Juli 1889

Unruhig scharrte Richard mit den Füßen. Wieder wartete er seit einer geraumen Weile im Vorzimmer von Erzherzog Albrechts Schreibkabinett. Diesmal ließ ihn der Heerführer allerdings nicht absichtlich warten. Sondern wie bei seinem Antrittsbesuch im März war eine wichtige Meldung, diesmal vom Ministerpräsidenten Eduard von Taaffe eingetroffen, auf die Albrecht sofort reagieren musste.

Was solch ein aufwendiges Parkett wohl kosten mag?, grübelte er, um sich die Zeit zu vertreiben. Tatsächlich wies das Albrechtspalais die kostbarsten, mit verschiedenen Hölzern in komplizierte Muster eingelegten Böden von ganz Wien auf. Sie zeugten von dem immensen Reichtum, den Maria Christine, die Gattin des Kunstmäzens Albert von Sachsen-Teschen, einst in die Familie eingebracht und später ihrem Adoptivsohn, Albrechts Vater Carl, vermacht hatte.

Endlich öffnete sich die mit vergoldeten Schmuckelementen verzierte weiße Tür. Von Taaffes Gesandter nickte Richard knapp zu und verließ dann mit großen Schritten das Vorzimmer. Offensichtlich war seine Visite bei Albrecht nicht allzu erfreulich verlaufen.

Daher war Richard angenehm überrascht, als ihm der Erzherzog diesmal bedeutete, wieder auf der Sitzgarnitur Platz zu nehmen anstatt auf dem niedrigen Stuhl vor seinem Schreibtisch.

Die Wochen seit seiner letzten Unterredung mit Albrecht waren nicht allzu erfreulich für Richard verlaufen. Zwar durfte er nach wie vor an allen Besprechungen von Albrechts persönlichem Stab teilnehmen. Doch der Heerführer richtete kaum jemals das Wort an ihn. Interessante Aufträge, insbesondere Inspektionsreisen zu Truppenteilen außerhalb Wiens, erhielten nur seine Kollegen.

Er selbst beschäftigte sich seit den Beschwerden über ihn mit endlosen Aktenarbeiten. Hauptsächlich überprüfte er die Inventarlisten verschiedener Regimenter und nahm zu Material- und Ausrüstungsanforderungen Stellung. Dabei dachte er häufig an Kronprinz Rudolf, der sich immer wieder über die dürftige Ausstattung, insbesondere die der Infanterietruppen, beklagt hatte. Ob seine Empfehlungen, die gestellten Anträge für neue Stiefel, Tornister und andere Ausrüstungsgegenstände zu bewilligen, umgesetzt wurden, erfuhr Richard allerdings nie.

Nun verfolgte er gespannt, wie Albrecht eine dünne Akte von seinem Schreibtisch nahm und sich ihm gegenüber auf einem der Lehnsessel niederließ.

»Hier habe ich eine Aufgabe für Sie, Hauptmann von Löwenstein«, begann er ohne weitere Umschweife. »Es geht dabei um ein strittiges Thema zwischen uns, nämlich die *Ehre unserer Armee*«, betonte er seine letzten Worte. »Lassen Sie mich die Eckpunkte kurz umreißen!«

Richard erfuhr, dass schon vor geraumer Zeit die anonyme Beschwerde eines Soldaten aus dem 59. Infanterieregiment eingegangen war, welches in Salzburg stationiert war. Anlass war die Misshandlung von Rekruten durch ihre Ausbildungsoffiziere während des täglichen Exerzierens. Der Denunziant hatte außerdem behauptet, dass es noch weit schlimmere Missstände gäbe. Soldaten würden zu Unrecht arretiert und über Gebühr mit den Körperstrafen belegt, die das Armeerecht noch zuließ. Wegen dieser Schikanen hätten sich bereits mehrere Soldaten selbst entleibt.

Adressat dieser Beschwerde war der parteilose Reichsratsabgeordnete Engelbert Pernerstorfer, dessen Name Richard schon seit dem vorigen Jahr ein Begriff war.

Pernerstorfer hatte damals im Parlament eine schändliche Episode angeprangert, in die Rudolfs Cousin Franz Ferdinand, der zukünftige Thronfolger, verwickelt gewesen war und die Richard als unmittelbarer Zeuge sogar miterlebt hatte. Franz

Ferdinand war mit seinen Kumpanen im Zuge eines Wettrennens mit seinem Pferd über den Sarg eines Leichenzugs gesprungen.

Da die Wiener Gazetten aufgrund der allseits vorherrschenden Zensur, die jede Kritik an der kaiserlichen Familie verhinderte, keine Silbe über diesen Vorfall zu berichten wagten, hatte es Pernerstorfer auf sich genommen, ihn vor der Abgeordnetenkammer des Reichsrats anzuprangern. Dabei nannte er auch weitere Beispiele, die Franz Ferdinands jüngeren Bruder Otto betrafen, und brandmarkte dieses schändliche Verhalten als Zeichen für die zunehmende Verkommenheit auch allerhöchster Adelskreise.

Mit Rudolfs Billigung war Pernerstorfer daraufhin auf Initiative des Erzherzogs Otto in seiner eigenen Wohnung verprügelt worden.

»Pernerstorfer hat aufgrund dieser anonymen Anzeige eine Interpellation beim Kriegsministerium eingereicht«, erläuterte Albrecht jetzt. »Es wurde eine Untersuchung eingeleitet, die jedoch kein verwertbares Ergebnis erbrachte. Der ermittelnde Beamte, ein Major von Schreben, gab einen offiziellen Bericht ab, in dem er die Vorwürfe als gegenstandslos bezeichnete, da er der Ansicht war, dass ein Sozialist sie anonym erhoben habe. Das konnte zwar nicht bewiesen werden. Doch man sagt dem Abgeordneten Pernerstorfer durchaus nach, mit den Sozialisten zu sympathisieren. Allein schon aus diesem Grund muss die Sache einwandfrei aufgeklärt werden, damit durch subversive Elemente kein weiterer Schatten auf den Ruf unserer Truppen fällt.«

Richard war verwirrt. »Und was erwarten Sie jetzt von mir?«

»Ich habe mich an meinen Schwager, Erzherzog Rainer, den Oberkommandierenden des 59. Infanterieregiments, gewandt, um seine Meinung über die Vorfälle und die Güte der Untersuchung des Kriegsministeriums einzuholen. Wir sind beide zu der Ansicht gelangt, dass es grobe Versäumnisse vonseiten des ermittelnden Majors gegeben hat. Er hatte seinen Besuch nicht nur wochenlang vorher angekündigt, sondern den Zweck seiner Visite gleich noch mit dazu. Die beschuldigten Leutnants waren daher gar nicht vor Ort, sondern befanden sich auf Urlaub.«

Albrecht schnaubte unwillig. »Die Soldaten wurden nur in Anwesenheit des zuständigen Hauptmanns vernommen. Daraus kann geschlossen werden, dass sie möglicherweise nicht gewagt haben, offen zu den Anschuldigungen Stellung zu nehmen. Auch der verdächtigte Beschwerdeführer hat alles abgestritten, er wurde ebenfalls im Beisein des Hauptmanns vernommen. Und natürlich verlief auch die Exerzierübung, der der Major beiwohnte, einwandfrei.«

Täuschte sich Richard, oder schwang jetzt sogar ein sarkastischer Unterton in Albrechts Stimme mit?

»Wie wirkt meine Schilderung auf Sie?«, gab ihm der Erzherzog nun das Wort.

»In der Tat scheinen mir diese Methoden für die Wahrheitsfindung recht ungeeignet zu sein«, bestätigte Richard.

Albrecht nickte knapp und schob ihm die Akte über den Tisch hinweg zu. »Hauptmann von Löwenstein, ich beauftrage Sie hiermit, der Sache noch einmal auf den Grund zu gehen. Und ein belastbareres Ergebnis zu erzielen. Sollten die Ehrbegriffe unserer Truppen an dieser Stelle mit Füßen getreten worden sein, muss das durch die gebührende Abstrafung der Schuldigen geahndet werden. Sollte es sich bei der anonymen Anzeige jedoch um eine schäbige Verleumdung handeln, muss dafür der Verantwortliche zur Rechenschaft gezogen werden. In jedem Fall muss das Ergebnis eine völlige Wiederherstellung des guten Rufs unserer Truppen sein.«

Albrecht fixierte Richard mit seinen eisblauen Augen. »Und da Ihnen ja an anderer Stelle bereits angebliche Verstöße unserer Offiziere gegen die Ehrbegriffe der Truppe aufgefallen sind, erscheinen Sie mir der richtige Ermittler in dieser heiklen Causa zu sein.«

»Nein, es gibt keinerlei Einschränkungen bei den Methoden oder finanziellen Mitteln, die Ihnen zu Gebote stehen. Sie verfügen über die Ressourcen und die Zeit, die Sie benötigen«, kam Albrecht Richards diesbezüglichen Fragen zuvor.

Er fixierte Richard noch einmal.

»Aber ich erwarte ein eindeutiges, tragfähiges Ergebnis. Haben wir uns da verstanden?«

Richard nickte mit einem Anflug von Beklommenheit.

»Dann machen Sie sich an die Arbeit!« Mit einer knappen Handbewegung war Richard entlassen.

Auf dem Gipfel des Jainzen

Ende Juli 1889

»Rasch, es sind nur noch ein paar Schritte bis zur Hütte.«

Schon auf halbem Wege zum Gipfel des Jainzen hatten sich dunkle Wolken am Himmel zusammengeballt. Sophie hatte erst gar nicht den Versuch gemacht, die Kaiserin zum Umkehren zu bewegen. Sie wusste, dass Sisi sich von keiner Wetterlage bei ihren Märschen aufhalten ließ.

Die Frauen erreichten die hölzerne Gipfelhütte gerade noch rechtzeitig. Kaum hatten sie sich auf den harten Bänken an dem grob gezimmerten Tisch niedergelassen, als der Himmel auch schon seine Schleusen öffnete und draußen ein heftiger Schauer niederging. Dazu wehte ein kühler Wind.

Sophie schauderte zusammen und legte die Arme um die Brust, um sich zu wärmen. Da der Himmel am frühen Morgen bei ihrem Aufbruch noch klar gewesen war, hatte sie weder eine dicke Jacke noch Proviant mitgenommen. Schließlich wollte man zum Frühstück wieder zurück in der Kaiservilla sein.

Doch das Wetter konnte in den Bergen rasch umschlagen, hatte Ida Sophie bereits zu Beginn ihrer täglichen Ausflüge auf den Gipfel des Jainzen gewarnt. Jetzt bereute Sophie, sich nicht mit etwas Gepäck und Proviant dagegen vorgesehen zu haben, wie bei den ersten Märschen mit der Kaiserin auf den Berg. Da der Aufstieg in dem raschen Tempo, das Sisi anschlug, ohnehin schweißtreibend war, hatte sie den Rucksack schnell als lästig empfunden und sich mit einer Feldflasche Wasser begnügt, die an ihrem breiten Ledergürtel hing. Daraus nahm sie nun einen Schluck, nachdem sie die Flasche zuerst Sisi angeboten hatte, die verneinend den Kopf schüttelte.

Ihrer Miene konnte Sophie entnehmen, dass die Kaiserin wieder zutiefst frustriert war. »Es wird sicher bald zu regnen aufhören«, versuchte sie, Sisi zu trösten. »Dann können wir noch rechtzeitig zum Frühstück zurück sein.«

Sisi winkte unwillig ab. »Was schert mich das Frühstück!«, erwiderte sie. »Ich steige hier hinauf, um mich am herrlichen Rundblick zu erfreuen, den ich vom Gipfel meines ›Zauberbergs‹ habe. Nun werden mir Nebel und Dunst jede Aussicht versperren.«

Ein rascher Blick durch das unverglaste Fenster zeigte Sophie, dass Sisi recht hatte. Der Nebel auf dem Gipfel war so dicht, dass man kaum fünf Meter weit sah.

Während sie noch überlegte, was sie antworten sollte, fuhr die Kaiserin bereits fort, sich zu beklagen. »Selbst die wenigen Freuden meines Daseins bleiben mir immer wieder versagt. Das Leben besteht aus einer ununterbrochenen Folge von Enttäuschungen.«

Sophie blieb stumm, da ihr keine Entgegnung einfiel. Am späten Nachmittag würde Franz Joseph, wie in jedem Sommer, in Ischl eintreffen. Allerdings bezweifelte Sophie aufgrund all dessen, was sie inzwischen über die Ehe des Kaiserpaars gehört hatte, dass Sisi dies aufmuntern würde.

Dass die Kaiserin dieses heikle Thema allerdings von sich aus berühren würde, traf sie unvorbereitet. »Und heute Abend ist es mit meiner geringen Freiheit ohnehin wieder vorbei. Sobald mein Gemahl und seine Entourage eintreffen, gleicht auch die Kaiservilla der Wiener Kerkerburg.« So pflegte Sisi die Hofburg zu bezeichnen.

»Werden Sie denn viele Verpflichtungen wahrnehmen müssen?«, fragte Sophie zaghaft.

Sisi zuckte mit den Schultern. »Irgendein ausländischer Gesandter, ich glaube, aus dem schwedischen Königshaus, wird erwartet. Weder dem Empfang noch dem Galadiner zu seinen Ehren werde ich mich entziehen können. Und danach wird die ganze schreckliche Verwandtschaft eintreffen, um Franz Josephs Geburtstag mit ihm zu feiern.«

Wie jedes Jahr würde der Kaiser seinen Ehrentag am 18. August in Ischl begehen. Es war der Höhepunkt der Saison für die Kurstadt.

Sisi holte tief Luft. »Doch sobald der Herbst naht, werde ich wieder auf Reisen gehen. So lange werde ich mich eben gedulden müssen.«

»Ich ... ich dachte, Sie wären gern hier in Ischl. Auch wegen der schönen Erinnerungen, die Sie sicherlich mit dem Städtchen verbinden.«

Sisi lachte kurz bitter auf und warf Sophie einen mitleidigen Blick zu. »Sie meinen die Erinnerung an meine hier stattgefundene Verlobung?«

Sophie nickte im sicheren Gefühl, in einen Fettnapf getreten zu sein.

»Ein dummes fünfzehnjähriges Madl war ich, das man über seinen Kopf hinweg wie ein Kalb auf dem Markt verschachert hat.«

»Aber ... aber waren Sie denn gar nicht mit der Heirat einverstanden?« Sophie war gleichermaßen verwirrt wie betroffen.

»Einverstanden war ich schon! Wie hätte eine unbedeutende bayerische Prinzessin auch Nein zum Werben eines Kaisers sagen können? Doch auf was ich mich da eingelassen habe, konnte ich damals kein Jota ermessen.«

»Das ... das tut mir leid«, stammelte Sophie hilflos.

»Wissen Sie, wie es ist, wenn man keinen Schritt mehr tun kann, ohne drangsaliert und bevormundet zu werden? Wenn sich eine böse Schwiegermutter in alles einmischt, und seien es noch so geringe Kleinigkeiten? Wenn man unsinnige Vorschriften befolgen soll, nur um sich an die starre, längst überkommene Etikette zu halten?«

Sophie nickte und holte tief Luft. »Ich kann es mir schon denken, liebe Elisabeth. Auch ich habe einen Stiefvater, der alles kontrolliert und meine Mutter und Schwester bis heute sekkiert.«

Sisi hob den Kopf und sah Sophie prüfend ins Gesicht.

»Das klingt, als hätten Sie auch einmal bessere Zeiten erlebt.«

Sophie spürte ihre Augen feucht werden. »Mein Vater starb, als ich acht Jahre alt war. Er war ein freundlicher, lebenslustiger Mann.«

Sisi nickte. »So ein Mann war mein Vater auch. Ich wuchs frei und unbeschwert auf. In Possenhofen am Starnberger See verlebte ich die glücklichsten Jahre meines Lebens.«

»Und dann warf man mich unbedarftes Kind den Wölfen vor«, fuhr Sisi bitter fort. »Nicht einmal die Hochzeitsnacht war unsere Privatsache. Man fragte mich und den Kaiser am nächsten Morgen aus, als wären wir Zuchtvieh. Man zwang mich, meinen schwangeren Leib der Öffentlichkeit zu präsentieren, um meine Fruchtbarkeit zu beweisen. Und dann entzog mir dieses furchtbare Weib die Kinder, kaum dass ich sie geboren hatte.«

Damit war ihre Namensvetterin Erzherzogin Sophie, Franz Josephs Mutter, gemeint, schloss Sophie aus den Worten der Kaiserin.

Die setzte ihre Klage fort, als sei ein Damm gebrochen. »Alles, woran ich Freude hatte, nahm diese Frau mir weg. Ich saß in unseren Flitterwochen tagsüber mutterseelenallein im baufälligen Schloss Laxenburg, derweil mein Gemahl in der Hofburg seinen Amtsgeschäften nachging. Ich durfte ihn dort nicht besuchen, es sei unschicklich, ihm hinterherzulaufen, wurde ich belehrt. Ich durfte mit niemandem mehr ein vertrauliches Wort sprechen, da sich dies für eine Kaiserin nicht schicken würde. Sogar meine Papageien nahm Franz Josephs Mutter mir weg, als ich mit meinem ersten Kind schwanger ging. Angeblich aus Sorge, mein Ungeborenes könne die Gesichtszüge dieser Vögel annehmen.«

Wieder lachte die Kaiserin kurz und maliziös auf. »Was für ein Schmarrn, würden die Wiener dazu sagen! Und das alles nur aus purem Neid. Ich habe eine Weile gebraucht, um zu verstehen, dass dies der wahre Grund war, der dieses Weib antrieb. Sie wäre gern selbst Kaiserin geworden, wusste aber, dass ihr Gatte ein Schwächling war wie sein Bruder Ferdinand, der abgedankt hat. Deshalb überredete sie ihren Gemahl auch dazu, seinem ältesten Sohn Franz Joseph den Thron zu überlassen. Und neidete mir dann die Stellung, die sie selbst nie haben konnte!«

Sophie spürte großes Mitgefühl mit der jungen Frau, die die heute so verbitterte Kaiserin einmal gewesen war.

»Doch ich dachte, Ihr Gatte hätte Sie von Herzen geliebt«, warf sie zaghaft ein, als die Kaiserin schwieg.

Ein drittes Mal lachte Sisi zynisch auf. »Ja, mein ›Kleiner‹, mein ›Männchen‹, wie er seine zahllosen Briefe an mich noch heute unterschreibt. Er mag mich damals genauso geliebt haben wie ich ihn. Doch getan hat er nichts, um mich vor den Schikanen seiner Frau Mutter zu schützen. Da musste ich mir selbst helfen. Und fürwahr, das habe ich getan! Einstmals wollte man mich sogar zwingen, bei festlichen Diners Handschuhe zu tragen und meine Schuhe jeden Abend herzuschenken, nachdem ich sie nur einen einzigen Tag lang getragen hatte. Dagegen habe ich mich bereits damals erfolgreich gewehrt. Und heute tue ich alles nur noch so, wie es mir beliebt!«

Zu Sophies Erstaunen nestelte Sisi an ihrer schwarzen Bluse, knöpfte sie auf und zeigte Sophie ihre nackte Schulter. Mit blauer Farbe war ein Anker darauf tätowiert. »Den habe ich mir im letzten Winter im Hinterzimmer einer Hafenkneipe auf Korfu stechen lassen. Mein Oberon war darüber nicht sehr erfreut!«

Sophie erinnerte sich an Sisis Schlafzimmer in der Hermesvilla. Oberon war der Gatte der Elfenkönigin Titania, als die sich Sisi in ihren Gedichten ab und zu bezeichnete. Also war Oberon wohl ein Spottname für ihren Gatten Franz Joseph.

»Überhaupt wird die Liebe arg überschätzt.« Sisi war noch nicht am Ende mit ihrem Lamento. »Das habe ich unter Schmerzen lernen müssen. Und daher rate ich auch Ihnen, meinen Wahlspruch zu beherzigen:

Für mich keine Liebe,
Für mich keinen Wein;
Die eine macht übel,
Der andre macht spei'n!«,

zitierte die Kaiserin offenbar aus einem weiteren ihrer Gedichte.

Richards Gesicht erschien vor Sophies innerem Auge. Plötzlich fühlte auch sie sich sehr traurig.

»Ich werde es beherzigen, Majestät«, murmelte sie abwesend, ohne die formale Anrede, die sie wiederum gewählt hatte, zu registrieren.

Eine Weile schwiegen sie beide. Dann fiel Sisis Blick wieder nach draußen.

»Ich glaube, der Himmel klart endlich auf, Sophie. Lassen Sie uns zurückgehen!«

Tatsächlich nieselte es nur noch leicht. Die dunkelgrauen Wolken waren an einigen Stellen aufgerissen und zeigten erste Streifen des blauen Himmels.

Mit steifen Gliedern stand Sophie auf. Unwillkürlich hatte sie sich während Sisis Rede immer mehr verkrampft.

Sie waren gerade aus der Tür getreten, als Sisi sich zu Sophie umdrehte. »Und merken Sie sich gut, von alldem, was Sie heute gehört haben, kein Wort zu irgendjemandem!« Der Ausdruck ihrer dunklen Augen hatte etwas Drohendes.

Sophie war eingeschüchtert. »Selbstverständlich, Maje... äh Elisabeth. Niemals würde ich mich unterstehen, Ihr Vertrauen derart zu missbrauchen.«

Sisi musterte sie noch einmal mit stechendem Blick und nickte knapp. Dann wandte sie sich ohne ein weiteres Wort um und ging Sophie mit großen Schritten auf dem schmalen Pfad abwärts voran.

Kaffeehaus Prinzess in der Dorotheergasse

August 1889

Richard betrat das alte Kaffeehaus Prinzess durch den Eingang in der Dorotheergasse und sah sich suchend um. Victor Adler saß allein an einem Tisch in einer Nische.

Die Männer schüttelten sich die Hände. »Engelbert Pernerstorfer wird sich leider ein wenig verspäten, Herr von Löwenstein. Aber ich dachte, wir machen aus der Not eine Tugend und essen schon einmal zu Mittag.«

Richard setzte sich Adler gegenüber an den Tisch und staunte einmal mehr über die völlig unterschiedliche Atmosphäre im vornehmen Café Prinzess und im unmittelbar angrenzenden traditionellen Kaffeehaus, das schon ein paar Jahrzehnte länger bestand. Die Luft war von Rauch geschwängert. Männer debattierten eifrig miteinander oder saßen Zeitung lesend mit ihren Kleinen oder Großen Schwarzen an den Tischen. Melange mit Milchschaum bestellte hier kaum jemand, und eine Mandelmelange hätte man eigens aus dem durch einen Gang mit dem Kaffeehaus verbundenen Café Prinzess herbeibringen müssen.

Allerdings war die beliebte Mandelmelange des Cafés eine Spezialität, der hauptsächlich die weibliche Kundschaft zusprach. Und Frauen sah man hier im alten Kaffeehaus nirgends. Für sie war diese Art von Lokalität weiterhin tabu.

Auch die Mehlspeisen waren rustikal wie die bereits vom Gebrauch vieler Jahre abgenutzten Tische und Stühle aus braunem Holz mit zum Teil fleckig gewordenen Lederpolstern. Das diffuse Licht, das durch die kleinen Fenster fiel, schien von der vom vielen Zigarren- und Zigarettenqualm nachgedunkelten Holzvertäfelung der Wände und Decken absorbiert zu werden. Deshalb brannten die kleinen gasbetriebenen Kronleuchter auch am helllichten Tag.

Im Kaffeehaus stand man als Gast nicht im Rampenlicht der Öffentlichkeit wie im Café Prinzess, dessen Verglasung zum Graben hin fast bis zum Fußboden hinabreichte. Im Gegenteil, hier kümmerte sich jeder Besucher kaum um die anderen Anwesenden, sondern um seine eigenen Interessen oder im besten Fall die seiner Gesprächs- und Debattierpartner. Hier genoss man Apfelstrudel und Nusskipferl anstatt Danzers berühmter Mokkaprinzentorte. Und jetzt um die Mittagszeit stieg ein appetitlicher Duft von den Speisen auf, die die Ober mit ihren aufgrund der Hitze aufgekrempelten Hemdsärmeln servierten.

Anders als im Café Prinzess, wo man lediglich ein paar Appetithäppchen in Form feiner Kanapees und Sandwichecken bestellen konnte, wenn einem nicht nach Torte oder Gefrorenem zumute war, wurden hier deftige Mahlzeiten serviert. Richard, der heute Morgen nur wenig gefrühstückt hatte, lief das Wasser im Munde zusammen.

»Eine gute Idee«, stimmte er daher Victor Adlers Vorschlag zu. »Welches Gericht können Sie mir denn empfehlen?«

»Ich würde an Ihrer Stelle heute das Fiakergulasch mit Semmelknödeln nehmen oder den Fisoleneintopf mit Debrecziner Würstel!« Unbemerkt von Richard und Adler war Stephan Danzer an ihren Tisch getreten. Wie immer um die Mittagszeit, machte er seine Runde durch das Kaffeehaus.

Adler grinste breit. »Was würden Sie denn selbst wählen, Herr Danzer?«

»Natürlich das Gulasch. Es wurde schon gestern Nachmittag gekocht. Und Sie wissen ja, aufgewärmt schmeckt Gulasch am besten.«

»Dann folge ich Ihrem Rat, Herr Danzer«, erklärte Richard.

Der verbeugte sich leicht. »Es ist mir eine Ehre, Herr Graf. Zumal Sie mein Kaffeehaus schon länger nicht mehr beehrt haben.«

Richard errötete leicht. »Das ist in der Tat ein Versäumnis, Herr Danzer«, erklärte er freimütig. »Doch ich hoffe, mein Dankschreiben hat Sie erreicht?«

»Natürlich, Herr Graf. Und hat mich arg gefreut. Obwohl es nicht nötig gewesen wäre. An jenem Tag erfüllte ich nur meine Christenpflicht.«

»Dennoch will ich mich auch noch einmal persönlich für Ihre Großherzigkeit bedanken«, betonte Richard. Von Victor Adler wusste er, dass am Tag nach der Streik-Eskalation vor der Hofoper alle verwundeten Arbeiter, die sich zu Danzer geflüchtet hatten, im Kaffeehaus versorgt und nach Einbruch der Dunkelheit in ihre Wohnungen gebracht worden waren. Die meisten waren inzwischen wieder genesen.

»Und wenn ich im Gegenzug einmal etwas für Sie tun kann, lassen Sie es mich wissen!«, fügte Richard hinzu.

Wieder verbeugte sich Danzer leicht. »Dieses Angebots hätte es nicht bedurft, gnädiger Herr, um mich dazu zu bewegen, den Bedrängten in ihrer Not beizustehen. Aber...«, plötzlich lächelte er verschmitzt über das ganze Gesicht, »... etwas haben Sie ja schon für mich getan.«

»Und was sollte dies sein?« Richard war verblüfft.

»Sie haben mich näher mit diesem Herrn bekannt gemacht.« Danzer nickte in Richtung von Victor Adler. »Er ist nicht nur ein Arbeiterführer, sondern auch ein ausgezeichneter Arzt.«

»Also wirkt die Medizin, die ich Ihnen gegen Ihre Kopfschmerzen zusammengemischt habe?«, klärte Adler mit seiner Antwort den noch immer verwirrten Richard indirekt auf.

»Ganz wunderbar sogar, Dr. Adler. Doch die nächste Charge will ich Ihnen bezahlen, nein, da bestehe ich drauf«, reagierte Danzer auf Adlers Kopfschütteln. »Aber noch heilsamer sind die Nackenmassagen, die Mina Löb mir jeden Abend zuteilwerden lässt.« Nun errötete Danzer leicht. »Seither schlafe ich wieder wie ein neugeborenes Kind.«

»Das freut mich zu hören, Herr Danzer. Und wenn Sie mir morgen eins Ihrer Serviermadl in meine Praxis schicken, gebe ich ihm gerne die nächste Kräutermischung mit. Meine Ordinationszeit ist von neun Uhr früh bis zur Mittagsstunde.«

»Das tue ich gerne, Dr. Adler.« Danzer verneigte sich ein weiteres Mal leicht. »Doch jetzt will ich Ihre Mittagsbestellung aufgeben. Das Fiakergulasch auch für Sie?«

»Passt«, bestätigte Adler.

Dennoch hakte Danzer nach. »Aber Sie wissen, es enthält Speck.«

»Das schert mich nicht, Herr Danzer. Ich stamme zwar aus einer jüdischen Familie, bin aber schon lange zum protestantischen Glauben übergetreten. Und koscher gegessen habe ich auch schon davor in der Regel nicht mehr.«

»Dann lasse ich Ihnen noch eine Portion Vogerlsalat zu Ihrem Gulasch bringen. Der ist ebenfalls mit Specksoße angemacht. Ich empfehle mich, meine Herren, und wünsche Ihnen guten Appetit.«

Danzer hatte kaum zwei Schritte getan, als er sich noch einmal umdrehte. »Die Herren sind selbstverständlich meine Gäste.«

»Und wie ist es Ihnen in der Zwischenzeit weiter ergangen, Herr Adler?«, fragte Richard, nachdem sich Danzer entfernt hatte.

Der zuckte mit den Schultern, im Gesicht ein leicht resignierter Ausdruck. »Dass man die Ausgabe der *Gleichheit*, in der ich zuletzt über den Streik berichtet habe, gleich am Tag ihres Erscheinens konfisziert und die Zeitung hernach verboten hat, habe ich Ihnen ja bereits erzählt.«

Richard nickte. »Eine unglückliche Koinzidenz. Schon einen Tag später gaben die Eigner der Tramway-Gesellschaft nach.«

Adler seufzte. »Ich glaube nicht, dass es etwas geändert hätte, wären die Behörden bereits darüber im Bilde gewesen. An mir möchte man offensichtlich ein Exempel statuieren. Man hat mich angeklagt und bezichtigt mich aufgrund meines Artikels vom 28. Juni der Anarchie und des Bestrebens, einen gewaltsamen Umsturz des herrschenden Regimes herbeiführen zu wollen.«

Richard war schockiert. »Aufgrund eines Zeitungsartikels wirft man Sie in einen Topf mit diesen Räubern und Mördern?«

Vor einigen Jahren hatten einige selbst ernannte skrupellose »Anarchisten« mehrere Raubüberfälle in Wien verübt und dabei auch vor Mord nicht zurückgeschreckt. Die Taten hatten dem Ansehen der Sozialisten aufs Schwerste geschadet, obwohl diese nicht das Geringste mit den Verbrechen zu tun hatten.

»So sieht es aus«, bestätigte Adler. »Doch vor der Verhandlung ist mir nicht bange. Ich werde mich vor Gericht schon zu verteidigen wissen. Selbst wenn dieser Dr. Holzinger den Vorsitz hat.«

Dr. Ferdinand Holzinger war der wegen seiner unnachgiebigen Verfolgung aller Sozialisten berüchtigtste Richter Wiens.

»Und ich lasse mich auch nicht davon abbringen, eine neue Zeitung zu gründen«, fuhr Adler trotzig fort. »Sie soll *Die Arbeiterzeitung* heißen. Und wenn es mich den letzten Gulden meines Vermögens kostet.«

Richard schwieg betreten. Er wusste, dass Victor Adler auch die Kosten für die *Gleichheit* aus seinem väterlichen Erbe bestritten und dafür sogar sein Haus in der Berggasse veräußert hatte. Die Auflagen des Blatts waren seit seinem Erscheinen im Jahr 1886 so häufig konfisziert worden, dass Adler keinen Kreuzer damit verdient haben dürfte.

»Aber Sie unterhalten doch noch weiterhin Ihre ärztliche Praxis?«, wollte Richard es nun genau wissen.

Adler lächelte müde. »Das tue ich in der Tat, Herr von Löwenstein. Allerdings bringt sie mir kaum die Unkosten für die Miete ein. Denn die Ärmsten der Armen, die ich dort täglich behandle, können nicht einmal den halben Gulden entbehren, den ich ihnen in Rechnung stellen müsste.«

In diesem Augenblick brachte ein Kellner auf einem großen Tablett das köstlich duftende Gulasch samt Beilagen und ersparte Richard damit eine Erwiderung. Er hätte auch nicht gewusst, was er angesichts der Selbstlosigkeit Adlers hätte antworten sollen.

»Engelbert Pernerstorfer. Ich freue mich, Ihre Bekanntschaft zu machen, Herr von Löwenstein.«

Sie waren gerade beim Kaffee angekommen, als ein untersetzter Herr in einem für den heißen Augusttag viel zu warmen Gehrock an ihren Tisch trat. Der kritische Blick, mit dem der Ankömmling Richard durch seinen schwarz umrandeten Kneifer hindurch musterte, strafte seine verbindliche Begrüßung allerdings Lügen. Auch sein unter einem bis zum Hals reichenden Vollbart nahezu verborgener Mund verzog sich zu keinem Lächeln.

Hätte Richard nicht gewusst, dass der Abgeordnete mit Victor Adler die gleiche Klasse des Wiener Schottengymnasiums besucht hatte und seit dieser Zeit mit ihm befreundet war, hätte er ihn aufgrund seiner Halbglatze und seines förmlichen Auftretens für weitaus älter gehalten als Ende dreißig. Während

Pernerstorfer umständlich an ihrem Tisch Platz nahm und sich einen Kleinen Schwarzen bestellte, rekapitulierte Richard, was ihm Victor Adler über seinen Schulfreund erzählt hatte.

Pernerstorfer saß seit ungefähr vier Jahren als Abgeordneter im Reichsrat und gehörte aktuell keiner Partei an. Ehemals war er wie Victor Adler politisch für die Deutschnationalen aktiv gewesen. Dann hatte er sich aber, obwohl selbst kein Jude, ebenso wie Adler von deren Anführer Georg Ritter von Schönerer distanziert, der ihn aufgrund seines zunehmend fanatischer werdenden Antisemitismus abstieß.

Sein Mandat verdankte er den sogenannten Fünf-Gulden-Männern in seinem Wahlkreis in der Wiener Neustadt. Seine Wähler hatten diese Bezeichnung aufgrund der Summe ihres Steueraufkommens erhalten. Im Jahr 1882 war endlich auch den männlichen Bürgern des unteren Mittelstandes, sofern sie mindestens fünf Gulden pro Jahr an den Fiskus abführen konnten, das Wahlrecht zuerkannt worden. Ihre Stimmen zählten jedoch keineswegs so viel wie die der reichen Großbürger und -bauern.

Der jungen Partei der Sozialdemokraten, die im Reichsrat noch nicht vertreten war, da ihre Gründung erst um die vergangene Jahreswende stattgefunden hatte, stand Pernerstorfer noch skeptisch gegenüber, obwohl er durchaus mit den Ideen der Sozialisten sympathisierte. Insofern hatte Richard recht daran getan, sich wegen eines Kontakts zu dem Abgeordneten zuerst an Victor Adler zu wenden, nachdem er erfuhr, dass Pernerstorfer die Beschwerde über die Zustände im 59. Infanterieregiment von einem vermeintlich sozialistisch eingestellten Soldaten erhalten hatte, der angeblich anonym geblieben war.

Zwar hatte sich Pernerstorfer nach einigem Zögern schließlich bereit erklärt, Richard heute zu treffen. Doch schon die erste Frage des Abgeordneten zeigte ihm, dass er noch einige Überzeugungsarbeit zu leisten hatte, um sein Gegenüber von der Aufrichtigkeit seines Anliegens zu überzeugen.

»Also, was bewegt Sie als Berufsoffizier, Adeligen und Mitglied von Erzherzog Albrechts Stab, sich um das unbedeutende Schicksal einfacher Rekruten zu scheren?« Die Stimme des Abgeordneten klang schroff.

Richard richtete sich kerzengerade auf. »Die Ehrbarkeit und Ehrbegriffe dieser Institution, der ich mein Leben geweiht habe«, antwortete er unverblümt. »Wenn es hier schwarze Schafe gibt, müssen sie von den weißen getrennt und ausgemerzt werden, um den Ruf der gesamten Truppe nicht nachhaltig zu beschädigen.«

»Ich kann die Beweggründe des Grafen bestätigen, Engelbert«, mischte sich Victor Adler ein. »Und habe dir doch bereits erzählt, was wir ihm verdanken.« Kurz fasste er noch einmal Richards Eintreten für die streikenden Tramway-Kutscher zusammen.

»Ein echter Graf bin ich außerdem gar nicht und werde auch nie einer sein«, ergänzte Richard mit einem säuerlichen Lächeln, als Adler geendet hatte. »Dieser Titel wird mir niemals zustehen. Da mein Onkel Maximilian, der Majoratsherr der Löwensteiner, zwei Söhne hat.«

Interessanterweise war es dieses Eingeständnis, das Pernerstorfers Misstrauen offensichtlich mehr zerstreute als Adlers Fürsprache. Nach und nach begann er zu berichten, was ihm der anonyme Beschwerdeführer zur Kenntnis gegeben hatte. »Die Meldungen beziehen sich nur auf die 5. und 6. Kompanie«, erklärte er. »Die verantwortlichen Leutnants heißen Zimmerer und Nemec. Ihr Hauptmann, Bernhard von Gersfeld, lässt sie gewähren oder gießt sogar noch selbst Öl ins Feuer.«

Zunehmend wütend hörte Richard weiter zu. Obwohl er die dünne Akte, die ihm der Erzherzog überreicht hatte, sorgfältig Wort für Wort studiert hatte, waren ihm die meisten der gerade referierten Einzelheiten nicht bekannt.

»Das rührt daher, dass ich die originale Beschwerde des Soldaten nicht eingereicht habe«, erklärte Pernerstorfer. »Mein Informant hätte sonst anhand seiner detaillierten Beobachtungen womöglich identifiziert werden können. Außerdem wurden die meisten Vorfälle gar nicht oder nur äußerst oberflächlich untersucht, wie Sie ja wissen.«

»Und all das spielt sich in den beiden besagten Kompanien ab?« Richard konnte es kaum fassen. »Beständige Misshandlungen der Rekruten während des täglichen Exerzierens, willkürliche Verhängung unrechtmäßiger Strafen, nicht nur verschärfter Arrest, sondern auch Körperstrafen weit über das erlaubte Maß hinaus?«

Pernerstorfer nickte. »Sogar von der Anwendung der Prügelstrafe ist die Rede.«

»Die ist doch seit mehr als zwanzig Jahren verboten!«

»So ist es, Herr von Löwenstein. Doch wo kein Kläger, da kein Richter!«, bestätigte der Abgeordnete spöttisch.

Richard atmete tief ein, um sich zu beruhigen. »Ich werde mein Bestes tun, um diesen ungeheuerlichen Missständen auf den Grund zu gehen, Herr Pernerstorfer«, versprach er. »Doch lassen Sie mich eine letzte Frage stellen. Ist Ihnen die Identität des Beschwerdeführers wirklich nicht bekannt?«

Der innere Kampf, den Richard nun im Gesicht des Abgeordneten trotz dessen dichten Vollbarts wahrnahm, bestätigte ihn in seinem Verdacht, dass Pernerstorfer sehr wohl wusste, um wen es sich handelte.

Doch war der Abgeordnete an diesem Tag noch nicht bereit, diesbezüglich eine Entscheidung zu treffen. »Ich weiß, wer der Mann ist«, gab er zwar zu. »Doch ob ich Ihnen seinen Namen verrate, muss ich erst noch einmal überdenken.«

Damit musste sich Richard für heute wohl oder übel zufriedengeben.

Kapitel 11

Kaiservilla in Ischl

18. August 1889

»Gott erhalte, Gott beschütze unsern Kaiser, unser Land!«
Wie alle anderen Teilnehmer am feierlichen Hochamt zu Ehren des neunundfünfzigsten Geburtstags Franz Josephs stimmte auch Sophie in die sogenannte Kaiserhymne ein. Sie bildete den Höhepunkt und Abschluss der heiligen Messe in der Stadtpfarrkirche St. Nikolaus in Ischl, mit der die Geburtstagsfeierlichkeiten eröffnet wurden.

Wie so häufig an diesem Ehrentag des Monarchen schien eine strahlende Augustsonne vom wolkenlosen Himmel, als Sophie an der Seite von Charlotte Majláth die Kirche verließ. Mittlerweile nannte man dieses Wetter in der ganzen Monarchie daher »Kaiserwetter«.

Unter den Hochrufen der vor der Kirche versammelten Volksmenge stieg man in die offenen Wagen, die die Festgesellschaft zurück zur Kaiservilla bringen sollten. Dort würde Franz Joseph nach einem Frühstück im engsten Familienkreis die Gratulationen der Abgesandten aller Städte und Dörfer des Salzkammerguts entgegennehmen, bevor ein festliches Mittagessen im Kreise der angereisten Verwandtschaft die diesjährigen Feierlichkeiten abschließen würde.

Aufgrund des Todes des Kronprinzen fielen sie im Familienkreis bescheidener aus als in den vergangenen Jahren. Nur für die Bevölkerung, für die die Vergnügungen am Wiegenfest ihres

Kaisers, der seinen Geburtstag regelmäßig in Ischl beging, den Höhepunkt des Jahres bedeuteten, sollte es auf ausdrücklichen Wunsch Franz Josephs keine Einschränkungen geben.

»›Dem Volk seine ganze Freud' wegen dieses Schneiders zu nehmen, bring ich nicht übers Herz‹«, hatte Sisi vor einigen Tagen ihren Gemahl zitiert, als sie gemeinsam mit ihren Hofdamen den Nachmittagstee im Cottage einnahm.

»Papa meint das nicht so bös, wie es klingt«, begütigte die ebenfalls anwesende Marie Valerie. An dieser Bemerkung und den betretenen Mienen der anderen Hofdamen erkannte Sophie, dass es sich bei dem Begriff »Schneider« wohl um eine Beleidigung des toten Kronprinzen handeln musste, konnte sich jedoch keinen Reim auf deren Hintergrund machen.

Erst von Ida erfuhr sie später, dass ein erfolgloser Jäger, der trotz aller Mühe ohne ein einziges Stück Wild nach Hause kam, verächtlich als »Schneider« bezeichnet wurde.

Nach der Gratulationscour würde es also auf dem Marktplatz von Ischl, wie in jedem Jahr, Freibier und Würstel für das Volk geben. Ein kleiner Jahrmarkt mit Karussell, Schiffschaukel und bunten Buden war aufgebaut worden. Ab dem Nachmittag würde eine Kapelle zum Tanz aufspielen. Sophie hatte ihrer Kammerzofe Franzi frei gegeben, damit das Mädchen an den Lustbarkeiten teilnehmen konnte.

Wie sie selbst den Rest dieses herrlichen Sommertages verbringen würde, stand noch nicht fest. Zum Familien-Dejeuner war kein Mitglied des Hofstaats eingeladen. Und da Sisi sich auch an diesem Tag geweigert hatte, ihr strenges Schwarz abzulegen, und weder in der Kirche noch in der Öffentlichkeit den schweren Crêpeschleier lüftete, trugen auch Marie Festetics und Ida Ferenczy aus Loyalität schwarze Trauerkleider.

Selbst wenn Ida also überhaupt dazu bereit wäre, Sophie hinunter ins Städtchen zu begleiten, würde sie in der bunt gekleideten Menge auffallen wie eine Krähe unter Papageien. Charlotte um ihre Gesellschaft zu bitten, hatte Sophie dagegen keine Lust. Die jüngste von Sisis ungarischen Hofdamen ließ sie zwar, anders als Marie Festetics, weitgehend in Ruhe. Aber eine engere Beziehung hatte sich zwischen den beiden Frauen bislang nicht entwickelt.

Sophie trug das gleiche himmelblaue Kleid aus Seidensamt wie seinerzeit bei der Fußwaschung am Gründonnerstag. Nur durfte sie dessen Dekolleté heute zeigen und konnte auf den elfenbeinfarbenen Brusteinsatz verzichten.

Es war mittlerweile ungewohnt für sie, einen großen Teil des Tages einmal ganz für sich allein zu haben. Seit Sisi von ihrem Hexenschuss genesen war, hatte Sophie sie fast jeden Tag auf ihren Wanderungen und Ausflügen begleitet. Nachmittags leisteten sie und die anderen Hofdamen Sisi dann Gesellschaft auf ihren ausgedehnten Spaziergängen durch den »Zaubergarten«. So nannte die Kaiserin den herrlichen Park rund um die Kaiservilla zu Recht.

Die Gesellschaft erfreute sich dabei an den Rabatten mit blühenden, süß duftenden Blumen in allen Farben und rastete im Schatten würzig riechender Baumgruppen. Danach nahm man im Cottage den Tee ein, spielte Tric Trac und Dame oder beschäftigte sich mit sich selbst, während die Kaiserin las oder Briefe schrieb.

Sophie pflegte diese Zeit zu nutzen, um die prächtige Innenausstattung des Cottage zu erkunden. Sie konnte sich nicht sattsehen an den kunstvoll eingelegten Parkettböden und den üppigen Schnitzereien. Als sie entdeckte, dass es allein sechzehn hölzerne Statuen von Gestalten aus dem *Nibelungenlied* gab, lieh sie sich das mittelalterliche Heldenepos aus der Bibliothek der Kaiservilla aus, zumal ihr etliche der Figuren völlig unbekannt waren, und verbrachte einen Teil des Nachmittags ebenfalls mit Lesen.

Eine Ausnahme von diesem gleichförmigen Tagesablauf gab es zunächst lediglich an dem Tag, an dem Sisi die Gattin des schwedischen Gesandten samt deren weiblichem Gefolge im

Roten Salon der Kaiservilla zum Tee empfing. Diesem Treffen durfte Sophie ebenso beiwohnen wie dem abendlichen Galadiner im Kurhaus, dem Sisi allerdings, entgegen ihrer ursprünglichen Absicht, letztendlich doch fernblieb.

»Der Marter und Sklaverei ist es genug, wenn ich der Gemahlin des Botschafters am Nachmittag Gesellschaft leisten muss«, argumentierte sie. »Wäre ihr Gatte kein Mitglied des schwedischen Königshauses, hätte ich mich auch dem entzogen. Denn ich lasse mich nicht mehr über Gebühr ins Geschirr spannen wie ein Maulesel.«

Sophie hingegen hatte den Empfang genossen, gab er ihr doch zum ersten Mal die Gelegenheit, eines ihrer festlichen Abendkleider zu tragen.

Während der Einspänner, in dem sie und Charlotte saßen, sich jetzt in die Linie der Kutschen einreihte, kam Sophie erneut ein Vorfall in den Sinn, der sich erst am gestrigen Nachmittag ereignet hatte und sie seither beschäftigte.

Um ihrer im Laufe des Tages eintreffenden Verwandtschaft erst einmal zu entgehen, hatte sich Sisi spontan dazu entschlossen, mit Sophie eine Wanderung zu einem etwa zehn Kilometer entfernten Dorf zu unternehmen.

Dort machten die Frauen in einem kleinen Landgasthof Rast. Da die Kaiserin ihr Gesicht wie üblich hinter Schleier und Fächer verbarg, erkannte sie dort niemand. Ungestört nahmen beide einen einfachen Imbiss aus Wildschinken und grobem Roggenbrot ein, der Sophie ganz köstlich mundete. Allerdings verfingen sich einige der Schinkenfasern zwischen ihren Zähnen. Um nicht vor den Augen der Kaiserin darin herumzustochern, begab Sophie sich kurz zu einem Waschbecken an der Rückseite der Wirtschaft, über dem auch ein halb blinder Spiegel hing.

Als sie wenig später zurückkehrte, machte sie eine schockierende Beobachtung. Der Gasthofgarten hatte sich inzwischen geleert. Sisi saß allein an ihrem kleinen Tisch unter einem großen Nussbaum.

Gerade als Sophie um die Ecke des Gasthauses bog, fasste sich die Kaiserin in den Mund und zog ... ihre Vorderzähne heraus. Auch sie entfernte einige Fasern des Wildschinkens daraus und spülte die Prothese hernach mit einem Glas Wasser ab. Nach einem flüchtigen Blick über die Schulter, bei dem sie Sophie zum Glück nicht entdeckte, schob sich die Kaiserin die Prothese rasch wieder in den Mund.

Wie angewurzelt war Sophie stehen geblieben. Sofort war ihr klar, dass sie gerade eines der bestgehüteten Geheimnisse der Kaiserin entdeckt hatte. Ihren Schönheitskult pflegte Sisi nämlich trotz ihres fortgeschrittenen Alters nach wie vor. Dazu gehörte nicht nur die aufwendige Haarwäsche, die alle drei Wochen einen ganzen Tag in Anspruch nahm, sondern auch Gesichtsmasken aus dünn geschnittenem rohem Kalbfleisch oder Erdbeeren sowie ausgedehnte Olivenölbäder.

Hinzu kam das nahezu besessene Bestreben der Kaiserin, sich ihre überschlanke Figur zu bewahren. Bereits in der Hermesvilla hatte Sophie mitbekommen, dass sich Sisi jeden Tag wog. Lag ihr Gewicht bei einer Körpergröße von etwa 1,70 Meter auch nur einige Deka über dem Wert von fünfzig Kilogramm, von dem man noch ihr üppiges, schweres Haar abziehen musste, verordnete sich die Kaiserin sofort eine strenge Diät. Tagelang nahm sie dann nur noch Orangen und Milch zu sich.

Darüber hatte sich Ida Ferenczy öfters besorgt gegenüber Sophie geäußert. Zumal dieses exzessive Fasten gemeinsam mit den langen Märschen bei jedem Wetter, zumindest Sisis Gesichtshaut trotz aller Pflege nicht guttat. Zwar wirkte die Kaiserin nicht mehr ganz so verhärmt wie unmittelbar nach dem Selbstmord ihres Sohnes. Doch ihre Haut war weiterhin ledrig und wies tiefe Falten auf. Aß die Kaiserin über Tage hinweg nahezu nichts, fielen zudem ihre Wangen ein, und ihre Augen lagen tief in den Höhlen.

Trotz ihrer großen Sorge um die Kaiserin wagten weder Ida

noch Marie Festetics sie darauf hinzuweisen, dass das Fasten neben ihrer Gesundheit auch ihrer Schönheit gewaltigen Abbruch tat. *Geschweige denn, dass eine der beiden jemals Sisis Gebiss erwähnen würde,* sinnierte Sophie, während der Einspänner gemächlich die Auffahrt zur Kaiservilla entlangzockelte.

Für sie selbst klärte sich jedenfalls eine Ungereimtheit auf. Man sagte der Kaiserin nach, aufgrund ihrer schlechten Zähne kaum jemals den Mund zu öffnen, sodass man oft kaum verstehen konnte, was sie zu jemandem sagte. Das war Sophie bislang noch nie aufgefallen. Im Gegenteil hatte sie Sisi immer klar und deutlich verstanden. Auch an ihren Zähnen hatte Sophie nie etwas Ungewöhnliches bemerkt. Und dass die Kaiserin kaum jemals lächelte, führte Sophie auf ihre größtenteils melancholische Stimmung zurück.

Doch nun wusste sie es besser. Die Kaiserin trug eine Zahnprothese. Sophie beschloss, dieses Geheimnis tief in ihrem Herzen zu bewahren und niemals ein Sterbenswörtchen darüber gegenüber jemandem verlauten zu lassen.

Eine Stunde später hatte auch Sophie im Kreis der Hofdamen ein kräftiges Frühstück zu sich genommen und fand sich vor dem Eingang der Kaiservilla ein, um zunächst der Gratulationscour der Bürgermeister beizuwohnen. Fast eine geschlagene Stunde lang defilierten die Männer in ihren sonntäglichen Trachtenanzügen am Kaiser vorbei und überbrachten die Glückwünsche und Präsente ihrer Gemeinden. Die Geschenke bestanden hauptsächlich aus Gebinden mit Wein und haltbaren Spezialitäten der einzelnen Regionen wie Schinken, Dauerwürsten und Käse. Sophie wusste, dass der Kaiser die Gaben später unter den Bedürftigen von Ischl verteilen lassen würde.

Viele der Honoratioren hatten kleine Jungen und Mädchen dabei, die artig ein Gedicht aufsagten oder dem Monarchen ein Blumensträußchen überreichten. Die Kinder sahen in ihren Dirndln und Miniaturtrachtenanzügen allerliebst aus.

Viele würden diese Begegnung mit dem Kaiser, der seine Feldmarschalluniform und den mit grünen Federn besetzten Generalshut trug, ihr Leben lang als köstliche Erinnerung bewahren, vermutete Sophie.

Im Hintergrund sah man die Fahnen etlicher Regimenter, die im Salzkammergut stationiert waren und Kompanien zu Ehren des Kaisers entsandt hatten. Diese marschierten in ihren Festtagsuniformen am Ende der Zeremonie grüßend am Kaiser vorbei. Den Abschluss bildete das erneute Absingen der Kaiserhymne, bevor sich die Menge zerstreute und der Park der Kaiservilla wieder für die Öffentlichkeit geschlossen wurde.

Jetzt verlagerte sich das Geschehen in die große Eingangshalle der Villa, in deren Mitte der Kaiser stand, noch immer ohne die Kaiserin an seiner Seite. Ihrem Rang gemäß gratulierten Franz Joseph jetzt die nach Ischl mitgekommenen Hofbeamten und Mitglieder des Hofstaats.

Aufgrund ihres niederen Status war Sophie die letzte von Sisis Damen, die vor dem Kaiser in einen tiefen Hofknicks versank. Das Herz schlug ihr vor Aufregung bis zum Hals. Es war überhaupt das erste Mal, dass Sophie Franz Joseph, der sie bislang kaum zur Kenntnis genommen hatte, gegenübertrat.

»Freiin Sophie von Werdenfels, Promeneuse Ihrer Majestät, der Kaiserin, entbietet Eurer Majestät die allerherzlichsten Glückwünsche zum heutigen Ehrentag, verbunden mit allen guten Wünschen für ein langes, gesundes Leben.«

Immer wieder hatte Sophie diese Worte vor dem Spiegel ihrer Kammer geübt, die auch hier in Ischl weitaus komfortabler war als ihr Gemach in der Hofburg.

Franz Joseph, der Sophie erstaunlich klein vorkam, blickte sie aus seinen blassblauen Augen freundlich an und nickte zum Dank. Damit war Sophie entlassen und nahm ihren Platz in den Reihen der Gratulanten an den Seiten der Halle ein.

Die Uhr schlug bereits die zwölfte Stunde, als endlich auch die Kaiserin erschien. Sie trug das gleiche hochgeschlossene schwarze Seidenkleid mit spitzenbesetzter Schleppe wie schon am Morgen in der Kirche. Lediglich den Crêpeschleier hatte sie abgelegt.

Als sie neben den Kaiser trat, der daraufhin seinen Generalshut abnahm, sah Sophie das Paar zum ersten Mal Seite an Seite stehen. Und ihr voriger Eindruck hatte sie nicht getrogen: Kein Porträt der beiden hatte je offenbart, dass Sisi einen halben Kopf größer war als ihr Gemahl. Die Hofmaler hatten die Größenverhältnisse taktvoll durchgängig umgekehrt dargestellt.

Ob Sisi schon bei der Verlobung größer war als ihr Bräutigam?, grübelte Sophie. *Oder ist sie danach noch gewachsen?* Schließlich war Sisi damals erst fünfzehn Jahre alt gewesen. Und hatte Milli Sophie in ihrem letzten Brief nicht stolz berichtet, dass sie jetzt fünf Zentimeter größer sei als noch zu Beginn des Jahres?

Nun traten die Mitglieder der Kaiserfamilie vor, die sich bis zu Sisis Dazukommen im Hintergrund gehalten hatten, um ihre Glückwünsche auszusprechen. Zuerst gratulierte die älteste Tochter Gisela mit ihrer Familie. Sie war schon im Alter von sechzehn Jahren mit der Zustimmung ihrer Mutter nach Bayern verheiratet worden. Ihr Mann Leopold war ein Sohn des bayerischen Prinzregenten Luitpold, der nach dem Tod seines Neffen Ludwig II. im Sommer 1886 die Herrschaft in München übernommen hatte. Obwohl das Paar vier Kinder und Sisi bereits mit sechsunddreißig Jahren zur Großmutter gemacht hatte, galt die Ehe als unglücklich.

Auf ihrer gestrigen Wanderung war die Kaiserin ungewöhnlich redselig gewesen. Sie erzählte Sophie von einem Spottgedicht, das sie anlässlich eines früheren Geburtstages ihres Mannes auf die kaiserliche Familie geschrieben hatte. Die meisten Protagonisten hatte sie dabei – ihrer Auffassung nach – mit charakteristischen Tieren verglichen.

Noch bevor sie die unterkühlte Begrüßung beobachtete, die die Kaiserin ihrer ältesten Tochter zuteilwerden ließ, hatte Sophie Gisela bereits bedauert. Obwohl Sisi ihr eigenes Schicksal immer wieder weidlich beklagte, insbesondere ihre viel zu frühe Verlobung und Heirat, hatte sie nicht davor zurückgeschreckt, ihrer Tochter Gisela das gleiche Los angedeihen zu lassen.

In ihren Spottversen verglich sie die Familie ihrer Ältesten gar mit Schweinen und bezeichnete Gisela als zwar ehrliche, aber »rackerdürre Sau«.

Wie aus heiterem Himmel spürte Sophie heftiges Heimweh nach ihrer eigenen Mutter Henriette. Zwar war die bis heute nicht stark genug, um ihre Töchter vor den Schikanen ihres Stiefvaters Arthur zu schützen. Doch sie liebte beide Mädchen aus ganzem Herzen und tat alles, was ihr zu Gebote stand, um ihnen das Leben hinter seinem Rücken nach Kräften zu erleichtern.

Im Gegensatz zu Giselas Begrüßung wurden Sisis Züge weich, als ihre jüngere Tochter Marie Valerie an der Seite ihres Verlobten vor das Kaiserpaar trat. Noch auf dem gestrigen Spaziergang hatte Sisi beklagt, dass ihr das Schicksal ihre »Einzige« bald durch die Hochzeit mit Erzherzog Franz Salvator nehmen würde.

»Hier in Ischl, in weniger als einem Jahr, werde ich mein über alles geliebtes Kind für immer verlieren!« So hatte Sophie erfahren, dass der Hochzeitstermin nun auf den 31. Juli des kommenden Jahres festgesetzt worden war. Das Datum sollte der Öffentlichkeit allerdings noch nicht mitgeteilt werden.

»Niemand versteht, warum Sisi ausgerechnet in Marie Valerie so vernarrt ist«, hatte Sophie plötzlich die spöttische Stimme von Fredi, der Hofdame der Erzherzogin Marie Therese von Braganza, wieder im Ohr. »Marie Valerie kommt im Charakter weit mehr nach ihrem Vater Franz Joseph als nach Sisi. Aber Liebe macht eben blind, wie es so schön heißt.«

Auch Marie Therese, von Sisi als »sanfte taube Taube« bezeichnet, da sie in ihrer Ehe mit dem um zweiundzwanzig Jahre älteren Kaiserbruder Karl Ludwig vorgeblich viel zu leiden hatte, machte Sophie jetzt in der Menge aus. Doch zunächst trat Rudolfs Witwe Stephanie vor, an ihrer Seite die noch nicht sechsjährige Tochter Erzsi.

Stephanie trug im Gegensatz zu Sisi kein schwarzes Gewand. Da inzwischen mehr als ein halbes Jahr nach Rudolfs Tod vergangen war, hatte die Zeit der Halbtrauer begonnen. Die ehemalige Kronprinzessin brachte dies mit ihrem taubenblauen recht tief ausgeschnittenen Kleid zum Ausdruck, das lediglich mit ein paar schwarzen Spitzenapplikationen besetzt war.

Sophie verdrängte den Gedanken an Mary Vetsera, an die sie diese Aufmachung erinnerte. Auch Mary hatte in ihrem letzten Lebensjahr nur ungern Trauer um ihren Vater getragen und jedes Zeichen der Halbtrauer gehasst. Was Stephanie anging, war sich Sophie in ihrer Abneigung mit der Kaiserin einig, die ihre Schwiegertochter mit einem geltungssüchtigen Trampeltier verglich.

Dies galt auch für das Untier, »halb Hund, halb Wolf«, wie Sisi den zukünftigen Thronanwärter Franz Ferdinand bezeichnete, der nach seinen Eltern vortrat, um dem Kaiser zu gratulieren.

Wieder klangen Sophie Sisis bittere Worte im Ohr. »So haben die Menschen, die mir immer nur Böses wollten, durch den Tod meines Sohnes schließlich ihr Ziel erreicht. Sie können triumphieren, denn nach meinem Tod wird nichts mehr von mir zurückbleiben.«

Plötzlich konnte Sophie es kaum noch erwarten, dass dieser Empfang ein Ende nähme und sie sich eine einsame Ecke im weitläufigen Park der Kaiservilla suchen könnte, um dort den Rest des Tages allein zu verbringen.

Denn er ekelt mich an, dieser falsche Glanz des Kaiserhofs, wurde ihr mit aller Deutlichkeit klar.

Salzburg

Sonntag, 25. August 1889

»Grüß Sie Gott, Herr Hauptmann. Da bring i den Emil Schuster.«

Clemens, Richards Bursche, strahlte über das ganze Gesicht. Er freute sich nicht nur über den Gulden Prämie, den er sich nun aufgrund der erfolgreichen Erledigung seiner Aufgabe verdient hatte, sondern noch mehr darüber, dass er dies auf Anhieb bewerkstelligt hatte.

In der Tat befand sich Richard erst seit zwei Tagen in Salzburg. Noch in Wien hatte er lange überlegt, wie er dort am besten vorgehen sollte, und sich schließlich dazu entschlossen, seinen Burschen Clemens aktiv in seine Nachforschungen mit einzubeziehen.

Die beiden Kompanien, in denen die angezeigten Missstände herrschen sollten, waren zum Glück in derselben Kaserne stationiert. Der Gefreite Emil Schuster, der die Anzeige erstattet und dessen Name ihm Engelbert Pernerstorfer schließlich doch noch genannt hatte, gehörte zur 5. Kompanie, die von Leutnant Zimmerer geführt wurde.

Gemäß Richards Plan hatte sich Clemens zunächst mit einem Briefchen an Schuster gewandt, in dem er sich für den Fall, dass es vor der Aushändigung gelesen werden würde, als dessen Cousin ausgegeben hatte. Schließlich könnte man Schuster ja im Verdacht haben, der Denunziant gewesen zu sein, und überwachte daher möglicherweise seine Post.

Die Großmutter Engelberta Perner sei sehr krank, hieß es da in Clemens krakeliger Schrift und mangelhafter Orthografie, was dem Schreiben mehr Glaubwürdigkeit verlieh, als wenn Richard es selbst verfasst hätte. Clemens wolle seinen Cousin Emil daher am Sonntag in einem Beisl treffen und dann *mehr drüber berichsten. I wart vorm Tohr, bist rauskomst.*

Jeder Rekrut durfte sonntags die Kaserne ab der Mittagszeit verlassen.

Und offensichtlich hatte der Trick funktioniert. »Den Emil hat's zwar arg g'wundert, wie er des Brieferl kriegt hat«, erklärte Clemens immer noch strahlend. »Aba weil er kein Ahnl mit so an Namen hat, hat er sich scho dacht, des könnt der Herr Abgeordnete sein. Und deshalb is er glei mitkommen, wie i'n g'fragt hab.«

»Dann seien Sie willkommen und nehmen Sie Platz«, lud Richard den Gefreiten ein. »Ich hoffe, in diesem Beisl nimmt niemand von uns Notiz.«

Tatsächlich war es ein Buschenschank am Stadtrand von Salzburg, in dem hauptsächlich Bauern und Handwerker aus den umliegenden Dörfern verkehrten. Die mehrere Kilometer von der Kaserne entfernte Wirtschaft war für die Rekruten zu abgelegen. Außer Schuster sah man daher keinen einzigen Soldaten. Richard selbst war ebenso wie sein Bursche in Zivil.

Nachdem Richard für Schuster und Clemens eine herzhafte Jause und einen Literkrug Wein bestellt hatte, wandte er sich an seinen Gast. »Mein Bursche hat Ihnen bereits mitgeteilt, was mich hierher nach Salzburg führt?«

Schuster, ein bulliger Mann mit kräftigen Gliedmaßen und einem grob geschnittenen Gesicht, nickte. »Se woll'n die Untersuchung no einmal aufnehmen, die der Lump aus'n Kriegsministerium niederg'schlagen hat.«

»So ist es«, bestätigte Richard. »Doch ich brauche handfeste Beweise für die von Ihnen beschriebenen Missstände. Deshalb möchte ich mit Ihnen beraten, welches Vorgehen das geschickteste wäre.«

Schuster gab ein zustimmendes Geräusch von sich. Er kaute gerade mit vollen Backen. »Des Beste is, der Herr Hauptmann kommt nach Mittag in die Kasern. Da is der Gersfeld nämlich ned da. Da können S' des Nachmittagsexerzieren mitkriegen«, sagte er dann.

Richard war zugleich verblüfft und erfreut. Dass er sich zuerst bei Hauptmann von Gersfeld, dem Oberkommandanten der beiden Kompanien, melden müsste, um sich Eintritt in die Kaserne zu verschaffen, hatte ihm bislang das meiste Kopfzerbrechen bereitet. Dem Hauptmann hätte er nämlich aufgrund ihres gleichen Rangs keine Befehle erteilen können, ohne seinen Auftrag sofort preiszugeben und die Vollmacht von Erzherzog Rainer vorzulegen, die ihm Albrecht vor seiner Abreise nach Salzburg ausgehändigt hatte.

In diesem Fall bestand jedoch die Gefahr, dass von Gersfeld Mittel und Wege fände zu verhindern, dass Richards Verdacht durch Beweise bestätigt wurde.

»Wo ist denn Ihr Hauptmann um diese Zeit?«, fragte er neugierig.

Schuster zuckte mit seinen breiten Schultern. »'S heißt, der hat a Liebschaft in der Stadt. Jedenfalls is er allweil um eins weg.«

Im Geiste machte sich Richard eine Notiz. Unglaublich, dass ein höherer Offizier derart pflichtvergessen war! Dessen Dienstzeit betrug ohnehin weit weniger Stunden pro Tag als die der Unteroffiziere und Rekruten. Sie begann morgens um sieben und endete nach einer dreistündigen Pause zwischen elf und zwei Uhr nachmittags in der Regel um fünf Uhr. Nicht zu vergleichen mit dem Arbeitspensum, das Richard als Stabsoffizier zu bewältigen hatte. Und schon gar nicht mit den elend langen Schichten der Arbeiter in den Fabriken.

»Und auch sonst is es grad günstig für den Herrn Hauptmann«, fuhr Schuster fort. »Denn seit'n Bericht von den schäbig'n Lump is es schlimmer wie vorher.«

Fasziniert und betroffen zugleich lauschte Richard Schusters Aufzählung der aktuellen Regelverstöße in den beiden Kompanien. Die Gelegenheit, sich persönlich davon zu überzeugen, war daher in der Tat außerordentlich günstig.

Drei Stunden später stand sein Plan fest. Schuster würde

keine aktive Rolle darin spielen, denn nur so würde er den Gefreiten vor späteren Sanktionen bewahren können. Die Informationen, die er Richard gegeben hatte, mussten ausreichen.

Zumal Schuster als gelernter Bäcker trotz seiner imposanten Statur gar nicht zu den normalen Rekruten gehörte, sondern zu den Verpflegungssoldaten, die bereits nach drei Monaten Dienstzeit nicht mehr zum täglichen Exerzieren antreten mussten. Zudem hatte man ihn weit vor der Erstattung der Anzeige aufgrund seiner Tüchtigkeit sogar für eine Beförderung vom einfachen Soldaten zum Gefreiten vorgeschlagen, die ihm erst kürzlich zu Kaisers Geburtstag am 18. August gewährt worden war. Das war der Stichtag für die einmal pro Jahr stattfindenden Beförderungen in der gesamten Armee.

Bevor man sich gegen sechs Uhr abends verabschiedete, sprach Richard noch ein Thema an, das ihn schon das ganze Treffen über beschäftigte. »Erlauben Sie mir eine letzte Frage, Gefreiter Schuster. Warum tragen Sie am heiligen Sonntag solch eine schäbige Montur?«

Die hellblaue Uniformhose des Soldaten war nicht nur zu kurz, sondern auch am Saum ausgefranst. Die dunkelblaue Uniformjacke war mehr schlecht als recht an den Ellenbogen mit Flicken ausgebessert. Als Schuster sie aufgrund der Hitze auszog, stellte Richard fest, dass auch das darunter getragene Ärmelleibchen durchlöchert war.

Wieder zuckte Schuster mit den Schultern. Dabei grinste er breit. »Des is des Beste, was es in der Kleiderkammer grad gibt, Herr Hauptmann. Die is nämlich leer, weil der Gersfeld für seine Hur'n allweil Geld braucht und alles verscherbelt hat. Ned mal ordentliche Stiefel sind no zum krieg'n.«

Im Geiste machte sich Richard eine weitere Notiz. Natürlich hatte kein Wort über diese Misere im Bericht des Majors aus dem Kriegsministerium gestanden.

Also werde ich die Gelegenheit nutzen und mir auch die Kleiderkammer zeigen lassen.

Kaserne in Salzburg

Montag, 26. August 1889, am nächsten Tag

»Ich bedanke mich herzlich, Leutnant Zimmerer, dass Sie mir die Gelegenheit geben, nicht nur die Exerzierleistung der Rekruten, sondern auch die Tätigkeit des Kadettoffiziers Holzinger zu beobachten. Das möchte ich natürlich unbemerkt tun, um mir ein wahrhaft objektives Bild zu verschaffen.«

Zu Richards Genugtuung wurde Zimmerer sichtlich bleich. Spätestens jetzt ging ihm wohl auf, dass Richard seiner Kompanie nicht nur einen Freundschaftsbesuch im Namen des Erzherzogs Albrecht abstatten wollte. Doch nun waren ihm die Hände gebunden.

Wie er es am Vortag mit Emil Schuster besprochen hatte, war Richard mit seinem Burschen Clemens um Viertel nach eins an der Pforte der Kaserne erschienen. Zuvor hatte er sich, in seiner Mietdroschke verborgen, persönlich davon überzeugt, dass Hauptmann von Gersfeld diese tatsächlich kurz nach ein Uhr mittags verließ.

Als Richard sich melden ließ, wurde er daher vom dienstältesten Leutnant empfangen, der in Vertretung des Hauptmanns das Oberkommando hatte. Von Schuster wusste er, dass dies Zimmerer war, dem deshalb auch der sogenannte Kadett-Offizier zugeteilt worden war. Dieser war ein Absolvent einer Militärakademie, der vor seinem Abschluss und der damit verbundenen Beförderung zum Leutnant den letzten praktischen Schliff erhalten sollte.

»Der Kadett Holzinger is a Abrichter, der no schlimmer is als wie der Zimmerer«, hatte Schuster Richard verraten. »Der denkt, er macht sei Sach b'sonders gut, wenn er alle Leut dressiert und sekkiert.«

Holzinger? Der Name kam Richard gleich bekannt vor. Hatte ihm Victor Adler nicht erzählt, dass seine bevorstehende Verhandlung von einem Richter Holzinger geleitet werden sollte, der ebenfalls als »harter Hund« galt? Nun, der Apfel fiel nicht weit vom Stamm. Denn Schuster bestätigte ihm tatsächlich, dass es sich bei den beiden um Vater und Sohn handelte.

»Bitte führen Sie mich an ein Fenster, von dem aus ich das Exerzieren beobachten kann! Und leisten Sie mir dabei Gesellschaft!«, wehrte Richard einen Versuch Zimmerers ab, den Raum doch noch kurz zu verlassen. »Mein Bursche Clemens kann Ihre Nachricht überbringen, wenn sie so dringlich ist.«

Das war sie natürlich nicht, was Zimmerers Manöver als reine Finte entlarvte, um Holzinger und den verantwortlichen Feldwebel vor der bevorstehenden Übung doch noch irgendwie zu warnen.

Wenig später machte es sich Richard vor einem Fenster bequem, das auf den Exerzierplatz hinausging. Selbst die Sonne schien sich mit ihm verbündet zu haben. Sie stand so, dass das Fenster das Licht reflektierte. Die Beobachter hinter der Scheibe waren deshalb für die draußen Exerzierenden nicht zu erkennen, hatten aber selbst eine ausgezeichnete Sicht.

Schon als die Kompanie pünktlich um zwei Uhr aufmarschierte, bemerkte Richard erneut die verlotterten Monturen der Rekruten. Vielen saß die Uniform nicht richtig, war entweder zu eng oder schlackerte um den Leib. Hosen und Ärmel waren häufig zu kurz oder zu lang. Selbst aus der Entfernung erkannte Richard die Löcher in einigen Stiefeln, aus denen die Zehen in ihren leinenen Fußlappen weiß hervorlugten.

Während ein Feldwebel die Kommandos gab, bestieg ein junger Mann, Richard schätzte ihn auf ungefähr zwanzig Jahre, ein kleines Podest, um das Exerzieren zu überwachen.

Zehn Minuten verliefen ereignislos. Doch dann kam es zu einem ersten Vorfall: Einer der Soldaten stolperte und stieß dabei gegen seinen Nebenmann, der ebenfalls ins Wanken geriet.

»Sauhunde!«, schrie der Feldwebel, stürzte auf die beiden

Rekruten zu und schlug ihnen rechts und links ins Gesicht. Zimmerer, der neben Richard saß, stöhnte vernehmlich auf. Der zog seelenruhig ein Notizbüchlein hervor und machte einen Eintrag, nachdem er zuvor die Zeit von seiner Taschenuhr abgelesen hatte.

Weitere Minuten vergingen, in denen noch zwei Soldaten mit Ohrfeigen traktiert wurden, weil sie die Gewehrhandgriffe, die geübt werden sollten, nicht gleich korrekt ausführten. Da schrie der Kadett-Offizier Holzinger plötzlich:

»Feldwebel, tun S' diesen Kerl a bisserl aufmuntern! Der macht's andauernd falsch!« Er wies auf einen Mann in der zweiten Reihe.

Während die Soldaten in der ersten Reihe zur Seite wichen, trat der Feldwebel vor den Rekruten, der vor Angst strammstand. Er riss ihm sein Gewehr aus den Händen und hieb ihm den Kolben mit voller Wucht mehrmals auf die Füße. Der Mann schrie vor Schmerz auf, taumelte rückwärts und riss dabei zwei Soldaten, die hinter ihm standen, mit sich zu Boden.

»Was ist das denn heut für ein erbärmlicher Haufen?« Die Stimme des Kadett-Offiziers überschlug sich fast. »Können nicht mal das Gleichgewicht halten! Na, denen werd' ich's zeigen.«

Er trat neben den Feldwebel und schrie: »Alle Mann stehen auf einem Bein!«

Weitere zehn Minuten vergingen, in denen es Richard kaum noch auf seinem Platz hielt. Noch immer versuchten die Rekruten, dem Befehl des sadistischen Kadettoffiziers nachzukommen. Doch die ersten schwankten bereits. Schließlich fielen einige Männer um. Im blinden Versuch, sich festzuhalten, zogen sie weitere Kameraden mit sich, was sowohl der Feldwebel als auch Holzinger mit lautem Gelächter quittierten.

Richard machte sich einige weitere Notizen. Dann stand er abrupt auf.

»Ich glaube, von der 5. Kompanie habe ich für heute genug

gesehen«, sagte er brüsk. »Begleiten Sie mich nun auf den anderen Kasernenhof zur Kompanie von Leutnant Nemec.«

»Verzeihen Sie, Hauptmann von Löwenstein. Aber ich müsste zuerst noch den Abort aufsuchen!«

Richard lächelte spöttisch ob dieses erneut durchsichtigen Manövers. »Aber gerne doch, Leutnant Zimmerer. Mein Bursche wird Sie begleiten!«

»Und pass auf wie ein Luchs, dass der Leutnant mit niemandem spricht, Clemens!«, wies er denselben an. An Clemens' grimmigem Gesichtsausdruck konnte er ablesen, dass der über die beobachteten Schikanen genauso empört war wie Richard.

»Drauf können S' sich verlassen!«, gelobte der Bursche, bevor er mit dem käsebleichen Zimmerer den Raum verließ.

Eine Stunde später zog Richard in Gegenwart der beiden Leutnants Zimmerer und Nemec sowie des Kadettoffiziers Holzinger eine erste Bilanz. Der Hauptmann war noch nicht in die Kaserne zurückgekehrt.

»Ich stelle fest, dass Sie meinen geschätzten Vorgänger bei dieser Untersuchung, Major von Schreben aus dem Kriegsministerium, hinters Licht geführt haben«, konstatierte Richard kühl, nachdem er seine Mission offengelegt hatte. »Das, was ich heute beobachtet habe, entspricht der anonymen Anzeige weit mehr als das, was im Bericht des Majors steht.«

Die Offiziere saßen wie erstarrt auf ihren niedrigen Schemeln, die Richard ihnen angewiesen hatte. Er selbst machte sich Erzherzog Albrechts Taktik zu eigen und thronte auf einem bequemen Lehnsessel.

»Die folgenden Verstöße gegen das geltende Militärrecht sind mir aufgefallen, wobei mir mein Bursche Clemens als Zeuge dient.«

Der stand hinter Richards Sessel und schnaubte bedrohlich.

»In der 5. Kompanie mehrfache Misshandlung von Rekruten durch Schläge ins Gesicht und Hiebe auf die Zehen mit einem

Gewehrkolben. Treten Sie vor, Rekrut!«, winkte er sodann einen jungen Mann heran, der sich bislang im Hintergrund gehalten hatte. »Entblößen Sie Ihre Zehen!«

Der Soldat kam der Aufforderung nach und zog sich die Stiefel und die durchlöcherten Fußlappen aus. Dabei verzerrte sich sein Gesicht vor Schmerz.

Obwohl Richard Zeuge der Misshandlung gewesen war, erschrak er angesichts der erheblichen Verletzungen, die der Mann davongetragen hatte. Alle Zehennägel waren blutunterlaufen, die beiden großen Zehen sogar blutig. Die Füße des Soldaten waren bis zum Rist dunkelblau verfärbt.

»Zweifellos ist dieser Rekrut erst einmal dienstunfähig.« Richard beherrschte sich nur mühsam. »Gibt es einen Arzt in der Garnison?«

Zimmerer nickte stumm.

»Wo finden wir ihn?«

»Clemens, hol den Doktor herbei!«, wies er seinen Burschen an, nachdem er die Auskunft erhalten hatte.

Die wenigen Minuten, bis Clemens zurückkehrte, verliefen in quälendem Schweigen. Die drei Offiziere wichen Richards Blicken aus und betrachteten angelegentlich ihre Stiefelspitzen. Als der Arzt eintraf, gab ihm Richard die Anweisung, den Mann auf der Krankenstation zu behandeln und bis zur Ausheilung seiner Verletzungen vom Dienst zu entbinden.

»Dann komme ich nun zuerst zu Ihnen, Kadett Holzinger«, fuhr Richard fort, nachdem Arzt und Patient den Raum verlassen hatten. »Sie trugen die Verantwortung für die Ihnen anvertrauten Rekruten. Dieser Anforderung sind Sie in keiner Weise gerecht geworden. Nicht nur haben Sie Ihren Feldwebel nicht daran gehindert, Soldaten zu ohrfeigen und zu beschimpfen, sondern Sie haben ihn sogar noch zu Brutalitäten angestachelt. Die Fußverletzungen des Rekruten gehen ausschließlich zu Ihren Lasten. Sie werden dem Mann daher ein Schmerzensgeld von zehn Gulden bezahlen.«

»Das werde ich nicht tun!«, fuhr Holzinger auf. »Sie haben überhaupt kein Recht, mir eine solche Anweisung zu geben.«

Richard fixierte Holzinger mit unbewegtem Gesicht. Dann griff er in seine Brusttasche.

»Hier habe ich eine Vollmacht von Erzherzog Rainer persönlich, dem Oberbefehlshaber des 59. Infanterieregiments. Sie gibt mir das uneingeschränkte Recht, jeden Regelverstoß hier vor Ort auf der Stelle zu ahnden.«

Er holte tief Luft. »Da Sie nicht nur völlig ungeeignet für eine Offizierslaufbahn sind, sondern es darüber hinaus gewagt haben, mir als einem weit ranghöheren Vorgesetzten in dieser frechen Weise zu widersprechen, ordne ich außerdem fünf Tage verschärften Arrest für Sie an. Inklusive eines sechsstündigen Schließens in Spangen am morgigen Tag.«

Holzinger schnappte nach Luft, die beiden Leutnants stöhnten vernehmlich auf. »Ich werde mich im Anschluss an unsere Unterredung selbst davon überzeugen, dass man Sie in den Karzer bringt, Holzinger!«, kündigte Richard an. Dabei beglückwünschte er sich innerlich selbst. Einen besseren Vorwand, die Arrestzellen aufzusuchen, hätte er sich gar nicht wünschen können.

»Aber das dürfen Sie ...«

»Nur Hauptmann von Gersfeld ...«

Die Leutnants Zimmerer und Nemec sprachen gleichzeitig.

Richard wechselte die Taktik. Die Situation begann, ihm langsam sogar Spaß zu machen.

»Halten Sie Ihr Maul!«, donnerte er mit nicht nur gespieltem Zorn. »Sonst ereilt Sie das gleiche Schicksal!«

Die Offiziere verstummten. Ihre hektisch geröteten Wangen wirkten in den bleichen Gesichtern wie geschminkt.

Richard schwenkte die Vollmacht. »Glauben Sie mir, meine Herren«, nun klang seine Stimme gefährlich leise, »dieses Papier gibt mir jedes nur erdenkliche Recht.«

Ganz so war es zwar nicht, aber er hoffte, dass man ihm den

Schwindel nicht ansah. Eingeschüchtert von der Überschrift »Vollmacht« und dem Siegel des Erzherzogs Rainer hatte keiner der Leutnants bislang zu verlangen gewagt, das Dokument zu studieren.

»Auch an Sie habe ich noch eine Frage, Leutnant Nemec«, wandte sich Richard jetzt an den Führer der 6. Kompanie. »Abgesehen von dem Faustschlag, den Sie persönlich einem Rekruten versetzten, welchen militärischen Zweck verfolgte die Übung, die ganze Kompanie über eine halbe Stunde lang Froschhüpfen mit vorgestrecktem Gewehr ausführen zu lassen? War dies das Pendant zum Befehl des Kadettoffiziers, der die Rekruten auf einem Bein stehen ließ? Üben Sie etwa gar für einen Auftritt im Zirkus?«

Das Gesicht Nemecs färbte sich puterrot. Er blickte zu Boden und schwieg.

Nur Holzinger gab sich noch immer nicht geschlagen. »Ich werde mich bei meinem Vater über Sie beschweren, Hauptmann von Löwenstein«, drohte er. »Er ist Präsident am Wiener Ausnahmegericht und wird dafür sorgen, dass Sie zu büßen haben, was Sie sich heute anmaßen.«

»Zusätzlich zwei Stunden Anbinden am zweiten Tag des verschärften Arrests!«, reagierte Richard.

»Schließen in Spangen« und »Anbinden« waren die einzigen in der k.u.k. Armee noch erlaubten Körperstrafen.

»Das ordne ich hiermit an, Leutnant Zimmerer!«, wandte er sich an den dienstältesten Leutnant. »Haben wir uns da verstanden?«

Zimmerer nickte.

»Lauter! Ich habe nichts gehört! Und stehen Sie stramm, Mann, wenn ich Ihnen einen Befehl erteile!«

Zimmerer sprang auf und salutierte. »Jawohl, Herr Hauptmann!«, bellte er. »Ihre Anordnungen werden ausgeführt!«

Erbärmliche Marionette, schoss es Richard durch den Kopf.

»Dann begeben wir uns jetzt in die Kleiderkammer. Mir ist

aufgefallen, dass viele Rekruten eine schadhafte Montur tragen. Die muss ausgewechselt werden!«

Zu Richards fortdauernder Genugtuung wechselten die Leutnants erneut die Gesichtsfarbe. Er wusste ja bereits von Emil Schuster, dass er nichts in der Kleiderkammer vorfinden würde.

»Und im Anschluss begleiten wir alle Kadett-Offizier Holzinger in den verschärften Arrest!«

Salzburg

26. August 1889, kurz vor Mitternacht

Richard stöhnte laut auf und streckte die verkrampften Glieder. Dann massierte er seine rechte Hand.

Seit mehreren Stunden schrieb er nun schon wie besessen an seinem Bericht über die Verhältnisse in der 5. und 6. Kompanie des 59. Infanterieregiments. Die Aufzeichnungen umfassten mittlerweile mehr als fünfzehn Seiten.

Gerade hatte er die bei seiner Überprüfung tatsächlich gänzlich leer gewesene Kleiderkammer beschrieben, die die beiden Kompanien eigentlich mit Alltags- und Ausgehuniformen versorgen sollte. Zudem hätte ein Paar Ersatzstiefel für jeden Rekruten bereitstehen müssen.

Hauptmann von Gersfeld hatte auch für diesen offenkundigen Missstand keine plausible Erklärung, schrieb er weiter. *Er bestritt jedoch vehement, die Kleidung verkauft zu haben, wie es der zuständige Rechnungsunteroffizier im Rang eines Feldwebels behauptete.*

Richard machte erneut eine Pause und trank einen Schluck seines mittlerweile schal gewordenen Weißweins. Der letzte Teil seines Berichts würde ihm zweifellos am schwersten fallen, beschwor er doch die furchtbaren Bilder aus den Arrestzellen wieder herauf, die er als letzte Station visitiert hatte.

Kreidebleich war der Kadett Holzinger, in Handschellen zwischen den Leutnants Zimmerer und Nemec, in das düstere Nebengebäude gewankt, in dem die Karzer der Kompanien lagen. Schon die Beschaffenheit des Flurs vor den Zellen wies darauf hin, dass sich das Gebäude in einem überaus schlechten Zustand befand. Grüner Schimmel bedeckte die Wände. Es roch durchdringend nach Fäulnis und Exkrementen.

Schuster hatte Richard gesagt, dass im Augenblick zwei Zellen belegt seien. Beide Häftlinge waren wegen nur sehr geringfügiger Vergehen dort eingesperrt worden, beide trotzdem mit der Höchststrafe von fünf Tagen verschärftem Arrest.

»Verschärfter Arrest« bedeutete, dass es jeden zweiten Tag einen sogenannten Fasttag gab, an denen den Delinquenten nur Wasser und Brot verabreicht wurden. Außerdem waren beide Soldaten auch zu Körperstrafen verurteilt worden.

An den Schweißperlen, die den beiden Leutnants auf der Stirn standen, und ihren beklommenen Mienen erkannte Richard, dass ihnen dieser letzte Inspektionsgang der unangenehmste war. Auch der Gefängniswärter hatte natürlich nicht mit Richards Besuch gerechnet.

»Welche Zellen sind besetzt?«, fragte Richard den ungepflegten Mann, von dessen ebenfalls zerlumpter Montur ein ekelerregender Geruch ausging, in bewusst barschem Ton.

Eingeschüchtert wies der gleich auf die erste schwere, mit einer vergitterten Luke versehene Eisentür. Richard ließ sie sich öffnen. Obwohl er sich bereits auf trostlose Eindrücke gefasst gemacht hatte, übertraf das, was er nun erblickte, seine schlimmsten Befürchtungen.

Von einer Lage fauligem Stroh – ein stinkender Fäkalieneimer war der einzige Gegenstand in dem handtuchgroßen Raum – erhob sich ein bleicher Mann im ungefähr gleichen Alter, auf das Richard den Kadettoffizier Holzinger schätzte. Im trüben Licht eines vergitterten, unverglasten Fensters sah Richard, dass der Mann nur ein vor Schmutz graues zerlöchertes Hemd und eine ausgefranste knielange Leinenhose trug und am ganzen Körper zitterte. Obwohl draußen sommerlich warme Temperaturen herrschten, war es in der Zelle eiskalt.

Angesichts der vielen Offiziere stand der Soldat stramm und salutierte. Seine ängstliche Miene offenbarte, dass er sich von dem Besuch nichts Gutes erwartete.

Obwohl Emil Schuster es ihm bereits erzählt hatte, fragte Richard den Mann: »Welchen Vergehens werden Sie beschuldigt?«

Der Rekrut senkte den Blick. »Diebstahl«, antwortete er leise. Dann hob er den Kopf und faltete flehend die Hände. »Aba i schwör Ihna, dass i des Geld ned g'nommen hab, Herr Hauptmann.«

Emil Schuster hatte Richard außerdem mitgeteilt, dass dieser Mann zu denjenigen gehörte, die nicht nur von den Offizieren, sondern auch von ihren eigenen Kameraden aufs Schlimmste schikaniert wurden. Aus dem gleichen Grund hätten sich in den letzten Jahren zwei andere Rekruten sogar das Leben genommen.

»Dem Klaus hat ma die Marie unterg'schoben«, behauptete Schuster. »Des war'n außerdem nur zehn Kreuzer.« Allerdings entsprach schon diese sehr geringe Summe fast der doppelten Tageslöhnung eines Rekruten.

»Lassen S' Ihna den nackatn Arsch von dem Ärmst'n zeigen!«, hatte Schuster noch kryptisch hinzugefügt. Weiter wollte er sich dazu am Sonntag nicht äußern. Dennoch ahnte Richard, was hinter Schusters Rat stecken könnte.

»Drehen Sie sich um!«, befahl er dem Gefangenen jetzt, ohne auf dessen vorangegangene Beteuerung einzugehen. »Und dann ziehen Sie die Hose herunter!«

Der Rekrut stieß einen kläglichen Jammerlaut aus. »Gnade, i fleh um Gnade, Herr Hauptmann! I kann scho jetz nimmer sitzen und liegen.«

Richard sah ein, dass er dem Mann mit seinem bisherigen

Auftreten nur neue Furcht eingeflößt hatte. »Ich möchte mich davon überzeugen, wie es hier in der Kaserne der 5. und 6. Kompanie zugeht«, erklärte er darum. »Sollten Sie also widerrechtlich die Prügelstrafe erlitten haben, möchte ich das hier und jetzt nicht nur aus Ihrem Munde in Anwesenheit der Verantwortlichen hören, sondern mich auch selbst von den Spuren überzeugen.«

Richards freundlicher Ton zeigte Wirkung. Zögernd drehte der Rekrut sich um und ließ seine schmutzige Leinenhose herunter. Richard sog scharf die Luft ein, als er das von dunkelroten Striemen überzogene Gesäß des Mannes erblickte. Hinter sich hörte er seinen Burschen Clemens vor Wut mit den Zähnen knirschen.

»Wer hat Ihnen das angetan?«

»Der Gefängniswärter. Befohlen hat's ihm der Kadettoffizier. Der war dabei und hat g'lacht.« Der Gefangene schien Richard jetzt zu glauben, dass der nicht in seine Zelle eingedrungen war, um ihm neues Leid zuzufügen, sondern im Gegenteil das Unrecht zu sühnen, das ihm bislang geschehen war.

»Wie genau hat sich das Ganze abgespielt, und wie viele Schläge haben Sie erhalten?«

»I hab mi bäuchlings mit'n nackaten Arsch auf a Bank legen müssen. Dann hat's dreißig Hieb mit an Haselstock geben.«

»Wer hat diese Strafe verfügt?«

»Mei Kommandant, der Leutnant Nemec, der war's. Er hat außerdem Befehl 'geben, dass i jeden Tag an'bunden werd.«

Im Gegensatz zur Prügelstrafe, die bereits seit dem Jahr 1868 in der ganzen Armee verboten war, gehörte das Anbinden noch zu den beiden erlaubten Körperstrafen. Aber auch die war barbarisch. Den Delinquenten wurden die Arme hinter dem Rücken zusammengebunden und nach oben gezogen, wobei im schlimmsten Fall die Schultern ausgerenkt wurden. Die Strafe glich einer mittelalterlichen Foltermethode.

»Aba 's war oft länger wie die zwei Stund'n«, fügte der Mann zu Richards Entsetzen hinzu. Seine Nachfragen ergaben, dass sich der Rekrut bereits seit zehn Tagen, also doppelt so lange wie erlaubt, im verschärften Arrest befand und jeden Tag gequält worden war. Offenbar hatte Schuster Richard diese Einzelheiten vorenthalten, damit er sie selbst aufdecken konnte.

Plötzlich sah Richard rot. »Wer hat Ihnen diese Barbarei befohlen?«, schrie er den Gefängniswärter an. »Stimmt es, was der Gefangene gerade gesagt hat. Antworten Sie auf der Stelle, oder ich lasse Sie mit Ihren eigenen Methoden bestrafen«, brüllte er, als der Mann nicht gleich antwortete.

Der Wärter zeigte eingeschüchtert auf Nemec, der ihm, wie er dann kleinlaut berichtete, angeordnet hätte, das Anbinden, das pro Arrest als einmalige Verschärfung der Strafe vorgesehen war, jeden Tag durchzuführen.

»Aba dass es so lang war, hat der da befohl'n!« Jetzt zeigte der Stockmeister auf den Kadetten Holzinger. 'S war'n einmal vier Stund'n und wohl dreimal drei Stund'n.«

Die Szene hatte schließlich auf die gleiche Weise geendet wie bei dem Mann mit den zerquetschten Zehen. Richard befahl Clemens, erneut den Arzt zu holen, um den Gefangenen auf der Krankenstation unterzubringen.

Offensichtlich hat der Kadettoffizier Holzinger seine Befugnisse, ungehindert von seinen Vorgesetzten, immer wieder in sadistischer Weise überschritten, dachte Richard und fügte dieser langen Passage in seinem Bericht einen abschließenden Satz hinzu.

Wieder streckte er den schmerzenden Rücken durch. Nun galt es, noch einen letzten Vorfall zu erwähnen. In der zweiten Arrestzelle hatte sich ein Delinquent befunden, den man erst vor drei Tagen inhaftiert hatte. Richard fand ihn »in Spangen eingeschlossen« vor, wie die zweite erlaubte Körperstrafe hieß.

Auch das »Schließen in Spangen« war eine Marter: Für höchstens sechs Stunden wurden einem Delinquenten die rechte Hand und der linke Fuß so eng aneinandergekettet, dass er die gesamte Zeit nur in unnatürlich gekrümmter und damit zunehmend schmerzhafter Körperhaltung verbringen konnte. Genau so fand Richard den zweiten Arrestanten vor.

Nachdem er befohlen hatte, den Mann sofort von seinen Fesseln zu befreien, fragte er auch ihn nach seinem Vergehen. Er erfuhr, dass der Rekrut in der Kleiderkammer neue Stiefel verlangt hätte, da die Sohlen seiner alten völlig durchgelaufen gewesen seien. Als der Rechnungs-Feldwebel ihn abwies, da es keine Stiefel auf Vorrat gab, wovon sich Richard ja selbst überzeugt hatte, war der Soldat so unklug gewesen, sich unmittelbar an Hauptmann von Gersfeld zu wenden.

Seine Beschwerde war ihm jedoch als »Insubordination gegenüber einem hohen Vorgesetzten« ausgelegt worden. Die Strafe, »fünf Tage verschärfter Arrest« und »sechsstündiges Schließen in Spangen am dritten Tag«, war auf dem Fuße gefolgt.

Nachdem Richard auch diesen Vorfall zu Papier gebracht hatte, war sein Bericht mittlerweile auf mehr als zwanzig Seiten angewachsen. Erschöpft ließ er die Feder sinken. Den Rapport würde er ohnehin am nächsten Tag noch einmal überarbeiten und danach ins Reine schreiben müssen.

»Dass der Hauptmann nach seiner Rückkehr in die Kaserne vollkommen uneinsichtig auf meine Vorhaltungen reagiert hat, kann ich auch morgen noch schreiben«, murmelte er vor sich hin. Tatsächlich hatte Gersfeld sein eigenes Fehlverhalten abgestritten und die Schuld für die beweisbaren Missstände auf seine Untergebenen geschoben.

Auch Richards Empfehlungen für die zu ergreifenden Konsequenzen hatten bis morgen Zeit. Selbstverständlich war der Kadettoffizier Holzinger am Ende nicht zu Arrest oder sogar den beiden Körperstrafen verdammt worden. Richard wollte nicht Gleiches mit Gleichem vergelten, zumal die Körperstrafen nur den einfachen Soldaten vorbehalten waren, sondern hatte diese Ankündigung nur gemacht, um dem jungen Kerl einmal gehörig Angst einzujagen. Allerdings würde er dazu raten, Holzinger unehrenhaft aus dem Dienst zu entlassen.

Eine solche unehrenhafte Entlassung aus dem Dienst wollte Richard auch für die beiden Leutnants Zimmerer und Nemec vorschlagen. Denn sie lediglich zum Feldwebel zu degradieren, hielt er weder für eine angemessene noch läuternde Lösung. Schließlich war er selbst Zeuge davon geworden, wie brutal auch die Feldwebel beim Exerzieren mit den Rekruten umgingen. Deshalb konnte er sich nur allzu leicht vorstellen, dass die degradierten Leutnants ihre Wut auch weiterhin an den nächsten Generationen von Wehrpflichtigen auslassen würden.

Eine krasse Degradierung um gleich zwei Dienstgrade vom Hauptmann zum Leutnant hatte Richard allerdings für den betrügerischen Kommandanten von Gersfeld im Sinn. Darüber hinaus wollte er eindringlich empfehlen, dass dieser Betrüger den Schaden, den er durch den unrechtmäßigen Verkauf der Inhalte der Kleiderkammer verursacht hatte, zumindest ersetzen musste. Auch ohne zu wissen, wie die Erzherzöge Albrecht und Rainer auf seinen Bericht reagieren würden, war Richard klar, dass es mit der Ehre der Armee unvereinbar war, einen Offizier im Rang von Gersfeld offen des Diebstahls anzuklagen.

Es war schon weit nach Mitternacht, als Richard schließlich erschöpft in sein Bett fiel. Doch die furchtbaren Bilder des Tages verfolgten ihn noch bis in seinen unruhigen Schlaf hinein.

Kapitel 12

Albrechtspalais auf der Augustinerbastei

Mitte September 1889

Immer das gleiche Theater, dachte Richard missmutig, als er schon wieder im Vorzimmer des Schreibkabinetts von Erzherzog Albrecht die komplizierten Muster des Fußbodens studierte, um sich die Zeit zu vertreiben.

Was der heutige Grund dafür war, dass der Erzherzog ihn trotz seines pünktlichen Erscheinens warten ließ, konnte sich Richard anfangs gar nicht erklären. Erst als der Heerführer ihn endlich hereinrufen ließ, registrierte er, dass sich Albrechts Privatsekretär gleichzeitig aus dem Gemach entfernte. Offensichtlich hatte er Albrecht gerade ein Schreiben seines Schwagers Rainer, des Oberkommandierenden des 59. Infanterieregiments in Salzburg, vorgelesen, das Albrecht aufgrund seiner Sehschwäche nicht mehr selbst lesen konnte. Zumindest lag ein Dokument mit dem Siegel Rainers auf dem runden Tisch in der Sitzecke, in der Richard auf einen Wink Albrechts jetzt Platz nahm.

Immerhin scheint der Alte mit meiner Arbeit zufrieden zu sein, beruhigte er sich. *Sonst hätte er mich sicherlich wieder auf das Armsünderstühlchen gesetzt.*

Auch Richards umfangreicher Bericht über seine Untersuchung in Salzburg lag auf dem Tisch. Richard hatte ihn nach zweimaliger Überarbeitung bereits vor zwei Wochen abgegeben. Natürlich in zweifacher Ausfertigung für die beiden Erzherzöge Albrecht und Rainer.

Jetzt rückte Albrecht seinen Kneifer zurecht und nahm ebenfalls Platz. Zunächst blätterte er noch einmal durch das Dokument, ein Ritual, das Richard mittlerweile schon kannte. Damit wollte Albrecht über seine Sehschwäche hinwegtäuschen. Richard wunderte sich darüber, dass der Feldmarschall dieses Täuschungsmanöver immer noch aufrechterhielt, obwohl doch jedermann in der Armee von seiner Beeinträchtigung wusste.

Schließlich räusperte Albrecht sich. »Sie haben in Salzburg außerordentlich gute Arbeit geleistet, Hauptmann von Löwenstein. Das hat mir auch mein Schwager, Erzherzog Rainer, bestätigt.«

Richard freute sich aufrichtig über das Lob. Denn Albrecht war nicht dafür bekannt, großzügig damit umzugehen. Doch schon der nächste Satz seines Vorgesetzten dämpfte seine Euphorie.

»Allerdings haben Erzherzog Rainer und ich beschlossen, nicht ganz so krasse Konsequenzen zu ziehen, wie Sie es empfehlen. Ohnehin haben Sie Ihre Befugnisse mit diesem Teil Ihres Berichts überschritten. Denn was genau und auf welche Weise über die unmittelbare Situation hinaus geahndet werden soll, behalten wir uns selbst vor. Vielleicht habe ich mich diesbezüglich im Vorfeld nicht klar genug ausgedrückt.«

Richard schwante nichts Gutes. »Es war mir in der Tat nicht klar, dass Sie diesbezüglich keinen Wert auf meine Empfehlungen legen, Exzellenz. Darf ich Sie dennoch fragen, zu welchen Maßnahmen Sie sich letztendlich entschlossen haben?«

Albrecht räusperte sich ein weiteres Mal. Dann holte er erst einmal aus: »Selbstverständlich können die von Ihnen festgestellten Missstände nicht toleriert werden. Selbstverständlich haben sich die verantwortlichen Offiziere in vielerlei Hinsicht falsch verhalten. Regeln sind dazu da, befolgt zu werden, auch und gerade von Vorgesetzten, die ja ein Vorbild für ihre Untergebenen sein sollen.«

Richard rutschte unruhig auf seinem Stuhl hin und her. Worauf wollte der Erzherzog hinaus?

»Also haben wir uns zu den folgenden Schritten entschlossen«, fuhr Albrecht fort, als hätte er Richards Gedanken erraten. Er richtete sich auf und sah ihm gerade ins Gesicht.

»Kommen wir zunächst zum Kadett-Offizier Holzinger. Zweifellos ist der junge Mann in vielerlei Hinsicht in seinem jugendlichen Übereifer weit über das Ziel hinausgeschossen. Dass er seine Befugnisse jedoch permanent überschritt, kann nicht ihm allein angelastet werden. Hierfür ist in erster Linie sein Vorgesetzter, Leutnant Zimmerer, verantwortlich, der ihm hätte Einhalt gebieten müssen. Schließlich war ihm der junge Mann ja zur Vollendung seiner Ausbildung anvertraut.«

Richard hielt es kaum noch auf seinem Sitz. Er öffnete schon den Mund, um zu protestieren, als Albrecht weitersprach.

»Deshalb werden wir Holzinger noch eine Chance zur Bewährung geben. Seine Zeit als Kadett, die eigentlich zu Silvester enden sollte, wird um weitere zwei Jahre verlängert. Besteht er diese Probezeit in einer der anderen Kompanien des 59. Infanterieregiments, möchte Erzherzog Rainer ihm durchaus den Rang eines Leutnants zugestehen.«

»Aber dieser Kerl ist als Offizier vollständig ungeeignet!« Richard konnte und wollte sich nun nicht länger beherrschen. »Der Mensch ist ein ausgewiesener Sadist. Er ergötzt sich am Leiden anderer.«

Wie immer, wenn man ihm widersprach, versteinerten Albrechts Gesichtszüge. »Sollte sich dies tatsächlich auf Dauer bewahrheiten, wird der Kadettoffizier Holzinger selbstverständlich nicht zum Leutnant befördert werden. Aber insbesondere Sie, Hauptmann von Löwenstein, sollten doch sehr gut wissen, dass junge Leute mancherlei Torheiten begehen, denen zunächst auch mit väterlicher Nachsicht, anstatt ausschließlich mit Strenge begegnet werden muss.«

Richard war gleichermaßen wütend und verwirrt. Spielte

der Erzherzog etwa auf seine dumme Affäre mit der Balletttänzerin Olga Popova an, deretwegen sich Richard bis über die Ohren verschuldet hatte? Was dann letztendlich dazu geführt hatte, dass er nun in die Ehe mit Amalie gezwungen wurde? Und wenn ja, woher wusste Albrecht davon? Oder meinte der Alte die dummen Streiche seines Großneffen, des zukünftigen Thronfolgers Franz Ferdinand, und dessen Bruders Otto, die ja auch Richard bekannt waren?

Zumindest Rudolf kann er damit nicht gemeint haben. Denn bei ihm endete die jugendliche Torheit, wenn man das überhaupt noch so nennen kann, schließlich in einer Katastrophe.

Allerdings wusste Richard aufgrund seiner vergangenen Erfahrungen, dass es keinen Sinn machte, noch weiter mit Albrecht über diese Punkte zu diskutieren. Hatte der Feldmarschall erst einmal einen Entschluss gefasst, stand dieser unumstößlich fest.

»Was geschieht mit den übrigen Offizieren?«, fragte er stattdessen.

Albrecht fixierte Richard erneut. »Die Leutnants Zimmerer und Nemec sowie der Hauptmann von Gersfeld werden versetzt.«

»Ohne ihren Rang zu verlieren?«, fiel Richard seinem Vorgesetzten ins Wort.

Der zog seine buschigen Augenbrauen verärgert zusammen. »Wir haben uns recht abgelegene Regionen für die drei Offiziere ausgesucht. Gebiete im Kaiserreich, die nicht allzu beliebt bei den Truppen sind. Zimmerer und Nemec werden in Zukunft in Galizien tätig sein. Hauptmann von Gersfeld wird gar nach Bosnien-Herzegowina versetzt. Dort dürfen sich diese drei unter weit schwierigeren Umständen als ehemals in Salzburg noch einmal bewähren. Zudem büßt Hauptmann von Gersfeld drei Jahre lang die Hälfte seines Solds ein, um den Verkauf der Bestände der Kleiderkammer zumindest zum Teil wiedergutzumachen.«

Bevor Richard nach den Gründen für dieses ihm viel zu milde Urteil fragen konnte, begann Albrecht, sie ihm auch schon zu erläutern. »Zweifelsohne haben alle drei die Ehre der k.u.k. Armee aufs Gröbste verletzt. Doch diesem Schaden soll nicht durch eine öffentliche Degradierung des Hauptmanns oder sogar die unehrenhafte Entlassung der beiden Leutnants ein weiterer Ansehensverlust hinzugefügt werden. Es gilt unter allen Umständen zu vermeiden, dass Aufsehen in der Öffentlichkeit erregt wird und diese unangenehmen Gegebenheiten sogar in der Presse breitgetreten werden.«

Sein Ton wurde streng. »Daher versteht es sich natürlich von selbst, dass die Ergebnisse Ihrer Untersuchung mit äußerster Diskretion zu behandeln sind.«

»Lieber vertuschen Sie also, welches Unrecht den misshandelten Soldaten geschehen ist«, konstatierte Richard enttäuscht. »Aber dies ist ja eine wohlgepflegte Tradition im Hause Habsburg.«

Albrecht schnaubte unwillig. »Die letzte Bemerkung steht Ihnen keinesfalls zu, Hauptmann von Löwenstein. Heute lasse ich noch einmal Gnade vor Recht ergehen und tue so, als hätte ich sie nicht gehört. Aber in Zukunft verbitte ich mir solche Äußerungen, da ich ansonsten *Ihnen gegenüber* zu Konsequenzen greifen müsste.«

Aha! Mühsam verkniff sich Richard eine weitere unkluge Erwiderung. *Wenn es um die Unsitten im Hause Habsburg geht, werden ernsthafte Konsequenzen nur dann in Betracht gezogen, wenn man es wagt, diese Missstände offen anzusprechen. Was für eine widerliche Bigotterie!*

»Vielleicht besänftigt es Sie ja zu hören, dass die von Ihnen identifizierten, schwer misshandelten Rekruten mit einer Abfindung von jeweils zehn Gulden in die Reserve versetzt worden sind. Dies gilt außerdem, natürlich ohne dieses Schmerzensgeld, auch für den Gefreiten Emil Schuster, der Ihnen die ersten Auskünfte gegeben hat.«

Natürlich hatte Richard die Identität seines Informanten in seinem Bericht preisgeben müssen. Nun konnte er doch nicht mehr an sich halten. »Und wer garantiert in Zukunft dafür, dass es nicht zu weiteren Misshandlungen und sadistischen Strafen in den beiden Kompanien kommt? Schließlich haben sich auch die Feldwebel, die gar nicht zur Rechenschaft gezogen wurden, in diesem Sinne schuldig gemacht. Denken Sie doch an die beiden Rekruten, die sich im vergangenen Jahr selbst entleibt haben!«

Ein letztes Mal fixierte Albrecht Richard mit seinen eisblauen Augen. »Selbstmord ist eine Variante der Fahnenflucht!« Damit reagierte er spontan genauso wie einst auf Rudolfs Suizid. Dann riss der Heerführer sich sichtlich zusammen. »Da dies jedoch gar kein Gegenstand Ihrer Untersuchung war, können weder ich noch Sie sich darüber ein abschließendes Urteil bilden.« Etwas freundlicher fuhr er fort. »Doch seien Sie versichert, dass es meinem Schwager, dem Erzherzog Rainer, ein Herzensanliegen ist, die versetzten Offiziere durch Ehrenmänner zu ersetzen, unter deren Kommando die Fortsetzung solcher Regelverstöße ausgeschlossen ist.«

Schon bei den letzten Worten erhob sich Albrecht und zeigte Richard damit an, dass die heutige Audienz beendet war. Notgedrungen stand auch er auf.

Noch tagelang überlegte er, ob er die Abschlussworte seines Vorgesetzten als tröstlich oder ironisch interpretieren sollte.

»Auf jeden Fall haben Sie außerordentlich gute Arbeit geleistet, Hauptmann von Löwenstein«, wiederholte Albrecht sein Lob. »Sollten weitere ähnliche Vorfälle an mich herangetragen werden, werde ich daher nicht zögern, Sie erneut mit deren Aufklärung zu betrauen.«

Bad Kissingen

Ende September 1889

Es klopfte an die Tür von Sophies komfortablem Zimmer im Grand Hotel des bekannten deutschen Kurorts Bad Kissingen. Als sie öffnete, stand ein livrierter Page vor der Tür und überreichte ihr einen Brief.

Nachdem sie den Diener mit einem kleinen Trinkgeld entlassen hatte, stellte Sophie mit einer Mischung aus Freude und Sorge fest, dass das Schreiben von ihrer Mutter Henriette stammte. Die Poststempel wiesen aus, dass es bereits seit mehreren Wochen unterwegs war und ihr zunächst von Ischl nach Gastein, dann nach Feldafing in Bayern und von dort aus nach Bad Kissingen nachgesandt worden war.

Hoffentlich ist zu Hause nichts passiert, was eine dringliche Antwort erfordert hätte, dachte sie ängstlich, als sie an ihrem kleinen Schreibsekretär Platz nahm. Die Post konnte ihre eigenen Schreiben, die sie regelmäßig nach Wien sandte, gar nicht so schnell überbringen, wie die Kaiserin zur nächsten Etappe ihrer nicht enden wollenden Reise aufbrach.

Eine Woche nach Franz Josephs Geburtstag am 18. August hatte es Sisi nicht mehr in Ischl gehalten. Mit ihrem immerhin sechzig Personen umfassenden Hofstaat samt Pferden und sogar einer Kutsche in einem eigenen Gepäckwagen, war sie mit dem ihr zur Verfügung stehenden Hofzug zunächst nach Gastein gereist. Schon nach zehn Tagen hatte es die Kaiserin in ihre Heimat an den Starnberger See gezogen, wo sie in Feldafing Quartier nahm. Von dort aus war man erst vor einer Woche nach Bad Kissingen aufgebrochen, da sich Sisis Gelenkschmerzen verschlimmert hatten und sie sich von einer Kur Linderung erhoffte.

Jedes Mal hatte es in den Hotels, in denen die Kaiserin absteigen wollte, einen großen Aufruhr gegeben, da sie es im Vorfeld nicht für nötig erachtet hatte, sich trotz ihrer großen Entourage rechtzeitig anzukündigen. Irgendwie hatten es die Direktoren der betreffenden Hotels jedoch jedes Mal möglich gemacht, zumindest Sisi mit ihren Hofdamen und Kammerfrauen unterzubringen.

Doch Sisis Unrast dauerte an. Erst heute Morgen hatte sie angekündigt, schon in der nächsten Woche nach Bad Nauheim und von dort aus weiter nach Wiesbaden reisen zu wollen. Was Sophie jedoch besonders beunruhigte, war Sisis Absicht, schon bald nach dem ersten Jahrgedächtnis für Rudolf zu weiteren Reisen und spätestens im Sommer sogar zu einer großen Seereise aufzubrechen.

Dabei würde Ida Ferenczy Sisi auf keinen Fall begleiten. »Ich werde sofort seekrank, sobald ich ein Schiff betrete«, erklärte sie Sophie. »Die Kaiserin weiß das. Umso mehr wird sie darauf bauen, dass du sie begleitest, Phiefi. Zumal Charlotte ja bald den Hofdienst quittieren muss, da sie im nächsten Frühjahr heiraten will.«

Doch Elisabeth auf weiteren Reisen begleiten, darunter sogar auf eine Seereise in ihr völlig unbekannte Gefilde, wollte auch Sophie auf keinen Fall, wenn sie bislang auch keinen Ausweg wusste, wie sie dem entgehen könnte. Sie hatte schon jetzt großes Heimweh nach Wien sowie ihrer Mutter und Schwester. Besonders fehlte ihr das Kaffeehaus ihres Onkels Stephan.

Zumal die Orte, die sie in den vergangenen Wochen kennengelernt hatte, für sie nicht mit wunderbaren neuen Eindrücken und Erlebnissen verbunden waren, sondern mit großen Mühen, die Kaiserin angemessen unterzubringen und ihre immer neuen Wünsche zu erfüllen. Einmal war Sisi mit ihrer Suite nicht zufrieden gewesen, obwohl diese eigens von einem vorigen Gast für sie geräumt worden war. Ein anderes Mal schmeckte ihr die lokal erhältliche Milch nicht, von der sie sich nach wie vor überwiegend ernährte. Damit hielt sie vor allen Dingen Sophie auf Trab, da Marie Festetics die Kaiserin aufgefordert hatte, diese als die jüngste ihrer Hofdamen mit der Lösung solcher Probleme zu betrauen. Das hatte Ida Ferenczy Sophie im Vertrauen mitgeteilt.

Und da Maries Knöchel noch immer nicht ausgeheilt war, musste Sophie die Kaiserin außerdem auf den anstrengenden Gängen und Wanderungen begleiten, die Sisi nach wie vor nahezu jeden Tag unternahm. Charlotte Majláth war nämlich erst gar nicht mitgekommen. Am Tag der Abreise der Kaiserin aus Ischl hatte ein plötzlicher Magen-Darm-Katarrh sie befallen. Und nach ihrer Genesung war sie der Kaiserin nicht nachgereist, sondern nach Wien zurückgekehrt.

Sophie öffnete das Schreiben. Ein Blick auf das Datum zeigte ihr, dass es tatsächlich kurz nach dem Geburtstag des Kaisers verfasst und abgesandt worden war. Beunruhigt überflog sie die Zeilen in der verschnörkelten Handschrift ihrer Mutter.

Liebe Sophie,

ich hoffe, Du befindest Dich wohl und bist gesund. Auch wünsche ich Dir, dass Du in Deine Aufgaben als Promeneuse Ihrer Majestät immer besser hineinwächst und zunehmend Freude an Deinen Pflichten empfindest.

Hier aus Wien gibt es leider keine guten Neuigkeiten.

Sophie erschrak. Also hatte sie ihr Gefühl nicht getrogen. Mit klopfendem Herzen las sie weiter.

Dein Onkel Stephan war einige Tage sehr krank und musste das Bett hüten. Er ist im alten Kaffeehaus plötzlich gestürzt und dabei hart mit dem Kopf auf dem Boden aufgeschlagen. Dr. Adler, den er mit seiner Behandlung betraute, diagnostizierte eine Gehirnerschütterung und verordnete ihm eine Woche lang strenge Bettruhe.

Über die Ursache des Sturzes gibt es allerdings unterschiedliche Ansichten. Dein Onkel selbst behauptet, er sei auf einer nassen Stelle des Parketts ausgerutscht. Mina Löb, die Aufseherin des Cafés, hat mir jedoch etwas anderes erzählt, als ich sie nach dem Krankenbesuch bei meinem Bruder befragte.

Sie sagt, sie glaube eher, Dein Onkel sei plötzlich ohnmächtig geworden. Obwohl die Kopfschmerzen durch die Medizin des Doktors und ihre regelmäßigen Massagen in den letzten Monaten etwas besser geworden seien, könnten sie trotzdem mit seinem Sturz zusammenhängen. Dein Onkel streitet dies jedoch heftig ab.

Zum Glück hat Mina Stephan im Café Prinzess während seiner Krankheit hervorragend vertreten. Auch der Oberkellner im alten Kaffeehaus hat sehr gute Arbeit geleistet.

Allerdings musste mein Bruder zu seinem eigenen Bedauern jetzt endlich die Rezeptur der Buttercreme für die Mokkaprinzentorte preisgeben. Um die Torte weiterhin beständig anbieten zu können, hat er dem Konditormeister Toni Schleiderer die Mischung unter dem Siegel der strengsten Verschwiegenheit verraten. Zum Glück halten wir alle diesen langjährigen Mitarbeiter des Kaffeehauses für absolut vertrauenswürdig.

Sophie ließ das Schreiben einen Moment lang sinken. Mehr denn je sehnte sie sich nach Wien zurück, und mehr denn je verfluchte sie ihr Schicksal, mit der rastlosen Kaiserin von einem Ort zum anderen hetzen zu müssen, anstatt ihrem Onkel in seiner Notlage beistehen zu können. Doch als sie weiterlas, stellte sie fest, dass es noch weitere schlechte Nachrichten gab. Henriette schrieb:

Auch Deine Schwester Milli macht mir große Sorgen. Ihre Stimmung wechselt beständig. An einem Tag ist sie nahezu ausgelassen und übermütig, am nächsten Tag wieder bedrückt und melancholisch. Dann zieht sie sich stundenlang auf ihr Zimmer zurück. Arthur geht sie nach Möglichkeit aus dem Weg. Dennoch geraten die beiden immer wieder aneinander, zumal Dein Stiefvater weiterhin großen Anstoß an Millis mangelhafter Rechtschreibung nimmt.

Nun hatte auch Milli einen mir unerklärlichen Unfall. Sie ließ in ihrem Zimmer einen Handspiegel fallen, der daraufhin in tausend Scherben zersplitterte. Warum sie sich jedoch an beiden Armen derartig verletzte, als sie die Scherben aufsammelte, konnte sie weder mir noch Mamsell Ida erklären. Jedenfalls hatte sie heftig blutende Schnittwunden und musste mehrere Tage lang Verbände tragen. Dadurch fehlte sie natürlich auch in der Schule.

Mamsell Ida meint, dass es bei diesen Verletzungen Millis nicht mit rechten Dingen zugegangen sein kann. Doch Milli behauptet steif und fest, die Schnittwunden seien allein auf ihr Ungeschick zurückzuführen. Wie sehr wünschte ich, dass Du jetzt hier wärst, um einmal mit Deiner Schwester zu sprechen. Vielleicht würde sie sich Dir ja anvertrauen, sollte sie wirklich etwas mit sich herumtragen, worüber sie sich uns gegenüber in Schweigen hüllt.

Doch selbst wenn es möglich wäre, die Kaiserin darum zu bitten, Dir Urlaub zu gewähren, um einige Tage zu uns nach Wien zu kommen, wäre Dein Stiefvater nicht damit einverstanden. Arthur hat sich in den Kopf gesetzt, Truchsess zu werden, und sich beim Obersthofmeisteramt des Kaisers bereits um dieses Amt beworben. Dabei hofft er natürlich sehr darauf, dass Du als Hofdame der Kaiserin einen derartig guten Eindruck machst, dass dies seinem Begehren förderlich ist.

Bisher hat Arthur allerdings nur den Bescheid erhalten, dass sein Antrag eingegangen ist und geprüft wird. Ich befürchte daher, dass uns allen jetzt das gleiche Martyrium bevorsteht, das wir durchlitten haben, als sich Arthur um die Freiherrenwürde bemühte.

Doch nun möchte ich Dich nicht länger mit unseren Sorgen belasten. Mir selbst geht es zum Glück gut, ich bin wohlauf. Genieße Du Dein neues Leben in vollen Zügen und ergötze Dich an den großen und kleinen Freuden, die es hoffentlich mit sich bringt.

Es umarmt Dich von ganzem Herzen
Deine Dich liebende Mutter Henriette
Freifrau von Freiberg

Betroffen sank Sophie auf ihrem Stuhl in sich zusammen. Also ging es sowohl ihrer Schwester Milli als auch ihrem Onkel Stephan nicht gut. Sie konnte nur hoffen, dass sich deren Leiden in den fast sechs Wochen, die der Brief gebraucht hatte, bis er sie erreichte, gebessert hatten. Doch die quälende Furcht, dass dies vielleicht nicht der Fall sein könnte, nagte an ihr.

Einen kurzen Augenblick lang erwog sie, die Kaiserin tatsächlich um Urlaub zu bitten, verwarf den Gedanken dann aber wieder. Sie war viele Hundert Kilometer von Wien entfernt und hätte Tage gebraucht, um dorthin und wieder zurückzukommen. Zudem war sie mit Sisis Hofzug unterwegs. Um von Bad Kissingen nach Wien zu fahren, hätte sie auf die öffentliche Eisenbahn umsteigen müssen und außer ihrer Zofe Franzi keine Begleitung mitnehmen können.

Dienstboten waren in den Salonwagen der ersten Klasse jedoch nicht erlaubt, und als junge, nicht einmal volljährige Frau darin allein eine solch weite Strecke zu reisen, galt als unschicklich. Undenkbar gar für ein Mitglied des Hofstaats der österreichischen Kaiserin.

Zudem würde ihr Stiefvater sie darob heftig schelten. Was ein Truchsess war, wusste Sophie zwar nicht. Aber es musste ein begehrenswertes Amt sein, wenn Arthur danach strebte. Wenn er den Eindruck gewänne, Sophies Reise nach Wien würde ihm dabei im Wege stehen oder gar schaden, hätten es Henriette und Milli nach ihrer Rückkehr zu Sisi bitter zu büßen.

Verzweifelt verkrampfte Sophie ihre Hände im Schoß. Wie sie es auch drehte und wendete, es schien keinen Ausweg zu geben. Ihren Lieben beizustehen, blieb ihr versagt.

Da pochte es erneut heftig an ihre Tür. Ohne eine Antwort abzuwarten, riss der Ankömmling sie heftig auf. Es war Marie Festetics.

»Wo bleiben Sie denn, Sophie?«, schnauzte sie sie ohne Begrüßung an. »Die Kaiserin wünscht unverzüglich zu ihrer Wanderung in die Rhön aufzubrechen. Was fällt Ihnen ein, Ihre Majestät warten zu lassen!«

Erschrocken warf Sophie einen Blick auf die kleine Standuhr auf ihrem Sekretär. Es war tatsächlich bereits zehn Minuten nach elf. Zur vergangenen vollen Stunde hätte sie mit Sisi aufbrechen sollen.

»Ich komme schon!«, murmelte sie, griff nach ihren groben Wanderschuhen und drehte Marie Festetics dabei den Rücken zu. Sie sollte die Tränen nicht sehen, die Sophie mittlerweile über die Wangen liefen. »In fünf Minuten bin ich in der Halle. Entschuldigen Sie mich bitte derweil bei Ihrer Majestät.«

Mit Maries empörtem Schnauben erlosch auch der letzte winzige Hoffnungsfunke Sophies, ihre Familie in Wien bald wiederzusehen.

Palais Thurnau in der Herrengasse

Anfang Oktober 1889

»Schau doch, liebster Richie, was ich gerade im *Wiener Salonblatt* entdeckt habe!«

Aufgeregt stürmte Amalie in die Bibliothek, wo Richard gerade die Tageszeitungen studierte. Bemüht, sich seine Gereiztheit über die Störung nicht anmerken zu lassen, rang er sich ein Lächeln ab.

»Was ist es denn, was dich in so offensichtliche Begeisterung versetzt?« Tatsächlich glänzten Amalies Augen wie Silbertaler, ihre Wangen waren gerötet.

»Die Prinzessin Marie Valerie und ihr Verlobter Franz Salvator haben endlich ihr Hochzeitsdatum bekannt gegeben«, verriet sie die Neuigkeit nur zu gerne. »Sie werden am 31. Juli des nächsten Jahres in Ischl getraut.«

»Jetzt ist es bald endgültig mit dieser furchtbaren Hoftrauerzeit vorbei«, plapperte Amalie bereits weiter, während sich Richard noch darüber wunderte, warum sich seine Verlobte so freute.

»Ich glaube nicht, dass wir zur Hochzeit eingeladen werden«, wandte er vorsichtshalber ein, sollte Amalie sich diesbezüglich falsche Hoffnungen machen.

Doch das war gar nicht der Fall. »Ach, das habe ich sowieso nicht geglaubt.« Sie machte eine wegwerfende Handbewegung. »Aber die Hofbälle in der Faschingssaison werden sicherlich wieder stattfinden. Und auch all die anderen Feste wie in den Jahren vor dem Tod des Kronprinzen.«

»Und zu unserer Hochzeit im Mai werden wir daher viele illustre Gäste einladen können«, jubilierte sie und klatschte sogar in die Hände.

Bei Richard löste die Neuigkeit allerdings genau den gegenteiligen Effekt aus. Zuerst überzeugte er sich davon, dass auch die *Wiener Zeitung,* die er gerade las, die Nachricht in der Gesellschaftskolumne brachte. Da er seinem eigenen Hochzeitstermin nach wie vor mit Schaudern entgegensah, obwohl er schon seit Längerem, wenn auch mit schlechtem Gewissen, wieder intim mit Amalie verkehrte, kam ihm schließlich ein Geistesblitz.

Er runzelte die Stirn in gespielter Nachdenklichkeit. »Glaubst du denn, liebe Ami, es ist eine gute Idee, unsere Hochzeit vor der der Kaisertochter zu feiern?«

Amalie stutzte. Ihr Lächeln verflüchtigte sich. »Was hat denn das eine mit dem anderen zu tun?«, reagierte sie schnippisch. »Ist es denn nicht schon genug der Zurückhaltung, dass während des gesamten Trauerjahrs nirgends ein großes Fest stattfinden kann? Denk doch nur an den ausgefallenen Ball zu meinem letzten Geburtstag!« Sie spitzte die Lippen und zog ihre charakteristische Schnute. »Und das geht noch bis Ende Januar des nächsten Jahres so weiter!«

»Ach herrje! Dadurch fängt die Faschingssaison ja sogar später an als sonst«, fiel ihr plötzlich auf. »Dann haben wir alle aber wirklich lange genug Verzicht geübt, und das nur, weil dieser geisteskranke Mensch sich das Leben genommen hat«, fügte sie respektlos hinzu.

»Ami, hüte deine Zunge!«, mahnte Richard. »Wenn irgendjemand dich einmal so reden hört, könnte das unvorhersehbare Konsequenzen für uns alle haben.«

»Von welchen Konsequenzen ist denn hier die Rede?« Unbemerkt von den beiden war Amalies Vater, Adalbert von Thurnau, in die Bibliothek getreten.

Richard ergriff die Gelegenheit beim Schopf. »Ami ärgert sich über das Hoftrauerjahr. Wahrscheinlich werden in diesem Zusammenhang die Erzherzogin Marie Valerie und der Erzherzog Franz Salvator ihre Hochzeit erst am 31. Juli des nächsten Jahres in Ischl feiern. Das steht heute in allen Wiener Gazetten. Du weißt doch, dass die beiden ursprünglich schon dieses Jahr zum Traualtar schreiten wollten. Schließlich sind sie seit Weihnachten verlobt.«

»Ich halte es deshalb für unklug, diesem Ereignis, das ja im gesamten Kaiserreich Aufsehen erregen wird, mit unserer eigenen Eheschließung im Mai vorzugreifen«, argumentierte er weiter. »Schließlich setzt die Kaisertochter mit ihrem Hochzeitstermin ja im Einvernehmen mit ihren Eltern ein Zeichen, ab wann wieder opulente private Feste gefeiert werden sollten.«

Zu Amalies Bestürzung signalisierte ihr Vater sofort Einverständnis. »Da hast du sicherlich recht, Richard. Es könnte anmaßend wirken, wenn ihr eure Hochzeit früher feiert. Womöglich kämen sogar Absagen von wichtigen Gästen, die dies als Affront auffassen würden.«

»Aber Papa!«, jammerte Amalie. »Wie lange soll ich denn noch warten?«

Ihr Vater fixierte sie mit zusammengezogenen Augenbrauen. »Was entgeht dir denn, meine Liebe, wenn du noch etwas länger warten musst?« Sein Blick wurde anzüglich. »Zumal ihr doch die Freuden der Ehe bereits ungehindert genießen dürft«, ergänzte er unter Hinweis auf den von ihm eigens genehmigten, vorehelichen Verkehr.

Tatsächlich färbten sich Amis Wangen rot. »Ich wäre so

gerne endlich eine richtige Gräfin, nicht nur irgend so eine Komtess«, begründete sie ihren Wunsch. »Mit einem eigenen Haushalt und eigenem Jour fixe und allem, was sonst noch dazugehört.«

»Eine richtige Gräfin wirst du aber nicht werden, wenn wir verheiratet sind, liebe Amalie«, warf Richard trocken ein. »Da ich den Grafentitel von Löwenstein niemals tragen werde, kannst auch du dich nicht Gräfin nennen.«

Amalie fiel die Kinnlade herab. Einen Moment lang blieb ihr der Mund offen stehen.

Dann fasste sie sich wieder. »Aber du, Papa, bist doch ein Graf!«, wandte sie sich an Adalbert.

»Ja, mein Liebes, das ist wahr. Doch mein Titel kann nicht in der weiblichen Linie meines Hauses vererbt werden. Da ich keinen leiblichen Sohn habe, wird die Linie ›von Thurnau‹ mit meinem Tod also leider aussterben.«

»Dann vererbe doch einfach Richard den Titel!«

Angesichts Amalies Naivität, die sich offensichtlich noch nie mit dem in der Habsburgermonarchie üblichen Erbrecht im Hochadel beschäftigt hatte, warfen sich Adalbert und Richard einen amüsierten Blick zu.

»Das geht leider auch nicht, Ami«, übernahm es Adalbert, die für seine Tochter unangenehme Antwort zu geben. »Auch ein Schwiegersohn kann den Titel nicht erben.«

»Das stimmt überhaupt nicht!«, trumpfte Amalie auf. »Neulich stand im *Wiener Salonblatt* ein großer Artikel über die Fürstenfamilie von Dietrichstein. Da hat der Kaiser persönlich erlaubt, dass der Titel auf den Schwiegersohn übergehen darf, weil der letzte Fürst von Dietrichstein nur Töchter hatte. Er hat den Mann, er heißt Mensdorf-irgendwas, dazu sogar eigens in den Fürstenstand erhoben.«

So wenig sich Amalie für langweilige juristische Dinge interessierte, so gut kannte sie sich im gesellschaftlichen Leben des Adels aus.

»Die Ernennung des Grafen von Mensdorf-*Pouilly*«, Adalbert betonte den korrekten Namen, »zum Fürsten von Dietrichstein zu Nikolsburg ist allerdings tatsächlich die einzige, mir bekannte Ausnahme«, bestätigte er die Aussage seiner Tochter. »Doch diese Erlaubnis des Kaisers ist immerhin schon mehr als zwanzig Jahre her.«

»Das ist kein Grund, es nicht ein weiteres Mal zu versuchen!«, argumentierte Amalie geschickt. »Gerade weil solche Ansinnen offenbar nicht allzu oft an den Kaiser herangetragen werden. Mir ist jedenfalls nicht bekannt, dass er einen ähnlichen Wunsch einer anderen Adelsfamilie abschlägig beschieden hätte. Zumindest stand darüber nichts im *Salonblatt*. Und wenn es vor so langer Zeit schon einmal geklappt hat, warum sollte es kein zweites Mal gehen?«

Wider Willen bewunderte Richard Amalies Bauernschläue, die sie stets an den Tag legte, sobald es um ihre Interessen ging.

»Das Haus von Dietrichstein ist eine uralte Fürstendynastie, die damals in männlicher Linie vor dem Aussterben stand«, wandte er ein. »Im Gegensatz zur Grafenlinie von Thurnau, die viel unbedeutender ist und daher...« Er stockte angesichts Adalberts empörten Blicks.

»... eine solche Mühe des Kaisers nicht wert sein könnte?«, ergänzte der Richards abgebrochenen Satz. »Das wolltest du doch gerade sagen, oder nicht?«

Richard zuckte mit den Schultern, ohne auf Adalberts Einwurf einzugehen.

Der richtete sich hoch auf und warf sich in die Brust. »Auch die Linie von Thurnau kann zumindest über zehn Generationen zurückverfolgt werden und sollte nicht aussterben. Zumal wir ja nicht gefürstet werden wollen, sondern nur den Grafentitel erhalten möchten.«

Richard hatte den Eindruck, dass Adalberts plötzlicher Sinneswandel ausschließlich auf seinen Einwand zurückging.

»Also wirst du es versuchen, liebster Papa?«, flötete Amalie.

Auf ihr Gesicht trat jener schmeichelnde Ausdruck, mit dem sie ihren Vater seit jeher um den Finger zu wickeln pflegte.

»Ich lasse es mir durch den Kopf gehen, Ami«, versprach er ihr. »Aber nur, wenn du mit dem Hochzeitsdatum vernünftig bist.«

»Was meinst du damit?« Amalie schaute verständnislos drein.

»Wenn ich solch eine große Gnade von unserem Kaiser erbitte, darf er zuvor in keiner Weise Anstoß an uns nehmen. Also sollten wir auf jeden Fall mit eurer Hochzeit warten, bis er seine eigene Tochter verheiratet hat.«

Wem soll der Titel denn eigentlich etwas nützen, wenn du wahrscheinlich gar keine Enkel bekommen kannst, Adalbert?, ging es Richard durch den Kopf. Doch er verkniff sich die Bemerkung.

Dein Begehren wird sowieso mit einiger Wahrscheinlichkeit abgelehnt werden. Die Grafen von Thurnau sind zu unbedeutend für eine solche Ausnahme. Aber die für Mai geplante Hochzeit verschiebt sich dadurch auf jeden Fall erneut auf den Herbst. Und wer weiß? Kommt Zeit, kommt Rat, gab er sich wieder einmal der irrationalen Hoffnung hin, der Ehe mit Amalie doch noch irgendwie entkommen zu können.

Adalbert begann bereits, konkrete Pläne zu schmieden. »Da die Kaisertochter in Ischl heiraten wird, wie du gerade gesagt hast, Richard, sollten wir mit dem Hochzeitstermin bis zum Beginn der Wintersaison warten. Ich hoffe, dass die meisten Familien im Oktober nach Abschluss der Jagden wieder von ihren Landsitzen nach Wien zurückkehren werden. Denn ich beabsichtige, diesmal auch Gäste einzuladen, die unser Haus bislang gemieden haben.«

Er sah triumphierend in die Runde. »Schließlich hat dieser seltsame Graf von Sterenberg tatsächlich sein Versprechen gehalten und mir eine Einladung zu einer Wohltätigkeitsgala der Fürstin Pauline von Metternich verschafft.« Adalbert wirkte nun wie ein zufriedener Kater, der gerade eine ganze Schale Schlagobers ausgeleckt hatte.

Er zog ein goldbedrucktes Billett aus schwerem Büttenpapier aus seinem Jackett. »Das hat mir Sieber gerade in der Eingangshalle überreicht. Die Veranstaltung wird am 25. Oktober stattfinden. Haltet euch beide diesen Termin unbedingt frei! Je öfter man uns zu dritt in dieser illustren Öffentlichkeit zusammen sieht, desto lieber wird man meiner Einladung zu eurer Hochzeitsfeier folgen.«

»Und desto gewogener wird der Kaiser meiner Bitte sein, sollte ich sie Seiner Majestät wirklich vortragen. Zumal ich mich nicht lumpen lassen würde«, prahlte er großspurig.

Richard seufzte leise. Es wäre nicht das erste Mal, dass Franz Joseph ein Privileg im Gegenzug für bare Münze in die stets klammen Staatskassen gewähren würde.

Und sowohl Adalbert als auch Amalie wirkten jetzt ungemein entschlossen.

Wiesbaden

Ende Oktober 1889

Eine Möwe bin ich von keinem Land,
Meine Heimat nenne ich keinen Strand,
Mich bindet nicht Ort und nicht Stelle,
Ich fliege von Welle zu Welle.

Wie gut ihr Lieblingsgedicht Sisi beschreibt, dachte Sophie, als sie neben der Kaiserin den Neroberg hoch über Wiesbaden erklomm. Die bekannte Kurstadt war nach einem Zwischenaufenthalt in Bad Nauheim die fünfte Station, seit Sisi Ischl im August verlassen hatte.

Obwohl es eine originelle, erst im letzten Jahr erbaute Drahtseilbahn gab, die mechanisch mithilfe von Gegengewichten in Form von Wasserballasttanks auf den Neroberg gezogen wurde, bedauerte es Sophie nicht, dass sie die Kaiserin zu Fuß begleiten musste. Sie genoss den Aufstieg in der milden Herbstsonne. Auf der Spitze des ungefähr zweihundertfünfzig Meter hohen Berges würden Ida Ferenczy und Marie Festetics auf sie warten, die mit der Bahn gefahren waren.

Als Treffpunkt hatte man den kleinen Pavillon in Form eines Tempels vereinbart, von dem aus man einen herrlichen Rundblick über die umliegende Landschaft hatte. In den Wochen, in denen die Kaiserin in Wiesbaden weilte, war Sophie schon mehrmals mit ihr dort oben gewesen. Das Tempelchen war zu Sophies Lieblingsort in Wiesbaden geworden.

Obwohl sie mittlerweile zwei weitere Schreiben aus Wien erhalten und aus ihnen erfahren hatte, dass sowohl Onkel Stephan als auch ihre Schwester Milli wieder gesund waren, sehnte sich Sophie jeden Tag mehr nach Hause. Erst gestern hatte sie erfahren, dass sich ihr Wunsch endlich erfüllen würde. In wenigen Wochen, wenn die Kaiserin ihre Kur beendet hätte, würde man mit dem Hofzug wieder nach Wien aufbrechen.

Deshalb konnte Sophie den heutigen Ausflug, den sie im Vergleich zu anderen Bergwanderungen mit Sisi eher als Spaziergang empfand, von ganzem Herzen genießen. In den letzten Tagen hatten kühle Herbstnebel immer wieder den kommenden Winter angekündigt. Doch heute würde die Sonne, die von einem nahezu wolkenlosen Himmel schien, eine fantastische Sicht vom Neroberg aus ermöglichen.

Schließlich erreichten die Frauen den kleinen Tempel auf der Spitze des Berges. Anders als bei früheren Gelegenheiten beneidete Sophie Ida und Marie nicht, die ihre Tage in der Regel geruhsamer verbringen konnten als sie. Jetzt saßen die beiden einträchtig nebeneinander auf einer Bank und streckten ihre Gesichter den Sonnenstrahlen entgegen.

Tatsächlich war der Rundblick vom Tempelchen heute besser denn je. Sophie ließ ihren Blick über die Kuranlagen der Stadt schweifen, betrachtete die Ausläufer des Taunusgebirges in der Ferne und erfreute sich an den bunten Herbstfarben. Die Blätter der Bäume und Weinreben leuchteten gelb und rot.

Selbst auf Marie Festetics schien das schöne Wetter eine wohltuend besänftigende Wirkung auszuüben. Denn sie sparte sich jede spöttische oder anzügliche Bemerkung, als sich Sophie an der Seite Sisis ihrer Bank näherte.

Auch die Kaiserin genoss eine Weile die schöne Aussicht. Ihr Blick blieb besonders an einigen Villen haften, die neben Weingärten am unteren Hang des Berges errichtet worden waren.

»Was sind das für schöne Häuser!«, sagte sie schwärmerisch. »Und wie wunderbar dort noch immer die Rosen blühen. Das Klima muss hier außerordentlich mild sein. Insbesondere auf dieses Haus«, sie zeigte auf eine Villa mit einem imposanten, erkergeschmückten Eckturm, »werde ich beim Hinabgehen einmal einen näheren Blick werfen.«

Während Sophie Sisis Bemerkung völlig unverfänglich aufnahm, zumal sie ihre Bewunderung für die schöne Villa und das sie umgebende Grundstück teilte, sogen Ida und Marie scharf die Luft durch die Zähne und warfen einander besorgte Blicke zu. Sophie konnte sich keinen Reim darauf machen und hatte auch keine Gelegenheit, Ida deswegen zu befragen.

Denn schon machte die ruhelose Kaiserin kehrt, um sich auf den Rückweg zu machen. Ida und Marie würden dazu erneut die Bergbahn benutzen.

Kaum eine halbe Stunde später standen Sisi und Sophie vor dem schmiedeeisernen Zaun der Villa, der den hinteren Garten umgab. Die Rückseite des Hauses sah noch beeindruckender aus als die Vorderseite. Von der breiten weiß gefliesten Terrasse führten drei Stufen in den Garten hinab. Davor sprudelte ein mit Putten geschmückter kleiner Brunnen. Der Anblick erinnerte Sophie entfernt an die Rückseite der Hermesvilla.

Rund um den Brunnen und die Terrasse waren Blumenrabatten angelegt, in denen Dahlien und Rosen noch immer verschwenderisch blühten. Orangefarbene und dunkelrote Kletterrosen wanden sich um die Bögen einer kleinen schattigen Laube an der rechten Seite des Gartens, in der eine weiß lackierte, schmiedeeiserne Bank stand.

»Dieses Anwesen ist wirklich wunderschön«, schwärmte Sisi erneut. »Von hier aus betrachtet, wirkt es sogar noch viel besser als vom Neroberg aus.«

Die Kaiserin sah sich suchend um. Wenige Meter von ihrem Standort am Zaun entfernt, gab es ein kleines Tor, durch das man in den Garten gelangte.

Entschlossen trat Sisi darauf zu und rüttelte am Griff. Das Törchen war unverschlossen. Zu Sophies Bestürzung öffnete die Kaiserin es weit und betrat den Garten.

»Aber... Aber Elisabeth!« Wie immer, wenn sie allein waren, sprach Sophie die Kaiserin mit ihrem Vornamen an. »Sie können doch nicht einfach in ein fremdes Grundstück eindringen!«

»Warum denn nicht?«, antwortete Sisi. »Ich bin die Kaiserin von Österreich. Jedermann kann sich glücklich schätzen, mich als seinen Gast begrüßen zu dürfen.«

Sprach's und betrat den Garten, ohne sich noch einmal nach Sophie umzusehen. Sisi spazierte gemächlich den gepflasterten Weg entlang zur Terrasse, vor der sie stehen blieb, um ihre Hände in das kühle Wasser des Brunnens zu tauchen. Dann ging sie zu den Blumenrabatten, roch an den Rosen und Dahlien und pflückte sogar ein paar Blüten ab.

Derweil wandte Sophie keinen Blick von der Terrasse und schickte ein Stoßgebet zum Himmel, dass die Besitzer der Villa nicht zu Hause wären. Doch leider war das Gegenteil der Fall.

Gerade als Sisi die Kletterrosen an der Laube betrachtete, öffnete sich die verglaste Terrassentür. Ein kleiner, wütend kläffender Terrier schoss daraus hervor, gefolgt von einer kämpferisch aussehenden alten Dame, die einen Schürhaken in den Händen hielt.

»Hector, bei Fuß!«, rief sie. Der Hund gehorchte aufs Wort. »Was fällt Ihnen ein, hier unbefugt einzudringen?«, fuhr sie hernach Sophie und Sisi an. »Wollen Sie gar etwas stehlen? Wenn Sie nicht sofort verschwinden, rufe ich einen Gendarmen.«

»Elisabeth!«, flehte Sophie. »Bitte lassen Sie uns sofort gehen!«

Ungerührt betrat Sisi die Laube und hatte sogar die Stirn, eine weitere Rosenknospe abzubrechen. »Ich bin die Kaiserin von Österreich«, wiederholte sie, undeutlich murmelnd. Mit der freien Hand hielt sie sich allerdings ihren schwarzen Fächer vors Gesicht.

»Verehrte Dame!«, richtete Sophie in ihrer Verzweiflung jetzt das Wort an die Villenbesitzerin. »Bitte vergeben Sie meiner Herrin ihr Eindringen. Sie liebt Gärten über alles. Und Ihr Garten hat sie regelrecht bezaubert.«

Die Dame ließ sich durch Sophies Worte jedoch nicht besänftigen.

»Dennoch ist es eine große Unverschämtheit, so mir nichts, dir nichts hier einzudringen. Warum hat sich Ihre Herrin denn nicht zuvor angemeldet und um Erlaubnis gebeten, mein Grundstück besichtigen zu dürfen?«

Während Sophie noch nach einer Antwort auf diese durchaus berechtigte Frage suchte, stellte die alte Dame bereits die entscheidende nächste. »Wer ist diese Frau überhaupt? Oder«, sie senkte die Stimme ein wenig, »ist Ihre Herrin etwa nicht mehr ganz bei Verstand? Hier in der Kurstadt treibt sich in jüngster Zeit eine ganz merkwürdige Klientel herum.«

»Doch, doch!«, stammelte Sophie. »Meine Herrin ist durchaus bei Verstand.« Gerne hätte sie hinzugefügt, dass Sisi es eben uneingeschränkt gewohnt war, ihren Willen zu bekommen. Doch um dies möglichst taktvoll auszudrücken, fehlten ihr die Worte.

»Also, wenn Sie sich nicht auf der Stelle entfernen, hetze ich meinen Hund auf Sie, zeige Sie an und lasse Sie von der Gendarmerie verhaften!«, drohte die Alte erneut. »Solch ein Gesindel wie Sie hat nichts in meinem Garten verloren.«

Nun endlich fühlte sich die Kaiserin bemüßigt einzugreifen. Offensichtlich hatten erst die letzten Worte der alten Dame sie getroffen. Hoch aufgerichtet, in der einen Hand noch immer die entwendeten Blumen, in der anderen den Fächer, den sie sich nach wie vor vors Gesicht hielt, trat sie auf die Villenbesitzerin zu.

»Hüten Sie Ihre Zunge! Sie wissen ja nicht, mit wem Sie sprechen!«, herrschte sie die alte Frau an. »Ich muss nur mit dem kleinen Finger schnippen, um *Sie* ins Gefängnis zu bringen. Und zwar wegen Majestätsbeleidigung.«

Auf die Villenbesitzerin verfehlten Sisis Worte jedoch die gewünschte Wirkung. Sie hob entschlossen den Schürhaken.

»Nun habe ich den Beweis dafür, dass Sie wirklich verrückt sind!«, rief die Greisin mit schriller Stimme. »Was für eine Majestät, die ich beleidigen könnte, wollen Sie denn sein? Ich erblicke nur zwei elende Diebinnen, die sich hier eingeschlichen haben.«

»Bitte, verehrte Dame!«, flehte Sophie erneut. »Meine Herrin hat recht!« In ihrer Not entschloss sie sich nun zur Wahrheit. »Es handelt sich um die Kaiserin Elisabeth von Österreich. Sie haben doch sicherlich der Tageszeitung entnommen, dass Ihre Majestät augenblicklich zur Kur in Wiesbaden weilt.«

Zum ersten Mal wirkte die alte Frau verdutzt. Doch dann fasste sie sich wieder und holte zum nächsten Schlag aus. »Das könnte ja jeder behaupten! Eine Kaiserin würde sich niemals so schäbig benehmen. Ihre Herrin soll mir ihr Gesicht zeigen, damit ich mich selbst überzeugen kann.«

»Ich bitte Sie inständig, Majestät! Nehmen Sie den Fächer herunter und zeigen Sie sich. Außer dieser alten Dame sieht uns hier ja niemand.«

Eine kurze Weile sah es so aus, als ob die Kaiserin Sophies Bitte ignorieren würde. Dann senkte sie endlich den Fächer.

Allerdings war die Wirkung, die sie damit erzielte, weder die gewünschte noch die von ihr als auch von Sophie erwartete. Die Villenbesitzerin wirkte einen weiteren Augenblick lang verblüfft. Dann brach sie in lautes Gelächter aus.

»Sie wollen die Kaiserin von Österreich sein?« Sie zeigte mit einem dürren Finger auf Sisi. »Die schönste Frau in Europa? Mit einem solchen Antlitz, braun wie das einer Bauernmagd, und Falten, die tiefer sind, als ich sie selbst im Gesicht habe? Und ich zähle schon mehr als siebzig Lenze! Die Kaiserin von Österreich soll dagegen gerade einmal die fünfzig überschritten haben.«

»Größenwahnsinnig sind Sie, das erkenne ich jetzt!«, fügte die Alte, immer noch hohnlachend, hinzu.

Sisi stand wie erstarrt. Auch Sophie konnte sich nicht rühren. Ihr Gehirn war wie leer gefegt. Sie war unfähig zu jeglicher Reaktion.

Was für ein furchtbarer Skandal!, war der erste Gedanke, den sie wieder fassen konnte. *Nicht auszudenken, wenn die örtliche Presse davon erfährt!*

Das Gesicht der Villenbesitzerin verfinsterte sich wieder. »Aber nun ist es der Possen genug!« Ihre Stimme klang wieder schrill. »Verschwinden Sie auf der Stelle von meinem Grundstück, Sie Hochstaplerinnen! Und denken Sie sich demnächst ein paar bessere Lügen aus, wenn Sie ehrbare Leute bestehlen möchten.«

Sisi stand noch immer bewegungslos. In den herabhängenden Händen hielt sie die Blumen und den Fächer. Gewaltsam riss sich Sophie zusammen. *Ich muss endlich etwas tun, um diese furchtbare Situation zu beenden*, schoss es ihr durch den Kopf.

Sie trat auf die Kaiserin zu und fasste sie mit aller Energie, die sie aufbringen konnte, am Arm. »Lassen Sie uns nun gehen, Majestät! Sie hören doch, dass wir hier nicht willkommen sind.«

Zu Sophies Erleichterung ließ sich Sisi von ihr aus dem Garten führen, wenn auch mechanisch wie eine an Fäden gezogene Marionette. Erst als sie schweigend am Fuße des Nerobergs angekommen waren, blieb die Kaiserin abrupt stehen. Sie warf die mittlerweile völlig zerdrückten Blumen auf den Boden und befreite sich aus Sophies Griff.

Stattdessen fasste sie nun Sophie mit beiden Händen an den Armen.

»Sehen Sie mich an!« Sie fixierte Sophie mit ihren dunklen Augen, die wie Kohlen glühten. »Was hier heute in diesem Garten geschehen ist, darf niemals jemand erfahren. Haben Sie mich verstanden?«

Sophie nickte eingeschüchtert. In diesem Zustand hatte sie die Kaiserin noch nie erlebt. Ihre Stimme klang kalt, ein Unterton von Panik lag darin.

»Jawohl, Majestät«, wisperte sie.

»Denn niemand, aber auch absolut niemand auf dieser Erde soll jemals wissen, wie dieses furchtbare Weib mich beschimpft hat.«

Kapitel 13

Wiener Hofburg

9. Dezember 1889

Als Ida Ferenczy an ihre Kammertür klopfte, erhob sich Sophie, bereits in einen warmen Umhang und Schal gehüllt und mit dem Hut auf dem Kopf, von ihrem unbequemen Stuhl. Sie wartete bereits über zehn Minuten auf ihre mütterliche Freundin und hatte bereits begonnen, sich Sorgen zu machen. Denn Ida war in der Regel niemals unpünktlich, sondern kam eher zu früh als zu spät.

Sophie öffnete die Tür und schaute der Ungarin prüfend ins Gesicht. »Geht es dir gut?«, fragte sie nach der kurzen, aber herzlichen Begrüßung.

Idas Miene verzog sich zu einem schmerzlichen Lächeln. »Richtig gut geht es mir heute leider nicht. Meine Gelenkschmerzen machen mir hier in der zugigen Hofburg im Winter mehr zu schaffen als an komfortableren Orten. Doch irgendwie muss es eben gehen.«

»Aber sage der Kaiserin nichts darüber, Phiefi!«, bat Ida, als sie sich auf den Weg vom Fräuleingang im Leopoldinischen Trakt zum Amalientrakt der Hofburg machten, wo sie mit Sisi zusammentreffen sollten. »Ihre Majestät hat schon genug mit ihren eigenen Sorgen zu tun.«

Sophies Hoffnung, noch kurz im Warmen mit Ida plaudern zu können, war deren Verspätung zum Opfer gefallen. Während die Frauen nun durch die eiskalten Gänge hasteten, ließ

Sophie die Ereignisse der vergangenen Wochen noch einmal Revue passieren.

Tatsächlich war es nach dem unglücklichen Besuch in der Wiesbadener Villa beständig weiter bergab gegangen. Sisis Stimmung, die sich während der Kuraufenthalte im Herbst zunächst ein wenig besserte, hatte sich seit dem Affront der Villenbesitzerin wieder zunehmend verschlechtert. Noch Tage danach stand Sisi stundenlang vor dem Spiegel und musterte ihr Gesicht. Bis zu fünfmal täglich ließ sie sich Masken aus mit Olivenöl vermischtem Quark, Gurken und anderen Ingredienzien mischen und auflegen, die angeblich der Alterung der Haut entgegenwirken sollten.

Immer wieder versuchte Sophie, die Kaiserin davon zu überzeugen, dass die zickige Alte sie nur aus Gehässigkeit so beschimpft und beleidigt hatte. Doch wenn Sophie ganz ehrlich zu sich selbst war, musste sie zugeben, dass die Greisin nicht ganz unrecht gehabt hatte. Sisi sah mittlerweile tatsächlich eher aus wie eine verwelkte ältere Frau als wie die ehemals schönste Frau Europas. Auch die Gesichtsmasken vermochten dies nicht zu ändern.

Da die Unruhe der Kaiserin nach dem Vorfall noch zunahm, war man schon einige Tage früher aus Wiesbaden abgereist, als ursprünglich vorgesehen. Dann trat ein Ereignis ein, das Sisis Melancholie noch verstärkte: Nur knapp dreißig Kilometer hinter Wiesbaden entgleiste der Hofzug, in dem Sisi mit ihrer Entourage reiste.

Mit Schaudern erinnerte sich Sophie noch immer an die Schreckensmomente, als der Salonwagen der Kaiserin, in dem sie und die übrigen Hofdamen gerade eine Tasse Tee mit ihr tranken, plötzlich hin- und herzuschwingen begann wie eine Schiffschaukel. Der Tee in den Tassen schwappte über, die Porzellankanne fiel sogar klirrend zu Boden und zersprang in tausend Scherben.

»Was ist bloß mit dem Zugführer los? Ist er etwa betrunken?«, rief Sisi aufgeregt.

Sie versuchte, aus dem Fenster zu spähen, um etwas über die Ursache der Störung in Erfahrung zu bringen. Da blieb der Zug plötzlich mit einem scharfen Ruck stehen. Sisi krallte sich im letzten Moment an den Fenstergriff, um nicht zu fallen.

Doch Marie Festetics, die ebenfalls aufgestanden war, hatte nicht so viel Glück. Beim vergeblichen Versuch, einen Halt zu finden, knickte sie erneut mit dem Fuß um, den sie sich bereits im Frühjahr verletzt hatte, und stürzte anschließend schwer zu Boden. Seither humpelte sie wieder und konnte sich zeitweise nur mithilfe eines Stocks fortbewegen.

Als die Frauen den Salonwagen angstvoll verließen, die stöhnende Festetics, die sie mehr trugen als führten, zwischen sich, herrschte draußen ein furchtbares Durcheinander. Die letzten vier der neun Waggons waren umgestürzt, darunter die drei Gepäckwagen und der hintere Waggon für das Personal.

Schreie ertönten aus dem umgekippten Gefährt. Erst nach und nach kletterten die Friseurin Fanny Feifalk, Sisis Kammerfrauen und einige Köche und Lakaien aus ihm heraus. Zum Glück war niemand ernstlich verletzt worden. Außer einigen Prellungen und Hautabschürfungen war der Unfall glimpflich für alle Beteiligten ausgegangen.

Später stellte sich heraus, dass die Unfallursache eine scharfe Kurve war, die der Zugführer zu schnell genommen hatte. Schon nach knapp zwei Stunden konnte man weiterfahren.

Sisi benahm sich allerdings so, als ob die Entgleisung des Hofzugs nur ihrem bösen Stern zu verdanken sei, der, wie sie meinte, schicksalsschwer über ihrem Haupt schwebte. Anstatt die Erleichterung zu teilen, die Sophie und die übrigen Insassen empfanden, betrachtete Sisi das Ereignis als weiteren Beweis für die Rache Jehovas. »Die Menschen sind nur zum Unglück geboren!«, wiederholte sie wieder und wieder während der restlichen Fahrt. Zweifellos meinte sie damit vor allen Dingen sich selbst.

Kaum zurück in der Hermesvilla diktierte die Kaiserin Ida

Ferenczy ein Schreiben an das Ministerium des Äußeren, das von dort aus an alle ausländischen Gesandtschaften übermittelt werden sollte. Darin verbat sie sich jegliche Glückwünsche zu ihrem bevorstehenden Namenstag am 19. November und ihrem Geburtstag am Heiligen Abend. »Und zwar nicht bloß für die nächste Zukunft, sondern für alle Zeit«, hieß es nachdrücklich in ihrem Brief.

»Auf Erden ist mir kein Glück mehr beschieden«, begründete sie ihren seltsamen Entschluss gegenüber ihren engsten Vertrauten. »Es ist daher sinnlos, mir solches in Zukunft zu wünschen.«

Unzählige Kopien dieses Schreibens mussten Sophie und die anderen Hofdamen anfertigen, um es an alle bedeutenden Adelsfamilien in der Monarchie sowie an Wirtschaftsverbände, große Vereine und all die sonstigen Institutionen zu schicken, die der Kaiserin bislang wie selbstverständlich zu ihren Ehrentagen zu gratulieren pflegten.

»Sag mir ganz offen, Sophia, ist Ihre Majestät noch ganz bei Verstand?«, fragte ihr Stiefvater Arthur Sophie bei einem ihrer seltenen Treffen im Palais Werdenfels. Natürlich hatte er über seine Dienststelle von diesem verstörenden Anliegen Sisis erfahren und Sophie eigens unter vier Augen in die Bibliothek befohlen, um sie darüber auszufragen.

Doch selbst wenn Sophie davon überzeugt gewesen wäre, dass Sisis Geist zunehmend zerrüttet war, hätte sie dies ihrem Stiefvater gegenüber niemals eingestanden. Zumal sie ahnte, dass seine Besorgnis nicht der Kaiserin von Österreich galt, sondern nur diesem elenden Truchsess-Titel, den er sich in den Kopf gesetzt hatte. Nach wie vor hoffte Arthur dabei vor allem auf die Fürsprache Sisis aus Dankbarkeit für Sophies treue Dienste.

Denn Truchsess zu werden, war für einen ehemals Bürgerlichen, der erst kürzlich von Kaisers Gnaden nobilitiert worden war, die einzige Möglichkeit, bei Hofe erscheinen zu dürfen. Zwar standen die Truchsesse in der Hierarchie unter den Kämmerern, dem Ehrenamt, das ausschließlich dem Hochadel vorbehalten war. Auch die Geheimen Räte, ein Titel, mit dem Franz Joseph bewährte politische Würdenträger von niederem Adel auszuzeichnen pflegte, standen in der strikten Hofhierarchie noch vor den Truchsessen. Doch auch ein Truchsess durfte an den Hoffeierlichkeiten teilnehmen und gehörte dabei dem Gefolge des Kaisers an.

»Das Amt hat seine Wurzeln im Mittelalter, als man Könige und Kaiser noch für nahezu gottgleich hielt«, klärte Ida Ferenczy Sophie auf. »Damals musste man von hoher Geburt sein, um den Herrscher bedienen zu dürfen. Das Amt des Kämmerers geht auf den damaligen Kammerherrn zurück, das des Truchsess auf den Aufseher über die hochherrschaftliche Tafel.«

Bei der Vorstellung, dass ihr arroganter Stiefvater bei den Galadiners in der Hofburg das Pendant zum Amt des ersten Dieners Gruber im Palais Werdenfels anstrebte, musste Sophie lauthals lachen. Aber so war es natürlich nicht, bedeutete Ida ihr stirnrunzelnd, als sich Sophie endlich wieder gefasst hatte. Heutzutage war »Truchsess« nur eines der unzähligen Ehrenämter bei Hofe, deren Zweck sich in weitgehend sinnentleerten Ritualen erschöpfte, wie Sophie Idas Beschreibung der damit verbundenen Rechte und Pflichten für sich interpretierte.

Nun hatten die beiden Frauen die Adlerstiege erreicht. »Was mag die Kaiserin denn heute nur von uns wollen?«, keuchte Sophie ein wenig außer Atem, als sie und Ida über die steile Treppe das Vorzimmer zu den Gemächern Sisis erreichten. »Warum hat sie uns in ihr Toilettezimmer bestellt, anstatt in den Salon? Und schon gestern Nachmittag in die Hofburg vorgeschickt, wenn sie selbst doch erst heute Morgen aus der Hermesvilla eintreffen will?«

Ida, die es offensichtlich wusste oder zumindest ahnte, seufzte nur. »Das wirst du gleich erfahren, liebe Phiefi«, wich sie Sophies Frage erst einmal aus.

Wenig später erreichten Ida und Sophie Sisis Turn-und-Toilette-Zimmer, wo sie sich um elf Uhr morgens einfinden sollten. Aufgrund Idas Verspätung kamen sie gerade noch rechtzeitig an. Verblüfft sah Sophie sich um. Der Raum, in den durch die Fenster nur das diffuse Licht des trüben Dezembertags fiel, war taghell erleuchtet. Alle Gaslampen sowie zusätzliche Wachskerzen brannten.

Sämtliche Wandschränke der Kaiserin waren geöffnet. Ballroben, Abendtoiletten, Nachmittags- und Tageskleider in Weiß oder den zarten Pastelltönen, die Sisi früher für ihre Garderobe bevorzugt hatte, quollen daraus hervor oder waren über die Turngeräte oder die Sitzmöbel gebreitet.

Auf der Frisierkommode standen drei offene Schmuckschatullen, aus denen es im Licht der vielen Kerzen und Gaslampen funkelte und glitzerte. Lange Reihen zarter Seiden- und Lederschuhe standen vor den Schränken. Unzählige Schals, Tücher, Gürtel, Handschuhe, Samtbeutel und Fächer bedeckten jede Fläche im Raum. Sisis langjährige Kammerfrauen Marianne Meissl und Marie Heneke, die wie die Friseurin Fanny Feifalk offenbar schon heute früh aus der Hermesvilla eingetroffen waren, legten immer noch weitere Teile von Sisis Garderobe im ganzen Raum aus.

»Im Schlafzimmer nebenan liegen noch Hüte, Sonnenschirme sowie wunderschöne Mäntel und Umhänge. Manche sind mit kostbaren Pelzen verbrämt«, raunte Fanny Feifalk Ida und Sophie zu. Die Begierde nach einem solchen Kleidungsstück stand ihr im Gesicht geschrieben. Dann nahm sie ihre Wanderung durch die beiden Räume wieder auf.

Charlotte Majláth, die schon vor ihnen eingetroffen war, kam nun auf Ida und Sophie zu.

»Die Kaiserin will ihre gesamte farbige Garderobe verschenken!«, klärte sie nun Sophie mit gedämpfter Stimme und blitzenden Augen über den Zweck der heutigen Zusammenkunft auf. »Wir alle dürfen uns aussuchen, was wir haben möchten. Sogar ein Schmuckstück will Sisi jeder von uns überlassen. Ihr restlicher Schmuck geht an ihre beiden Töchter, vor allem an Marie Valerie, die die Diamantsterne erhalten soll.«

Wie jedermann in Wien und wahrscheinlich im ganzen Kaiserreich kannte auch Sophie diese Juwelen. Auf einem überall in der Monarchie bekannten Porträt des Hofmalers Franz Xaver Winterhalter trug die damals noch strahlend schöne Kaiserin die Sterne in ihrem prächtigen Haar.

»Aber warum will sie denn alles verschenken, Charlotte?« Sophie war keineswegs entzückt, sondern betroffen. »Das Trauerjahr um den Kronprinzen geht doch schon bald zu Ende.«

»Die Kaiserin will als Mater dolorosa bis an ihr Lebensende nur noch Schwarz tragen«, bestätigte Charlotte ihre schlimmsten Befürchtungen. Ida nickte dazu mit betrübter Miene.

»Ich habe vergeblich versucht, Sisi davon abzubringen«, gestand sie traurig. »Doch seit Rudolfs Tod scheint sie all ihre Lebensfreude verloren zu haben.«

In diesem Moment öffnete sich die Tür zum Toilettezimmer. Wie Ida und Sophie noch in Mantel und Hut, trat die mit Crêpe tief verschleierte Kaiserin ein. Ihr auf dem Fuße folgte die hinkende Marie Festetics.

Eine Stunde später hatte sich Sophie von Ida mehr nötigen als davon überzeugen lassen, sich eine Ballrobe aus rosa Seide und ein Nachmittagskleid aus zartgelbem Crêpe de Chine sowie die dazu passenden Handschuhe, Taschen, Fächer und Stolen auszusuchen. Sisis Schuhe waren ihr leider zu klein.

Auch die Kleider würde Sophie wahrscheinlich ändern lassen müssen. Trotz ihrer schlanken Figur waren sie ihr in der Taille zu eng. Sisi war schon seit vielen Jahren überschlank und hatte offenbar im Laufe der Zeit kaum etwas weggeworfen, zumindest keine der Hofroben, die sie bei Festlichkeiten getragen hatte. Da die Kleider oft aufwendig und kostbar verziert waren, war dies verständlich. Und seltsamerweise wirkten die Toiletten keineswegs altmodisch, sondern eher zeitlos.

Auf Idas verstohlenes Drängen legte Sophie noch ein fliederfarbenes Tüchlein auf ihren Stapel, das sie Franzi mitbringen wollte. Die Zofe würde sich unendlich darüber freuen, einen Gegenstand aus dem Besitz der Kaiserin ihr Eigen nennen zu dürfen.

»Aber nun ist es genug!«, flüsterte Sophie Ida zu. Die zuckte nur leicht mit den Schultern. »Du weißt, wie leicht Ihre Majestät zu kränken ist. Du solltest ruhig noch einen Mantel, einen Schirm und einen Hut dazunehmen. Die Kaiserin darf nicht den Eindruck gewinnen, dass du ihre Gaben zurückweist.«

Währenddessen hatten die übrigen Frauen, die Sisi eingeladen hatte, seien es ihre Hofdamen oder ihre Bediensteten, ihre Wahl bereits größtenteils getroffen. An der unterschiedlichen Art der Gewänder und Accessoires erkannte Sophie, dass es offenbar Regeln dafür gab, wer sich was aussuchen durfte. Die beiden Kammerfrauen und die Friseurin nahmen weder eine Ballrobe noch ein Abendkleid. Fanny hatte sich stattdessen für einen der pelzverbrämten Umhänge mit passendem Hut und Muff entschieden, von denen sie zuvor so geschwärmt hatte. Die Kammerfrauen legten je ein Tageskleid mit einigen Accessoires für sich zur Seite.

»Ihre Majestät hat verboten, dass ihre Geschenke verkauft werden«, sagte Ida Sophie ins Ohr. »Deshalb dürfen sich die Bediensteten nur etwas aussuchen, das sie an ihren freien Tagen auch tragen können. Wir Hofdamen haben dagegen die freie Auswahl.«

»Wo ist eigentlich die Gräfin Goëss?«, fiel Sophie plötzlich auf.

»Ich vermute, dass die Kaiserin ihr unter vier Augen ein Geschenk überreichen wird«, raunte Ida. »Es wäre unter der Würde einer Obersthofmeisterin, sich hier im Beisein ihrer Untergebenen etwas zu nehmen.«

»Doch nun spute dich und suche noch etwas aus!«, mahnte Ida Sophie erneut. Noch während diese überlegte, was sie zusätzlich brauchen könnte, trat Sisi vor ihre Frisierkommode, auf der die Schmuckschatullen standen.

»Meine Lieben«, sagte sie mit Grabesstimme. »Ich danke euch allen, dass ihr mich von den Gegenständen befreit, die mich an die Zeiten erinnern, in denen ich noch gelebt habe. Ihr Besitz bereitet mir keine Freude mehr, sondern stimmt mich nur bitter und traurig. Natürlich gehen die kostbarsten Gewänder und Schmuckstücke an meine Töchter oder meine Schwestern und andere Verwandte. Sie stehen daher heute auch nicht zur Auswahl. Möge euch das, was ihr ausgesucht habt, mehr Glück bringen, als es mir beschieden war.«

Sisis Stimme zitterte. Sie zog ein schwarzes Sacktüchlein aus ihrer Rocktasche und wischte sich damit über die Augen. »Auch alles andere, was übrig geblieben ist, gebe ich weg. Meine Zofen werden es nachher zusammenpacken. Ich selbst will bis zu meiner Todesstunde keine fröhliche Farbe mehr tragen, geschweige denn funkelnde Juwelen. Als Zeichen des Dankes für eure Treue darf sich jede von euch jetzt noch etwas aus diesen Schatullen aussuchen. Möge mein Geschenk euch zum Segen gereichen!«

Als Erstes winkte Sisi den Kammerzofen und Fanny Feifalk und zeigte dabei auf eine bestimmte Schatulle auf dem Frisiertisch. Offenbar herrschte hier die gleiche Regel wie bei den Kleidern. Besonders kostbarer Schmuck sollte nicht an die Bediensteten verschenkt werden. Dennoch waren auch die Gegenstände in dieser Schatulle von beträchtlichem Wert. Die Friseurin Feifalk wählte einen massiven Reif aus Rotgold, die Kammerfrauen je einen Perlenschmuck.

Danach klappte Sisi diese Schatulle zu und winkte ihren Hofdamen. Zwei weitere Kassetten boten eine, die Augen nahezu blendende Auswahl kostbarer Juwelen. Die Damen defilierten daran vorbei. Ida Ferenczy und Charlotte Majláth entschieden sich rasch, Ida für eine schwere Goldkette mit einem Medaillon, Charlotte für ein mit Saphiren besetztes Armband.

Sophie dagegen betrachtete die Schmuckstücke zunächst unschlüssig. Erst im Nachhinein fiel ihr auf, dass Marie Festetics anfangs jeden Gegenstand, den sie selbst in die Hand nahm, ebenfalls aufnahm und prüfte. Erst als es um drei mit Diamanten und Perlen besetzte Sterne, ähnlich den Diamantsternen auf dem Porträt ging, verharrte Marie und drehte und wendete die Juwelen hin und her.

Sophie war immer noch ganz unentschlossen. Die meisten Schmuckstücke waren ihr viel zu protzig und gefielen ihr deshalb nicht. Erst beim dritten Durchgang fiel ihr eine mit Smaragden und Diamanten besetzte Brosche ins Auge, die halb unter einer opulenten Perlenkette verborgen gewesen war. Sophie zog sie darunter hervor und betrachtete sie.

Die Brosche war wie ein Blatt geformt. Beim näheren Hinsehen erkannte Sophie den großen Smaragd in der Mitte des Schmuckstücks, der mit glitzernden Diamanten umgeben war, um die wiederum eine weitere Reihe kleinerer Smaragde gesetzt war. *Ja*, dachte sich Sophie, *diese Brosche würde ich gerne besitzen.*

Dennoch zögerte sie, nach ihr zu greifen. Das Schmuckstück war sicher sehr wertvoll, und sie wollte keinesfalls so gierig wirken wie Fanny Feifalk. Doch auf der Suche nach einem Gegenstand, der ihr ebenso gut gefiel, aber weniger wert zu sein schien, fand sie nichts Passendes. Schließlich nahm sie die Brosche aus der Schatulle.

»Majestät, diese Preziose würde mir sehr gefallen.« Mit leiser Stimme und einem angedeuteten Knicks streckte Sophie der Kaiserin das Schmuckstück auf der flachen Hand entgegen. Gerade als Sisi mit gleichgültiger Miene nickte, meldete sich plötzlich Marie Festetics zu Wort.

»Majestät«, sprach sie Sisi ebenfalls an. »Nun ist mir Sophie von Werdenfels zuvorgekommen. Gerade wollte ich diese

Brosche ebenfalls auswählen. Ihr grünes Funkeln gemahnt mich an meine Heimat. Womöglich gehörte die Nadel sogar zu den Juwelen, die Sie seinerzeit auf Ihrer Krönungsreise nach Ungarn trugen. Deshalb möchte ich Sie darum bitten.«

Sophie erschrak und wollte Marie die Brosche bereits übergeben. Doch Sisi reagierte völlig anders, als sie es erwartet hatte. Sie musterte Marie mit einem merkwürdigen Ausdruck in ihren dunklen Augen.

»Sollte ich diese Brosche einst in Ungarn getragen haben, erinnere ich mich heute nicht mehr daran, Marie«, sagte sie brüsk. »Für mich ist das Schmuckstück bedeutungslos. Doch es nimmt mich wunder, dass Sie es Sophie jetzt streitig machen wollen. Denn davor haben Sie es überhaupt nicht beachtet.«

Maries Wangen überzogen sich mit leichter Röte. Auch Sophie spürte ihr Gesicht heiß werden. »Ich ... ich überlasse Marie die Brosche gern, Majestät!«, stammelte sie.

Sisi betrachtete sie prüfend. »Sie haben mir in den vergangenen Monaten treu gedient, Sophie«, sprach sie ein für sie sehr seltenes Lob aus, das nicht nur Sophie, sondern auch die übrigen Anwesenden überraschte. »Deshalb antworten Sie mir nun ohne Scheu! Ist dies das Schmuckstück, das Ihnen am besten gefällt?«

Sophie biss sich auf die Lippen. Dann entschloss sie sich zur Wahrheit. »So ist es, Majestät. Doch ich lasse Marie Festetics gerne den Vortritt«, bot sie noch einmal an.

Sisi schüttelte den Kopf. »Ihr Angebot ehrt Sie, doch ich lehne es ab. Die Brosche gehört Ihnen. Sie haben sich die Preziose redlich verdient.«

Dann drehte Sisi den Kopf zu Marie, deren Gesicht sich mittlerweile dunkelrot verfärbt hatte. »Auch Sie haben mir immer treu gedient, soweit es in Ihren Kräften stand, liebe Marie. Das will ich nicht bestreiten.«

Dieses eingeschränkte Lob wunderte Sophie. Sollte die Kaiserin gerade einen versteckten Tadel ausgesprochen haben, weil

Marie Festetics aufgrund ihrer Fußverletzung in diesem Jahr so oft gekränkelt hatte? Ihrer verkniffenen Miene nach zu urteilen, schien Marie es zumindest so zu empfinden.

»Deshalb sollen Sie nicht nur einen, sondern alle drei der Sterne mit Perlen und Diamanten erhalten, die Sie soeben bewundert haben«, fuhr Sisi fort. »Ich denke, so ist allen am besten gedient.«

Als Marie trotz dieser überaus großzügigen Geste keinerlei Anstalten machte, nach den Sternen zu greifen, trat Sisi ihrerseits an die Schatulle, nahm sie heraus und drückte sie Marie in die Hand. Daraufhin knickste Marie notgedrungen und murmelte ihren Dank mit gepresster Stimme.

Ein rascher Blick in die Runde zeigte Sophie, dass Marie tatsächlich vor aller Augen gerade eine für sie sehr peinliche Niederlage erlitten hatte. Die Kammerzofen verkniffen sich ein spöttisches Lächeln, während Fanny Feifalk sogar höhnisch grinste. Ida und Charlotte wirkten dagegen betroffen.

Das Geschenk der Kaiserin wird mir kein Glück bringen, wurde Sophie sofort klar. *Stattdessen hat sie mir damit eine Todfeindin bei Hofe geschaffen.*

Café Prinzess am Graben

26. Dezember 1889

Sophie war überglücklich, als sie an der Seite von Ida Ferenczy nach langer Zeit endlich wieder das Café Prinzess betrat.

Wie sie es aus den vorigen Jahren kannte, war der Caféraum weihnachtlich geschmückt. In einer Nische stand ein übermannsgroßer Christbaum, der mit goldenen Kugeln, roten Schleifen und brennenden weißen Wachskerzen geschmückt war. Die Kerzen verbreiteten ihren süßen Duft im ganzen Raum.

Auch auf jedem der Marmortische stand ein weihnachtliches

Gesteck aus Tannenzweigen, das ebenfalls mit einer dicken weißen Wachskerze und, wie der Christbaum, mit den gleichen goldenen Kugeln und roten Schleifen in Miniaturform verziert war. In die zarten Leinentischdecken waren Weihnachtsmotive eingestickt.

Mina Löb, die Aufseherin, eilte freudestrahlend auf Sophie und Ida zu. »Wie schön, Sie an diesem besonderen Tag wieder einmal hier begrüßen zu dürfen, Fräulein Sophie! Auch Ihr Onkel wird sich sehr über Ihren Besuch freuen.«

Sophie blickte sich suchend um. »Wo ist er denn?«

Ein leichter Schatten huschte über Minas Gesicht. »Er hat sich im Kontor gerade etwas niedergelegt. Aber ich werde ihm gleich Bescheid sagen, denn unseren neuen Weihnachtskuchen will er Ihnen ganz sicher persönlich vorstellen.«

Dann machte sie eine einladende Handbewegung. »Doch nun nehmen die Damen doch erst einmal Platz! Wünschen Sie einen Tisch im Separee? Es ist gerade eins frei geworden.«

»Nein, liebe Mina. Ich möchte die weihnachtliche Atmosphäre hier drinnen in vollen Zügen genießen. Aus dem Separee würde ich ja nicht einmal den Weihnachtsbaum sehen können.«

»Wie Sie wünschen, Fräulein Sophie. Ist den Damen dieser Platz angenehm?« Mina deutete auf einen kleinen runden Tisch in der Nähe des Christbaums.

»Aber ja! Von da aus haben wir den ganzen Caféraum im Blick.«

»Darf ich Ihnen denn schon einmal ein Getränk servieren?«

»Ich nehme wie immer eine Mandelmelange. Und da dies eine der Spezialitäten des Cafés Prinzess ist, empfehle ich sie auch dir, liebe Ida.«

Ida, die bislang außer einigen Grußworten noch gar nichts gesagt hatte, nickte freundlich. »Von einem solchen Getränk habe ich in der Tat noch nie etwas gehört. Ich bin gespannt.«

»Und natürlich hätte ich jetzt am liebsten ein Stück Weihnachtsguglhupf dazu, Mina«, ergänzte Sophie. »Aber da Sie nun einmal eine Überraschung angekündigt haben, warte ich eben ab, bis mein Onkel kommt und sie uns vorstellt.«

»Hier ist es wirklich sehr schön, liebe Phiefi.« Ida sah sich bewundernd um. »Ich kann verstehen, dass du dieses Café sehr vermisst hast.«

Sophies Miene verdüsterte sich. »Mehr als vermisst, liebe Ida. In meiner ganzen Kindheit und Jugend habe ich mich seit dem Tod meines Vaters nirgendwo anders so wohl gefühlt wie hier.«

Ida legte Sophie die Hand auf den Arm. »Das tut mir leid zu hören. Zumal es für mich so klingt, als ob es in deinem Elternhaus danach eher traurig zugegangen ist.«

Sophie fühlte ein Würgen in der Kehle. »Nicht umsonst bin ich ja bereits gestern Nachmittag aus dem Palais Werdenfels in die Hofburg zurückgekehrt. Ich habe es zu Hause einfach nicht mehr ausgehalten und lieber wieder meine triste Kammer im Fräuleingang bezogen, als dort noch eine weitere Nacht zu bleiben.«

»Das habe ich mir bereits gedacht, liebste Phiefi. Und mir entsprechende Sorgen gemacht.«

Sophie rang sich ein Lächeln ab. »Du musst dir keine Sorgen machen, Ida. Zumal du mir schon mit deiner Kammerzofe ausgeholfen hast, nachdem ich Franzi ja bis zum Neujahrstag frei gegeben habe, damit sie ihre Familie in Grinzing besuchen kann.«

»Also wolltest du deinen ganzen Weihnachtsurlaub ursprünglich zu Hause verbringen«, konstatierte Ida.

»Ja, das hatte ich vor«, bestätigte Sophie. »Doch mein Stiefvater hat sich unerträglicher benommen denn je.«

»Möchtest du mir etwas darüber erzählen?«, fragte Ida behutsam. Als Sophie nicht gleich antwortete, fügte sie hinzu: »Ich möchte nicht indiskret sein. Du musst mir nichts sagen, wenn du nicht willst.«

»Nein, nein! Das ist es nicht«, wehrte Sophie ab. »Ich suche nur gerade nach den richtigen Worten.«

Ida wartete geduldig, bis Sophie begann, der Freundin ihr Herz auszuschütten.

»Schon der Heiligabend war trüb und kaum auszuhalten«, berichtete sie. »Am schönsten war noch die Bescherung des Gesindes. Da herrschte zumindest ehrliche Freude und festliche Stimmung. Aber danach gab es nur noch unangenehme Überraschungen.«

Bei der Erinnerung daran spürte Sophie, wie ihr die Kehle erneut eng wurde.

»Unsere eigene Bescherung war nämlich furchtbar. Das lag vor allen Dingen daran, dass mein Stiefvater sowohl meiner Mutter als auch mir verboten hat, meiner jüngeren Schwester Milli schöne Weihnachtsgeschenke zu machen. Milli fand ausschließlich Dinge für die Schule unter dem Baum. Dazu gehörten insbesondere einige Bücher über korrekte Rechtschreibung samt einigen Heften mit Übungen. Leider hat Milli hier immer noch eine große Schwäche. Mein Stiefvater wird diesbezüglich immer unduldsamer mit ihr. Ich mache mir sehr große Sorgen, wie das weitergehen soll.«

Nun traten Sophie bei der Erinnerung sogar Tränen in die Augen. »Die Geschenke, die meine Mutter und ich selbst für Milli vorgesehen hatten, konfiszierte mein Stiefvater, noch bevor Milli sie auspacken konnte. Sie würde sie erst erhalten, wenn sich ihre Rechtschreibung deutlich verbessert hätte, kündigte er ihr an. Milli weinte ganz herzzerreißend. Doch das rührte das Scheusal nicht.«

Sophie stockte.

»Und wie ging es dann weiter?«

Sophie holte tief Luft. »Aus Solidarität mit meiner Schwester weigerten sich sowohl meine Mutter als auch ich, Arthurs Weihnachtsgeschenke für uns auszupacken. Sie liegen noch immer, so wie sie waren, unter dem Baum.« Ihre Stimme wurde bitter. »Das war unser Christtag, auf den ich mich monatelang gefreut habe.«

»Und wie hat dein Stiefvater darauf reagiert, dass ihr Gleiches mit Gleichem vergolten habt?«

Sophie schnaubte. »Es kam erst zu einem heftigen Wortwechsel, dann zu einem richtigen Eklat. Arthur löschte alle Kerzen am Baum, trieb uns drei aus dem großen Salon und zog sich schmollend in die Bibliothek zurück. Zuvor brachte er noch alle Süßigkeiten, die uns Onkel Stephan wie jedes Jahr zu Weihnachten ins Palais Werdenfels gesandt hat, eigenhändig in die Leutestube. Vielleicht war auch der neue Weihnachtskuchen dabei.«

»Außerdem hat mein Stiefvater uns den Besuch im Café Prinzess verboten, den wir ursprünglich für den ersten Weihnachtstag geplant hatten«, fügte sie hinzu.

»Und gestern hatte Milli dann schon wieder einen dieser unerklärlichen Unfälle.« Sophies Stimme begann zu zittern. »Wieder hatte sie kleine Schnittwunden an beiden Armen. Als Arthur sie deswegen harsch zur Rede stellte, konnte sie nicht erklären, woher die Verletzungen stammten. Daraufhin verfügte er, dass sie die restlichen Feiertage bis Neujahr in ihr Zimmer eingesperrt wird.«

»Du meine Güte, was für ein Unmensch!«, empörte sich Ida. »Nun verstehe ich, warum du schon gestern Nachmittag in die Hofburg zurückgekehrt bist.«

»Aber nicht, ohne Arthur zuvor deutlich meine Meinung gesagt zu haben!« Sophies Augen blitzten. »Ein Ungeheuer habe ich ihn genannt und ihm tatsächlich damit gedroht, alles dafür zu tun, dass ihm die angestrebte Truchsess-Würde niemals zuteilwird.«

»Oha!«, machte Ida. »Da hast du ja schweres Geschütz aufgefahren. Aber wie möchtest du das denn verhindern?«

Bevor Sophie Ida antworten konnte, trat ihr Onkel Stephan an den Tisch. Er trug zwei Kuchenteller auf der linken Hand und strahlte über sein ganzes rundes Gesicht.

»Nun, Phiefi! Was sagst du zu unserer Weihnachtsnovität? Wie mundet sie dir?«

»Außerordentlich gut, Onkel Stephan. Aber solltest du nicht auch die Gräfin von Ferenczy nach ihrer Meinung fragen?«

Stephan Danzer errötete leicht. »Ich bitte für meine Unterlassung um Nachsicht und Vergebung, gnädige Frau.«

Als Ida nur freundlich lächelte, fügte er hinzu: »Aber meine Nichte ist eine kleine Expertin in allen Kaffeehausdingen. Sie hat sogar schon einige Novitäten entwickelt oder zumindest daran mitgewirkt.«

Als Sophie bescheiden abwehrte, insistierte er: »Doch, doch, Phiefi! Denk doch nur an die Erdbeerspeise. Im Sommer ist sie noch immer eins unserer meistverkauften Produkte.«

»Auch mir schmeckt Ihr Weihnachtskuchen sehr gut«, bestätigte Ida. »Doch spannen Sie uns nicht länger auf die Folter und verraten uns endlich, worum es sich dabei überhaupt handelt.«

»Das ist ein sogenannter Christstollen nach Dresdner Art«, schmunzelte Danzer. »Solche Stollen gibt es schon seit vielen Jahrhunderten. Da sie ursprünglich fast nur aus schwerem Hefeteig bestanden, galten sie lange Zeit als das Weihnachtsgebäck der Armen. Doch dann haben vor allem die Dresdner Konditoren eine veritable Köstlichkeit daraus gemacht. Mein Zuckerbäckermeister Toni Schleiderer hat auf einer Reise vor vielen Jahren einmal ein Stück Stollen gekostet. Und als wir uns dieses Jahr überlegten, mit was wir unsere Kundschaft zu Weihnachten überraschen könnten, fiel ihm der Dresdner Christstollen wieder ein.«

Danzer hielt kurz inne, einen Augenblick lang verzerrte sich sein Gesicht. Doch ehe Sophie besorgt nachfragen konnte, hob er die Hand.

»Alles ist gut, mein Schatzerl! Lass uns heute nur über fröhliche Dinge sprechen!«

Schon kurz nachdem Danzer den Grund dafür erfahren hatte, warum Sophie heute mit Ida Ferenczy anstatt gestern mit ihrer Familie im Café Prinzess erschienen war, hatte man sich stillschweigend darauf geeinigt, dieses trübselige Thema nicht weiter zu vertiefen.

»Als echter Zuckerbäckermeister hat Toni Schleiderer den Stollen aus dem Stand nachgebacken und das Rezept dabei wahrscheinlich noch verfeinert«, erklärte Danzer weiter. »Und jetzt sind wir das erste Kaffeehaus in ganz Wien, das diese weihnachtliche Köstlichkeit anbietet. Obwohl die Konkurrenz vom Demel und der Konditorei Gerstner bereits ein paar Spione entsandt hat, die sich mit dem Christstollen eingedeckt haben«, fuhr Danzer augenzwinkernd fort. »Aber sie werden das Rezept nicht so schnell herausfinden. Auch die Mokkaprinzentorte konnte bislang ja niemand nachbacken.«

»Die müssen Sie übrigens bei einer anderen Gelegenheit auch einmal probieren, gnädige Frau«, wandte sich Danzer an Ida Ferenczy. Dann stand er auf. »Doch nun muss ich Sie leider verlassen, um meinen Rundgang im alten Kaffeehaus zu beginnen. Auch dort ist am heutigen Weihnachtstag eine ganze Menge zu tun.«

Sobald Sophies Onkel außer Hörweite war, sprach Ida das heikle Thema, bei dem sie stehen geblieben waren, bevor Danzer ihnen seine Aufwartung gemacht hatte, erneut an.

»Lass uns noch einmal auf die Truchsess-Würde zurückkommen. Dieser Titel wird vom kaiserlichen Obersthofmeister verliehen. Kaiser Franz Joseph nimmt eine solche Titelverleihung höchstens zur Kenntnis. Mittlerweile gibt es so viele Ehrenämter bei Hofe, dass Seine Majestät sich diese gar nicht mehr alle merken kann.«

Sophie starrte trübsinnig vor sich hin. »Natürlich hast du recht, liebe Ida. Verhindern kann ich nicht, dass meinem Stiefvater dieser Titel und damit die Hoffähigkeit verliehen wird.

Ich kann lediglich davon Abstand nehmen, bei der Kaiserin ein gutes Wort für ihn einzulegen.«

»Wobei sich Ihre Majestät für solche Dinge in der Regel sowieso nicht interessiert«, wandte Ida ein. »Wenn überhaupt, müsstest du sie fragen, ob du ihren eigenen Obersthofmeister, Baron Nopcsa, darum bitten dürftest, sich für den Titel deines Stiefvaters zu verwenden.«

Sophie wurde dieses Thema allmählich lästig. Außerdem lag ihr ein weit wichtigeres auf der Seele. Genauer gesagt waren es sogar zwei Themen.

»Lass uns nun von etwas anderem sprechen, liebste Ida«, bat sie. »Hältst du es tatsächlich für wahrscheinlich, dass die Kaiserin nach ihrer Rückkehr aus Triest und dem ersten Jahrgedächtnis für Rudolf Wien gleich wieder verlassen wird?«

Ida nickte. »Meiner persönlichen Ansicht nach hält es die Kaiserin in der Hauptstadt kaum mehr aus. Marie Festetics hat mir berichtet, dass Marie Valerie ihren Vater darum gebeten hat, die Weihnachtstage nicht in der Hofburg, sondern im Schloss Miramare in Italien zu verbringen. Sie befürchtet, dass sich die Melancholie ihrer Mutter sonst bis ins Unerträgliche steigern und sie sich womöglich sogar wie Rudolf etwas antun könnte.«

Sophie erschrak. »So schlimm steht es um Ihre Majestät?«

Ida nickte. »Umso größere Hoffnungen ruhen nun auf dir, liebe Phiefi.«

Sophie ahnte, was Ida damit meinte. »Du denkst also, die Kaiserin zählt mehr denn je darauf, dass ich sie nun auf ihren vielen Reisen begleite? Zumal Charlotte Majláth ja jetzt den Hofdienst quittieren muss, weil sie im März heiratet?«

Ida nickte wieder. »So ist es. Und du solltest diese Gelegenheit weidlich nutzen, um dich der Kaiserin so unentbehrlich zu machen, wie es dir nur möglich ist. Dass Marie Festetics nach der Geschichte mit der Smaragdbrosche leider kein gutes Haar mehr an dir lassen wird, habe ich dir bereits angedeutet. Auch dass ich vergeblich versucht habe, sie nachsichtig zu stimmen. Da Marie Sisi jetzt als einzige von uns Hofdamen nach Miramare begleitet hat, wird sie sicher weiterhin versuchen, dich bei der Kaiserin schlechtzumachen. Ein Nadelstich hier, eine Andeutung dort. Doch selbst, wenn dies an Sisi erst einmal abprallt, wird sie sich eine neue, junge, ungarische Hofdame suchen, die deine Stelle ausfüllen kann, wenn du dich nicht rasch unentbehrlich für die Kaiserin machst.«

Sophie biss sich auf die Lippen. »Aber mir graut davor, die Heimat womöglich für lange Zeit zu verlassen. Zumal meine Familie mich hier dringend braucht. Ich vermute immer stärker, dass mein Onkel Stephan ernstlich erkrankt ist und es entweder selbst nicht wahrhaben möchte oder vor uns allen sorgfältig verbirgt. Und obwohl ich es an Weihnachten nicht mehr länger zu Hause ausgehalten habe, kann ich meine Mutter und meine Schwester ebenfalls nicht dauerhaft im Stich lassen.«

Ida seufzte. »Das ist wirklich ein schlimmes Dilemma für dich, Phiefi. Aber ich fürchte, es wird dir nichts anderes übrig bleiben, als Ihre Majestät zu begleiten. Wie willst du dir sonst eine sichere Zukunft schaffen?«

»Was meinst du damit?« Sophie war beunruhigt.

»Nun, wenn du dich dauerhaft mit deinem Stiefvater überwirfst, bleibt dir als Ausweg entweder nur eine Heirat oder eine gesicherte Stellung bei Hofe, wie ich und Marie Festetics sie uns verschafft haben. Wir beide werden bis an unser Lebensende ein Wohnrecht in der Hofburg beanspruchen können und eine beachtliche Rente erhalten.«

»Nun, ein geeigneter Heiratskandidat ist auf jeden Fall nicht in Sicht«, antwortete Sophie. Einen Moment lang tauchte Richards Gesicht vor ihrem inneren Auge auf. Bitterkeit stieg ihr wie Galle in die Kehle. »Aber es gibt mir die Gelegenheit, dich noch etwas anderes zu fragen. Was hältst du denn hiervon?«

Sie schob Ida ein kleines Briefchen über den Tisch hinweg zu. Ihre Freundin erkannte das Wappen sofort.

»Oh, Maries Vetter, Graf Lajosz Szalay, hat sich wieder bei dir gemeldet?« Interessiert überflog sie das Schreiben.

»Aha! Du scheinst tatsächlich Eindruck auf den Grafen gemacht zu haben. Immerhin möchte er dich wiedersehen, wenn er im Jänner erneut nach Wien kommt.«

»Aber *ich* habe an einer solchen Begegnung nicht das allergeringste Interesse«, entgegnete Sophie heftig. »Dieser Mensch war mir vom ersten Moment an unsympathisch, ja sogar widerwärtig.«

Ida sah Sophie mit einem schwer definierbaren Ausdruck in ihren dunklen Augen an. Dann strich sie eine silbergraue Haarsträhne zurück, die sich aus ihrem Dutt gelöst hatte, und seufzte schwer.

»Du bist noch sehr jung, liebe Phiefi, und kannst deine Möglichkeiten wahrscheinlich noch nicht realistisch einschätzen. Aber wenn du es ablehnst, mit unserer Kaiserin beständig durch halb Europa zu reisen, was ich sogar verstehen kann, da es mir auch nicht besonders liegt, wirst du bei Hofe nur noch ein Schattendasein führen. Es sei denn, du verheiratest dich wie Charlotte Majláth.«

»Denk doch nur an unsere Obersthofmeisterin, Gräfin Maria Goëss!«, fuhr Ida eindringlich fort, als Sophie hartnäckig schwieg. »Sie bekleidet nominell das höchste Amt bei Hofe, das eine Frau, die kein Mitglied der kaiserlichen Familie ist, überhaupt einnehmen kann. Trotzdem fristet sie, nahezu vollkommen unbemerkt von den meisten Höflingen, ein einsames, zurückgezogenes Dasein. Denn ihr Amt wird ja kaum gebraucht, wenn Sisi auf Reisen ist. Doch wenn selbst die Gräfin Goëss derart unbeachtet bleibt, wie soll es dann erst dir ergehen, wenn du dir Sisis Gunst verscherzt und zudem niemals heiratest?«

»Glaubst du tatsächlich, dieser alte, widerliche Graf hat so etwas mit mir im Sinn?«

Ida wiegte ihr Haupt hin und her. »Der Alte, wie du ihn zu

nennen beliebst, ist Witwer und kinderlos. Wahrscheinlich ist er auf der Suche nach einer jungen Frau, mit der er verhindern kann, dass seine Linie nach seinem Tode ausstirbt.«

Sophie schauderte unwillkürlich zusammen. »Lieber würde ich sterben, als dieses Monster zu ehelichen.«

Ida zog die Augenbrauen zusammen. Zum ersten Mal wirkte sie ärgerlich. »Achte bitte auf deine Worte, Phiefi! Du sprichst von einem in meiner Heimat Ungarn sehr angesehenen Landsmann. Graf Szalay verfügt über ein sehr großes Vermögen und könnte dir eine vollkommen sorglose Zukunft bieten.«

»Aber er ist fast dreißig Jahre älter als ich!«

»Das ist kein Grund, ihn als ernsthaften Freier nicht in Betracht zu ziehen, Phiefi. Denn du könntest gesellschaftlich durch eine solche Heirat sehr hoch aufsteigen. Weit höher, als dein Stiefvater jemals kommen wird.«

Sophie starrte trotzig auf den Marmortisch. Dann fiel ihr ein weiteres Gegenargument ein. »Du sagtest doch eben, liebe Ida, dass Marie Festetics kein gutes Haar an mir lässt. Dann wird sie mich doch auf jeden Fall auch bei ihrem Vetter schlechtzumachen versuchen.«

Ida lächelte. »Du drückst dich richtig aus, Phiefi. Marie mag dies vielleicht *versuchen*. Aber wenn der Graf Gefallen an dir gefunden hat, wird ihn das nicht im Geringsten beeinflussen. Zumal Marie nur eine sehr entfernte Verwandte von ihm ist.«

Sophie presste die Lippen zusammen und antwortete nichts.

»Also bedenke deine Alternativen, Phiefi!«, mahnte Ida sie schließlich noch einmal. »Der jüngere Sohn einer Adelsfamilie, der über kein eigenes Vermögen verfügt und auf die Apanage seines Majoratsherrn angewiesen ist, könnte dir zum einen nie einen vergleichbaren Wohlstand bieten. Zum anderen kommst du als Braut für die meisten Familien aus altem Adel gar nicht in Betracht. Denn du stammst nur aus einer vom Kaiser nobilitierten, ehemals bürgerlichen Familie, verzeih mir meine diesbezügliche Offenheit!«

Sophie schwieg weiterhin trotzig. Aber Ida ließ sich nicht beirren.

»Dir kann also mit ernsthaften und für dich aussichtsreichen Absichten nur ein Majoratsherr wie Graf Szalay den Hof machen, der niemanden um Erlaubnis bitten oder gesellschaftliche Ächtung fürchten muss, wenn er sich unter seinem Stand verheiratet. Und solche Männer wie Lajosz sind nun einmal in der Regel älter als du und verwitwet.«

Sophie hob den Kopf und sah Ida forschend in die Augen. Sie erblickte nichts als Besorgnis und Fürsorge darin.

»Ich merke, du meinst es wirklich gut mit mir, Ida. Auch wenn ich deinen Rat nicht befolgen möchte, danke ich dir dafür.«

Doch Ida gab noch nicht auf. »Bedenke noch Folgendes, Phiefi! Sollte Graf Szalay dich ehelichen, wird er dir zweifellos sein erhebliches Vermögen vermachen, auch und gerade wenn er keinen männlichen Nachfolger zeugen sollte.«

Sophie zuckte zusammen, was Ida geflissentlich ignorierte.

»Zudem würde Lajosz wahrscheinlich viele Jahre vor dir das Zeitliche segnen. In diesem Fall wärst du gut versorgt und könntest den Rest deines Lebens genießen. Und dies weit besser, als wenn du als alte, mittellose Jungfer auf deinen Stiefvater angewiesen bleibst. Oder ein kümmerliches Leben bei Hofe fristen musst.«

Sophie atmete tief durch. Plötzlich begann sie zu ahnen, warum Ida ihr Heil so sehr am Herzen lag.

»Antworte mir ehrlich, Ida! Obwohl du die Kaiserin liebst und ihr dein ganzes Leben geweiht hast, würdest du aus heutiger Sicht eine solche Chance ergreifen, wenn sie sich dir damals geboten hätte?«

Idas Augen wurden feucht. Einen Moment lang starrte sie blicklos in die Ferne. Um ihre mit leiser Stimme gesprochene Antwort zu verstehen, musste sich Sophie weit zu ihr hinüberbeugen.

»Ja, das würde ich tun, Phiefi. Doch bei mir hat sich etwas Derartiges nie ergeben.« Eine einzelne Träne stahl sich aus ihrem Auge. Sie wischte sie mit dem Handrücken ab.

»Das war bei Marie Festetics anders. Sie hat sogar ihre große Liebe abgewiesen, als die Kaiserin sie darum bat. Und ich glaube zu wissen, dass Marie dies bis heute bitter bereut. Nicht umsonst ist sie derart eifersüchtig und neidet jedermann Sisis Gunst.«

Albrechtspalais auf der Augustinerbastei

Mitte Januar 1890

»Ich habe einen neuen Auftrag für Sie, Hauptmann von Löwenstein.« Albrecht klopfte mit den Fingerknöcheln auf eine dünne Akte, die vor ihm auf dem runden Besprechungstisch lag.

Richard nahm diese Ankündigung mit gemischten Gefühlen zur Kenntnis. Nach der Aufklärung der Vorkommnisse in Salzburg war er drei weiteren Beschwerden nachgegangen, bei denen es um Misshandlung von Rekruten oder den Verdacht der Unterschlagung von Armeeeigentum gegangen war.

Die ersten beiden Male war er noch erfolgreich gewesen, hatte die Missstände aufgedeckt und die Übeltäter überführt. Wahrscheinlich, weil sich die Kenntnis über seine Rolle noch nicht in der k.u.k. Armee verbreitet hatte. Dies war beim dritten Fall in einer Garnison in der Steiermark leider anders gewesen. Hier hatte ihn offenbar ein Offizier der betroffenen Einheit bereits bei seiner Ankunft oder in seinem Hotel erkannt und seine Kameraden vor ihm gewarnt. Als Richard wie üblich am nächsten Morgen unangemeldet in der Kaserne erschien, fand er jedenfalls alle Arrestzellen leer vor. Auch die Exerzierübungen, die er beobachtete, verliefen einwandfrei. Er musste unverrichteter Dinge wieder abziehen.

Obwohl sich Richard sehr über diesen Misserfolg ärgerte, tröstete er sich schließlich damit, dass die Schuldigen in den zwei nachfolgenden Fällen, wie schon zuvor in Salzburg, seiner Ansicht nach sowieso viel zu milde Strafen erhalten hatten. Das wäre in der Steiermark wohl auch nicht anders gewesen. Dennoch stand er dieser Art von Aufklärungsarbeit, mit der Erzherzog Albrecht ihn betraut hatte, seither ambivalent gegenüber.

»Diesmal wird Ihre Mission Sie in eine recht entlegene Region unseres Kaiserreichs führen«, erläuterte Albrecht. »Und es handelt sich diesmal auch nicht um die Misshandlung von Soldaten, sondern um Übergriffe gegen die Bevölkerung, bei der ein Teil unserer dort stationierten Truppen einquartiert ist.«

Jetzt war Richards Neugierde geweckt. »In welcher Region spielt sich das Ganze denn ab?«

»Es ist ein Regiment, das in der Bukowina stationiert ist. Ist Ihnen diese Gegend ein Begriff?«

Richard überlegte. Eine flüchtige Erinnerung tauchte einen Augenblick lang auf, die er aber nicht zu präzisieren vermochte. »Viel weiß ich darüber nicht«, gab er zu. »Ich glaube, die Bukowina grenzt an Siebenbürgen und Galizien und gehörte ehemals zum Osmanischen Reich.«

Der Erzherzog nickte. »So ist es, Hauptmann. Die Mehrheit der Garnison ist in der Hauptstadt Czernowitz in mehreren verfügbaren Kasernen untergebracht. Doch für das gesamte Regiment reicht der Platz dort nicht aus. Insofern werden Schwadronen immer wieder auch in den umliegenden Dörfern einquartiert. Nun hat mich vor einigen Tagen ein Schreiben des Bürgermeisters von Czernowitz erreicht. Er hat es auf Bitten einiger örtlicher Dorfschulzen verfasst oder übersetzt, da diese möglicherweise entweder des Lesens und Schreibens gar nicht kundig oder zumindest des Deutschen nicht mächtig sind.«

»Darf ich den Brief einmal lesen?«

Albrecht zog das auf billigem Papier verfasste Schreiben aus der dünnen Akte. Richard musste es dreimal intensiv studieren, um seinen Sinn vollständig zu erfassen. Denn die gewählte Sprache war teilweise schwülstig, manche der verwendeten Wörter unleserlich und die Rechtschreibung äußerst mangelhaft. Trotzdem begriff er den Inhalt schließlich.

»Wenn ich die Beschwerde richtig verstehe, werden alle drei Monate neue Soldaten in den Dörfern einquartiert. Eine Kompanie wird dabei auf mehrere Orte verteilt. Viele der Einheiten verhalten sich korrekt. Doch es kommt immer wieder zu ungehörigem oder sogar gewalttätigem Verhalten gegenüber den Einwohnern, das mit der Ehre unserer Armee nicht vereinbar ist. Zumal nicht mit der eines Dragonerregiments, der angesehensten Truppeneinheit der Kavallerie.«

Richard atmete tief durch, um seine aufkeimende Wut zu bezähmen, und begann aufzuzählen: »Dazu gehören Diebstähle, beziehungsweise ungerechtfertigtes Requirieren von Vorräten und Vieh, und zum Teil sogar absichtliche Beschädigungen des Mobiliars in den Quartieren. Es heißt außerdem, dass es exzessive Alkoholorgien gibt, gefolgt von Schlägereien der Soldaten untereinander oder sogar mit der Dorfjugend! Am gravierendsten erscheinen mir jedoch die Belästigungen von Frauen und Mädchen, in etlichen Fällen bis hin zur vollendeten Notzucht.«

Richard stockte und hob den Kopf. »Vor allen Dingen das letzte Vergehen vermag ich kaum zu glauben. Denn nach den mir bekannten Urteilen der Kriegsgerichte steht auf Vergewaltigung der Strang. Alles ist schlimm, was dieser Bürgermeister hier aufgeführt hat. Doch vieles gehört bedauerlicherweise zu den Untugenden jeder Armee. Selbst Schlägereien untereinander oder sogar mit der Zivilbevölkerung sind schon vorgekommen, besonders wenn Alkohol mit im Spiel ist. Aber Frauen und Mädchen ungestraft Gewalt anzutun? Was sind das denn für Offiziere, die diese verwahrlosten Truppen befehligen? Sind ihre Namen bekannt?«

Ein undefinierbarer Ausdruck huschte über Albrechts Gesicht. »Leider drückt sich der Bürgermeister hier nur sehr vage aus, wie Sie dem Schreiben selbst entnehmen können. Er kennt angeblich weder die Nummern der Kompanien noch die Namen der Offiziere, die sie kommandieren.«

Richard runzelte die Stirn. »Oder der Mann hat nicht gewagt, konkrete Truppeneinheiten und Offiziere zu denunzieren. Womöglich befürchtete er schlimme Konsequenzen, wenn der Brief in die falschen Hände gerät. An wen wurde er denn gerichtet?«

Wieder huschte jener Ausdruck über Albrechts Gesicht. »An mich persönlich, Hauptmann von Löwenstein. Denn das 9. Dragonerregiment, das in Czernowitz stationiert ist, trägt meinen Namen.«

»Oha!«, entfuhr es Richard. Jedes Regiment in der k.u.k. Monarchie trug einen sogenannten Ehrennamen. Gewöhnlich den eines hohen Militärs, bevorzugt aus der kaiserlichen Familie. Was jedoch nicht bedeutete, dass dieser auch die Befehlsgewalt über das Regiment innehatte.

»Von wem werden die Dragoner kommandiert?«, fragte Richard denn auch gleich nach.

»Der Mann heißt Oberstleutnant Ferdinand Weiss.« Der Name sagte Richard nichts.

»Doch ich möchte Sie bitten, den Kommandanten erst mit den Vorwürfen zu konfrontieren, wenn Sie zweifelsfreie Beweise für deren Richtigkeit gesammelt haben.«

Den Grund dafür konnte sich Richard denken. Dennoch wollte er sicher sein. »Weil Sie glauben, dass man sonst alles vertuschen würde?«

Der Erzherzog bestätigte dies mit grimmiger Miene. »Das ist zumindest nicht auszuschließen. Denn der Bürgermeister hat sich ja nicht umsonst erst gar nicht an den Regimentskommandanten gewandt, sondern gleich an mich. Der Grund dafür liegt auf der Hand. Oberstleutnant Weiss muss im Fall, dass die Klagen berechtigt sind, einen schweren Gesichtsverlust befürchten, erst recht, wenn die Sache an die Öffentlichkeit gelangt. Denn das Regiment trägt als Ehrennamen ja den meinigen. Gleichzeitig bin ich als oberster Feldherr auch der höchste Vorgesetzte des Kommandanten.«

»In der Tat zwei gute Gründe, alles unter den Teppich zu kehren«, bestätigte Richard.

Albrecht schnaubte. »Also brechen Sie auf, so schnell es die Zugverbindungen in diese ferne Gegend möglich machen! Reisen Sie mit Ihrem Burschen in Zivil, also inkognito, um keinerlei Aufsehen zu erregen, wenn Sie in Czernowitz ankommen! Dies erscheint mir angezeigt, da Sie bei Ihrem letzten Einsatz in der Steiermark schon einmal erkannt wurden. Ihre Uniform führen Sie selbstverständlich mit sich. Ihre Pferde sollten Sie ebenfalls in Wien zurücklassen, da man sie als Militärrösser erkennen könnte. Mieten Sie sich Pferde vor Ort!«

Albrecht stand auf und bedeutete Richard damit, dass die heutige Audienz beendet sei. Er reichte ihm ein weiteres versiegeltes Dokument. »Dies ist eine uneingeschränkte Vollmacht, um die Ehre der Armee wiederherzustellen, sollte es sich als notwendig erweisen. Sie können damit alle Maßnahmen ergreifen, die Ihnen angemessen erscheinen. Aber bedenken Sie dabei, dass niemand, an allererster Stelle ich selbst nicht, an einem Verlust von Ansehen durch die Veröffentlichung der Schande interessiert ist, die diese Dragoner-Schwadronen und ihre verantwortlichen Offiziere womöglich auf sich geladen haben. Handeln Sie daher im Falle des Falles konsequent, aber diskret!«

Richard nahm Haltung an und salutierte. »Zu Befehl, Exzellenz. Ich werde mein Bestes geben.«

»Diskretion dürfte übrigens auch in Ihrem eigenen Interesse liegen«, fügte der Erzherzog kryptisch hinzu, bevor Richard den Raum verließ.

Was mag der Alte denn mit diesem merkwürdigen Abschiedssatz gemeint haben, sinnierte Richard auf dem Rückweg in sein Kontor in der Franz-Josephs-Kaserne.

Wieder klang bei der Region Bukowina eine Saite in ihm an. Bei irgendeiner Gelegenheit, an die er sich nicht mehr erinnern konnte, war der Landstrich einmal erwähnt worden.

Doch sosehr sich Richard darüber auch den Kopf zerbrach, fiel ihm nichts Genaueres dazu ein.

Kapitel 14

Auf dem Weg zum Wiener Hauptbahnhof

30. Januar 1890

»Ich habe gehört, mein Vetter Lajosz hat Ihnen kürzlich seine Aufwartung gemacht.«

Marie Festetics blickte Sophie durch ihr Lorgnon forschend an. Irgendein unangenehmer Ausdruck, den Sophie nicht deuten konnte, lag in ihren fast schwarzen Augen. Zudem wunderte sie sich darüber, dass Marie überhaupt das Wort an sie richtete.

Seitdem die Kaiserin Sophie die Smaragdbrosche zugesprochen hatte, ging Marie ihr tunlichst aus dem Weg und wich Sophie bei nicht vermeidbaren Begegnungen sogar offen aus. Heute jedoch war dies nicht möglich. Sie saßen zu zweit in einer Kutsche, die sie zum Wiener Hauptbahnhof bringen sollte.

Mit Kaiser Franz Joseph, Sisi und Marie Valerie, die in ihrer eigenen Hofkarosse fuhren, waren Sophie und Marie auf dem Weg nach Mayerling, um am ersten Jahrgedächtnis für Kronprinz Rudolf teilzunehmen. Zum ersten Mal würde Sophie den Ort sehen, an dem sich vor genau einem Jahr die Tragödie im damaligen Jagdschloss abgespielt hatte. Ihr wurde flau im Magen, sobald sie daran dachte.

Allerdings existierte das Jagdschloss Mayerling gar nicht mehr. An seiner Stelle stand nun ein Karmelitinnenkloster, das Kaiser Franz Joseph gestiftet hatte. Das Jagdschloss und die ehemals daneben stehende Kirche Sankt Laurentius waren abgerissen worden. Genau an der Stelle von Rudolfs Zimmer, in dem er Mary Vetsera und sich selbst erschossen hatte, befand sich nun auf Franz Josephs Geheiß der Hochaltar der Klosterkirche, die zum Bettelorden der Unbeschuhten Karmelitinnen gehörte.

Diesen Frauenorden hatte Franz Joseph aufgrund seiner strengen Ordensregel ausgewählt. Die Schwestern lebten nicht nur unter ärmlichsten Verhältnissen, hatte Ida Ferenczy Sophie erzählt, sondern auch in Klausur. Dies bedeutete, dass sie das Kloster so gut wie nie verließen.

»Seine Majestät hat sich genau deshalb für diesen Orden entschieden. Er möchte nicht, dass sich weiterhin Gerüchte und Legenden über Mayerling verbreiten«, erläuterte Ida Sophie. »Bei einem Orden, der weltlicher eingestellt ist und daher mehr Kontakt zur Außenwelt unterhält, wäre dies nicht in gleichem Maße gewährleistet. Die Karmelitinnen leben jedoch in fast völliger Abgeschiedenheit und haben als Gegenleistung für die Stiftung des Klosters, in dem sie ihr ganzes Leben verbringen werden, nur die Aufgabe, täglich für Kronprinz Rudolfs Seelenheil zu beten.«

»Nicht auch für das von Mary?« Sophie fühlte einen Anflug von Empörung.

Ida schüttelte bedauernd den Kopf. »Davon ist mir nichts bekannt.«

»Seine Majestät wünscht also nach wie vor, die Existenz von Mary zu leugnen«, konstatierte Sophie bitter. Ida sagte nichts weiter dazu.

Eigentlich hätte auch sie jetzt mit ihr und Marie Festetics in der Kutsche sitzen sollen, um den Tag in Mayerling zu verbringen. Aber Ida kränkelte in jüngster Zeit immer häufiger. Heute plagte sie nicht nur ihr Gliederreißen, sondern sie lag außerdem mit einer schweren Erkältung zu Bett.

Nun überlegte Sophie, was und wie viel sie Marie auf ihre Frage nach dem ungarischen Grafen antworten sollte.

»In der Tat hat Graf von Szalay mir die Ehre erwiesen, mich

aufzusuchen und ins Café Prinzess meines Onkels einzuladen«, entschied sie sich für eine knappe Antwort.

»Ich hoffe, Sie haben diesen Besuch genossen.« Bildete Sophie sich das nur ein, oder schwang etwas Süffisantes in Maries Stimme mit?

Schon lag ihr auf der Zunge, Marie zu entgegnen, dass sie sich jederzeit und in jeglicher Begleitung gerne im Kaffeehaus ihres Onkels aufhielt, als diese weitersprach.

»Denn allzu viele Gelegenheiten, diese öffentliche Lokalität aufzusuchen, dürften Sie als Promeneuse Ihrer Majestät ja kaum noch haben.«

»Aus welchem Grund glauben Sie das, Marie?«, fragte Sophie kühl.

Wieder huschte jener unangenehme Ausdruck über Maries Gesicht. »Nun, es schickt sich nicht für ein weibliches Mitglied des Hofstaats Ihrer Majestät, sich in einem Café aufzuhalten. Es sei denn in Begleitung eines honorigen Mannes.«

»Aber der Inhaber ist mein Onkel«, entschlüpften Sophie jetzt doch zornige Worte.

Nun musterte Marie sie kühl. »Ein Grund mehr für Sie, äußerste Zurückhaltung zu üben. Ihre exponierte Stellung bei Hofe lässt es nicht ratsam erscheinen, allzu stark zu betonen, dass ein Teil Ihrer Verwandtschaft immer noch bürgerlich ist.«

»Ich schäme mich nicht für meinen Onkel!«, konterte Sophie daraufhin.

Marie blieb gelassen. »Dann kommt es Ihnen ja sicher gelegen, dass Lajosz schon bald nach Wien zurückkehren wird, um am diesjährigen Hofball teilzunehmen. Zweifelsohne werden Sie schon in Kürze die Einladung meines Cousins zu diesem Ereignis erhalten. Und vielleicht führt er Sie bei diesem Aufenthalt in der Hauptstadt ja ein weiteres Mal ins Café Ihres Onkels aus.«

»Ich brauche Ihren Cousin weder dazu, meinen Onkel zu besuchen noch um am Hofball teilzunehmen«, antwortete Sophie schnippisch. Sie fragte sich, ob Marie ärgerlich darüber war, dass ihr Vetter sie umwarb, oder ob sie es sogar begrüßte. Auf Sophie wirkte es fast, als würde sie es begrüßen, ohne dass sie sich jedoch einen Reim darauf machen konnte.

»Selbstverständlich gehört die Teilnahme an solchen Hoffesten zu unser aller Pflichten.« Marie ließ sich nicht aus der Ruhe bringen. »Aber es gereicht Ihnen zweifellos zur größeren Ehre, wenn ein hochadeliger Graf Sie dorthin begleitet, als wenn Ihre Tanzkarte nur die Namen unbedeutender Wiener Garnisonsoffiziere enthält.«

Neben der Hofgesellschaft, dem hoffähigen Adel und dem diplomatischen Corps wurden jedes Jahr auch siebenhundert, in der Nähe von Wien stationierte Offiziere zum Hofball zugelassen. Damit brachte der Kaiser seine hohe Wertschätzung für das Militär zum Ausdruck.

Sophie presste die Lippen zusammen, um sich nicht ein weiteres Mal zu einer heftigen Erwiderung verleiten zu lassen. Sie beschloss, nicht weiter auf Maries letztes Argument einzugehen, sondern wechselte stattdessen das Thema.

»Wird Ihre Majestät denn auch zum Hofball erscheinen?«

Nun wandelte sich Maries Gesichtsausdruck. Sophie las aufrichtige Sorge darin. *Zweifelsohne liebt dieses Weib die Kaiserin wirklich,* konstatierte sie grollend bei sich.

»Ihre Majestät ist ursprünglich nur aus Schloss Miramare zurückgekehrt, um ihres toten Sohnes zu gedenken.« Marie, die die Kaiserin als einzige Hofdame auf dieser Reise begleitet hatte, wusste natürlich über Sisis Pläne bestens Bescheid. Anders als Kaiser Franz Joseph, der bereits Anfang Jänner nach Wien zurückgekommen war, hielt sich die Kaiserin erst seit zwei Tagen wieder dort auf. Sophie hatte sie daher bislang nur flüchtig gesehen.

»Ihre Majestät beabsichtigte eigentlich, bereits übermorgen nach Meran aufzubrechen. Doch sehr üble Gerüchte stehen dem leider im Wege.«

Nun wurde auch Sophie besorgt. »Von welchen Gerüchten sprechen Sie?«

»Bis in Diplomatenkreise hinein wird immer unverhohlener über den Geisteszustand Ihrer Majestät diskutiert! Man glaubt, sie verlöre allmählich den Verstand.« Nun klang Marie aufrichtig empört. »Können Sie sich eine derartige Unverschämtheit vorstellen?«

Flüchtig schossen Sophie einige Szenen durch den Kopf, deren Zeugin sie gewesen war und die einem Außenstehenden eine solche Interpretation durchaus hätten nahelegen können. Dazu gehörte ihr Besuch mit Sisi an Rudolfs Grab in der Kapuzinergruft genauso wie Sisis Aberglaube, der Kult um ihr Haar und ihr exzessives Fasten. Doch Sophie wusste aus ihren Kontakten mit der Kaiserin, dass zumindest deren Geist keineswegs verwirrt war.

Obwohl sich sogar ihr Stiefvater anlässlich des Wunsches Ihrer Majestät, keine Glückwünsche mehr zu ihren Ehrentagen zu empfangen, ähnlich despektierlich über die Kaiserin geäußert hatte, beschloss sie, eine ausweichende Antwort zu geben. »In der Tat ist solch eine Respektlosigkeit kaum vorstellbar, Marie.«

»Aus diesem Grund hat Ihre Majestät dem Wunsch ihres Gatten nachgegeben, zumindest noch einige Wochen in Wien zu verweilen und sich dabei wenigstens ein Mal auch einer größeren Öffentlichkeit zu zeigen. Wäre es nach der Kaiserin gegangen, hätte in diesem Jahr allerdings keines der Hoffeste stattgefunden. So handelte man schließlich einen Kompromiss aus. Ihre Majestät wird nicht am großen Hofball teilnehmen, bei dem fast zweitausend Gäste erwartet werden. Sie wird stattdessen auf dem eine Woche später stattfindenden Ball des Hofes erscheinen, der nur dem Hochadel und den Hofangehörigen vorbehalten ist. Dort wird Ihre Majestät auch die diesjährigen Debütantinnen empfangen, die an diesem Tag in die Gesellschaft eingeführt werden.«

Sophie ließ diese, für sie neuen Informationen auf sich wirken. »Wird Graf von Szalay denn auch am Ball des Hofes teilnehmen?«, stellte sie schließlich die Frage, die sie beunruhigte.

Wenn ich mich nämlich ein zweites Mal bei einer solchen Gelegenheit in Begleitung des Grafen sehen lasse und sogar den Kotillon mit ihm tanze, ist dies so gut wie eine Verlobung, befürchtete sie insgeheim.

Trotz Idas gut gemeinter Ermahnung war ihr Szalay nämlich nach ihrer zweiten Begegnung zu Anfang des Jahres sogar unangenehmer denn je. Zwar hatte der Ungar sowohl ihr selbst als auch ihrem Onkel und dem Café Prinzess nahezu ununterbrochen geschmeichelt. Doch sie hatte die Minuten gezählt, bis er sich der Schicklichkeit halber endlich verabschieden musste.

Zum Glück, ohne sie in ihrer Equipage zurück zur Hofburg begleiten zu können. Auch das verbot der Anstand: Eine junge unverheiratete Dame durfte nicht allein in einer Kutsche mit einem Herrn fahren, mit dem sie nicht verwandt war. Bevor Sophie in die Hofburg zurückkehrte, hatte auch Onkel Stephan seinen Unmut über »diesen unsympathischen Menschen« zum Ausdruck gebracht.

Deswegen war Sophie zunächst erleichtert über Maries Antwort auf ihre Frage. »Ob mein Cousin so lange in Wien bleiben kann, steht leider noch nicht fest. Womöglich zwingen ihn unaufschiebbare Geschäfte schon nach dem Hofball zurück nach Ungarn.«

Noch bevor sich Sophie etwas entspannen konnte, fügte Marie hinzu: »Aber er wird sicherlich bald nach Wien zurückkehren.«

Sophie unterdrückte ein Stöhnen. All diese Neuigkeiten verschlimmerten ihr Dilemma. Einerseits bestätigte Marie ihre Befürchtung, dass die Kaiserin schon bald wieder auf Reisen zu gehen beabsichtigte. Andererseits gab es gewichtige Gründe für sie, in Wien zu bleiben. Selbst wenn Szalay sie dann weiterhin belästigen sollte.

Denn bei ihren insgesamt drei Besuchen im Café Prinzess, die sie im Januar gemacht hatte, außer dem mit Szalay einen weiteren zusammen mit Ida und den dritten allein, war ihre Sorge um Onkel Stephan beständig gewachsen.

Schien er am zweiten Weihnachtstag noch einigermaßen wohlauf gewesen zu sein, so schien sich sein Zustand im neuen Jahr rapide zu verschlechtern. Zum ersten Mal seit sich Sophie erinnern konnte, hatte ihr Onkel abgenommen. Sein Gesicht wirkte eingefallen, dunkle Ringe lagen um seine Augen. Dennoch versuchte er nach wie vor, sich nichts anmerken zu lassen.

Auch Mina Löb, mit der Sophie bei ihrem letzten Besuch das Gespräch gesucht hatte, teilte ihre Besorgnis. »Ihr Onkel versucht, tapfer zu verbergen, wenn es ihm nicht gut geht, Fräulein Sophie«, bestätigte sie deren Eindruck. »Ich glaube aber, dass er sich in letzter Zeit sogar häufiger erbricht.«

Sophie war bestürzt. Bevor sie nachfragen konnte, sprach Mina schon weiter.

»Dennoch ist Ihr Onkel geschäftiger denn je. Zum ersten Mal hat das Prinzess den Auftrag erhalten, die Bonbonnieren zu liefern, von denen die zweitausend Gäste jeweils eine nach dem Hofball als Abschiedsgeschenk überreicht bekommen. Das ist eine große Ehre, die bislang nur dem Demel zuteilwurde. Aber sie bedeutet auch ungeheuer viel Arbeit. Wir haben zusätzliche Küchenhilfen eingestellt und werden trotzdem alle Tag und Nacht durcharbeiten müssen, um neben der Aufrechterhaltung des täglichen Betriebs eine solche Menge an Süßigkeiten produzieren zu können. Und Ihr Onkel wird dabei stets morgens der Erste und nachts der Letzte sein, wenn er überhaupt in den Tagen davor etwas Schlaf findet.«

Zumal die Termine für den Hofball und den Ball des Hofes erst ganz kurzfristig vor wenigen Wochen festgesetzt worden waren. Der Hofball würde am 8. Februar stattfinden, der Ball des Hofes eine Woche später am 15. Februar.

Sollte dieser lästige Ungar tatsächlich noch in Wien und gewillt sein, mich auch zum Ball des Hofes zu begleiten, täusche ich einfach eine schwere Erkältung vor und lege mich, genau wie Ida Ferenczy heute, ins Bett, fand Sophie nun im Stillen die Lösung für eines ihrer Probleme.

Schwieriger war die Frage zu beantworten, ob sie Sisi bitten sollte, weiterhin in Wien bleiben zu dürfen, anstatt sie auf ihren nächsten Reisen zu begleiten.

Bleibe ich hier, gebe ich diesem Grafen natürlich die Gelegenheit, mich weiterhin zu belästigen. Andererseits mache ich mir nach wie vor große Sorgen um Milli und vor allem um Onkel Stephan. Ich hätte kaum eine ruhige Minute, wenn ich Wien zu Beginn der Fastenzeit verlassen müsste, um mit der Kaiserin durch halb Europa zu reisen, ohne zu wissen, wann ich wieder zurückkehren werde.

Die Hofequipage hielt an und unterbrach Sophies Grübeleien. Man hatte den Wiener Bahnhof erreicht.

Beklommen stieg sie aus. Weder wusste sie, was sie heute erwarten noch, wie es in nächster Zukunft weitergehen würde.

Ein Dorf in der Bukowina

30. Januar 1890

»Guten Morgen, wo finde ich den Dorfschulzen?«

Der Dolmetscher, den der Bürgermeister von Czernowitz Richard empfohlen hatte, übersetzte dem ärmlich gekleideten Bauern, der ihnen gerade entgegenkam, pflichtgemäß seine Frage. Ein kurzer Wortwechsel, begleitet von einigen Gesten des Bauern, wies Richard den Weg zu einem der drei Steinhäuser des Dorfes, die an der rechten Seite eines ungepflasterten und jetzt völlig vereisten Marktplatzes lagen. Eines davon schmiegte sich an die Wand einer kleinen, ebenfalls aus Stein gebauten Kirche mit einem hölzernen Glockenturm.

Auf den letzten Metern zum Haus des Dorfschulzen sah Richard sich aufmerksam um. Von der Stadt Czernowitz war er sehr überrascht gewesen. Sie erwies sich nicht als das öde Provinzkaff, das er erwartet hatte, sondern als aufstrebende Universitätsstadt mit einer Vielzahl moderner Gebäude aus den letzten Jahrzehnten. Dagegen entsprach der Anblick der ärmlichen Holzhütten, aus denen dieses Dorf größtenteils bestand, seiner Vorstellung von einem Ort in dieser abgelegenen Gegend des Kaiserreichs voll und ganz.

Auch die Bevölkerung schien zumindest zum Teil bitterarm zu sein. Trotz der eisigen Kälte, die Temperatur lag sicherlich viele Grad unter null, sah Richard Frauen, die nur ein Schultertuch über ihren ausgeblichenen Kleidern trugen und mit bloßen Füßen in Holzpantinen Wasser aus dem Brunnen in der Mitte des Dorfplatzes schöpften. Auch die Kinder, die sich ihm und seinen Begleitern neugierig näherten, trugen oft nur dünne Kittel und Joppen. Die wenigsten waren in warme Umhänge, Mützen und Schals gehüllt.

Als Richard am Brunnen vorbeiritt, bemerkte er, dass er zugefroren war und man ein Loch ins Eis geschlagen hatte, aus dem die Frauen mit blau gefrorenen Händen das Wasser mit einem Ledereimer in ihre mitgebrachten Gefäße füllten. Obwohl er wusste, dass eine ganze Schwadron des 9. Dragonerregiments im Dorf lag, sah er nirgendwo Soldaten.

»Sie exerzieren gerade wie an jedem Vormittag«, erklärte der Dorfschulze, ein gedrungener Mann um die vierzig, der Richard in seiner Wohnküche, offenbar der Mittelpunkt des zweistöckigen Hauses, empfing. Trotz des Feuers im Kamin trug er die für die Region typische hohe Fellmütze.

Nachdem er Richards Burschen Clemens mithilfe des Dolmetschers den Weg zum Stall hinter seinem Haus gewiesen hatte, in dem man die Mietpferde unterbringen konnte, betrachtete der Dorfschulze Richard misstrauisch. Der konnte sich bereits vor der Übersetzung von dessen Fragen denken, warum. Er trug nämlich unter seinem Fellumhang anstatt der Uniform noch immer einen schlichten Kittel. Allerdings führte er die seinem Hauptmannsrang entsprechende Stabsuniform in seinen Satteltaschen mit sich.

»Erklären Sie dem Schulzen, warum ich noch in Zivil bin!«, forderte er den Dolmetscher auf. Dieser wusste bereits, dass Richard die einzige Chance, die einquartierten Soldaten in flagranti bei ihren Untaten zu erwischen, darin sah, so lange wie möglich unerkannt zu bleiben.

»Denn die Schwadron in diesem Dorf benimmt sich besonders schlimm«, hatte er in Czernowitz erfahren. »Ihr eilt schon seit dem letzten Sommer ein extrem schlechter Ruf voraus.«

»Wer ist im Dorf denn genau wo im Quartier?«, wollte Richard nun vom Dorfschulzen wissen.

Der Mann winkte und trat mit ihm vor die Tür des Hauses. Sofort schlug Richard wieder die eisige Kälte entgegen.

»Der Leutnant, der die Kompanie befehligt, haust dort, im Haus des Juden«, zeigte der Ortsvorsteher auf das größte der Steinhäuser. »Der Jude ist reich, und das ist das schönste Haus am Platz. Nebenan im Haus des Popen wohnen die Feldwebel und Unteroffiziere. Die anderen Soldaten sind in den Holzhütten einquartiert, ein paar auch in den Scheunen, wo sie die Pferde halten.«

»In den Scheunen dort drüben?«, fragte Richard nach und zeigte auf einige größere, grob zusammengezimmerte Bauten.

Der Dorfschulze bestätigte das. »Dort lagern wir im Winter das Getreide und auch das Heu für unser Vieh. Doch davon ist schon jetzt kaum mehr etwas übrig. Wir wissen alle nicht, wie wir durch diesen harten Winter kommen sollen. Der dauert in unseren Breiten noch bis mindestens Ostern.«

Bevor Richard die nächste Frage stellen konnte, trieb eine beißend kalte Windbö erste Schneeflocken vor sich her.

»Wir gehen besser zurück ins Haus«, bedeutete ihm der Bürgermeister. »Zumal die gesamte Schwadron, wenn es weiter schneien sollte, schon bald vom Exerzieren zurückkommen wird.«

Richard folgte der Aufforderung nur zu gerne. Trotz seiner warmen Fellhandschuhe fühlten sich seine Hände inzwischen wie gefroren an. Die Zehen in seinen pelzgefütterten Lederstiefeln waren hingegen schon während des Ritts hierher gefühllos geworden.

Der Dorfschulze wies ihm und dem Dolmetscher einen Platz an dem blank gescheuerten Holztisch an, der inmitten der Wohnküche stand. Dann rief er nach einer Magd.

Die Frau servierte den Männern zunächst Tee aus einer Blechkanne, die über dem offenen Feuer auf einem Dreifuß stand. Das Getränk erwies sich als kochend heiß. Dennoch umfasste Richard dankbar den Tonbecher und ließ die Wärme durch seine Handschuhe dringen. Den Fellumhang behielt er erst einmal an, denn trotz des flackernden Feuers war ihm noch immer bitterkalt.

»Nun berichten Sie einmal der Reihe nach, was hier in den letzten Wochen geschehen ist«, forderte er den Dorfschulzen auf.

Obwohl er keineswegs unvorbereitet zu diesem Einsatz gefahren war, lauschte Richard der Übersetzung des Dolmetschers mit zunehmender Fassungslosigkeit und Empörung.

Zunächst erfuhr er, dass die Schwadron am Tag nach Neujahr in dieses Dorf geschickt worden war. Zuvor hatte sie offensichtlich in einer der Kasernen in Czernowitz kampiert.

»Die Einheit besteht im Augenblick nur aus etwa sechzig Dragonern. Ihre Reihen werden erst im Frühjahr durch neue Rekruten aufgefüllt.« Das war Richard nicht neu. Dies hatte er schon vom Bürgermeister von Czernowitz, der Erzherzog Albrecht den Brief geschrieben hatte, erfahren.

»Deshalb liegt sie zur Gänze hier in unserem Dorf, anstatt sich wie andere Schwadronen über zwei oder gar drei Dörfer zu verteilen. Trotz ihrer geringen Zahl erweist sich diese Einheit allerdings als ganz besonders schlimm«, bestätigte der Ortsvorsteher des Fleckens, dessen bukowinischen Namen sich Richard beim besten Willen nicht merken konnte, die Einschätzung seines Czernowitzer Kollegen.

Dann erzählte ihm der Mann, dass in jeder Hütte, je nach Größe, ein bis zwei Dragoner untergebracht wären. Bereits unmittelbar nach seiner Ankunft habe der befehlshabende Leutnant das Haus des jüdischen Krämers, in dem dieser auch seinen kleinen Dorfladen unterhielt, allein für sich und seinen Burschen beansprucht. Die jüdische Familie musste das Haus noch in derselben Stunde verlassen, da sich der Leutnant weigerte, mit »diesem semitischen Pack« unter einem Dach zu logieren.

»Die Juden sind ins Nachbardorf zu ihren Verwandten gezogen«, berichtete der Dorfschulze. »Ihr Laden ist mittlerweile völlig geplündert. Alle Waren, allem voran den Wodka und anderen Alkohol, haben die Soldaten requiriert. Wir müssen deshalb jetzt bis in den nächsten Ort laufen, wenn wir Nähgarn, Zucker oder etwas anderes brauchen, das wir bislang dort kaufen konnten.«

Es verstand sich von selbst, dass der Leutnant und seine Kumpane keinen Kreuzer für die Waren entrichtet hatten.

Noch schlimmer war es dem Dorfpopen ergangen. Als er sich schon ein paar Tage nach der Einquartierung beim Leutnant über das unflätige Verhalten seiner Dragoner beschwerte, hatten ihn die Soldaten an seinem langen Bart durch den Ort gezerrt und ihn schließlich auf einen Misthaufen gestoßen.

»Auch der Pope hat das Dorf noch am selben Tage verlassen«, setzte der Schulze seinen schockierenden Bericht fort. »Seither ist die Kirche verwaist. Auch dort haben die Soldaten jetzt einige Pferde untergebracht und damit das heilige Gebäude entweiht. Es muss ganz neu eingesegnet werden, bevor dort wieder Gottesdienste stattfinden können.«

In den anderen Häusern hatten die Dorfbewohner die besten Zimmer ebenfalls räumen müssen, um den Soldaten Platz zu machen. Die ärmsten Bauern, die nur über einen einzigen Raum verfügten, wohnten jetzt im Stall, der oft einen Teil der Hütte bildete.

»Die Soldaten erwarten von den Hausfrauen und ihren Töchtern, dass sie in allem bedient werden. Die Frauen müssen für sie waschen und kochen, erhalten dafür natürlich keinerlei Lohn und kaum Lebensmittel aus den Rationen der Dragoner. Meistens müssen sie auf ihre eigenen geringen Vorräte zurückgreifen. Fast täglich rauben die Reitersoldaten zudem ein Huhn oder ein Kaninchen und verlangen, dass es für sie zubereitet wird. Selbst das einzige Schwein einer armen Familie haben sie bereits geschlachtet.«

Richard knirschte vor Wut mit den Zähnen.

»Als wir zufällig erfuhren, dass die Kompanie für einen ganzen Tag zu einer Übung nach Czernowitz abkommandiert war, brachten wir alle unser Großvieh in Sicherheit. Aber nun stehen unsere Kühe bei unseren Verwandten in den umliegenden Dörfern, und wir haben für unsere Kinder keine Milch mehr«, klagte der Ortsvorsteher weiter.

»Außerdem bezogen einige von uns schwere Prügel, als die Soldaten bemerkten, dass unser Vieh verschwunden ist. Ein paar Kerle brachen sogar auf, um in den Nachbardörfern danach zu forschen und die Tiere wieder mitzunehmen. Dies verhinderten aber zum Glück einige anständige Dragoner der Schwadronen, die dort einquartiert sind. Denn nicht alle sind so schlecht wie die, die uns jetzt zugewiesen wurden. Mit der Kompanie, die im letzten Herbst bei uns wohnte, haben wir keine derart schlimmen Erfahrungen gemacht«, beteuerte der Mann.

Auch dies entsprach weitgehend dem, was Richard schon vom Bürgermeister von Czernowitz erfahren hatte. Der beteuerte ebenfalls, dass sich die Mehrzahl der Kompanien weitgehend anständig verhielt. Nur drei der zwölf Schwadronen standen bislang im Ruf, ausschweifend und anmaßend gegenüber der Bevölkerung zu sein.

»Wir hoffen, dass deren Beispiel keine schlechte Schule macht. Wie sich die einfachen Soldaten verhalten, hängt nämlich vor allem von den befehlshabenden Offizieren ab. Dulden sie solche Übeltaten oder gehen sogar mit schlechtem Beispiel voran, tun ihre Untergebenen es ihnen nach. Wie der Herr, so der Hund, sagt man bei uns«, seufzte der Czernowitzer.

Richard wusste natürlich, was der Bürgermeister meinte. Er erinnerte sich an viele Diskussionen mit Kronprinz Rudolf über die Vorbildfunktion eines guten Offiziers und der gesamten Armee.

»Weil sich aber nicht alle Schwadronen so schäbig benehmen, hat der Regimentskommandant, Oberstleutnant Weiss, bislang leider auch keinen Anlass gesehen, den Schandtaten der Missetäter nachzugehen. Die Kompanien, in denen solches vorkommt, werden von Offizieren befehligt, die alle Vorwürfe abstreiten. In der Armee hält man eben wie Pech und Schwefel zusammen. Auch die anständigen Offiziere und Soldaten würden nie die schwarzen Schafe unter ihren Kameraden beim Regimentskommandanten denunzieren«, hatte der Czernowitzer Bürgermeister weiter ausgeführt.

Richard wunderte sich nicht über diesen unseligen Corpsgeist, der seine Wurzeln ebenfalls in dem – in diesem Fall allerdings völlig unangebrachten – Ehrbegriff der Truppe hatte. Daher war er nach dem Gespräch mit dem Bürgermeister mehr denn je davon überzeugt, dass es keinen Sinn machte, sich zuerst beim Regimentskommandanten Weiss zu melden. Stattdessen war er dem Rat des Czernowitzers gefolgt, das im Augenblick am schwersten betroffene Dorf aufzusuchen und sich selbst ein Bild von der Lage vor Ort zu machen.

»Denn dort hausen sie wie die Vandalen«, hatte der Bürgermeister noch einmal bekräftigt. »Und ihr Leutnant verhält sich noch abscheulicher als seine Soldaten.«

Richard hatte zwar bereits in der Garnisonsstadt erfahren, um welche Schwadron des 9. Dragonerregiments es sich handelte, konnte aber den Namen des Leutnants nicht in Erfahrung bringen. »Es ist ein Österreicher, kein Böhme wie seine Unteroffiziere«, erfuhr er lediglich. »Und von Adel, soviel man weiß.« Des Weiteren beschrieb man ihm den Leutnant als noch relativ jung, man schätzte ihn auf höchstens Mitte zwanzig. Seine Schwadron bestand aus weiteren Österreichern, Böhmen und Soldaten aus Galizien. Regimenter aus den verschiedenen Nationalitäten des Kaiserreichs zu bilden, war in der Armee gang und gäbe.

Da Richard auch die Regimentslisten nicht einsehen konnte, war ihm der Name des Leutnants nach wie vor unbekannt. Daher versuchte er es nun im Dorf ein weiteres Mal. »Fragen Sie den Ortsvorsteher, ob er weiß, wie der kommandierende Leutnant heißt!«, wies er den Dolmetscher an.

»Ich werde daraus nicht recht schlau«, berichtete der Übersetzer Richard schließlich. »Der Leutnant hat sich dem Dorfschulzen nie formell vorgestellt. Der kann außerdem nicht lesen und hat daher nur das k.u.k. Siegel auf dem Einquartierungsbefehl erkannt. Mit Vornamen scheint der Leutnant Martin oder vielleicht auch Matti, also Matthias, zu heißen, mit Nachnamen Levistin oder so ähnlich. Aber das klingt eher nach einem jüdischen Namen als nach einem deutschen.«

Natürlich gab es in der k.u.k. Armee auch geadelte jüdische Offiziere. *Aber dann hätte der Kerl seine eigenen Glaubensgenossen kaum so brutal aus ihrem Heim vertrieben,* überlegte Richard. Also würde er den Namen wohl selbst herausfinden müssen.

Er holte tief Luft und wappnete sich für die Antwort auf seine nächste Frage. »Was ist denn das Schlimmste, was Sie den Soldaten bislang vorzuwerfen haben?«

Der Dorfschulze wich nach der Übersetzung Richards Blick aus. »Sie haben schon einigen unserer Mädchen die Unschuld geraubt«, gab er schließlich die von Richard gefürchtete Antwort. »Aber das streiten die Kerle ab«, erfuhr er weiter. »Sie behaupten, dass sich ihnen die Mädchen freiwillig hingegeben haben und dafür Geld oder Lebensmittel erhielten.«

»Woher stammen die Mädchen?«

»Es sind meistens die Töchter des Hauses, in dem sie einquartiert sind. Wieder ist der Leutnant der Schlimmste von allen. Die Juden, die in seinem Haus gewohnt haben, haben auch ihre beiden heranwachsenden Töchter mitgenommen. Deshalb geht der Leutnant jetzt ab und an durch die Hütten und sucht sich ein Mädchen aus, das ihm die Wirtschaft besorgen soll. Dem geht es dann regelmäßig schlecht. Deswegen haben einige Bauern auch ihre Töchter zu ihren Verwandten geschickt. Zumal der Leutnant und zwei seiner Dragoner den Vater eines Mädchens halb tot geschlagen haben, als der sie wegen der Vergewaltigung seiner Tochter zur Rede stellte.«

Richard spürte, seinen Puls schneller schlagen. »Wer bedient jetzt im Hause des Leutnants?«

»Das letzte Mädchen hat er gestern hinausgeworfen. Es hat sich einer Finte bedient, mit der auch ich mein Haus vor einer Einquartierung geschützt habe.« Jetzt erhellte ein breites Lächeln das grobe Gesicht des Dorfschulzen.

Richard wartete neugierig auf die Aufklärung. »Das Mädchen hat vorgetäuscht, an der Schwindsucht zu leiden«, grinste nun auch der Dolmetscher. »Es hat bei einem Hustenanfall Hühnerblut ausgespuckt. So wie auch die Frau des Dorfschulzen. Deshalb wollte niemand hier wohnen.«

Das Gesicht des Ortsvorstehers wurde wieder ernst. Während dessen nächsten Worten fiel Richard auf, dass der Dorfschulze in aufgeregtem Tonfall mit Händen und Füßen redete. Gespannt wartete er auf die Übersetzung des Dolmetschers.

»Danach ist der Leutnant wutschnaubend zum Brunnen gelaufen, wo einige Frauen und Mädchen gerade Wasser schöpften. Er hat die Weiber gemustert und sich für eine blutjunge Sechzehnjährige entschieden. Das ist die einzige Tochter einer armen Witwe, die am Ende des Dorfes lebt. Ihre Hütte ist so baufällig, dass sie keinen Dragoner beherbergen muss. Die Tochter hat sie bislang darin versteckt, da sie keine Verwandten in der Umgebung hat, zu denen sie das Mädchen schicken könnte. Doch gestern hat sich das dumme Ding aus dem Haus gewagt und ist prompt dem Leutnant in die Fänge geraten.«

»Woher wissen Sie denn so genau von dem Vorfall?«, fragte Richard den Ortsvorsteher misstrauisch.

Jetzt röteten sich die Wangen des Mannes. Wieder wich er Richards Blick aus und murmelte dabei etwas Unverständliches. Der Dolmetscher musste zweimal nachfragen, bis er ihn verstand. Mit betroffener Miene übersetzte er Richard schließlich die Antwort:

»Die Witwe hat den Dorfschulzen um Hilfe angefleht. Aber er hat sie ihr versagt aus Angst, ebenfalls verprügelt zu werden. Nun musste das Mädchen sich heute früh ins Haus des Leutnants begeben. Und heute Abend wird sie ihre Unschuld verlieren, fürchtet der Mann.«

Zur anfänglichen Bestürzung des Dorfschulzen und des Dolmetschers begann Richard, ingrimmig zu grinsen. Also war ihm Fortuna ein weiteres Mal hold. Denn dieser Vorfall würde ihm womöglich schon heute die Gelegenheit geben, diesen nichtswürdigen Leutnant auf frischer Tat zu ertappen.

»Rasch, schick deine Magd ins Nachbarhaus und hol das Mädchen hierher, solange die Soldaten noch nicht zurückgekommen sind!«, wies er den Dorfschulzen an.

Klosterkirche in Mayerling

30. Januar 1890

Ungefähr eine Stunde nach der Ankunft in Baden erreichte die kaiserliche Familie in Begleitung der Hofdamen die Klosterkirche der Karmelitinnen.

Um einer weiteren Unterhaltung mit Marie zu entgehen, mit der sie wieder allein in der zweiten Kutsche fuhr, die sie am Bahnhof von Baden erwartet hatte, betrachtete Sophie auf dem Weg demonstrativ die vorbeiziehende Landschaft.

Wehmütig stellte sie fest, dass die Landschaft selbst jetzt im Winter viel schöner war, als sie es sich vorgestellt hatte. Aufgrund der Tragödie, die sich dort abgespielt hatte, war ihr die Gegend in ihrer Vorstellung bislang immer düster und unwirtlich erschienen. Doch die bewaldeten, schneebedeckten Hügel glitzerten bei jedem Sonnenstrahl, der sich ab und zu durch die Wolken stahl, als wären sie mit Edelsteinen besetzt. Sophie sah Eichhörnchen durch das Unterholz huschen. Einmal erblickte sie sogar die spitze Schnauze eines Fuchses.

Ist Mary vor einem Jahr auch auf dieser Straße gefahren, entlang der verschneiten Bäume? Hat sie wie ich die bizarr geformten Eisschollen betrachtet, über die der Bach am Wegesrand plätschert?, fragte sich Sophie. *Und was mag sie auf ihrem letzten Weg gedacht und gefühlt haben? Sie wusste ja, dass sie ihrem Tod entgegenfährt. War sie glücklich, oder war ihr doch beklommen zumute? Oder fürchtete sie sich am Ende sogar vor dem, was sie erwartete?*

Aber in Mayerling würde es für die kaiserliche Familie ja nur um Rudolf gehen und nicht um ihre Freundin, die der Kronprinz so brutal mit sich in den Tod gerissen hatte. Sophie hoffte allerdings, dass sie eine Gelegenheit finden würde, Marys Grab zumindest kurz zu besuchen, während die kaiserliche Familie ein spätes Mittagessen einnahm. Zumindest wollte sie die Kaiserin um diese Gunst bitten.

Schließlich hielt die Kutsche an. Man war am Ziel. Sophie stieg als Erste aus und blickte sich um. Wie das ehemalige Jagdschloss ausgesehen haben mochte, war heute nicht einmal mehr zu erahnen, ganz so, wie es Kaiser Franz Joseph gewollt hatte. Von dem ursprünglichen Gebäude war kein Stein auf dem anderen geblieben.

Draußen pfiff ein eisiger Wind. Auch Sophie war, wie alle Teilnehmer am Jahrgedächtnis, ganz in Schwarz gekleidet. Zum zweiten Mal nach ihrem Besuch mit Sisi in der Kapuzinergruft trug sie das Trauerkleid, das zu ihrer Ausstattung als Hofdame gehörte. Und als hätte ihre Mutter Henriette gewusst, dass sie es vor allem im Winter brauchen würde, war es aus schwerem, warmem Samt gefertigt. Trotzdem schauerte Sophie in der Kälte zusammen.

Die kleine Trauergemeinde suchte sich ihren Weg zum Kirchenportal über die noch vorhandene Baustelle. Zwar hatten die Ordensschwestern das Kloster bereits Mitte Dezember bezogen, wie Sophie von Ida wusste. Aber weder die Kirche noch der Kirchenvorplatz waren fertiggestellt. Und im Innern der Kirche fehlten noch die Fresken an den Wänden und Decken, die hellgrau verputzt waren. Nur der Hochaltar war bereits prächtig wie die gesamte Kirche im neogotischen Stil ausgestattet.

Der Altartisch wurde von vier Säulen aus Porphyr getragen. Darüber erhob sich ein reich verzierter Aufsatz mit je zwei Heiligenfiguren zu beiden Seiten des vergoldeten Tabernakels.

Am Arm von Kaiser Franz Joseph schritt Sisi auf den Altar zu. »Hier genau stand also sein Bett, in dem er und das arme junge Ding starben«, hörte Sophie sie mit schmerzerfüllter Stimme sagen.

Der Kaiser brummte etwas Unverständliches. Obwohl er Anstalten machte, Sisi zu ihrem gepolsterten Platz in einer Kirchenbank zu führen, ließ diese seinen Arm los und kniete sich auf die kalten Steinstufen des Altars. Gezwungenermaßen ließ sich darauf auch der Kaiser neben ihr nieder.

Sophie fiel auf, dass die Kaisertochter Marie Valerie ihre Eltern besorgt betrachtete. »Mama hat schon den ganzen Tag furchtbare Kopfschmerzen«, raunte sie Marie Festetics zu. »Und trägt sich noch immer mit dem Gedanken, Rudolf aus der Kapuzinergruft hierher oder nach Heiligenkreuz umbetten zu lassen.«

»Und was sagt Seine Majestät dazu?«

»Papa hat wie üblich geäußert, dass Mama nur Flausen im Kopf habe. Auch wenn er dies nicht böse meint, kränkt es Mama doch ungemein, wenn er ihre Vorhaben auf diese Art kommentiert. Kein Wunder, dass sie ihm immer weniger von den Dingen erzählt, die sie plant.«

Sophie war verwirrt. Zwar wusste sie von Sisi schon lange, dass diese ihre Ehe als einen ihrer Jugend geschuldeten, verfehlten Schritt betrachtete, den sie mittlerweile aufrichtig bereute. Bislang war Sophie jedoch davon ausgegangen, dass Franz Joseph seine Frau uneingeschränkt liebte. Zumal ihr der Kaiser vieles durchgehen ließ, was er bei keinem anderen Familienmitglied toleriert hätte. Deshalb war sie bislang nicht auf den Gedanken gekommen, dass auch er derart drastische Kritik an seiner Gattin üben könnte. Nun wusste sie es besser.

Genau in diesem Moment kam der Priester aus der Sakristei, um mit der Jahrgedächtnismesse zu beginnen. Genau wie es Sophie erwartet hatte, betete der Priester mit der kleinen Gemeinde nur um das Seelenheil des verstorbenen Kronprinzen. Mary wurde mit keiner Silbe erwähnt.

Je länger der Gottesdienst dauerte, desto unerträglicher empfand Sophie daher die Situation. Würde ihrer Freundin denn niemals Gerechtigkeit widerfahren? Mechanisch murmelte sie die Gebete mit und kam rasch auf den Gedanken, im Stillen jede Fürbitte auch auf Mary auszuweiten.

Doch nach dem Ende der heiligen Messe wartete eine große Überraschung auf sie.

Als sie die Klosterkirche als Letzte verließ, beobachtete sie zunächst eine weitere Eheszene zwischen Sisi und Franz Joseph. Die Kaiserin hielt den Kopf trotzig gesenkt, während ihr Gemahl auf sie einsprach. Undeutliche Wortfetzen drangen an Sophies Ohr. Sie klangen wie »unmöglich«, »nicht würdig« und tatsächlich glaubte sie, auch einige Male das Wort »Flausen« zu verstehen.

Schließlich trat Marie Valerie mit gerunzelter Stirn auf ihre Eltern zu und flüsterte beiden etwas ins Ohr. Sisis Körperhaltung wirkte allerdings weiterhin verstockt. Schließlich legte Marie Valerie ihrem Vater die Hand auf den Arm und sprach eindringlich auf ihn ein. Letztlich schien sie mit ihrem Ansinnen Erfolg zu haben, denn der Kaiser nickte knapp.

Marie Valerie drehte sich um und trat auf Sophie und Marie Festetics zu. Zum Erstaunen beider sprach sie jedoch nicht Marie, sondern Sophie an.

»Meine Mutter wünscht, auch zum Grab der Mary Vetsera zu fahren«, bedeutete sie ihr. »Sie sollen meine Mutter begleiten und in ihrem Namen ein Blumengebinde auf Marys Grab niederlegen, das sie eigens zu diesem Zweck aus Wien mitgebracht hat.«

Aus den Augenwinkeln heraus sah Sophie, dass Marie zusammenzuckte. »Sind Sie sicher, Kaiserliche Hoheit, dass nicht ich Ihrer Mutter auf diesem schweren Gang Gesellschaft leisten soll?« Maries Stimme zitterte.

Marie Valerie betrachtete die ungarische Hofdame mit zusammengezogenen Augenbrauen. »Da bin ich sicher, Marie. Mama sprach ausdrücklich von Sophie von Werdenfels. Sie sollen meinen Vater und mich derweil bei unserer Besichtigung des Klosters begleiten.«

Dann blieb Marie Valerie noch einmal stehen und drehte sich zu Sophie um. »Ach ja, das hätte ich beinahe vergessen. Papa wünscht nicht, dass meine Mutter die Kutsche verlässt und sich auf dem Friedhof zeigt. Und bitte beeilen Sie sich! Denn wir sollten vor Einbruch der Dämmerung wieder am Bahnhof von Baden sein.«

Auf dem Friedhof von Heiligenkreuz

30. Januar 1890, ungefähr eine Stunde später

Marys Gruft fiel Sophie sofort ins Auge, als sie den Friedhof von Heiligenkreuz durch das schmiedeeiserne Tor betrat. In ihren Händen hielt sie das Blumengebinde aus weißen Rosen und Nelken, das die Kaiserin ihr mitgegeben hatte.

Tränen schossen ihr in die Augen, als sie sich dem Grabstein aus weißem Marmor näherte, der von grob behauenen Marmorblöcken eingefasst war. Über ihm ragte ein hohes Kreuz empor.

Auf der ebenfalls aus weißem Marmor bestehenden Grabplatte lag ein frischer Tannenkranz, bestückt mit weißen Lilien und einer Schleife. *Für unsere geliebte Tochter und Schwester*, las Sophie den goldenen Aufdruck darauf. Rechts und links daneben brannten dicke weiße Wachskerzen in Grablaternen aus Bronze.

Offensichtlich war auch Marys Familie an ihrem Todestag hier gewesen, um ihr noch einmal die Ehre zu erweisen. Unwillkürlich blickte Sophie sich um. Doch der Friedhof war menschenleer.

Sie beugte sich über die niedrige Balustrade, die das Grab umgab. Dann platzierte sie das Gebinde der Kaiserin vor dem Kranz. Schließlich zog sie einen Gegenstand aus der Umhängetasche, die sie für den Fall mitgenommen hatte, dass man ihr den Besuch von Marys Grabstätte erlauben würde.

Im Vergleich zu den prächtigen Gebinden, die das Grab bereits schmückten, war es nur ein bescheidenes Gesteck. Mit Franzis Hilfe, die ihr auch die Zutaten besorgte, hatte Sophie es am Vortag eigenhändig hergestellt. Franzi bog die Weidenzweige zunächst zu einem kleinen Herzen, in das Sophie dann weiße Rosenknospen und Immergrün steckte. Da sie davon ausging, dass ihr Besuch am Grab anonym bleiben sollte, wies das kleine Gebinde, ebenso wie Sisis Gabe, keine Schleife oder ein anderes Zeichen auf, das auf den Spender der Blumen hindeutete.

Sophie würgte es in der Kehle, als sie sich ein weiteres Mal bückte, um das Rosenherz auf die Grabplatte zu legen. Dann überwältigten sie ihre Gefühle. Sie schluchzte auf und begann, heftig zu weinen. Erinnerungen stürzten auf sie ein:

Mary in ihrem weißen Schwanenkostüm auf dem Faschingsball im Palais Vetsera. Ein Stich fuhr Sophie durch die Brust. Damals war sie Richard von Löwenstein zum ersten Mal begegnet. Sofort verdrängte sie sein Bild und konzentrierte sich wieder auf das Gedenken an ihre tote Freundin.

Mary im Café Prinzess, wie sie ein Stück Mokkaprinzentorte und eine Mandelmelange genoss und sich über die neuesten Titelbilder mit dem Konterfei hübscher Komtessen im *Wiener Salonblatt* ausließ. Mary vor dem Spiegel, wie sie sich drehte und wendete, wenn sie ein neues Kleid anprobierte. Mary, wie sie nahezu schwerelos übers Eis glitt.

Nahezu blind vor Tränen konnte Sophie anfangs nicht einmal die Grabinschrift lesen, die in den Stein gemeißelt war. Als sie sich wieder etwas beruhigt hatte, stellte sie fest, dass sie nicht passender hätte sein können.

Mary, Freiin von Vetsera, las sie, sowie deren Geburts- und Todesdatum. Darunter stand ein Vers aus dem Buch Hiob:

Wie eine Blume sprosst der Mensch empor und wird gebrochen.

»Genauso hast du gelebt, liebe Mary, und genauso bist du gestorben«, murmelte Sophie, während ihr die Tränen weiterhin über die Wangen strömten. »Du warst fürwahr eine liebliche Blume, fröhlich, unbekümmert und lebenslustig, bevor dir Rudolf begegnet ist. Hättest du ihn doch nur aus der Ferne angeschwärmt, wie so viele andere Backfische auch! Du wärst noch heute am Leben. Nun liegst du hier in der kalten Erde, verachtet von denen, die um dich wissen, und all jenen unbekannt, die noch immer glauben, Rudolf hätte seinem Leben allein ein Ende gesetzt.«

Wieder würgte es sie in der Kehle. Wieder schluchzte sie auf.

»Doch er hat dich gebrochen wie eine Blume, die man achtlos pflückt und dann zur Seite wirft. Niemand wird je wissen, ob und was er überhaupt für dich empfunden hat. Vielleicht stimmt es ja, und er benutzte dich wirklich nur als Gefährtin für den Tod, dem er nicht allein ins Auge zu blicken wagte. So sagt es jedenfalls Richard.«

Bei der erneuten Erinnerung an den nach wie vor von ihr geliebten Mann, der jetzt unerreichbar für sie war, durchfuhr Sophie ein weiterer Schmerz.

Sie holte tief Luft und riss sich zusammen. »Doch alle Gebinde auf deinem Grab, liebe Mary, bestehen aus weißen Blumen, dem Symbol der Unschuld. Das soll mir für heute Trost genug sein. Diejenigen, die um deine wahre Geschichte wissen, halten dich letztlich für schuldlos. Denn du warst nur ein übermütiges, verwöhntes und von der Liebe verblendetes junges Ding. Der Kronprinz dagegen war ein erwachsener Mann, der mitten im Leben stand.«

Eine Weile verharrte Sophie noch vor dem Grab im Gebet. Dann sah sie sich nach der Kapelle um, die Helene zum Gedenken an ihre beiden verstorbenen Kinder Laszi und Mary errichtet hatte. Das kleine Gebäude stand rechts von Marys Grab vor der Friedhofsmauer. Sophie ging darauf zu und zog an der Tür. Sie war verschlossen.

Enttäuschung durchflutete sie. Zu gerne hätte sie das Kirchenfenster mit den beiden vor der Madonna knienden Engeln gesehen, die Marys und Laszis Züge trugen. Doch es sollte nicht sein. Die Erinnerung an Marys Gesicht musste sie im Gedächtnis bewahren. Denn die einzige Fotografie, die sie von ihr besaß, war zusammen mit Marys Abschiedsbrief in der Kommode im Ankleidezimmer des Kaffeehauses versteckt.

Sophie drehte sich um und erschrak fast zu Tode. Eine völlig in Schwarz gehüllte Gestalt weilte an Marys Grab. Da es Kaiser Franz Joseph verboten hatte, brauchte Sophie einen Moment, bis sie begriff, dass dort die Kaiserin stand. Ihr Gesicht war unter dem bodenlangen Crêpeschleier verborgen. Sophie hatte Sisi nicht kommen hören.

Behutsam trat sie auf die Kaiserin zu und stellte sich zunächst schweigend neben sie vor das Grab. Es dauerte tatsächlich eine Weile, bis Sisi das Wort an sie richtete, ohne sie dabei anzusehen.

»Es bricht mir das Herz, diese Inschrift zu lesen.« Ihre Stimme klang todtraurig. »Und zu wissen, dass es mein eigenes Fleisch und Blut war, das diese Blume gebrochen hat.«

Wieder verengte sich Sophies Kehle. Da sie befürchtete, erneut in Tränen auszubrechen, schwieg sie.

Plötzlich wandte sich Sisi zu Sophie um. Obwohl ihr Gesicht nicht deutlich zu erkennen war, schienen ihre Augen zu glühen.

»Und es gab nichts, wirklich gar nichts, das Sie als Marys Freundin hätten tun können, um diese Wahnsinnstat zu verhindern?«

Sophie zuckte zusammen. Dann atmete sie tief ein. »Das frage ich mich noch heute an jedem einzelnen Tag, Elisabeth. Doch ich habe nicht gewagt, mich an Marys Mutter zu wenden, um sie über alles ins Bild zu setzen, weil ich befürchtete, dass dann eins von drei Dingen geschehen wäre:

Entweder würde Marys Vormund sie ins Kloster sperren, oder Ihre Nichte, Marie Louise Larisch, die die entscheidenden Treffen eingefädelt hat, würde alles, was ich sage, als überzogene Behauptung abtun und mich vor der Baronin wie eine dumme Petze dastehen lassen. Am meisten war ich jedoch wegen Mary selbst besorgt. Sie drohte ja immer wieder damit, sich das Leben zu nehmen, wenn ich sie verriete. Und ich traute mich nicht, ihr Leben aufs Spiel zu setzen. Ich habe doch nicht wirklich damit gerechnet, dass..." Sie stockte und schlug sich mit ihrer behandschuhten Rechten auf die Lippen.

"... dass der Kronprinz von Österreich-Ungarn, mein einziger Sohn, Ihre Freundin erschießen könnte", vollendete Sisi leise den Satz.

Plötzlich schien alle Kraft aus ihr zu weichen. Ihre Schultern sackten nach vorn, der Kopf sank ihr auf die Brust. Als sie sogar leicht schwankte, griff Sophie erschrocken nach ihrem Arm.

"Majestät! Elisabeth! Ist Ihnen nicht gut? Soll ich den Fiaker rufen, damit er Sie in den Wagen trägt?"

Sisi wehrte ab. "Nein, nein, es ist gut. Ich... ich darf nur nicht ohnmächtig werden." Sie schlug den Crêpeschleier zurück und holte mehrmals tief Luft.

Sisis Augen lagen tief in den Höhlen, ihre Wangen waren totenbleich. "Lassen Sie uns ein wenig umhergehen, Sophie. Dann wird es besser werden. Bewegung tut mir immer gut."

"Und Majestät sollten etwas zu sich nehmen", empfahl Sophie ängstlich. "Es ist schon früher Nachmittag, und wir haben das Mittagsmahl versäumt! Vielleicht kann Ihnen der Fiaker im Ort Heiligenkreuz etwas zu essen besorgen."

"Nennen Sie mich doch Elisabeth! Und Hunger empfinde ich nicht, daher brauche ich nichts", wehrte Sisi erneut Sophies Vorschlag ab.

"Am besten steigen wir jetzt in den Wagen und fahren zurück", beschloss sie dann. "Sonst müssen die anderen zu lange auf uns warten."

In der Kutsche zog sich Sisi wieder den Schleier vors Gesicht und lehnte sich in die Kissen zurück. Da sie kein Wort mehr sagte, glaubte Sophie schon, sie sei eingeschlafen. Auch sie selbst fühlte sich unendlich erschöpft und schloss die Augen. Sie musste tatsächlich ein wenig eingenickt sein und schreckte auf, als Sisi sie plötzlich ansprach.

"Sie haben am Grab Ihrer Freundin die Gräfin Marie Louise

Larisch erwähnt, die sich mitschuldig am Tod von Rudolf und Mary gemacht hat. Marie Louise war einst meine Lieblingsnichte.« Sisis Stimme klang bitter. »Und reiht sich ein in die endlose Schlange von Menschen, denen ich einst vertraute und die mich später enttäuscht haben.«

»Das tut mir unendlich leid für Sie, Elisabeth.« Als Sisi stockte, wusste Sophie nicht, was sie anderes sagen sollte.

Die Kaiserin wandte den Kopf zum kleinen Fenster der Kutsche und sah hinaus. Ihr Blick war starr, als ob sie unter dem dichten Schleier einen Punkt in der Ferne fixieren würde.

»Besonders Marie Louise hatte mir sehr viel zu verdanken«, fuhr sie dann fort. »Vielleicht wissen Sie nicht, dass sie aus einer morganatischen Verbindung stammt und als Bastard geboren wurde. Niemand in der hoffärtigen Wiener Adelsgesellschaft hätte sie wegen ihrer für dubios gehaltenen Herkunft auch nur zu einer Tasse Tee eingeladen.«

Sophie sah, dass sich Sisis Hände in den Handschuhen verkrampften. »Ich war es, die sie an den Kaiserhof geholt hat. Ich habe sie zu den Jagden nach England und Gödöllö mitgenommen und ihr einen Ehemann von Stand gesucht. Sie wurde sogar zur Palastdame berufen und gehörte damit zu den Würdenträgerinnen meines Hofstaats. Und nie ... niemals hätte ich gedacht, dass sie mir meine Zuneigung und Fürsorge auf solch niederträchtige Art vergelten würde.« Sisi sprach nun ganz leise mit einem tragischen Unterton in der Stimme. »Doch die Menschen wenden sich von mir ab und lassen mich schmählich im Stich.« Die Kaiserin blickte noch immer aus dem Fenster, während sie sprach.

»Das ... das ist sehr traurig ... Elisabeth.« Sophie kam sich so ungeschickt vor wie ein Bauerntrampel. Doch was waren in dieser Situation die richtigen Worte? Zumal ihr ja nichts von dem neu war, was die Kaiserin sagte.

»Und in wenigen Monaten wird mich nun auch Marie Valerie verlassen. Meine Einzige, mein Herzenskind!«, klagte Sisi.

Völlig unvermutet beugte sie sich zu Sophie hinüber und krallte ihre Finger in deren Arm. »Deshalb tun Sie mir das nicht auch noch an, Sophie!«

»Was ... was soll ich Ihnen nicht antun, Majestät?« Sophie war völlig verwirrt.

»Verlassen Sie mich nicht und begleiten Sie mich auf meinen Reisen! Marie Festetics wird zu alt dazu, und Ida, meine treue Ida, ist immerzu kränklich. Und wenn Sarolta – so lautete die ungarische Namensform von Charlotte – heiratet, muss ich mir wieder eine neue Hofdame suchen, wenn Sie nicht bei mir bleiben.«

Sophie stockte der Atem. Sie fühlte sich, als hätte sie einen Schlag in den Magen erhalten. Zwar hatte Ida ihr schon angedeutet, dass die Kaiserin wahrscheinlich auf sie zählen würde. Aber dennoch war Sophie nicht wirklich auf dieses Ansinnen Sisis vorbereitet. Zumal nicht am heutigen Tag und mit dieser Heftigkeit.

Während sie noch verzweifelt nach einer Antwort suchte, riss sich die Kaiserin plötzlich den Schleier vom Kopf und begann, heftig und stoßweise zu atmen. Sie schnappte regelrecht nach Luft. Ihr verzweifeltes Atemholen klang immer bedrohlicher, so als würde Sisi ersticken.

In ihrer Panik wollte Sophie schon an die Kutschenwand klopfen, um den Fiaker zu Hilfe zu rufen, da schüttelte die Kaiserin heftig den Kopf. Sie drehte den Kopf zur Seite, fasste sich in den Mund und steckte etwas in ihre Rocktasche. Sophie erhaschte nur einen kurzen Blick darauf, erkannte aber, dass es sich um ihre falschen Vorderzähne handelte. Sisis Atem ging immer keuchender.

Wieder wollte sich Sophie an Sisi vorbeidrängen, um an die Kutschenwand zu klopfen. Diesmal stieß die Kaiserin sie heftig zurück. Dann faltete sie die Hände und atmete tief in das kleine Loch hinein, das sie zwischen den gekreuzten Daumen offen ließ. Eine Weile ging Sisis Atem noch kurz und stoßweise. Dann wurde er langsam wieder ruhiger und regelmäßiger.

Schließlich hob die Kaiserin den Kopf, wandte ihn zur Seite und steckte sich die Prothese hinter vorgehaltener Hand rasch in den Mund zurück.

Nach einem letzten tiefen Atemzug sprach sie Sophie wieder an. »Solche Atembeschwerden fallen mich ab und zu an. Sie haben nichts zu bedeuten. Wenn ich in meine hohlen Hände atme, geht der Anfall rasch wieder vorbei. Deshalb möchte ich auch niemanden damit beunruhigen, allen voran meine Familie nicht.« Sie sah Sophie wieder eindringlich an. »Sie verstehen?«

Sophie nickte beklommen. »Ja, ... Elisabeth. Ich habe verstanden.« Sisis Schweigegebot bewirkte, dass sie sich noch bedrückter fühlte, als sie es ohnehin schon war.

Ein flüchtiges Lächeln zuckte um Sisis schmal gewordenen Mund.

»Und werden Sie mich also nach den Fastnachtstagen nach Meran begleiten, Sophie?«

Sophie fühlte sich miserabel. Was würde aus Milli und ihrem Onkel Stephan werden, wenn sie monatelang nicht in Wien war? Beide waren in Not und würden vielleicht ihre Hilfe brauchen.

»Kann ich dauerhaft auf Ihre Begleitung zählen, Sophie?«, insistierte Sisi. In ihrem Blick lag jetzt etwas Flehendes. »Werden wenigstens Sie mir treu bleiben?«

»Das werde ich, Elisabeth.« Die Worte traten wie von selbst über Sophies Lippen.

Ein strahlendes Lächeln erhellte plötzlich das Gesicht der Kaiserin und ließ, wie immer in solchen Momenten, ihre einstige Schönheit erahnen.

»Ich danke Ihnen, Sophie.« Wieder griff ihre Hand, diesmal sanft, nach Sophies Arm. »Ich wusste, Sie würden mich nicht enttäuschen!«

Ein Dorf in der Bukowina

30. Januar 1890

Die Dunkelheit war bereits hereingebrochen, als sich Richard mit seinem Burschen Clemens aus dem Haus des Dorfschulzen schlich. Wie schon am Mittag, als sie die Rückkehr der Schwadron ins Dorf miterlebt hatten, fielen die beiden vermummten Gestalten den Dragonern nicht weiter auf.

Mittlerweile herrschte dichtes Schneetreiben, das die Sicht auf nur wenige Meter schrumpfen ließ. In ihren dicken Fellmänteln, den hohen Fellmützen und Fellstiefeln wirkten Richard und Clemens wie bukowinische Dorfbewohner. Ohnehin war bei diesem Wetter kein Mensch auf den Gassen, der sie hätte beobachten können.

Bereits am Mittag waren sie in dieser Verkleidung Zeugen davon geworden, wie die Soldaten die Bevölkerung drangsalierten. Auch sie selbst hatten die Anweisung erhalten, zwei Dragonerpferde, denen kleine Eiszapfen an den Nüstern hingen, in den Stall zu bringen, abzureiben und zu füttern. Als Richard, der sein Gesicht halb unter einem Wollschal verborgen hielt, dem Befehl des Feldwebels zunächst keine Folge leistete, handelte er sich sogar einen Schlag mit der Reitpeitsche ein. Der war jedoch zum Glück auf das dichte Leder seines Fellumhangs niedergegangen und richtete deshalb keinen weiteren Schaden an.

Außerdem waren Clemens und er Zeuge des Diebstahls zweier Kaninchen geworden, denen der Räuber an Ort und Stelle den Hals umdrehte, ungerührt vom Flehen eines weinenden Kindes, dem die Tiere gehörten. Richard musste sich abwenden, um die Beherrschung nicht zu verlieren. Er schwor sich, den Schuft seine Tat büßen zu lassen, wusste aber auch, dass ein sofortiges Eingreifen ihn und Clemens entweder in ernste Gefahr gebracht oder es erfordert hätte, ihre Identität auf der Stelle preiszugeben.

Wegen zweier gemeuchelter Kaninchen und der Tränen eines Kindes würde er aber vom Regimentskommandanten, Oberstleutnant Weiss, nicht jene drakonischen Konsequenzen fordern können, zu denen ihm die Vollmacht des Erzherzogs die Berechtigung gab. Also hatte er die Zähne zusammengebissen und Rache geschworen.

Zurückgekehrt ins Haus des Dorfschulzen bat er den Dolmetscher, noch einmal alle Missetaten, an die sich der Ortsvorsteher erinnern konnte, in Erfahrung zu bringen. Er schrieb sich jeden Vorfall mit Datum und Namen der jeweils daran beteiligten Personen auf, soweit diese zu ermitteln gewesen waren. Zum Glück fiel dem Dorfschulzen die Erinnerung leicht, denn von den drei Monaten, die die 7. Schwadron in seinem Dorf kampieren sollte, war der erste noch nicht einmal vorbei.

Schon vor der Rückkehr der Dragoner ins Dorf hatte Richard einen Plan ausgeheckt, den er der von der Magd des Schulzen herbeigerufenen Tochter der Witwe mithilfe des Dolmetschers erläuterte. Zwar zitterte das Mädchen zunächst vor Angst, erklärte sich dann aber schließlich bereit, alles genau so zu machen, wie Richard es vorgeschlagen hatte.

Und nun standen Clemens und er in einer Nische der Hauswand des jüdischen Krämers und warteten auf das verabredete Zeichen.

Eine halbe Stunde später war Richard trotz seiner warmen Fellkleidung bis auf die Knochen durchgefroren. Anders als am Morgen trug er sogar noch seine Uniformjacke unter dem Umhang, um sich dem verbrecherischen Leutnant sofort zu erkennen geben zu können. Trotzdem hielt er die Warterei kaum mehr aus.

Der Leutnant war dafür berüchtigt, die Befriedigung seiner Bedürfnisse bereits vor dem Nachtessen, falls erforderlich unter Anwendung von Gewalt, durchzusetzen. Aber offenbar ließ er sich ausgerechnet heute Abend damit Zeit und stellte Richards Geduld somit auf eine harte Probe.

Endlich ertönte aus der Küche im Erdgeschoss ein lautes Klirren. »Du Saumensch, du deppertes«, hörte Richard eine männliche Stimme brüllen, gefolgt von einem lauten Klatschen und einem schrillen Aufschrei.

Richard hatte mit dem Mädchen vereinbart, dass es einen gefüllten Krug fallen lassen oder umstoßen sollte, wenn sich der Leutnant ihm zum ersten Mal unsittlich zu nähern versuchte.

»Und du, schleich dich!«, hörten sie den Kerl weiter toben. »Wenn'st nix Bess'res zu tun hast, als blöde zu lachen!«

Zu Richards Verblüffung verließ kurz darauf ein junger Mann das Haus. Das musste der Bursche des Leutnants sein. Seine vermummte Gestalt wurde schon bald vom dichten Schneetreiben verschluckt.

»Umso besser!«, knurrte Richard zwischen den Zähnen. »Dann ist dieser Kerl schon mal aus dem Weg! Und der Clemens muss ihn nicht in Schach halten, sondern kann mir beistehen.«

Jetzt war der Leutnant mit dem Mädchen allein. Den unterdrückten Schreien nach zu schließen, die jetzt zu vernehmen waren, gab es keine Zeit mehr zu verlieren. Sie hörten Gepolter. *Wahrscheinlich zerrt der Unmensch das Madl gerade die Treppe hinauf*, dachte Richard. Er ballte die Hände zu Fäusten. Aber noch war es zu früh. Er schickte ein Stoßgebet zum Himmel, dass er nicht zu lange wartete. Er wollte genau den Moment abpassen, in dem der Leutnant das Mädchen zwar zu vergewaltigen versuchte, aber noch nicht zum Ziel gekommen war.

»Schauen S', Herr Hauptmann«, flüsterte Clemens und zeigte auf das Fenster im ersten Stock des Hauses, hinter dem die Schlafkammer lag und jetzt ein Licht durch die Vorhänge schimmerte.

»Rasch!«, befahl Richard. »Nun ist keine Zeit mehr zu verlieren!«

So schnell sie konnten, stapften die Männer durch den mittlerweile fast kniehohen Schnee und rüttelten leise an der Haustür. Sie war unverschlossen.

Jetzt ertönte von drinnen ein weiterer Schrei, diesmal schrill vor Panik, erneut gefolgt von einem lauten Klatschen. Die Wut schoss wie Feuer durch Richards Adern. Er riss die Tür auf und hastete schon im nächsten Moment die schmale Holztreppe zu den Schlafkammern des Hauses hinauf, jedoch darum bemüht, in seinen Fellstiefeln keine allzu lauten Geräusche zu machen. Sein Bursche Clemens folgte ihm auf dem Fuße. Im Laufen warfen beide Handschuhe und Umhänge ab. Richard zog seinen Säbel, Clemens entsicherte die Pistole, die ihm Richard zuvor überlassen hatte.

Die einzige Tür im düsteren Flur, unter der ein Lichtschein hervordrang und hinter der jetzt ein schwaches Wimmern zu hören war, trat Richard kurzerhand ein.

Keine Sekunde zu früh, wie er erkannte. Der Leutnant kniete mit entblößtem Gesäß zwischen den Schenkeln des Mädchens, dessen Beine er mit den Händen weiter auseinanderzuzerren versuchte.

»Was zum Teufel!«, hörte Richard ihn fluchen, als er sich ob der unerwarteten Störung aufrichten wollte. Doch der Schuft verhedderte sich dabei in den Beinen seiner Uniformhose, die er nur bis zu den Knien heruntergezogen hatte.

Richard warf den Säbel zur Seite. Mit einem einzigen Satz sprang er auf den Kerl zu, packte ihn beim Schopf, drehte seinen Kopf zu sich herum und donnerte ihm seine nackte Faust mit voller Wucht ins Gesicht.

Er spürte, wie die Nase seines Kontrahenten brach, und hörte ihn vor Schmerz aufjaulen. Dann hielt er mitten in der nächsten Bewegung inne und stierte wie gelähmt vor Schreck, in das blutende Antlitz des Leutnants.

»Maxi!«, stöhnte er auf.

In der Tat starrte er in ein ihm bekanntes Gesicht. Es war das seines Cousins Maximilian von Löwenstein, des ältesten Sohns seines Onkels Max.

Teil 4

Geheimnisse

Kapitel 15

Sophies Kammer im Fräuleingang der Hofburg

Samstag, 8. Februar 1890, gegen sieben Uhr abends

Voller Selbstzweifel betrachtete Sophie ihr Konterfei im fleckigen Spiegel ihrer kleinen Kammer. Da sie den größten Teil der vorangegangenen Nacht vor Aufregung nicht geschlafen hatte, lagen dunkle Schatten unter ihren grünen Augen. Ihre Gesichtshaut war fahl.

Schon seit dem frühen Morgen plagten sie heftige Kopfschmerzen. Im Laufe des Tages hatte sie schon mehrere Tassen Kräutertee, die ihr Franzi aufgebrüht hatte, getrunken, ohne dass sich der Kopfschmerz gebessert hatte. Im Gegenteil, er war sogar noch stärker geworden.

Das rührte sicher auch daher, dass Franzi Sophie schon am frühen Nachmittag frisiert hatte, damit nur ja kein unerwartetes Malheur in letzter Minute passierte und Sophie am Ende zu spät zum Hofball käme. Aus Sorge, die kompliziert gesteckte Frisur könne sich wieder lösen, wagte Sophie seither kaum noch, den Kopf zu bewegen. Dadurch war ihr Nacken nun vollkommen verspannt, was ihr Kopfweh wahrscheinlich verstärkte.

Auch Franzi betrachtete Sophie besorgt, wie diese im Spiegel bemerkte. Schließlich meldete sich die Zofe zu Wort:

»Des gnä' Fräulein schaut aba gar ned frisch aus. Obwohl Ihna des Kleid an sich doch so gut steht.«

In der Tat gehörte die Ballrobe zu Sophies kostbarsten Ausstattungsstücken. Da es Sophies erster Ball war, seit sie ihren

Dienst als Hofdame angetreten hatte, trug sie das Kleid heute zum ersten Mal.

Die Toilette war aus grüner Seide gefertigt, mit einem mehrfach gerafften Rock. Vom Dekolleté bis zum Saum war sie vorn mit einem cremefarben unterfütterten Einsatz aus gleichfarbigen Brüsseler Spitze versehen. Wie es die Garderobenordnung beim Hofball vorsah, war es ein sogenanntes rundes Kleid. Dies bedeutete, dass es ein recht tiefes Dekolleté aufwies und schulterfrei war. Der Ausschnitt war ebenfalls rundherum mit cremefarbener Spitze verbrämt, aus der auch die kurzen Ärmel bestanden.

Genau unterhalb ihres Brustansatzes, den das Dekolleté frei gab, hatte Sophie die Smaragdbrosche gesteckt, die ihr die Kaiserin geschenkt hatte. Sie kam auf dem hellen Einsatz sehr gut zur Geltung. Dazu trug Sophie zum ersten Mal einige wertvollere Teile des Schmucks, den ihre Mutter Henriette ihr mitgegeben hatte: im Haar zwei mit Diamanten besetzte Nadeln, um den rechten Arm ein diamantenbesetztes Armband und am Ringfinger der rechten Hand über dem weißen Handschuh den dazu passenden Ring. Nur als Hofdame war es auch unverheirateten jungen Damen erlaubt, so kostbaren Schmuck zu tragen.

»Mir geht's auch nicht gut, Franzi«, antwortete Sophie nun. »Am liebsten würde ich mich auf der Stelle ins Bett legen!«

»Aba des geht doch ned, gnä's Fräulein!« Franzi war entsetzt. »Des is des erste Fest, seit der Kronprinz tot is.«

Sophie seufzte. »Ja, das weiß ich. Und mein Fehlen würde wohl übel vermerkt werden.«

Vor allem Graf Szalay, der ihr heute Morgen einen riesigen Strauß dunkelroter Rosen geschickt hatte, wäre zumindest verärgert, wenn nicht sogar ausgesprochen erzürnt.

Was mir eigentlich gleichgültig sein könnte, wenn ich nicht auf ihn angewiesen wäre.

Vor drei Tagen hatte der Ungar Sophie erneut ins Café Prinzess ausgeführt. Dabei erwähnte er auch, dass er gut mit Baron

Nopcsa, dem Obersthofmeister Sisis, befreundet sei. »Unsere Familien kennen sich schon seit Generationen. Onkel Franz, wie ich den Baron in meinen Kindertagen nannte, war oft auf unseren Landgütern in Ungarn zu Besuch«, prahlte Szalay. »Als er das Amt des Obersthofmeisters der Kaiserin antrat, war er ungefähr so alt wie ich heute. Und er hat mir nun tatsächlich angeboten, mich als seinen Nachfolger vorzuschlagen, wenn er in ein paar Jahren in den Ruhestand geht. Aber dazu müsste ich Witwer bleiben, und daher passt das Amt nicht zu meinen Plänen, so ehrenvoll es auch wäre.«

Er zwinkerte Sophie vielsagend zu, was die jedoch geflissentlich ignorierte.

Auch bei dieser Begegnung war Szalay Sophie nicht angenehmer geworden. Diesmal roch der Graf durchdringend nach einem schweren süßlichen Parfüm, dessen Geruch Sophie leichte Übelkeit verursachte. Zudem schmatzte er beim Verzehr seiner Mokkaprinzentorte, sodass Sophie der Appetit verging und sie zum ersten Mal, seit sie die Torte gekostet hatte, ihr Stück nahezu unberührt zurückgehen ließ.

Trotzdem kam ihr in dem Augenblick, in dem Szalay seine Bekanntschaft mit Nopcsa betonte, eine Idee. »So kennen Sie den Baron so gut, dass Sie ihn sogar um einen Gefallen bitten könnten?«, fühlte sie vorsichtig vor.

»Natürlich, meine allerliebste Sophie. Ich darf Sie doch so nennen?«, ergriff Szalay sofort die Gelegenheit beim Schopf, zu einer vertraulicheren Anrede überzugehen.

Sie stimmte widerstrebend zu. »Natürlich, lieber Herr Graf.«

»Aber dann müssen Sie mich auch Lajosz nennen«, insistierte Szalay.

»Nun gut, dann lieber Lajosz.« *Wenn ich dadurch leichter zum Ziel komme,* fuhr es Sophie durch den Kopf. »Darf ich Ihnen mein Anliegen denn einmal vortragen?«

Szalay nickte, gönnerhaft lächelnd. »Aber natürlich, liebe Sophie.«

»Es geht um meinen Stiefvater«, begann Sophie bewusst zögerlich, als würde sie ihre Bitte verlegen machen. »Er ist erst kürzlich in den Freiherrenstand erhoben worden. Nun sehnt er sich danach, auch einmal bei Hofe erscheinen zu dürfen. Doch das ist nur möglich ...«

»... wenn er zum Truchsess ernannt wird«, beendete Szalay grinsend Sophies Satz.

Die war verblüfft. »Woher wussten Sie das, lieber Herr ... lieber Lajosz?«

Dessen Grinsen wurde noch breiter. »Jeder erst kürzlich nobilitierte Adelige möchte bei Hofe weiter vorankommen. Das ist doch ganz natürlich. Und in ihrer unendlichen Weisheit haben schon die Vorgänger Seiner Majestät dafür das Amt eines Truchsesses vorgesehen. Damit man den alten Adel immer noch von den Neulingen unterscheiden kann.«

Täuschte sich Sophie, oder klang Szalays Stimme nun leicht verächtlich? *Was soll's?*, schob sie den Gedanken beiseite. *Selbst wenn es so wäre, ist Arthur ja fürwahr eine verachtenswerte Person.*

»Und ich soll nun bei Baron Nopcsa ein gutes Wort für Ihren Herrn Stiefvater einlegen, damit er ihn Ihrer Majestät als Truchsess empfiehlt?«, traf Szalay erneut ins Schwarze.

Sophie nickte betreten. Sie war offensichtlich leicht zu durchschauen. »Würde dies denn etwas helfen?«, fragte sie unschlüssig.

»Aber natürlich!« Szalay warf sich in die Brust. »Ihre Majestät misst der Verleihung solcher Titel sowieso keine Bedeutung zu«, wiederholte er die Einschätzung von Ida Ferenczy. »Sie sagt in der Regel Ja dazu. Es sei denn ...« Szalay stockte und blickte Sophie prüfend in die Augen. »Es sei denn, Ihre Majestät hätte an dem Titelanwärter irgendetwas auszusetzen.«

»Die Kaiserin kennt meinen Stiefvater überhaupt nicht«, beeilte sich Sophie, ihm zu versichern.

»Und ich vermute, sie hat auch an Ihnen nicht das Geringste zu tadeln, meine Liebe«, unterstellte Szalay zu Sophies Gunsten.

Einen Moment tauchte Marie Festetics' hämisches Gesicht vor Sophies innerem Auge auf. Auch dieses Bild schob sie beiseite. »Nicht dass ich wüsste«, bestätigte sie stattdessen. Dann kam ihr eine weitere Idee.

»Aber es wäre gut, Baron Nopcsa und Ihre Majestät erst auf das Thema anzusprechen, wenn die Kaiserin ihre Frühjahrsreise beendet hat und in die Hermesvilla zurückgekehrt ist. Weil ...«

»... weil Sie sich dann einmal mehr als Hofdame bewährt haben?«, schnitt ihr Szalay erneut das Wort ab.

Sophie hoffte, dass er ihr den Unmut über seine ständige Besserwisserei nicht ansah. »So ist es ... Lajosz.«

»Dann warte ich auf Ihr Zeichen, liebe Sophie«, beendete Szalay damit zum Glück die Konversation über dieses heikle Thema.

In den Tagen danach entwickelte Sophie ihre anfängliche Idee, ihren Stiefvater mit dieser Zusage des Grafen unter Druck zu setzen, zu einem Plan. Sie würde Arthur gegenüber behaupten, einen mächtigen Verbündeten dafür gewonnen zu haben, den Truchsess-Titel für ihn zu erwirken. Aber dies nur unter der Bedingung, dass er während ihrer Abwesenheit weder Milli noch ihre Mutter weiter sekkieren würde.

Dann muss ich mir zumindest um die beiden keine großen Sorgen mehr machen.

Natürlich war Sophie klar, dass sie damit die Schikanen ihres Stiefvaters bestenfalls für einen bestimmten Zeitraum aussetzen könnte, Arthur sich aber schlimmer denn je verhalten würde, wenn Szalays Bemühungen erfolglos blieben und sie ihr Versprechen daher nicht einlösen könnte. Aber etwas Besseres fiel ihr im Augenblick nicht ein.

Kommt Zeit, kommt Rat, tröstete sie sich mit einem Spruch Mamsell Idas, der Haushälterin im Palais Werdenfels.

Als jedoch die fünfundzwanzig langstieligen roten Rosen gestern Nachmittag eintrafen, gebracht von einem livrierten

Hofdiener, kamen Sophie zum ersten Mal Zweifel, ob es klug gewesen war, Szalay um diesen Gefallen zu bitten. Womöglich hatte ihr Plan Folgen, mit denen sie, zumindest nicht so rasch, gerechnet hatte.

»Da ham S' aba an groß'n Verehrer! Der Strauß kost ja mitten im Winter a Vermögen«, kommentierte Franzi das Präsent, bevor sie sich auf die Suche nach einer passenden Vase machte.

Abgesehen davon, dass Sophie genau diese Art von Rosen nicht mochte, da sie ihr zu protzig waren, sandte Szalay ihr damit in der Tat ein eindeutiges Signal. Er machte sich Hoffnungen auf eine Intensivierung ihrer Beziehung und würde auf jeden Fall eine Gegenleistung für die Gefälligkeit erwarten, die er Sophie erwies.

Während der letzten, so gut wie schlaflos verbrachten Nacht überdachte Sophie daher noch einmal ihr Vorhaben. Doch ein besserer Plan, um ihre Familie in ihrer Abwesenheit vor Arthur zu schützen, fiel ihr trotz allen Grübelns nicht ein.

Also blieb sie dabei. Szalays Namen wollte sie ihrem Stiefvater jedoch keinesfalls nennen und hoffte, dieser würde ihn daher auch nicht herausfinden. Zumal er das Café Prinzess ihres Onkels niemals betrat und auch an den Jours fixes ihrer Mutter nicht teilnahm. Falls jemand von Henriettes Gästen sie in Begleitung des Ungarn im Café gesehen hatte, würde Arthur es zumindest nicht aus dieser Ecke erfahren. Trotzdem blieben Zweifel an ihrem Plan.

Erst recht beunruhigte sie seit dem Empfang der Rosen, was wohl auf dem Hofball geschehen würde. Sicherlich würde sie Richard und seiner Verlobten Amalie begegnen. Sie sah Richards verstörtes und Amalies spöttisches Gesicht geradezu bildlich vor sich, wenn die beiden sie am Arm des zwar reichen, aber schon recht alten und zudem wenig stattlichen Grafen Szalay erblickten. Zum Glück wäre der Ungar wenigstens beim eine Woche später stattfindenden Ball des Hofes tatsächlich nicht mehr in Wien.

Ihr stundenlanges nächtliches Brüten bezahlte Sophie nun schon seit dem Aufstehen mit diesen qualvollen Kopfschmerzen. »Wissen S' was?«, unterbrach Franzi jetzt ihre erneuten Grübeleien. »I lauf rasch einmal zur Kathi rüber.« So hieß Ida Ferenczys Zofe. »Sicher weiß sie an Rat, wie ma Se a bisserl aufhübschen kann.«

Kaum zehn Minuten später kehrte Franzi zurück, außer Kathi auch mit der für den Ball schon vollständig angekleideten Ida Ferenczy im Schlepptau. Mittlerweile war es zwanzig nach sieben. Szalay wollte Sophie in knapp einer halben Stunde treffen, um sie in den Zeremoniensaal zu führen, in dem sich die Hofgesellschaft bis punkt acht Uhr versammelt haben musste.

Auch Ida betrachtete Sophie besorgt, erriet zum Glück aber nicht die eigentliche Ursache ihres Unwohlseins. »Viele Damen leiden vor dem Hofball an Kopfweh. Das kommt davon, wenn man sich zu früh frisieren lässt.«

Franzi errötete. »I hab's gut g'meint«, verteidigte sie sich. »Damit des gnä' Fräulein auf gar keinen Fall zu spät kommt.«

Ida lächelte, ging aber nicht weiter darauf ein. »Hast du frisches Wasser da?«, fragte sie die Zofe stattdessen.

Franzi nickte und füllte einen Becher aus dem bereitstehenden Krug. Ida zog ein kleines braunes Glasfläschchen aus ihrer Handtasche, öffnete es und ließ einige Tropfen der darin enthaltenen Flüssigkeit in den Becher fallen.

»Zehn sollten reichen«, murmelte sie. Dann reichte sie Sophie den Becher.

»Trink das in einem Zug leer, Phiefi! Dann schließ die Augen und versuche, dich zu entspannen! Derweil soll dich Kathi ein wenig schminken.«

»Schminken?« Anstatt Idas Rat zu befolgen, riss Sophie vor Entsetzen die Augen weit auf. »Aber ... aber das ist doch völlig verpönt bei einer jungen unverheirateten Frau.«

Ida lächelte wieder und machte eine wegwerfende Handbewegung. »Deine Franzi hat schon recht daran getan, meine Kathi zu rufen. Niemand wird es merken, dass sie dir ein wenig Puder und Rouge auflegt. Dann bist du jedenfalls nicht mehr so bleich wie Gevatter Tod.«

»Und nun trink!«, forderte sie Sophie, die den Becher bislang noch nicht zum Mund geführt hatte, noch einmal auf. »Du wirst sehen, das hilft.«

Gehorsam schluckte Sophie die ganze Flüssigkeit in einem Zug hinunter. Dann setzte sie den Becher ab und verzog den Mund. »Das schmeckt bitter!«, beklagte sie sich. »Was war da drin?«

Idas Miene wurde ernst. »Laudanum. Hast du schon einmal davon gehört?«

Sophie zuckte mit den Schultern. »Ich kenne den Namen und weiß, dass es ein weit verbreitetes Mittel gegen Schmerzen ist. Und dass jedoch so mancher Arzt, auch unser eigener Hausarzt im Palais Werdenfels, davon abrät. Meine Mutter wollte sich einmal Laudanum verschreiben lassen. Aber der Doktor hat das abgelehnt.«

Ida seufzte. »Daran hat euer Arzt recht getan. Laudanum enthält Opium, ein Rauschmittel, das auf Dauer süchtig machen kann. Deshalb sind Laudanumtropfen nur für solche Notfälle wie den heutigen geeignet. Und das auch nur in einer sehr geringen Dosis. Man sollte das Mittel niemals regelmäßig einnehmen.«

»Aber es wirkt schon«, erwiderte Sophie erstaunt. »Das Kopfweh wird besser.«

Ida lächelte wieder. »Dann schließ jetzt die Augen, damit Kathi dich schminken kann. Und dann sollten wir uns sputen, damit wir rechtzeitig im Zeremoniensaal sind.«

Palais Thurnau in der Herrengasse

Samstag, 8. Februar 1890, gegen halb sieben Uhr abends

»Na? Was sagt ihr? Wie gefalle ich euch?«

Amalie raffte die Röcke ihres prächtigen hellblauen Seidenkleids mit beiden Händen und drehte sich vor den Herren, die sich vor der Abfahrt zur Hofburg noch auf einen Cognac in der Bibliothek versammelt hatten, im Kreis. In ihren überaus raffiniert aufgesteckten Haaren trug sie das mit Diamanten und Saphiren besetzte Diadem, dazu um Hals und Arme die prachtvolle Saphirgarnitur, mit der sie vor einem Jahr schon einmal auf dem Empfang des deutschen Botschafters aufgetreten war.

Das war an jenem tragischen Abend vor Rudolfs und Marys Flucht nach Mayerling gewesen. Seither hatte es aufgrund des gerade geendeten Hoftrauerjahrs für Amalie keine Gelegenheit mehr gegeben, diesen kostbaren Schmuck und damit den Reichtum ihres Vaters zur Schau zu stellen.

»Sagt an!«, fuhr sie fort. »Werde ich nicht eine der schönsten oder sogar die allerschönste Dame des ganzen Abends sein?«

Obwohl Richard sich eingestehen musste, dass Amalie in der Tat entzückend aussah, und ihm schon ein diesbezügliches Kompliment auf der Zunge gelegen hatte, schluckte er es nun hinunter. Wie stets stieß ihn Amalies Eitelkeit ab. Immerhin würden an die eintausend Frauen am Hofball teilnehmen.

Sophie würde niemals so überheblich auftreten, zog Richard wieder einmal einen Vergleich zwischen den beiden jungen Frauen. Und spürte gleichzeitig das wohlbekannte Ziehen in seiner Magengrube, das ihn schon seit einigen Tagen plagte.

Die Kaiserin war zwar in der Stadt, würde am heutigen Hofball aber nicht teilnehmen, berichteten die Gazetten. Jedoch kämen zumindest ihre Hofdamen zum Fest. Mit Ausnahme von Marie Festetics, die Sisi Gesellschaft leisten wollte, behauptete das *Wiener Salonblatt*, das sich Richard ausnahmsweise von Amalie ausgeliehen hatte. Schließlich, betonte das Blatt, mit einem nur für Eingeweihte erkennbaren Unterton der Kritik am erneuten Fehlen der Kaiserin, gehöre dies zu den höfischen Pflichten des Gefolges Ihrer Majestät.

Folglich würde Richard Sophie heute Abend wiedersehen. Das erste Mal seit vielen Monaten. Zuletzt hatten sich die beiden im März des vergangenen Jahres im Café Prinzess getroffen, um sich über die Gründe für Kronprinz Rudolfs Selbstmord auszutauschen. Sowie darüber, was Sophie der Kaiserin taktvoll darüber mitteilen könne und was nicht.

Danach hatte ihn noch ein Schreiben Sophies erreicht, in dem sie ihn vom Scheitern ihrer Mission, Sisi zu trösten, unterrichtete. Seither war der Kontakt zwischen ihnen abgebrochen.

»Richard! Du könntest dich doch auch einmal zu Amis Aufmachung äußern!«, tadelte ihn nun Amalies Vater Adalbert und schreckte ihn damit aus seinen Gedanken auf. Auch sein Onkel Max und sein Vater Eduard, die mit ihren Frauen eigens zu den Bällen nach Wien gekommen waren, musterten ihn streng.

Richards Zwillingsschwestern Bernadette und Charlotte waren ebenfalls angereist, konnten am heutigen Hoffest aber noch nicht dabei sein. Denn sie würden erst beim Ball des Hofes in der nächsten Woche als Debütantinnen in die Gesellschaft eingeführt werden. Immerhin, wenn sie nicht wieder in letzter Minute absagte, von der Kaiserin selbst.

Richard rang sich ein Lächeln ab. »Du siehst in der Tat ganz bezaubernd aus«, lobte er Amalie.

Die errötete vor Freude, was sie noch hübscher aussehen ließ. Doch ihre Antwort war nicht dazu angetan, Richard zu erfreuen.

»Nicht wahr? Jeder junge Mann wird dich heute Abend um mich beneiden!« Sie drehte sich noch einmal im Kreis. Dabei löste sich eine Strähne aus ihrer komplizierten Frisur.

»Achtung!«, rief ihr Vater. »Pass auf deine Haare auf! Schließlich habe ich Monsieur Ardelliano fürs Frisieren ein Vermögen bezahlt!«

Amalie zuckte erschrocken zusammen, während sich Richard ein Grinsen verkniff. Tatsächlich war Monsieur Ardelliano zur Zeit der angesagteste Coiffeur in ganz Wien. Insbesondere vor großen Festen war er vollkommen ausgebucht. Wie bei allen Hofbällen, war er noch am selben Tag, an dem der Termin bekannt gegeben worden war, binnen weniger Stunden vom Ansinnen vieler Damen, sie zu frisieren, nahezu überrollt worden. Obwohl er bereits um sieben Uhr morgens beginnen wollte, also mehr als zwölf Stunden vor der Eröffnung des Hofballs, hatte Ardelliano nicht alle Kundinnen annehmen können. Auch Amalie war ursprünglich abgewiesen worden.

Doch die sage und schreibe zweihundert Gulden, die Adalbert dem Friseur angeboten hatte, ein Betrag, der ungefähr der Hälfte des Preises von Amalies heutiger Abendtoilette entsprach, verschafften ihr schließlich doch noch einen Termin. Der lag zudem erst zwei Stunden zurück. Anders als andere Damen, selbst die aus allerhöchsten Kreisen, musste Amalie daher nicht Stunde um Stunde mit dem schweren Diadem und den ziependen Nadeln im Haar verbringen, dauernd in Sorge, die Pracht würde sich wieder auflösen. Nur die Fürstin Pauline von Metternich hatte Ardelliano noch nach Amalie bedient.

»O Gott!« Nun wurden Amalies Augen sogar feucht. »Ist das Malheur sehr schlimm, Papa?«

Der schüttelte mit einem nachsichtigen Lächeln den Kopf. »Nein, beruhige dich, meine Liebe! Diese einzelne Strähne wird deine Zofe ja wohl wieder richten können. Aber pass danach besser auf!«

Amalie war schon zum Klingelzug geeilt. »Bestellen Sie Berta sofort in mein Gemach, Sieber!«, befahl sie dem Diener.

»Aber du musst dich beeilen, Ami!«, rief Adalbert seiner Tochter hinterher. »Die Equipagen fahren um Punkt sieben Uhr ab.«

Auf dem Weg zur Hofburg

Samstag, 8. Februar 1890, nach sieben Uhr

Wie Adalbert es angekündigt hatte, standen die beiden Equipagen um genau sieben Uhr im Hof des Palais Thurnau, der auf die Freyung mündete, zur Abfahrt bereit. In den viersitzigen Landauer Adalberts stiegen die drei Damen mit großer Achtsamkeit ein. Sie würden allein darin fahren, da ihre aufwendigen Ballkleider viel Platz beanspruchten und nicht zerknittert werden sollten.

In einem Mietlandauer folgte Richard mit seinem Vater, seinem zukünftigen Schwiegervater und seinem Onkel Max. Zum Glück ahnte der nichts von den Vorkommnissen in der Bukowina und der Rolle, die sein ältester Sohn Maxi dabei spielte.

Schon weit vor der Einfahrt in die Hofburg über den Josefsplatz begannen sich die Wagen zu stauen. Richard kannte dies schon von seinen Besuchen vergangener Hofbälle. Bislang hatte er an dreien teilgenommen. Erpicht war er keineswegs darauf, denn das Gewimmel der zweitausend Gäste, die endlose Warterei auf die kaiserliche Familie im Zeremoniensaal und vor allem das unflätige Verhalten seiner Offizierskameraden im Laufe des Abends hatten ihn schon immer abgestoßen. Die Kavallerieoffiziere waren dafür bekannt, das Dessertbuffet zu stürmen und sich die Süßigkeiten sogar in die mitgebrachten Helme zu füllen, um sie mitnehmen zu können.

Natürlich erst dann, wenn der Kaiser längst mit seinen endlosen Cercles abgelenkt war. So nannte man die Gesprächsrunden mit Mitgliedern des diplomatischen Corps, Hochadeligen aus der gesamten Monarchie und weiteren illustren Gästen. Denn zu Beginn des Balls, wenn die Aufmerksamkeit Seiner Majestät noch auf der intensiven Betrachtung der geladenen Militärangehörigen lag, konnte nicht nur ungehöriges Verhalten, sondern auch die kleinste Abweichung oder der geringste

Makel an der Galauniform den Kaiser dazu veranlassen, auf das Härteste durchzugreifen. Ein offener Knopf, eine schlecht gebundene Schärpe, ein fleckiger Stiefel, selbst ein zu hoher Kragen bedeuteten für den Pechvogel, der dem Kaiser derart unangenehm auffiel, den sofortigen Platzverweis.

Deshalb hatten nicht nur die Damen, sondern auch Richard mit größter Sorgfalt auf seine äußere Erscheinung geachtet. Seine Gala-Uniform eines Dragonerhauptmanns, für die er sich heute Abend entschieden hatte, war tadellos gebügelt und wies nicht die kleinste Falte auf. Seine weißen Handschuhe waren fleckenlos, die hohen schwarzen Stiefel von Clemens über eine Stunde lang auf Hochglanz poliert worden. Schon nach kurzer Zeit roch es daher in der ganzen Equipage durchdringend nach Schuhcreme.

Die übrigen Herren waren dagegen in den für alle Zivilisten vorgeschriebenen Frack gekleidet.

Während der endlose Zug der Kutschen im Schneckentempo vorankroch, schloss Richard demonstrativ die Augen. Nach den Anstrengungen der vergangenen Wochen war er todmüde und hoffte, sich vor dem zu erwartenden Trubel und der unvermeidlichen Begegnung mit Sophie noch ein wenig entspannen zu können. Dabei kam ihm zupass, dass sich Adalbert von Thurnau angeregt mit seinem Onkel Max und seinem Vater Eduard unterhielt.

»Unser Richie hat offensichtlich eine harte Zeit hinter sich«, hörte er Onkel Max irgendwann sagen, ohne darauf zu reagieren.

»In der Tat«, bestätigte Adalbert. »Er ist erst gestern aus der Bukowina zurückgekehrt und hat heute mehrere Stunden im Albrechtspalais zugebracht.«

»Was hatte er denn dort zu tun?«, erkundigte sich Onkel Max.

Vor seinem inneren Auge sah Richard regelrecht, wie Adalbert auf diese Frage hin mit den Schultern zuckte. »Richies

Aufträge sind höchst geheim«, erklärte er. »Niemand von uns weiß, worum es dabei geht.«

»Schade! Es würde mich sehr interessieren!« Das war wieder Onkel Max. »Ihr wisst ja, dass mein ältester Sohn dort als Leutnant stationiert ist.« Richard verkniff sich ein Grinsen und täuschte sogar ein leises Schnarchen vor.

Daraufhin wandte sich das Gespräch der Herren wieder anderen Themen zu. Richard ließ dagegen seine Gedanken schweifen und die Ereignisse nach seinen schockierenden Entdeckungen in dem bukowinischen Dorf noch einmal Revue passieren. Dabei erfüllte ihn noch immer ingrimmige Freude.

Nach dem ersten Schrecken hatte er zunächst mit seinem schurkischen Vetter Maxi abgerechnet. Natürlich war Richard nach der Begegnung mit seinem Cousin sofort klar geworden, bei welcher Gelegenheit er schon vor seinem dortigen Einsatz vage von der Bukowina gehört hatte. Das war im Rahmen einer Familienzusammenkunft gewesen, bei der Maxis Einsatz in einem Dragonerregiment in dieser Gegend erwähnt worden war. Da Richard seinen ältesten Cousin noch nie besonders gut leiden konnte, hatte er der Unterhaltung aber nur mit halbem Ohr gelauscht und sich deshalb im Nachhinein nur ungenau daran erinnern können.

Nach seiner Arretierung sträubte sich Maxi zunächst, Richards Autorität anzuerkennen. Der musste ihm erst Erzherzog Albrechts Vollmacht zeigen, um den Verstockten zum Reden zu bringen, hatte dann aber nach und nach auf der ganzen Linie Erfolg.

»Du weißt, dass auf versuchte oder vollendete Vergewaltigung die Todesstrafe steht«, schüchterte er Maxi erst einmal ein. »Zumal wenn es sich um einen Dragonerleutnant handelt, der ein Vorbild für seine Truppe sein sollte. Die Dragoner gehören als Kavallerieeinheit zu den angesehensten Heeresteilen der ganzen k.u.k. Armee.«

»Und was willst du jetzt tun?« Maxi presste sich schon

das dritte Schnupftuch an seine immer noch blutende Nase. »Wenn ich gehenkt oder erschossen werde, fällt diese Schande auf die gesamte Familie Löwenstein zurück.«

Damit hatte Maxi leider nicht unrecht, wie sich Richard widerwillig eingestehen musste. Doch er täuschte zunächst Gleichgültigkeit vor.

»Das nehme ich in Kauf, sofern du meine Anweisungen nicht Schritt für Schritt befolgst. Beugst du dich, werde ich kraft meiner Vollmacht dafür sorgen, dass deine Vergehen eine regimentsinterne Angelegenheit bleiben und nicht einmal dein Vater davon erfährt.«

»Geschweige denn Onkel Adalbert«, fügte Richard hinzu. »Der würde euch allen sofort jegliche Unterstützung entziehen, wenn du durch die Konsequenzen deines Verhaltens seine gerade erst erworbene Salonfähigkeit beim Hochadel wieder zunichtemachst.«

»Und wahrscheinlich auch deine Verlobung mit Amalie lösen«, trumpfte Maxi ein letztes Mal auf.

Diesen Aspekt hatte Richard noch gar nicht bedacht. Einen kurzen Moment lang spielte er sogar mit dem Gedanken, sich Maxis Schande zu bedienen, um dieses Ziel zu erreichen. Dann verwarf er die Idee jedoch wieder. Denn auch seine eigene Stabsstelle bei Erzherzog Albrecht wäre in diesem Fall dahin. Denn nicht einmal der Heerführer könnte es sich leisten, den Cousin eines zum Tode verurteilten Vergewaltigers in seinem engsten Umfeld zu beschäftigen. Wahrscheinlich müsste Richard den Militärdienst sogar ganz quittieren.

Ebenso wie Maxis jüngerer Bruder Alfred, der Leutnant in einem anderen Dragonerregiment war.

Außerdem hatte der Erzherzog um äußerste Diskretion bei der Abwicklung der Angelegenheit gebeten. Und zweifellos von Anfang an gewusst, dass Richard auf seinen eigenen Vetter als verantwortlichen Übeltäter treffen würde. Denn mit Sicherheit hatte Albrecht die Regimentslisten eingesehen, bevor er

Richard mit dieser Aufgabe betraute. Auch die Bemerkung des Erzherzogs bei seiner Verabschiedung, dass Diskretion diesmal auch in Richards eigenem Interesse liegen würde, erklärte sich vor diesem Hintergrund.

Der alte Fuchs hat selbst heute Morgen nicht zu erkennen gegeben, dass er von Maxi wusste, dachte Richard nun.

Ein verstohlener Blick aus dem Fenster zeigte ihm, dass sich die Equipage langsam der Einfahrt zur Hofburg näherte. Doch noch waren sie längst nicht am Ziel. Richard ließ seine Gedanken erneut zu den Ereignissen in der Bukowina zurückschweifen.

»Wenn du kooperierst, werde ich die Sache also diskret zu behandeln versuchen, ohne dass die Öffentlichkeit etwas davon erfährt«, setzte Richard Maxi weiter unter Druck. »Meinem Auftraggeber, Erzherzog Albrecht, werde ich natürlich uneingeschränkt berichten, was hier vor sich gegangen ist und welche Sühne dafür geleistet wurde. Schließlich trägt dieses Regiment seinen Namen!«

»Was verlangst du also von mir?«, gab Maxi endlich zum ersten Mal nach. Seine Stimme klang wegen der Schwellung jetzt so nasal, dass Richard ihn kaum verstand.

»Du wirst mir über alles, was hier vorgefallen ist und was du als kommandierender Leutnant der Schwadron zu verantworten hast, ein schriftliches Geständnis ablegen und vor dem Regimentskommandanten beeiden«, forderte er. »Und wenn du auch nur eine Kleinigkeit von dem abstreitest, was ich bereits zu Protokoll genommen habe«, Richard deutete auf sein Notizbuch, »lernst du mich kennen!«

Anfangs hatte sich Maxi trotz der Aussichtslosigkeit seiner Lage geweigert. Doch nach zwei Tagen ohne Nahrung in einem ungeheizten Karzer und zweimaligem Schließen in Spangen, war sein Vetter schließlich mürbe geworden. Richard nutzte die Zeit, um eine Abschrift seiner Notizen zu machen, damit

Maxis Geständnis vollständig dem entsprach, was der Dorfschulze ihm berichtet hatte.

Trotzdem entließ er seinen Cousin erst aus dem Karzer, als der zusätzlich auch noch drei Abschriften seines Geständnisses angefertigt hatte. »Wozu brauchst du die alle?«, fragte Maxi mürrisch.

»Oh!« Richard lächelte süffisant. »Das Original bleibt hier in Czernowitz bei deinem Regiment. Eine Abschrift ist für den Erzherzog, eine für die Akten im Militärarchiv. Die dritte behalte ich selbst. Sollte es doch einmal einen Anlass geben, sie deinem Vater Max oder Onkel Adalbert zu zeigen.«

Onkel Max, den Majoratsherrn der Löwensteiner, hätte Richard mit diesem Dokument jedenfalls in der Hand, war ihm inzwischen klar geworden. *Und wer weiß, wozu dies noch einmal gut sein wird.*

»Und jetzt wirst du deiner gesamten Schwadron befehlen, Abbitte für alle Untaten zu leisten, die sie der hiesigen Dorfbevölkerung angetan haben«, forderte Richard als Nächstes.

Auch diesem Befehl hatte sich Maxi schließlich zähneknirschend gebeugt und seine Soldaten zum Appell antreten lassen. In einer langen Reihe defilierten die Geschädigten, Bestohlenen und Misshandelten an den Dragonern vorbei, wiesen auf die jeweils Schuldigen und brachten ihre Anklage vor. Vor den Augen und Ohren von Maxis Hauptmann, der herbeigeeilt war, weil ihn irgendjemand in Czernowitz von den Vorgängen im Dorf unterrichtet hatte, beichteten die Beschuldigten ihre Missetaten und baten die Geschädigten auf Knien um Verzeihung.

Den Hauptmann, der angesichts dieser Demütigung von Dragonern eines angesehenen Regiments der k.u.k. Armee einschreiten wollte, brachte Richard mit seiner Vollmacht rasch zum Schweigen. Und nicht nur das, er drohte nun auch ihm.

»Sie betonen zu Recht, Hauptmann Willich, dass die Neuner Dragoner ein achtbares Regiment sind. Nicht umsonst trägt es als Ehrennamen den unseres obersten Heerführers. Ich werde Sie daher in Gegenwart Ihres Regimentskommandanten, Oberstleutnant Weiss, fragen, wieso Sie Ihre Verantwortung derart vernachlässigt und damit zugelassen haben, dass die Ehre des ganzen Regiments in den Schmutz getreten wird. Ich hoffe, Sie haben plausible Antworten parat.«

Seine Genugtuung stieg, als der Hauptmann sichtlich erblasste und keinen weiteren Einwand mehr vorbrachte.

Schwieriger als die öffentliche Entschuldigung erwies sich die Frage der materiellen Entschädigung der Bevölkerung. Auch hier setzte Richard, zunächst ungewollt, Maßstäbe.

»Nimmst du das Ross des Übeltäters als Gegenleistung für die Tötung deiner beiden Kaninchen an?«, fragte er den kleinen Jungen, dem die Tiere gehört hatten und dem der Mund vor Erstaunen offen stand.

»Das können Sie nicht verlangen! Ein ausgebildetes Dragonerpferd ist sicher das Tausendfache wert!«, protestierte Hauptmann Willich vergeblich gegen Richards Entscheidung. Der schwenkte nur wortlos die Vollmacht.

Auch weitere Bauern forderten daraufhin Pferde als Entschädigung für ihr geschlachtetes Vieh und zerstörtes Eigentum. So musste ein großer Teil der Schwadron den fünfzehn Kilometer langen Weg zurück nach Czernowitz schließlich in Eis und Schnee zu Fuß zurücklegen.

Mittlerweile wurde Richards Zeit in der Bukowina knapp. Da der Hofball für den 8. Februar angesetzt war, blieben ihm nur noch zwei Tage Zeit für die restlichen Maßnahmen.

Zu diesen gehörte, dass Maxi sein Geständnis mündlich in Gegenwart des Regimentskommandanten, Oberstleutnant Weiss, und seines Hauptmanns wiederholte und ihnen hernach die schriftliche Fassung überreichte. Dann zählte Richard vor dem nahezu sprachlosen Kommandanten seine Forderungen auf:

»Erstens verlange ich, dass die 7. Schwadron niemals wieder außerhalb der Czernowitzer Kasernen einquartiert wird.

Für diejenigen unter den Soldaten, die sich besonders schwerer Gewalttätigkeiten schuldig gemacht haben, verlange ich jeweils fünf Tage verschärften Arrest. Die beiden Feldwebel werden zu einfachen Soldaten degradiert.«

Richard ignorierte das entsetzte Schnauben der Offiziere und fuhr fort:

»Zweitens verlange ich eine Entschädigung der missbrauchten Frauen. Welche Summe, die aus der Regimentskasse zu entrichten ist, schlagen Sie mir vor?«

Man einigte sich schließlich auf eintausend Gulden. Von den insgesamt zehn missbrauchten Frauen erhielten jedoch nur die zwei zum Zeitpunkt der Notzucht bereits verheirateten ihren Anteil von einhundert Gulden sofort.

»Den acht Mädchen, denen man die Unschuld geraubt hat, werden je einhundert Gulden als Mitgift ausgelobt, wenn sie trotz ihres Makels einen Ehemann finden«, bestimmte Richard schließlich nach einigem Hin und Her. Einhundert Gulden waren für die Bewohner dieses armen Dorfs ein Vermögen. Richard hoffte, den entehrten Frauen mit diesem Geld vielleicht doch noch zu einem normalen Leben verhelfen zu können.

»Für die Auszahlung haften Sie mit Ihrem persönlichen Vermögen«, drohte Richard jetzt sogar Oberstleutnant Weiss. »Sie werden jeweils vom Bürgermeister von Czernowitz benachrichtigt, wenn sich eins der Mädchen verheiratet. Er wird die Auszahlung der Summe kontrollieren und die Information dann an mich weitergeben.«

Schlussendlich einigte man sich noch auf eine Entschädigung von fünfhundert Gulden für den ausgeplünderten Laden des jüdischen Krämers und eine Spende von einhundert Gulden anlässlich der bevorstehenden neuen Einsegnung der christlich-orthodoxen Kirche.

Auch von diesen Vereinbarungen ließ sich Richard zwei Ausfertigungen schriftlich geben und von Oberstleutnant Weiss unterzeichnen. »Ein Exemplar ist für Seine Exzellenz, Erzherzog Albrecht, persönlich bestimmt, das zweite fürs Militärarchiv«, erklärte er dem inzwischen vor Aufregung zitternden Kommandanten.

»Nun bleibt noch als Letztes die Frage offen, wie Sie mit den weiteren zwei Schwadronen verfahren möchten, denen man ähnliche Untaten gegenüber der Bevölkerung zur Last legt. Um welche handelt es sich überhaupt?«

In der richtigen Annahme, dass Richard dies längst in Erfahrung gebracht hatte, nannte ihm Weiss sofort die entsprechenden Kompanien. »Also wussten Sie die ganze Zeit davon«, konstatierte der mit zorniger Genugtuung.

Und schloss sein Ansinnen mit einer besonders perfiden Forderung an den Oberstleutnant ab. »Ich werde Seiner Exzellenz, Erzherzog Albrecht, die Nummern der betroffenen Kompanien nennen«, kündigte er an. »Und dem obersten Heerführer mitteilen, dass Sie ihn binnen Monatsfrist persönlich über die Ihrerseits unternommenen Disziplinar- und Entschädigungsmaßnahmen unterrichten.«

Noch während der ganzen langen Rückreise in zugigen Eisenbahnabteilen und eiskalten Wartesälen vertrieb sich Richard die Zeit schadenfroh mit der Erinnerung an die betretenen Mienen des Oberstleutnants, des Hauptmanns und seines Cousins Maxi während dieser Verhandlungen in der Garnison von Czernowitz.

Bewusst hatte er keine Versetzung oder gar Degradierung von Maxi verlangt. *In einer entlegenen Region des Reichs ist er ja bereits stationiert,* war dabei sein Kalkül. *Eine Versetzung in ein ähnliches Gebiet, weitab vom Schuss, wäre also keine Strafe für ihn und würde ihm am Ende sogar die Gelegenheit zu neuen Schandtaten geben. Eine Degradierung wäre dagegen im schlimmsten Fall genau mit dem Aufsehen und der Schande für unsere Familie verbunden, die wir ja alle vermeiden möchten.*

Doch glimpflich würde die Angelegenheit für seinen schurkischen Vetter auf keinen Fall ausgehen. Denn dass Maxi die Demütigung des Oberkommandierenden und die Blamage des 9. Dragonerregiments vor der obersten Heerführung hier in Czernowitz ausreichend zu büßen haben würde, war für Richard eine ausgemachte Sache.

Während sich die Equipage langsam ihrem Ziel näherte, ließ Richard zu guter Letzt die heutige Audienz bei Erzherzog Albrecht noch einmal vor seinem inneren Auge ablaufen.

Natürlich würde er noch einen schriftlichen Bericht über die Ereignisse in der Bukowina verfassen müssen. Doch zuvor hatte sich der Feldherr heute von ihm persönlich über die Ergebnisse seiner Mission unterrichten lassen.

Schweigend hörte er Richard zu und unterbrach ihn nur zweimal. »Ein Dragonerross als Entschädigung für zwei Karnickel?«, war das erste Mal.

Richard sah ihm entschlossen ins Gesicht. »Nein, als Entschädigung für das Leid eines hilflosen Kindes, dem sein Liebstes grausam getötet wurde, obwohl es weinend um Erbarmen für seine Tiere flehte.«

Albrecht räusperte sich und ließ Richards Antwort im Übrigen unkommentiert.

»Also erhalte ich noch einen eigenen Bericht von Oberstleutnant Weiss über den Umgang mit den beiden weiteren übel beleumundeten Schwadronen?«, war sein zweiter Einwurf, den Richard mit einem Ja beantwortete.

Zum Schluss gab es für Richard noch eine völlig unerwartete Überraschung.

»Sie haben ausgezeichnete Arbeit geleistet, Hauptmann von Löwenstein«, zog Albrecht nach einer längeren Schweigepause am Ende von Richards Ausführungen Bilanz. »Besonders imponiert es mir, dass Sie Ihren unehrenhaften Cousin nicht im Geringsten geschont haben.«

In diesem Augenblick war sich Richard endgültig sicher, dass ihn Albrecht mit jenem Auftrag auf die Probe gestellt hatte. Er hob schon an, sich für das Lob zu bedanken, als ihn der Heerführer mit einer Geste zum Schweigen aufforderte.

»Daher habe ich beschlossen, Seiner Majestät Ihre Beförderung zum Major vorzuschlagen. Diese wird, wie alle Beförderungen, am Geburtstag des Kaisers im August ausgesprochen werden.«

Richard glaubte, seinen Ohren nicht zu trauen.

»Dies ist nicht nur eine Anerkennung Ihrer bisherigen Leistungen«, fuhr der Erzherzog fort, »sondern soll es Ihnen in Zukunft auch ermöglichen, bei ähnlichen Aufträgen gleich als Vorgesetzter gegenüber den Hauptleuten aufzutreten, die in der Regel das Kommando über eine Kaserne haben.«

»Denn Ihre Rolle hat sich mittlerweile in der Armee herumgesprochen«, wehrte er Richards Dank ein weiteres Mal ab. »Aus diesem Grund werde ich Sie erst mit der nächsten Mission betrauen, wenn Ihre Beförderung erfolgt ist. Allerdings erwarte ich von Ihnen, dass Sie bis dahin Stillschweigen darüber bewahren.«

Eine knappe Handbewegung Albrechts zeigte Richard an, dass er mit diesen Worten entlassen war. Nun platzte er fast vor Stolz über seinen Erfolg, ohne seine Freude vorläufig mit jemandem teilen zu können.

Die Equipage kam endlich zum Stehen. Sein Vater Eduard, der neben ihm saß, rüttelte Richard an der Schulter. »Nun wach endlich auf, Richie! Wir sind da!«

Der öffnete scheinbar verschlafen die Augen. Adalbert, der ihm gegenübersaß, musterte ihn mit einem Anflug von Besorgnis.

»Ich hoffe aus ganzem Herzen, du fühlst dich ein wenig erholt, Richie. Immerhin ist es Amis erster Hofball. Sie freut sich ungemein darauf und spricht schon seit Tagen von nichts anderem mehr. Aber es wird eine lange Nacht.«

Kapitel 16

Zeremoniensaal in der Hofburg

Samstag, 8. Februar 1890, gegen neun Uhr abends

Nach der ganzen Stunde, die Sophie sich jetzt bereits im Zeremoniensaal der Hofburg aufhielt, um auf den Einzug der kaiserlichen Familie zu warten, taten ihr nicht nur die Füße in ihren hochhackigen Ballschuhen weh, sondern mittlerweile auch die Mundwinkel vom beständigen Lächeln.

Um kurz vor acht Uhr hatte Graf Lajosz Szalay sie am Fuß der Botschafterstiege im Schweizerhof erwartet, korrekt in einen diesmal tadellos sitzenden Frack samt Zylinder gekleidet. Auf dem Weg nach oben kamen sie an einer Garderobe vorbei, wo Szalay Sophie aus ihrem pelzgefütterten Umhang half. Gemeinsam mit seinem eigenen Abendmantel und dem Zylinder drückte er diesen einer der schwarz gekleideten Garderobieren in die Hand. Zusammen mit einem stattlichen Trinkgeld, wie Sophie bemerkte.

Auf ihren fragenden Blick hin erklärte er, dass ihre Mäntel jetzt ganz weit vorn in der endlosen Reihe der abgegebenen Kleidung aufgehängt würden. »Wir werden heute Abend noch genug zu warten haben«, erklärte er augenzwinkernd. »Da muss es nicht nach dem Ball auch noch auf unsere Garderobe sein.«

Was Szalays Bemerkung über das langwierige Warten bedeutete, erfuhr Sophie erst im Lauf der nächsten Stunden. Denn obwohl das immer gleiche Ritual vorsah, dass der Kaiser mit seinem Gefolge erst um halb zehn Uhr im Zeremoniensaal erschien, um den Ball zu eröffnen, musste sich die Hofgesellschaft dort bereits um acht Uhr einfinden.

Am Arm von Szalay schritt Sophie zwischen den Spalieren, die von an den Wänden aufgereihten kaiserlichen Leibgardisten gebildet wurden, auf dem Weg zum Zeremoniensaal zunächst durch zahlreiche Salons. Dabei bestaunte sie die prachtvolle Dekoration, mit der die Räume heute geschmückt waren. Tausende von Kerzen beleuchteten die Gemächer. Auf jedem freien Fleck standen Topfpalmen und blühende Ziersträucher.

Bewundernd blieb Sophie vor zwei einander gegenüberstehenden, zartrosa und dunkelrot erblühten Sträuchern stehen, die einen intensiven Duft verströmten. In ihrem Entzücken vergaß sie einen Augenblick lang sogar die Beklommenheit, die sie in der Gegenwart des Ungarn stets verspürte.

»Was sind das für herrliche Büsche! Es scheint mir ein und dieselbe Sorte zu sein, obwohl die Blüten unterschiedliche Farben haben«, schwärmte sie.

Als sie sich Szalay wieder zuwandte, zeigte sich ein Ausdruck auf seinem Gesicht, der Sophie bekannt vorkam. Ab und zu hatte Richard sie bei ihren früheren Begegnungen so angesehen. Im Blick des Grafen las Sophie Bewunderung und noch etwas anderes, das sie peinlich berührte, aber nicht näher bestimmen konnte. Eine erfahrenere Frau hätte ihr sagen können, dass in diesem Blick *Begehren* lag.

Szalay lächelte und entblößte seine vom starken Rauchen gelblich verfärbten Zähne. »Sie sehen wunderschön aus, wenn die Freude Sterne in Ihre grünen Augen zaubert«, schmeichelte er ihr. »So lieblich wie ein Bergsee, auf den die Sonne scheint.«

»Das ist Oleander, liebe Sophie«, fuhr er fort, als diese nicht auf sein Kompliment reagierte. »Er wächst im Süden Europas, vor allem in Italien, und blüht dort auch noch in anderen Farben. Zum Beispiel in Weiß oder einem kräftigeren Rosa, als Sie es hier sehen. Diese Sträucher stammen aus den Gewächshäusern Ihrer Majestäten.«

»Vielleicht habe ich ja bald Gelegenheit, Ihnen den Oleander in seiner natürlichen Umgebung zu zeigen«, fügte er zu Sophies nicht geringem Entsetzen hinzu. »Würden Sie denn gerne einmal nach Rom oder Neapel reisen?«

Sophie spürte, dass sie errötete. »Ich ... ich weiß es nicht«, stammelte sie. »Darüber habe ich noch nie nachgedacht.«

Spricht Szalay etwa schon von unserer Hochzeitsreise? Ihre schlimmsten Befürchtungen während der vergangenen Nacht schienen sich zu bestätigen. Unwillkürlich schauderte Sophie zusammen. Zum Glück deutete der Graf dieses Zeichen falsch.

»Doch Sie frieren, und ich halte Sie mit meinem müßigen Geschwätz auf. Lassen Sie uns weitergehen! Hier in den zugigen Räumen könnten Sie sich in Ihrer eleganten Ballrobe am Ende verkühlen. Im Zeremoniensaal ist es dagegen warm!«

Eher sogar überhitzt, dachte sich Sophie, als sie den Saal schließlich betraten. Auch er war auf das Prächtigste mit herrlichen Blumengestecken dekoriert, die sogar als Wandschmuck dienten.

Eine unübersehbare Menge von Damen in den kostbarsten, in allen Farben schillernden Roben und Herren in ordengeschmückten Galauniformen oder im Frack füllten bereits den größten Teil des Raums. Es summte darin wie in einem Bienenstock. Ab und zu übertönte das helle Auflachen einer Frau das allgemeine Stimmengewirr.

Wenn man sich diese erlesen ausgestatteten Räume ansieht, käme man nie auf den Gedanken, wie ärmlich die Kammern im Fräuleingang eingerichtet und wie düster und kalt die Flure und Gänge zwischen den einzelnen Trakten sind, sinnierte Sophie, während sie sich verstohlen nach bekannten Gesichtern umsah.

Richard konnte sie zu ihrer Erleichterung nirgends entdecken. Sie erblickte die Fürstin Nora Fugger in einer entfernten Ecke und einige der Kinsky- und Auersperg-Komtessen, die sie aber nur vom Sehen kannte. Doch schon fasste Szalay sie wieder am Ellenbogen und führte sie zielgerichtet zu einer Gruppe von Damen und Herren.

»Verehrte Fürstin von Esterházy, verehrte Komtess Maria, Fürst Nikolaus, Prinz Paul«, er verneigte sich formvollendet vor jeder der angesprochenen Personen, »darf ich Ihnen einen guten Abend wünschen und Ihnen meine entzückende Begleiterin vorstellen? Komtess Sophie von Werdenfels, Hofdame Ihrer Majestät, der Kaiserin Elisabeth.«

Die Herren neigten den Kopf, die Damen lächelten, während Sophie einen Knicks andeutete. Schon bald war Szalay mit den Männern in ein lebhaftes Gespräch über ein Gestüt vertieft, auf dem in der Nähe von Gödöllö, dem ungarischen Schloss Sisis, Jagdpferde gezüchtet wurden. Die Fürstin Esterházy musterte Sophie, wobei ihr fortdauerndes Lächeln ihre Augen nicht erreichte. »Und Sie begleiten unsere verehrte Monarchin auf ihren zahlreichen Reisen? Das muss sehr aufregend sein!«

Sophie spürte, dass sie schon wieder errötete. Was sollte sie darauf antworten, zumal sie aus dem Tonfall der Fürstin schloss, dass es sich bei ihrer Bemerkung durchaus um eine Spitze gegen Sisi handeln könnte? »So ist es, gnädige Frau. Es ist eine sehr abwechslungsreiche Tätigkeit«, entschloss sie sich zu einer, wie sie hoffte, unverfänglichen Antwort.

Das Gespräch der Damen plätscherte noch eine kurze Weile oberflächlich vor sich hin, bis sich Szalay zu Sophies Erleichterung verabschiedete, um sie weiteren Bekannten vorzustellen.

Eine Stunde später schwirrte ihr der Kopf von all den Schwarzenbergs, Lobkowitz, Trauttmansdorffs, Kinskys und Auerspergs, alles Familien, denen Szalay sie vorstellte. Deren Mitglieder waren ihr bislang überwiegend nur vom Hörensagen oder als gelegentliche Gäste des Cafés Prinzess bekannt, wobei niemand Sophie wiederzuerkennen schien. Offensichtlich war der Ungar in dieser hochadeligen Gesellschaft recht hoch angesehen.

Das Muster dieser kurzen Konversationen war immer das

gleiche: Graf Szalay begrüßte seine Bekannten und Freunde und machte sie mit Sophie bekannt. Dann unterhielt er sich mit den Männern über Politik, die Jagd oder andere, die Damen kaum interessierende Themen. Die Frauen wahrten gegenüber Sophie zwar die Form und blieben höflich. Sie ließen in den kurzen Gesprächen jedoch deutlich durchblicken, dass ihnen an einer näheren Bekanntschaft mit einer jungen Frau aus dem nobilitierten Adel nichts lag.

Manche warfen Szalay auch amüsiert nachsichtige Blicke zu, die Sophie dahingehend deutete, dass sie ihn wahrscheinlich auf Brautschau wähnten und ihm zugestanden, in seinem Alter auch unter seinem Stand zu heiraten, wenn seine Auserwählte nur jung und hübsch genug war. Sophie musste immer wieder an Ida Ferenczys Worte denken, mit denen diese ihr die Vorzüge einer Verbindung mit solch einem älteren, vermögenden und völlig unabhängigen Majoratsherrn angepriesen hatte. Auch jetzt warf Ida Sophie und Lajosz immer wieder wohlwollende Blicke zu, hielt sich nach einer kurzen Begrüßung ihres Landsmanns jedoch weitgehend von dem Paar fern.

Wahrscheinlich, um unsere traute Zweisamkeit nicht zu stören, dachte Sophie in einem Anflug von Groll.

Ihr selbst wurde die ganze Veranstaltung, je mehr die Zeit voranschritt, immer unangenehmer, obwohl das eigentliche Fest noch gar nicht begonnen hatte. Nur ein einziges Gespräch machte sie betroffen.

Wieder steuerte Szalay auf eine Dreiergruppe, bestehend aus einer jungen Frau und zwei Männern, zu. »Gräfin Ilona, Graf Batthyány, Graf Andrássy, ich grüße Sie«, begann er die Runde mit dem üblichen Kontaktritual. Noch bevor er Sophie vorstellte, wandte sich Szalay diesmal an den jungen Mann, den er mit Andrássy angesprochen hatte.

»Gyula, wie geht es Ihrem Vater?« Wie Sophie es schon anhand der Anrede vermutet hatte, dem Satz Szalays nun aber eindeutig entnehmen konnte, war der junge Mann also nicht nur mit dem ehemaligen Ministerpräsidenten und Vertrauten Sisis, Gyula Andrássy, verwandt, sondern sogar dessen Sohn.

Dessen Miene wurde traurig. »Sehr schlecht, fürchte ich, lieber Lajosz«, antwortete er zu Sophies Bestürzung. »Gerade vor unserer Abfahrt zum Hofball haben uns schlimme Nachrichten erreicht. Die Ärzte geben meinem Vater nur noch wenige Wochen oder gar Tage zu leben. Gleich morgen brechen wir auf, um an sein Krankenlager zu eilen.«

Auch Szalay wirkte nun bedrückt. Er stellte seine nächsten Fragen auf Ungarisch, sodass Sophie dem Gespräch inhaltlich nicht mehr folgen konnte. Aber an Szalays Miene erkannte sie, dass es weiterhin nichts Gutes war, was er dabei erfuhr.

Schließlich seufzte Szalay tief auf. Erst dann fiel sein Blick auf Sophie. »Helfgott!« Erschrocken schlug er sich sogar die Hand vor den Mund. »Nun habe ich gar meine guten Manieren und jede Etikette vergessen.« Rasch riss er sich zusammen und setzte ein diesmal gequält wirkendes Lächeln auf. »Darf ich Ihnen meine entzückende Begleiterin vorstellen?«

Der Rest des Rituals lief so ab, wie es Sophie mittlerweile schon kannte.

Bevor Szalay Sophie auf die nächste Gruppe zusteuern konnte, verlangsamte sie jedoch ihren Schritt und zeigte auf eine gerade frei gewordene Nische. Dort angekommen fragte sie mit gedämpfter Stimme: »So ist es wahr, dass Graf Andrássy schwer krank ist? Ich fürchte, das wird unsere Kaiserin sehr mitnehmen.« Tatsächlich vermutete sie, dass der Tod eines ihrer wenigen Vertrauten Sisis anhaltende Melancholie weiter verstärken würde.

Szalay nickte traurig. »Es ist wahr.«

»Kannten Sie den Grafen gut?«

Szalay nickte. »Ich war noch ein Kind, als Gyula im Jahr 1848 sein Leben aufs Spiel setzte, um als Anführer der Revolution für die Freiheit Ungarns zu kämpfen. Er ist ungefähr zwanzig Jahre älter als ich. Die ungarische Nation verdankt ihm unendlich viel. Ich habe mich glücklich geschätzt, ihn zu meinem Freundeskreis zählen zu dürfen, seitdem ich erwachsen bin.«

Sophie versuchte, sich an die Geschichtsstunden zu erinnern, in denen die ungarische Revolution und der ungefähr zwanzig Jahre später stattfindende sogenannte ungarische Ausgleich Thema gewesen waren:

In Abwesenheit war Gyula Andrássy 1850 zunächst zum Tode verurteilt worden und ins Exil geflohen. Nach seiner Begnadigung durch Kaiser Franz Joseph setzte er sich, entgegen seiner Ziele während des Aufstands, für einen Verbleib Ungarns in der Habsburgermonarchie ein. Das führte schließlich 1867 zu einer größeren Autonomie seines Vaterlandes im Reich und zur Krönung Franz Josephs und Sisis zum ungarischen Königspaar. Seit dieser Zeit zählte Sisi den Grafen zu ihren wenigen Freunden.

Andrássy wurde Ungarns erster Ministerpräsident und ab dem Jahr 1871 sogar acht Jahre lang Minister des Äußeren der gesamten K.-u.-k.-Monarchie. Dann zog er sich ins Privatleben zurück, wobei man munkelte, dass Andrássy auch weiterhin im Hintergrund die politischen Fäden zog.

»Und es gibt gar keine Hoffnung mehr für den Grafen?«, fragte Sophie.

Szalay schüttelte den Kopf. »Sein Sohn sagte mir, dass ein Krebsgeschwür seinen Körper zerfrisst.«

Dann schlug er sich erneut die Hand vor den Mund. »Aber was rede ich Ihnen denn da von solch traurigen Themen! Sie sollten Ihr hübsches Köpfchen wahrlich nicht mit so etwas belasten! Erst recht nicht an einem Abend wie diesem!«

Einen kurzen Moment lang war Szalay Sophie ein wenig sympathischer geworden. Doch dieses Gefühl zerrann nach seiner letzten Bemerkung so rasch, wie es aufgekommen war.

Sie waren kaum aus der Nische getreten, als Sophie Richard erblickte. Umgeben von einer größeren Gruppe, wahrscheinlich seinen Familienangehörigen, kam er mit Amalie am Arm direkt auf sie zu.

Zeremoniensaal in der Hofburg

Samstag, 8. Februar 1890, kurz vor halb zehn Uhr

Richard entdeckte Sophie erst, als sie fast unmittelbar vor ihm stand.

Zwar hatte er immer wieder Ausschau nach ihr gehalten, sie in der Menge jedoch nicht ausfindig machen können und schließlich mit einer Mischung aus Erleichterung und Enttäuschung angenommen, dass sie entgegen dem Bericht im *Wiener Salonblatt* doch nicht am Hofball teilnahm. Nun wurde er eines Besseren belehrt.

Obwohl er die Begegnung mit Sophie im tiefsten Innern herbeigesehnt hatte, hätte er sich jetzt am liebsten auf dem Absatz umgedreht und wäre unerkannt in der Menge verschwunden. Zumal sie nicht allein war, sondern in Begleitung eines ihm völlig unbekannten, hässlichen Mannes, der ihm auf Anhieb unsympathisch war.

Schon vorher war er des ganzen Festes von Herzen überdrüssig gewesen. Amalie redete ununterbrochen davon, ob man ihre Ballrobe, für die sie bereits etliche Komplimente erhalten hatte, wohl im *Wiener Salonblatt* erwähnen würde. Noch mehr auf die Nerven ging ihm allerdings ihr Vater Adalbert.

Seit der Wohltätigkeitsgala bei der Fürstin Pauline von Metternich im vergangenen Oktober, bei der er mit zahlreichen anderen hochrangigen Mitgliedern der Wiener Adelsgesellschaft zusammengetroffen war, bemühte sich Adalbert ununterbrochen darum, diese Kontakte weiter auszubauen. Tatsächlich waren er und Amalie zu etlichen weiteren Soireen eingeladen worden, die zum Glück alle in den Zeitraum von Richards Abwesenheit wegen seiner Ermittlungen in der k.u.k. Armee gefallen waren.

Dass es weiterhin vor allem Wohltätigkeitsveranstaltungen waren, zu denen man Adalbert einlud, fiel seinem zukünftigen

Schwiegervater entweder gar nicht auf, oder es war ihm gleichgültig. Richard schätzte, dass Adalbert inzwischen Tausende von Gulden gespendet hatte. Das machte ihn auch für zukünftige Gastgeberinnen solcher Soireen durchaus attraktiv.

Denn was für die Herren die Jagd war, war für die Damen von Adel die Wohltätigkeit. Ihre Erfolge leiteten sich daher auch nicht von der Strecke und Art des erlegten Wilds ab, sondern der Höhe der Spenden, die sie bei ihren Wohltätigkeitsgalas einsammelten.

Bei diesen Galas wurden nach einem gemeinsamen Souper meistens kleine Theaterstücke, Konzerte oder »Lebende Bilder«, wie man die von einigen Gästen gegebenen Darstellungen mythischer oder historischer Szenen ohne Bewegung oder Dialoge nannte, aufgeführt. Danach wurden die Spenden gezeichnet. Als Höhepunkt und Abschluss des Abends verkündete die Dame des Hauses dann voller Stolz die eingeworbene Spendensumme, die nun regelmäßig erklecklicher als früher ausfiel, seitdem man Adalbert einlud.

Schon nannte man seinen zukünftigen Schwiegervater in einem Atemzug mit dem jüdischen Mäzen Nathaniel Rothschild, der sämtliche Spendengalas der Fürstin von Metternich besuchte und bislang dafür gesorgt hatte, dass sie als die erfolgreichste Wohltäterin und ungekrönte Königin im beständigen Wettbewerb der adeligen Damen untereinander galt.

Es wunderte Richard daher nicht, dass Adalbert seit ihrer Ankunft in der Hofburg von einer Gruppe zur anderen Gruppe wanderte, um seine gerade erst geschlossenen Bekanntschaften zu vertiefen. Und schon gar nicht, dass ihm nun Damen aus Familien mit großen Namen schöntaten, die ihn noch im Sommer des letzten Jahres vollständig ignoriert hatten. Schließlich neidete man Pauline von Metternich ihre exponierte Stellung schon lange und trachtete danach, es ihr gleichzutun oder sie sogar zu überflügeln.

Weniger erfolgreich war bislang Adalberts Bemühen verlaufen, über eine Bittschrift an den Kaiser den Erhalt seines Grafentitels nach seinem Tode für seine Tochter Amalie beziehungsweise deren Ehemann zu erwirken. In dieser Angelegenheit hatte man Adalbert im Obersthofmeisteramt, wo sie derzeit vorlag, beschieden, erst einmal die Eheschließung seiner Tochter abwarten zu wollen, aus der doch sicherlich männliche Nachkommen hervorgehen würden. Sobald sich ein oder sogar mehrere Enkelsöhne eingestellt hätten, würde man Adalberts Begehren als aussichtsreicher betrachten und es gegebenenfalls vonseiten der obersten Hofbehörde gegenüber dem Kaiser befürworten.

Denn auch im Fürstenhaus Dietrichstein, dem einzigen Präzedenzfall in der Ägide Kaiser Franz Josephs, hatte es bereits zwei männliche Nachkommen in zweiter Generation gegeben, als der Monarch die Bitte nach dem Erhalt des Fürstentitels trotz eines in direkter Erblinie fehlenden männlichen Erben erfüllte.

Richard hatte sich jeden Kommentars enthalten, als sich Adalbert im Rahmen eines Diners im Familienkreis ausführlich über den Stand der Angelegenheit äußerte. Im Stillen hoffte er allerdings, dass dieser Kelch wegen Amalies möglicherweise zu erwartender Unfruchtbarkeit sowieso an ihm vorübergehen möge.

Nun zwang er sich zu einem verbindlichen Lächeln, als Adalbert zielsicher auf den unsympathischen Menschen zusteuerte, der Sophie am Arm führte.

Sein Schwiegervater verbeugte sich tief. »Habe ich die Ehre mit Graf Lajosz Szalay?«, säuselte er.

In Richard klang eine Saite an. Zwar kannte er den Mann nicht. Doch dessen Namen hatte er schon einmal gehört und zwar in einem unangenehmen Zusammenhang. Doch wo das gewesen und worum es dabei gegangen war, fiel ihm nicht ein.

Während Adalbert sich und seine Familie vorstellte, fiel Richard bei der Betrachtung des vierschrötigen Grafen an der

Seite der zarten Sophie unwillkürlich ein altes französisches Volksmärchen ein, das ihm seine Kinderfrau einst vor dem Einschlafen erzählt hatte. *Die Schöne und das Biest,* erinnerte er sich an den Titel.

Obwohl Szalays Frack tadellos saß, konnte er seine beachtliche Leibesfülle nicht verbergen. Zudem überragte Sophie ihn um einen halben Kopf. Am meisten stieß Richard jedoch das verlebt wirkende Gesicht des Ungarn ab, in dem sich sein ausschweifender Lebenswandel zu spiegeln schien. Vor allem die vielen geplatzten Äderchen rund um die dicke Nase zeugten von einer ausgeprägten Liebe des Grafen zu geistigen Getränken.

Daneben wirkte Sophie in ihrem zartgrünen Kleid wie eine Elfe. Sie wich seinem Blick beharrlich aus und knickste schüchtern, als Szalay sie vorstellte. Falls Adalbert noch etwas mit dem Namen »Sophie von Werdenfels« verband, da er Richard im vergangenen Jahr nach einer Beschwerde Amis ja jeden Kontakt zu ihr untersagt hatte, ließ er es sich nicht anmerken. Anders als Amalie, die nur mühsam die Form wahrte und Sophie mit vorgeschobener Unterlippe verächtlich musterte.

»Es wäre mir eine außerordentliche Ehre, Sie demnächst einmal im Palais Thurnau als Gast begrüßen zu dürfen«, vernahm Richard die nächsten süßlichen Worte Adalberts. »Natürlich gerne zusammen mit Ihrer entzückenden Begleiterin«, fügte er gerade noch rechtzeitig hinzu, bevor er die geltenden Höflichkeitsregeln verletzt hätte.

Während Amalie hörbar nach Luft schnappte, erklärte der Ungar zu Richards Erleichterung, dass er zu seinem allergrößten Bedauern vorläufig auf dieses Vergnügen verzichten müsse. »Dringende Geschäfte rufen mich schon in der nächsten Woche zurück auf meine Landgüter in Ungarn, verehrter Graf von Thurnau.«

»Doch sehr gerne folgen Komtess von Werdenfels und ich Ihrer Einladung, sobald ich wieder nach Wien zurückgekehrt bin«, fügte Szalay hinzu.

Diesmal verzog auch Sophie einen Moment lang unwillig das Gesicht, was Richard gleichzeitig beruhigte und beunruhigte. *Was fällt diesem Kerl ein, derart über Sophie zu verfügen?* Dann kam ihm ein furchtbarer Verdacht. *Oder gibt es bereits eine geheime Vereinbarung zwischen den beiden? Ist der Graf etwa mehr als der Begleiter einer Hofdame der Kaiserin? Will oder soll Phiefi diesen Widerling etwa ehelichen?*

Einen kurzen Moment lang erinnerte sich Richard an den Ausgang der französischen Geschichte. Die Schöne hatte das Biest am Ende durch ihre Liebe erlöst.

Zum Glück ist das nur ein Märchen, versuchte Richard, sich zu beruhigen. *Denn aus diesem Scheusal Szalay wird sicherlich niemals ein stattlicher Mann. Solche Männer müssen sich Liebe in den Hurenhäusern erkaufen,* dachte er brutal.

Plötzlich setzte sein Herz einen Schlag lang aus. Denn jetzt erinnerte er sich wieder daran, in welchem Zusammenhang er den Namen »Lajosz Szalay« wahrscheinlich schon einmal gehört hatte.

Wenn dies der Wahrheit entspricht, muss ich Sophie vor dem Kerl warnen. Jetzt klopfte Richard das Herz bis zum Hals. *Doch zuvor muss ich sichergehen, dass ich mich nicht irre.*

Sofort fiel ihm ein, an wen er sich wenden könnte. *Dort hätte ich außerdem schon längst einmal vorsprechen sollen,* dachte er beschämt. *Nicht erst dann, wenn es mir um einen persönlichen Gefallen geht.*

In diesem Moment klopfte es dreimal laut an die Tür zum Zeremoniensaal, die bislang als einzige geschlossen geblieben war. Der Einzug der kaiserlichen Familie stand unmittelbar bevor.

Alle Geräusche im Zeremoniensaal verstummten. Die Gäste stellten sich zu beiden Seiten des Saals auf, und die weiße, mit vergoldeten Ornamenten verzierte Tür öffnete sich. Zuerst trat der Zeremonienmeister ein und stieß seinen goldenen Stab dreimal auf den Boden. Ein ähnliches Ritual kannte Sophie schon von der Fußwaschung im vergangenen Jahr.

Den Stab mit beiden Händen vor sich hertragend, ging der Zeremonienmeister dem Zug voran, gefolgt vom Obersthofmeister des Kaisers in Galauniform. Dahinter schritt die kaiserliche Familie in Zweierreihen.

Sie wurde natürlich von Kaiser Franz Joseph angeführt, der in die Gala-Uniform eines Feldmarschalls mit weißer, über und über mit Orden geschmückter Jacke und roter Hose gekleidet war. An seiner Seite schritt die Erzherzogin Marie Therese von Braganza. Wie schon bei der Fußwaschungszeremonie vertrat sie die abwesende Kaiserin.

Marie Therese war in eine erlesene weißseidene Ballrobe gekleidet. In ihrer kunstvollen Frisur trug sie ein mit riesigen Rubinen und Diamanten besetztes Diadem, um den Hals das dazu passende Collier. Beide Schmuckstücke stammten aus der kaiserlichen Schatzkammer und wurden nur zu außergewöhnlichen repräsentativen Anlässen gezeigt.

Ebenfalls paarweise folgten die Erzherzöge und Erzherzoginnen, streng in der Reihenfolge gemäß ihres Ranges bei Hofe. Einige Gesichter kannte Sophie noch vom Kaisergeburtstag in Ischl im vergangenen August. Darunter waren Marie Thereses Gatte Karl Ludwig, der älteste Bruder des Kaisers, sein jüngerer Bruder Ludwig Viktor und Erzherzog Franz Ferdinand, der designierte Thronfolger. Dann kam die vor Glück strahlende Marie Valerie an der Seite ihres zukünftigen Gatten Franz Salvator.

Noch wie betäubt von ihren jüngsten Eindrücken versank auch Sophie wie die übrigen Damen mit gebeugtem Kopf in einen tiefen Hofknicks, als der kaiserliche Zug an ihr vorbeidefilierte. Sie war froh, dass sie auf diese Weise ihr Gesicht eine Zeit lang nicht zeigen musste.

Eindrücke aus der gerade erlebten Begrüßungsszene bedrängten sie: Richard, dessen Miene wie versteinert wirkte. Amalie in ihrer prächtigen hellblauen, über und über silberbestickten Abendtoilette, die Sophie mit ihrem verächtlich verzogenen Mund und den eisigen grauen Augen mehr denn je an die Schneekönigin aus dem Märchen von Hans Christian Andersen erinnerte.

Amalies Vater, Adalbert von Thurnau, der sie begrüßte, als hätte er noch nie etwas von ihr gehört, was Sophie für unwahrscheinlich hielt. Sicherlich hatte ihm Amalie von ihrem Besuch im Palais Thurnau erzählt, bei dem Sophie kurz vor der Tragödie von Mayerling den Versuch unternommen hatte, Richard um Hilfe zu bitten. Amalie hatte sie damals so rüde des Hauses verwiesen, als sei sie eine zweifelhafte Halbweltdame.

Schemenhafte Gesichter weiterer Personen, die sie neugierig betrachteten, zogen an ihrem inneren Auge vorbei. Richards Mutter und die beiden Herren, die Sophie vorher noch nie gesehen hatte. Es waren wahrscheinlich Richards Vater und, der Ähnlichkeit nach zu schließen, dessen älterer Bruder, der Majoratsherr der Löwensteiner.

Und schließlich die unglaublich besitzergreifende Art mit der Graf von Szalay über sie verfügt hatte; so als sei sie bereits mit ihm verlobt und es daher selbstverständlich, dass sie dem Palais Thurnau gemeinsam mit ihm eine Visite abstatten würde.

Was soll ich nur tun? Am liebsten hätte Sophie in ihrer Verzweiflung die Hände gerungen. Der Kaiserin gegenüber stand sie im Wort, Sisi schon in wenigen Wochen auf ihren nächsten Reisen zu begleiten. Doch war es wirklich eine gute Idee, sich der Hilfe des Grafen Szalay zu bedienen, um ihren Stiefvater Arthur unter Druck zu setzen, Milli und ihre Mutter nicht mehr weiter zu schikanieren? Sophie war in diesem Moment so ratlos wie nie zuvor.

»Meine Liebe!« Szalay zog sie sanft am Arm. »Sie dürfen sich wieder erheben. Der kaiserliche Zug ist mittlerweile vorbeigeschritten.«

Er schmunzelte über Sophies scheinbare Unbedarftheit. »Erzherzogin Marie Therese hat schon ihren Platz auf der Estrade eingenommen, wo sie ihren Cercle halten wird. Wir sollten uns allerdings in den Tanzsaal begeben. Schließlich gibt es ein auf die Minute geregeltes Programm.«

Tatsächlich wies Sophies weißgolden umrahmte Tanzkarte, die Szalay ihr nun reichte, akkurat aus, wann, wie lange und in welcher Reihenfolge ein Walzer, eine Quadrille oder eine Polka gespielt werden würden. Wieder durchfuhr sie ein Stich. In die Tanzkarte, die sie Szalay auf seine Bitte hin bei ihrer Ankunft überlassen hatte, ohne sie vorher genau zu betrachten, hatte der Graf seinen eigenen Namen in das Feld für jeden einzelnen Tanz gesetzt. Offensichtlich beabsichtigte er, Sophie keine Sekunde lang aus den Augen zu lassen, geschweige denn sie einem anderen Tanzpartner zu gönnen.

Sie erreichten den Ballsaal gerade noch rechtzeitig. Der Hofmusikkapellmeister gab das Zeichen für den Eröffnungstanz, den traditionell ein Erzherzog mit einer Erzherzogin bestritt. Diesmal war es der zukünftige Kronprinz Franz Ferdinand, der sich mit der Kaisertochter Marie Valerie im ersten Walzer des Abends drehte.

Nach wenigen Takten gesellten sich weitere Paare auf die Tanzfläche, die sich rasch als zu klein für die große Menge der Gäste erwies. Mechanisch ließ sich Sophie von Szalay führen und nahm nicht einmal wahr, dass er trotz seiner Leibesfülle ein sehr geschickter Tänzer war und sie ein ums andere Mal vor argen Kollisionen bewahrte.

Offensichtlich bemerkte der Graf Sophies trübe Stimmung nicht oder hatte beschlossen, sie einfach zu ignorieren. Immer wieder schmiegte er sich enger an sie, als es die Tanzschritte erforderten, und streifte mit seinem nach Pomade riechenden, ausladenden Schnurrbart wie zufällig ihr Ohr.

»Sie sind eine wunderbare Tänzerin«, flüsterte er ihr zu. »Jeder Mann kann sich glücklich schätzen, Sie in seinen Armen halten zu dürfen.«

Sophie wich unwillkürlich zurück, was den Grafen zu einem

läppischen Kichern veranlasste. »Ach Gott, sie ist scheu, die Kleine«, hörte Sophie ihn murmeln.

Sie atmete tief durch und riss sich zusammen. Kein Wunder, dass er sie für schwach und schüchtern hielt, wenn sie sich wie einen nassen Lappen willenlos von ihm herumschleudern ließ.

Sie straffte den Rücken und hob den Kopf. Aus den Augenwinkeln sah sie ein bekanntes Gesicht. »Lassen Sie uns einmal dort hinübertanzen«, forderte sie Szalay auf und zog bereits in die gewünschte Richtung. Verblüfft ließ der Graf sie gewähren.

Es war Charlotte Majláth, die sich mit ihrem Verlobten, den sie im März heiraten würde, zu einer der beliebtesten Melodien von Johann Strauss in einem Walzer drehte. Sophie fiel ein, dass sie Charlotte noch nicht zu ihrer bevorstehenden Hochzeit gratuliert hatte.

»Viel Glück wünsche ich dir!«, rief sie der Ungarin im Vorbeitanzen zu, was diese zunächst erstaunt registrierte, bevor sie mit einer herzlichen Antwort reagierte. »Das Gleiche für dich, liebe Sophie!«, rief sie zurück.

Die letzten Töne des Walzers verklangen. Laut Tanzprogramm gab es nun eine kleine Pause. Sophie nutzte die Chance, sich unter dem Vorwand von Szalay zu entfernen, ihre liebe Freundin Fredi von Taxis begrüßen zu wollen.

Die lächelte ihr mit dem für sie charakteristischen Spott, mit dem sie den meisten Menschen begegnete, entgegen. »Einen seltsamen Galan hast du da aufgetan, Phiefi!«, wisperte sie. »Man sagt zwar, dass er steinreich ist. Aber ich nähme ihn selbst dann nicht, wenn er so vermögend wie der Sagenkönig Krösus wäre.«

»Ich auch nicht!«, zwinkerte Sophie ihr zu. Dann war Szalay schon wieder an ihrer Seite.

»Kommen Sie, meine Liebe! Auf dem Programm steht die vorerst letzte Quadrille. Danach wird das Büfett im Redoutensaal eröffnet.«

Aus den Augenwinkeln sah Sophie Richard und Amalie auf

die Tanzfläche kommen. Eine Quadrille brachte es mit sich, dass man bei einigen Figuren auch anderen Partnern begegnete oder sogar eine kurze Sequenz mit ihnen tanzte. Auf keinen Fall wollte Sophie riskieren, Richard bei der Quadrille zu nahe zu kommen. So sehr sie sich auch nach ihm sehnte, wie sie einmal mehr deutlich spürte. Nicht heute Abend, nicht, wenn er in der Gesellschaft Amalies war.

Ihr kam eine Idee. »Nach tanzen ist mir gerade nicht mehr zumute. Hier drinnen ist es so voll und so heiß!« Damit sprach Sophie nicht einmal die Unwahrheit. »Ich würde stattdessen lieber einen Blick auf all die Leckereien werfen, bevor das Büfett gestürmt und alles so unansehnlich wird.«

Szalay runzelte die Stirn. Doch Sophie kümmerte sich nicht um seinen leichten Unmut und wandte sich zum Gehen. Sie sprach einen der in Galalivree gekleideten Hofdiener an. »Wo wurde das Dessertbuffet aufgebaut?«

Der Mann musterte Sophie mit einer Mischung aus Verwirrung und Besorgnis. Dann verneigte er sich knapp.

»Die Süßspeisen stehen im kleinen Saal!« Er wies auf eine Tür im hinteren Teil des Ballsaals. »Doch die Tafel ist leider noch nicht eröffnet.«

»Ich will auch nichts davon nehmen, sondern die Speisen nur anschauen.«

Erst vorgestern hatte Onkel Stephan ihr einige Zitronen- und Mokkaprinzentörtchen in die Hofburg gesandt, versehen mit einem kurzen Billett, dass er diese Kuchen auch zur kaiserlichen Tafel während der Hofbälle liefern würde.

Sophie öffnete die Tür und schlüpfte in den Saal. Und tatsächlich, da standen Danzers Köstlichkeiten inmitten vieler anderer Creme- und Süßspeisen aller Art! Unwillkürlich fühlte Sophie ihre Augen feucht werden.

Dafür hatte man sicherlich wahrhaftig Tag und Nacht im Kaffeehaus Prinzess geschuftet! Wenn ihr Onkel mit seinen Bediensteten außer den Konfekt-Bonbonnieren auch noch die

Törtchen hergestellt hatte, war das gesamte Personal rund um die Uhr beschäftigt gewesen. Wie gerne hätte sie dabei geholfen und in Kittel und Haube in der Backstube gestanden, anstatt in ihrer wertvollen Seidenrobe hier inmitten dieser oberflächlichen Hofgesellschaft.

Plötzlich umschlossen sie von hinten zwei Arme. Auch ohne den Kopf zu wenden, erkannte Sophie Szalay an seinem unangenehmen Schweißgeruch, der sich bereits während des Tanzens entwickelt hatte und nun nicht mehr von seinem süßlichen Parfüm überdeckt wurde. Im nächsten Augenblick drückte ihr der Graf einen feuchten Kuss auf die nackte Schulter.

Instinktiv fuhr Sophie herum und schlug Szalay mit voller Kraft ins Gesicht. Der wich zurück und hielt sich die schmerzende Wange. Doch anstatt Betroffenheit zu zeigen, verzog er den Mund zu einem schmierigen Grinsen.

»O là là! Sie sind ja eine richtige kleine Wildkatze!«

»Und Sie ein ganz impertinenter Patron!«, schnappte Sophie.

Der Graf hob mit gespielter Verlegenheit beide Hände. »Doch nur mit den allerehrbarsten Absichten, liebe Sophie! Das müssen Sie mir glauben!«

»Vielleicht haben Sie gute Absichten, aber leider außerordentlich schlechte Manieren«, antwortete Sophie schlagfertig.

Zu ihrem Entsetzen sank der Graf nun auf ein Knie. »Ich bitte Sie auf das Allerförmlichste um Vergebung. Was kann ich tun, um meinen Fauxpas wiedergutzumachen?«

»Mich heute für den restlichen Abend in Ruhe lassen!« Die Worte entfuhren Sophie spontan.

Zu ihrem Erstaunen reagierte Szalay völlig anders, als sie erwartet hatte. Er stand auf und verbeugte sich. »Ihr Wunsch sei mir Befehl, liebes Fräulein! Wenn dies vonnöten ist, um Ihre Vergebung zu erlangen, erfülle ich ihn zwar mit großem Bedauern, sehe ihn aber als gerechte Strafe für meine Zudringlichkeit an.«

Damit wandte er sich zur Tür und verließ den Raum. Mit einer Mischung aus Ratlosigkeit und Erleichterung starrte Sophie ihm nach.

Erst zwanzig Minuten später hatte sich Sophie wieder so weit gefasst, dass sie den kleinen Saal verlassen konnte. Mittlerweile drang aus dem benachbarten Redoutensaal immer lauteres Stimmengewirr. Dort bediente sich die Menge erst einmal am großen Souper-Büfett. Aber es war nur eine Frage der Zeit, bis auch das Dessert-Büfett frei gegeben würde.

Vorsichtig blickte Sophie sich um. Natürlich hatten sich die Tanzenden jetzt zerstreut und standen entweder in der Essensschlange an oder wieder in kleinen Gruppen zusammen. Fredi von Taxis, die mit Charlotte Majláth und einigen anderen Ballbesuchern zusammenstand, winkte ihr zu. Doch Sophie fühlte sich noch nicht in der Lage, leichte Konversation zu machen, geschweige denn dazu, Fragen über ihre Beziehung zum Grafen Szalay zu beantworten, welche ihr zumindest die neugierige Fredi mit Sicherheit stellen würde.

Daher deutete sie in Richtung der Erfrischungsräume für Damen. Als sie die Tür zum Waschraum aufstieß, vernahm sie zu ihrem Erstaunen heftiges Schluchzen.

Es rührte von drei jungen Damen her, zu denen auch Amalie von Thurnau gehörte und um die sich einige Matronen scharten. Da genau in diesem Augenblick eine ältere Dame hinter ihr in den Raum drängte, blieb Sophie nichts anderes übrig, als ebenfalls einzutreten.

Unschlüssig, was sie nun tun sollte, blieb sie stehen. In diesem Moment trafen sich ihre und Amalies Blicke. Zu Sophies Verblüffung begann diese jetzt erst recht, laut zu weinen, und zeigte dabei mit dem Finger auf sie.

»Schau nur, Tante Aglae.« Sophie erkannte Richards Mutter, die gerade an einem der Waschbecken eine Serviette anfeuchtete. »Ihr Kleid ist vollkommen unversehrt. Aber meins ist jetzt gänzlich ruiniert. Selbst wenn das *Wiener Salonblatt* meine Robe erwähnt, kann ich sie nie wieder tragen.«

Sophie verstand zunächst überhaupt nicht, worum es ging. Erst dann bemerkte sie einen, ungefähr drei Zentimeter breiten schwarzen Streifen im unteren Drittel von Amalies Rock. Er bedeckte nicht nur den zarten Stoff, sondern auch die silbernen Stickereien und stach aufgrund der hellen Farbe der Toilette sofort ins Auge.

»Warten Sie!«, rief Sophie, als sich Aglae von Löwenstein bücken wollte, um den Streifen mit der Serviette zu behandeln. »Ich kenne mich ein wenig mit Flecken aus. Wenn Sie die Substanz verreiben, werden die Flecken womöglich noch schlimmer.«

Amalie und die beiden anderen Komtessen verstummten. Amalie trat sogar einen Schritt von ihrer Tante zurück und stieß dabei mit der Hüfte an eins der Waschbecken.

»Wissen Sie denn einen Rat, Fräulein?«, fragte eine der beiden anderen Komtessen, deren Gesicht vom Weinen schon ganz geschwollen war. »Ich bin Ernestine von Breuner«, fügte die junge Frau hinzu. »Auch meine Toilette ist vollkommen ruiniert.« Sie zeigte auf den Rock ihrer aprikosenfarbenen Robe, der den gleichen schwarzen Streifen aufwies. »Und eine andere für diese Saison habe ich nicht«, schluchzte sie wieder auf.

Sophie wusste, dass Balltoiletten mehrere Hundert Gulden kosteten. Nicht jede Familie konnte sich daher mehrere für ihre Töchter leisten. Auch die rosa Robe der dritten Komtess war schwarz verschmiert.

»Was sind das denn für Flecken?«, wunderte sich Sophie und beugte sich zur Robe Ernestines hinunter, um den Stoff anzuheben. Schon als sie sich bückte, erkannte sie den Geruch. »Helfgott! Das ist schwarze Schuhcreme!«, entfuhr es ihr. »Wie kommt denn so etwas auf den Stoff?«

»Das ist von Richards Stiefeln!«, meldete sich Amalie mit schriller Stimme wieder zu Wort. »Jetzt weiß ich, was das ist. Es kommt von den Stiefeln!«

»Habt ihr zwei denn auch mit Offizieren getanzt?«, fragte sie die beiden anderen Komtessen.

Die nickten betroffen und begannen erneut zu weinen.

Aglae von Löwenstein seufzte. »Ach herrje! Davon habe ich schon einmal gehört und hätte daran denken müssen. Zumal es ja dein erster Hofball ist, Ami.«

»Meiner auch«, erwiderten die beiden Komtessen wie aus einem Munde.

»Das ist ein Problem, das leider seit Jahren immer wieder auftritt«, erläuterte Aglae. »Es rührt von der strengen Kleiderordnung her, die Kaiser Franz Joseph den eingeladenen Offizieren auferlegt. Ihre Uniform muss tadellos, die ledernen Reitstiefel blitzblank gewienert sein, sonst werden sie des Hofballs verwiesen, sofern Seiner Majestät etwas unangenehm auffällt.«

Eine der anderen Matronen nickte. »Sie haben recht, meine Teure! Jetzt fällt es auch mir wieder ein.« Sie wandte sich an die Komtess mit dem Namen Ernestine. Offenbar war sie deren Mutter.

»Ein entfernter Cousin von mir erlaubte sich einst, Lackstiefel anstelle der Lederstiefel zu tragen. Der Zeremonienmeister persönlich warf ihn auf Befehl Seiner Majestät hinaus. Das ist jetzt mindestens fünfzehn Jahre her, wenn nicht noch länger. Deshalb habe ich es vergessen. Und auch, dass das Problem nur die Damen betrifft, die mit Offizieren tanzen. Ihr Tanzpartner trug sicherlich einen Frack?«, wandte sie sich an Sophie.

Die bestätigte das.

»Was kann man denn jetzt gegen diese Flecken tun?«, warf Amalie ungeduldig ein.

Bedauernd schüttelte Sophie den Kopf. »Dagegen weiß ich leider kein Mittel. Fetthaltige Flecken kann man normalerweise mit Ochsengalle beseitigen, aber nicht, wenn sie von schwarzer Farbe herrühren. Auf Leinen bekäme man sie vielleicht noch heraus. Aber zarte Stoffe wie Seide würden dadurch unwiderruflich beschädigt.«

Während die beiden Komtessen noch heftiger schluchzten, fragte Ernestines Mutter nach: »Woher haben Sie ein solch erstaunliches Wissen, Komtess von …?«

»Werdenfels«, ergänzte Sophie bereitwillig.

Bevor sie die Frage beantworten konnte, kam ihr jedoch Amalie zuvor. »Aus dem Kaffeehaus ihres Onkels, vermute ich. Dort pflegte *diese Komtess*«, sie betonte die letzten Worte höhnisch, »zu bedienen und wahrscheinlich auch die Tischwäsche zu reinigen.«

»Ami, du vergisst dich«, mahnte Aglae von Löwenstein, während die anderen Frauen Sophie erstaunt betrachteten. Die Komtessen hörten sogar zu weinen auf.

Zu ihrer eigenen Überraschung blieb Sophie gelassen. »Sie sagen es, Komtess von Thurnau. Und dafür schäme ich mich kein bisschen. Im Gegenteil bin ich sogar stolz darauf und würde lieber heute als morgen wieder dort mitarbeiten.«

Damit neigte sie zum Abschied den Kopf und wandte sich zur Tür. Beim Hinausgehen hörte sie noch einmal Amalies trotzige Stimme.

»Wenn meine Robe wirklich im *Wiener Salonblatt* erwähnt wird, muss mir Papa die gleiche eben noch einmal machen lassen. Schließlich will ich das Kleid auch auf anderen Bällen zeigen, nachdem alle Welt neugierig darauf geworden ist.«

Kapitel 17

Haus von Mizzi Caspar in der Heumühlgasse

13. Februar 1890

»Liebe Mizzi, wie geht es Ihnen denn?«, fragte Richard, nachdem er auf dem Sofa in Mizzis Salon Platz genommen hatte. Reumütig fügte er hinzu: »Ich hätte Sie schon längst einmal besuchen sollen. Für mein Versäumnis bitte ich aufrichtig um Vergebung.«

Mizzi Caspar lächelte. »Darüber hätte ich mich sehr gefreut, Richie. Ich kann aber auch verstehen, dass Sie Ihren guten Ruf nicht gefährden wollten, wenn Sie weiterhin Umgang mit mir pflegen. Schließlich sind Sie ja nun mit einer der reichsten Erbinnen Wiens verlobt.«

»Trotzdem hätte ich Sie schon viel früher aufsuchen sollen«, insistierte Richard. Er errötete leicht. »Nicht erst, wenn ich Sie um einen Gefallen in einer recht delikaten Angelegenheit bitten möchte«, legte er sein Anliegen offen, da er Mizzi nicht über den wahren Anlass seines Besuchs im Unklaren lassen wollte.

»Ich weiß leider nicht, ob ich Ihnen dabei behilflich sein kann, Richie. Nicht erst seit Rudolfs Tod, sondern bereits ab dem Beginn unserer Beziehung habe ich mich gänzlich aus meinem früheren Gewerbe zurückgezogen.«

Mizzi Caspar war Rudolfs große Liebe gewesen. Ihre erste Begegnung hatte im exklusiven Bordell der Johanna Wolf stattgefunden, in dem Mizzi als Edelprostituierte arbeitete. Rudolf hatte ihr schon kurz nach dem Beginn ihrer Affäre das Haus in der Heumühlgasse gekauft und ihr außerdem nach seinem Tod die erkleckliche Summe von dreißigtausend Gulden hinterlassen.

»Dass Sie Ihrer früheren Tätigkeit nicht mehr nachgehen, habe ich nie bezweifelt, liebe Mizzi«, beeilte sich Richard, der jungen Frau zu versichern. »Doch lassen Sie mich auf meine Frage von vorhin zurückkommen! Wie ist es Ihnen seit Rudolfs Tod denn ergangen?«

Mizzis Augen wurden feucht. Sie trug ein schwarzes Kleid, war also offensichtlich wie die Kaiserin noch immer in Trauer um den Kronprinzen. Richard konnte sich nicht daran erinnern, dass Mizzi in früheren Zeiten jemals Schwarz getragen hätte. Außerdem war sie schmal geworden. Die Ringe unter ihren ausdrucksvollen dunklen Augen zeugten davon, dass sie wenig schlief.

»Eigentlich habe ich keinen Grund, mich zu beklagen«, beantwortete Mizzi Richards Frage. »Rudolf hat gut für mich gesorgt, wie Sie ja wissen. Doch ich habe ihn aufrichtig geliebt und vermisse ihn sehr. Obwohl ich von ihm selbst wusste, dass er mit dem Gedanken spielt, sich das Leben zu nehmen, habe ich es letztlich nicht für möglich gehalten, dass er es wirklich tun würde. Dafür mache ich mir heute die größten Vorwürfe.«

»Aber Sie haben doch alles in Ihrer Macht Stehende getan, um Rudolf daran zu hindern«, widersprach Richard. »Sie haben sogar gewagt, sich an den Polizeipräsidenten, Baron Krauß, persönlich zu wenden, nachdem Rudolf Sie beim Husarentempel gefragt hatte, ob Sie mit ihm in den Tod gehen würden.«

»Aber ich habe zu schnell aufgegeben, als der Polizeipräsident nichts unternahm, um Rudolf vor sich selbst zu schützen. Vielleicht hätte ich mich an Seine Majestät, den Kaiser, wenden müssen, um ihn als Rudolfs Vater zu warnen.«

»Liebe Mizzi, ich fürchte, in dieser Hinsicht verkennen Sie die Verhältnisse bei Hofe«, entgegnete Richard resigniert. »Ein

solcher Brief hätte den Kaiser niemals erreicht. Irgendein subalterner Beamter im Obersthofmeisteramt hätte ihn zwar gelesen, aber dann dorthin gebracht, wo die meiste, an den Kaiser gerichtete Post aufbewahrt wird. Nämlich ins Archiv. Nicht einmal den Obersthofmeister, den Leiter der Behörde, hätte man mit Ihrem Schreiben behelligt. Zumal es ja von einer ...«
Richard hielt verlegen inne.

»Sie meinen, von einer dubiosen Halbweltdame gekommen wäre«, ergänzte Mizzi niedergeschlagen. »Aber anders als seine Ehefrau Stephanie habe ich Rudolf wirklich geliebt«, wiederholte sie. Ihre Stimme zitterte.

Spontan legte Richard seine rechte Hand auf die ihre. »Das weiß ich doch, Mizzi. Aber auch ich konnte nicht das Geringste gegen Rudolfs fatale Pläne tun, obwohl Sie mir seine Absichten kundgetan hatten.«

Mizzi zog ein schwarzes Taschentuch aus ihrem Rock, wischte sich damit über die Augen und schnäuzte sich die Nase.

»Möchten Sie noch eine Tasse Tee?«, besann sie sich dann auf ihre Pflichten als Gastgeberin. »Oder soll ich Ihnen ein Stück Kuchen aus der Küche bestellen? Mein Mädchen backt immerzu meine Lieblingssorten, wahrscheinlich in der Hoffnung, dass ich endlich wieder ein wenig an Gewicht zulege. Aber in der Regel bekomme ich nichts davon hinunter.«

Angesichts Mizzis großen Leids schämte sich Richard ein weiteres Mal dafür, sie nicht schon längst besucht zu haben.

»Es tut mir in der Seele weh, Sie so unglücklich zu sehen«, sagte er ehrlich. »Doch Sie sind noch so jung, liebe Mizzi. Ihr Leben kann doch nicht jetzt schon vorbei sein, ohne dass Sie noch einmal Glück und Freude erleben. Das hätte auch Rudolf nicht gewollt.«

»Sie wollten doch wissen, wie es mir nach seinem Tode erging.« Mizzi ging nicht auf Richards gut gemeinte Bemerkung ein. »Nun, anfangs wurde ich arg von Reportern bedrängt, insbesondere von solchen, die für ausländische Klatschblätter schreiben. Sie boten mir hohe Summen an, wenn ich ihnen etwas über mein Verhältnis zu Rudolf erzählen würde. Aber ich habe alle Anfragen abgelehnt und nie einen jener entsetzlichen Menschen empfangen, denen es um nichts anderes geht, als die billige Sensationsgier der großen Masse zu befriedigen.«

»Daran haben Sie gutgetan«, stimmte Richard ihr zu.

»Dieses Haus hier«, Mizzi machte eine ausladende Handbewegung, »steckt voller Erinnerungen, die mich belasten, selbst wenn es schöne sind. Ich habe mich daher entschlossen, es zu verkaufen, sobald ich einen passenden Ersatz gefunden habe. Ach ja, etwas Gutes habe ich doch zu vermelden.« Sie rang sich ein Lächeln ab. »Seit dem vergangenen Herbst hat man mir das Wiener Bürgerrecht verliehen. Das gibt mir die Möglichkeit, meinen Wohnsitz hier in der Stadt beizubehalten. Obwohl ich beabsichtige, weiterhin in größter Zurückgezogenheit zu leben«, beschied sie nun im Nachhinein Richards zuvor an sie gerichteten Appell, wieder mehr am Leben teilzunehmen, abschlägig.

Er griff nach seiner Tasse und trank den mittlerweile kalt gewordenen Tee aus. Dann machte er Anstalten, sich zu erheben.

»Das will ich respektieren und wage es daher gar nicht, Sie mit meinem Anliegen, das der Anlass meines heutigen Besuchs war, überhaupt zu belästigen. Das erscheint mir nun völlig ungehörig.«

Mizzi hielt Richard zurück. »Sie waren einer der besten Freunde Rudolfs«, betonte sie. »Wenn ich Ihnen in einer Angelegenheit helfen kann, die Sie bewegt, werde ich das gerne tun. Auch wenn es meine Vergangenheit als Prostituierte berührt«, fügte sie offen hinzu.

Richard fühlte erneut, dass er errötete. Er holte tief Luft. »Nun, ich wollte Sie über einen ungarischen Grafen befragen, über den ich einige vage Gerüchte gehört habe, deren Wahrheitsgehalt ich gerne beurteilen können möchte.« Er stockte.

»Wie heißt der Mann?«, ermutigte Mizzi Richard zum Weitersprechen.

Er sah verlegen an ihr vorbei. »Lajosz von Szalay«, gab er Auskunft. »Er soll einer der reichsten Großgrundbesitzer in Ungarn sein.«

Mizzi verzog spöttisch die Lippen und erinnerte Richard einen Augenblick lang an die fröhliche, unbeschwerte junge Frau, die sie einmal gewesen war. »Ist das nicht der Graf, der beim Tod von Rudolfs Obersthofmeister, Carl von Bombelles, im vergangenen Juli dabei war?«

Richard nickte eifrig. »Genau dieses Gerücht habe ich auch gehört. Wissen Sie etwas Genaueres darüber?«

»Nun, Bombelles starb so, wie er gelebt hatte. In den Armen einer Kokotte. Nicht umsonst galt er als einer der größten Hallodris von Wien.«

»Also ist es wahr, dass Bombelles während einer Orgie starb?«

Mizzi bestätigte das. »Johanna Wolf hat es mir bei einem ihrer letzten Besuche erzählt. Heute kommt sie nicht mehr zu mir, da ich sie gebeten habe, Abstand von jedem weiteren Kontakt zu mir zu nehmen«, lenkte Mizzi einen Moment lang vom Thema ab.

Dann fuhr sie fort: »Bombelles, jener Graf Szalay und noch ein paar andere hatten sich mit einer ganzen Gruppe von Johanna Wolfs Freudenmädchen in ein Jagdhaus auf dem Kahlenberg zurückgezogen. Man sagt, Bombelles habe mitten im Akt einen Schlaganfall erlitten. Er war aber nicht gleich tot, sodass er seiner letzten Geliebten sogar noch sein ganzes Vermögen vermachen konnte.«

»So genau wusste ich das bisher nicht, Mizzi.« Richard fühlte Bitterkeit wie Galle in seiner Kehle aufsteigen. »Aber es ist richtig, was Sie gesagt haben. Bombelles starb so, wie er gelebt hat. Hätte der Kaiser nicht die fatale Entscheidung getroffen, ausgerechnet ihn zum Obersthofmeister des jungen Rudolf zu machen, um ihn mit amourösen Abenteuern von seinen, dem Kaiser zu vergeistigt vorkommenden wissenschaftlichen Interessen abzulenken, wäre Rudolf vielleicht heute noch am Leben.«

Mizzi musterte Richard mit einem seltsamen Ausdruck. »Ich wiederum bin Bombelles dankbar, lieber Richie. Sonst hätten auch Rudolf und ich niemals zueinandergefunden.«

Jetzt spürte Richard, sein Gesicht glühend heiß werden. Wie hatte ihm nur ein solcher Fauxpas unterlaufen können? Schließlich hatte Rudolf Mizzi ja tatsächlich über ihr ehemaliges Gewerbe kennengelernt.

Mizzi bemerkte Richards Verlegenheit. »Aber Sie wollten ja gar nichts über den verstorbenen Bombelles wissen, sondern über den durchaus noch sehr lebendigen Grafen von Szalay.«

Sie machte eine kleine Pause. Richards Anspannung stieg.

»Nun, nach jenem fatalen Jagdausflug erteilte Johanna Wolf ihm Hausverbot in ihrem Edelbordell.«

»Warum denn das?« Anfangs war Richard erstaunt. Dann dämmerte ihm die Wahrheit bereits, bevor Mizzi sie ihm offenbarte.

»Nun, zwei ihrer Mädchen, die nur mit dem Grafen verkehrt hatten, waren danach fürs Geschäft nicht mehr zu gebrauchen«, erklärte sie kryptisch.

Richard verstand sie trotzdem. »Hat der Graf die beiden etwa mit einer venerischen Krankheit angesteckt?«, fragte er alarmiert.

Mizzi nickte. »So ist es.«

»Und mit welcher Krankheit?«

»Johanna Wolf behauptet, es sei die Syphilis«, bestätigte Mizzi seine schlimmsten Befürchtungen.

Obwohl er die Wahrheit geahnt hatte, war Richard schockiert. *Ich muss Sophie unbedingt vor dem Schurken warnen*, schoss es ihm durch den Kopf. *Zumindest, wenn sie übermorgen auf dem Ball des Hofes wieder mit ihm auftaucht.*

Beim Hofball hatte er Sophie nach ihrer Begegnung im Zeremoniensaal nicht mehr getroffen. Mit Amalie hatte er trotz ihrer von seinen Stiefeln ruinierten Toilette zwar bis zum Ende des Balls ausgeharrt und auch den Kotillon mit ihr getanzt, aber Sophie und Szalay in der Menge der Gäste wahrscheinlich übersehen.

»Das ist wahrlich furchtbar«, murmelte er nun geistesabwesend als Reaktion auf Mizzis Informationen. Erst dann kam ihm ein weiterer furchtbarer Gedanke. Auch Rudolf war an der Syphilis erkrankt gewesen, was Richard für einen der ausschlaggebenden Gründe für die Tragödie von Mayerling hielt. War etwa auch Mizzi Caspar jetzt damit infiziert?

Einen kurzen Moment lang überlegte er, ob er sie danach fragen sollte. Dann verwarf er den Gedanken wieder. Wenn Mizzi nichts von Rudolfs Krankheit wusste, würde er sie unnötig in Angst und Schrecken versetzen. War sie dagegen darüber im Bilde und selbst infiziert, brächte er sie nur in Verlegenheit.

Plötzlich spürte er, dass er es keine weitere Minute mehr in Mizzis Haus aushalten konnte. Tatsächlich vermeinte er auf einmal, eine ungute Aura in den Räumen wahrzunehmen. Obwohl Richard Mizzi zu Rudolfs Lebzeiten immer als dessen Geliebte respektiert hatte und ihr heutiger Lebenswandel untadelig war, trug das Haus die Spuren von Verworfenheit, Laster und der Verzweiflung, die Rudolf empfunden haben musste. Keine Dame von adeligem Geblüt, nicht einmal eine ehrbare bürgerliche Frau, nein, eine Edelhure war die Liebe seines Lebens gewesen. So tief war der Erbe eines der mächtigsten Reiche Europas gesunken, wurde Richard jetzt in aller Deutlichkeit klar. Er stand auf.

»Ich wünsche Ihnen von Herzen weiterhin alles Gute, liebe Mizzi«, sagte er zum Abschied. »Und werde mir erlauben, Sie recht bald wieder zu besuchen.«

Mizzi reichte ihm freundlich die Hand. »Das würde mich außerordentlich freuen, Richie.«

Doch in ihren Augen las er die Wahrheit. Sie wusste genauso gut wie Richard selbst, dass er log.

Palais Werdenfels in der Marokkanergasse

14. Februar 1890

Hoch aufgerichtet betrat Sophie die Bibliothek des Palais Werdenfels und hoffte, dass ihr Stiefvater Arthur ihr nicht anmerken würde, wie aufgeregt und unsicher sie war, wenn er gleich hinzukam. Mittlerweile hatte sie erfahren, dass die Kaiserin beabsichtigte, schon zwei Tage nach dem morgen stattfindenden Ball des Hofes nach Meran abzureisen. Dies durchkreuzte Sophies Pläne, das Gespräch mit ihrem Stiefvater erst nach diesem zweiten Fest am Kaiserhof zu suchen. Der Ball des Hofes würde wie der Hofball bis Mitternacht dauern, der darauffolgende Sonntag mit Reisevorbereitungen ausgefüllt sein.

Arthur war gerade von seiner Arbeitsstelle im Ministerium des Äußeren nach Hause zurückgekehrt. Zwar erkannte er an Sophies Hofequipage, die vor dem Tor auf sie wartete, dass sie im Palais zu Besuch war. Doch er wusste nicht, dass Sophie gleich nach ihrer Ankunft vor zwei Stunden eigenmächtig verfügt hatte, ihre Schwester Milli unverzüglich aus dem Stubenarrest zu entlassen, welchen Arthur ihr schon vor einigen Wochen an allen Nachmittagen nach der Schule auferlegt hatte. Wieder waren nichtige Gründe die Ursache für diese harte Strafe gewesen, wie Sophie ingrimmig erfuhr.

So kann es auf gar keinen Fall weitergehen, wurde ihr klar, während ihr Henriette von der immer unerträglicher werdenden Atmosphäre im Palais Werdenfels erzählte. Ihre Mutter trug sich mittlerweile sogar mit dem Gedanken, Milli in ein Mädchenpensionat zu geben in der Hoffnung, dort ginge es ihr besser als in ihrem eigenen Zuhause.

Milli selbst freute sich zwar ebenso wie Henriette über Sophies Besuch, war aber still und wirkte niedergeschlagen. Nach der Begrüßung huschte erst wieder ein Lächeln über ihr Gesicht, als Sophie ihr beim Tee das Präsent überreichte, das sie mitgebracht hatte. Es war eine Bonbonniere mit Konfekt aus dem Café Prinzess, das Abschiedsgeschenk für alle Gäste des Hofballs. Sophie hatte es bislang nicht angerührt, sondern eigens für ihren Besuch im Palais Werdenfels aufgespart.

Gerührt beobachtete sie nun, wie Milli verzückt von den Marzipankeksen naschte, die die Bonbonniere enthielt. Eine Praline mit Mokkageschmack, verziert mit einer Kaffeebohne aus Bitterschokolade, schmeckte ihr allerdings nicht. Sophie und Henriette, die diese neue Kreation des Cafés Prinzess noch nicht kannten, fanden sie dagegen köstlich.

Mittlerweile war Sophie froh, dass sie sich aufgrund ihrer Erfahrungen mit Szalay nach dem Hofball trotz ihrer anfänglichen Skepsis infolge seiner Zudringlichkeit doch wieder dazu entschlossen hatte, ihn Arthur gegenüber als den Gönner auszugeben, der ein gutes Wort für seinen Truchsess-Titel beim Obersthofmeister der Kaiserin einlegen würde. Natürlich nur, wenn Sophie ihn darum bäte. Szalays Namen wollte sie dabei nach wie vor nicht nennen.

Der Grund dafür war das korrekte Verhalten des Grafen nach dem Eklat vor dem Dessertbüfett. Schon bevor er am vergangenen Samstag die Hofburg verließ, hatte Szalay Sorge dafür getragen, dass Sophie sicher zurück in ihre Kammer im Fräuleingang käme. Dazu wandte er sich an Ida Ferenczy und bat sie, Sophie bei der Rückgabe ihrer Garderobe behilflich zu sein, sollte dies nötig werden, und sie auch auf dem Rückweg in ihre Kammer zu begleiten.

Hieraus schloss Sophie zwar, dass Szalay dies ursprünglich selbst zu tun beabsichtigt hatte, was jeder Etikette widersprach, zerbrach sich aber schließlich nicht mehr den Kopf darüber.

Erneut legte Ida Ferenczy ein gutes Wort für ihren ungarischen Landsmann ein und betonte dabei, dass er sich Sophie gegenüber zwar nicht ehrenhaft verhalten hätte, dies aber zweifellos ein Ausdruck seiner starken Gefühle für sie sei. Als

Sophie ihr antwortete, solche Gefühle Szalays seien ihr weniger willkommen denn je, ging Ida nicht darauf ein.

Am nächsten Morgen erreichte Sophie ein weiterer, diesmal noch größerer Strauß dunkelroter Rosen. Darin steckte ein Billett des Grafen, in dem er sie erneut um Verzeihung für seinen gestrigen Fauxpas bat. Er versprach, sich zu bessern, und bedauerte gleichzeitig sehr, dass er Sophie weder auf den Ball des Hofes begleiten noch aufgrund ihrer bevorstehenden Reise innerhalb der nächsten Zeit wieder in Wien besuchen könne.

Diesen Umstand bedauerte Sophie zwar nicht, beschloss daraufhin aber, bei ihrem ursprünglichen Plan zu bleiben und ihre Strategie gegenüber ihrem Stiefvater beizubehalten. Ihrer Mutter gegenüber deutete sie lediglich an, etwas gegen Arthur in der Hand zu haben, was seinen Truchsess-Titel beträfe. Sie sollte nichts Genaues über Sophies Vorhaben wissen, zum einen, damit sie es nicht ungewollt verriet, zum anderen, weil sie möglicherweise nicht damit einverstanden gewesen wäre. Schließlich beabsichtigte Sophie ja keineswegs, Szalay die zweifellos von ihm erhoffte Gegenleistung zu gewähren, sollte sie ihn tatsächlich darum bitten, sich bei Baron Nopcsa für ihren Stiefvater einzusetzen, und damit erfolgreich sein.

Vor einigen Minuten war Arthurs Einspänner in den Hof des Palais eingefahren. Henriette hatte Milli vorsichtshalber zurück auf ihr Zimmer geschickt, damit sie ihrem Stiefvater vorläufig nicht begegnete, und mit Sophie vereinbart, Arthur sofort zu ihr in die Bibliothek zu schicken. Mit dem Hinweis, seine Stieftochter wolle dort ein vertrauliches Gespräch mit ihm führen. Bei diesem ginge es unter anderem auch um den Truchsess-Titel, wegen ihrer Abendverpflichtungen in der Hofburg wäre sie aber bereits in Zeitnot.

Insofern war Sophie nicht überrascht, als sie schon kurz nach Arthurs Eintreffen rasche Schritte auf dem Flur vor der Bibliothek hörte. Sie war fest entschlossen, ihrem Stiefvater noch selbstbewusster und energischer zu begegnen als bei ihrer letzten unerfreulichen Auseinandersetzung zu Weihnachten. Wenig später trat Arthur ein.

Vorsorglich hatte Henriette den Diener Gruber gebeten, Kaffee und Cognac in der Bibliothek bereitzustellen. Nach einer kurzen, wie üblich förmlichen Begrüßung bediente sich Arthur zunächst mit Cognac. Die Sophie angebotene Tasse Kaffee lehnte sie ab.

»Also, du wolltest mir etwas über den Truchsess-Titel mitteilen, Sophia«, fiel Arthur in seiner Ungeduld mit der Tür ins Haus, kaum dass er auf seinem schweren Ledersessel Platz genommen hatte. Auch Sophie begnügte sich nicht mit dem üblichen Schemel, sondern hatte sich einen Fauteuil gegenüber Arthurs Sessel geschoben. Sie übersah geflissentlich dessen Stirnrunzeln, als sie sich setzte, ohne seine Erlaubnis abzuwarten.

»So ist es, Herr Stiefvater«, beschied sie ihm kühl. »Doch bevor ich zur Sache komme, möchte ich Sie um etwas bitten, das mir schon lange auf der Seele liegt. Bitte nennen Sie mich ab sofort bei meinem Taufnamen Sophie! Schämen muss ich mich dieses Namens nicht, ist es doch derselbe Vorname, den auch die Mutter unseres Kaisers trug. Sie jedoch belieben, mich seit jeher ›Sophia‹ zu nennen, was weder der Eintragung in meiner Geburtsurkunde noch der im Taufregister entspricht.«

Arthur blieb vor Verblüffung der Mund offen stehen. »Was erlaubst du …«, setzte er dann an, um Sophie zurechtzuweisen.

»Wenn Sie kein Interesse an dem haben, was ich Ihnen mitteilen möchte, können wir das Gespräch auf der Stelle beenden«, fiel ihm Sophie kühl ins Wort. Sie wusste, dass sie mit diesem Verhalten ein Wagnis einging. Was würde überwiegen? Arthurs Begierde nach dem Hoftitel oder sein Ärger über ihre Frechheit?

Sophies Rechnung ging auf. »So sprich! Sag mir, was du zu sagen hast!«, forderte Arthur.

Nun gab es kein Zurück mehr. »Ich habe einen sicheren Weg gefunden, Ihnen zu dem von Ihnen gewünschten Titel des Truchsesses bei Hofe zu verhelfen«, sagte sie und hoffte, dass ihre Stimme dabei nicht zitterte. »Aber ich biete Ihnen dies nur nach dem Prinzip quid pro quo an. Ich setze meine Beziehungen zu Ihrem Vorteil ein. Sie erfüllen dafür im Gegenzug die Bedingungen, die ich daran knüpfe.«

An Arthurs Miene konnte Sophie ablesen, dass er völlig verblüfft war. Zunächst ließ er sich noch auf nichts ein. »Dann lege deine Karten erst einmal auf den Tisch! Ich bin gespannt, Sophia, äh, Sophie!«, täuschte er überheblich Gelassenheit vor.

Die verkniff sich ein triumphierendes Lächeln. Offensichtlich wurde ihre erste Bedingung bereits erfüllt.

»Wie Sie wissen, Herr Stiefvater«, auch diese Bezeichnung, die sich Arthur zugunsten der Anrede »Vater« bislang immer verbeten hatte, ignorierte er zum zweiten Mal kommentarlos, »nehme ich morgen an einem weiteren großen Fest bei Hofe teil. Dort kann ich die Kontakte, die ich bereits zu einigen mächtigen Herren aufgenommen habe, mit Leichtigkeit vertiefen und dies hernach zu Ihren Gunsten nutzen.«

»Von welchen Kontakten sprichst du?« Arthurs Blick nahm einen lauernden Ausdruck an.

Sophie schöpfte Luft und fuhr fort. »Ich habe unter anderem die Bekanntschaft eines einflussreichen ungarischen Grafen gemacht. Er ist ein Freund Baron Nopcsas, des Obersthofmeisters Ihrer Majestät, unserer verehrten Kaiserin Elisabeth. Wie Ihnen sicherlich bekannt ist, werden alle Hoftitel nur mit Zustimmung der Obersthofmeister Ihrer Majestäten erteilt. Mein Bekannter würde sich bereit erklären, Baron Nopcsa darum zu bitten, sich bei der Kaiserin dafür einzusetzen, Ihnen den Titel des Truchsesses zu gewähren. Ist Ihre Majestät, die Kaiserin, damit einverstanden, wird sie über Nopcsa eine entsprechende Bitte an den Obersthofmeister ihres Gemahls, Fürst zu Hohenlohe-Schillingsfürst, richten, der dann endgültig über Ihr Begehren entscheiden wird. Bislang ist es noch nie vorgekommen, dass der Kaiser einen auf diese Weise zustande gekommenen Antrag abschlägig beschieden hat«, beendete sie ihre Ausführungen bedeutungsvoll.

Zu ihrer Verblüffung erschien ein unangenehmes Grinsen auf Arthurs Gesicht. Er stand auf und entnahm einem Zeitungsständer eine Gazette. Sophie erkannte das *Wiener Salonblatt*. Offensichtlich war es eine Extraausgabe anlässlich des vergangenen Hofballs.

Arthur schlug eine Seite auf. »Gehe ich recht in der Annahme, dass du von Graf Lajosz Szalay als deinem Bekannten sprichst?«

Sophie versuchte, kaltblütig zu bleiben. »Was veranlasst Sie zu dieser Annahme?«, stellte sie, anstatt ihm eine konkrete Antwort zu geben, eine Gegenfrage.

Kurz huschte ein Ausdruck des Unwillens über Arthurs Gesicht. Doch er beherrschte sich. Dann hielt er ihr die Zeitschrift hin und wies mit dem Zeigefinger auf einen bestimmten Abschnitt.

Die entzückende Sophie von Werdenfels, Hofdame Ihrer Majestät, der Kaiserin Elisabeth, verbrachte den Abend in Begleitung des sagenhaft reichen ungarischen Grafen Lajosz von Szalay, las sie entgeistert. Dann versuchte sie, ihre Fassung zurückzugewinnen.

»Graf von Szalay ist in der Tat einer meiner einflussreichen Bekannten. Doch es gibt noch einige weitere«, schwindelte sie.

»Zweifellos ist der Graf ein Mann von uraltem Adel«, meinte Arthur daraufhin. »Das habe ich natürlich sofort im Gotha nachgesehen, nachdem ich den Artikel gelesen hatte. Doch zum Ball des Hofes wird er dich offensichtlich nicht begleiten können.« Er griff nach einer weiteren Zeitung, die auf einem kleinen Beistelltisch lag. »Hier im *Wiener Fremdenblatt* steht jedenfalls, dass er die Hauptstadt bereits vor drei Tagen verlassen hat.«

»Ich erwähnte doch bereits, dass ich durchaus noch weitere einflussreiche Männer kenne, die möglicherweise bereit wären, sich für Sie einzusetzen«, reagierte Sophie, die sich wieder gefasst hatte, gelassen. »Außerdem möchte ich Sie bitten, noch Folgendes zu bedenken! Ich breche bereits in drei Tagen mit Ihrer Majestät zu einer mehrmonatigen Reise auf. Bewähre ich mich dabei auf die gleiche Weise, wie ich es bislang getan habe, wird auch dies Ihrem Begehren nach dem Truchsess-Titel mit Sicherheit förderlich sein.«

Bevor Arthur antworten konnte, fuhr sie fort. »Genauso gut ist es mir allerdings möglich, sowohl die Kaiserin selbst als auch meine Gönner zu bitten, das Obersthofmeisteramt des Kaisers, bei dem Ihr Antrag vorliegt, zu veranlassen, diesen abschlägig zu bescheiden. Versehen mit einem Vermerk, dass dieser Entschluss endgültig ist, sodass ein späterer Antrag Ihrerseits gleichfalls abgelehnt würde.«

Arthurs Gesicht verfärbte sich puterrot. Sophie bemerkte, dass er vor Wut die Zähne zusammenbiss. Aber er beherrschte sich wieder.

»Du erwähntest ja bereits, dass du es wagst, mir Bedingungen für deinen Vorschlag zu stellen, So…phie.« Mit Genugtuung realisierte Sophie, dass sich Arthur ein weiteres Mal an ihr Gebot hielt, sie mit ihrem richtigen Namen anzusprechen, obwohl es ihm offensichtlich schwerfiel. Er machte eine auffordernde Handbewegung. »Also nenne sie!«

Sie holte erneut tief Luft. »Meine Bedingungen sind, dass Sie sowohl meine Mutter Henriette als auch meine Schwester Milli höflich behandeln und von jeder Ihrer wohlbekannten Schikanen Abstand nehmen.«

Arthur schnappte nach Luft. Doch jetzt geriet Sophie in Rage und ließ sich nicht mehr unterbrechen.

»Sie werden ab sofort darauf verzichten, Milli in irgendeiner Weise zu bestrafen, sei es für ihr angeblich freches Verhalten, sei es für ihre immer noch unzulängliche Rechtschreibung. Stattdessen werden Sie einen Hauslehrer für meine Schwester einstellen, der ihr nachmittags nach der Schule behutsam und verständnisvoll hilft, diese bedauerliche Schwäche zu überwinden.«

Wieder öffnete Arthur den Mund, wieder machte Sophie eine Handbewegung, die ihn unmissverständlich zum Schweigen aufforderte.

»Auch meine Mutter werden Sie ehrerbietig und höflich behandeln, wie es ihrer Stellung hier in ihrem eigenen Hause, das sie ja mit in die Ehe gebracht hat, entspricht. Sollten Sie dies während meiner Abwesenheit aufgrund meiner nächsten Reise beherzigen, werde ich nach meiner Rückkehr mein Versprechen einlösen, Ihnen den Truchsess-Titel mithilfe meiner Gönner und Ihrer Majestät, der Kaiserin, zu verschaffen.«

»Die Bedingungen, die du mir zu stellen wagst, erachte ich als anmaßend und unverschämt. Keinesfalls werde ich sie befolgen«, schnarrte Arthur. »Der Herr hier im Hause bin ich. Niemand hat mir Befehle zu erteilen.«

Zum Glück hatte Sophie bereits im Voraus mit einem solchen Widerstand ihres Stiefvaters gerechnet und sich eine entsprechende Taktik überlegt. Sie war riskant. Aber nun setzte sie alles auf eine Karte.

Demonstrativ stand sie von ihrem Sessel auf. »Leider zwingen Sie mich dann, noch vor meiner Abreise dafür zu sorgen, dass Ihr Antrag vom Obersthofmeisteramt abgelehnt wird, da Sie sich nicht für ein Ehrenamt bei Hofe eignen. Was Sie vielleicht nicht wissen, ist, dass jede Person, die eines Hoftitels für würdig befunden wird, über einen einwandfreien Charakter verfügen muss. Das ist Seiner Majestät, dem Kaiser, ein ganz persönliches Anliegen. Aus diesem Grund hat er entsprechende Weisungen erteilt, wem ein Titel gewährt werden kann und wem nicht. Ein Mann, der seine eigene Familie derart traktiert, gehört sicherlich nicht dazu.«

Mit dieser Behauptung schoss Sophie ins Blaue. Zwar war Franz Joseph dafür bekannt, an die moralische Integrität seiner Mitmenschen weit höhere Maßstäbe anzulegen als an sich selbst oder seine Gemahlin. Doch ob er wirklich eine solche Weisung erteilt hatte, wusste sie nicht.

Doch ihr Täuschungsversuch war offensichtlich überzeugend. Arthur biss wieder die Zähne zusammen und blickte überaus finster drein. Er überlegte eine Weile und ruderte dann zurück. »Da du eigentlich nur etwas von mir erwartest, was ich als selbstverständlich erachte, Sophie, nämlich Respekt und Höflichkeit innerhalb meiner eigenen Familie«, heuchelte er, »erscheinen mir deine Bedingungen, auf den zweiten Blick gesehen, sehr leicht zu erfüllen. Doch wie willst du überprüfen, dass ich sie einhalte? Wer gibt mir die Garantie, dass mir durch üble Nachrede am Ende kein Unrecht widerfährt?«

»Das werde ich zu verhindern wissen. Mittel und Wege zur Kontrolle Ihres Verhaltens habe ich ausreichend.« Mit Absicht blieb Sophie vage, gab ihrer Stimme jedoch einen drohenden Unterton. Arthur konnte sich denken, dass zumindest Milli ihn verpetzen würde, wenn er gegen Sophies Auflagen verstieß.

Die wandte sich nun Richtung Tür. »Nun rufen mich meine Pflichten zurück in die Hofburg. Die Kaiserin wird morgen Abend zum ersten Mal seit dem Tod ihres Sohnes in der Öffentlichkeit erscheinen und am Ball des Hofes teilnehmen, wie Sie den Zeitschriften, die Sie neuerdings lesen«, sie wies mit einem spöttischen Lächeln auf das *Wiener Salonblatt*, »sicherlich bereits entnommen haben. Ihre Majestät hat uns Hofdamen daher heute zum Souper gebeten, um ihren morgen stattfindenden Auftritt zu besprechen.«

Dies war eine krasse Lüge. Aber Arthur hatte keine Möglichkeit, sie zu entlarven.

Sophie nickte ihrem Stiefvater kurz zu. »Von meiner Mutter und meiner Schwester habe ich mich bereits verabschiedet. Nun wünsche ich auch Ihnen einen guten Abend, Herr Stiefvater.«

Sie ging zum Klingelzug und läutete nach dem Diener. Als

Gruber in der Tür erschien, wies sie ihn an, sie hinauszubegleiten. Auch das hatte sie vorher noch nie gewagt.

Mit einer Mischung aus Triumph und Furcht, ob ihre Strategie wirklich aufgehen würde, verließ Sophie das Palais Werdenfels.

Kapitel 18

Im Wiener Prater

1. Mai 1890, am Nachmittag

Wieder tänzelte Richards Rappe nervös, als sich wie im vergangenen Jahr während des Tramway-Kutscherstreiks aus der Ferne eine große Menschenmenge näherte. Wieder schlug Richard das Herz bis zum Hals.

Nur die Örtlichkeit war eine andere. An der Spitze von zwei Kompanien Dragoner, die Richard diesmal auf Wunsch von Erzherzog Albrecht selbst befehligte, stand er am Rand der Praterallee. Da man an diesem sonnigen 1. Mai, an dem die Sozialisten zum Streik aufgerufen hatten, schwere Arbeiterunruhen befürchtete, waren sogar die Umzäunungen der Rasenflächen entfernt worden. Die Kavalleriepferde sollten nicht behindert werden, wenn es für das Militär nötig würde einzuschreiten.

Wie sich die Bilder gleichen, dachte Richard. *Selbst die Vorgeschichte.*

Ein weiteres Mal hatte er sich vor knapp zwei Wochen mit der Arbeiterführerin Irene Gerban im Schutz eines der Separees im Café Prinzess getroffen, um mit ihr über den heutigen Tag zu sprechen. Allerdings war Irene diesmal allein gekommen. Ihr Schwiegervater, der Graf von Sterenberg, weilte gerade nicht in Wien. Victor Adler saß dagegen im Gefängnis.

Dort verbüßte er seine viermonatige Haftstrafe, zu der er vom Wiener Ausnahmegericht unter Leitung des Richters Dr. Holzinger aufgrund seiner Artikel während des Tramway-

Kutscherstreiks schon im vergangenen Jahr verurteilt worden war. Perfiderweise hatten die Behörden den Antritt dieser Haftstrafe so verfügt, dass Adler heute, am ersten internationalen Feiertag der Arbeiter Europas, nicht dabei sein konnte.

Irene Gerban war noch immer empört über die Verurteilung. »Victor hat sich vor Gericht selbst verteidigt und dabei betont, dass er kein Anarchist sei«, erzählte sie Richard etwas, das dieser schon von Adler wusste. Neu war ihm allerdings die Urteilsbegründung. »Stellen Sie sich vor, dass man Victor vorwarf, allein die Schilderung ihres sozialen Elends habe Bitterkeit in den Herzen der Arbeiter erregt und zu Hass und Verachtung gegen die Regierung geführt«, echauffierte sich Frau Gerban so lautstark, dass Stephan Danzer beunruhigt den Kopf ins Separee streckte.

»Gnädige Frau, ich bitte Sie! Sie wollen doch keinerlei Aufsehen bei meinen anderen Gästen erregen«, mahnte er.

»Das ist wahr!«, gestand Irene ein. »Doch darf ich Sie einladen, sich einen Moment lang zu uns zu setzen? Ich würde Sie gerne noch einmal um etwas bitten.«

Danzer zögerte kurz, nahm dann aber Platz. Irene holte sichtbar Luft, um sich zu beruhigen.

»Ich war einmal eine von jenen Arbeiterinnen, die in bitterster Armut lebten«, verwies sie auf ihre eigene Vergangenheit. »Daher weiß ich nur zu gut, dass es der Artikel Victor Adlers nicht bedurft hätte, um Verachtung und Hass gegen die Herrschenden zu erzeugen.«

»Jedenfalls kann Victor am 1. Mai nicht dabei sein«, kam Irene dann wieder zum Thema, das sie mit Richard zusammengeführt hatte. »Obwohl wir beide im vergangenen Sommer am Pariser Gründungskongress der Zweiten Internationale teilgenommen haben, auf dem der Beschluss für diesen ›Tag der Arbeiter‹ gefasst wurde. Und Victor der Achtstundentag, für den wir demonstrieren möchten, eine Herzensangelegenheit ist.«

»Aber was kann ich nun für Sie tun, gnädige Frau?«, ergriff Danzer das Wort, bevor Irene wieder vom Thema abschweifen konnte.

»Obwohl der Kaiser die Unterdrückung des Streiks auf das Energischste gefordert hat und ein Teil der Presse sich aufführt, als wollten die Arbeiter ganz Wien plündern und brandschatzen, wollen wir *friedlich* für unsere Rechte demonstrieren«, erklärte sie. »Niemand beabsichtigt, gewalttätig zu werden. Die Menschen, die sich dem Streik anschließen, werden ihre Sonntagskleidung tragen und nachmittags gemeinsam im Prater spazieren gehen. Mehr ist nicht geplant.«

»Und darf ich fragen, was es dann zu besprechen gibt, gnädige Frau?«, insistierte Danzer und griff sich mit schmerzverzerrtem Gesicht kurz an den Kopf. »Verzeihen Sie mir bitte, wenn ich ein wenig in Eile bin. Aber heute hat Fräulein Löb, meine Aufseherin im Café Prinzess, ihren freien Tag. Ich muss sie vertreten.«

»Entschuldigen Sie bitte meine Weitschweifigkeit«, bat Irene zerknirscht. »Ich komme sofort zur Sache.« Trotzdem wandte sie sich zunächst an Richard.

»Werden Sie wieder als Offizier zu den Truppen gehören, die entsendet werden, um etwaige Unruhen niederzuschlagen?«

Richard nickte. »So ist es, Frau Gerban. Doch ich kann Sie beruhigen. Die Regierung Taaffe ist der Aufforderung des Kaisers nicht gefolgt, den Streik von vornherein zu verhindern, wie Sie ja wissen. Ganz im Gegenteil, stellt sie den Unternehmern frei, ob diese ihren Arbeitern freiwillig einen unbezahlten freien Tag gewähren wollen.«

»Das ist mir bekannt, Hauptmann von Löwenstein«, wand Irene ein. »Manche Fabrikbesitzer tun das, andere nicht. Einige haben sogar damit gedroht, die Arbeiterinnen und Arbeiter, die am 1. Mai nicht zur Arbeit erscheinen, bis zum darauffolgenden Montag auszusperren, sodass sie den Lohn für vier Tage einbüßen würden.« Der 1. Mai war in diesem Jahr ein Donnerstag.

»Aber was Sie vielleicht noch nicht wissen, verehrte Frau Gerban«, fuhr Richard mit einer Spur Ungeduld fort, »ist, dass ich von Erzherzog Albrecht persönlich den Befehl erhalten habe, nur bei Unruhen einzugreifen, die von den Arbeitern provoziert werden, diese dann allerdings konsequent niederzuschlagen. Dieser Befehl erging auch an alle anderen kommandierenden Offiziere.«

Irene lächelte erleichtert. Ihr Körper entspannte sich. Zum ersten Mal, seit serviert worden war, stach sie mit ihrer Kuchengabel ein Stück von der Orangencremetorte ab, die vor ihr stand. Sie führte den Kuchen zum Mund und verdrehte verzückt die Augen.

»Köstlich, Herr Danzer!«, lobte sie. »Die besten Torten in ganz Wien, ach, was sage ich, im ganzen Kaiserreich gibt es hier im Café Prinzess.«

Danzer erwiderte ihr Lächeln geschmeichelt. »Ich danke Ihnen für Ihr großes Lob. Doch nun zu Ihrem Anliegen: Ich gehe davon aus, dass Sie mich bitten wollten, im Notfall erneut verletzten Arbeitern meine Tür zu öffnen. Sollte es sich allerdings so verhalten, wie Sie und Herr von Löwenstein es gerade besprochen haben, wird meine Unterstützung diesmal wohl kaum vonnöten sein, gnädige Frau.«

»So ist es«, bestätigte Irene. »Denn nun hoffe ich, alles verläuft tatsächlich in Ruhe und Frieden. Sie wissen ja vermutlich, dass die Unruhen bei vergangenen Streiks häufig vonseiten des Militärs oder der Polizei provoziert wurden.«

Das war Richard zwar neu, aber er nahm es mit einem Stirnrunzeln zur Kenntnis, ohne das Thema zu vertiefen.

Nachdem sich Stephan Danzer verabschiedet hatte, plauderte Richard noch eine Weile mit dieser seltsamen Dame, deren Lebensweg der merkwürdigste war, von dem er je gehört hatte. Dann verließ auch er beruhigt das Café Prinzess.

Beruhigt war er auch noch bis vor einer Woche gewesen. Dann malte ein Teil der Wiener Presse jedoch den Teufel erneut an die Wand, indem sie die schlimmsten Aufstände seit der gescheiterten Revolution von 1848 voraussagte. Das führte dazu, dass Laden- und Restaurantbesitzer ihre Geschäfte in der Innenstadt heute geschlossen hielten. Viele hatten, wie weiland beim Streik der Tramway-Kutscher, ihre Türen und Fenster sogar mit Brettern vernagelt.

Überall in der Stadt war es zu Hamsterkäufen gekommen. Die Menschen deckten sich mit Vorräten ein, als erwarteten sie eine wochenlange Belagerung. Wer konnte, hatte die Stadt sogar verlassen.

Zum Glück ließen sich weder die Regierung noch Erzherzog Albrecht als oberster Heerführer von diesen Presseberichten beeinflussen und blieben bei ihrer Haltung. Erst heute Morgen hatte Albrecht seinen Befehl noch einmal ausdrücklich bekräftigt, dass das Militär nur bei Gewalttätigkeiten, die vonseiten der Arbeiter ausgingen, eingreifen sollte.

Dennoch war Richard in Unruhe. Dabei hatte er wahrlich gerade genug andere Sorgen.

Vor einiger Zeit hatte Graf Lajosz Szalay, der ungarische Verehrer Sophies, dem Palais Thurnau tatsächlich einen Besuch abgestattet. Da er zum ältesten ungarischen Adel gehörte, war Adalbert darüber natürlich entzückt gewesen. Zum Glück war Sophie mit der Kaiserin auf Reisen. Demgemäß kam Szalay allein.

Zu Richards Entsetzen berichtete ihm Amalie später, ihr Vater habe sowohl den Grafen als auch *diese zweifelhafte Komtess*, wie sie sich ausdrückte, zu ihrer Hochzeit eingeladen. Deren Datum war nun auf den 4. Oktober, den ersten Samstag in diesem Herbstmonat, festgesetzt worden.

Wie Richard diese Einladung zu deuten hatte, konnte Ami ihm allerdings nicht sagen. Insbesondere wusste sie nicht, ob es eine im Augenblick noch geheim gehaltene Vereinbarung zwischen Szalay und Sophie gab. Geschweige denn, ob bereits eine

Verlobungsanzeige in den Wiener Gazetten veröffentlicht worden wäre.

Nicht einmal das *Wiener Salonblatt*, das bekannt für seine diesbezügliche Spürnase war, hatte Sophie und Szalay als zukünftiges Brautpaar im Visier. Das mochte auch daran liegen, dass Szalay nicht am Ball des Hofes teilgenommen hatte. In der darauffolgenden Ausgabe des *Wiener Salonblatts* war Sophie daher nur flüchtig erwähnt worden. Und schenkte man der darob frohlockenden Amalie Glauben, seither überhaupt nicht mehr.

Apropos Ball des Hofes! Während sich die Menge der Arbeiter Richards Standort im Prater Schritt für Schritt näherte, schüttelte er sich noch einmal bei der Erinnerung daran.

Kaiserin Sisi war zu diesem Fest tatsächlich erschienen, glich jedoch eher einem bösen Geist als einer huldvollen Majestät. Ganz in Schwarz hatte die Kaiserin neben ihrer ebenfalls schwarz gekleideten Obersthofmeisterin, Gräfin Maria Goëss, die Einführung der Debütantinnen in die Gesellschaft vorgenommen. Zwischen den in blütenweiße zarte Roben gekleideten jungen Adelstöchtern wirkten die beiden Damen »wie Vogelscheuchen«, waren sich Richards Schwestern Charlotte und Bernadette nach der kurzen Zeremonie einig gewesen.

»Die Stimme Ihrer Majestät war kaum zu verstehen, nachdem die Goëss uns ihr vorgestellt hatte«, behaupteten die beiden später, was Richards Mutter Aglae bestätigte. »Und was sie sagte, war kurz und belanglos.«

Jedenfalls war der Tag, auf den seine Schwestern monatelang hingefiebert hatten, eine große Enttäuschung für die Zwillinge gewesen. Richard selbst hatte nicht an der Zeremonie teilnehmen können. Auf Wunsch der Kaiserin waren lediglich die Mütter der Debütantinnen zugelassen worden. Vielleicht auch deshalb, weil es nach all den Jahren, in denen sich Sisi diesem Ritual hartnäckig entzogen hatte, ungewöhnlich viele junge Damen gewesen waren, deren Familien sie an diesem Tag in die Gesellschaft eingeführt sehen wollten.

Denn wer wusste schon, ob die Kaiserin in Zukunft überhaupt noch einmal zur Teilnahme an einem Hofball bereit wäre. Man munkelte in Wien, sie wolle sich eine Villa in Korfu errichten lassen und dort ihren beständigen Wohnsitz nehmen. Jedenfalls waren selbst vierzehnjährige Backfische der Kaiserin vorgestellt worden. Diese Ehre wurde in früheren Jahren erst mindestens siebzehnjährigen Komtessen zuteil.

Richard hatte Sophie an diesem Abend überhaupt nicht getroffen. Seine Mutter Aglae berichtete lediglich, auch die Komtess von Werdenfels sei wie alle anderen Hofdamen der Kaiserin bei der Zeremonie anwesend gewesen und habe das Fest, genau wie die Kaiserin, hernach sofort verlassen.

Wenigstens hatte Amalie an diesem Abend keine neuen Probleme gemacht. Da ihr hellblaues Ballkleid, das Richard mit seinen Stiefeln ruiniert hatte, tatsächlich als eine der schönsten Roben des Hofballs im *Wiener Salonblatt* erwähnt worden war, hatte Adalbert Amis Gebettel zähneknirschend nachgegeben und im Atelier der Madame Spitzer die gleiche Toilette noch einmal bestellt.

Allerdings hätte es seiner Bitte an Richard, diesmal Amis Ballkleid zu schonen, gar nicht bedurft. Der hatte schon vorher beschlossen, beim Ball des Hofes in der Galauniform eines Stabsoffiziers aufzutreten. Zwar hasste er den dazugehörigen unbequemen grünen Federhut, den er bis zur Abgabe an der Garderobe aufbehalten musste. Doch zur flaschengrünen Jacke über den dunkelblauen Hosen gehörten keine kniehohen Reitstiefel, sondern lediglich schwarze Halbstiefel, die von den Hosenbeinen völlig bedeckt wurden.

Insofern blieb Amis rosarote Robe, die am Folgetag erneut im *Wiener Salonblatt* als *très chic* gerühmt wurde, diesmal unversehrt. Sah man einmal von dem abgerissenen Saum ab, in dem Ami, wie schon früher geschehen, mit einem ihrer Absätze hängen geblieben war.

Doch was soll ich nun bezüglich Sophie tun?, grübelte Richard trotz der herannahenden Menschenmenge, während er sein zunehmend scheuendes Pferd zu beruhigen trachtete.

Gemäß den Wiener Zeitungen würde Sisi schon bald nach Wien zurückkehren und, wie in jedem Frühjahr, ihren Aufenthalt in der Hermesvilla nehmen. Zusammen mit ihr käme auch Sophie wieder in die Hauptstadt.

Soll ich ihr sagen, was ich über Szalay in Erfahrung gebracht habe?, fragte sich Richard sicher zum hundertsten Mal, seit er von ihrer baldigen Rückkehr erfahren hatte. *Was ist, wenn Szalay tatsächlich nur eine flüchtige Bekanntschaft ist? Verrate ich ihr dann, dass er an der Syphilis leidet, habe ich womöglich den Ruf eines hoch angesehenen Mannes in ihren Augen ruiniert.*

Er strich seinem Pferd, das seine eigene Nervosität spürte, beruhigend über den Widerrist.

Doch sage ich ihr nichts und sie verlobt sich am Ende doch mit Szalay, was dann?

Eine Antwort auf diese ungelöste Frage zu finden, wurde ihm für den Augenblick abgenommen. Denn die ersten Reihen der festlich gekleideten Arbeiterinnen und Arbeiter zogen nun an den Dragonern vorbei.

Unwillkürlich verglich Richard Amalies teure Toiletten mit den bunten Waschkleidern der Arbeiterinnen aus geblümter oder gestreifter Baumwolle. Manche trugen Zierschürzen über den Röcken. Ihre Sommerhüte bestanden überwiegend aus Stroh und waren mit Bändern, künstlichen oder echten Blumen garniert. Zweifellos war das ihre Sonntagstracht. Sie stand vielen jungen Frauen ausgesprochen gut zu Gesicht.

Sogar Irene, die inmitten der Menge ging und ihm fröhlich zuwinkte, trug ein Kleid, das selbst für sein in weiblichen Modedingen ungeübtes Auge wertvoller aussah als die Kleider ihrer Nachbarinnen. Es war aus dunkelblauem Leinen gefertigt, ein Stoff, den Richard bei kaum einer anderen Frau sah.

Amalie würde das Kleid trotzdem als billiges Fähnchen bezeichnen und sich weigern, es auch nur eine Minute lang anzuziehen.

Geschweige denn eins dieser adretten Baumwollgewänder. Dabei könnte man für die Kosten einer einzigen ihrer Roben wahrscheinlich die Hälfte dieser Frauen neu einkleiden, sinnierte er.

Je mehr Männer und Frauen an ihm vorbeischritten, desto mehr beruhigte sich Richards Puls. Es sah tatsächlich so aus, als ob es heute friedlich bleiben würde.

Anfangs suchte er mit den Augen noch die sauberen, wenn auch oft abgewetzten Kittel der jungen Männer nach Ausbuchtungen ab, die auf das Tragen von Waffen oder zumindest das Mitführen von Steinen als Wurfgeschosse hindeuteten. Doch auch viele Arbeiter winkten den Soldaten freundlich zu. Nur ihre roten Halstücher wiesen sie als Anhänger der Sozialisten aus. Ansonsten konnte Richard nichts Auffälliges entdecken.

Alles war in Ruhe und Ordnung abgelaufen, würde die Kaisertochter Marie Valerie am Abend dieses denkwürdigen 1. Mai in ihr Tagebuch schreiben, obwohl ihr Verlobter Franz Salvator noch am Morgen von seinem Dienst entbunden worden war, um nicht Opfer eines gezielten Steinwurfs zu werden.

Hätte auch Richard ein Tagebuch geführt, wäre der Eintrag nicht anders ausgefallen.

Café Prinzess am Graben

5. Mai 1890

»Guten Tag, liebe Mina! Wo finde ich denn meinen Onkel?«

»Guten Tag, Fräulein Sophie! Wie schön, dass Sie wieder in Wien sind!«, strahlte Mina Löb, die Aufseherin im Café Prinzess. Dann blickte sie sich suchend um. »Eben stand Ihr Onkel noch hinter der Kuchentheke.«

Sie winkte einem Serviermädchen. »Lauf, Bella! Such bitte

Herrn Danzer! Seine Nichte ist hier. Er wird sie sicher begrüßen wollen.«

Während das Mädchen davoneilte, bot Mina Sophie einen Platz an einem der kleinen Marmortische an. »Was darf ich Ihnen denn bringen?«

Sophie griff nach Minas Hand. »Noch gar nichts, meine Liebe. Setzen Sie sich bitte, und sagen Sie mir zunächst einmal, wie es meinem Onkel geht.«

Minas Miene verdüsterte sich. »Leider gibt es keine guten Neuigkeiten, Fräulein Sophie. Ihr Onkel wird jeden Tag kränker. Aber er will es nicht wahrhaben.«

Der Klumpen in Sophies Magen, mit dem sie das Kaffeehaus schon betreten hatte, verstärkte sich. Vor zwei Tagen war sie nach Wien zurückgekehrt und heute zu ihrem Onkel geeilt, noch bevor sie ihre Familie im Palais Werdenfels aufgesucht hatte. Während ihrer Odyssee, wie sie ihre knapp zweimonatige Reise mit Sisi aufgrund der vielen Ortswechsel mittlerweile im Stillen nannte, hatten nur zwei Briefe ihrer Mutter sie erreicht. Beide mit ähnlichem Inhalt: Arthur verhielt sich tatsächlich korrekt. Dagegen wurden Henriettes Sorgen um ihren Bruder Stephan immer größer.

»Stimmt es, dass mein Onkel schon kurz nach meiner Abreise nach Meran erneut zusammengebrochen ist?«, fragte Sophie nun nach. Meran war die erste Station ihrer Reise gewesen. Diesen Brief ihrer Mutter hatte sie zum Glück noch vor Ort erhalten.

Mina bestätigte das betrübt. »Die Anstrengungen, beide Hofbälle mit Süßigkeiten zu beliefern, waren einfach zu groß für ihn. Er wurde, diesmal in seinem Kontor, ohnmächtig und lag danach zwei Wochen lang im Bett.«

Sophies Furcht verstärkte sich. Durch die beständigen Ortswechsel waren etliche Briefe ihrer Mutter verloren gegangen, wie sie aus dem Inhalt des zweiten schloss, den sie in Riva del Garda empfangen hatte.

»Und wie ging es dann weiter?«

Mina zuckte resigniert mit den Schultern. »Dr. Adler, der Ihren Onkel behandelt hat, sitzt ja im Augenblick im Gefängnis.«

Sophie erschrak. »Warum denn das?«

»Es hat etwas mit seinen Zeitungsartikeln während des Streiks der Tramway-Kutscher im vergangenen Jahr zu tun. Mein Vater erzählte mir ...«

Doch das wollte Sophie jetzt nicht wissen. Hauptsache, Adler hatte kein ernsthaftes Verbrechen begangen. Um sich genauer mit den Gründen für seine Verurteilung zu befassen, hatte sie den Kopf im Moment nicht frei.

»Warum hat sich mein Onkel denn keinen anderen Arzt gesucht?«, unterbrach sie Mina.

Die schüttelte bedrückt den Kopf. »Herr Danzer sagt, Adler käme ja schon im Juni wieder auf freien Fuß. So lange täten es auch die Medikamente, die er sich aus der Apotheke besorgt.«

»Welche Medikamente sind das?«

»Ihr Onkel behauptet, es seien Kräutermischungen gegen seine beständigen Kopfschmerzen.«

»Aber das glauben Sie nicht!«, konstatierte Sophie bedrückt.

Mina hob den Kopf und straffte sich. »Es geht mich ja eigentlich gar nichts an, Fräulein Sophie. Aber ich glaube, es ist Laudanum, was Ihr Onkel tatsächlich einnimmt. Obwohl ich weiß, dass Dr. Adler ihm schon im letzten Sommer davon abgeraten hat.«

Sophie erschrak erneut. Laudanum? So hieß doch das Mittel, vor dem Ida Ferenczy sie vor dem Hofball gewarnt hatte! Welches so stark war, dass schon zehn Tropfen ausgereicht hatten, um ihr damaliges Kopfweh zu vertreiben!

In diesem Moment kam das Serviermädchen zurück. »Herr Danzer bittet das gnädige Fräulein, zu ihm ins Kontor zu kommen, lässt er ausrichten.«

Dass Danzer Sophie nicht im Caféraum begrüßte, war ungewöhnlich. Nun war sie aufs Höchste beunruhigt. Sie sprang auf und ging mit schnellen Schritten in den Flur, von dem aus man das Büro ihres Onkels erreichte.

»Mein Schatzerl!« Danzer strahlte über das ganze Gesicht, als Sophie nach kurzem Anklopfen den Raum betrat. »Was bin ich froh, dich zu sehen! Und gut schaust du aus! Komm her und gib deinem alten Oheim einen Kuss!«

Gerne hätte Sophie das Kompliment ihres Onkels erwidert. Stattdessen bemühte sie sich, ihn ihren Schock über sein eigenes Aussehen nicht merken zu lassen.

Danzers Gesicht wirkte noch eingefallener, als sie es in Erinnerung hatte. Seine Augen lagen tief in den Höhlen. Zudem zwinkerte er beständig mit dem linken Auge. Auch die Hand, mit der er rasch etwas in einer Schublade verschwinden ließ, zitterte.

Als Sophie ihren Onkel umarmte, fiel ihr zudem ein unangenehmer, säuerlicher Geruch auf, den sie vorher noch nie an ihm wahrgenommen hatte. An seiner Kleidung konnte es nicht liegen. Wie immer war Danzer adrett in einen schwarzen Anzug gekleidet, unter dem der blütenweiße Kragen eines Hemdes hervorlugte. Der maßgeschneiderte Anzug, der früher perfekt gesessen hatte, war ihm allerdings mittlerweile zu weit geworden.

Besorgt löste sich Sophie aus der Umarmung, hielt Danzer mit beiden Händen ein Stück von sich ab und musterte ihn. »Und wie geht es dir? Mina sagt, sie macht sich Sorgen um dich«, entschloss sie sich zur Offenheit.

Danzer lächelte gerührt. »Die Gute! Immerzu will sie mich bemuttern, als sei ich ein kleiner Bub. Dabei könnte *ich* doch ihr Vater sein.«

»Also gibt es gar keinen Grund zur Sorge?«, hakte Sophie nach.

»I wo! Ich werd eben alt!«, wehrte ihr Onkel ab. »Alles ist gut! Und nun hör auch du auf, mich behüten zu wollen, als sei ich ein Kind. Erzähle mir lieber, was du alles auf deinen Reisen erlebt hast. Du bist ja ganz schön herumgekommen, wenn ich mir die Briefmarken und Stempel auf deinen vielen Briefen so ansehe!«

Tatsächlich hatte sich Sophie aus jeder ihrer zahlreichen Stationen bei ihm gemeldet. Meran, dann Riva del Garda, Madonna di Campiglio, Schloss Miramare bei Triest, Florenz, zurück nach Riva del Garda, Bozen und zum Schluss wieder Meran. Wahrscheinlich hatte sie den einen oder anderen Ort, an dem sie gewesen war, sogar vergessen.

Um ihrem Onkel, der kaum je aus Wien herausgekommen war, eine Freude zu machen, erzählte sie ihm von den vielen Eindrücken und Erlebnissen, verschwieg aber dabei, wie anstrengend diese Reise wirklich gewesen war.

»Stell dir vor, von Meran aus haben wir eine zweitägige Bergwanderung gemacht! Wir haben unseren Proviant auf dem Rücken getragen und auf Strohmatratzen in einer Holzhütte übernachtet!«

Die Ratten, die sie und die Kaiserin nachts aus dem Schlaf gerissen hatten, ließ sie genauso unerwähnt wie das saugende Ungeziefer, das sie auf der einfachen Bettstatt heimgesucht hatte.

»Aber zur Seefahrt eigne ich mich nicht«, meinte sie mit einem selbstironischen Lächeln. Tatsächlich war die Fahrt auf dem Gardasee von Riva nach Sirmione, von der sie Danzer nun berichtete, bei leicht stürmischem Wind eine Qual für Sophie gewesen. Sie hatte sich fast ununterbrochen übergeben müssen und selbst dann noch gewürgt, als ihr Magen nur mehr grüne Galle von sich gab. Auch das ließ sie in dieser Drastik unerwähnt.

Eine kleine vergoldete Uhr auf dem mächtigen, mit Papieren übersäten Schreibtisch, schlug mit feinem Schlag vier Uhr.

»Helfgott!«, schreckte Danzer auf. »Nun habe ich die Zeit ganz und gar vergessen! So spannend, wie du erzählst, mein

Liebes! Aber hier ist noch so viel zu tun!« Er wies mit einer weit ausholenden Geste über den Schreibtisch.

Spontan fasste Sophie einen Entschluss. »Kann ich dir ein wenig helfen, Onkel Stephan?«

Danzer zögerte kurz, dann nickte er. »Das wäre sehr nett. Denn ich bin schon im Verzug. Die Lieferanten warten auf die Bezahlung ihrer Rechnungen, die ich noch prüfen muss. Du könntest derweil das Bilanzbuch mit den Einnahmen und Ausgaben nachtragen. Ich zeige dir, wie das geht. Aber zuerst hole ich uns eine Stärkung. Eine Mandelmelange für dich? Oder lieber eine Limonade!«

»Gerne beides, wenn es keine Umstände macht.«

»Natürlich nicht!« Danzer war schon aus der Tür. Dabei strauchelte er leicht und musste sich einen Augenblick lang am Knauf festhalten.

Mit klopfendem Herzen nutzte Sophie die Abwesenheit ihres Onkels, ging um den Schreibtisch herum und zog die oberste Schublade unter der Schreibfläche auf. Sie erkannte das braune Fläschchen, noch bevor sie die Aufschrift *Laudanum* darauf entziffert hatte.

Dann fiel ihr Blick auf das Bilanzbuch. Nachdem sie ein wenig darin gelesen hatte, erstarrte sie vor Schreck schier zu Eis.

Idas Kammer in der Hermesvilla

5. Mai 1890, am Abend

»Du machst dir keinen Begriff davon, wie schlimm es um meinen Onkel steht, Ida!« Sophie strömten die Tränen über die Wangen. Sie weinte herzzerreißend.

Ida, die neben ihr auf dem Sofa saß, hielt sie fest, bis sie sich wieder ein wenig gefasst hatte.

»Das Bilanzbuch wimmelte nur so von Fehlern. Nicht einmal einfache Additionen waren korrekt. Geschweige denn komplexere Abrechnungen. Er hat die falschen Posten zusammengezählt und ist sogar häufig in den Zeilen verrutscht.«

»Und was hast du getan?«

»Ich habe ihn behutsam zur Rede gestellt, als er zurückkehrte. Zumal er, kaum dass er ins Kontor kam, die Mandelmelange in seiner zitternden Hand verschüttete. Ich habe ihm einfach gesagt, was ich und alle Welt glauben. Nämlich, dass er schwer krank ist und dringend Hilfe benötigt.«

»Und hat er es eingestanden?«

»Anfangs nicht. Doch dann habe ich ihm die Fehler in seinem Bilanzbuch gezeigt. Daraufhin hat er schwer geseufzt und sogar beinahe zu weinen angefangen. Er könne sich kaum mehr auf solche Arbeiten konzentrieren, gab er zu. Auch, weil er an manchen Tagen alles doppelt sieht.«

»Und das Laudanum mache ihn müde, sagte er noch.« Sophie begann wieder zu weinen. »Als ich ihn fragte, wie viel er davon einnähme, gab er zu, dass es mittlerweile fast ein halbes Fläschchen pro Tag ist«, schluchzte sie.

Ida gab einen entsetzten Laut von sich. »Das ist viel zu viel!«

»Ich weiß!«, weinte Sophie. »Aber sonst hält er die Schmerzen gar nicht mehr aus, sagt er.«

»Er muss dringend zu einem guten Arzt. Am besten zu einem Spezialisten!«, drängte Ida.

Sophie weinte noch lauter. »Aber er weigert sich, so sehr ich ihn auch bestürmt und angefleht habe. Ich ... ich glaube, er hat eine furchtbare Angst vor der Wahrheit!«

Ida wiegte ihr Haupt. »Und was denkst du, ist die Wahrheit?« Ihr selbst war schon ein schrecklicher Verdacht gekommen.

»Irgendeine Krankheit sitzt ihm im Kopf«, sprach Sophie aus, was Ida dachte. »Das glaubt auch Mina, mit der ich später noch einmal geredet habe.«

Sie weinte noch eine Weile in Idas Armen. Dann versiegten ihre Tränen.

»Mina hat mir außerdem erzählt, dass es seit den Hofbällen immer mehr Probleme mit Lieferanten gegeben hätte. Einige beklagten sich, viel zu wenig Geld erhalten zu haben. Ein Obsthändler hat sogar die jahrelange Geschäftsbeziehung zu meinem Onkel abgebrochen.«

Sie schnäuzte sich in ein Taschentuch. »Anderen Lieferanten hat er womöglich zu viel bezahlt. Ein ehrlicher Weinhändler aus Deutschland, der, der mit jener seltsamen Irene von Sterenberg oder Gerban, wie sie sich nennt, verheiratet ist, hat vor ein paar Tagen im Kaffeehaus vorgesprochen. Die Summe, die ihm mein Onkel angewiesen hat, war um fünfzig Gulden zu hoch. Das spricht dafür, dass auch andere zu viel erhalten, das Geld aber einfach eingestrichen haben.«

Ida seufzte tief. Sie ahnte, was Sophie nun plante. Es würde das eine Problem vielleicht mindern, aber dafür ein anderes, womöglich noch viel größeres, entstehen lassen.

»Ich muss Ihre Majestät bitten, mich von der großen Reise, die sie nach der Hochzeit ihrer Tochter im Sommer plant, zu entbinden«, bestätigte Sophie Idas Vermutung. »Die Reise würde mich monatelang in weit entfernte Gefilde führen. Ihre Majestät will das ganze südliche Mittelmeer mit einer Yacht befahren. Bis nach Korfu, wo sie die Fortschritte beim Bau ihrer neuen Villa prüfen will.«

Sie straffte den Rücken, wischte sich die Tränen ab und sagte energisch: »Doch mein Onkel braucht mich jetzt. Ich muss ihm zumindest bei der Buchhaltung helfen. Mina Löb kann das nicht übernehmen. Sie wird im Café Prinzess benötigt und verzichtet ohnehin schon seit Wochen immer wieder auf ihren freien Tag.«

»Sisi wird das sehr schwer treffen, Phiefi«, wandte Ida ein. Sie kannte die große Kränkbarkeit der Kaiserin. »Wenn ich dich damals richtig verstanden habe, hat sie dich auf der Rückfahrt von Mayerling gebeten, sie nicht zu verlassen. Was du ihr auch versprochen hast.«

Sophie hob trotzig den Kopf. »Dann soll es mir Ihre Majestät eben übel nehmen. Mein Onkel war jahrelang der einzige Mensch, auf den ich zählen konnte. Das Kaffeehaus war mein eigentliches Zuhause. Ich will weder riskieren, dass mein Onkel immer kränker wird und am Ende ...«, sie stockte vor der Ungeheuerlichkeit dieses Gedankens, »... am Ende gar stirbt, während ich in der Ferne weile«, sprach sie ihn dann doch aus. »Noch möchte ich, dass das Kaffeehaus, sein Lebenswerk, in den Ruin gerät, weil er die Geschäfte nicht mehr führen kann.«

»Und wird er deine Hilfe denn annehmen?« Bevor Ida Sophie ihre Vorschläge, die ihr durch den Kopf gingen, unterbreiten wollte, wollte sie sicher sein, dass diese ihre Möglichkeiten realistisch einschätzte.

Sophie nickte. »Ich soll nach und nach die Buchhaltung übernehmen. Wir haben sogar schon ein wenig damit begonnen. Aber auch meine Einführung in diese für mich gänzlich neue Arbeit muss jetzt rasch vonstattengehen. Ehe Onkel Stephan noch kränker wird und nicht mehr in der Lage ist, es mir zu zeigen.«

Ida nickte, ihr Plan schien tatsächlich der einzige Ausweg zu sein. Doch noch knüpfte sie eine Bedingung daran. »Wir fahren gleich morgen zusammen in die Hofburg und suchen Dr. Widerhofer auf. Wenn er meinen Verdacht bestätigt, dass es ein Gewächs ist, das im Kopf deines Onkels wuchert ...« Sie erschrak und stockte.

Doch Sophie hatte schon den gleichen Verdacht gehabt und nickte. Deshalb fuhr Ida fort. »Also, wenn der Leibarzt Ihrer Majestäten diesen Verdacht bestätigt, dann sollten wir diesen Plan verfolgen.«

Eine halbe Stunde lang erläuterte Ida ihre Idee. Danach schöpfte Sophie ein wenig Hoffnung und war Ida für ihre Unterstützung überaus dankbar.

Speisezimmer in der Hermesvilla

7. Mai 1890

Sophie lehnte ab, als ihr der Tafeldiener erneut von der Hauptspeise vorlegen wollte. Sie hatte schon die ersten Gänge nur mit Mühe hinunterbekommen, da ihr der Magen vor Aufregung wie zugeschnürt war.

»Schmeckt es Ihnen nicht, Komtess Sophie?«, sprach der Kaiser sie an diesem Abend das erste Mal direkt an.

Es war Sophies erstes Diner im Kreise der kaiserlichen Familie. Außer ihr nahmen noch Sisi, deren Tochter Marie Valerie, Ida Ferenczy und eine Dame daran teil, von der Sophie bislang viel gehört hatte, der sie jedoch noch nie begegnet war. Es war die Schauspielerin Katharina Schratt.

»Doch, Eure Majestät«, beeilte sie sich nun zu antworten. »Der Tafelspitz ist überaus köstlich. Aber schon die Austern, die Suppe und der Fisch haben mir so gut gemundet, dass mir nun der Appetit für eine weitere Portion des Hauptgangs fehlt. Zumal«, sie bemühte sich um ein spitzbübisches Lächeln, »zumal es noch Ananaseis mit Schokoladensoße zum Dessert geben soll, wie ich der Menükarte entnommen habe.«

»Aha!«, machte der Kaiser. »Wie meine verehrte Gattin lieben Sie also das Gefrorene!« Er trank Sisi zu, die mit leicht gequälter Miene ebenfalls ihr Glas erhob, aber nur daran nippte. Sophie wusste, dass die Kaiserin Wein nicht mochte.

Doch heute Abend zeigte Sisi kaum eine der Allüren, die sonst die meisten ihrer Mahlzeiten bestimmten. Sie aß mit gutem Appetit, wie Sophie erstaunt feststellte, wehrte allerdings, wie sie selbst, eine zweite Portion Tafelspitz ab.

Im Gegensatz zu Katharina Schratt. Sie ließ sich ein weiteres Mal reichlich vorlegen. Franz Joseph bemerkte es mit Wohlgefallen. »Sie sind mir eine wahre Seelenfreundin«, lobte er Katharinas herzhaften Appetit.

Sophie bemerkte, dass Marie Valerie peinlich berührt wirkte. Ida hatte ihr bereits erzählt, dass diese gemeinsamen Treffen mit der angeblichen »Freundin der Kaiserin«, wie die Schauspielerin in der Öffentlichkeit genannt wurde, der erzkonservativen Kaisertochter eine regelrechte Qual waren.

»Steht denn jetzt eindeutig fest, dass die Schratt mittlerweile die Mätresse des Kaisers ist?«, hatte Sophie Ida während der Vorbereitung auf diesen wichtigen Abend gefragt.

Die zuckte mit den Schultern. »Genau weiß man das immer noch nicht. Sicher war die Schratt das nicht von Beginn ihrer Beziehung an, die nun schon über vier Jahre währt. Denn anders als sein verstorbener Sohn neigt Seine Majestät nicht zur Vielweiberei. Aber ich habe dir ja schon einmal erzählt, dass der Kaiser seiner vorherigen Geliebten Anna Nahowski schon vor mehr als einem Jahr den Laufpass gegeben hat. Wenig später ist die Schratt dann in eine Villa in der Gloriettegasse eingezogen. Das Haus ist vom Schönbrunner Park und auch hier von der Hermesvilla aus sehr leicht zu erreichen, und man tuschelt, dass der Kaiser die Dame auch zu höchst ungewöhnlichen Tages- und Nachtzeiten besucht. Also glaube ich persönlich, dass die Beziehung der beiden jetzt nicht mehr rein platonisch ist.«

Auch das hatte Ida Sophie bei ihrem ersten Gespräch über dieses Thema angedeutet. Trotzdem war Sophie nun erneut schockiert.

»Und der Kaiserin ist das nach wie vor gleichgültig, wenn ich dich recht verstehe«, konstatierte sie.

Ida lächelte ironisch. »Sisi fördert diese Freundschaft nicht nur, sondern hat weiland den Kontakt ihres Gemahls zu dieser Schauspielerin sogar hergestellt. Sie bemerkte schon vor etlichen Jahren, dass der Kaiser die Dame verehrt. Daraufhin gab sie ein Porträt von Katharina bei dem bekannten Wiener Maler Heinrich von Angeli in Auftrag und schenkte es ihrem Gatten. Es steht jetzt hier in der Hermesvilla im Schreibkabinett Seiner Majestät.«

Das wusste Sophie nicht, zumal sie das Arbeitszimmer Franz Josephs noch nie betreten hatte. Sie blieb stumm, um diese Information erst einmal zu verarbeiten. *Die Kaiserin duldet, dass ihr Gemahl ein Bildnis seiner Geliebten in seinen Privaträumen aufstellt. Welches sie ihm persönlich geschenkt hat. Wahrlich, unter dem Glanz an diesem Hofe herrscht Fäulnis*, ging es ihr wieder einmal durch den Kopf.

»Obwohl die Schratt doch ebenfalls verheiratet ist!«, merkte sie schließlich an. »Was sagt eigentlich ihr Ehemann dazu?«

Ida schnaubte. »Die Ehe besteht schon seit Jahren nur noch auf dem Papier. Und hat Katharina noch nie daran gehindert, zahlreiche Liebschaften zu unterhalten. Angeblich tut sie das selbst jetzt noch.«

»Liebschaften? Zusätzlich zu ihrem Verhältnis zu Kaiser Franz Joseph?« Sophie konnte es nicht fassen. »Und so eine zweifelhafte Person empfängt man offen bei Hofe?«

»Der Zweck heiligt die Mittel, Phiefi«, antwortete Ida mit einem Sprichwort. »Die Kaiserin braucht so keine Nachstellungen ihres Gatten mehr zu befürchten und kann ihre zahlreichen Reisen unternehmen. Das weißt du doch schon.«

»Du hast recht. Mir hat Sisi ebenfalls einmal eingestanden, dass ihr die fleischliche Liebe nicht zusagt«, fiel Sophie ein. »Sie hat sogar ein Gedicht darüber verfasst.«

Ida nickte. »Nicht zusagt, ist gelinde ausgedrückt. Sie verabscheut die ehelichen Pflichten. Genau deshalb gibt sie sich in der Öffentlichkeit auch als Freundin der Schratt aus, damit die Form gewahrt bleibt, wenn sich der Kaiser sogar während ihrer Abwesenheit mit der Dame trifft.«

»Wozu er dich dann häufig als Chaperon benutzt«, erinnerte sich Sophie.

»So ist es, Phiefi. Zumindest, wenn er Katharina offen an den Hof kommen lässt. Und darauf basiert mein Plan. Damit du schon am nächsten Diner mit der Schratt teilnehmen kannst, werde ich Sisi weismachen, dass mich mein Gliederreißen daran hindern könnte, ihr diesen Dienst zukünftig in der Regelmäßigkeit zu erweisen, die der Kaiser sich wünscht, um seine Beziehung zur Schratt ungestört fortsetzen zu können. Denn wenn Katharina nicht immer wieder offiziell als »Freundin« des Kaiserpaars auftritt, sei es in Sisis Anwesenheit oder in meiner, wird das Getratsche schnell wieder losgehen.«

»Aber wird die Kaiserin nicht einwenden, dass ich doch gar nicht hier sein werde und deine Stelle als Chaperon einnehmen kann, da ich sie auf ihren Reisen begleite?«

Ida zuckte wieder mit den Schultern. »Wahrscheinlich wird sie das tun. Vielleicht aber auch nicht. Denn es wäre ihr ein Gräuel, wieder persönlich die Anstandsdame spielen und ihre Reisen dadurch einschränken zu müssen. Und so loyal Marie Festetics Sisi gegenüber auch ist, zum Chaperon würde sie sich nie hergeben. Sie verabscheut die Schratt, was Sisi nur zu gut weiß. Also ist Ihre Majestät womöglich nicht abgeneigt, dich als Ersatz für mich zumindest in Betracht zu ziehen.«

»Zumal Marie Festetics der Kaiserin ohnehin seit Wochen in den Ohren liegt, sich eine neue ungarische Hofdame als Ersatz für Charlotte Majláth zu suchen«, fügte Ida hinzu. »Marie hat sogar schon eine Empfehlung für eine bestimmte junge Dame ausgesprochen.«

Auch das war Sophie neu. Sie spürte sofort, dass sowohl Chancen als auch Risiken für sie darin lagen, sollte die Kaiserin dem Rat der Festetics folgen. *Meiner Stellung bei Hofe wäre es sicher abträglich,* sinnierte sie. *Aber Sisi wäre mir dann möglicherweise nicht mehr ganz so gram, wenn ich in Wien bleiben möchte.*

Ida erriet Sophies Gedanken. »Sobald die Kaiserin von deinem Wunsch erfährt, wird sie Janka Mikes, so heißt die junge Frau, die Marie ihr empfiehlt, mit Sicherheit in ihre Dienste nehmen. Und im Nachhinein froh sein, dass du die Schratt schon einmal kennengelernt hast, sollte ich in ihrer Abwesenheit als Chaperon ausfallen. Denn auf ihre Mittelmeerreise werde ich die Kaiserin aus gesundheitlichen Gründen ebenfalls nicht begleiten können. Aber auch ohne die Absichten schon zu kennen, die hinter unserem Plan stecken, wird Sisi wahrscheinlich nichts dagegen haben, dass du zum Diner mit der Schratt dazukommst. Ein Diner mit so vielen Zeuginnen macht Franz Josephs Beziehung zu Katharina ja noch unverfänglicher.«

»Glaubst du, das wird funktionieren?«, zweifelte Sophie.

Ida seufzte. »Ich hoffe es. Aber genau weiß ich es erst, wenn ich es Sisi vorgeschlagen habe.«

Idas Plan war tatsächlich aufgegangen, und so saß Sophie an diesem Abend mit am Tisch. Verstohlen verglich sie die beiden Frauen, die der Kaiser liebte, miteinander. Sisi und Katharina Schratt hätten nicht unterschiedlicher sein können, weder von ihrem Aussehen noch von ihrem Wesen her.

Die Kaiserin hatte kastanienbraune Haare und Augen, Katharina war honigblond und blauäugig. Sisi war gertenschlank, wenn nicht sogar mager zu nennen, die Schauspielerin eher mollig. Während das Gesicht der Kaiserin bereits etliche Falten aufwies, war das der dreiundzwanzig Jahre jüngeren Schratt noch makellos.

Katharina machte immer wieder den einen oder anderen Scherz oder erzählte eine lustige Anekdote aus dem Theater, worüber der Kaiser herzlich lachte. Sisi dagegen erging sich in Schwärmereien über die Statuen der Figuren aus der griechischen Mythologie, die sie für ihre Villa auf Korfu in Auftrag geben wollte.

»Das Haus soll Achilleion heißen, nach dem großen griechischen Helden Achill, der vor Troja fiel. Sie kennen doch sicher die *Ilias*?«, wandte sich Sisi an Katharina Schratt.

»Leider nur oberflächlich«, gab diese zu. »Doch es heißt, Sie lernen das Altgriechische und können daher sogar Homers Dichtung im Original lesen?«

Sisi lächelte und ihr vor Freude strahlendes Gesicht ließ den Betrachter wie immer ihre frühere Schönheit erahnen. Doch bevor sie Katharina antworten konnte, fuhr der Kaiser dazwischen.

»Ja, das sind die Wolkenkraxeleien, mit denen sich meine verehrte Gemahlin amüsiert«, sagte er schmunzelnd in die Runde, ohne zu merken, wie taktlos dies war. »Sie lernt tote Sprachen und begeistert sich für heidnische Götter und längst verstorbene Helden.«

Und es kam noch schlimmer. »Mir ist das viel zu abgehoben. Zum Glück stehen Sie mit beiden Beinen fest auf dem Boden, liebe Freundin.« Er hob sein Glas und trank Katharina zu.

Das Lächeln der Kaiserin erstarb. Auf ihren Wangen bildeten sich hässliche rote Flecken. Marie Valerie starrte in tödlicher Verlegenheit auf die Tischdecke aus Damast. Ida Ferenczy konnte man ihren Ärger über den Kaiser am Gesicht ablesen. Sophie wiederum erinnerte sich, dass sie schon beim Jahrgedächtnis in Mayerling zum ersten Mal mitbekommen hatte, dass Franz Joseph seine Gattin öfter auf diese Weise kränkte.

»Jeder nach seiner Fasson! Den Künsten sind wir doch beide zugetan«, versuchte Katharina vergeblich, den Fauxpas des Kaisers zu entschärfen.

Doch es war zu spät. Sophie konnte förmlich spüren, wie Sisi sich wieder in sich selbst zurückzog. Eine Zeit lang herrschte ungemütliches Schweigen am Tisch.

Dann schien endlich auch der Kaiser, der zunächst unbekümmert weitergegessen hatte, zu merken, dass sich die Atmosphäre verändert hatte. Da Sisi, Marie Valerie und Ida seinem Blick beharrlich auswichen und auch Katharina Schratt verlegen in ihrem Essen stocherte, wandte er sich zu Sophies Erstaunen an sie, um die Konversation wieder in Gang zu bringen.

»Und wie hat Ihnen Ihr erster Hofball gefallen, Komtess von Werdenfels? Wahrscheinlich war es das größte Fest, an dem Sie je teilgenommen haben.«

»Das ist richtig, Eure Majestät«, bestätigte Sophie, während sie verzweifelt überlegte, was sie noch sagen könnte. »Vor allen

Dingen haben mich die prachtvoll geschmückten Räumlichkeiten sehr beeindruckt.«

»Mehr als die Ballroben der Damen?«, schnitt der Kaiser ein Thema an, mit dem Sophie überhaupt nicht gerechnet hatte. »Ich dachte immer, die Aufmerksamkeit aller weiblichen Gäste läge ausschließlich darauf, um wie viel kostbarer und eleganter die eigene Toilette im Vergleich zu der der anderen Damen ist.«

Der Kaiser kann wirklich ein ungehobelter Patron sein, schoss es Sophie durch den Kopf.

»Das ist mir nicht aufgefallen, Eure Majestät«, antwortete sie zunächst defensiv.

»Also sind bei Ihnen auch keine Tränen geflossen, weil die eine oder andere Komtess mehr Rüschen und Spitzen oder anderen Tand an ihrem Gewand trug als Sie selbst?«, setzte Franz Joseph nach.

»Nun, das ehrt Sie«, lehnte er sich selbstzufrieden zurück, als Sophie nicht gleich antwortete. »Denn mich hat der Putz der jungen Damen noch nie sonderlich beeindruckt. Für mich sehen all diese bunten Kleider gleich aus.«

Später fragte sich Sophie, welcher Teufel sie wohl in diesem Moment geritten hatte. Aber bei den Worten des Kaisers war das Gesicht der weinenden Komtess Ernestine von Breuner vor ihrem inneren Auge aufgetaucht. Ihre Familie konnte sich kein neues Ballkleid für sie leisten, nachdem ihr einziges von den Stiefeln ihrer Tänzer ruiniert worden war.

»Das betrübt mich zu hören, Eure Majestät«, antwortete Sophie nun. »Denn viele Familien verschulden sich sogar, um ihre Töchter prächtig genug auszustatten. Eine Ballrobe kostet mehrere Hundert Gulden und hält dann womöglich nur einen einzigen Tag.«

»Einen einzigen Tag?«, fragte der Kaiser verblüfft nach. Dann zog er seine buschigen Augenbrauen zusammen. »Sie meinen, diese jungen Dinger sind zu eitel, um sich zweimal im selben Kleid zu zeigen?«

Sophie hob den Kopf und sah Kaiser Franz Joseph direkt ins Gesicht. »Nein, das meinte ich nicht, Eure Majestät. Viele Ballroben sind aufgrund eines Befehls Eurer Majestät bereits nach einem Abend ruiniert. *Darüber* habe ich während des Hofballs etliche Tränen fließen sehen. Zumal wenn die Familien der betroffenen Komtessen keine Ersatzrobe bezahlen können.«

Nicht nur der Kaiser starrte Sophie fassungslos an. Auch die Augen aller anderen Damen rund um den Tisch waren jetzt auf sie gerichtet.

»Wie meinen Sie das, Komtess? Erklären Sie sich! Welcher kaiserliche Befehl ruiniert die Toiletten junger Damen?« In Franz Josephs Stimme klang unverkennbar ein drohender Unterton mit.

Sophie holte tief Luft. Nun gab es kein Zurück mehr. »Es scheint mit der strengen Anweisung Eurer Majestät über die Korrektheit der Uniformen der anwesenden Offiziere zu tun zu haben. Um den Unwillen Eurer Majestät nicht zu erregen, achtet jeder Gast, der dem Militär angehört, auf ein untadeliges Äußeres.«

»Das setze ich als selbstverständlich voraus«, schnitt der Kaiser Sophie das Wort ab. »Doch was hat das mit ruinierten Ballkleidern zu tun?«

Sophie schlug das Herz bis zum Hals.

»Es geht um die Stiefel«, begann sie unbeholfen. »Die Reitstiefel der Kavallerieoffiziere«, sprach sie rasch weiter, da der Kaiser bereits wieder den Mund öffnete, um ihr ins Wort zu fallen. »Sie werden von den Burschen der Herren Offiziere mit so viel Schuhcreme auf Hochglanz poliert, dass die Creme beim Tanzen auf die Röcke der jungen Damen abfärbt, die unwillkürlich mit den Stiefeln in Berührung kommen. Und schwarze Schuhcreme lässt sich aus den feinen Seidenstoffen leider nicht mehr entfernen.«

»Das habe ich auch schon gehört, Papa«, kam unerwarteterweise Marie Valerie Sophie zu Hilfe. »Um meine Roben zu schonen, habe ich deshalb Franz Salvator vor den Bällen gebeten, Lackstiefel zu seiner Uniform zu tragen.«

»Lackstiefel, so, so!«, echote Franz Joseph. Sophie erinnerte sich an die Matrone, die beim Hofball im Erfrischungsraum erzählt hatte, einer ihrer Verwandten sei aus diesem Grund vor etlichen Jahren des Festes verwiesen worden.

»Und warum hat mich noch niemand auf diese Malheurs aufmerksam gemacht?«, polterte der Kaiser und sah kritisch in die Runde.

»Wahrscheinlich aus dem allerhöchsten Respekt heraus, mit dem jedermann die Anordnungen Eurer Majestät befolgt«, rettete Katharina Schratt die Situation.

»So, so!«, wiederholte Franz Joseph, ohne sich weiter zu dem heiklen Thema zu äußern.

Das Gespräch wandte sich zu Sophies Erleichterung wieder anderen Themen zu, woran Katharina Schratt ebenfalls einen maßgeblichen Anteil hatte.

Einige Tage später erfuhr Sophie von Ida Ferenczy, dass das Obersthofmeisteramt eine neue Garderobenordnung herausgegeben hatte. Darin war den Offizieren das Tragen von Lack- anstelle von Lederstiefeln ab sofort bei allen offiziellen Anlässen bei Hofe ausdrücklich erlaubt.

Im Lainzer Tiergarten

20. Mai 1890

Sisi stürmte so schnell voran, dass Sophie trotz ihrer guten Kondition kaum mit ihr Schritt halten konnte. Es war, als ob die Kaiserin von Dämonen gejagt würde.

»Majestät! Elisabeth! Bitte!«, keuchte Sophie schließlich,

als das Seitenstechen unerträglich wurde. »Bitte lassen Sie uns eine kleine Pause einlegen!«

Unwillig verlangsamte Sisi ihr Tempo. »Eine Pause ertrage ich nicht, Sophie!« Erst nach einem Blick auf deren schmerzverzerrtes Gesicht gab sie nach. »Also gut, aber nur fünf Minuten. Ich muss in Bewegung bleiben!«

Sophie flüsterte ihren Dank und versuchte mühsam, wieder zu Atem zu kommen. Endlich ließ das Seitenstechen nach. Sie richtete sich aus ihrer leicht gebeugten Haltung auf.

»Lassen Sie uns weitergehen, Elisabeth! Es geht mir schon wieder besser. Aber ein wenig langsamer, ich bitte recht schön darum.«

Der Waldweg, den Sophie mit der Kaiserin vor einer Stunde von der Hermesvilla aus eingeschlagen hatte, verbreiterte sich, sodass die Frauen nebeneinandergehen konnten. Sisi sah mitgenommen aus. Ihre Augen glänzten fiebrig und lagen tief in den Höhlen.

»Sie sehen auch nicht wohl aus, Majestät«, entfuhr es Sophie unwillkürlich.

Die Kaiserin machte eine wegwerfende Handbewegung. »Keine Sorge! *Mich* will Gevatter Tod noch nicht holen. Dabei sehne ich mich nach der ewigen Ruhe und bin doch nur wenige Jahre jünger als Nene.«

Sophie wusste, von wem Sisi sprach. Erst vor wenigen Tagen war deren ältere Schwester Helene in Regensburg gestorben. Sisi hatte Nene, wie diese mit ihrem Kosenamen genannt wurde, noch kurz vor ihrem Tod besucht und an ihrem Sterbebett ausgeharrt.

»Ich entbiete Ihnen nochmals mein ganz herzliches Beileid«, sagte Sophie nun mit leiser Stimme.

»Nene war in ihren letzten Stunden so siech und glaubte doch nicht ans Sterben«, flüsterte Sisi. »Das Leben hat auch ihr übel mitgespielt. Da wollte sie einfach nicht wahrhaben, dass es schon zu Ende sein könnte.«

»Das tut mir leid«, wiederholte Sophie. Wieder einmal fühlte sie sich hilflos und wusste nicht, was sie darauf noch sagen sollte.

»Könnte ich das Rad der Geschichte doch einfach zurückdrehen!«, klagte Sisi. »Und Nene an meine Stelle setzen! Wir wären beide so viel glücklicher geworden!«

Diesmal wusste Sophie rein gar nichts zu erwidern. Sisis Schwester Helene war vor vielen Jahren in Ischl die eigentlich von Franz Josephs Mutter auserwählte Braut für ihren Sohn gewesen. Doch der hatte sich auf den ersten Blick in Sisi verliebt und war davon nicht mehr abzubringen gewesen.

Helene hatte trotzdem die große Liebe ihres Lebens gefunden. Doch tragischerweise war ihr Ehemann Maximilian nach nur neunjähriger glücklicher Ehe verstorben.

»Zumindest habe ich jetzt eines verstanden!« Sisi beschleunigte ihren Schritt wieder. »Nämlich, warum sich so mancher das Leben nimmt, aus Angst vor solch einem elenden Ende, wie es meiner Schwester beschieden war.«

Sophie zuckte zusammen. Spielte die Kaiserin auf den Tod ihres Sohnes Rudolf an? Wusste sie etwa doch, dass auch er an einer unheilbaren Krankheit gelitten hatte?

Doch bevor sie darüber nachgrübeln konnte, sprach Sisi schon weiter. »In diesem Jahr verlassen mich alle, an denen mein Herz hängt. Erst Gyula, jetzt meine Schwester Nene.«

Sisis Freund Gyula Andrássy war bereits im Februar verstorben.

»Und nun verliere ich bald auch meine Einzige, noch dazu an die Ehe, diese widernatürliche Einrichtung!«

Aber Ihre Tochter Marie Valerie wird doch nicht sterben, wollte Sophie schon einwenden, als Sisi abrupt stehen blieb. Sie sah Sophie an und fasste sie am Arm. »Es bleiben mir nur noch wenige Vertraute. Ich schätze mich glücklich, dass Sie dazugehören, Sophie!«

Der Schrecken fuhr ihr in alle Glieder. Instinktiv spürte sie, dass sie der Kaiserin jetzt die Wahrheit sagen musste. Denn nach diesem Vertrauensbeweis Sisis wäre es unverzeihlich, sie weiterhin im Unklaren über ihre wahren Absichten zu lassen.

»Majestät! Elisabeth!«, stammelte Sophie. »Ich... ich fürchte...« Ihre Stimme erstarb. Sie spürte eine bleierne Leere in ihrem Kopf. Auf diesen Moment war sie überhaupt nicht vorbereitet. Nicht zuletzt, weil Ida ihr geraten hatte, noch einige Wochen zu warten, bis sie ihre Bitte an die im Moment durch den Tod ihrer Schwester zutiefst niedergedrückte Sisi herantrug. Ihr fehlten die richtigen Worte.

Doch die Kaiserin hatte bereits Verdacht geschöpft. Sie fixierte Sophie mit ihren dunklen Augen. Ihre Finger krallten sich jetzt so heftig in deren Arm, dass es Sophie wehtat.

»Was... was wollen Sie mir sagen, Sophie?« Sisis Stimme klang schrill.

Sophie sammelte sich mit aller Kraft und zog sachte ihren Arm zurück. Die Kaiserin ließ sie sofort los, als hätte sie sich an ihr verbrannt.

»Es geht um meinen Onkel, Elisabeth.«

Die lachte zu Sophies Entsetzen erleichtert auf. »Ach Gott! Ich dachte schon, Sie wollten mir sagen, dass auch Sie demnächst heiraten wollen.«

»Davon kann keine Rede sein«, bestätigte Sophie. »Doch... doch ich fürchte, mein Onkel Stephan ist sehr krank. Ich habe auf Ida Ferenczys Rat hin Dr. Widerhofer seine Symptome geschildert. Er hat meinen Verdacht bestätigt, dass im Kopf meines Onkels wahrscheinlich ein Tumor wuchert. Und er bald daran sterben könnte.«

Sisis Gesicht blieb unbewegt. Sie starrte Sophie nur an.

»Onkel Stephan ist mein Pate, Majestät. Seit dem Tod meines leiblichen Vaters war er mir wie der Vater, den ich verloren hatte. Ich... ich kann ihn jetzt nicht verlassen, um mit Ihnen über das Mittelmeer zu reisen. Denn ich würde es mir nie verzeihen, wenn ich in seiner Todesstunde nicht bei ihm sein könnte.«

Sisi sagte immer noch nichts.

Sophie fühlte sich zunehmend verzweifelt. Sie wich Sisis stechendem Blick aus. »Auch Sie waren in ihrer Sterbestunde an der Seite Ihrer geliebten Schwester, Elisabeth. Das gleiche Bedürfnis verspüre ich gegenüber meinem Onkel.«

Jetzt endlich sprach die Kaiserin. Ihre Antwort fiel jedoch völlig anders aus, als Sophie sie sich gewünscht hatte.

»Das geht nicht, Sophie! Es ist ganz und gar ausgeschlossen! Auch ich brauche Sie! Sie haben es mir versprochen! Am Grab Ihrer Freundin Mary haben Sie versprochen, mir die Treue zu halten!«

Alles in Sophie schrie innerlich auf. *Nein, Majestät, so war es nicht,* hätte sie am liebsten widersprochen. *Es war auf der Rückfahrt von Heiligenkreuz, und ich habe mich hinreißen lassen, weil Sie mir leidtaten. Aber schon damals wäre ich am liebsten in Wien geblieben.*

Stattdessen sagte sie laut: »Ich bitte Sie um Vergebung, Majestät, dass ich dieses Versprechen nicht halten kann. Doch damals wusste ich noch nicht, wie krank mein Onkel ist.«

Anstelle einer Antwort begann Sisi plötzlich, immer schneller und heftiger zu atmen. Sophie war zunächst beunruhigt und geriet dann in Panik. *Das ist wieder so ein Anfall wie damals nach Mayerling.*

Jetzt griff sich die Kaiserin mit beiden Händen an den Hals. Sie schnappte hektisch nach Luft. Schließlich begann sie zu röcheln und würgte, als wolle sie sich gleich erbrechen. Ihr Gesicht verfärbte sich bläulich. Einen Lidschlag lang sah Sophie ihren halb geöffneten Mund. Die oberen Schneidezähne fehlten.

Die Zahnprothese, wurde Sophie klar. *Durch das heftige Atemholen hat sich die Prothese gelöst, ist ihr wahrscheinlich in die Kehle gerutscht und versperrt jetzt die Luftröhre. Sisi wird ersticken.*

Instinktiv fasste sie Sisi an beiden Schultern, um sie zu Boden zu drücken. Die Kaiserin wehrte sich aus Leibeskräften.

Sie keuchte, ihr ganzer Körper verkrampfte sich, ihre Hände krallten sich schmerzhaft in Sophies Haar. Schließlich wusste die sich keinen anderen Rat mehr, als der Kaiserin ihr Knie hart in den Leib zu stoßen, worauf diese rückwärts zu Boden sank.

Sophie kniete sich neben sie und riss ihr den Mund mit beiden Händen auf, während Sisi weiter röchelte und an ihren Haaren zerrte. Endlich konnte Sophie mit den Fingern bis zum Rachen greifen und bekam die Prothese zu fassen. Sisis Augen begannen sich bereits zu verdrehen, als Sophie ihre Hand zurückzog. Die Kaiserin ließ Sophies Haare los, tat einige rasselnde Atemzüge und richtete sich schließlich in eine sitzende Stellung auf, während Sophie zurückwich.

Wie in der Kutsche auf der Rückfahrt von Marys Grab faltete Sisi die Hände und atmete tief in das Loch zwischen den Daumen ein und aus. Ganz langsam wurde ihr Atem regelmäßiger und ruhiger. Nach einer Zeit, die Sophie wie eine Ewigkeit vorkam, obwohl sie kaum fünf Minuten gedauert haben dürfte, hob die Kaiserin endlich den Kopf.

Ihre Augen blickten unruhig umher. Sophie ergriff die Prothese, die sie achtlos zur Seite geworfen hatte, und wischte Tannennadeln und Schmutz davon ab. Flüchtig nahm sie wahr, dass sie aus vier falschen Zähnen bestand. Dann leerte sie ihre Wasserflasche darüber aus und reichte sie Sisi schweigend.

Diese hielt die Lippen fest zusammengepresst. Mit ihrem jetzt eingefallenen Mund sah sie aus wie eine Greisin. Die Kaiserin drehte Sophie den Rücken zu und fummelte eine Weile herum. Offensichtlich war der Befestigungsmechanismus der Prothese beschädigt, denn Sisi brauchte mehrere Minuten, bis sie sich wieder zu ihr umwandte.

Ohne ein Wort des Dankes fuhr sie Sophie an. Ihre Augen glühten wie Kohlen.

»Woher ... woher wussten Sie das?« Sophie war klar, dass die Kaiserin von ihren falschen Zähnen sprach.

»Ich habe es auf der Rückfahrt von Heiligenkreuz bemerkt«, log sie. »Als Sie einen solchen Anfall schon einmal hatten.«

Auf keinen Fall erschien es ihr angezeigt, Sisi einzugestehen, dass sie schon seit dem vergangenen Sommer in Ischl von diesem bestgehüteten Geheimnis der Kaiserin wusste.

Deren Gesicht färbte sich rot. »Das weiß bei Hofe außer Ihnen nur Marie Festetics. Und niemand, aber absolut niemand, darf es sonst noch erfahren! Desgleichen nichts von meinen gelegentlichen Atembeschwerden! Auch das haben Sie mir schon einmal versprochen, Sophie. Ich hoffe, ich kann Ihnen wenigstens hierin trauen.«

Dann stand sie auf und begann erneut, durch den Wald zu stürmen. Während Sophie ihr keuchend folgte, wurde ein furchtbarer Verdacht zur Gewissheit.

Sisi wäre lieber daran erstickt, als das Gebiss vor meinen Augen herauszunehmen!

Kapitel 19

Palais Thurnau in der Herrengasse

Anfang August 1890

»Es muss am Fisch liegen, den wir gestern Abend zum Nachtmahl hatten«, keuchte Amalie, bevor sie erneut zu würgen begann und sich noch einmal erbrach.

Ihr Kammermädchen Berta, das Amalie die Schüssel hielt, musterte sie mit einem merkwürdigen Blick.

»Sind denn die andern Herrschaften auch krank g'worden?«, fragte sie.

Amalie stutzte. »Das weiß ich gar nicht.« Sie griff nach dem Handtuch, das die Zofe ihr hinhielt, und wischte sich damit über den Mund. »Lauf rasch hinunter in die Küche und erkundige dich, ob es noch jemandem übel geworden ist.«

Berta huschte folgsam hinaus.

Währenddessen musterte Amalie ihr jetzt grünlich aussehendes Gesicht in ihrem Frisierspiegel. Eine Erinnerung stieg in ihr auf.

Aber das kann doch gar nicht sein, protestierte sie anfangs innerlich. Bis ihre Vernunft obsiegte. *Oder etwa doch?* Gelegenheiten dazu hatte es schließlich reichlich gegeben.

Und es war bereits das dritte Mal innerhalb dieser Woche, dass ihr morgens übel geworden war. Erbrochen hatte sie sich heute allerdings zum ersten Mal.

Draußen hörte sie Bertas Schritte. Das Mädchen kam wieder herein und erstattete Bericht. »Die Köchin sagt, der Hecht is ganz frisch g'wesen, gnä's Fräulein. Und sie is gleich zum ersten Diener g'rannt, der grad Kaffee in der Leutestub 'trunken hat. Ihr Herr Vater und Ihr Herr Verlobter ham heut Morgen beim Frühstück herzhaft 'gessen. Keiner hat was drüber g'sagt, dass ihna in der Nacht oder heut Früh schlecht g'wesen is.«

Amalie überlegte. Berta hatte zum Zeitpunkt ihrer ersten Schwangerschaft noch nicht in ihren Diensten gestanden. Ihr damaliges Mädchen war von ihrem Vater mit einer beträchtlichen Abfindung entlassen worden, damit es über Amalies Schande Stillschweigen bewahrte. Auch der Hausdiener und Vater ihres Kindes wurde sofort entlassen.

Andererseits war es Berta bestimmt nicht verborgen geblieben, dass Amalie viele Nächte nicht in ihrem eigenen Bett schlief. Eines Morgens, als sie in Richards Zimmer verschlafen hatte, war Amalie Berta sogar auf dem Gang begegnet, als das Dienstmädchen gerade heißes Wasser in ihr Zimmer bringen wollte. Möglicherweise konnte sich die Zofe also den Grund für Amalies Übelkeit denken.

Daher befahl sie Berta nun: »Du hältst hierüber den Mund! Es geht mir schon wieder besser. Und ich möchte weder meinen Vater noch meinen Verlobten unnötig mit so einer Kleinigkeit beunruhigen. Vielleicht war ja nur der Teil des Hechts verdorben, den ich gestern Abend verzehrt habe.«

Bertas Miene konnte sie zwar ansehen, dass die Zofe dies für unwahrscheinlich hielt, beschloss aber, es vorläufig außer Acht zu lassen. Berta würde erst einmal schweigen. Das Mädchen wusste nur zu gut, was ihm blühen könnte, wenn es Amalie nicht aufs Wort gehorchte.

Ich muss selbstverständlich erst völlig sicher sein, bevor ich Richard und meinem Vater die frohe Botschaft verkünde, beschloss Amalie bei sich. Ein breites Grinsen erschien auf ihrem Gesicht. *Denn diesmal wäre es in der Tat eine frohe Botschaft.*

Feldafing am Starnberger See

Mitte August 1890

Sisis Gesicht verfärbt sich blau. Sie keucht und röchelt. Janka, die neue ungarische Hofdame, kniet hilflos neben der Stöhnenden und weiß nicht, was sie tun soll. Verzweifelt ruft sie um Hilfe. Aber niemand ist in der Nähe.

Schließlich werden Sisis Augen starr. Aus ihrem Körper weicht alles Leben. Die Kaiserin ist tot.

Sophie schreckte aus ihrem Albtraum auf und fuhr so rasch in die Höhe, dass sie sich an der Dachschräge, unter der ihr Bett stand, heftig den Kopf anstieß.

Der starke Schmerz ließ sie vollends wach werden. Sie blinzelte in die Dämmerung, die vor dem Fenster ihrer Kammer aufzog. Ein Blick auf ihren kleinen silbernen Wecker, Millis Abschiedsgeschenk vor Sophies Einzug in die Hofburg, zeigte ihr, dass es erst fünf Uhr war.

Seit Wochen suchte sie nun jener Albtraum heim, in dem sie die Geschehnisse im Lainzer Tiergarten wieder und wieder durchlebte, wenn auch in verschiedenen Varianten. Einmal wurde sie von Sisi gewürgt, wenn sie versuchte, ihr gewaltsam den Mund zu öffnen, und bekam selbst keine Luft mehr. Ein andermal biss ihr die Kaiserin mit den Backenzähnen in die Hand, als Sophie in ihrem Mund nach der Prothese fischte. Dann wieder erlebte Sophie die Ereignisse genauso nach, wie sie sich im Lainzer Tiergarten ereignet hatten. Mit dem einzigen Unterschied, dass die Kaiserin jedes Mal an ihren falschen Zähnen erstickte.

Doch die heutige Version des Albtraums war neu. Janka Mikes hatte bis dato in keinem davon eine Rolle gespielt.

Fröstelnd stand Sophie auf und bemerkte erst jetzt, dass sie am ganzen Körper nass geschwitzt war. Sie lauschte in das noch stille Haus. Kein Geräusch war zu hören.

Kurz überlegte sie, ob sie Franzi, ihre Kammerzofe, wecken sollte, unterließ es dann aber. Zwar sehnte sie sich nach einer Tasse Melissentee, um ihr klopfendes Herz zu beruhigen. Aber ob ihr Mädchen um diese frühe Uhrzeit schon jemanden in der Küche vorfinden würde, der das Getränk aufbrühen könnte, blieb dahingestellt.

Deshalb entschloss sie sich, Franzi die Stunde Schlaf, die der Zofe ohnehin nur noch blieb, zu gönnen, wickelte sich in ihre Decke und rutschte in die Mitte ihres Betts.

Außer einem unbequemen hölzernen Stuhl gab es nämlich keine andere Sitzgelegenheit in ihrer Schlafkammer. Da die Kaiserin, wie schon so oft, ihre Ankunft in Feldafing nicht angekündigt hatte, waren die Zimmer in dem Hotel, in dem sie mit ihrem Gefolge Quartier zu nehmen pflegte, knapp. Und seit Janka Mikes, die neue ungarische Hofdame, noch in Gastein vor ungefähr vier Wochen zu ihnen gestoßen war, spielte Sophie im Hofstaat der Kaiserin keine tragende Rolle mehr. Auch in der Kaiservilla in Ischl hatte sie Janka ihr ehemaliges Gemach überlassen und mit einer weit bescheideneren Kammer vorliebnehmen müssen als bei ihrem Aufenthalt im vergangenen Jahr.

Bis heute wusste Sophie nicht, aus welchem Grund sich die Prothese der Kaiserin bei ihrem Anfall im Lainzer Tiergarten gelöst hatte. Vielleicht war der Befestigungsmechanismus schon vorher beschädigt gewesen. Vielleicht hatte Sisi die Prothese nicht richtig eingesetzt. Oder das eine war die Ursache für das andere gewesen. Sisi erwähnte den Vorfall mit keiner Silbe mehr, und Sophie hatte nicht danach zu fragen gewagt.

Obwohl es die Gelegenheit dazu noch etliche Male gegeben hätte. Denn am Tag nach Sophies Eröffnung, bei ihrem Onkel in Wien bleiben zu wollen, hatte ihr Sisi die Bedingung gestellt, erst auf ihre Dienste zu verzichten, wenn sie mit Janka Mikes zufrieden sei. Sisi hatte der Ungarin sofort nach ihrem Spaziergang am Vortag geschrieben, um sie in ihren Hofstaat zu berufen, und kannte sie daher noch nicht.

Deshalb begleitete Sophie die Kaiserin weiterhin auf ihren Märschen im Lainzer Tiergarten und nahm sogar an einem zweiten Abendessen mit Katharina Schratt teil. Doch die alte Vertrautheit zwischen ihr und der Kaiserin stellte sich nicht wieder ein. Sisi sprach kaum noch ein Wort mit ihr.

Immerhin erlaubte sie Sophie, ihren Onkel zweimal pro Woche im Café Prinzess zu besuchen. Das gab Sophie die Gelegenheit, die Buchhaltung dort nach und nach ganz zu übernehmen und auch die Rechnungen der Lieferanten zu prüfen, bevor sie bezahlt wurden.

Dabei kam Sophie zupass, dass Sisi in diesem Jahr des »Abschieds von ihrer Einzigen« bis Ende Juni, und damit für ihre Verhältnisse ungewöhnlich lange, überwiegend in Wien blieb. Auf ihren kurzen Reisen zu Verwandten in Bayern nahm sie als Hofdame nur Marie Festetics mit.

Nach Gastein, wohin Sisi mit Mann und Tochter ungefähr einhalb Monate vor der Hochzeit Marie Valeries am 31. Juli aufbrach, musste Sophie die Kaiserin jedoch begleiten. Damit unterbrach Sisi Sophies Bemühungen, sich auch in die Bestellungen der Lebensmittel und sonstigen Güter einzuarbeiten, die das Kaffeehaus benötigte.

Auch hier war es in jüngster Zeit zu etlichen Pannen gekommen: Eines Tages waren die Eier ausgegangen, an einem anderen Tag das Mehl. Einen ganzen Sonntag lang musste das Café Prinzess ohne Schlagobers auskommen.

Stephan Danzer hatte sogar geweint, als diese von ihm verursachten Versäumnisse offenkundig wurden. Sophie, aber auch der Aufseherin Mina, war sein Leid sehr zu Herzen gegangen. Zum Glück wurde Dr. Victor Adler Ende Juni aus seiner Haft entlassen und eilte sofort ins Kaffeehaus, um Danzer zu untersuchen. Die Diagnose, die er hernach stellte, war zwar ernst. Aber nicht so schlimm wie die des kaiserlichen Leibarztes Widerhofer.

»Leider ist es nicht von der Hand zu weisen, dass im Kopf

Ihres Onkels ein Gewächs wuchert«, gab Adler zu. »Doch manche seiner Ausfallerscheinungen, zum Beispiel die argen Konzentrationsstörungen, könnten auch auf das Laudanum zurückgehen, das Ihr Onkel in viel zu hohen Dosen eingenommen hat. Ich werde ihm daher ein anderes Mittel verschreiben, das zwar auch Morphium enthält, aber die Konzentration nicht derart in Mitleidenschaft zieht.«

Ob Adlers Therapie tatsächlich anschlug, oder Danzer lediglich neuen Mut schöpfte, weil ihn der Arzt seines Vertrauens wieder behandeln konnte, war nicht eindeutig auszumachen. Auf jeden Fall ging es ihrem Onkel im Laufe des Monats Juli ein wenig besser, berichteten Mina Löb und Sophies Mutter Henriette übereinstimmend in ihren Briefen.

Sophie hatte Mina vor ihrer Abreise in die Prüfung der Rechnungen eingewiesen und den Zuckerbäckermeister Toni Schleiderer mit den notwendigen Bestellungen betraut, um ihren Onkel zu entlasten. Dabei hatte sie beiden eingeschärft, die Aufgaben gemeinsam mit Danzer zu erledigen und ihn nur zu unterstützen oder sogar zu korrigieren, wenn es unbedingt notwendig war. »Auch das Gefühl der Nutzlosigkeit kann die Krankheit verstärken«, hatten ihr Adlers Worte dabei in den Ohren geklungen.

Lediglich die Buchhaltung musste eben liegenbleiben, bis Sophie wieder in Wien war. Obwohl sie die Briefe aus der Heimat ein wenig beruhigt hatten, konnte sie kaum erwarten, dass es endlich so weit wäre.

Denn in Gastein kam sie sich zunehmend nutzlos vor, da Sisi ihre Dienste nur noch selten in Anspruch nahm. Zum einen wollte die Kaiserin möglichst viel Zeit mit ihrer Tochter verbringen. Zum anderen stieß Janka Mikes Mitte Juli zu ihnen.

Die junge Ungarin nahm sofort ihre Aufgabe wahr, gemeinsam mit Sisi ausgedehnte Wanderungen zu unternehmen. Als Franz Salvator seine Verlobte Marie Valerie eines Tages in Gastein besuchte, waren Sisi und Janka sogar über Nacht unterwegs gewesen, um dem Paar ungestört Zeit miteinander zu gönnen. Wie weiland mit Sophie übernachtete die Kaiserin mit Janka in einer Berghütte.

Die neue Hofdame war ungefähr vier Jahre älter als die seit Juni zwanzigjährige Sophie und stammte aus einer fast fünfhundert Jahre alten ungarischen Grafenfamilie. Sie war nicht nur eine weit standesgemäßere Begleitung der Kaiserin als Sophie, wie Marie Festetics ihr hämisch unter die Nase rieb, sondern auch groß gewachsen und kräftig genug, um mit der Kaiserin Schritt zu halten.

Sophie war sich noch immer nicht im Klaren darüber, ob ihr Janka nun sympathisch war oder nicht. Zwar hatte die Ungarin sie von Anfang an freundlich behandelt und auch immer wieder aufgesucht, um von ihr zu lernen, »wie man einen möglichst angenehmen Umgang mit Ihrer Majestät pflegen kann«. Doch ab und zu kam sich Sophie regelrecht von ihr ausgefragt vor, zumal sich Janka ja auch an Marie Festetics hätte wenden können, die Sisi sehr viel länger kannte als sie selbst.

»Ach was! Da siehst du Gespenster!«, begegnete Ida Ferenczy Sophies Zweifeln. »Janka ist eine ehrliche Haut und einfach bemüht, ihr neues Amt so gut wie möglich auszufüllen. Was dir doch nur recht sein kann, damit du möglichst rasch wieder nach Wien kommst.«

Immer wieder grübelte Sophie darüber nach, ob sie Janka unter dem Siegel strengster Verschwiegenheit auch etwas von den gelegentlichen Atembeschwerden der Kaiserin und vor allem von deren Prothese erzählen sollte, um sie für den Notfall zu wappnen. Bislang hatte sich Sophie immer dagegen entschieden. Der Albtraum in dieser Nacht brachte ihren Entschluss jedoch ins Wanken. Was wäre, wenn die Kaiserin in ihrer Eitelkeit bei einem solchen Anfall wirklich ums Leben käme? Wie sollte sie, Sophie, dann mit der Schuld, niemandem etwas davon gesagt zu haben, jemals fertigwerden?

Nur zu gerne hätte sie heute Morgen mit Ida Ferenczy darüber gesprochen, selbst um den Preis, Sisis Geheimnis auch ihr verraten zu müssen. Doch Ida war nicht mit nach Feldafing gereist, sondern von Ischl aus wieder nach Wien zurückgekehrt.

Auch Sophie hatte erst gestern erfahren, dass ihre Dienste nicht mehr benötigt würden. Die Nachricht hatte ihr Marie Festetics überbracht.

»Schon übermorgen können Sie nach Wien aufbrechen«, teilte ihr die Hofdame mit dem Sophie mittlerweile fast schon vertrauten verächtlichen Unterton mit. »Allerdings sollten Sie vorher sorgfältig überlegen, ob Sie noch den ein oder anderen Ratschlag für Janka Mikes haben. Schließlich haben *Sie* Ihre Majestät in den letzten Monaten am häufigsten auf ihren Spaziergängen begleitet, da es mir ja nicht möglich war.« Maries Ton ließ keinen Zweifel daran, dass sie dies missbilligte. Noch immer war ihr Fuß nicht ganz ausgeheilt. »Und Sie möchten doch hoffentlich sicherstellen, dass es Ihrer Majestät weiterhin an nichts fehlen wird.«

Da Sophie von Sisi selbst wusste, dass Marie Festetics neben ihr als Einzige in das Geheimnis ihrer falschen Vorderzähne eingeweiht war, verfluchte sie im Stillen den Hochmut und die Eifersucht der langjährigen Hofdame der Kaiserin. Denn Marie gegenüber konnte sie angesichts deren chronischer Feindseligkeit Sisis Schweigegebot auf keinen Fall brechen, um sie um Rat zu fragen, ob sie Janka Mikes warnen sollte. Marie hätte dies der Kaiserin sofort zugetragen.

Aber Janka kann ich vielleicht eher vertrauen. Sie kam zwar auf Empfehlung Maries in Sisis Dienste, aber nur, weil sie aus einer alteingesessenen Adelsfamilie stammt und mit vierundzwanzig Jahren noch nicht verheiratet ist, meint Ida Ferenczy.

Nach den Maßstäben ihrer Zeit war Janka damit bereits eine alte Jungfer.

Heute nach dem Frühstück hatten die beiden jungen Frauen einen letzten Spaziergang vereinbart, während Sisi noch mit ihrer Morgentoilette beschäftigt war.

Ich kann nicht riskieren, dieses Geheimnis der Kaiserin für mich zu behalten, beschloss Sophie nun. *Schließlich geht es dabei im schlimmsten Fall um Leben oder Tod.*

Feldafing am Starnberger See

Mitte August 1890, zwei Tage später

»Es betrübt mich ganz außerordentlich, Majestät, dass ich Ihnen solchen Kummer bereiten muss.«

Marie Festetics bemühte sich, ihrer Stimme einen Tonfall zu verleihen, der ihren Worten entsprach. In Wahrheit hätte sie am liebsten laut über die jüngste Entwicklung der Ereignisse gejubelt. Stattdessen heuchelte sie weiter Betroffenheit. »Doch ich habe dieser Komtess von Werdenfels von Anfang an nicht getraut.«

Sisis Gesicht war totenbleich geworden. »Ich hatte *dieser Sophie*«, sie betonte die Wörter verächtlich, »absolutes Stillschweigen über diese Angelegenheit auferlegt«, reagierte sie auf Maries Bericht. »Es war mir schon peinlich genug, als sie entdeckte, dass ich meine schlechten Vorderzähne durch eine Prothese ersetzt habe. Bisher wussten das außer dem Zahnarzt, der sie angefertigt hat, nur meine langjährigen Kammerfrauen und Sie, liebe Marie.«

»Und bei mir war Ihr Geheimnis wahrlich gut aufgehoben«, beteuerte die Ungarin. »Deshalb habe ich auch noch eine Frage, wenn Sie erlauben. Stimmt es denn, dass Sie manchmal an solchen Atembeschwerden leiden, Kaiserliche Hoheit? Denn davon wusste ich noch nichts.« Sie machte eine winzige Kunstpause. »Oder hat sich diese Komtess das aus reinem Geltungsbedürfnis ausgedacht?«

Diese Version wäre Marie die liebste gewesen. Nicht nur weil sie ein noch schlechteres Licht auf Sophie geworfen hätte, sondern auch weil sich Marie für Sisis engste Vertraute hielt. Es hätte sie gekränkt, wenn die Kaiserin, der sie unter großen Opfern ihr ganzes Leben geweiht hatte, ihr diese intime Information vorenthalten hätte.

Doch genau dies war der Fall. Sisi errötete leicht. »Nein, es ist wahr, meine Gute.«

Während Marie ein schmerzhafter Stich durchfuhr, stieß die Kaiserin hörbar die Luft aus. »Doch ich wollte Sie damit nicht unnötig beunruhigen, Marie. Diese Atembeschwerden treten erst seit dem Freitod meines Sohnes auf. Da ich anfangs darüber sehr in Sorge war, habe ich mich, ebenfalls unter dem Siegel der strengsten Verschwiegenheit, dem kaiserlichen Leibarzt Dr. Widerhofer anvertraut. Er gab mir den Rat, in die gefalteten hohlen Hände zu atmen, wenn diese Anfälle auftreten, und zeigte mir genau, wie es geht. Das hat bislang auch immer geholfen. Und da ich Widerhofer nicht von seiner ärztlichen Schweigepflicht entbunden habe, nicht einmal gegenüber meiner eigenen Familie, war er bislang der einzige Mensch, der von diesen Anfällen wusste.«

»Aber sollte sich Janka Mikes als ebenso wenig vertrauenswürdig erweisen wie diese Sophie von Werdenfels, kann man bald im *Wiener Salonblatt* nachlesen, dass die Kaiserin von Österreich falsche Zähne hat und gelegentlich zu hecheln beginnt wie ein Straßenköter«, fügte Sisi mit einem Anflug von Verzweiflung hinzu.

Marie richtete sich zu ihrer vollen Größe auf. »Ich versichere Eurer Majestät, dass Janka absolut loyal und verschwiegen ist. Sie wird sich eher die Zunge herausreißen lassen, als irgendjemandem Ihre Geheimnisse anzuvertrauen«, beteuerte sie im Brustton der Überzeugung. »Schon bevor ich Ihnen Janka empfahl, habe ich ihr das Versprechen abgenommen, mir alles getreulich zu berichten, was diese Sophie von Werdenfels ihr möglicherweise aus reiner Tratsch- und Klatschsucht heraus erzählt. Und Janka hat sich daran gehalten und mir tatsächlich jedes Wort zugetragen.«

»Zwar waren die meisten Informationen, die Sophie an Janka weitergab, unverfänglich oder sogar nützlich«, gab Marie zu. »Aber mein Gefühl hat mich nicht getrogen, dass sie am Ende aus reiner Gehässigkeit auch Dinge erzählen würde, die Sie ihr unter dem Siegel der strengsten Verschwiegenheit anvertraut haben.«

Sisi stand auf und starrte blicklos aus dem Fenster des Salons ihrer Suite auf den Starnberger See hinaus. Nach einer Weile, in der Marie Festetics tunlichst schwieg, um die Gedankengänge der Kaiserin nicht zu stören, drehte diese sich wieder zu ihrer Hofdame um. Ihre nächsten Worte missfielen Marie jedoch.

»Ist sich Janka denn absolut sicher, dass Sophie von Werdenfels ihr diese Dinge aus reiner Schwatzsucht oder sogar Gehässigkeit über mich berichtet hat? Oder steckte eine zwar gut gemeinte, aber fehlgeleitete Absicht dahinter?«

Um Zeit zu gewinnen, fragte die Ungarin nach: »An was für eine Absicht denken Sie denn, Majestät?«

»Nun, vielleicht hat die Komtess die Gefährlichkeit dieser Atembeschwerden überschätzt und wollte Janka einfach nur warnen, damit sie mir beistehen kann, wenn es noch einmal geschieht«, traf Sisi instinktiv ins Schwarze.

»Das glaube ich nicht, Eure Kaiserliche Hoheit!«, verneinte Marie eine Spur zu rasch, was der Kaiserin jedoch nicht auffiel. »Sie erklärte Janka unmissverständlich, dass sie sich keine großen Sorgen machen müsse, wenn diese Anfälle aufträten, da Sie sich selbst zu helfen wüssten.«

»Hat sie denn in diesem Zusammenhang die Zahnprothese erwähnt?« Zu Maries Verdruss fragte die Kaiserin noch einmal nach.

»Was hat denn das eine mit dem anderen zu tun?«, heuchelte Marie Unwissenheit, obwohl Sophie Janka die Zusammenhänge natürlich geschildert hatte. »Im Gegenteil, Janka hat mir erzählt, Sophie von Werdenfels habe ihr spöttisch mitgeteilt, diese *hysterischen Anfälle,* wie sie sie bezeichnete, seien keineswegs das einzige Geheimnis Eurer Majestät«, log sie. »Und kam dann auf die falschen Zähne zu sprechen. Dabei machte sie sich außerdem über Ihre Eitelkeit lustig«, fügte die Festetics noch eine ungeheuerliche Behauptung hinzu.

Sisi drehte sich wieder zum Fenster um. Wieder schwieg sie eine kleine Weile. Zu Maries Erleichterung erwähnte Sisi die Episode im Lainzer Tiergarten nicht. Daher konnte auch sie sich weiterhin unwissend stellen.

»Und was mache ich jetzt mit dieser Person, liebe Marie?«, fragte die Kaiserin schließlich. »Obwohl ich mich sehr in Sophie von Werdenfels getäuscht habe, wenn sie so schwatzhaft und hinterhältig ist, wie Sie sie beschreiben, kann ich sie nicht aus meinen Diensten entlassen. Sie wissen doch nur zu gut, warum ich die Komtess überhaupt in mein Gefolge berufen habe. Es ging mir dabei um die damit verbundene Schweigepflicht über alle inneren Angelegenheiten des Hofes.«

»Und was genau befürchten Sie, Majestät?«, täuschte Marie Ahnungslosigkeit vor.

Die Kaiserin seufzte schwer. »Es geht natürlich um Mayerling. Kündige ich Sophie den Dienst jetzt auf, könnte sie sich ungehindert über das wahre Ausmaß dieser Tragödie auslassen. Und sich mit ihrem Wissen womöglich sogar an eine ausländische Zeitung wenden, die hier in Wien nicht der Zensur unterliegt. Sowohl das Kaiserhaus als auch die gesamte Regierung stünden dann als Lügner da.«

Obwohl Marie wusste, dass die Spatzen in ganz Wien schon seit geraumer Zeit von den Dächern pfiffen, dass Mary Vetsera mit Rudolf in Mayerling gewesen war, ließ sie die Kaiserin darüber im Unklaren. Stattdessen antwortete sie:

»An sich gilt die Schweigeverpflichtung auch über das Ende der Dienstzeit bei Hofe hinaus. Dennoch sind Ihre Bedenken in diesem Fall nicht von der Hand zu weisen, Eure Majestät«, betonte sie bedeutungsschwanger. »Und deshalb überlege ich bereits seit geraumer Zeit, welche anderen Möglichkeiten bleiben, um Sophie von Werdenfels an jeglicher Indiskretion zu hindern.«

»Wieso denn schon seit geraumer Zeit?«

Marie erschrak. Wie hatte sie sich nur so unbedacht und dumm ausdrücken können! Doch sie blieb kaltblütig.

»Weil ich Sophie von Werdenfels nie getraut habe«, behauptete sie frech. »Und ich es daher als ausgesprochenen Glücksfall betrachte, dass es eine unschlagbare Methode gibt, sich auch in Zukunft ihres Schweigens zu versichern. Lassen Sie mich erläutern, was ich damit meine!«

In den nächsten Minuten lauschte Sisi Marie Festetics' Plan.

»Und Sie glauben wirklich, damit wäre die Komtess einverstanden?«, stellte sie eine letzte zweifelnde Frage.

Marie winkte mit einer verächtlichen Geste ab. »Es wird ihr gar nichts anderes übrig bleiben, Majestät. Eine Frau aus niederem Adel kann eine solche Gelegenheit gar nicht ausschlagen!«

»Aber ein großes Opfer wird es sowohl Eurer Kaiserlichen Hoheit als auch mir abverlangen«, fügte sie hinzu. »Ich kann Sie auf Ihrer Mittelmeerreise nicht begleiten, sondern muss in Wien alles Notwendige in die Wege leiten und im Hintergrund unauffällig die Fäden ziehen.«

Palais Thurnau in der Herrengasse

Anfang September 1890

»Und es bestehen keinerlei Zweifel, Dr. Brückner?«

Der Arzt, eine der Koryphäen der Frauenheilkunde in Wien, breitete in einer etwas ratlos wirkenden Geste die Hände aus. Adalbert von Thurnau stellte ihm diese Frage nun schon zum dritten Mal.

»Wie ich Ihnen schon sagte, Graf von Thurnau, haben sowohl die Hebamme, die Ihre Tochter zuerst untersucht hat, als auch ich selbst untrügliche Anzeichen dafür gefunden, dass Ihre Tochter guter Hoffnung ist. Ich hätte der jungen Dame die für sie recht unangenehme Untersuchung durch einen Mann ja gern erspart, wenn mir Frau Falk, mit der ich seit Jahren in solch heiklen Situationen zusammenarbeite, nicht bereits eindeutige Symptome geschildert hätte. Da sind zum einen die schwellenden Brüste«, wurde der Arzt nun deutlicher, »zum anderen ...«

Adalbert von Thurnau hob die Hand. »Ja, ja, schon gut. So genau muss ich das dann doch nicht wissen. Ich vertraue Ihrem medizinischen Urteil vollständig, Dr. Brückner. Es ist ja nur, weil uns einer Ihrer Kollegen vor vielen Jahren erklärt hat, dass meine Tochter wahrscheinlich niemals mehr in der Lage sein würde, Kinder zu empfangen. Können Sie denn auch schon eine Prognose abgeben, ob diesmal alles gut gehen wird?«

Der Arzt hob bedauernd die Schultern. »Ihre Tochter ist jung und an sich gesund, gnädiger Herr. Sie soll sich schonen und Anstrengungen nach Möglichkeit vermeiden. Ansonsten hoffen wir das Beste!«

Anstrengungen vermeiden. Der Mann hat gut reden, sinnierte Adalbert und zog missmutig an seiner Zigarre, nachdem sich der Arzt verabschiedet hatte. Die Unterredung hatte im Rauchsalon des Palais stattgefunden.

Wie lässt sich diese ärztliche Forderung denn mit einer großen Hochzeitsfeier vereinbaren? Und auf die können wir ja wohl kaum verzichten. Ich muss Amalie zur Geburt ohnehin aufs Land schicken, damit sich die Wiener Klatschbasen nicht die Mäuler zerreißen, wenn sie nur sechs Monate nach ihrer Hochzeit niederkommt.

Dann drückte er die nur halb gerauchte Havanna in einem schweren Aschenbecher aus Kristallglas aus und klingelte wieder nach dem ersten Diener, der den Arzt hinausbegleitet hatte. »Sieber, lassen Sie meine Tochter und ihren Verlobten in den Salon kommen. Und danach lüften Sie hier gründlich durch!«

Was mag denn Adalbert von mir wollen?, dachte Richard missmutig, als Sieber ihn in der Bibliothek aufsuchte, wo er gerade die Tageszeitungen durchblätterte. Richard war erst vor einer Viertelstunde von seinem Dienst aus der Franz-Josephs-Kaserne ins Palais Thurnau zurückgekehrt. Die Zeit vor dem gemeinsamen Abendessen war ihm heilig, um sich ein wenig zu entspannen.

Zu seinem Verdruss begegnete ihm jetzt auch noch Amalie vor der Tür zum Salon. In ihren grauen Augen lag ein triumphierender Ausdruck. Irgendetwas führte sie im Schilde.

Adalbert wies beiden einen Platz nebeneinander auf dem Sofa an. Er selbst setzte sich ihnen gegenüber. Amalie wechselte wissende Blicke mit ihrem Vater, was Richard noch mehr verwirrte.

»Also, Adalbert, worum geht es denn hier? Wenn ich euer Mienenspiel richtig deute, wisst ihr beide darüber Bescheid. Würdet ihr mich also gefälligst aufklären?«

Adalbert machte eine begütigende Geste. »Es gibt keinerlei Grund, so gereizt zu sein, Richie. Im Gegenteil, sind es sogar ausgesprochen gute Neuigkeiten. Das macht die deswegen zu lösenden Probleme rund um eure Hochzeit mehr als wett.«

Richard atmete tief durch, um angesichts der Geheimniskrämerei seines zukünftigen Schwiegervaters nicht endgültig aus der Haut zu fahren. »Würdest du dann bitte endlich zur Sache kommen?«

»Du wirst bald Vater, Richie!«, platzte Amalie heraus, die die Spannung ebenfalls nicht mehr aushalten konnte, wenn auch aus ganz anderen Gründen als Richard.

Der glaubte in seinem Schock zunächst, sich verhört zu haben. »Was... wer... Wie ist das möglich?«, stammelte er und kam sich dabei unmittelbar vor wie ein Idiot. Natürlich wurde ihm sofort klar, wie Amalie schwanger geworden war. Da er allerdings bislang fest an ihre Unfruchtbarkeit geglaubt hatte, traf ihn die Nachricht vollkommen unvorbereitet.

»Besonders glücklich siehst du nicht aus«, konstatierte

Adalbert denn auch mit gerunzelter Stirn. »Obwohl gerade du eigentlich darüber im Bilde sein müsstest, was und wer und wie...«, äffte er Richards Stammelei nach.

»Ist das nicht großartig?«, jubelte Amalie fast gleichzeitig. »Nun kann ich bald doch eine richtige Gräfin werden!«

Richard brauchte einen Moment lang, um zu begreifen, dass die Ursache von Amalies Glückseligkeit nicht die freudige Erwartung ihrer baldigen Mutterschaft war, sondern die Tatsache, dass mit der potenziellen Geburt eines männlichen Nachkommen die Aussicht auf den Erhalt des Grafentitels »von Thurnau« stieg.

»Freust du dich denn gar nicht darüber, Richie?« Amalies Lächeln erstarb.

»Doch, doch, meine Liebe! Das sind ganz großartige Neuigkeiten!«, bemühte sich Richard, Begeisterung vorzutäuschen. Innerlich fühlte er sich jedoch wie gelähmt. Nun saß er endgültig und unwiderruflich in der Falle.

»Aber... können wir denn jetzt an einem Hochzeitstermin im Oktober festhalten?«, stellte er eine unsinnige Frage. »Oder... oder müssen wir früher zum Altar schreiten? Wie lange weißt du es denn schon?«, wandte er sich an Amalie.

Anstatt die Antwort seiner Tochter abzuwarten, schüttelte Adalbert den Kopf. »Ein früherer Hochzeitstermin ist zum Glück nicht erforderlich«, beantwortete er Richards zweite Frage. »Dazu ist die Schwangerschaft noch nicht weit genug fortgeschritten. Es wäre ja auch ohne großen Gesichtsverlust überhaupt nicht mehr möglich, dieses Fest so kurzfristig umzudatieren. Denn jedermann wüsste sofort über die Ursache dafür Bescheid, wenn wir die Hochzeit nach vorn verlegen würden.«

»Aber werden die Gäste es dir denn nicht ansehen?« Richard hatte sich noch nie näher mit den Themen Schwangerschaft und Geburt beschäftigt.

»I wo«, lachte Amalie. »Die Hebamme sagt, ich bin jetzt ungefähr im zweiten, höchstens im dritten Monat. Und sollte ich tatsächlich schon ein wenig kräftiger um die Taille sein, kann eine geschickte Schneiderin aus dem Atelier der Madame Spitzer so etwas ohne große Schwierigkeiten kaschieren.«

Richard ließ diese Informationen auf sich wirken. Noch immer fühlte er sich wie betäubt.

»Ein Problem gibt es allerdings wirklich zu bedenken«, wandte Adalbert ein. »Dr. Brückner hat ausdrücklich betont, dass Ami jede Anstrengung vermeiden sollte, um eine weitere Fehlgeburt zu verhindern.«

Diesmal begriff Richard sofort, worauf Adalbert hinauswollte. »Das betrifft wohl die Hochzeitsfeier?«

Adalbert nickte. »Ami darf sich auf gar keinen Fall überanstrengen. Doch das ist leichter gesagt als getan. Wir haben fast dreihundert Gäste geladen«, betonte er. »Darunter sind illustre Persönlichkeiten aus den Familien Auersperg, Kinsky und Schwarzenberg. Vielleicht wird sogar die Fürstin Pauline von Metternich uns die Ehre erweisen.«

»Haben denn alle Geladenen bereits zugesagt?«

Richard entging nicht, dass Adalbert leicht errötete. »Alle noch nicht«, gab er zu. »Viele Familien befinden sich ja noch auf ihren Landsitzen. Die Post braucht bis dorthin natürlich länger als innerhalb Wiens.«

»Aber ich bezweifele nicht, dass die meisten die Einladung annehmen werden«, beeilte er sich zu versichern, als er Amalies enttäuschte Miene bemerkte. Er griff in die Innentasche seines Jacketts und zog ein Schreiben heraus. »Gerade heute hat mich die Zusage des Grafen Lajosz Szalay erreicht. Er wird in Begleitung der Komtess von Werdenfels an der Hochzeitsfeier teilnehmen.«

Nun war es Richard, als habe man ihm einen Faustschlag in den Magen versetzt. Auch Amalie sah alles andere als erfreut aus.

»Muss das denn sein?«, quengelte sie. »Du weißt doch, dass ich diese Komtess nicht ausstehen kann, Papa.«

»Immerhin ist *diese Komtess*, wie du sie zu benennen beliebst, ein Mitglied des Hofstaats Ihrer Majestät, der Kaiserin. Graf Szalay hat betont, dass Obersthofmeister Baron Nopcsa persönlich Sophie von Werdenfels die Erlaubnis zur Teilnahme am Hochzeitsfest erteilt hat.«

»Aber wieso ist Fräulein von Werdenfels denn in Wien?«, fiel Richard plötzlich auf. »Die Kaiserin ist doch gerade erst zu ihrer großen Mittelmeerreise aufgebrochen.«

Adalbert zuckte mit den Schultern. »Das weiß ich nicht, Richie. Aber es ist mir auch herzlich gleichgültig. Mit Komtess von Werdenfels ist auf jeden Fall eine Hofdame der Kaiserin bei der Feier anwesend. Das genügt mir.«

Und Sophie ist jetzt schon in Wien, ging Richard plötzlich auf, dass sie wieder in seiner Nähe war. Doch der aufkeimende Funke der Freude erlosch sofort wieder.

Denn er hatte ja gar nichts davon. Angesichts der jüngsten Ereignisse sogar weniger denn je.

Kapitel 20

Stephansdom in Wien

4. Oktober 1890, am späten Nachmittag

Die Orgel spielte den bekannten Hochzeitsmarsch von Felix Mendelssohn Bartholdy, als Richard mit Amalie am Arm durch den Mittelgang des Stephansdoms zum Ausgang schritt.

Als er sich Sophies Platz näherte, richtete er seine Augen starr nach vorn. Er bemühte sich um das von ihm erwartete strahlende Lächeln. Sophie kannte Richard jedoch gut genug, um zu wissen, dass es eher ein gequältes Lächeln war, das seine Augen zudem nicht erreichte.

Um sich von ihren traurigen Gedanken abzulenken, betrachtete sie angelegentlich Amalies Brautkleid. Es war ganz aus feiner Brüsseler Spitze geschneidert, die in mehreren Wellen über einen glänzenden weißseidenen Unterstoff fiel. Die Schleppe war sicher fast fünf Meter lang und wurde von zwei rosa gewandeten Brautjungfern getragen, die Richard auffällig ähnelten. Wahrscheinlich waren es seine Zwillingsschwestern, vermutete Sophie.

Auch Amalies bodenlanger Brautschleier bestand aus Spitze. Richard hatte ihn seiner frisch angetrauten Gattin am Altar aus dem Gesicht und über das mit großen Diamanten besetzte Diadem zurückgeschlagen, um sie nach der vollzogenen Ehezeremonie zu küssen. Die Ausstattung der Braut musste ein Vermögen gekostet haben.

Innerlich wie zu Eis erstarrt, hatte Sophie dem Gottesdienst beigewohnt und sich wieder und wieder gefragt, warum ausgerechnet sie den Kaiserhof bei dieser Hochzeit vertreten sollte. So hatte es ihr zumindest der Obersthofmeister der Kaiserin, Baron Nopcsa, gesagt und ihr dabei unmissverständlich klargemacht, dass er keinen Widerspruch duldete. Ihre Majestät persönlich hätte das angeordnet. Sein guter Freund, Graf Lajosz Szalay, hätte sich wiederum angeboten, Sophie als Kavalier zu der Feier zu begleiten.

Natürlich ging Sophie nicht davon aus, dass jemand sie durch den Zwang ihrer persönlichen Teilnahme an Richards Hochzeit quälen wollte. Niemand wusste, dass sie sich einmal geliebt hatten. Wobei Sophie während der Brautmesse nur zu deutlich spürte, dass die Vergangenheitsform dieser Aussage zumindest auf sie nicht zutraf.

Ich liebe ihn immer noch, wurde ihr einmal mehr klar, als die in diesem Moment noch verschleierte Amalie von ihrem Vater zum Traualtar geführt wurde, an dem Richard in der Galauniform eines Stabsoffiziers im Rang eines Majors auf sie wartete. Schon der Hochzeitsanzeige hatte Sophie entnommen, dass Richard in diesem Jahr an Kaisers Geburtstag befördert worden war.

Offensichtlich gehörte Graf Szalay zu den ranghöchsten Gästen, die zu dieser Hochzeit eingeladen worden waren. Sophie schätzte die Menge im Dom auf ungefähr einhundert Personen. Richard hätte ihr sagen können, dass zur großen Enttäuschung seines Schwiegervaters Adalbert nur ein Drittel der erwarteten Gäste dessen Einladung gefolgt war. Die großen Familien des Kaiserreichs fehlten vollständig. Demgemäß saßen sie und Szalay fast unmittelbar hinter den Familienangehörigen der Brautleute. *Zum Glück nicht nebeneinander,* dachte Sophie. Männer und Frauen hatten ihre Plätze getrennt voneinander zu beiden Seiten des Gangs.

Sophie fühlte sich im Stephansdom von Anfang an fehl am Platze. Nicht nur deshalb, weil sie sich darüber grämte, dass nicht sie an der Seite von Richard vor dem Altar stand, sondern auch weil sie als Vertreterin des Hofs hiersein musste. Seit sie aus Gastein nach Wien zurückgekehrt war, schien sich dort nämlich alles gegen sie verschworen zu haben.

Die Obersthofmeisterin Sisis, Gräfin Maria Goëss, behandelte Sophie seit ihrer Rückkehr noch distanzierter als je zuvor. Mittlerweile empfand Sophie das Verhalten der Gräfin ihr gegenüber sogar als ausgesprochen kühl. Möglicherweise hatte Marie Festetics, die Sisi aus Sophie unerfindlichen Gründen nicht auf ihrer Mittelmeerreise begleitete, Maria Goëss gegen sie eingenommen.

Entgegen der Erwartung Ida Ferenczys war Sophie auch nicht mehr zu einem gemeinsamen Diner mit dem Kaiser und der Schauspielerin Katharina Schratt eingeladen worden. Sophie vermutete Zusammenhänge zwischen all diesen Ereignissen.

»Du siehst Gespenster, Phiefi!«, versuchte Ida Ferenczy vergeblich, Sophie zu beruhigen. Insbesondere wunderte sich Ida nicht darüber, dass Marie diesmal in Wien geblieben war.

»Marie ist ungefähr genauso alt wie ich«, erläuterte sie Sophie. »Gerade du weißt ja, dass sie die Kaiserin schon zuvor nur noch selten auf ihren anstrengenden Wanderungen begleitet hat. Aber auch die ausgedehnten Seereisen mit Sisi fielen ihr zunehmend schwer. Das wochenlange Leben auf einer Jacht empfand Marie als überaus unbequem, wie sie mir in vielen ihrer Briefe berichtet hat. Zumal sie und Sisis andere Begleiterinnen immer wieder, selbst an diesem ungewöhnlichen Ort, dafür zu sorgen hatten, dass die Kaiserin keinen Komfort entbehren muss. So pflegt Sisi zum Beispiel im Schutz eines an Deck aufgestellten Zelts ihr morgendliches Bad zu nehmen. Du kannst dir sicherlich vorstellen, wie schwierig es für Sisis Damen und Kammerfrauen ist, ihr diesen Luxus auf hoher See zu bieten.«

Auch dafür, dass Sophie nicht mehr an den Essen mit Katharina Schratt teilnahm, hatte Ida eine Erklärung. »Der Kaiser ist ein Gewohnheitsstier. Solange es mir gesundheitlich gut genug geht, um bei seinen Treffen mit der Schratt als Chaperon zu fungieren, denkt er wahrscheinlich gar nicht mehr an dich. Schließlich war es Sisi, die bislang dafür gesorgt hat, dass du dabei warst.«

Aber genau das war der Punkt, der Sophie so beunruhigte. War ihr die Kaiserin derart gram und entzog ihr deshalb ihre Gunst ganz und gar, weil sie in Wien ihrem kranken Onkel zur Seite stehen wollte? Oder steckte doch irgendeine Art von Intrige der Festetics dahinter? Immer wieder hatte Sophie bei den gemeinsamen Mahlzeiten der Hofdamen bemerkt, dass Marie sie heimlich mit hämischen Blicken bedachte.

Eigentlich könnte mir das völlig gleichgültig sein, dachte Sophie in jüngster Zeit öfter. Denn da ihr Onkel immer gebrechlicher wurde, war sie mittlerweile fest entschlossen, ihren Dienst bei Hofe noch am Tag ihres einundzwanzigsten Geburtstags im nächsten Juni zu quittieren. So wie es ihr Irene Gerban, die Schwiegertochter des Grafen von Sterenberg, damals im Café Prinzess geraten hatte, als Sophie noch verzweifelt nach einem Ausweg suchte, ihren Hofdienst erst gar nicht antreten zu müssen.

Allerdings würde sie damit möglicherweise einen noch nie dagewesenen Präzedenzfall schaffen. Aus Sorge, Ida könnte Verdacht schöpfen und es ihr ausreden wollen, hatte sich Sophie bei der geschwätzigen Hofdame Fredi von Taxis danach erkundigt, aus welchen Gründen Hofdamen aus dem Dienst ausscheiden würden. Auch Fredi hatte Sophie prüfend gemustert und in sich hineingelächelt. »Der einzige, mir bekannte Grund ist eine Heirat«, antwortete sie dann. »Denn jede Hofdame erhält eine lebenslange Apanage und ein lebenslanges Wohnrecht in der Hofburg, wenn sie unverheiratet bleibt. Einen angemessenen Ersatz kann nur die Versorgung im Rahmen einer Ehe bieten.«

Von der Pflege eines gebrechlichen Familienmitglieds als

Grund für eine Demission hatte Fredi dagegen noch nie gehört. Trotzdem blieb Sophie fest entschlossen, die Hofburg zu verlassen, auch wenn sie damit unangenehmes Aufsehen erregen sollte.

Doch noch war sie nicht volljährig und stand daher bei Hofe unter der Vormundschaft der Gräfin Maria Goëss. Zum Glück gewährte diese Sophie, die ja nun keinerlei Pflichten mehr hatte, mehrmals pro Woche Urlaub, damit sie ihre Familie im Palais Werdenfels und ihren Onkel besuchen konnte.

Da ihre Mutter Henriette Sophie bedeutete, dass ihr Stiefvater Arthur erwartungsgemäß zunehmend ungeduldig wurde, was seine Bestallung zum kaiserlichen Truchsess anging, hatte Sophie Lajosz Szalay nach ihrer Rückkehr schon bei ihrer ersten Begegnung schweren Herzens um die entsprechende Fürsprache bei seinem Freund, Baron Nopcsa, gebeten. Noch ließ Arthur Milli nämlich weitgehend ungeschoren und hatte sogar den von Sophie geforderten Hauslehrer eingestellt, der Milli dreimal pro Woche nachmittags Nachhilfe in Rechtschreibung gab.

»Sogar mit Erfolg!«, berichtete Henriette stolz. Und Milli präsentierte freudestrahlend einige Diktate, die sie mit der Note »genügend« bestanden hatte, anstatt wie vorher durchgefallen zu sein. Es war immerhin ein Fortschritt, wenn auch ein kleiner.

Doch Henriette verschwieg Sophie nicht, dass Arthurs Ton gegenüber Milli wieder rauer wurde, auch wenn er von den früher verhängten Strafen noch keinen Gebrauch machte.

Tatsächlich hatte Graf Szalay Sophie auf ihre Bitte hin zugesichert, Baron Nopcsa ihr Anliegen rasch vorzutragen. Danach war er ihr jedoch immer ausgewichen, wenn sie ihn nach diesbezüglichen Fortschritten fragte. Es habe sich einfach noch keine passende Gelegenheit ergeben, Nopcsa auf das Thema anzusprechen, behauptete er. Der Baron sei im Moment sehr beschäftigt. Um Szalay nicht zu verärgern, nahm Sophie daher all seine Einladungen an und besuchte mit ihm den Prater, das Hotel Sacher und natürlich auch das Café Prinzess.

Dort hatten sich die Verhältnisse leider wieder verschlechtert. Da sich Stephan Danzers Schmerzen von Woche zu Woche verstärkten, und er vor Kurzem sogar einen Krampfanfall in seinem Kontor erlitten hatte, wusste auch Victor Adler keinen anderen Rat mehr, als die regelmäßige Morphiumdosis, die er ihrem Onkel verabreichte, Schritt für Schritt zu erhöhen. Der Arzt riet dringend zu einer Kur in der Hoffnung, dass sich Danzer dort wieder ein wenig erholen würde. Doch ihr Onkel war im Café Prinzess unabkömmlicher denn je.

Denn vor knapp zwei Wochen war auch Mina Löbs Mutter schwer erkrankt. Danzer hatte darauf bestanden, dass Mina Urlaub nahm, um ihre Mutter zu pflegen. Seit dieser Zeit versuchte er, wieder regelmäßig selbst die Aufsicht im Caféraum zu übernehmen. Was ihm aber mehr schlecht als recht gelang.

Daher trug sich Danzer mit dem Gedanken, die Servierin Sanna zur Aufseherin zu befördern. Sophie hielt dies für keine gute Idee. Sie kannte die Frau schon längere Zeit und wusste, dass sie weder die Umsicht noch die Tatkraft Minas besaß. Aber wenn sich deren Mutter nicht in nächster Zeit von ihrem Lungenkatarrh erholen würde, bliebe ihrem Onkel wohl kein anderer Ausweg mehr, als Sanna zumindest so lange als Vertretung Minas einzusetzen, bis er eine zweite Aufseherin gefunden hatte.

Ach, könnte ich Onkel Stephan doch noch mehr helfen, hatte sich Sophie in den letzten Tagen immer und immer wieder gewünscht. Doch sich in der Öffentlichkeit des Cafés in der Funktion einer Aufseherin zu zeigen, wagte sie als Hofdame der Kaiserin nicht. Seit ihrer Teilnahme am Hofball war sie in der Wiener Gesellschaft recht bekannt. Und genau aus dieser Gesellschaftsschicht rekrutierten sich viele Gäste des Cafés Prinzess. Sie hätten sich bestenfalls über Sophie als Aufseherin mokiert, sie schlimmstenfalls aber bei der Obersthofmeisterin verpetzt.

Also blieb Sophie nichts anderes übrig, als unter dem Schutz eines Hütchens mit blickdichtem Schleier durch den Flur des Kaffeehauses in der Dorotheergasse ins Kontor ihres Onkels zu schlüpfen, um sich dort mit der Buchhaltung, den Rechnungen und den Bestellungen zu beschäftigen. Ihre Hofequipage schickte sie währenddessen zurück in die Burg und gab dem Kutscher die Anweisung, sie erst am frühen Abend rechtzeitig zum Nachtmahl der Hofdamen wieder abzuholen.

Bislang war das gut gegangen. Niemand schöpfte Verdacht, dass Sophie ein anderes Interesse ins Kaffeehaus ihres Patenonkels führte, als dem Kranken Gesellschaft zu leisten. Was geschehen würde, wenn herauskäme, dass sie dort im Geheimen Arbeiten verrichtete, konnte sie nicht einschätzen. Und wagte selbst Ida nicht danach zu fragen.

Nun passierte das Brautpaar Sophies Sitzreihe. Amalie strahlte wie ein Honigkuchenpferd und konnte es nicht lassen, Sophie einen triumphierenden Blick zuzuwerfen. Richard sah weiterhin starr geradeaus.

Nachdem sich zuerst die Familienangehörigen hinter den Brautleuten formiert hatten, verließ auch Graf Lajosz Szalay seine Kirchenbank und reichte Sophie den Arm. Als sie gemessenen Schrittes zum Domportal gingen, spürte sie die prüfenden Blicke neugieriger Matronen wie kleine Pfeile in ihrem Rücken. Es waren insbesondere die Mütter unverheirateter Komtessen, die zu alten Jungfern zu werden drohten. Darunter war auch die Gräfin Anna Wilczek mit ihrer immer noch ledigen Tochter Annelie, die mittlerweile schon auf Mitte zwanzig zuging. Ernestine von Breuner, die Komtess, deren aprikosenfarbene Robe auf dem Hofball ruiniert worden war, befand sich mit ihren Eltern ebenfalls unter den Gästen.

Jubel brauste auf, als das Brautpaar durch das Domportal ins Freie trat. Kleine, in reizende Dirndl gekleidete Mädchen warfen Blüten über die Köpfe von Richard und Amalie und die der nachfolgenden Gäste.

Draußen wartete eine große Menschenmenge auf die frischgebackenen Eheleute, die die Aussicht auf Freibier und Würstel anlockte. Beides hatte Adalbert jedermann im Rahmen einer Zeitungsannonce versprochen. Die dazugehörigen Stände waren bereits auf dem Stephansplatz aufgebaut worden, über den ein würziger Duft von Gebratenem zog.

Mit einem zur Maske erstarrten Lächeln und blutendem Herzen stieg Sophie in Szalays prunkvolle Equipage, um die kurze Strecke bis zum Palais Thurnau zu fahren. Sie wünschte sich klaftertief unter die Erde.

Palais Thurnau in der Herrengasse

4. Oktober 1890, am späten Abend

Im Spiegel des großen Erfrischungsraums für Herren betrachtete Richard prüfend sein Gesicht. Er massierte sich die vom gezwungenen Lächeln schmerzenden Muskeln rund um seine Mundwinkel und hoffte, dass ihm keiner der Gäste angemerkt hatte, welch eine Qual dieser heutige Tag für ihn bedeutete.

Zumal durch einen Winkelzug des grausamen Schicksals auch die Liebe seines Lebens an der Hochzeitsfeier teilnahm, noch dazu in Begleitung eines so unansehnlichen Galans wie des Grafen Szalay.

Richard hatte den gesamten Abend über versucht, den ungarischen Adeligen unauffällig zu beobachten. Die Anzeichen, dass er Sophie den Hof machte, waren im Laufe des Festes immer deutlicher geworden. An Sophies Miene konnte Richard zwar ablesen, dass sie Szalays Gefühle nicht erwiderte und bei seinen Annäherungsversuchen manchmal nur mühsam die Form wahrte. Aber das tröstete ihn nur wenig.

Während er unrettbar in der Falle saß, verfügte Sophie zumindest noch über die Freiheit, den Grafen in seine Schranken zu weisen, wenn ihr seine Verehrung zu lästig wurde. Er, Richard, war dagegen für alle Zeiten an eine ungeliebte Frau gebunden, die zudem noch sein Kind unter dem Herzen trug. Damit würde ihm eine Scheidung im erzkatholischen Habsburgerreich vollends unmöglich sein. Bevor er von Amalies Schwangerschaft wusste, hatte sich Richard in seinen dunkelsten Momenten nämlich genau mit dieser letztmöglichen Lösung seines Dilemmas getröstet, sofern sich dauerhaft erweisen sollte, dass Amalie ihm keine Kinder gebären könnte.

Dabei spielte durchaus eine Rolle, dass er im August zum Major befördert worden war. Ließe er sich in der Armee nichts zuschulden kommen, sondern wäre er im Gegenteil bei seinen zukünftigen Ermittlungen weiter erfolgreich, reichte jetzt zumindest sein Sold aus, um ihm ein sorgenfreies, bescheidenes Leben zu ermöglichen. Erzherzog Albrecht hatte bereits angekündigt, ihn demnächst wieder mit der Aufklärung dubioser Vorfälle in einzelnen Armeeeinheiten zu betrauen.

Und vielleicht wäre Sophie ja bereit gewesen, ihn auch als geschiedenen Mann zu ehelichen, sollte sie selbst bis dahin noch ledig sein.

Nun waren diese Träume wie Seifenblasen zerplatzt. Einzig die nachgewiesene Untreue Amalies würde im Kaiserreich jetzt noch als Scheidungsgrund anerkannt werden. Und damit rechnete Richard nicht.

Im Gegenteil schwärmte Amalie seit Wochen von nichts anderem mehr als ihrer prächtigen Hochzeitsfeier und dem Grafentitel von Thurnau, der Richard wohl spätestens nach der Geburt eines strammen Sohnes in Aussicht gestellt werden würde. Sowohl Amalie als auch ihr Vater waren fest davon überzeugt, dass der Kaiser, wie beim Fürstenhaus Dietrichstein, Richard als Platzhalter und vorübergehenden Träger des Grafentitels für Adalberts Enkel akzeptieren würde.

Zum Glück war der Abend inzwischen schon relativ weit fortgeschritten. Richard zählte seit dem Aufstehen buchstäblich jede Minute, die vergangen war. Trotzdem hatte sich sein Hochzeitstag wahrhaft endlos vor ihm erstreckt. Die Zeit schien einfach nicht verstreichen zu wollen.

Nach der Trauung im Stephansdom hatte im Palais Thurnau zunächst die große Gratulationscour stattgefunden. Alle geladenen Gäste, inklusive einiger hochadeliger Nachzügler, die sich zu Adalberts Freude nach der Brautmesse noch im Palais eingestellt hatten, zogen an Richard und Amalie vorbei, um den beiden zu gratulieren. Natürlich war die Begegnung mit Sophie für Richard überaus schmerzlich gewesen.

»Ich wünsche Ihnen von ganzem Herzen alles Glück dieser Erde, Herr von Löwenstein!«, flüsterte sie tonlos. Die Hand, die sie ihm reichte, lag schlaff wie ein totes Tier in seiner eigenen, während sie in einen angedeuteten Knicks versank. Szalay hatte ihm dagegen herzhaft auf die Schulter geschlagen und ihm mit einem aufdringlichen Augenzwinkern zugeraunt, er möge seine Kräfte für die bevorstehende Hochzeitsnacht schonen.

Nicht entgangen war Richard auch, dass Ami in letzter Sekunde den Kopf zur Seite drehte, als Sophie ihr den obligatorischen Wangenkuss geben wollte. Zum Glück schien dies niemand sonst bemerkt zu haben.

Während des nachfolgenden zehngängigen Festmenüs hatte Richard kaum einen Bissen hinunterbekommen. Ganz im Gegenteil zu Amalie, die mit dem herzhaften Appetit einer Schwangeren zulangte, die jetzt für zwei essen musste.

Seit Kurzem litt Ami nicht mehr an morgendlicher Übelkeit. Stattdessen schien sie nun, den ganzen Tag über zu naschen. Ihre Wangen waren bereits voller geworden, ebenso wie ihre Brüste und ihre Taille. Letzteres hatte die beste Schneiderin aus dem Atelier der Madame Spitzer allerdings, wie von Ami vorhergesagt, noch heute Morgen geschickt kaschiert.

Flüchtige Seitenblicke, die Richard immer wieder unauffällig auf Sophie warf, die neben dem Ungarn ungefähr fünf Plätze von ihm entfernt an der gegenüberliegenden Seite der

Tafel saß, zeigten ihm, dass auch sie nur in ihrem Essen herumstocherte. Ein einziges Mal sah Richard sie während des Festmahls lächeln, als das Rosensorbet aus dem Café Prinzess als Zwischengang gereicht wurde.

Nachdem die Tafel nach über zwei Stunden aufgehoben worden war, begann sofort der Tanz. Wie es von den Brautleuten erwartet wurde, tanzte Richard den ersten Walzer mit Amalie. Im Laufe des Abends überlegte er kurz, ob er auch Sophie um einen Tanz bitten sollte, nahm dann aber Abstand davon. Er wollte sie nicht in Verlegenheit bringen und war sich außerdem nicht sicher, wie Amalie darauf reagieren würde. Einen Skandal, der Amalie selbst an ihrem Hochzeitstag zuzutrauen war, wollte Richard nicht riskieren.

Zumal man auch einen Reporter des *Wiener Salonblatts* geladen hatte, der im Auftrag Adalberts eine gesamte Extraausgabe der Zeitschrift mit Berichten über das Hochzeitsfest füllen sollte. Er saß am Katzentisch in einer unauffälligen Ecke des großen Festsaals, zusammen mit einigen langjährigen und verdienten Mitarbeitern der Thurnau'schen Landgüter.

Im Laufe des Abends wurde der Tanz immer lebhafter. Tatsächlich hatte Adalbert von Thurnau auch bei der Musik weder Kosten noch Mühen gescheut und eine der bekanntesten Ballkapellen Wiens für den Hochzeitstag seiner einzigen Tochter engagiert. Dennoch war er noch am Vortag mit Richard und Amalie darin übereingekommen, dass beide zumindest auf die lebhaften Polkas verzichten sollten, um Amis Zustand gerecht zu werden. Richard fiel es leicht, sich an dieses Gebot seines Schwiegervaters zu halten, da er dadurch nicht noch mehr Zeit in Amalies unmittelbarer Nähe verbringen musste.

Ganz anders seine frisch angetraute Ehefrau! Sie schwenkte sogar ihre Tanzkarte mit den leeren Feldern für die Polkas und fand selbstverständlich für jeden Durchgang einen neuen Partner.

»Heute ist mein Hochzeitstag, Tante«, reagierte sie patzig, als Adalbert Richards Mutter Aglae vorschickte, um Ami zu bitten, sich mehr zu schonen. »Schließlich gehe ich davon aus, dass es der erste und letzte Hochzeitstag meines Lebens ist. Davon möchte ich jede Minute genießen und feiern.«

Adalbert runzelte zwar finster die Stirn, als Aglae unverrichteter Dinge zu ihm zurückkehrte. Aber ihm waren die Hände gebunden. Schließlich sollte ja niemand ahnen, dass Amalie bereits vor ihrem Hochzeitstag guter Hoffnung war.

Also tobte Amalie bei den Polkas weiter wild durch den Ballsaal. Da sie heute besonders reizend aussah, wie sich sogar Richard widerwillig eingestehen musste, standen die jungen Männer im Laufe des Abends gar Schlange, um einen Tanz mit ihr zu ergattern.

Und jedermann konnte erkennen, wie sehr Amalie es genoss, derart im Mittelpunkt zu stehen. Zumal Richard aus den Augenwinkeln wahrnahm, dass der Reporter des *Wiener Salonblatts* sie intensiv beobachtete und sich eifrig Notizen machte.

Sophie dagegen schien so viele Tänze wie möglich zu vermeiden. Richard sah sie lediglich zweimal bei einem Walzer mit dem Grafen Szalay auf der Tanzfläche. Dagegen lehnte sie etliche Male ab, wenn sich ihr ein anderer Tanzwilliger näherte. Seiner missmutigen Miene nach zu schließen, schien sie auch Szalay öfters abzuweisen.

Doch der Graf war kein Kind von Traurigkeit. Etliche Tänze absolvierte er mit der jungen Komtess Ernestine von Breuner, was Sophie jedoch nicht weiter zu stören schien.

Obwohl sie sehr bleich war, sah auch Sophie heute Abend wunderschön aus. Wie bei ihrer ersten Begegnung auf dem Faschingsball im Palais Vetsera, trug Sophie ein blaugrünes Kleid, das ihre Augen wie Smaragde glänzen ließ. Wehmütig erinnerte sich Richard daran, dass ihnen beiden zu diesem Zeitpunkt vor viereinhalb Jahren noch alle Wege offen gestanden hatten. Doch damals war er in seine unselige Affäre mit der Balletttänzerin Olga Popova verstrickt gewesen. Wieder einmal haderte er mit seinem Schicksal.

Das Fest schritt voran und näherte sich langsam seinem Höhepunkt. Nach dem Kotillon, dem letzten Tanz eines jeden Balls, würden die Brautleute noch einem Feuerwerk beiwohnen, um sich dann, wie es der Brauch verlangte, kurz nach Mitternacht in ihre Schlafkammer zurückzuziehen. Vorher stand jedoch noch ein wichtiges letztes Brautritual auf dem Programm: Alle jungen unverheirateten Damen würden sich in einer Gruppe aufstellen, in die Amalie ihren Brautstrauß werfen sollte. Nach einem uralten Aberglauben würde die junge Frau, die den Strauß auffing, als Nächste zum Traualtar schreiten.

Auf die Minute genau um eine halbe Stunde vor Mitternacht kündigte der Kapellmeister den Kotillon an und forderte die Herren auf, ihre Partnerin auf die Tanzfläche zu führen. Richard verbeugte sich formvollendet vor der kichernden Amalie, die dem Champagner bereits reichlich zugesprochen hatte, wie ihre roten Wangen und leicht glasigen Augen verrieten.

Aus den Augenwinkeln nahm er wahr, dass Sophie heftig den Kopf schüttelte, als Szalay sie zum Tanz aufforderte. Diesmal ließ sich der Graf jedoch nicht beirren, sondern ergriff kurz entschlossen Sophies Hand und zog sie auf die Tanzfläche. Mit klopfendem Herzen registrierte Richard, dass das Paar nur zwei Positionen von ihm und Amalie entfernt stand. Dies bedeutete, dass er im Laufe der verschiedenen Figuren, die zum Kotillon gehörten, ab und zu auch mit Sophie zusammentreffen würde, da die Tanzpartner in einigen Teilen des Kotillons vorübergehend wechselten.

Der Kapellmeister wandte sich seinen Musikern zu und hob den Taktstock. Sofort setzte die Musik ein. Die Tänzer blieben zunächst noch als Paar zusammen. Dann zeigte der Vortänzer mit seiner Partnerin die ersten Figuren. Auch Richard ließ Amalies Hand los und traf schließlich beim zweiten Partnerwechsel auf Sophie.

Sie legten ihre Handflächen aneinander und führten die vorgeschriebene Drehung aus. Dann trennten sie sich, nur um wenige Tanzschritte später wieder zusammenzukommen. Diesmal nutzte Richard die Gelegenheit und drückte Sophies weiß behandschuhte Hand. Sie hob den Kopf, sah ihn flüchtig an, drehte ihr Gesicht dann aber gleich wieder weg. Trotzdem glaubte er, einen feuchten Schimmer in ihren grünen Augen entdeckt zu haben.

Es dauerte eine Weile, bis er wieder auf Sophie traf. Diesmal führte die Figur sie recht eng zusammen. »Ich liebe dich immer noch, Sophie!« Richard konnte kaum glauben, dass er diese Worte gerade geflüstert hatte. Sophie zuckte zusammen, antwortete aber nichts. Die restlichen Drehungen absolvierten sie schweigend.

Der Kotillon näherte sich seinem Ende. Nur noch ein einziges Mal würden die Tänzer ihre Partner wechseln. Als Richard erneut mit Sophie zusammentraf, drückte auch sie zu seiner namenlosen Freude seine Hand. »Ich liebe dich auch, Richie.« Ihre Worte waren leiser als ein Windhauch. Dennoch hatte Richard sie so deutlich vernommen, als hätte Sophie sie laut herausgeschrien.

Doch bevor er darauf reagieren konnte, brachte die letzte Figur ihn wieder zu Amalie. Wie in Trance führte er die verbleibenden Tanzschritte aus und träumte mit offenen Augen Sophies Liebesbekenntnis nach.

Auch während des Feuerwerks, das Leuchtkugeln und Sterne in allen Farben des Regenbogens am Himmel aufblitzen ließ, nahm Richard Amalies Gegenwart kaum mehr wahr. Mechanisch legte er den Arm um ihre Taille und nickte zu allem, was sie ihm begeistert zurief. Das Feuerwerk schloss mit einem riesigen Sternenschwarm, der sich in unzähligen goldenen Strahlen pilzförmig zur Erde ergoss, wo er schließlich erlosch.

Erst jetzt bemerkte Richard, dass Amalie merkwürdig still geworden war. Auch ihre Wangen schienen ihm bleicher zu sein als zuvor.

»Ist dir nicht wohl?«, flüsterte er ihr, Besorgnis heuchelnd, zu.

Amalie schüttelte ein wenig zu heftig den Kopf. »Nein, Richie. Alles ist gut. Mir ist nur ein wenig schwindelig von all dem Champagner und dem Tanz.«

»Dann ist es ja gut, dass ihr beide euch gleich zurückziehen dürft. Es fehlt nur noch der letzte Akt.« Unbemerkt von Richard und Amalie war Richards Mutter Aglae zu ihnen getreten und überreichte Amalie ihren Brautstrauß. Er bestand aus Orchideen, umgeben von weißen und rosa Teerosen, die mit Immergrün und Schleierkraut in einer Spitzenmanschette zusammengebunden waren. Einige Röschen ließen bereits die Köpfe hängen. Höchste Zeit, dass der Brautstrauß die Besitzerin wechselte.

Die Kapelle spielte einen Tusch, als sich die unverheirateten Komtessen zu einer Gruppe versammelten. Richard fiel auf, dass Sophie ursprünglich gar nicht hinzutreten wollte, von Szalay jedoch am Arm mit sanfter Gewalt zum äußeren Rand der Gruppe geführt wurde. Dann trat Szalay, wie alle Männer und verheirateten Frauen, drei Schritte zurück.

Als wäre sie auf einer Theaterbühne, stolzierte Amalie mit hoch erhobenem Kopf vor die jungen Frauen und ließ ihren Blick einen Moment lang über die Gruppe schweifen. Dann drehte sie sich um und warf den Strauß über ihre Schulter genau an den Rand der Gruppe, an dem Sophie stand. Instinktiv fing die ihn auf.

Richards Herz fing wie rasend zu pochen an, als die Menge rund um Sophie herum Beifall zu klatschen begann. Sophie selbst stand verlegen mit dem Strauß in der Hand inmitten der jubelnden Gäste und rührte sich nicht.

Plötzlich trat Graf Szalay vor und nahm Sophie die Blumen ab. Mit dem Strauß in der Linken, sank er dann theatralisch vor ihr auf ein Knie, als stünde auch er auf einer Bühne, und ergriff ihre rechte Hand, die in ihrem bis zum Ellenbogen reichenden

Handschuh schlaff herunterhing. Sophies Augen weiteten sich vor Entsetzen. Sie ahnte wohl, was nun kommen würde. Im Saal wurde es totenstill, man hätte hören können, wie eine Nadel zu Boden fiel.

Wie durch einen Nebelschleier hindurch hörte Richard Szalays Worte: »Verehrtes Fräulein von Werdenfels, liebe Sophie! Sie wissen, dass Ihnen mein Herz schon lange gehört. Da Sie den Brautstrauß unserer reizenden Gastgeberin aufgefangen haben, möchte ich diesem Symbol der Hoffnung sogleich Taten folgen lassen. Ich bitte Sie hiermit in aller Form um Ihre Hand und nehme die ganze Festgesellschaft zu Zeugen, dass ich Sie zur Gemahlin begehre. Als Zeichen meiner aufrichtigen Zuneigung überreiche ich Ihnen, anstatt eigener Blumen, wieder den Strauß unserer entzückenden Braut. Auf dass Sie ihrem Beispiel bald folgen mögen!«

Damit streckte er Sophie die Blumen entgegen. Zögernd griff sie danach.

Ein Moment lang verharrte die Gästeschar noch in staunendem Schweigen. Dann begann sie wieder unbändig zu jubeln und in die Hände zu klatschen.

Richard stand wie zur Salzsäule erstarrt. Das Herz klopfte ihm bis zum Hals. Erst als ihn Adalbert, der neben ihm stand, in die Seite puffte, erwachte er aus seiner Betäubung. Sein Schwiegervater raunte ihm etwas zu, was Richard im tosenden Beifall für das zukünftige Brautpaar jedoch nicht verstand. Er beugte sich näher zu Adalbert hinüber.

»Na, haben wir das nicht ganz prächtig hinbekommen?«, wiederholte sein Schwiegervater offensichtlich noch einmal, was er zuvor schon gesagt hatte.

Richard verstand nicht, was er meinte.

»Na, das Werfen des Brautstraußes! Das hat Ami doch wunderbar hingekriegt, oder etwa nicht?«

Richard war, als ob eine eiskalte Hand nach seinem Herzen griffe.

»Dann ... dann war das also alles ein abgekartetes Spiel?«, flüsterte er tonlos.

Adalbert nickte grinsend. »Es war von Anfang an so geplant. Diese Kulisse wünschte sich Graf von Szalay für seinen Heiratsantrag an Sophie von Werdenfels. Und einem so prominenten Gast habe ich diesen Wunsch gerne erfüllt.«

Entsetzt wich Richard einen Schritt zurück und stieß heftig mit jemandem zusammen. Es war Amalie, deren Herankommen er nicht bemerkt hatte. Sie stieß einen leisen Schmerzenslaut aus und krümmte sich leicht zusammen.

Sie hatten ihre Schlafkammer noch nicht erreicht, als sich Amalies blütenweißes Brautkleid über ihrem Schoß blutrot zu färben begann.

Teil 5

Flucht ins Kaffeehaus

Kapitel 21

Café Prinzess am Graben

Mitte Oktober 1890

Vorsichtig lugte Sophie um die Ecke der Nische hinter der Kuchentheke, in der sie sich verborgen hielt. Schon vor zehn Minuten hatte ihr Mina Löb die Ankunft Richard von Löwensteins gemeldet, den sie vereinbarungsgemäß in eins der Separees geführt hatte.

An einem gewöhnlichen Werktag war das Café Prinzess um die Mittagszeit in der Regel noch nicht sehr gut besucht. Im Gegensatz zum Kaffeehaus, in dem um die gleiche Zeit kaum ein freier Platz mehr zu finden war. Flüchtig dachte Sophie darüber nach, ob und wie man auch im Café Prinzess einen Mittagstisch anbieten könnte. Dann verdrängte sie den Gedanken. Jetzt gab es Wichtigeres zu tun, als über Neuerungen zu sinnieren. Wieder warf Sophie einen Blick ins Café.

Zu ihrer Erleichterung stand die Komtess aus der Familie Auersperg, der einzige anwesende Gast, den Sophie flüchtig kannte, von ihrem Stuhl auf. Ihr Begleiter, wahrscheinlich ihr Verlobter, kam gerade von der Kasse zurück, wo er die Rechnung beglichen hatte. Der Mann winkte Mina zu, die beiden ihre Umhänge brachte. Nachdem der Herr der Komtess in den Mantel geholfen hatte, reichte er ihr den Arm. Beide verließen das Café durch die Tür zum Graben, die Stephan Danzer ihnen höflich aufhielt.

Nun saß nur noch ein Sophie unbekanntes Pärchen im Caféraum, das ihr zwar schon bei ihrem letzten Besuch vor einigen Tagen aufgefallen war, dessen Identität sie jedoch nicht kannte. Dennoch zog sie sich den Schleier ihres Hütchens vors Gesicht, bevor sie Mina ins Separee folgte. Niemand sollte sie außerhalb Danzers Privatwohnung sehen, denn streng genommen hatte die Obersthofmeisterin ihr nur für den Besuch ihres kranken Onkels Urlaub gewährt, nicht für einen Aufenthalt in den Räumen des Cafés Prinzess.

Schon einen Tag nach der Hochzeitsfeier hatte Sophie am frühen Sonntagabend ein Schreiben Richards erhalten, das er ihr durch einen Kurier in die Hofburg bringen ließ. Darin warnte Richard Sophie ausdrücklich davor, den Heiratsantrag des Grafen von Szalay anzunehmen.

Eine Begründung für diese Warnung enthielt das Schreiben zwar nicht. Richard kündigte allerdings an, Sophie in den nächsten Tagen um ein Treffen im Café Prinzess bitten zu wollen, um ihr seine Bedenken persönlich zu erläutern. Der Dienstmann hatte den Auftrag, auf eine Antwort Sophies zu warten und den Brief gleich wieder mitzunehmen.

Gerührt und beunruhigt zugleich kritzelte Sophie hastig einige Zeilen unter Richards Schreiben, da das gemeinsame Abendessen der Hofdamen kurz darauf bevorstand. Darin beteuerte sie, Szalays Antrag unter keinen Umständen annehmen zu wollen, auch wenn sie sich vorläufig an die Konventionen hielte, um Zeit zu gewinnen.

Denn zunächst hatte Sophie am Vorabend auf Szalays Antrag so reagiert, wie man es von einer jungen Dame erwartete, die außerdem noch im Dienst der Kaiserin stand. Sie dankte dem Grafen für die große Ehre, die er ihr zuteilwerden ließ, bat sich aber Bedenkzeit aus und betonte dabei, dass eine Entscheidung nicht allein in ihrer Macht stünde. Obwohl sich Sophie mit dieser Antwort an die gesellschaftlichen Regeln hielt, konnte sie sich des Eindrucks nicht erwehren, dass Szalay enttäuscht gewesen war.

Dennoch hatte der Heiratsantrag natürlich weit über die

Hochzeitsgesellschaft hinaus Aufsehen erregt und war selbstverständlich auch in der Extraausgabe des *Wiener Salonblatts* erwähnt worden, das über die Feier berichtete. Zum Glück interpretierte der Reporter Sophies Zurückhaltung als jungfräuliche Schüchternheit und nicht als das Entsetzen, das sie tatsächlich empfunden hatte, als ihre schlimmsten Befürchtungen sich bewahrheiteten.

Natürlich wusste Sophie, dass Szalay demnächst weitere Versuche unternehmen würde, um sie dazu zu bewegen, seinen Antrag anzunehmen. Sie war jedoch fest entschlossen, ihn weiterhin standhaft abzulehnen.

Nach ihrem kurzen Briefwechsel mit Richard begannen sich die Ereignisse dann jedoch zu überschlagen. Schon drei Tage nach Richards Hochzeitsfeier bestellte Sophies Stiefvater Arthur sie mit einem kurzen Schreiben ins Palais Werdenfels. Er habe eine wichtige Angelegenheit mit ihr zu erörtern. Sophie vermutete, dass Szalay bereits dort vorgesprochen hatte, um Arthurs Zustimmung zu ihrer Heirat zu erwirken.

Unter dem Vorwand, an einer Erkältung zu leiden, kam Sophie Arthurs Aufforderung vorläufig nicht nach, war nun aber aufs Äußerste beunruhigt. Um Ida Ferenczy ihr Herz auszuschütten, suchte sie das Gespräch mit ihrer einzigen Vertrauten in der Hofburg. Dabei erfuhr sie, dass die Lage noch weit dramatischer war, als sie gedacht hatte. Szalay hatte nämlich auch die Kaiserin über ihren Obersthofmeister, Baron Franz Nopcsa, bereits um die Erlaubnis zur Hochzeit gebeten.

Das hatte Marie Festetics Ida erzählt. Beide Hofdamen gingen fest davon aus, dass Sisi ihr Einverständnis geben würde. »Warum sollte dir die Kaiserin die Erlaubnis zu dieser Heirat versagen?«, argumentierte Ida. »Schließlich hat sie in Janka Mikes ja einen probaten Ersatz für dich gefunden und wird deinem Glück also nicht im Wege stehen wollen. Marie glaubt sogar, dass Ihre Majestät deine Hochzeit mit Graf Szalay ausdrücklich befürwortet.«

Sophie blieb nur die Hoffnung, dass Nopcsas Brief die Kaiserin, die ihren Standort beständig wechselte und sich heute in Algier, wenige Tage später in Tunis oder einer anderen Hafenstadt am Mittelmeer aufhielt, nicht so bald erreichen würde. Selbst die Post des Kaisers, der ihr nahezu täglich schrieb, musste Sisi nachgesandt werden.

Dennoch war diese Verzögerung nur ein Aufschub, eine Galgenfrist, wie Sophie nur allzu gut wusste. Sobald Sisis Erlaubnis einträfe, müsste sich Sophie nicht nur ihrem Stiefvater, sondern auch dem Wunsch der Kaiserin widersetzen. Im Vertrauen darauf, dass Ida sie letztlich verstehen und ihr beistehen würde, bekräftigte Sophie ihr gegenüber daher noch einmal, dass keine Macht der Welt sie dazu bewegen könne, Szalays Frau zu werden.

Doch zu ihrer Enttäuschung war Ida nach wie vor fest davon überzeugt, dass Szalay eine ideale Partie für Sophie sei. Zum ersten Mal trennten sich die Freundinnen im Unfrieden, was Sophie sehr belastete. Seither wartete sie noch ungeduldiger auf das zweite Schreiben Richards mit der Nachricht, wann er sie im Café Prinzess treffen könne.

Vorgestern war diese nun endlich eingetroffen. Er wolle Sophie am heutigen Tag um die Mittagszeit in einem der dortigen Separees sprechen, teilte er ihr darin mit. Alles müsse jedoch äußerst diskret ablaufen. Niemand dürfe sie zusammen sehen. Wieder überbrachte ein Kurier Sophie die Einladung, wieder nahm der Bote Richards Schreiben mit Sophies Antwort gleich wieder mit.

Zum Glück hatte die Obersthofmeisterin Maria Goëss erneut keine Einwände, als Sophie sie für den besagten Tag wieder um Urlaub bat, um ihren kranken Onkel besuchen zu dürfen. Um ihrer Bitte Nachdruck zu verleihen, griff Sophie sogar zu einer Notlüge und behauptete, dessen Gesundheitszustand habe sich in jüngster Zeit erneut sehr verschlechtert, was den Tatsachen zum Glück nicht entsprach.

Nun schlüpfte Sophie endlich zu Richard ins Separee.

»Wie geht es dir, Richie?«, fragte sie besorgt, nachdem sich beide zur Begrüßung die Hände geschüttelt hatten. Richard sah bleich und übernächtigt aus.

Fast war er versucht, Sophie anzuvertrauen, dass Amalie unmittelbar nach der Hochzeitsfeier eine weitere Fehlgeburt erlitten hatte und diesmal fast daran gestorben war. Erst seit zwei Tagen war sie über den Berg. Das war auch der Grund, warum sich Richard nicht früher bei Sophie gemeldet hatte.

Abwechselnd mit seinem Schwiegervater und seiner Mutter Aglae wachte er an Amalies Bett, die ein lebensgefährliches Fieber ergriffen hatte. Da Richard unglücklicherweise wegen der bevorstehenden Herbstmanöver gerade im Stab Erzherzog Albrechts unabkömmlich war, übernahm er in der Regel die Nachtwache und fand somit bereits seit Tagen nur wenige Stunden Schlaf. Denn niemand sollte von Amis Erkrankung wissen, da dies so kurz nach der Hochzeit sicher großes Aufsehen erregt hätte. Amis Siechtum konnte ihm daher auch nicht als Entschuldigung dienen, sich vom Dienst entbinden zu lassen.

An Amis Krankenbett hatte er außerdem ausreichend Gelegenheit, sein Gewissen zu prüfen. Schließlich war er ja nicht unbeteiligt an Amalies Schwangerschaft. Und so sehr er seine Zwangsheirat auch verfluchte, den Tod wünschte er Ami nicht. Dieser Preis erschien ihm zu hoch für seine wiedergewonnene Freiheit. Doch seiner Familie durfte unter keinen Umständen bekannt werden, dass er sich heute heimlich mit Sophie von Werdenfels, die im Palais Thurnau bereits als Verlobte Szalays galt, im Café Prinzess traf.

Auch Sophie sah mitgenommen aus. Als Richard jetzt in ihr schmal gewordenes Gesicht mit den tiefen Schatten unter den Augen blickte, verschärfte dies sein Dilemma. Schmerzlicher denn je spürte er seine Liebe zu ihr. Ihre Frage nach seinem eigenen Wohlergehen wahrheitsgemäß zu beantworten, hätte bedeutet, ihr jetzt von Amis Fehlgeburt erzählen und damit gleichzeitig zugeben zu müssen, dass er bereits vor der Hochzeit intim mit ihr verkehrt hatte. Das brachte Richard nicht über sich und nahm in seiner Antwort daher Zuflucht zu einer Ausrede.

»Ich bin gerade beruflich sehr eingespannt, Phiefi. Meine Pflichten haben sich leider nicht verringert, seitdem ich zum Major befördert worden bin.«

Sophie versuchte sich an einem Lächeln. »Dazu möchte ich dir herzlich gratulieren«, erwiderte sie. Ihre Miene wurde wieder ernst. »Doch vor dem Hintergrund deiner vielen beruflichen Pflichten beunruhigt es mich jetzt umso mehr, dass du mich heute so dringend zu sprechen gewünscht hast. Du hast ja bereits geschrieben, es ginge um den Antrag des Grafen Lajosz Szalay. Was möchtest du mir diesbezüglich denn mitteilen?«

Zur Sophies Verwunderung errötete Richard leicht. Dann zog er etwas aus seiner Uniformjacke. Sophie erkannte verblüfft eine Seite aus der jüngsten Ausgabe des *Wiener Salonblatts*. »Amalie hat diese Zeitschrift abonniert«, erklärte er überflüssigerweise.

Sophie griff nach dem Zeitungsblatt und las, was Richard angekreuzt hatte. *Graf Lajosz von Szalay ist nach wie vor fest entschlossen, das Herz der bezaubernden Sophie von Werdenfels zu erobern,* stand da zu ihrem Entsetzen unter der Überschrift *Highlife*. In dieser Sparte fasste das Blatt die wöchentlichen Klatschnachrichten aus der Wiener Gesellschaft zusammen. *Es fehlt nur noch die offizielle Zustimmung Ihrer Majestät. Dann dürfte Wien nach der prächtigen Hochzeitsfeier Amalie von Thurnaus mit Richard von Löwenstein freudig einem weiteren opulenten Brautfest entgegensehen.*

»Was fällt diesen Schmierfinken eigentlich ein?«, empörte sich Sophie, deren Verdacht, ihr Stiefvater könnte der Heirat als ihr gesetzlicher Vormund bereits zugestimmt haben, sich durch die Zeitungsnotiz verstärkte.

»Also bist du nach wie vor fest entschlossen, den Antrag des

Ungarn nicht anzunehmen?«, hakte Richard nach. Er war ein wenig erleichtert.

»Selbstverständlich nicht!«, beteuerte Sophie. »Ich finde diesen Mann sogar ganz und gar abstoßend.«

»Daran tust du gut«, versetzte Richard. »Sogar mehr, als du im Augenblick ermessen kannst.«

»Ist das der Grund, warum du mich heute so dringend sprechen wolltest, Richie?« Sophie wusste nicht, ob sie enttäuscht oder erfreut über Richards Anliegen sein sollte. Gönnte er sie keinem anderen Mann? Er selbst war doch jetzt verheiratet und damit endgültig unerreichbar für sie.

»Du bist doch trotz deiner Eheschließung nicht etwa eifersüchtig?«, sprach sie ihre Gedanken aus. »Dafür bestünde in diesem Fall allerdings keinerlei Grund.« Beim letzten Satz lag Spott in ihrer Stimme, hinter dem sie ihren Schmerz über Richards Hochzeit verbarg.

Dessen Röte vertiefte sich. »Eifersüchtig wäre ich sicherlich, wenn dich ein gesunder, attraktiver Freier umwerben würde«, gab er offen zu. »Doch Graf Szalay ist...«, er holte tief Luft, »... er ist nicht gesund, Phiefi. Das solltest du wissen. Um dich weiterhin mit allen Mitteln, die dir zu Gebote stehen, gegen diese Heirat zu wehren.«

»Was heißt das, der Graf ist nicht gesund?« Sophie war verwirrt. »Woher willst du das denn wissen?«

»Meine Quelle möchte ich dir nicht verraten. Zumal es sich um eine heikle Krankheit handelt, wie du dir denken kannst.«

Sophie kam ein furchtbarer Verdacht. »Meinst du etwa, Szalay leidet wie Kronprinz Rudolf an der Franzosenkrankheit?« Unwillkürlich dämpfte sie ihre Stimme.

»Genauso ist es«, bestätigte Richard.

»Und das hat dir Rudolfs ehemalige Geliebte Mizzi Caspar erzählt?«, traf Sophie ins Schwarze.

Richard antwortete nicht sogleich. Auf seinem Gesicht zeichnete sich der innere Kampf ab, den er gerade durchlebte.

»Da du es ohnehin erraten hast, will ich es auch nicht abstreiten, Phiefi. Aber helfen musst du dir selbst. Du darfst dich weder auf mich noch auf Mizzi berufen, sollte es wirklich nötig werden, Szalay mit seiner Syphilis zu konfrontieren. Käme ich selbst mit einer solch ungeheuerlichen Behauptung ins Spiel, würde mich Szalay mit Sicherheit zu einem Duell auf Leben und Tod fordern. Einer von uns bliebe dabei auf der Wallstatt. Und auch wenn es Szalay wäre, würde ich meines Lebens danach nicht mehr froh werden.«

Richard trank einen Schluck seines Großen Schwarzen und verzog den Mund, weil der Kaffee mittlerweile kalt geworden war. Er schob die Tasse von sich weg.

»Und Mizzi darf erst recht nicht als Quelle genannt werden. Sie leidet sehr unter Rudolfs Tod und führt seither ein ganz zurückgezogenes Leben. Sie will auf keinen Fall wieder ins Rampenlicht der Öffentlichkeit geraten. Zumal sie es ohnehin nur aus zweiter Hand weiß.«

Sophie ließ diese schockierenden Neuigkeiten auf sich wirken. »Also erscheint mir rasches Handeln geboten, Richie«, wurde ihr schließlich klar. »Bevor sich der gordische Knoten durch die Zustimmung der Kaiserin noch weiter zuzieht, muss ich ihn durchschlagen. Ich werde den Grafen Szalay bereits morgen um ein Treffen bitten und ihm unmissverständlich erklären, dass ich seinen Antrag ablehne.«

Und Ida Ferenczy bitten, als Anstandsdame zu diesem Gespräch hinzuzukommen, beschloss Sophie auf dem Rückweg in die Hofburg. *Da sie die Heirat befürwortet, lasse ich sie allerdings vorher über meine Entscheidung im Unklaren. Sonst verweigert sie möglicherweise ihre Teilnahme.*

Salon der Marie Festetics in der Hofburg

Oktober 1890, einige Tage später

»Also gibt es keinerlei Zweifel daran, Lajosz, dass diese hoffärtige Komtess dich tatsächlich als Gatten verschmäht?« Marie Festetics konnte dies noch immer nicht fassen. »Obwohl du ihr deinen Antrag formvollendet vor mehr als einhundert Zeugen gemacht hast? Obwohl das *Wiener Salonblatt* schon über eure Vermählung spekuliert und Sophies Vater deinem Heiratsantrag zugestimmt hat?« Marie redete sich immer mehr in Rage. »Ist dieser Komtess denn nicht klar, in welche unverdiente Höhen sie aufsteigen würde, wenn du ihr die Ehre erweist, sie zu ehelichen?«

Graf Lajosz von Szalay schüttelte traurig den Kopf. »Es fällt mir nicht leicht, dies einzugestehen, Marika. Aber in Sophie von Werdenfels hast du dich leider getäuscht. Sie ist alles andere als der reife Apfel, der mir aufgrund meiner hochadeligen Herkunft und meines riesigen Vermögens quasi in den Schoß fällt. Das bedauert niemand mehr als ich.«

»Unglaublich!« Marie von Festetics hielt es nicht mehr in ihrem Fauteuil. Sie begann, ihren Salon mit großen Schritten zu durchqueren. Dabei schlug sie mit ihrer Rechten immer wieder den Stiel ihres Lorgnons in die linke Handfläche. »Du hast dir doch so sehr eine junge Frau gewünscht, Lajosz. Und seit du dich mir in dieser Hinsicht anvertraut hast, glaubte ich, Sophie von Werdenfels sei dafür genau die Richtige. Ihre Familie wurde erst vor einigen Jahrzehnten geadelt. Sie könnte sich glücklich schätzen, das Herz eines solch gestandenen Mannes, wie du es bist, erobert zu haben.«

Innerlich kochte Marie vor Wut. Aber den wahren Grund dafür durfte ihr weit entfernter Verwandter auf gar keinen Fall erfahren. Schließlich hatte sie ihm Sophie schon vor deren erstem Treffen in der Hermesvilla im Sommer des letzten Jahres als potenzielle Heiratskandidatin angedient, ohne ihm ihren Hintergedanken, ihre ungeliebte Rivalin damit loszuwerden, offenzulegen. Denn sie vermutete schon damals, dass die Kaiserin einen anderen Weg, Sophie vom Hof zu entfernen, nicht mittragen würde.

Natürlich hatte Marie Sisis Dilemma von Anfang an gekannt. Deshalb war eine Hochzeit Sophies mit einem Patriarchen alter Schule, wie es ihr Cousin zweifellos war, auch die einzige Möglichkeit, das Schweigen der Komtess über die Ereignisse in Mayerling nach deren Entlassung aus dem Dienst der Kaiserin wirklich sicherzustellen. Als sich ihr endlich die Gelegenheit dazu bot, hatte Marie die Kaiserin mit einiger Mühe vor zwei Monaten in Feldafing davon überzeugt.

Denn Ehemänner hatten im Habsburgerreich die nahezu uneingeschränkte Macht über ihre Ehefrauen. Und Lajosz Szalay gehörte zu den Männern, die davon weidlich Gebrauch machten. Nach ihrer Heirat würde Sophie ihren ständigen Wohnsitz auf einem der Landgüter des Grafen haben und nur noch zu wenigen Anlässen persönlich nach Wien kommen. Dort würde Szalay, der schon in seiner ersten unglücklichen Ehe chronisch eifersüchtig gewesen war, sie keine Minute lang aus den Augen lassen. Nicht nur das Geheimnis von Mayerling, sondern auch alle Hofinterna, die Sophie ausplaudern könnte, wären damit sicher unter Verschluss.

Selbst wenn Sophie es wagen würde, sich nach der Hochzeit an eine in- oder ausländische Gazette zu wenden, um vertrauliche Informationen über den Kaiserhof preiszugeben, würde dies zum Scheitern verurteilt sein. Sogar die Klatschblätter nahmen Abstand davon, solch prekäre Informationen aufgrund einer nicht authentischen oder gar anonymen Quelle zu veröffentlichen. Allen voran die Zeitungen im Kaiserreich, die einer ständigen Zensur unterlagen und mit einer Konfiszierung ihrer Auflage rechnen mussten, wenn sie dem Kaiserhaus oder der Regierung unliebsame Informationen abdruckten.

Wahrscheinlich würde sich am ehesten noch eine deutsche Zeitung dazu bereitfinden, die skandalösen Ereignisse rund um den Tod des dort bereits zu seinen Lebzeiten geschmähten Kronprinzen zu veröffentlichen. Doch auch die Deutschen würden sich vorher das Einverständnis von Sophies Ehemann einholen, bevor sie sich auf sie als Quelle beriefen. Diese würde Szalay selbstredend verweigern und Sophie ihre Insubordination aufs Schwerste büßen lassen.

Ohne ihr all diese Details zu nennen, hatte Marie Sisi also davon überzeugt, dass Szalay nicht nur fähig, sondern auch willens wäre, seine junge Ehefrau völlig unter Kontrolle zu halten.

Dafür gab es sogar bereits einen Präzedenzfall, den Marie der Kaiserin allerdings verschwiegen hatte. Denn außer ihr wussten nur wenige Menschen, die allesamt in Ungarn lebten, dass Szalay seine erste Frau vor Jahren in einer Irrenanstalt einsperren ließ, nachdem sie versucht hatte, mit einem Liebhaber durchzubrennen und aufgegriffen worden war. Dort war die Gräfin elendiglich zugrunde gegangen.

Auch dass seine erste Frau erst im Frühling des vorigen Jahres verstorben war, wusste in Wien außer Marie von Festetics niemand. In der Hauptstadt galt Szalay schon seit Langem als Witwer. Zwar war der Graf kein Kind von Traurigkeit und hatte sich mit einer Reihe von Geliebten, durchaus auch aus zweifelhaftem Milieu, über den Verrat seiner Frau hinweggetröstet. Diesen Verbindungen waren sogar zwei uneheliche Kinder entsprungen. Doch solche Bastarde waren nicht erbfähig, geschweige denn hätten sie das Recht gehabt, den Grafentitel »von Szalay« zu tragen. Also war seine uralte Linie, deren Stammbaum bis ins 15. Jahrhundert zurückreichte, vom Aussterben bedroht, sollte Szalay weiterhin kinderlos bleiben.

Als sich Lajosz daher im letzten Jahr gleich nach dem Tod seiner ersten Frau an Marie wandte, um sie um Rat in der delikaten Frage seiner Wiederverheiratung zu bitten, hatte Marie gleich an Sophie von Werdenfels gedacht. Die war jung und gesund genug, um Lajosz den ersehnten Nachkommen zu gebären, und gleichzeitig von so niedrigem Stand, dass Marie sich bis heute nicht hatte vorstellen können, dass sie einen Heiratsantrag ihres Cousins ablehnen würde. Und das trotz des ausgeklügelten Plans, den Marie dafür entworfen hatte.

Es war ihre Idee gewesen, dass Szalay mit Sophie zur Hochzeit der Thurnau-Tochter gehen sollte, um ihr dort seinen Antrag zu machen. Sie, Marie, hatte Baron Nopcsa darum gebeten, Sophie zur Teilnahme an dieser Feier zu verpflichten. Szalay hatte dann noch den Geistesblitz mit dem Fangen des Brautstraußes beigesteuert und dessen Umsetzung mit dem Gastgeber Adalbert von Thurnau und dessen Tochter arrangiert. Eine perfekte Inszenierung vor einer Vielzahl hochkarätiger Gäste. Marie hatte sogar damit gerechnet, dass die überrumpelte Sophie ihre Zusage sogleich machen würde, ohne erst die Erlaubnis ihres Vaters oder der Kaiserin abzuwarten.

Doch nun war das Gegenteil eingetreten. Sophie war weder so eingeschüchtert noch so unachtsam gewesen, um sofort Ja zu sagen! Sie lehnte Szalays Antrag definitiv ab! Das konnte einfach nicht wahr sein!

»Hältst du Sophies Entschluss denn tatsächlich für unumstößlich, Lajosz?«, insistierte Marie. »Nicht nur für die Geziertheit eines eitlen Rotzmenschen?« Allein, dass die in der Regel überkorrekte Marie diesen Vulgärausdruck benutzte, verriet ihren inneren Aufruhr. Zu ihrer Betroffenheit wurden Szalays Augen nun sogar feucht.

»Auch Ida Ferenczy, die mit Sophie befreundet ist, konnte nichts ausrichten, Marika. Als Sophie mich bat, sie in Gegenwart Idas im Salon der Hofdamen hier in der Hofburg zu treffen, glaubte ich mich bereits am Ziel. Doch es kam vollkommen anders. Sophie hat mir, mit Ida als Zeugin, mindestens dreimal erklärt, dass sie unter gar keinen Umständen meine Gattin werden will.«

»Und was hat Ida dazu gesagt?«, unterbrach Marie ihren Cousin. »Sie befürwortet eure Heirat doch ebenfalls!«

Szalay zog ein Schnupftuch aus der Tasche seines Jacketts und wischte sich damit über die Augen, bevor er antwortete. »Auch Ida hat ihr Bestes getan. Sophie wollte meine Visite schon beenden, als Ida sie noch zu einem Gespräch unter vier Augen bat. Ich wartete zehn Minuten mit neuer Hoffnung. Doch auch Ida konnte Sophie nicht umstimmen. ›Ich betone noch einmal, dass ich Ihren Heiratsantrag und Ihre Gefühle für mich sehr zu schätzen weiß, Graf von Szalay‹, sagte sie mir zum Abschied. ›Doch ich kann diese Gefühle weder jetzt noch in Zukunft erwidern und halte es daher für unehrenhaft und ungerecht Ihnen gegenüber, auf dieser brüchigen Basis eine lebenslange Verbindung mit Ihnen einzugehen.‹«

Marie starrte ihren Cousin nur fassungslos an.

»Das waren exakt ihre Worte«, betonte der noch einmal.

Marie schnaubte. »Als ob solche Allüren junger Dinger jemals eine Rolle gespielt hätten, wenn es um die Frage ihrer Verheiratung ging.« Doch wenn auch Ida nichts bewirken konnte, die Szalays Verbindung mit Sophie von Anbeginn an unterstützt hatte, ohne Maries wahre Absichten zu kennen, war die Lage tatsächlich überaus ernst.

Szalay hob in einer Geste der Ratlosigkeit die Schultern. »Dabei wäre Sophie die ideale Frau für mich, Marika. Sie hat mir vom ersten Moment an gefallen. Als ich sie im letzten Jahr in deinem Salon in der Hermesvilla kennenlernte, habe ich mich auf Anhieb in sie verliebt. Und mir danach alle Mühe gegeben, ihr Herz für mich zu gewinnen. Auf dem Hofball habe ich ihr sogar eine Hochzeitsreise nach Italien in Aussicht gestellt. Doch wie es scheint, war dies alles vergeblich.« Seine Stimme wurde weinerlich.

Marie ballte unwillkürlich die Hände zu Fäusten. Es musste doch einen Weg geben! Sie hatte sich alles so sorgsam überlegt! Wäre nur die Erlaubnis der Kaiserin zur Heirat schon eingetroffen! Das wäre ein weiteres Druckmittel gewesen! Gleich nach seinem Antrag hatte Lajosz, wieder auf ihr Drängen hin, Baron Nopcsa gebeten, diesbezüglich an Sisi zu schreiben!

Im Stillen verwünschte Marie die chronische Unzuverlässigkeit und Rastlosigkeit der Kaiserin. Selbst wenn Nopcsas Brief sie bereits erreicht hatte, war es möglich, dass sie ihn zunächst unbeantwortet ließe. Weil ihr die Dringlichkeit des Anliegens nicht bewusst war, zumal Marie ihr ja versichert hatte, dass sie es für ausgeschlossen hielt, dass Sophie Szalays Antrag ablehnen könnte.

Also musste *sie* nun nach einer Alternative suchen, um den Druck auf Sophie zu erhöhen, damit die Hochzeit spätestens im Jänner stattfinden könnte. Eigentlich hatte sie Szalay erst nach der Hochzeit in die Hintergründe ihres Vorhabens einweihen wollen. Doch nun änderte sie ihre Absichten.

»Gib noch nicht alles verloren, Lajosz! Auch wenn ihre Antwort noch nicht da ist, weiß ich von Ihrer Majestät, der Kaiserin, persönlich, dass sie eure Heirat ausdrücklich unterstützt. Ihre Erlaubnis ist eine reine Formsache, wie bei der Hochzeit von Charlotte Majláth.«

Marie machte eine kleine Pause, um Lajosz neugierig zu machen.

Ihre Absicht ging auf. »Welches Interesse hat denn Ihre Majestät an einer Hochzeit zwischen Sophie und mir?«

Marie holte tief Luft. Dann weihte sie ihren Cousin so weit in die Vorgänge von Mayerling ein, wie es ihr vertretbar erschien. »Das war ohnehin der einzige Grund, warum die Kaiserin Sophie in ihren Hofstaat berief. Sie wollte sich ihres Schweigens versichern«, schloss sie ihre Rede.

Bevor Szalay weitere Fragen stellen konnte, hob sie die Hand. »Mehr will und darf ich dir nicht verraten, Lajosz. Aber nur die Heirat mit einem gestandenen Mann wie dir würde Ihre Majestät dahingehend beruhigen, dass dieses Familiengeheimnis sicher ist. Daher sollten wir jetzt auch keinesfalls aufgeben.«

»Denn es sollte doch möglich sein, dass du Sophie heiraten kannst, wenn sowohl ihr Stiefvater als ihr gesetzlicher Vormund als auch die Kaiserin persönlich damit einverstanden sind und sogar darauf drängen. Manche jungen Damen müssen eben zu ihrem Glück gezwungen werden«, schloss sie kryptisch.

In Szalays Augen blitzte Hoffnung auf. »Und was schwebt dir vor, liebste Cousine?«

»Wenn wir Sophie zusätzlich eines Vergehens gegen die Regeln des Hofs überführen könnten, bliebe ihr so oder so keine andere Wahl mehr, als dich zu ehelichen. Denn eine unehrenhafte Entlassung käme ja nicht infrage, um die Würde des Kaiserhofs zu wahren. Wir müssen nur noch ein paar Verbündete gewinnen.«

Die Gedanken rasten durch Maries Kopf. Nun kam ihr zugute, dass sie von Anfang an zweigleisig gefahren war. Sie teilte Lajosz mit, was sie vermutete und wie man vorgehen könnte, um ein solches Vergehen zu beweisen.

»Würdest du denn das Wagnis eingehen, Lajosz, diese hochmütige Komtess auch gegen ihren Willen zu heiraten?«, fragte Marie zum Abschluss ihrer Ausführungen.

Der Graf nickte spontan. »Es wäre nicht die erste Ehe, die auf diese Weise geschlossen wurde und am Ende durchaus glücklich war. Denn glücklich kann ich Sophie machen«, warf er sich stolz in die Brust. »Ich begehre das Mädchen über alle Maßen und werde ihm jeden Wunsch von den Augen ablesen. Und ihm alles verzeihen, was es sich vorher zuschulden kommen lässt, solltest du recht behalten. Zumal ich nach unserer Heirat ja nachhaltig auf ihren Charakter einwirken kann.«

Marie lächelte breit. »Dann lass uns diesen Weg versuchen, Lajosz! Mein Gefühl sagt mir, dass wir am Ende erfolgreich sein werden. Aber halte dich vorerst von Sophie fern! Sie soll nicht ahnen, dass wir etwas im Schilde führen.«

»Und bleibe in dieser Sache auch regelmäßig in Kontakt mit Baron Nopcsa! Er ist nicht nur dein Freund, sondern als

Obersthofmeister auch das mächtigste Mitglied im Hofstaat Ihrer Majestät«, fiel ihr noch ein. »Er soll noch einmal an die Kaiserin schreiben und dabei die Dringlichkeit einer raschen Antwort betonen. Außerdem soll er sich ab sofort für den Truchsess-Titel von Sophies Stiefvater einsetzen. Das wird dessen uneingeschränktes Einverständnis mit unserem Plan sicherstellen, selbst wenn es mit Sophie hart auf hart käme. Denn eure Heirat ist unter den jetzigen Umständen die einzige Chance für diesen dünkelhaften Freiherrn, hoffähig zu werden.«

Lajosz erwiderte Maries Grinsen. »Und danach giert der Mann regelrecht. Das hat er mir deutlich zu verstehen gegeben!«

Kapitel 22

Café Prinzess am Graben

Samstag, 15. November 1890

»Leider konnte ich auch Irma nicht als Aufseherin behalten, Phiefi.« Stephan Danzer sah traurig aus. »Das ist eine ganz besondere Enttäuschung für mich, denn im Café war die Irma eigentlich ganz anstellig. Anders als die Lisbeth, die sowohl zu den Kunden als auch zum Personal sehr unfreundlich war. Im Gegensatz zu ihr war die Irma dort schon nach kurzer Zeit beliebt.«

Damit war bereits der zweite Versuch gescheitert, über eine Annonce eine weitere Aufseherin für das Café Prinzess zu finden, um Mina Löb und Danzer von dieser Aufgabe zu entlasten.

Der machte eine kleine Pause. Seine Augen wurden starr. Daran erkannten Sophie und Mina, dass er versuchte, sich einen neuen Schmerzanfall nicht anmerken zu lassen. Da man ihm bislang solche Attacken an der Mimik angesehen hatte, was natürlich besorgte Reaktionen in seiner Umgebung hervorrief, war dies Danzers jüngster Kniff, über seinen schlechten Gesundheitszustand hinwegzutäuschen. Natürlich machte er damit niemandem etwas vor. Aber man sprach ihn nicht mehr auf seine Schmerzen an, da es ihn nur noch mehr frustriert hätte, durchschaut worden zu sein.

Sophie und Mina warfen sich einen bekümmerten Blick zu. Dann ergriff Mina das Wort: »Leider habe ich Irma gestern Abend dabei ertappt, wie sie sich am Konfekt aus der Theke bediente. Als ich sie darauf ansprach, hatte sie noch nicht einmal ein schlechtes Gewissen. Sie erklärte, sie habe doch nur die unansehnlich gewordenen Teile, die nicht mehr verkäuflich seien, mit nach Hause nehmen wollen, damit sie nicht weggeworfen würden.«

»Selbst wenn Irma damit recht hätte«, fiel Danzer ein, »hätte sie mich oder zumindest Sie, Mina, um Erlaubnis bitten müssen, bevor sie sich ungefragt an meinem Eigentum vergriff. Deshalb habe ich die schwere Entscheidung getroffen, lieber den Anfängen zu wehren, als zuzulassen, dass so ein Missstand fortbesteht. Und sich womöglich sogar beim übrigen Personal verbreitet, dem Irma als Aufseherin ja ein Vorbild sein sollte.«

»Aber wie soll es jetzt weitergehen?«, fragte Sophie bedrückt. »Schließlich beginnt bald die Adventszeit, in der das Café die höchsten Umsätze macht.«

Diesmal trat tatsächlich ein schmerzlicher Ausdruck auf Danzers Gesicht. Es war nicht mehr wie früher rund mit prallen, stets leicht geröteten Wangen, sondern eingefallen und ungesund bleich. Seit dem Beginn seiner Erkrankung wirkte Danzer um mindestens zehn Jahre gealtert. Dennoch glaubte Sophie in diesem Moment nicht an einen körperlichen Schmerz ihres Onkels. Viel eher schien ihn psychisch etwas zu belasten.

»Ich weiß nicht, wie es weitergehen soll, Phiefi«, antwortete er Sophie denn auch müde. »Es wird mir halt nichts anderes übrig bleiben, als eine weitere Annonce in den Wiener Gazetten zu schalten in der Hoffnung, dass sich im dritten Anlauf eine bessere Kandidatin findet.«

»Und wenn nicht, Onkel Stephan? Dr. Adler drängt dich doch schon seit Wochen dazu, endlich deine Kur in Gastein anzutreten und dich dort einmal gründlich zu erholen.«

»Was könnte ich denn darüber hinaus noch tun, Phiefi?« Nun klang Danzers Stimme gleichzeitig ungeduldig und verzweifelt. »Mina tut im Café doch schon alles, was in ihren Kräften steht. Sogar mehr als das! Du weißt doch, dass ihre Mutter nach wie vor pflegebedürftig ist und Mina sich zwischen dem Prinzess und der Sorge um ihre Mutter nahezu zerreißt.«

»Aber nein, lieber Herr Danzer!« Mina hob begütigend eine Hand. »Ganz so schlimm ist es dann doch nicht. Immerhin kann meine Mutter schon wieder aufstehen und sogar leichte Hausarbeiten verrichten.«

Sophie sah Mina prüfend ins Gesicht. Ihr Gefühl sagte ihr, dass die Aufseherin nicht die volle Wahrheit sprach. Aber darauf wollte Sophie Mina in Gegenwart ihres Onkels lieber nicht ansprechen.

»Und mit der Sanna hat es tatsächlich überhaupt keinen Zweck?«, hakte sie stattdessen wider besseres Wissen nach. Denn sie erachtete die Frau, die zwar schon längere Zeit abwechselnd als Kassiererin und Servierkraft im Café Prinzess mitarbeitete, ja selbst als ungeeignet für die Rolle der Aufseherin. Sanna hatte sich bislang bei keiner Tätigkeit besonders hervorgetan. Trotzdem war sie in den letzten Wochen als Vertretung für Mina mehr schlecht als recht eingesprungen.

Dies hatte rein pragmatische Gründe. Sanna war mit ihren fünfunddreißig Jahren die älteste Mitarbeiterin des Cafés. Leider hatte ihre langjährige Kollegin Resi, die Mina weit besser hätte vertreten können, vor einigen Monaten gekündigt, da sie trotz ihres fortgeschrittenen Alters noch einen Ehemann gefunden hatte.

Die anderen Verkäuferinnen und Serviermädchen waren alle erst knapp über zwanzig Jahre alt oder sogar noch jünger. Lange hatten Mina, Danzer und Sophie hin und her überlegt, ob sie nicht eine dieser Kräfte zur Vertreterin Minas ernennen sollten. Doch sie befürchteten, dass das restliche Personal die Autorität einer gleichaltrigen oder sogar jüngeren Aufseherin nicht anerkennen würde. Zumal wenn man wüsste, dass ihr diese Rolle nur für eine Übergangszeit zugestanden würde und sie nach der Einstellung einer zweiten regulären Aufseherin wieder ins Glied zurücktreten müsste.

Zwar war Sophie auch nicht älter gewesen, als sie vor ihrer Bestellung zur Hofdame interimsweise Aufseherin im Café Prinzess gewesen war. Doch sie war die Nichte des Besitzers, sodass man nicht gewagt hätte, ihr den Respekt zu verweigern, selbst wenn sie weniger Talent für diese komplexe Aufgabe mitgebracht hätte.

Nun schüttelten Danzer und Mina gleichzeitig den Kopf. »Sanna passieren immer wieder unverzeihliche Fehler«, erklärte Mina. »Sie ist die geborene Befehlsempfängerin und besitzt überhaupt kein Organisationstalent. Sobald es etwas voller im Café wird, verliert sie den Überblick über die Gäste und deren Bestellungen. Und gibt den Mädchen daher immer wieder die falschen Anweisungen.«

»Und was genau macht sie falsch? Haben Sie dafür ein Beispiel?«

Mina nickte. »Neulich scheint Folgendes passiert zu sein: Eine Dame, die mit ihrer Tochter über eine halbe Stunde lang auf ihre Bestellung gewartet hatte, verließ empört unser Haus, ohne etwas zu sich genommen zu haben. Dabei hatte Sanna persönlich ihre Bestellung aufgenommen, dann aber vergessen, die Getränke in der Kaffeeküche in Auftrag zu geben. Für ihren eigenen Fehler hat sie dann die Betty beschuldigt. Die hat sich am nächsten Tag prompt bei mir über Sanna beklagt.«

»Mit einem solchen Verhalten gibt Sanna zudem den anderen Mädchen ein schlechtes Vorbild«, ergänzte Danzer. »Zumal sie die Madln trotz ihrer eigenen Schwächen wegen der geringsten Kleinigkeit schilt. Hätte ich Sanna über eine Annonce als Aufseherin eingeworben, hätte ich sie wie Lisbeth und Irma nach einer Woche wieder entlassen müssen.«

Mina sah auf die Uhr. »Ich muss mich jetzt leider entschuldigen, Herr Danzer«, erklärte sie. »Denn der Arzttermin meiner Mutter findet in einer guten Stunde statt. Wenn wir nicht rechtzeitig eine Mietdroschke finden, sind wir ohnehin schon zu spät dran.«

»Natürlich, natürlich, liebe Mina«, sagte Danzer hastig. »Ich bin doch heilfroh, dass Sie heute überhaupt bereit waren, einen halben Tag mitzuhelfen. Obwohl Sie eigentlich frei hätten.«

»Macht es Ihnen etwas aus, liebe Mina, wenn ich Ihnen beim Umziehen Gesellschaft leiste?«
Mina lächelte herzlich. »Es ist mir sogar sehr willkommen, Fräulein Sophie. Ich freue mich immer über Ihre Besuche hier im Kaffeehaus.«
Während Danzer in seinem Kontor blieb, begleitete Sophie Mina ins Ankleidezimmer der Aufseherinnen. Ein rascher Blick auf die verschrammte Kommode ergab nichts Auffälliges. Offensichtlich hatte noch niemand das Geheimfach mit Marys Abschiedsbrief, den sie Sophie aus Mayerling geschrieben hatte, entdeckt.
Wobei ich wahrscheinlich als Erste davon erfahren hätte, schalt Sophie sich innerlich eine Törin. Denn auch in dieser Hinsicht hielt sie Mina für absolut vertrauenswürdig.
Sobald die Frauen die Tür hinter sich geschlossen hatten, verdüsterte sich Minas Gesichtsausdruck. »Ich bin froh, dass wir noch ein vertrauliches Wort miteinander wechseln können, Fräulein Sophie. Die Lage hier ist nämlich noch weit prekärer, als Sie wissen.«
Sophie sank das Herz in die Schuhe. Was gab es denn noch für deprimierende Neuigkeiten? Sie versuchte, die Ruhe zu bewahren. »Worum geht es denn, Mina?«
»Ich weiß nicht, ob Ihr Onkel gutheißen würde, was ich Ihnen jetzt mitteile«, begann Mina kryptisch. Sophies Puls begann, sich zu beschleunigen.
»Doch ich vermute, dass das Kaffeehaus mittlerweile auch in finanziellen Nöten steckt«, fuhr Mina zu Sophies Erschütterung fort.
»Wie kann das denn sein? Die Geschäfte laufen doch besser denn je! Das Café hat weit über Wien hinaus einen ausgezeich-

neten Ruf! Denken Sie doch nur an die Bestellungen anlässlich der Hofbälle und ...« Ihre Stimme erstarb.

Mina holte tief Luft. »Darauf komme ich noch zu sprechen, Fräulein Sophie. Aber zunächst etwas anderes. Ihr Onkel hat sich zu Beginn dieses Jahres auf eine leichtsinnige Aktienspekulation eingelassen. Ich glaube, er ist einem Betrüger aufgesessen. Wahrscheinlich hat Herr Danzer gehofft, sich mit dem Gewinn aus der Spekulation ein finanzielles Polster schaffen zu können. Denn ich glaube, dass er sich schon seit Längerem nichts mehr über seinen wahren Gesundheitszustand vormacht.«

»Woher wissen Sie von diesen Aktien, Mina?«

»Ich habe nicht herumgeschnüffelt, das müssen Sie mir glauben«, verteidigte sich die Aufseherin gegen einen Vorwurf, den Sophie gar nicht erhoben hatte.

»Davon gehe ich auch nicht aus«, betonte die. »Doch nun spannen Sie mich nicht länger auf die Folter. Schlechte Nachrichten höre ich am liebsten sofort. Denn dadurch, dass man sie ignoriert, werden sie ja nicht besser.«

Mina holte trotz Sophies Aufforderung etwas aus. »Sie haben mir ja den Auftrag gegeben, mich um die Rechnungen zu kümmern, wenn Sie nicht hier sind und sie selbst überprüfen können. Dabei habe ich gestern unter den Papieren Ihres Onkels einen Wechsel über fünftausend Gulden entdeckt. Er wird Ende Jänner fällig und bezieht sich auf den Kauf eines Aktienpakets, das Ihr Onkel offensichtlich auf Kredit erworben hat. Doch diese Aktien sind mittlerweile vollkommen wertlos. Das dazugehörige Unternehmen, eine Eisenhütte in Böhmen, ist schon längst bankrott. Das erkannte ich sofort. Es stand schon vor einiger Zeit in allen Wiener Zeitungen.«

Fassungslos starrte Sophie Mina an. Die wich ihrem Blick aus und fuhr fort.

»Offensichtlich hat der Aktienverkäufer Ihren Onkel hereingelegt, um eine stattliche Provision zu kassieren. Denn im Jänner, als Herr Danzer die Firmenanteile erwarb, stand es um die

Fabrik schon sehr schlecht. Das hat mir mein Vater erzählt, der es wiederum von den örtlichen Arbeitervereinen gehört hat. Ihr Onkel hat seine gesamte Einlage verloren. Aber die Bank möchte natürlich trotzdem ihr Geld im Jänner haben.«

»Aber ... aber ...«, stammelte Sophie. »Warum hat sich mein Onkel für den Kauf der Aktien denn in Schulden gestürzt? Hatte er denn keine flüssigen Mittel dafür zur Verfügung?«

»Auch hier kann ich nur Vermutungen äußern, Fräulein Sophie. Herr Danzer hat immer sehr viel ins Prinzess investiert. Im vergangenen Jahr ließ er die Küche des alten Kaffeehauses renovieren. Dabei hat er die modernsten Herde und andere Küchengeräte angeschafft. Und eine neue Kühlkammer und eine eigene Kaffeeküche einrichten lassen. Möglicherweise wurde dabei ein großer Teil seiner flüssigen Mittel verbraucht.«

»Aber es gibt noch einen zweiten Grund für die fehlende Liquidität«, gestand Mina ein. »Noch immer steht die Bezahlung großer Rechnungen aus. Auch das weiß ich schon länger. Aber Ihr Onkel hat mir verboten, Sie damit zu beunruhigen. Zumal er glaubte, dass Sie dann vielleicht etwas Unüberlegtes tun könnten.«

»Ich verstehe nicht, was Sie meinen. Was sollte ich denn Unüberlegtes tun, um offene Rechnungen meines Onkels einzutreiben?«

»Es handelt sich dabei um die Lieferungen des Cafés Prinzess, die das Hofwirtschaftsamt, das zum Oberstkofmeisteramt gehört, für die beiden Hofbälle im Februar bestellt hat.« Mina seufzte schwer. »Offensichtlich war die Abrechnung Ihres Onkels fehlerhaft. Die kaiserlichen Rechnungsinspektoren haben sie mehrfach moniert. Bis heute weigert sich das Hofwirtschaftsamt daher, sie zu begleichen.«

»Und die Fehler in der Abrechnung des Cafés Prinzess konnten nicht korrigiert werden?«

Mina zuckte ratlos mit den Schultern. »So sieht es aus, Fräulein Sophie. Ihrem Onkel ist diese Angelegenheit mittlerweile so peinlich, dass er niemandem einen genauen Einblick gewährt. Obwohl ich ihn einmal sagen hörte, dass es sich um weit mehr als tausend Gulden handelt.«

»Mehr als tausend Gulden?« Sophie war schockiert. »Und wieso sollte ich davon nichts erfahren?« Plötzlich ahnte sie den Grund. »Glaubte mein Onkel etwa, ich würde in dieser Angelegenheit persönlich im Hofwirtschaftsamt vorsprechen?«

Bevor Mina ihr die Frage beantworten konnte, erklang aus dem Caféraum ein lautes Scheppern, gefolgt von einem Aufschrei und einem lauten klatschenden Geräusch.

Sophie erfasste rasch, was draußen im Café geschehen war. Das Malheur war hinter der Konfekttheke passiert. Dort stand eine weinende Verkäuferin. Sie hieß Frieda und hielt sich die Wange. Sophie trat näher.

In der Konfektvitrine herrschte Chaos. Pralinen und Trüffel lagen wild durcheinander, einige waren teilweise unter einem silbernen Tablett begraben. Ein Teil des Konfekts war beschädigt oder sogar zerbrochen. Mit Alkohol gefüllte Trüffel waren bereits ausgelaufen und hatten den Boden der Vitrine mit einer roten Flüssigkeit verklebt.

Wie erstarrt stand die Vertretungsaufseherin Sanna vor der Unordnung. Zu allem Unglück wartete vor der Theke auch noch jener Herr, der Sophie schon einige Male als Gast im Café Prinzess aufgefallen war. Offensichtlich hatte er gerade einen Einkauf tätigen wollen.

»Ich vermute, dass ich das Blattgoldkonfekt heute nicht mehr mitnehmen kann«, sagte er mit einem spöttischen Unterton. Er wies auf das umgestürzte Tablett.

Mina Löb behielt die Contenance. »Ich bedaure dieses Ungeschick außerordentlich, gnädiger Herr. Doch ich bin sicher, dass unsere ausgezeichneten Zuckerbäcker spätestens morgen für Ersatz gesorgt haben werden. Darf man dem gnädigen Herrn eine Schachtel dieses Konfekts an seine Adresse senden lassen?«

»Natürlich auf Kosten des Hauses«, ertönte die sonore Stimme Stephan Danzers in Sophies Rücken. Sie drehte sich um und sah, dass ihr Onkel sich ordentlich in sein schwarzes Jackett gekleidet hatte. Zu ihrer Bestürzung floss ihm jedoch ein dünner Speichelfaden aus einem seiner Mundwinkel, was er nicht zu bemerken schien.

»Nein, danke«, lehnte der Herr Minas Angebot ab. »Ich werde sicherlich in nächster Zeit noch öfter hier im Café zu Gast sein. Aber zu einem Glas Cognac würde ich nicht Nein sagen.«

Irgendetwas am Tonfall des Mannes berührte Sophie seltsam. Auch schien es ihr, als würde er sie intensiv mustern.

Doch die Situation erforderte ein sofortiges Handeln, sodass sie diese flüchtigen Eindrücke gleich wieder vergaß. Nun galt es erst einmal, die übrigen Gäste, die das Geschehen mit einer Mischung aus Neugier, Empörung und Spott beobachteten, von dem Vorfall abzulenken. Sophie fasste einen raschen Entschluss.

»Mina, begleiten Sie den Herrn zurück an seinen Tisch und sorgen Sie dafür, dass er den Cognac sofort erhält!«, ergriff sie die Initiative. »Und du, Onkel Stephan, geh mit Sanna und Frieda doch schon vor ins Kontor! Ich räume inzwischen hier auf und komme dann nach.«

Gesagt, getan. Trotz der Hilfe einer weiteren Serviererin brauchte Sophie über eine halbe Stunde, bis die unbrauchbar gewordenen Pralinen aussortiert und die noch verkäuflichen neu arrangiert und mit vorhandenen Vorräten aus der Kühlkammer ergänzt worden waren. Derweil wusch das Mädchen die Vitrine aus. Endlich sah die Auslage wieder appetitlich aus. Nur ein ausgewiesener Kenner des Produktsortiments des Cafés Prinzess hätte bemerkt, dass einige Konfektsorten fehlten.

Erst dann begab sich Sophie zurück ins Kontor ihres Onkels. Als sie die Tür nach kurzem Anklopfen öffnete, sah sie gerade noch das braune Morphium-Fläschchen in seiner Jackentasche verschwinden. Danzer war allein.

»Wo sind denn die anderen?«, fragte Sophie.

»Sanna und Frieda habe ich nach Hause geschickt«, erklärte Onkel Stephan. »Beide waren zu durcheinander, um heute noch eine gute Figur im Café zu machen. Mina zieht sich gerade wieder um, um den Rest von Sannas Schicht zu übernehmen.«

»Und der Arztbesuch ihrer Mutter?«

Danzer hob die Schultern. »Für den sei es jetzt ohnehin zu spät, hat Mina erklärt und darauf bestanden zu bleiben.«

Sophie beschloss, später mit Mina darüber zu sprechen, und wechselte das Thema. »Wie ist das Malheur denn überhaupt passiert?«

Danzer kratzte sich am Kinn. »Darüber gibt es zwei verschiedene Versionen, Phiefi. Sanna behauptet, Frieda habe die Pralinen, die sie gerade nachfüllen sollte, aus Ungeschicklichkeit fallen lassen. Frieda dagegen beteuert, Sanna habe sie gestoßen, als diese, mit dem Rücken zu ihr, im Regal nach einer Schachtel griff, um einen Kunden zu bedienen. Dabei sei Sanna gestrauchelt und gegen sie geprallt, als sie sich gerade über die Auslage beugte. Das Tablett mit den Pralinen wäre ihr darauf prompt aus den Händen gerutscht und in die Auslage gestürzt.«

»Die zweite Version erscheint mir plausibler«, platzte Sophie heraus.

»So geht es auch Mina und mir. Zumal die Sorte Schachteln, die Sanna brauchte, so hoch im Regal hinter der Theke steht, dass sie sich auf die Zehenspitzen stellen muss, um danach greifen zu können.«

Danzer verharrte einen Moment lang und rieb sich die Schläfen. »Mein erster Impuls war, Sanna sofort zu entlassen. Doch das hätte unsere ohnehin prekäre Personalsituation noch weiter verschärft. Also habe ich mich salomonisch verhalten und weder der einen noch der anderen die alleinige Schuld gegeben. Beide müssen mir einen Teil des Schadens von ihrem nächsten Lohn ersetzen, wobei ich Frieda weniger abziehen werde als Sanna. Denn Sanna hat das weit größere Unheil angerichtet. Nicht, was die Trüffel angeht, die sind leicht zu ersetzen. Aber sie hat die Reputation des Cafés Prinzess beschädigt, indem sie Frieda vor den Augen und Ohren aller Gäste ins Gesicht schlug. Deshalb habe ich sie mit sofortiger Wirkung von ihrer ersatzweisen Aufgabe als Aufseherin entbunden.«

»Das heiße ich grundsätzlich für gut, lieber Onkel«, sagte Sophie. Dennoch war ihr beklommen zumute. »Doch nun hast du ja nicht einmal mehr zeitweise eine Vertretung für Mina, geschweige denn eine zweite vollwertige Aufseherin, die dich ersetzen könnte.«

Die Augen ihres Onkels wurden wieder starr, was auf eine neue Schmerzattacke hinwies. Er antwortete Sophie erst nach einer kleinen Weile. »Ich sagte es heute schon einmal, Phiefi. Wir müssen eben irgendwie zurechtkommen.«

»Und wie steht Mina zu alledem?«

»Sie opfert sich für mich auf«, sagte Danzer resigniert. Er wirkte plötzlich todtraurig. »Sie ist eine gute Seele, Phiefi. Und noch weit mehr!«

Er suchte Sophies Blick. »Mina ist die erste Frau, die mein Herz nach dem Tod meines geliebten Annerls wieder berührt hat. Und ich glaube, dass sie meine Gefühle erwidert«, erklärte er offen. »Wäre ich nicht so krank, hätte ich mich ihr schon längst erklärt. Aber so...«

Danzer wandte den Blick ab, jedoch nicht so rasch, dass Sophie seine feucht gewordenen Augen nicht bemerkt hätte. Er griff sich erneut an die Schläfen. »Heute bin ich Mina besonders dankbar für ihren Einsatz. Zumal mich die Sache mit dem Konfekt tatsächlich ein wenig mitnimmt. Ich fühle mich etwas schwach und werde in meine Wohnung hinaufgehen, um mich hinzulegen. Darauf hat Mina bestanden. Das war ihre Bedingung dafür, dass sie heute bleibt«, erklärte Danzer mit einem schiefen Lächeln.

Sophie fühlte sich bis ins Mark erschüttert. Sie hatte ihrem Patenonkel Stephan immer nahegestanden. Doch soeben hatte er gleich zwei Themen angeschnitten, über die er noch nie mit ihr gesprochen hatte: seine Gefühle für eine Frau, die er liebte. Und offen eingestanden, dass er so krank war, dass Mina für ihn unerreichbar blieb.

Spontan stand sie auf und schloss Danzer fest in die Arme. Dabei versuchte sie, den säuerlichen Geruch zu ignorieren, der ein weiteres Symptom seiner Erkrankung war. Der Geruch selbst verstörte sie weniger als das Wissen, dass er ein Zeichen für den näher rückenden Tod ihres Onkels war. Es würgte sie in der Kehle.

Danzer schien es zu merken und schob Sophie sanft von sich weg. »Nun muss ich dir für heute Adieu sagen, Phiefi, und mich oben ins Bett legen. Komm bald wieder zu mir!«

Sophie nickte stumm. Der Kloß in ihrer Kehle verwehrte ihr das Sprechen.

»Ich weiß nicht, ob es klug von Ihnen war, Fräulein Sophie, heute den Verkauf hinter der Konfekttheke zu übernehmen.« Mina betrachtete Sophie besorgt. Es war sieben Uhr abends. Das Café hatte gerade geschlossen. Die Frauen saßen bei einer letzten Melange wieder im Ankleidezimmer der Aufseherin, während die Serviermädchen draußen aufräumten.

Sophie schob trotzig die Lippen vor. »Es war ein Notfall! Da musste ich doch helfen. Sonst hätten wir den Konfektverkauf für heute einstellen müssen, weil gleich zwei Kräfte überraschend ausfielen. Und wenn ich Sie richtig verstanden habe, braucht das Prinzess gerade jetzt jeden Kreuzer.«

»In der Tat haben Sie einen ganz prächtigen Umsatz gemacht, Fräulein Sophie.« Mina lächelte mit leichtem Spott. »Eine in ein seidenes Nachmittagskleid aus dem Atelier Spitzer gewandete Verkäuferin sieht man sicher nicht alle Tage bei einer solchen Tätigkeit.«

Sie wurde wieder ernst. »Doch was würde die Gräfin Goëss dazu sagen? Zumal Sie jetzt auch noch das Abendessen der Hofdamen versäumt haben und über zwei Stunden später in die Hofburg zurückkehren werden, als Ihnen Ausgang gewährt wurde.«

»Wenn die Gräfin es überhaupt je erfährt, wird sie mich verstehen«, erwiderte Sophie. Sie versuchte, sich nicht anmerken zu lassen, dass sie sehr wohl beunruhigt war. »Schließlich war es ein Notfall«, wiederholte sie. »Und selbst Damen aus den höchsten Kreisen stehen bei ihren Wohltätigkeitsgalas in Geschenkbuden und verkaufen allerlei Tand für den guten Zweck.«

Mina erwiderte nichts darauf. Beide Frauen wussten, dass es nicht das Gleiche war, ob man als Adelige Nippes gegen Spendengelder eintauschte oder als Hofdame Pralinen in einem bürgerlichen Konditorei-Café verkaufte.

»Viel mehr bewegt mich aber, wie es denn jetzt hier im Prinzess weitergehen soll, Mina«, lenkte Sophie auf das Thema, das sie weit mehr bedrückte als ein möglicher Tadel der Obersthofmeisterin. »Ich fürchte, Sie sind langsam völlig auf sich allein gestellt, was die Führung des Cafés angeht. Zum Glück sind das alte Kaffeehaus, die Küchen und die Backstube gut mit Personal versorgt. Zumal es im Kaffeehaus weit rustikaler zugeht als im Café und sich niemand darum schert, wenn einmal etwas nicht ganz perfekt läuft. Doch das ist im Café anders, wie ich ja aus eigener Erfahrung weiß.«

Sophie stieß frustriert die Luft aus. »Mein Onkel kann Ihnen im Café keine wirkliche Stütze mehr sein, Mina. Zumal er dringend seine Kur antreten muss, solange er überhaupt noch reisefähig ist. Und das bringt mich zu einer anderen Frage: Wie geht es Ihrer Mutter denn wirklich?«

Mina errötete leicht. »Was meinen Sie mit *wirklich*?«

»Nun, ich glaube, Sie haben gegenüber meinem Onkel heute verharmlost, wie es tatsächlich um Ihre Mutter steht«, erwiderte Sophie offen. »Wahrscheinlich, um ihn nicht noch mehr zu belasten.«

Minas Röte vertiefte sich. »Da Sie es ohnehin schon erraten haben, gebe ich es zu, Fräulein Sophie. Meiner Mutter geht es nach wie vor nicht gut. Der Arzt befürchtet, dass sie aufgrund ihrer Lungenentzündung auch in Zukunft Atembeschwerden haben wird. Und eigentlich sollte sie noch gar nicht aufstehen. Doch da ich an sechs von sieben Tagen in der Woche arbeite, bleibt ihr gar nichts anderes übrig, als den größten Teil des Haushalts selbst zu besorgen. Denn ein Dienstmädchen können wir uns nicht leisten.«

»Sie müssen darüber offen mit meinem Onkel sprechen, Mina!«, drängte Sophie.

Mina lehnte das ab. »Wie Sie soeben schon sagten, ich möchte Herrn Danzer nicht noch mehr beunruhigen. Er liegt mir ebenso am Herzen wie meine Mutter.«

Erst als die Worte heraus waren, merkte Mina, was sie Sophie gegenüber soeben eingestanden hatte. Sofort wurde sie flammend rot. »Ich ... Ich wollte damit nicht sagen ...«

Sophie war gerührt. Einen kurzen Moment lang hatte sie das Bedürfnis, Mina offenzulegen, dass auch ihr Onkel tiefere Gefühle für sie hegte. Doch dann wurde ihr bewusst, dass es taktlos wäre, sein Vertrauen derart zu missbrauchen.

»Also bräuchte Ihre Mutter Sie häufiger zu Hause, wenn ich Sie recht verstehe, Mina«, lenkte sie zurück auf das ursprüngliche Thema. »Zumal Sie ja oft sogar Ihre freien Tage opfern. Ich kann meinen Onkel selbstverständlich darum bitten, Ihren Lohn zu erhöhen, sodass Sie sich zumindest eine Zugehfrau leisten können. Aber eine fremde Frau könnte Sie als Tochter natürlich nie ersetzen.«

»Das ist wahr«, flüsterte Mina. »Und daher fühle ich mich auch ständig zwischen den beiden hin- und hergerissen.«

Eine Weile schwiegen die beiden Frauen. Sophie war zunehmend elend zumute.

»Ich wünschte so sehr, ich könnte euch hier mehr helfen. Aber wenn mich jemand dabei ertappt und es in der Hofburg ausplaudert, werde ich keinen Ausgang mehr bekommen.« Sie stockte kurz und fuhr dann fort. »Denn im Grunde genommen haben Sie recht, Mina. Wenn heute jemand im Café Prinzess gewesen wäre, der die Gräfin Goëss oder, schlimmer noch, die Hofdame Marie Festetics, meine erklärte Feindin, darüber informieren würde, dass ich hier Konfekt verkauft habe, könnte mir das erhebliche Schwierigkeiten bereiten.«

»Denn maskieren wie beim Fasching kann ich mich ja wohl schlecht«, fügte Sophie resigniert hinzu. Sofort bereute sie diese dumme Bemerkung.

Doch Mina runzelte zu ihrer Überraschung die Stirn und schien eine kurze Zeit angestrengt zu überlegen.

»Gesetzt den Fall, es würde Sie niemand erkennen, könnten Sie uns dann in den kommenden Wochen aushelfen, Fräulein Sophie?«, fragte sie. »Bis wir eine zweite geeignete Aufseherin gefunden haben? Es dauert ja hoffentlich nur wenige Wochen.«

»Natürlich würde ich das tun, Mina. Doch ich fürchte, es lässt sich nicht in die Tat umsetzen.«

»Vielleicht gibt es doch einen Weg. Sie wissen aus eigener Anschauung, dass die meisten Damen unter unseren Gästen viel zu hoffärtig sind, um eine weibliche Angestellte näher in Augenschein zu nehmen, sofern diese angemessen gekleidet ist und sich korrekt verhält. Selbst dann, wenn es sich wie bei mir um eine Aufseherin handelt. Und die Männer betrachten höchstens die jungen, hübschen Dinger.«

»Also müsste ich alt und hässlich aussehen, um helfen zu können?« Trotz ihrer Traurigkeit musste Sophie ob der Absurdität dieser Alternative beinahe lachen.

Doch zu ihrem fortgesetzten Erstaunen nickte Mina. »So ist es, Fräulein Sophie. Wie oft ließe man Sie in der Hofburg denn gehen?«

»Wenn die Gräfin Goëss mir weiterhin so viel Urlaub gewährt wie in den letzten Wochen, sicherlich alle zwei bis drei Tage. Diese Zeit habe ich bislang ausschließlich im Kaffeehaus verbracht, um die Buchhaltung zu machen. Ich habe nicht einmal meine Familie, so wie ich es ursprünglich versprochen und vorgehabt habe, besucht.«

Dass Sophie das Palais Werdenfels auch deshalb mied, um nicht mit dem Heiratsantrag des Grafen Szalay konfrontiert zu werden, verschwieg sie wohlweislich. Wobei sie insbesondere gegenüber Milli ein sehr schlechtes Gewissen hatte.

Schon vor zwei Wochen hatte ihr Arthur von Freiberg in einem weiteren Schreiben offengelegt, dass er mit ihr über den Heiratsantrag des Grafen Szalay sprechen wolle. Sophie hatte ihrem Stiefvater daraufhin unmissverständlich geantwortet, sie beabsichtige nicht, diesen Antrag anzunehmen. Kühl ergänzte sie, dass sie aus diesem Grund auch keinen Anlass sähe, persönlich im Palais Werdenfels vorzusprechen.

Sophie war sich durchaus bewusst, dass sie mit dieser Vermeidungsstrategie lediglich Zeit gewann und der Druck auf sie eher noch zunehmen würde. Spätestens dann, wenn Sisis Antwort auf Nopcsas Brief einträfe, in dem sie ihre Erlaubnis zur Heirat gab.

Doch dieser Brief war zum Glück noch nicht in Wien angekommen. Sophie klammerte sich mittlerweile sogar an die Hoffnung, dass Sisis Antwortschreiben Nopcsa vielleicht gar nicht vor ihrer Rückkehr nach Wien erreichen würde. In diesem Fall wollte sie das Gespräch mit der Kaiserin suchen, um sie notfalls auf Knien anzuflehen, ihr die Hochzeit mit Szalay zu ersparen, und ihr auch die Gründe dafür nennen. Schließlich hatte Sisi oft genug betont, sie halte die Ehe für eine widernatürliche Einrichtung und bereue ihre eigene zutiefst.

Mina riss Sophie aus ihren Gedanken.

»Ich habe eine Idee, wie wir es bewerkstelligen könnten, dass Sie uns in den nächsten anstrengenden Wochen hier im Café aushelfen, ohne dabei erkannt zu werden.«

»Doch ich muss zuerst noch ein paar Informationen einholen, ob sich auch alles genau so in die Tat umsetzen lässt, wie ich es mir denke«, wehrte Mina ab, als Sophie neugierig nachfragen wollte.

Kapitel 23

Café Prinzess am Graben

Samstag, 22. November 1890,
eine Woche später, kurz vor zehn Uhr vormittags

Sophie prüfte ihre Erscheinung sorgfältig im halb blinden Spiegel der Kommode im Ankleidezimmer der Aufseherinnen. Tatsächlich musste sie zugeben, dass sie sich in dieser Aufmachung selbst kaum wiedererkannt hätte.

Über ihre blonden Haare hatte sie eine schwarze Perücke gestülpt, die Mina zu einer streng wirkenden Frisur geformt hatte. Die schwarzen Perückenhaare waren straff zurückgekämmt und zu einem schlichten Dutt am Hinterkopf gedreht. Schon allein dadurch wirkte Sophies Gesicht anders. Trotzdem hatte Mina auch hier noch einmal nachgeholfen.

In Sophies Mund waren seitlich der Backenzähne Watteröllchen geklemmt, was ihr Gesicht runder erscheinen ließ. Eine auf den Nasensteg geklebte Attrappe machte ihre kleine Stupsnase spitzer und länger, als sie in Wirklichkeit war. Mina hatte die künstliche Nase außerdem mit hautfarbenem Puder abgedeckt, damit die Übergänge zu Stirn und Wangen nicht auffielen.

Ein Übriges tat ein randloser Zwicker, der eine Doppelfunktion erfüllte: Er klemmte einerseits auf der Nasenprothese, die dadurch noch fester saß, und ließ Sophie andererseits in Kombination mit den anderen Requisiten weit älter aussehen, als sie tatsächlich war. Zumal niemand ahnte, dass die Gläser nur aus einfachem Fensterglas bestanden. Der altjüngferliche Eindruck wurde noch dadurch verstärkt, dass Sophie den Zwicker an einer langen silbernen Kette am Gürtel der Aufseherinnentracht befestigt hatte.

Auch an ihrer Figur hätte Sophie niemand auf Anhieb erkannt. Unter dem Kleid einer ehemaligen Aufseherin, das Sophie an sich viel zu weit gewesen wäre, trug sie unterhalb der Brust eine Art gewölbtes Mieder aus Gummi, das ihr bis über die Hüften reichte und den Eindruck einer Leibesfülle erweckte, die Sophie niemals zu erreichen beabsichtigte. *Eher lebe ich von Milch und Orangen wie die Kaiserin,* dachte sie ironisch.

Die Requisiten hatte Mina von einem entfernten Verwandten bekommen, der ein kleines Theater im Wurstelprater, wie man den Vergnügungspark auf dem Pratergelände bezeichnete, unterhielt. In Kombination machten sie die blonde, schlanke und hübsche Sophie nahezu unkenntlich.

Nach der ersten Anprobe vor drei Tagen hatte sich Sophie in dieser Verkleidung nur ihrem Onkel als neue Aufseherin präsentiert. Obwohl selbst er Sophie nicht auf Anhieb erkannte, mussten Mina und sie ihn allerdings erst davon überzeugen, diesem Possenspiel zuzustimmen. »Es ist ja nur für wenige Wochen«, beteuerten sie immer wieder.

Danzer war schließlich unter der Voraussetzung damit einverstanden gewesen, dass kein einziger Gast des Cafés Sophie erkennen würde, wenn sie in dieser Montur als Aufseherin auftrat. »Sobald dies zum ersten Mal der Fall ist, müsst ihr diese Gaukelei sofort beenden«, forderte er, was ihm beide Frauen versprachen.

Gestern Morgen in aller Frühe hatte Mina Stephan Danzer in Begleitung einer eigens dazu engagierten Pflegerin endlich in den Zug nach Gastein gesetzt. Zuvor autorisierte er Mina allerdings noch, gemeinsam mit Sophie in seiner Abwesenheit weiter nach einer zweiten Aufseherin zu suchen und sie gegebenenfalls fest einzustellen.

Auch als Mina den weiblichen Angestellten des Cafés Prinzess Sophie heute Morgen vor Dienstbeginn als neue Aufseherin vorstellte, erkannte sie niemand, zumal sich durch den Einschub der Wangenpolster und die Nasenattrappe auch ihre Sprechweise veränderte. Trotzdem hatten Sophie und Mina zuvor beschlossen, den Verkäuferinnen und Serviererinnen im Café ihre wahre Identität zu enthüllen. Denn nur so erklärte sich ihnen zum einen, dass Sophie, die sich als Aufseherin »Sophia« nennen wollte, keine Einarbeitung benötigte. Zum anderen wäre sie vielleicht über kurz oder lang im Ankleidezimmer oder dem Erfrischungsraum dabei ertappt worden, wie sie ihre Maskerade anlegte oder etwas an ihr richtete. Zumal ihre Ankunft mit der Hofequipage bisher jedes Mal bemerkt worden war und man sich hernach im Café gefragt hätte, wohin Sophie denn in Abwesenheit ihres Onkels verschwunden sein könnte.

Bis auf Sanna, die säuerlich dreinblickte, waren die übrigen Serviermädchen begeistert. Sie alle hatten mittlerweile mitbekommen, dass ihr Dienstherr schwer erkrankt war. Und fanden den großen Spaß an dieser Maskerade, zumal sie ausschließlich einem guten Zweck diente, wie Sophie und Mina betonten. So konnte Danzer beruhigt seine Kur antreten und Mina im Café Prinzess entlastet werden und sich mehr um ihre kranke Mutter kümmern.

Außer dem Personal des Cafés hatte man nur noch den Zuckerbäckermeister Toni Schleiderer, dem die Backstube und die Küchen unterstanden, in Sophies Maskierung eingeweiht und ihn wie alle anderen zu absolutem Stillschweigen darüber verpflichtet.

Das restliche Personal im Kaffeehaus und den Küchen hielt sich kaum je im Café Prinzess auf und würde nichts bemerken. Dass eine weitere Aufseherin für das Café gesucht wurde, war außerdem allgemein bekannt. Niemand würde sich daher wundern, wenn er einer Unbekannten in deren Tracht auf dem Flur oder im Souterrain des Kaffeehauses begegnete.

Trotzdem fühlte sich Sophie vor dem heutigen Antritt ihrer ersten Schicht in der neuen Aufmachung beklommen. Ein letztes Mal sah sie in den Spiegel. Es war fast zehn Uhr. Gleich würde das Café öffnen.

Hoffentlich geht alles gut, hoffte sie inbrünstig. Verschiedene Bedenken plagten sie. Unter anderem befürchtete sie, dass sich die Nasenattrappe in der Öffentlichkeit lösen könnte, vor allem, wenn sie einmal heftig niesen müsste.

»In diesem Fall halten Sie es einfach so wie bisher, Fräulein Sophie«, hatte Mina sie beruhigt, als Sophie diese Sorge ansprach. »Niemand von uns niest inmitten des Caféraums. Wir ziehen uns in eine verborgene Ecke zurück, bis der Anfall vorbei ist. Und sollte sich die Nasenattrappe dabei wirklich lösen, können Sie sie im Ankleidezimmer der Aufseherinnen aufs Neue befestigen. Aber mein Onkel hat mir versichert, dass es sehr unwahrscheinlich ist, dass dies überhaupt passiert. Schließlich ist die Attrappe für professionelle Theateraufführungen gemacht, wo sie weit mehr aushalten muss als bei der diskreten Arbeit einer Aufseherin.«

Der Hauptgrund für Sophies Beklommenheit war allerdings ein anderer und betraf Ereignisse, die sich in der Hofburg abgespielt hatten.

Wiener Hofburg

Sonntag, 16. November 1890, knapp eine Woche vorher

»Bitte kommen Sie nach dem Frühstück in meinen Privatsalon!«, hatte Maria von Goëss, Sisis Obersthofmeisterin, Sophie am Tag nach ihrer abendlichen Verspätung aufgrund des Malheurs an der Konfekttheke befohlen.

Maria von Goëss fixierte Sophie mit strenger Miene. »Ich hatte Ihnen gestern Ausgang bis halb sechs Uhr abends gewährt, Sophie. Man hat mir allerdings berichtet, Sie seien über zwei Stunden später in die Hofburg zurückgekehrt. Wie darf ich das verstehen?«

Sophie vermutete, dass Marie Festetics sie bei der Obersthofmeisterin verpetzt hatte. Deshalb trat sie die Flucht nach vorn an und berichtete wahrheitsgemäß, dass sie angesichts einer Notlage im Café ausgeholfen hätte.

Trotzdem reagierte die Gräfin entsetzt. »Sie sind als Mitglied des Hofstaats Ihrer Majestät eine in der Wiener Öffentlichkeit bekannte Person, Sophie«, mahnte sie. »Stellen Sie sich doch nur einmal den Skandal vor, wenn ein Klatschblatt davon erführe, dass eine Hofdame der Kaiserin in einem Kaffeehaus bedient. Das darf auf gar keinen Fall noch einmal vorkommen.«

Sophie blieb nichts anderes übrig, als sich zu entschuldigen. »Ich verspreche Ihnen, Exzellenz, dass dies die einzige Ausnahme bleiben wird.« Obwohl die Gräfin Sophie schon bei ihrem ersten Treffen angeboten hatte, sie bei ihrem Vornamen »Maria« zu nennen, wenn sie unter sich waren, wagte Sophie das heute nicht.

»Gestern wussten wir uns alle nicht besser zu helfen, da gleich mehrere Angestellte meines Onkels für den restlichen Tag ausfielen. Doch für die Zukunft wird Vorsorge getroffen werden, damit man andere Lösungen für solche Notfälle parat hat.« Wohl fühlte sich Sophie bei ihrer Schwindelei nicht. Doch was blieb ihr anderes übrig?

Die Miene der Obersthofmeisterin wurde milder. Sie strich sich mit der für sie charakteristischen Geste über ihr straff zurückgekämmtes Haar. »Dann will ich Ihnen noch einmal vertrauen, Sophie, und Ihr gestriges Fehlverhalten Ihrer Jugend zuschreiben. In Ihrem Alter reagiert man oft spontan und kann die Auswirkungen seiner Handlungen nicht immer überblicken.«

»Ich danke Ihnen sehr, Exzellenz.« Sophies schlechtes Gewissen verstärkte sich.

Der Gesichtsausdruck der Obersthofmeisterin wurde wieder strenger. »Daher verzichte ich auf jede Strafe für Ihr ungehöriges Verhalten, Sophie, zumal Sie die schwere Erkrankung Ihres Patenonkels so stark belastet, dass Sie gestern womöglich den Kopf verloren haben. Ich werde Ihnen sogar weiterhin Urlaub gewähren. Doch sollte mir ein ähnliches Vorkommnis noch ein einziges Mal zu Ohren kommen, sehe ich mich zu meinem größten Bedauern gezwungen, Ihnen bis auf Weiteres jeden Ausgang zu untersagen.«

Diese ernst zu nehmende Drohung der Obersthofmeisterin schwebte seither wie ein Damoklesschwert über Sophies Haupt.

Doch das unangenehme Gespräch mit der Gräfin war leider nicht das einzige an diesem Tag geblieben. Maria Goëss hatte Sophie gleich weiter ins Schreibkabinett ihres männlichen Pendants, des Obersthofmeisters Baron Franz Nopcsa, geschickt. Auch er habe etwas Wichtiges mit Sophie zu besprechen.

Sophie ahnte bereits, worum es gehen könnte, als sie Nopcsas Arbeitszimmer betrat. Mit seinen fünfundsiebzig Jahren war der Baron das älteste Mitglied in Sisis Gefolge. Bislang war Sophie ihm nur kurz begegnet, wenn er ihr das monatliche Salär auszahlte, das sich nach wie vor auf zweihundert Gulden belief. Sophie hatte sich nie getraut, die Kaiserin oder Nopcsa um eine Aufstockung zu bitten.

Zu ihrem distanzierten Verhältnis trug außerdem bei, dass Nopcsa bislang bei ihren wenigen Kontakten, die aufgrund von Sophies Reisen mit Sisi dazu noch in unregelmäßigen Abständen stattfanden, einsilbig geblieben war. Ein intensiveres Gespräch zwischen den beiden hatte es noch nie gegeben.

Nachdem der Baron Sophie nach einer knappen Begrüßung einen Platz angewiesen und auf ihre Bitte hin ein Fenster geöffnet hatte, um frische Luft in das von Zigarrenqualm völlig verräucherte Zimmer zu lassen, kam er sogleich zur Sache.

»Es geht mir um einen meiner ältesten Freunde, der Ihnen

wohl bekannt ist, Komtess von Werdenfels, nämlich den Grafen Lajosz Szalay. Sie wissen, dass er nichts mehr begehrt, als Sie zur Frau zu nehmen. Das hat er mir schon vor dem Hofball im Februar im Vertrauen mitgeteilt. Einen Heiratsantrag hat er Ihnen bereits gemacht. Darüber haben sogar einige Wiener Zeitschriften berichtet.«

Nopcsa machte eine kleine Pause, wohl in der Hoffnung, dass sich Sophie zu seinen Ausführungen äußern würde. Doch die beschloss, vorläufig zu schweigen, und wich seinem Blick aus. Der Baron runzelte die Stirn. Dann fuhr er fort:

»Doch als ich Lajosz bei unserer jüngsten Begegnung auf die Fortschritte in seiner Herzensangelegenheit ansprach, teilte er mir mit, dass Sie ihm erst eine endgültige Antwort geben dürften, wenn Ihre Majestät, die Kaiserin, ihr Einverständnis zu dieser Hochzeit bekundet hätte. Denn Ihre Heirat wäre ja gleichbedeutend mit Ihrer Demission aus dem Hofdienst. Das halte ich für eine völlig überflüssige Verzögerung. Denn ich kann Ihnen versichern, dass die schriftliche Erlaubnis Ihrer Majestät in dieser Angelegenheit auf jeden Fall erteilt werden wird.«

Wieder machte der Baron eine Pause, um Sophie die Gelegenheit zu einer Stellungnahme zu geben. Wieder blieb sie stumm.

»Mit Janka Mikes hat die Kaiserin bereits eine Nachfolgerin für Sie gefunden.« Allmählich schlich sich ein ungeduldiger Unterton in Nopcsas Stimme. »Schon allein deshalb wird Ihre Majestät meinem Wunsch, der Hochzeit zuzustimmen, den ich im Namen des Grafen von Szalay an sie herangetragen habe, entsprechen. Zumal weder ich selbst noch die Oberhofmeisterin Maria von Goëss erkennen können, welche Verwendung die Kaiserin noch für Sie haben könnte.«

Das war starker Tobak. Doch die Argumentation Baron Nopcsas traf Sophie weniger stark, als er es sich wohl vorgestellt hatte. Denn in seinen Worten steckte auch eine Chance für Sophie, die sie spontan beim Schopf ergriff:

»Wenn Ihre Majestät, die Kaiserin, keine weitere Verwendung mehr für mich hat, bin ich mit meiner sofortigen Entlassung aus dem Hofdienst einverstanden, Exzellenz«, erklärte sie.

Nopcsa war zuerst verblüfft, dann reagierte er ärgerlich. »Eine Demission von einem so ehrenvollen Amt wie das der Hofdame einer regierenden Majestät kann ausschließlich mit einer standesgemäßen Heirat oder dem Wechsel in den Ruhestand aufgrund zunehmender Gebrechlichkeit begründet werden«, erklärte er steif. »Letzteres dürfte ja wohl kaum auf Sie zutreffen, Komtess. Deshalb appelliere ich an Sie, meinem ungeduldig wartenden Freund Lajosz den positiven Bescheid auf seinen honorigen Antrag nicht länger vorzuenthalten.«

Mittlerweile war auch Sophie empört, hielt es jedoch für klüger, sich dies nicht anmerken zu lassen. Sie hatte Szalay unmissverständlich erklärt, dass sie unter gar keinen Umständen seine Frau werden wollte! Wusste der Baron bereits von dieser Absage und wollte sie deshalb heute unter Druck setzen? Oder hatte Szalay ihn im Unklaren über ihre Entscheidung gelassen, weil er sie sowieso nicht ernst zu nehmen gedachte?

Dann befände er sich in guter Gesellschaft mit ihrem Stiefvater, der ebenfalls nicht in seinen Bemühungen nachließ, Sophie zu dieser Heirat zu drängen. Mittlerweile war ein drittes Schreiben in der Hofburg eingetroffen, in dem Arthur Sophie diesmal sogar unmissverständlich befahl, sich unverzüglich zu einem Gespräch mit ihm im Palais Werdenfels einzufinden. Obwohl Sophie ihm schon im Antwortschreiben auf seinen zweiten Brief mitgeteilt hatte, dass sie Szalay unter keinen Umständen zu ehelichen beabsichtigte.

Was Sophie zusätzlich beunruhigte, war, dass ihre Weigerung, mit Arthur über Szalay zu sprechen, nun auch Auswirkungen auf ihre Familie zu haben schien. Denn Arthurs drittem Brief hatte auch Henriette, die ihr wahrscheinlich auf Geheiß ihres Gatten schon länger nicht mehr geschrieben hatte, einen dringenden Appell beigefügt, Sophie möge so bald wie möglich zu Besuch kommen.

Und nun erhöhte sich der Druck auf sie noch einmal. Verzweifelt überlegte Sophie, welche Möglichkeiten ihr jetzt noch blieben. In der typisch männlichen Attitüde, letztlich doch zum Ziel zu gelangen, deutete der Baron ihr Grübeln falsch.

»Also, darf ich Lajosz von Szalay die erfreuliche Mitteilung machen, dass Sie endlich zu einem positiven Entscheid gelangt sind?«

Jetzt kam Sophie um eine deutliche Antwort nicht mehr herum. Sie hob den Kopf und sah dem Obersthofmeister so mutig in die Augen, wie es ihr möglich war. Innerlich zitterte sie vor Aufregung.

»Eure Exzellenz, ich bedaure es außerordentlich, dass ich Ihnen und dem Grafen von Szalay immer nur die gleiche Auskunft geben kann. Ohne die Erlaubnis Ihrer Majestät kann ich seinen Antrag nicht annehmen.«

Sophie hoffte, dass sie trotz ihres inneren Aufruhrs die richtigen Worte gefunden hatte. Denn wenn Szalay Nopcsa nicht erzählt hatte, dass sie ihn bereits abgewiesen hatte, wollte sie dem Grafen zumindest den Gesichtsverlust ersparen, dass Nopcsa dies zuerst von ihr erführe. Und dass sie außerdem fest entschlossen war, sich notfalls auch dem Willen der Kaiserin zu widersetzen, wollte sie zu diesem Zeitpunkt erst recht nicht preisgeben. Vielleicht würde es ja auch gar nicht nötig sein und Sisi ihre Weigerung akzeptieren.

Der Baron fixierte Sophie mit eisigem Blick. »Ist das Ihr letztes Wort, Komtess von Werdenfels?« Dann spielte er seinen größten Trumpf aus. »Zudem ohne Rücksicht auf Ihren Herrn Vater, dem ich durch meine Fürsprache zur Truchsess-Würde verhelfen soll?«

Innerlich wand sich Sophie vor Qual. Äußerlich gelang es ihr, ruhig zu bleiben.

Ohne auf die letzte Bemerkung des Obersthofmeisters einzugehen, antwortete sie: »Zu meinem Bedauern ist dies vorläufig mein letztes Wort, Exzellenz.«

Den Rest dieses denkwürdigen Tages verbrachte Sophie grübelnd in ihrer Kammer. Schon einmal hatte sie die Oberhofmeisterin verärgert, als sie im letzten Frühjahr unerlaubt die Vetseras besucht und dabei von einem Geheimagenten beobachtet worden war. Damals hatte ihr Ida Ferenczy den Tadel der Gräfin überbracht. Doch diesmal war die Lage ernster, sonst hätte Maria Goëss Sophie nicht selbst zur Rede gestellt, zumal der Oberhofmeisterin solche Situationen ausgesprochen unangenehm waren.

Daher war Sophie nach dem Gespräch mit ihr schon fast zu der Entscheidung gelangt, trotz der widrigen Umstände, die derzeit im Café Prinzess herrschten, dort besser nicht heimlich auszuhelfen. Trotzdem beschloss sie, sich Minas Idee bei ihrem nächsten Besuch im Café erst einmal anzuhören.

Deren Plan war riskant, aber er konnte funktionieren. Deshalb war Sophie schließlich doch bereit, das Wagnis einzugehen.

Café Prinzess am Graben

Samstag, 22. November 1890,
eine knappe Woche später, gegen fünf Uhr nachmittags

Nach dem ersten Tag ihrer Tätigkeit als Aufseherin in der neuen Verkleidung stand Sophie um fünf Uhr nachmittags im Ankleidezimmer und legte ihre Maskierung ab. In wenigen Minuten würde die Hofequipage sie abholen. Die restlichen beiden Stunden, die das Café noch geöffnet hätte, übernahm Mina allein.

Heute war alles gut gegangen, worüber Sophie und Mina sehr erleichtert waren. Denn nunmehr könnte sich Mina während der zukünftigen Schichten Sophies bis fünf Uhr nachmittags freinehmen und sich davor um ihre Mutter kümmern. Ohne Stephan Danzers Oberaufsicht und Mithilfe hatte eine Aufseherin zwar immer noch alle Hände voll zu tun, wenn sie allein war. Aber ein paar Wochen würde es durchaus so gehen.

Kein einziger Gast hatte Sophie in ihrer Verkleidung erkannt, obwohl an diesem Tag sogar mehrere, ihr meistens vom Hofball bekannte Personen das Café Prinzess aufgesucht hatten. In der letzten Stunde ihrer Schicht wurde Sophie sogar regelrecht übermütig und bestand darauf, Fredi von Taxis, die Hofdame von Marie Therese von Braganza, persönlich zu bedienen. Fredi hatte offensichtlich ebenfalls an diesem Tag Urlaub vom Hofdienst und war mit ihren Eltern im Café erschienen.

Die junge Frau, mit der sie in der Hofburg schon oft geplaudert hatte, schenkte, genau wie es Mina vorausgesagt hatte, Sophie in ihrer Aufseherinnen-Tracht keine weitere Beachtung. Weder als diese die Bestellung aufnahm noch als sie drei Stück Mokkaprinzentorte und einige Getränke servierte. Selbst als Sophie Fredi auf deren Bitte hin zum Erfrischungsraum der Damen geleitete, erkannte die Hofdame sie nicht.

Lediglich der seltsame Herr, der Sophie schon mehrmals aufgefallen und mittlerweile Dauergast im Café war, musterte sie einige Male intensiv. Er war diesmal wieder in Begleitung der Dame erschienen, mit der Sophie ihn schon früher einmal gesehen hatte. Sie bemühte sich vergeblich darum, seinen Namen bei Mina oder dem restlichen Personal in Erfahrung zu bringen.

Auf den zweiten Blick war das allerdings nicht weiter erstaunlich. Denn der Mann und seine Begleiterin schienen in Wien noch relativ neu zu sein. Keiner der anderen Gäste begrüßte sie oder verwickelte sie gar in ein Gespräch. Deshalb maß Sophie dem regelmäßigen Erscheinen des Herrn in einem der bekanntesten Kaffeehäuser der Stadt keine weitere Bedeutung bei.

Ein fataler Fehler, wie sich nur allzu bald herausstellen sollte.

Café Prinzess am Graben

14. Dezember 1890, am dritten Sonntag im Advent

»Darf ich der erlauchten Frau Fürstin unser Blattgoldkonfekt empfehlen, eine unserer ganz besonderen Spezialitäten?« Sophie wies auf die entsprechenden Pralinen auf dem Silbertablett. »Die Trüffel sind mit Champagnercreme gefüllt, mit Bitterschokolade überzogen und mit hauchdünnen Splittern echten Goldes verziert.«

Da besonders im Advent während der Stoßzeiten am Nachmittag viel Betrieb an der Konfekttheke herrschte, half Sophie dort, wie schon in früheren Jahren, beim Verkauf mit. So sollte verhindert werden, dass die Wartezeiten für die Kunden zu lang wurden oder sich sogar Schlangen bildeten. Zumal das Konfekt und die Weihnachtskekse in der Regel noch aufwendig verpackt werden mussten.

Damit hielt sie sich auch als »Sophia« an die Regeln des Cafés Prinzess, die weiland schon Annerl, die verstorbene Frau ihres Onkels, eingeführt hatte. Die vornehmste Aufgabe einer Aufseherin war es nach Annerls Ansicht nicht, die Arbeit des Café-Personals zu überwachen, sondern im Gegenteil überall da mitzuhelfen, wo es notwendig war. Sei es bei der Zusammenstellung der gewünschten Speisen und Getränke, beim Servieren, an der Kasse oder eben beim Verkauf der Süßigkeiten, Torten und Kuchen zum Mitnehmen. Eine Aufseherin musste daher mit der Zeit aus eigener Erfahrung alle Aufgaben beherrschen, die im Café anfielen.

Die Kundin vor der Theke überlegte. »Eigentlich suche ich noch etwas für meinen Schwager.«

Sophie lächelte. »Dann wird es Eure Durchlaucht freuen zu erfahren, dass insbesondere Männer diese Trüffel lieben. Herren schätzen Bitterschokolade in der Regel mehr als Damen, die helle Schokolade vorziehen.«

Die Kundin lächelte zurück. »Sie haben mich überzeugt, Fräulein …?« Sie hob fragend die Stimme.

»Mein Name ist Sophia«, gab Sophie Auskunft. »Wie viel darf ich einpacken?«

»Geben Sie mir fünfundzwanzig Deka, Sophia!«, entschied die Fürstin nach kurzer Überlegung.

»Und darf ich dazu unsere spezielle Verpackung empfehlen?«

Sophie griff hinter sich ins Regal und holte eine dunkelblaue, mit Silberglimmer verzierte Schachtel hervor. Das Design erinnerte an einen Sternenhimmel. »Das ist eins unserer ganz besonderen Weihnachtsmodelle«, erklärte sie. »Die Schachtel kostet nur zehn Kreuzer.«

Die Kundin war einen kurzen Moment lang verblüfft. Sophie verstand auch, warum. Denn bislang hatte das Prinzess für die Verpackung seiner Mitnahmeartikel keinen Aufschlag verlangt.

Nachdem Sophie jedoch bei der Prüfung der Lieferantenrechnungen festgestellt hatte, dass ihr Onkel fast fünfzig Gulden allein für Weihnachtsverpackungen ausgegeben hatte, beschloss sie spontan, auch dafür einen kleinen Obolus zu verlangen. Mina war anfangs skeptisch gewesen. Doch bislang hatten fast alle Kunden die hübschen und wiederverwendbaren Schachteln anstandslos mitbezahlt. Für die wenigen Ausnahmen gab es nach wie vor auch einfachere, kostenlose Verpackungen.

Auch die Fürstin Kinsky, die jetzt nach der Schachtel griff und sie an eine hinter ihr stehende Dame, wahrscheinlich ihre Gesellschafterin, weiterreichte, erhob keine Einwände. Die Fürstin gehörte zu den hochkarätigsten Gästen, die das Café heute aufgesucht hatten.

Gerade mit ihr hatte es eine besondere Bewandtnis. Denn Adela von Kinsky hatte Sophie nun schon zum zweiten Mal bei verschiedenen Gelegenheiten nicht erkannt.

Die Fürstin besuchte das Café Prinzess trotz ihrer vielen gesellschaftlichen Verpflichtungen regelmäßig. Sophie hatte sie als Aufseherin bereits vor zwei Jahren bedient.

Doch als Graf von Szalay Sophie der hochadeligen Dame auf dem Hofball vorstellte, hatte Adela von Kinsky sie nicht erkannt. Sophies kostbare Seidenrobe und wertvollen Schmuck brachte sie augenscheinlich nicht mit dem schlichten schwarzen Kleid einer Aufseherin im Café Prinzess in Verbindung.

Heute hatte sich das Ganze umgekehrt wiederholt. Wie bisher jeder Gast, dem Sophie schon einmal begegnet war, hatte auch die Fürstin sie in ihrer Verkleidung nicht erkannt.

Nun zückte Adela von Kinsky ihre Börse. »Was bin ich Ihnen schuldig?«

Ohne nachdenken zu müssen, nannte ihr Sophie die Summe.

»Behalten Sie den Rest, Sophia«, wehrte die Fürstin ab, als Sophie ihr das Wechselgeld reichen wollte. »Oder falls Sie als Aufseherin kein Trinkgeld nehmen möchten«, deutete Adela Sophies Zögern richtig, »geben Sie es an das Serviermädchen weiter, das uns am Tisch bedient hat. Aber mit oder ohne Trinkgeld möchte ich Ihnen das große Kompliment machen, dass Sie sich im Prinzess unglaublich rasch als Aufseherin eingearbeitet haben. Sie sind doch erst seit Kurzem hier tätig, Sophia, oder nicht?«

Sophie war plötzlich auf der Hut. Sofort wurde ihr klar, dass sie achtsamer sein musste. Sie liebte ihre Arbeit im Café, doch gerade deshalb durfte sie sich keinesfalls anmerken lassen, dass sie ihr schon seit Langem in Fleisch und Blut übergegangen war. Niemand sollte sich über ihre Routine wundern und sie aus diesem Grund doch noch erkennen.

Auch wenn bislang alles gut gegangen war, musste sie sich mehr vorsehen. Dass sie prominente Gäste mit ihrem Namen und Titel ansprach, wurde auch von einer neuen Aufseherin erwartet und gehörte mit zu den ersten Dingen, die eine solche während der Einarbeitung lernen musste, soweit die Herrschaften im Café bekannt waren. Der Name musste dabei unbedingt korrekt sein, der Titel nicht. Hier hatte Danzer schon vor Jahren die Maxime ausgegeben, lieber einen höheren Titel zu verwenden, als einen zu niedrigen oder eventuell gar keinen. Denn darauf reagierten insbesondere die Damen der Wiener Gesellschaft empfindlich.

Eher verwunderte die Gäste da schon Sophies schnelle Kenntnis der Produktpalette und Preise nach nur wenigen Wochen Mitarbeit. Sie erinnerte sich daran, dass selbst Mina sich in ihrer ersten Zeit als Aufseherin schwer damit getan hatte und oft nachfragen musste.

Doch die Arbeit im Café war für Sophies Gemütszustand inzwischen wichtiger denn je. Die Tätigkeit erfüllte sie ganz und gar und lenkte sie von ihrer immer trostloser werdenden Situation in der Hofburg ab, weshalb sie sich auch nur allzu leicht in ihr verlor.

Denn weder ihr Stiefvater noch Baron Nopcsa hatten aufgegeben, Sophie zu bedrängen, Szalays Heiratsantrag anzunehmen. Zwar hielt sich die Gräfin Goëss aus dieser Sache heraus, wie es ihre Art war, alle unangenehmen Themen tunlichst zu vermeiden. Doch sie behandelte Sophie noch kühler als vor deren Unterredung mit Nopcsa, über deren Ergebnis sie mit Sicherheit informiert war.

Noch schmerzlicher war es für Sophie, dass auch Ida Ferenczy ihr mittlerweile aus dem Weg ging. Damit hatte sie ihre einzige Freundin in der Hofburg verloren.

Sophies einziger Hoffnungsfunke war weiterhin Sisis Nachlässigkeit beim Beantworten von Briefen, die ihr lästig waren. Noch immer war keine Reaktion auf Nopcsas Schreiben erfolgt. Bei einem Abendessen der Hofdamen bekam Sophie sogar mit, dass Sisi nicht einmal ihrem Gatten Franz Joseph in regelmäßigen Abständen schrieb, obwohl der jeden Tag einen Brief an Sisi verfasste.

Jetzt wurde die Kaiserin allerdings bald in Wien zurückerwartet. Und Sophie wurde es jedes Mal schwerer ums Herz, wenn sie daran dachte, dass sich die Schlinge um ihren Hals dann endgültig zuziehen könnte.

Umso kostbarer waren ihr die Stunden im Café Prinzess. *Doch ich muss besser aufpassen*, ermahnte sie sich noch einmal, während sie den nächsten Kunden bediente.

Denn heute war es schon das zweite Mal, dass sie jemandem wegen ihrer erstaunlichen Kenntnisse aller Arbeitsabläufe im Café auffiel. Dabei handelte es sich um jenen Dauergast, der mittlerweile bei jeder Schicht Sophies anwesend war. Der Herr, der sich Sophie auf ihre höfliche Nachfrage hin als »Baron von Birkhaus« vorstellte, hatte sie am frühen Nachmittag nach den Empfehlungen für Desserts gefragt, die das Café liefern könnte. Er beabsichtige, eine kleine Weihnachtsgesellschaft auszurichten.

Da sich der Herr explizit nach Gefrorenem erkundigte, beschrieb ihm Sophie ausführlich das Rosensorbet und stellte erst später fest, dass ihr Onkel es in diesem Winter gar nicht in die aktuelle Eiskarte des Cafés aufgenommen hatte. Doch da hatte sie dem Gast schon die Hauptzutaten genannt und auch die speziellen Transportgefäße des Prinzess beschrieben, in denen das Sorbet, ohne zu schmelzen, ausgeliefert wurde.

Der Gast bat sich Bedenkzeit aus, lobte Sophie aber ebenfalls dafür, wie gut sie sich trotz der kurzen Zeit ihrer Tätigkeit schon im Café auskannte. Zu Sophies Erleichterung verabschiedete er sich kurz darauf.

»So ist es, Eure Durchlaucht«, antwortete Sophie nun der Fürstin Kinsky. »Ich arbeite erst seit wenigen Wochen hier, doch ich bin begierig, so viel wie möglich zu lernen, weil mir die Arbeit so gut gefällt.«

Die Fürstin lächelte Sophie noch einmal zu und wandte sich dann zum Gehen. Kurz darauf kündigte der silberhelle Ton des Glöckchens, das an der Eingangstür vom Graben zum Café befestigt war, weitere Gäste an. Gerade hatte der Betrieb an der Theke ein wenig nachgelassen. Sophie stand mit dem Rücken zur Tür und ordnete einige Geschenkschachteln in die Regale. Dabei warf sie einen Blick auf die Wanduhr. Schon nach vier Uhr. In weniger als einer Stunde müsste sie sich wieder für die Rückfahrt in die Hofburg bereitmachen.

Sie setzte das professionelle Lächeln der Aufseherin auf, bevor sie sich zu den neuen Gästen umdrehte. Und erstarrte zu Eis.

Die beiden Damen, die gerade von einem Serviermädchen begrüßt wurden, waren die Obersthofmeisterin, Gräfin Maria Goëss, und Sophies erklärte Feindin, Marie von Festetics.

»Es tut mir sehr leid, Fräulein Sophia. Aber die Damen, die ich gerade ins Separee begleitet habe, möchten nur von Ihnen bedient werden.«

Sophie durchfuhr es heiß und kalt. Zwar war es keineswegs ungewöhnlich, dass hochgestellte Damen oder solche, die sich wie Amalie von Thurnau dafür hielten, nur von der Aufseherin bedient werden wollten. Trotzdem schlug ihr das Herz bis zum Hals.

Doch es gab keinen Ausweg. Mina würde sie erst gegen fünf Uhr ablösen, wie immer, wenn Sophie tagsüber da war.

»Bitte sag den Damen, dass es noch einen kleinen Augenblick dauern wird, bis ich kommen kann. Ich muss zuerst noch in den Erfrischungsraum. Aber das sagst du den beiden nur im Notfall, Betty!«, fügte Sophie hastig hinzu.

Dann ging sie so rasch, wie es sich mit der Würde einer Aufseherin vertrug, ins Ankleidezimmer und betrachtete sich kritisch im Spiegel. Trotz der vielen Stunden, die sie heute schon im Café Prinzess gearbeitet hatte, konnte sie nichts Auffälliges an ihrer Verkleidung erkennen. Ihre Perücke saß genauso tadellos wie ihre Nasenattrappe. Vorsichtshalber schob Sophie die Watteröllchen in ihren Backen noch ein wenig zurecht. Dann band sie die Halbschürze ab, die sie während des Verkaufs an der Theke trug, und atmete noch einmal tief durch.

Es blieb ihr nichts anderes übrig, als sich auf ihre Tarnung zu verlassen. *Immerhin hat mich nicht einmal Fredi erkannt,* versuchte sie, ihr heftig pochendes Herz zu beruhigen.

Dann ging sie gemessenen Schrittes zum Separee, um die Bestellung der Damen aufzunehmen.

»Kannst du rasch in die Backstube laufen, Bella, und Toni Schleiderer fragen, ob er noch eine frische Mokkaprinzentorte auf Vorrat hat? Von dieser hier sind nur noch vier Stücke übrig, von denen die Damen im Separee gerade zwei bestellt haben. Es sind sehr hochgestellte Persönlichkeiten. Ich möchte sichergehen, dass sie nur die beste Ware erhalten, die das Café zu bieten hat.«

Während Bella sich in die Backstube im Souterrain aufmachte, beaufsichtigte Sophie in der Kaffeeküche die Zubereitung des schwarzen Tees und der Mandelmelange, die die Damen Goëss und Festetics geordert hatten. Noch immer zitterten ihr die Hände.

Doch bislang schien ihre Tarnung zu funktionieren. Zwar hatte Marie Festetics Sophie intensiv gemustert, während die Damen ihre Bestellungen ohne Zögern aufgaben. Jedoch schienen beide keinen Verdacht geschöpft zu haben, zumal Sophie auch ihre Stimme verstellte.

Nun galt es nur noch, den Kuchen und die Getränke zu servieren. Danach wollte Sophie sofort im Ankleidezimmer verschwinden, um sich umzuziehen und, ohne auf Mina zu warten, in die Hofburg zurückkehren, sobald ihre Equipage um fünf Uhr eintraf. Dass die Damen Goëss und Festetics sie hier unten im Café nicht gesehen hatten, würde die beiden nicht weiter verwundern. Da Sophie nie um eine zusätzliche Erlaubnis für den Besuch des Cafés gebeten und zudem verschwiegen hatte, dass sich ihr Onkel derzeit gar nicht in Wien aufhielt, würde man sie am Krankenbett in der über dem Prinzess gelegenen Wohnung Danzers vermuten, wo sie ihm vorlas oder einfach nur Gesellschaft leistete.

Zu ihrer Erleichterung kehrte auch das Serviermädchen wenig später zurück, mit einem der Zuckerbäckerlehrlinge im Schlepptau, der eine frische Mokkaprinzentorte trug. Sorgfältig schnitt Sophie zwei Stücke davon ab und arrangierte sie geschickt auf den Porzellantellern des Cafés.

Nachdem sie die Tassen und Teller auf ein Tablett gestellt hatte, machte sie sich auf den Weg zum Separee. Sie trat durch den schmalen Eingang zwischen den beiden Topfpalmen und setzte das Tablett auf dem Tisch ab. Als sie sich gerade hinunterbeugte, um der Gräfin Goëss ihren Tee zu servieren, fühlte sie auf einmal einen heftigen Schmerz am Hinterkopf.

Marie Festetics, die der Goëss gegenübersaß, hatte ihr von hinten die Perücke heruntergerissen. Samt einigen ihrer blonden Haare, die nun auf die Mokkaprinzentorte hinabsegelten.

Salon der Gräfin Goëss in der Hofburg

Sonntag, 14. Dezember 1890, eine knappe Stunde später

»Dieses Verhalten, Sophie, ist wahrhaft unerhört. Es wirft nicht nur ein schlechtes Bild auf Sie selbst, sondern vor allen Dingen auf mich als Obersthofmeisterin Ihrer Majestät. Wie konnte ich mich nur so von Ihnen täuschen lassen?«

Sophie hatte Maria von Goëss noch nie derart erregt erlebt. Im Allgemeinen galt die Gräfin als kontrolliert und gelassen in jeder Lebenslage.

Sophie ihrerseits fühlte sich innerlich noch immer wie gelähmt. Die letzte Stunde erschien ihr wie ein Albtraum. Nach ihrer Enttarnung hatte Marie Festetics Sophie aufgefordert, die Perücke im Schutz des Separees wieder aufzusetzen und sich, ohne weiteres Aufsehen zu erregen, umzuziehen und sie unverzüglich zu der vor der Tür wartenden Hofequipage zu begleiten.

Sophie war zu erschrocken gewesen, um dieser Anweisung

etwas entgegenzusetzen. Sie wechselte ihre Kleidung und ließ sich danach widerstandslos mit der Kutsche in die Hofburg zurückbringen. Immerhin war sie noch geistesgegenwärtig genug, ihr Kleid samt den Requisiten für ihre Maskierung auf die Chaiselongue zu werfen, anstatt die Sachen ordentlich in den Schrank zu räumen. Außerdem hatte sie Mina die hastig hingekritzelte Nachricht hinterlassen, dass sie enttarnt worden sei und in Zukunft nicht mehr mithelfen könne. Den Zettel versteckte sie in dem Kleiderhaufen, wohl wissend, dass Mina schon allein an der Unordnung erkennen würde, dass etwas Ungewöhnliches geschehen war.

In der Hofburg wartete Baron Nopcsa bereits auf sie. Das Tribunal über Sophie wurde im Salon der Gräfin Goëss abgehalten.

»Ich bitte Sie aus ganzem Herzen um Verzeihung, Eure Exzellenz«, flüsterte Sophie nun mit blutleeren Lippen. »Doch ich wusste mir einfach keinen anderen Rat mehr. Mein Onkel ist schwer krank und versucht schon seit Wochen vergeblich, eine zweite Aufseherin zu finden. Denn Mina Löb, die normalerweise die Aufsicht innehat, muss sich immer wieder um ihre pflegebedürftige Mutter kümmern. Und ich war in Sorge, dass mein Onkel an solchen Tagen die Aufsicht wieder selbst übernehmen und dadurch noch kränker werden würde, wenn er sich dabei überanstrengt.«

Aus einem Instinkt heraus verschwieg sie weiterhin, dass ihr Onkel momentan gar nicht in Wien war.

»Die Sorge um Ihren Onkel in Ehren, Komtess von Werdenfels.« Im Gegensatz zur Gräfin Goëss klang Baron Nopcsa eiskalt. »Doch Ihre Lösung dieses trivialen Problems kann kein Anlass dafür sein, die Ehre Ihrer Majestät, der Kaiserin, und des ganzen Hofs zu besudeln! In Wien suchen tagtäglich Tausende von Frauen Arbeit. Da kann ich mir kaum vorstellen, dass keine geeignete Person zu finden ist, die Aufseherin in einem simplen Café werden könnte.«

Das Café Prinzess ist nicht simpel und die dortige Arbeit auch nicht, lag es Sophie schon auf der Zunge zu antworten. *Wir können doch nicht jede ungelernte Fabrikarbeiterin, die womöglich nicht einmal richtig lesen und schreiben kann, einstellen. Unsere Gäste stammen schließlich überwiegend aus den besten Kreisen.*

Doch an den Blicken derer, die nun über sie zu Gericht saßen, erkannte Sophie, dass es wenig hilfreich wäre, auf diese Weise Verständnis für die Situation des Cafés und ihres Onkels zu erwecken. Baron Nopcsas Gesichtsausdruck spiegelte tiefste Missbilligung wider. Die Gräfin Goëss wirkte noch immer fassungslos. Immer wieder strich sie sich nervös über die Haare. Marie Festetics fixierte Sophie mit einer Mischung aus Häme und Verachtung durch ihr Lorgnon.

»Die Ehre Ihrer Majestät und des Hofes wurde nicht in Mitleidenschaft gezogen, Eure Exzellenz«, verteidigte sich Sophie stattdessen. »In meiner Verkleidung hat mich niemand erkannt.«

»Nun«, meldete sich die Festetics zynisch zu Wort. »Das steht noch dahin! Unser Geheimagent hat von Anfang an Verdacht geschöpft. Ihre Augen haben Sie verraten, Sophie. Ein solches Grün ist überaus selten. Und wer weiß, wer Sie sonst noch daran erkannt hat.«

»Sie ... Sie haben mich ausforschen lassen?« Sophie konnte es nicht fassen.

»Aus gutem Grund«, erwiderte die Festetics kühl. »Es war mir von Anfang an suspekt, wie viel Zeit Sie ohne Begleitung bei Ihrem Onkel verbringen. Das schickt sich nicht für ein Mitglied des Hofstaats Ihrer Majestät. Daher konnte nicht alles mit rechten Dingen zugehen. Ich wusste außerdem, dass Sie sich schon vor Ihrer Bestallung zur Promeneuse unserer allerhöchsten Kaiserin nicht entblödet hatten, trotz Ihres Adelstitels die Aufseherin im Café Ihres Onkels zu spielen. Da lag der Schluss für mich nahe, dass Sie sich auch jetzt illegal dort betätigen könnten. Anstatt Ihrem erkrankten Onkel lediglich Beistand zu leisten, wie Sie es unserer verehrten Obersthofmeisterin vorgelogen haben.«

Sophies innere Lähmung schlug in plötzlichen Zorn um. »Ich gestehe ein, dass ich über den Zweck der Besuche bei meinem Onkel nicht die volle Wahrheit gesagt habe, Marie.« Sie funkelte die Festetics an. »Doch ich kann nichts Unrechtes daran erkennen, dass ich dort eine ehrliche Arbeit verrichtet habe.«

»Eine Arbeit, die weit unter der Würde einer Hofdame der Kaiserin ist, Komtess von Werdenfels«, mischte sich Baron Nopcsa wieder ein. Er wandte sich an die Gräfin Goëss. »Oder hätten Sie als Obersthofmeisterin Ihrer Majestät Sophie von Werdenfels eine solche Betätigung erlaubt, wenn sie Sie darum gebeten hätte?«

»Natürlich nicht!«, betonte Maria von Goëss empört.

»Zumal es nicht einmal notwendig war«, versetzte Marie Festetics triumphierend. »Denn unter den Angestellten des Cafés gibt es durchaus geeignete Personen für die Funktion einer Aufseherin. Die diese Rolle sogar schon innehatten, bevor Sie sich in Ihrer lächerlichen Maskerade dafür aufdrängten.«

Plötzlich wurde Sophie klar, was geschehen war. Die Gesichter des merkwürdigen Dauergasts und der degradierten Vertretungsaufseherin Sanna blitzten vor ihrem inneren Auge auf.

Dieser dubiose Baron von Birkhaus war der Geheimagent, der mich ausgeforscht hat. Und Sanna hat mich denunziert, schoss es ihr durch den Kopf.

Sophie ballte die Hände zu Fäusten und öffnete sie gleich wieder, um sich ihre innere Anspannung nicht anmerken zu lassen. »Welche Angestellte des Cafés meinen Sie denn, liebe Marie, die für die Position einer Aufseherin geeignet gewesen wäre?«, fragte sie spitz.

Maries Wangen röteten sich. Sie biss sich auf die Lippen, als ihr klar wurde, dass sie Sophie mehr verraten hatte, als die hätte wissen sollen.

Doch wieder fuhr Nopcsa Sophie in die Parade. »Das spielt

doch nun beim besten Willen keine Rolle mehr, Komtess«, fuhr er sie an. »Viel wichtiger ist die Frage, wie es jetzt mit Ihnen weitergehen soll.«

Sophie holte tief Luft. »Soviel ich gehört habe, wird Kaiserin Elisabeth jeden Tag in Wien zurückerwartet. Lassen Sie mich mit ihr sprechen und ihr alles gestehen! Ihrem Urteil werde ich mich unterwerfen, Exzellenz.«

»Das könnte Ihnen so passen, Sophie, Ihre Majestät mit dieser schmutzigen Lappalie zu behelligen«, fauchte Marie Festetics. »Die Kaiserin hat im Augenblick wahrlich andere Sorgen als Ihre Unbotmäßigkeit. Ihre Tochter Marie Valerie ist an den Masern erkrankt und gerade erst auf dem Weg der Besserung.«

Sophie erschrak. Davon hatte sie nichts gewusst.

»Bitte richten Sie Ihrer Majestät und der Erzherzogin Marie Valerie meine tief empfundenen Genesungswünsche aus«, bat sie.

»Das werde ich sicherlich nicht tun!«, schnappte die Festetics. Sie wandte sich an die anderen. »Beabsichtigen Sie, die Kaiserin mit der Schande zu belästigen, die diese Komtess ihr gemacht hat?«

»Auf keinen Fall«, antworteten Baron Nopcsa und Gräfin Goëss wie aus einem Munde.

»Diese Angelegenheit müssen wir mit äußerster Diskretion behandeln«, ergriff Baron Nopcsa wieder das Wort. »Doch zu unser aller Glück gibt es einen ehrenhaften Ausweg für die Komtess von Werdenfels.«

Erst dann richtete Nopcsa das Wort an Sophie. »Der Graf von Szalay, den ich bereits im Vorfeld vom Verdacht gegen Sie unterrichtet habe, hält aus mir unerfindlichen Gründen selbst dann noch an seinem Heiratsantrag fest, wenn sich dieser bestätigen sollte. Was nun ja der Fall ist. Er bietet Ihnen weiterhin die Ehe an, sogar verbunden mit einer prächtigen Hochzeitsfeier in Wien im neuen Jahr.«

Sophies Magen zog sich zusammen. Sie verspürte Übelkeit.

»Durch die Heirat mit solch einem angesehenen Mann wie dem Grafen Szalay wären Sie vollständig rehabilitiert, Sophie«, schloss sich die Gräfin Goëss Nopcsa an. »Sogar wenn sich jemand aus dem Café Prinzess dazu hergäbe, einem Klatschblatt von Ihrem Possenspiel zu berichten, würde dem niemand Glauben schenken. Kein Wort davon würde gedruckt werden.«

Sophie begriff, dass die Obersthofmeisterin vor allem Angst davor hatte, dass man sie bezichtigen könnte, ihre Aufsichtspflicht vernachlässigt zu haben.

»Doch die Zeit drängt, Komtess«, mahnte der Baron. »Die Weihnachtszeit steht bevor und eine große Hochzeit bedarf einiger Vorbereitungen. Wenn Sie endlich zustimmen, den Grafen zu ehelichen, kann er die Verlobungsanzeige noch vor dem Christfest in allen Wiener Zeitungen schalten. Schon damit würde jedes Gerücht im Keim erstickt werden, liebe Maria«, versicherte er der Gräfin Goëss.

»Und Ihre Majestät würde nie eine Silbe darüber erfahren, wie schändlich sich die Komtess verhalten hat«, ergänzte die Festetics.

»Also, kann ich dem Grafen von Szalay Ihre Zustimmung endlich übermitteln?« Baron Nopcsa fixierte Sophie grimmig.

Deren Herz begann wie rasend zu klopfen. Sie fühlte sich in die Ecke gedrängt. Aller Augen waren auf sie gerichtet. In Nopcsas Augen las sie Wut, in denen der Gräfin Goëss die Furcht vor Tadel oder gar einer öffentlichen Blamage. In den dunklen Augen Marie von Festetics lag dagegen ... Triumph.

Das gab den Ausschlag. Sophie würde sich nicht beugen. Selbst wenn man sie an den Haaren vor den Altar zerrte, wollte sie ihr Nein zu einer Ehe mit Szalay laut herausschreien.

Sie holte tief Luft und straffte den Rücken. Dann erwiderte sie Nopcsas Blick. »Ich möchte den Grafen von Szalay unter keinen Umständen heiraten. Das habe ich ihm bereits persönlich gesagt. Stattdessen bitte ich Ihre Exzellenzen um meine Entlassung aus dem Dienst Ihrer Majestät.«

Maria Goëss stöhnte, Marie Festetics lachte spöttisch auf, der Baron schnaubte. »Das kommt überhaupt nicht infrage. Eine Hofdame in Ihrem Alter kann nur auf eine einzige Weise ehrenvoll aus dem Dienst Ihrer Majestät ausscheiden, nämlich durch eine standesgemäße Heirat.«

Er ballte die Hände zu Fäusten. »Ich gebe Ihnen eine Woche Bedenkzeit, Komtess von Werdenfels. Die Sie ausschließlich in Ihrer Kammer im Fräuleingang verbringen werden. Bis dahin stimmen Sie entweder einer glanzvollen Hochzeit mit Lajosz von Szalay zu. Oder wir finden einen anderen Ausweg.« Die Drohung war nicht zu überhören.

Ehe Sophie etwas erwidern konnte, wandte sich Nopcsa an Marie Festetics. »Geleiten Sie die Komtess in Ihr Gemach, Marie! Und sorgen Sie dafür, dass sie ihre Kammer während ihrer Bedenkzeit nicht verlässt!«

Kapitel 24

Sophies Kammer im Fräuleingang der Hofburg

Mittwoch, 17. Dezember 1890, drei Tage später

Wie sich die Bilder doch gleichen!, sinnierte Sophie deprimiert. Auch nach Marys Tod vor knapp zwei Jahren hatte man sie in ihrem Zimmer eingesperrt, um ihr Einverständnis zu einer für sie inakzeptablen Maßnahme zu erzwingen. Damals war es um ihre Zustimmung gegangen, Hofdame der Kaiserin zu werden. Der Kerkermeister war ihr Stiefvater Arthur von Freiberg gewesen.

Durch eine List war Sophie damals die Flucht ins Kaffeehaus geglückt. Und wieder und wieder hatte sich Sophie in den vergangenen Tagen gefragt, warum sie den Damen Goëss und Festetics vor drei Tagen nicht einfach Widerstand geleistet hatte und im Prinzess geblieben war.

Weil ich überrumpelt war und unter Schock stand. Weil mein Onkel nicht da war, um mich als Hausherr zu schützen. Weil ich mir nie hätte träumen lassen, dass dies hier passieren könnte.

Der letzte Grund war der ausschlaggebende, wie sich Sophie als Bilanz ihrer stundenlangen Grübeleien schließlich eingestand. Doch nun saß sie in der Falle. Franzi, ihre Kammerzofe, hatte man gegen eine ihr unbekannte ältere Dienstmagd ausgetauscht, die ihr schweigend drei Mahlzeiten pro Tag brachte und dabei jeweils ihre Leibschüssel leerte. Jeder Versuch Sophies, mit der Frau ins Gespräch zu kommen, war bislang fehlgeschlagen.

Natürlich hatte sich die Frau auch geweigert, Sophies Briefe mitzunehmen, die diese in ihrer Not an Mina Löb, ihre Mutter Henriette und zuletzt sogar an Richard von Löwenstein gerichtet hatte.

Mit jeder Stunde ihrer Gefangenschaft wuchs Sophies Verzweiflung. Wie eine Gewitterwolke hing Nopcsas Drohung »einen anderen Ausweg« zu finden, wenn sie nicht nachgab, über ihrem Haupt. Mittlerweile glaubte sie außerdem, dass Marie von Festetics schon im Sommer des vergangenen Jahres, als sie Szalay mit ihr bekannt gemacht hatte, die Absicht gehegt hatte, sie mit ihrem Cousin zu verkuppeln und auf diese Weise als unliebsame Rivalin um Sisis Gunst loszuwerden.

Dennoch war Sophie fest entschlossen, sich nicht zu beugen. Auch wenn man sie aufgrund ihrer Weigerung irgendwohin verbannen oder sogar weiterhin einsperren sollte! Im Juni des nächsten Jahres würde sie volljährig werden und damit endlich über sich selbst bestimmen können. Auch ein halbes Jahr Gefängnis erschien ihr daher erträglicher, als jahrzehntelang an einen ihr widerwärtigen Mann gebunden zu sein, der sie zudem mit einer tödlichen Krankheit infizieren würde.

Ob Marie Festetics davon weiß und in ihrer Gemeinheit in Kauf nimmt, dass diese Ehe lebensgefährlich für mich wäre? Diese Frage wusste Sophie nicht zu beantworten. Einerseits traute sie dies der Festetics zu. Andererseits konnte sie nicht einschätzen, wie viel die altjüngferliche Hofdame von den gesundheitlichen Folgen häufiger Besuche in Freudenhäusern überhaupt wusste.

Draußen begann es schon zu dämmern. Der kurze Dezembertag neigte sich seinem Ende zu. Da klopfte es plötzlich an die Tür ihrer Kammer. Überrascht schaute Sophie auf ihren silbernen Wecker. Gerade erst kurz nach vier Uhr. Viel zu früh für die Abendmahlzeit. Wer konnte das sein?

Der Schlüssel drehte sich im Schloss. Kurz darauf trat Ida Ferenczy ein.

»Ich bin nicht nur gekommen, um dir einen Besuch in deinem einsamen Gemach abzustatten, Phiefi.« Ida trank einen Schluck des Pfefferminztees, den Sophie auf ihrem kleinen Ofen aufgebrüht hatte. Nach einer spontanen Umarmung, die die kürzlichen Differenzen der Freundinnen fast vergessen ließ, hatte Ida zunächst nur leichte Konversation gemacht.

Nach einem weiteren Schluck Tee kam Ida nun aber zur Sache. Sophie brannte bereits vor Ungeduld, getrieben von der Hoffnung, Ida wäre gekommen, um ihr die baldige Entlassung aus ihrem Arrest in Aussicht zu stellen.

Diese Hoffnung wurde schnell enttäuscht. Ida betrachtete Sophie mit einer Mischung aus Mitgefühl und Strenge.

»Sondern ich bin gekommen, weil ich in größter Sorge um dich bin«, beendete Ida ihren Satz. »Denn du bist gerade dabei, dein weiteres Leben zu ruinieren.«

Sophie durchfuhr ein schmerzhafter Stich. »Ich wüsste nicht, wodurch ich das täte«, antwortete sie schnippischer, als es angesichts Idas Sorge um ihr Wohlergehen angemessen war. »Im Gegenteil, ich bin dabei, mein weiteres Leben mit allen Mitteln zu retten.«

Ida seufzte. »Was du getan hast, ist unverzeihlich, Phiefi. Auch wenn es ehrenhafte Motive gewesen sein mögen, die dich dazu bewogen haben, die Obersthofmeisterin der Kaiserin derart zu täuschen, hast du die Gräfin Goëss in eine unmögliche Lage gebracht. Wie steht sie jetzt vor Baron Nopcsa da? Und womöglich sogar vor der Kaiserin, sollte diese doch noch davon erfahren? Als eine unfähige Person, die ihrem Amt nicht gewachsen ist. Denn die Aufsicht über die Hofdamen, vor allem über die jüngeren, gehört zu ihren vornehmsten Pflichten. Du hättest Maria von Goëss niemals derart belügen dürfen.«

»Aber wenn ich ihr die Wahrheit gesagt hätte, hätte sie mich nicht gehen lassen!«, verteidigte sich Sophie. »Und wenn deine feine Landsmännin Marie Festetics mich nicht ausgeforscht hätte, noch dazu mithilfe eines Geheimagenten, wäre gar nichts passiert. Sobald man eine weitere Aufseherin für das Café gefunden hätte, wäre ich dort nicht mehr in Erscheinung getreten.«

Ida hob den Kopf und sah Sophie gerade in die Augen. »Das glaube ich dir nicht, Phiefi. Ich habe mich lange gegen diese Erkenntnis gewehrt: Aber die Ehre, eine Hofdame Ihrer Majestät sein zu dürfen, ein Amt, wofür viele junge Komtessen fünf Jahre ihres Lebens gäben«, wiederholte sie ein Argument, das Sophie schon kannte, »bedeutet dir nichts. Zumindest nicht das Gleiche wie die Tätigkeit im Kaffeehaus deines Onkels. Habe ich recht?«

Sophie sah keinen Sinn darin, dies abzustreiten. »So ist es, Ida. Doch was ist daran so schwer zu verstehen?«

Wie unsinnig diese ausgerechnet an Ida gerichtete Frage war, begriff Sophie sofort, als sie deren Gesichtsausdruck sah. Schließlich hatte die Ungarin, ebenso wie Marie Festetics, dem Dienst für die Kaiserin nicht nur ihr ganzes Leben geweiht, sondern dafür auch auf die Möglichkeit verzichtet, ein erfülltes Leben außerhalb der Zwänge des Kaiserhofs zu führen.

Daher wartete Sophie Idas Antwort nicht ab. »Warum lässt man mich denn nicht einfach gehen?«, begehrte sie stattdessen verzweifelt auf. »Wenn man doch sogar weiß, wofür mein Herz wirklich schlägt. Selbst wenn es noch nie vorgekommen ist, dass eine Hofdame aus anderen Gründen als ihrer Verheiratung oder Gebrechlichkeit aus Sisis Diensten ausgeschieden ist, müsste eine solche Ausnahme doch möglich sein, ohne großes Aufsehen zu erregen.«

Ida sah Sophie verwundert an. »Wer hat denn so einen Unsinn behauptet? Schon früher stellten Hofdamen einen Antrag auf ihre Demission, ohne heiraten zu wollen. Ich erinnere mich an eine Gräfin Ludwiga von Schaffgotsch, die Sisi in den Siebzigerjahren diente. Die Kaiserin mochte sie nicht besonders und nahm ihren Antrag auf Entlassung nur zu gerne an. Und ihre ehemalige Obersthofmeisterin Paula von Königsegg, die Vorgängerin von Maria Goëss, hat Sisi sogar von sich aus zur Demission gedrängt.«

Sophie erinnerte sich jetzt vage daran, dass Ida ihr bei ihrem ersten Gespräch in der Hofburg von der Gräfin Königsegg erzählt hatte. »Aber warum behauptet Baron Nopcsa dann etwas völlig anderes? Da er damals bereits im Amt war, müsste er es doch besser wissen!«

Wieder seufzte Ida schwer. »Weil dein Fall ein ganz besonderer ist, Phiefi. Das weißt du doch.«

»Wegen der Geschehnisse in Mayerling? Ich schwöre, mein ganzes Leben lang darüber zu schweigen, wenn man mich jetzt nur gehen lässt.«

»Darüber hast du bei deiner Einstellung ja sogar einen Verschwiegenheitseid abgelegt, der auch nach deiner Demission verbindlich bleibt, Phiefi. Doch leider scheint dir die Kaiserin nicht mehr zu vertrauen. Marie Festetics hat angedeutet, dass du Janka Mikes intime Geheimnisse über Sisi verraten hast, über die dir diese absolutes Stillschweigen geboten hat.«

»Aber dafür hatte ich wichtige Gründe!«, protestierte Sophie. »Ging es dabei doch um die Abwendung einer lebensbedrohlichen Gefahr für die Kaiserin!«

»Was meinst du damit?« Idas erschrockener Miene sah Sophie an, dass sie völlig ahnungslos war.

Da Sophie nun ohnehin nichts mehr zu verlieren hatte, weihte sie Ida vollständig in die Geschehnisse rund um ihre Entdeckung von Sisis falschen Zähnen und ihre Anfälle von Atemnot ein. Sie endete mit der Episode im Lainzer Tiergarten, bei der sich Sisis Prothese gelöst und ihr in die Kehle gerutscht war, sodass die Kaiserin beinahe daran erstickt wäre. Ida lauschte ihr mit weit aufgerissenen Augen.

»Wenn sich das alles so verhält, woran ich keinerlei Zweifel hege, hast du völlig richtig gehandelt, als du Janka Mikes gewarnt hast«, gab Ida Sophie dann recht. »Von Sisis Zahnprothese weiß auch ich, weil es mir eine ihrer Kammerfrauen eines

Tages versehentlich verraten hat«, gestand sie zu Sophies Erleichterung. »Bislang habe ich mich darüber in Schweigen gehüllt, zumal mir die Atembeschwerden neu sind. Du sagst, diese treten erst seit dem Tod des Kronprinzen auf?«

Sophie bestätigte das. Idas Blick schweifte in die Ferne. Sie überlegte. »Das kann ich leider nicht aus eigener Anschauung beurteilen. Denn ich bin ja längst nicht mehr so oft mit der Kaiserin zusammen wie früher, als ich sie noch auf ihren Reisen begleitete. Dennoch glaube ich dir, Phiefi.«

Jetzt wurde Idas Miene grimmig. »Doch in meiner alten Freundin Marie Festetics habe ich mich anscheinend getäuscht. Ich hätte niemals gedacht, dass sie zu einem solch intriganten Verhalten fähig wäre. Sie hat Janka Mikes offenbar dazu benutzt, an Informationen dieser Art zu kommen, um dich damit bei Sisi zu verleumden und loszuwerden.«

Sophie wunderte sich zwar über Idas Naivität, was den Charakter der Festetics anging, schöpfte aber neue Hoffnung. »Kannst du das alles denn nicht der Gräfin Goëss und Baron Nopcsa weitergeben, Ida? Vielleicht lassen sie ja dann davon ab, mich zu bedrängen, den Grafen Szalay zu heiraten.«

Zu Sophies Enttäuschung schüttelte Ida den Kopf. »Dass Marie Festetics die Kaiserin mit unlauteren Mitteln gegen dich eingenommen und sie dadurch möglicherweise sogar zur Zustimmung einer Heirat mit dem Grafen Szalay veranlasst hat, ist die eine Seite der Medaille. Doch selbst wenn ich Sisis Geheimnisse jetzt auch noch der Gräfin und dem Baron enthüllen würde, was schon aufgrund des damit verbundenen Vertrauensbruchs keine Option ist, würde dies nichts an der aktuellen Situation ändern.«

Ida suchte Sophies Blick. »Denn die andere Seite der Medaille sind deine eigenen Lügen gegenüber der Gräfin Goëss über deine Tätigkeit im Café Prinzess. Sie sind der Ausschlag dafür, dass Nopcsa und sie dich loswerden möchten und die Heirat mit Szalay für das probateste Mittel halten, um Schaden von ihrer eigenen Reputation und der des Kaiserhofs abzuwenden.«

»Daher sage ich es dir noch einmal, Phiefi«, fuhr Ida eindringlich fort. »Lajosz von Szalay ist zwar alt und mag kein stattlicher Mann sein. Aber für eine Komtess deines Standes ist er dennoch eine hervorragende Partie. Von einer glanzvollen Hochzeit mit ihm im Stephansdom oder in der Michaelerkirche nähme die ganze Wiener Gesellschaft Notiz. Du würdest in höchste Adelskreise aufsteigen und wärst in Zukunft in jedem hohen Haus im gesamten Kaiserreich willkommen.«

»Ich bitte dich daher von ganzem Herzen, den Antrag Szalays endlich anzunehmen«, beendete Ida ihren Appell und blickte zu Boden. Sophie hatte auf einmal das sichere Gefühl, dass die Freundin ihr etwas verschwieg.

»Ich werde Szalay unter keinen Umständen heiraten«, betonte sie noch einmal demonstrativ und nahm dann die schlimmste Alternative, die sie sich vorstellen konnte, vorweg. »Selbst wenn sie mich dann in ein Kloster sperren, werde ich dort nur ein halbes Jahr zubringen müssen. Denn im nächsten Juni werde ich volljährig und bin dann endlich Herrin meiner selbst.«

Doch dies schien offensichtlich gar nicht der Punkt zu sein. Ida wich ihrem Blick aus und schien eine Weile mit sich zu kämpfen. Schließlich hob sie den Kopf, straffte den Rücken und atmete hörbar ein.

»Eigentlich hat Marie Festetics mir das Versprechen abgenommen, dir auf keinen Fall zu sagen, wie die hässliche Alternative aussieht, wenn du eine öffentliche Hochzeit mit Szalay ablehnst. Das war ihre Bedingung, der sich die beiden Obersthofmeister angeschlossen und unter der sie mich heute überhaupt zu dir gelassen haben, um dich doch noch zu einer gütlichen Lösung zu überreden.«

Sophie fühlte ihre Kehle eng werden. »Was ist diese Alternative?«, krächzte sie.

»Doch da Marie mir offensichtlich nicht die ganze Wahrheit über dich und Sisi gesagt hat, fühle ich mich auch nicht mehr an dieses Versprechen gebunden«, ergänzte Ida ihre vorigen Ausführungen, bevor sie Sophies bange Frage beantwortete.

Sie holte noch einmal tief Luft und ballte unwillkürlich die Hände zu Fäusten.

»Dass du Szalay heiraten musst, ist beschlossene Sache«, erklärte sie dann zu Sophies Entsetzen. »Die einzige Wahl, die dir bleibt, ist, ob es im Jänner eine glanzvolle Hochzeit in Wien sein wird oder eine sofortige, erzwungene Heirat hier in der Hofburg.«

»Auf welche Weise will man mich denn zu einer Heirat zwingen?«, fragte Sophie fassungslos.

Über Idas Züge huschte ein schmerzliches Lächeln. »Auf die gleiche Weise, wie man schon seit Jahrhunderten unwillige junge Frauen zur Ehe mit ungeliebten Männern zwingt.«

Sophie starrte Ida nur an.

»Nach Ablauf deiner Woche Bedenkzeit wird Szalay dich im Einvernehmen mit den Obersthofmeistern mithilfe einiger bestochener Mitglieder der Leibgarde aus deiner Kammer schleppen lassen. Du wirst in eine der wenig benutzten Kapellen der Hofburg gebracht. Dort wartet Szalay schon als Bräutigam auf dich. Der Hochzeit werden nur Marie Festetics und dein Stiefvater als Trauzeugen beiwohnen. Im Gegenzug wird Arthur von Freiberg zum Truchsess ernannt. Die Ernennungsurkunde hat Baron Nopcsa bereits aus dem kaiserlichen Obersthofmeisteramt besorgt und Szalay übergeben, der sie deinem Stiefvater gezeigt hat. Er wird ihm das Dokument nach eurer Trauung aushändigen.“

Sophie war zu verstört, um sofort reagieren zu können. Schließlich klammerte sie sich in ihrer Verzweiflung an den letzten Strohhalm. »Aber was ist, wenn ich vor dem Traualtar trotzdem bei meinem Nein bleibe …?«

»… wird dies nicht das Geringste ändern«, ergänzte Ida

Sophies Satz. »Szalay wird auch den Priester, der die Trauung durchführt, bestechen und somit sicherstellen, dass die Zeremonie auch gegen deinen Willen durchgeführt wird. Und sollte jemand überhaupt je danach fragen, wird der Priester, ebenso wie die Trauzeugen, die Rechtmäßigkeit der Eheschließung bezeugen. Du hast nicht die allergeringste Chance, dich dagegen zu wehren, zumal du ja noch nicht volljährig bist.«

Ida stockte. Offensichtlich hatte sie das Schlimmste noch nicht ausgesprochen. »Und sobald der Graf in der Hochzeitsnacht die Ehe mit dir vollzogen hat«, fuhr sie zögernd fort, wohl wissend, dass es sich dabei um eine Vergewaltigung handeln würde, »gibt es ohnehin kein Zurück mehr. Zumal dich Szalay danach auf eines seiner Landgüter nach Ungarn bringen und dich dort gefangen halten wird, bis du ihm den ersehnten männlichen Erben geboren hast.«

Sophie konnte vor Schock kein Glied rühren. Gleichzeitig wurde ihr nur allzu deutlich, dass sie diesem Plan mit ihren schwachen Kräften tatsächlich nichts entgegenzusetzen hatte.

Es sei denn, sie brach das Richard gegebene Versprechen. »Die Hochzeit mit Szalay bedeutet meinen Tod!« Sophies Stimme zitterte. »Sobald der Graf die Ehe vollzogen hat.«

Ida missverstand Sophie. »Du bist jung und gesund. Genau aus diesem Grund hat dich der Graf ja erwählt. Natürlich sterben auch junge Frauen im Kindbett. Doch eine Geburt bedeutet nicht zwangsläufig den Tod der Mutter.«

»Aber eine Ansteckung mit der Franzosenkrankheit bedeutet letztendlich den qualvollen Tod einer Ehefrau.«

Wäre eine Granate vor Ida eingeschlagen, hätte sie nicht erschrockener reagieren können. Sie fuhr zurück und suchte nach Worten. »Was ... was willst du damit sagen, Phiefi?«

»Der Graf von Szalay hat sich in den Hurenhäusern von Wien mit der Syphilis infiziert«, antwortete Sophie mit brutaler Offenheit.

Ida erstarrte. »Woher ... woher willst du das wissen?«, stammelte sie. »Wie kommst du an solche Informationen über Geschehnisse in Freudenhäusern?«

Sie fragte nicht, was für eine Krankheit Sophie überhaupt meinte. Davon schien nach so vielen Dienstjahren also auch eine altjüngferliche Hofdame gehört zu haben.

»Eigentlich dürfte ich weder diese Information noch von wem ich sie habe, preisgeben. Doch jetzt bleibt mir in meiner Not nichts anderes übrig.« Sophie spürte mit absoluter Sicherheit, dass hier ihr einziger Ausweg lag. Sie musste Ida davon überzeugen, ihr vor der beabsichtigten Zwangsheirat zur Flucht aus der Hofburg zu verhelfen. Also begann sie zu sprechen.

Bis ins Mark erschüttert, hörte Ida ihr zu. Dann schwieg sie eine lange Weile.

»Du wirst verstehen, Phiefi, dass ich mich erst vom Wahrheitsgehalt deiner Behauptungen überzeugen muss. Sollte sich herausstellen, dass alles stimmt, was du mir über den Grafen Szalay gesagt hast, verspreche ich dir meine uneingeschränkte Unterstützung, um dich vor dem schrecklichen Schicksal einer Heirat mit ihm zu bewahren.«

Café Prinzess am Graben

Freitag, 19. Dezember 1890

»Ich bedanke mich herzlich, Herr von Löwenstein, dass Sie so rasch bereit waren, mich hier zu treffen.« Ida Ferenczy und Richard saßen sich in einem der Separees des Cafés Prinzess gegenüber.

»Es ist mir nicht nur eine Ehre, sondern ein absolutes Bedürfnis zu helfen, wenn es um das Wohl der Komtess Sophie von Werdenfels geht«, antwortete Richard. »In Ihrem Schreiben deuteten Sie an, dass sich Sophie im Augenblick in einer unangenehmen Lage befindet, gnädige Frau?«

Ida Ferenczy rührte unentschlossen in ihrer Mandelmelange. »Da keine Zeit zu verlieren ist, erspare ich mir die Vorgeschichte, die die Komtess von Werdenfels in diese Lage gebracht hat«, entschied sie schließlich, ohne zu wissen, dass Mina Löb Richard bereits gestern vollständig ins Bild gesetzt hatte. Der war nach dem Erhalt von Idas Schreiben sofort ins Café Prinzess geeilt, nicht nur um eins der Separees zu reservieren, sondern auch um Erkundigungen über Sophie einzuziehen.

»Doch aufgrund einer Begebenheit, die man bei Hofe als grob ungehöriges Verhalten der Komtess empfindet, soll Sophie jetzt zu einer Heirat mit dem Grafen Lajosz von Szalay gezwungen werden«, fuhr Ida fort. Richard fiel zum ersten Mal ihr ungarischer Akzent auf. Möglicherweise war es ein Zeichen ihrer inneren Anspannung. »Auf diese Weise möchte man sie unauffällig aus dem Dienst Ihrer Majestät entfernen. Phiefi hat mir berichtet, dass Ihnen der Graf bekannt ist.«

Richards Miene wurde grimmig. Er nickte. »Genau hier in diesem Separee habe ich Phiefi vor einiger Zeit vor dieser Heirat gewarnt«, bestätigte er Idas Annahme.

Die zerknüllte nervös ihre Serviette. Dann hob sie entschlossen den Kopf. »Darf ich Sie bitten, mir die Gründe für diese Warnung in aller Offenheit zu benennen?« Sie hob die Hand, als wolle sie einen Einwand Richards abwehren. »Und zwar, bevor ich Ihnen die Situation schildere, in der sich Sophie von Werdenfels im Augenblick befindet.«

»Lassen Sie mich zuvor noch eine einzige Frage stellen, gnädige Frau! Gibt es wirklich keine andere Möglichkeit für Phiefi, dieser Heirat zu entkommen? Außer kompromittierende Informationen über ihren Freier gegen ihn zu verwenden?«

»Das ist leider so. Dafür stehe ich Ihnen gegenüber mit meinem Ehrenwort ein«, bestätigte Ida. »Und bitte Sie, dieses Ehrenwort genauso ernst zu nehmen wie das eines Mannes.«

Zu Idas Erstaunen erhob sich Richard und verbeugte sich

kurz. »Dann möchte ich eine Zeugin herbeirufen, die vor dem Café in einem Fiaker wartet. Sie kann Ihnen aus erster Hand berichten, was gegen den Grafen von Szalay als zukünftigen Ehemann Sophies spricht.«

Schon als man ihm gestern Morgen Ida Ferenczys Schreiben überbracht hatte, noch dazu nicht im Palais Thurnau, sondern an seinem Arbeitsplatz in der Franz-Josephs-Kaserne, ahnte Richard, worum es sich handeln könnte. Obwohl Ida sich sehr diskret ausgedrückt und, anstatt Szalay beim Namen zu nennen, nur über einen potenziellen Heiratskandidaten Sophies gesprochen hatte, über den sie als deren gute Freundin einige Auskünfte bei Richard einholen wolle.

Da er Mizzi Caspar um jeden Preis aus der Sache heraushalten wollte, hatte sich Richard daher an eine andere Dame aus dem Milieu gewandt. Sie war zu seinem Glück immer noch empört genug über Szalays Verhalten, um einer Begegnung mit Ida Ferenczy sofort zuzustimmen. Eine Fünfzig-Gulden-Note tat ein Übriges.

Nun führte Richard die schwarz gekleidete und tief verschleierte Dame ins Separee. Keinesfalls durfte man sie im Café Prinzess erkennen, da man sie sonst wahrscheinlich sofort des Hauses verwiesen hätte.

»Dies ist Frau Johanna Wolf«, stellte er die Bordellwirtin vor, sobald die Dame Ida Ferenczy gegenüber Platz genommen und ihren am Hut befestigten Schleier gelüftet hatte. Die Ungarin zog ihre bereits ausgestreckte Hand zurück, als hätte sie sich verbrannt. Offensichtlich war ihr der Name durchaus ein Begriff. Dann röteten sich Idas Wangen vor Verlegenheit. Erneut streckte sie ihre Rechte aus, die Johanna Wolf jedoch nicht ergriff.

»Ich verstehe Ihre Zurückhaltung, gnädige Frau, und teile sie. Zwei Damen aus so unterschiedlichen Kreisen sollten sich in der Regel gar nicht begegnen.«

Ida räusperte sich. »Ich danke Ihnen trotzdem von Herzen,

dass Sie gekommen sind, um zur Aufklärung in dieser delikaten Sache beizutragen«, beteuerte sie.

Johanna Wolf lächelte schmal. »Es ist auch mir eine Herzensangelegenheit, dass eine junge unschuldige Frau nicht das gleiche Schicksal erleiden muss wie meine beiden Mädchen. Sie müssen wissen, dass ich einst große Hoffnungen auf die ...«, Johanna suchte nach den richtigen Worten, »... die Mädchen setzte«, entschloss sie sich dann ein weiteres Mal zu der einzigen unverfänglichen Bezeichnung, die sie einer adeligen Dame gegenüber für angebracht hielt.

»Sie lernten Englisch oder Französisch, gute Tischmanieren und alles andere, was man als ...«, Johanna Wolf zögerte erneut und gab sich dann einen Ruck, »... als Begleiterin hoher Herren beherrschen muss. Sie verstehen?«

Ida nickte.

»Die Ausbildung der Mädchen war nach sechs Monaten in meinem Haus nahezu abgeschlossen. Nun haben beide ihre Haare und einen Teil ihrer Zähne durch die Quecksilbertherapie verloren, der man sie unterzogen hat, nachdem der ehrenwerte Graf von Szalay sie mit jener unaussprechlichen Krankheit infizierte, die uns heute hier zusammenführt.«

Ida biss sich auf die Lippen. Dann überwand sie sich. »Darf ich mich danach erkundigen, liebe Frau Wolf, warum Sie so sicher sind, dass jene unaussprechliche Krankheit von dem besagten Herrn auf Ihre Damen übertragen wurde?«

Johanna schnaubte. »Weil der Herr Graf ihr allererster Kunde war! Verzeihen Sie, gnädige Frau! Auch wenn Sie mein Gewerbe abstoßend finden, versichere ich Ihnen, dass die beiden noch sehr unbedarft waren, als Herr von Szalay sie für jene Orgie im Jagdhaus auf dem Kahlenberg engagierte.«

Idas Wangen färbten sich dunkelrot. Auch Johanna Wolfs nächste Sätze waren nicht dazu angetan, ihre Verlegenheit zu verringern. »Beide Mädchen kamen zu mir, nachdem sie der Sohn des Hauses, in dem sie jeweils dienten, verführt hatte.

Beide Affären flogen bereits unmittelbar nach dem Beginn der Liaison auf. Nun standen die Mädchen ohne Zeugnis auf der Straße. Sie waren beide sehr hübsch und gingen schließlich bei mir in die Lehre.«

»Und ... und wieso brachten Sie diese noch ganz unerfahrenen Mädchen mit dem Grafen von Szalay zusammen? Er ist doch um so viele Jahre älter.« Idas Worte waren kaum zu verstehen.

Richard fühlte sich peinlich berührt und bereute bereits, die Begegnung einer keuschen alten Jungfer mit einer erfahrenen Hurenwirtin herbeigeführt zu haben. Doch es kam noch schlimmer.

»Der Graf bot eine sehr hohe Summe für die Mädchen. Er ist dafür bekannt, dass er eine ausgesprochene Vorliebe für noch nahezu unerfahrene Gespielinnen hat«, antwortete Johanna Wolf mit schonungsloser Offenheit.

Ida atmete so stoßartig aus, als hätte man sie in den Magen geboxt. Auch Richard war schockiert. So genau hatte auch er bislang über die Laster des ungarischen Adeligen nicht Bescheid gewusst. *Kein Wunder, dass dieser Lump Phiefi zur Frau begehrt,* schoss es ihm durch den Kopf.

Ida fasste sich mühsam und räusperte sich erneut. »Aber ... wieso ist Herr von Szalay dann nicht selbst bereits siech?«, fragte sie stockend.

»Diese Krankheit verläuft unterschiedlich«, erklärte Johanna Wolf. »Manchmal bricht sie von vornherein so heftig aus wie bei meinen Mädchen. Und sie ist, das ist vielleicht wichtig für Sie zu wissen, eindeutig erst nach deren Kontakt mit Szalay ausgebrochen, rührte also nicht von ihrem erstmaligen Kontakt mit den Söhnen ihrer ehemaligen Dienstherren her. Denn dazwischen lag ja die gesamte Zeit ihrer Lehre. Manchmal hält sie nach den ersten Symptomen viele Jahre lang still oder verläuft in Schüben. Viele Herren, die ihr anheimfallen, verweigern zudem eine Quecksilbertherapie. Sie lassen sich lieber mit

Morphium behandeln, um ihre zunehmenden Beschwerden zu unterdrücken. In diesem Fall sieht man ihnen die Krankheit äußerlich nicht an.«

Das kann ich bestätigen, lag es Richard schon auf der Zunge zu sagen. Dann hielt er in letzter Sekunde inne. Schließlich konnte es sein, dass Ida Ferenczy gar nichts von Kronprinz Rudolfs Syphilis wusste.

Johanna Wolf redete sich dagegen zunehmend in Rage. »Aber Sie müssen mir glauben, verehrte Dame, dass ich diese blutjungen Dinger niemals diesem Risiko ausgesetzt hätte, wenn ich Bescheid gewusst hätte. Für den Grafen von Szalay bürgte nämlich der verstorbene Obersthofmeister unseres seligen Kronprinzen, Graf Carl von Bombelles, persönlich. Er war über viele Jahre hinweg einer meiner verlässlichsten Kunden. Und Szalay verdoppelte sogar die Summe, die ...«

»Ich bedanke mich sehr herzlich für Ihre Bereitschaft, an diesem Gespräch teilzunehmen, verehrte Frau Wolf«, fiel Richard der Bordellwirtin ins Wort, um der Sache jetzt ein Ende zu machen. Er wollte verhindern, dass sie vor den Ohren einer unverheirateten Hofdame der Kaiserin noch mehr Einzelheiten über ihr delikates Geschäft preisgab.

Dann kam ihm ein Geistesblitz. »Doch etwas könnten Sie noch für uns tun, liebe Frau Wolf. Wir wären Ihnen sehr dankbar, wenn Sie diese Vorkommnisse in einer eidesstattlichen Erklärung zu Papier bringen würden.«

»Die wir bei Hofe natürlich nur im äußersten Notfall zum Einsatz brächten«, beruhigte er Ida Ferenczy, deren Augen sich vor Entsetzen weiteten.

»Ihr Schaden soll es nicht sein, Frau Wolf«, wandte Richard sich dann wieder an die Bordellwirtin. Die bekundete zu seiner Erleichterung sofort ihr Einverständnis.

»Dann darf ich Sie jetzt zu Ihrem Fiaker geleiten«, beendete Richard das peinliche Treffen.

Bevor Frau Wolf in die Kutsche stieg, nahm er ihr das Versprechen ab, drei Ausfertigungen dieser eidesstattlichen Erklärung gegen einen Lohn von weiteren einhundert Gulden bereits morgen in sein Kontor in der Franz-Josephs-Kaserne überbringen zu lassen. »Wenn ich mit dem Wortlaut einverstanden bin, gebe ich dem Boten das Geld sogleich in einem verschlossenen Umschlag mit. Und wie ich Frau von Ferenczy soeben versichert habe, werden wir nur im äußersten Notfall bei Hofe von diesem Dokument Gebrauch machen. Ich will lediglich den Grafen Szalay damit konfrontieren.«

»Das Wichtigste ist mir die Geheimhaltung dieses Dokuments gegenüber meinen anderen Kunden«, betonte Frau Wolf. »Graf Szalay hat ohnehin bis zu seinem Lebensende Hausverbot in meinem Etablissement.«

»Nun ist Eile geboten, Herr von Löwenstein!« Mit diesen Worten empfing Ida Ferenczy Richard, noch bevor er im Separee wieder Platz genommen hatte. »Sophies Galgenfrist läuft bereits übermorgen um Mitternacht ab. Dann soll die Zwangsheirat stattfinden.«

Richard erschrak. »So lassen Sie uns beraten, wie wir am besten vorgehen können!«

Nach weniger als einer halben Stunde stand der Plan fest.

»Und Sie glauben fest daran, dass Sophie hier im Kaffeehaus ihres Onkels geschützt ist? Denn sie ist ja noch nicht volljährig«, versicherte sich Ida noch einmal.

Richard nickte. »Zum Glück hat die umsichtige Aufseherin Mina Löb Sophies Onkel schon am Tag nach deren Enttarnung telegrafisch über die unselige Wendung der Dinge informiert. Stephan Danzer ist seit vorgestern wieder in Wien und wird Sophie, die sein Patenkind ist, trotz der Gebrechlichkeit aufgrund seiner Erkrankung mit allen Mitteln verteidigen. Insbesondere vor dem Zugriff ihres Stiefvaters. Das weiß ich, ohne ihn vorher danach fragen zu müssen.«

»Sie sprachen gerade von ›Enttarnung‹. Also war Ihnen

bereits bekannt, was Sophie sich hat zuschulden kommen lassen?« Ida sah Richard verwundert an.

»Ob sich Sophie etwas *zuschulden kommen gelassen hat*, sei dahingestellt, gnädige Frau«, erwiderte Richard. »Das ist Ansichtssache, über die ich jedoch nicht mit Ihnen streiten möchte. Ich bin Ihnen viel zu dankbar dafür, dass Sie helfen, Sophie vor dieser furchtbaren Zwangsheirat zu bewahren.«

In den unterirdischen Gängen der Hofburg

Samstag, 20. Dezember 1890, gegen acht Uhr abends

»Pscht!«, zischte Ida Sophie leise zu und zog sie zurück in den Schatten eines Seitengangs. »Da kommt jemand!«

Jetzt hörte auch Sophie, dass sich schwere Schritte näherten. Im Schein der Petroleumfunzeln, die den dunklen Hauptgang nur schwach beleuchteten, sahen die Frauen einen der Holzträger der Hofburg mit seiner schweren Last vorbeistapfen. Er nahm die völlig in Schwarz gekleideten und zudem verschleierten Frauen, die sich in eine Nische drückten, nicht wahr.

Ida und Sophie warteten eine Weile, bis das Geräusch der Schritte verklang, und huschten dann weiter. Sophie fühlte sich an ihre erste Begegnung mit Kaiserin Sisi erinnert. Ob es jedoch die gleichen dunklen Gänge im unterirdischen Bereich der Hofburg waren, durch die sie mit der Kaiserin vor ihrem Besuch an Rudolfs Sarg in der Kapuzinergruft gegangen war, konnte sie nicht ausmachen. Ohne Ida Ferenczys Führung, die schon jahrzehntelang in der Hofburg wohnte und diese Schleichwege daher gut kannte, hätte sie sich schon längst hoffnungslos verlaufen.

Nach einer Weile, die Sophie schier endlos vorkam, erreichten sie endlich eine kleine eiserne Tür. »Wohin geht es hier?«, fragte Sophie ängstlich in Erinnerung daran, dass Sisi damals einen Ausgang in den Burghof gewählt hatte, wo sie mit ihr in eine unauffällige Kalesche gestiegen war. Ida wollte sie hoffentlich nicht an den Leibgardisten, die dort überall patrouillierten, vorbei ins Freie führen.

»Dies ist der Ausgang zur Augustinerbastei«, erklärte Ida.

Sophie durchfuhr ein Stich. »Etwa der gleiche...?« Sie ließ den Satz unvollendet.

Im schwachen Licht ahnte sie mehr, als dass sie sah, dass Ida nickte. »Wenn du die Tür meinst, durch die Rudolfs Geliebte Mary in die Hofburg hinein- und wieder hinausgelangt ist, hast du recht. Und wie bei Mary wartet draußen ein unauffälliger Fiaker auf dich. Allerdings nicht mit Josef Bratfisch als Kutscher, sondern einem von Richard von Löwenstein angeheuerten Mietkutscher. Herr von Löwenstein erwartet dich im Innern der Droschke.«

Die Ungarin breitete ihre Arme aus. Ohne weitere Worte ließ sich Sophie hineinsinken und atmete ein letztes Mal den Veilchenduft von Idas Parfüm ein. Möglicherweise würde sie die Freundin nie wiedersehen.

Wie es Ida geschafft hatte, sich ein zweites Mal den Schlüssel zu Sophies Kammer im Fräuleingang zu besorgen, blieb ihr Geheimnis. Doch vor ungefähr einer Stunde hatte sie erneut an Sophies Tür geklopft.

Ida drängte sie, sich sofort ihr schwarzes Trauerkleid anzuziehen, und ließ ihr danach nur die Zeit, die sie brauchte, um eine kleine Tasche mit dem Nötigsten zu packen. Dazu gehörte Sophies Börse mit der an sich recht stattlichen Summe von fast zweihundert Gulden, die sie im Laufe der Zeit von ihrem Gehalt angespart hatte. Aufgrund ihrer reichhaltigen Ausstattung hatte sie kaum Ausgaben während ihrer Zeit als Hofdame gehabt.

Allerdings hatte sie Baron Nopcsa schon nach einigen Monaten gebeten, ihr Salär auf einem Bankkonto für sie anzulegen, und dies bei den Abrechnungen nur noch quittiert. Das bereute sie jetzt, da ihr nun das Ersparte bis zu ihrer Volljährigkeit nicht zur Verfügung stand, obwohl es im Kaffeehaus zur Deckung des im Jänner fälligen Wechsels nötig gebraucht wurde. Doch das war jetzt nicht zu ändern. Wenn sie Pech hatte, übereignete Baron Nopcsa das Konto sogar ihrem Stiefvater.

Auch den Schmuck, den Henriette Sophie mitgegeben hatte, und den silbernen Wecker ihrer Schwester Milli warf Sophie in die kleine Tasche, die Ida ihr zugestand. Aus dem Elfenbeinkästchen, in dem sie den Schmuck verwahrte, fischte sie vorher die Smaragdbrosche heraus, die ihr die Kaiserin vor einem Jahr geschenkt hatte.

Sie hielt Ida die Brosche entgegen. »Nimm du sie, als kleinen Dank für deine unschätzbare Hilfe! Das Schmuckstück hat mir nur Unglück gebracht. Spätestens seit Sisi mir die Brosche gegeben hat, hat Marie Festetics mich gehasst.«

Ida schüttelte den Kopf. »Das käme mir vor wie ein Judaslohn. Steck die Brosche einfach unter den Bezug in dein Kopfkissen. Vielleicht findet sie deine Kammerzofe Franzi, sofern man sie hierherschickt, um aufzuräumen, nachdem man deine Flucht entdeckt hat.«

Fast alle Kleider und Schuhe mussten zurückbleiben, bis auf das, was Sophie am Leib trug, sowie eine Garnitur Leibwäsche zum Wechseln und ihr wärmster Mantel und Hut. Doch das war ihr einerlei. Nach weniger als zwanzig Minuten lugte Ida durch Sophies Kammertür auf den Fräuleingang. Da es gerade die Zeit des Nachtmahls war, war er leer.

Sophie rauschte das Blut in den Ohren, während sie hinter Ida den Fräuleingang bis zur Pforte, die ins erste Stiegenhaus führte, entlanghastete. Hier auf dem Gang bestand die höchste Gefahr, dass jemand sie erwischte. Doch Fortuna war ihnen hold. Niemand ließ sich blicken.

Das blieb auch so, als sie die vier steilen Stiegen hinunterliefen, bis sie schließlich den unterirdischen Teil der Hofburg erreichten. Trotz der eisigen Kälte war Sophie schon nach wenigen Minuten durchgeschwitzt, während sie durch die schier endlosen Gänge eilten. Nun waren sie am Ziel angelangt. Der Augenblick ihrer Freiheit, aber auch der des Abschieds von Ida war gekommen.

»Ich werde dir nie vergessen, was du für mich getan hast!« Sophie traten Tränen in die Augen. »Und ich bete zu Gott, dass du deswegen nicht in Schwierigkeiten gerätst.«

»Das würde ich nur unter einer Bedingung, Phiefi.« Ida löste sich aus der Umarmung und schob Sophie ein Stück von sich fort. Im schwachen Lichtschein suchte sie ihren Blick. »Nämlich, wenn du dein Wissen über Mayerling oder Sisis...« sie suchte nach dem richtigen Wort, »... oder über Sisis Absonderlichkeiten ausplauderst und damit den Eid brichst, den du zu Beginn deiner Hoftätigkeit geschworen hast. Nur wenn du solche Interna verrätst, fiele ich bei der Kaiserin in Ungnade, sollte sie erfahren, dass ich dir zur Flucht verholfen habe.«

»Wird man dich denn verdächtigen, mir geholfen zu haben?«

»Das halte ich durchaus für möglich«, räumte Ida ein. »Auch wenn man mir nichts beweisen kann. Dafür habe ich gesorgt. Doch die Kaiserin wird erst dann ernstlich nachzuforschen beginnen, wenn ihr ein Schaden durch deine Flucht entsteht. Auf ein bloßes Gerücht hin, das für sie völlig folgenlos bleibt, wird sie mir ihre Gunst nicht entziehen. Auch wenn es Marie Festetics immer geärgert hat, dem Herzen der Kaiserin stehe ich näher als sie.«

»Ich schwöre dir, dass ich über nichts, was die Kaiserfamilie kompromittieren könnte, ein Sterbenswörtchen verraten werde, Ida.«

»Darauf setze ich und will auch die Kaiserin diesbezüglich beruhigen, wenn sie von deiner Flucht erfährt. Doch nun geh!«, drängte Ida.

Nach einer letzten innigen Umarmung schloss Ida die Eisentür auf. Sie war noch immer so gut geölt, dass sie keinen Laut von sich gab.

Sophie huschte hinaus.

Draußen war es stockfinster. Der Mond war vollständig hinter dicken Wolken verborgen. Eine auf sie wartende Kutsche konnte Sophie daher im ersten Moment nicht ausmachen.

Doch bevor sie darüber in Panik geraten konnte, löste sich ein Schatten von der Wand. Sophie wusste sofort, dass es Richard von Löwenstein war, der dort auf sie gewartet hatte. Auch er war völlig in Schwarz gekleidet und trug keine Uniform.

»Phiefi!«, raunte er ihr ins Ohr. »Wie bin ich erleichtert, dass dir die Flucht gelungen ist. Endlich bist du in Sicherheit!«

Dann fasste er sie am Arm und führte sie rasch die steile Bastei hinab, wobei sie sich stets außerhalb des Lichtkegels einiger Straßenlaternen dicht an der Wand hielten. Am Fußende der Rampe tat sich rechts eine Durchfahrt auf, in der eine schwarze, mit zwei Rappen bespannte, unbeleuchtete Kutsche stand. Die Pferde gaben keinen Laut von sich. Ein unaufmerksamer Spaziergänger hätte das Gefährt im Dunkeln sogar übersehen können.

Richard öffnete den Schlag und schob Sophie in den Wagen hinein. Dann schnalzte er mit der Zunge. Das war offenbar das mit dem Kutscher vereinbarte Zeichen, denn der fuhr sofort an, nachdem Richard die Tür geschlossen hatte.

Erst jetzt begann Sophie, sich ein wenig zu entspannen. Im lichtlosen Innenraum der Kutsche konnte sie Richards Gesicht kaum erkennen, aber sie nahm seinen Duft wahr. Schmerzlich wurde ihr wieder bewusst, wie sehr sie alles an Richard liebte, auch seinen Geruch.

»Ich werde dir mein ganzes Leben lang dafür dankbar sein, dass du mich vor dieser schrecklichen Ehe gerettet hast, Richie«, flüsterte sie.

Anstatt einer Antwort beugte sich Richard zu ihr hinüber und schloss sie in seine Arme. Sophie ließ es willenlos geschehen. Es tat so gut, endlich wieder einmal gehalten zu werden. Sich gehen lassen zu können. Die Kontrolle aufzugeben.

»Ich hätte mir nie verziehen, wenn ich dich auf diese furchtbare Weise verloren hätte, Phiefi.«

Richard suchte ihre Lippen. Die beiden versanken in einen leidenschaftlichen Kuss. Sophie genoss jede einzelne Sekunde. Sie öffnete die Lippen und ließ zu, dass Richards Zunge sanft ihren Mund erforschte. Er schmeckte nach Veilchenpastillen und ein wenig nach Rotwein.

Angesichts des überstandenen Schreckens wurde Sophie zum ersten Mal bewusst, wie selbstverständlich Richard trotz all ihrer vergangenen Differenzen zu ihrem Leben gehörte. Und wie sehr sie sich danach sehnte, dieses Leben mit ihm teilen zu können.

»Ich liebe dich, Phiefi!« Richards Stimme klang rau, als sie sich endlich voneinander lösten. »Du bist und du bleibst die Frau meines Lebens. Daran wird sich nie etwas ändern.«

Sophie fühlte sich so glückselig, wie seit vielen Monaten nicht mehr. Sie spürte in diesem Moment ganz deutlich, dass es irgendwie, irgendwann einen Weg geben würde, mit Richard zusammenzukommen. Zwar wusste sie nicht, wie das vonstattengehen könnte. Dennoch war sie sicher, dass es eines Tages so sein würde.

»Ich liebe dich auch, Richie«, flüsterte sie. Die nächsten Worte kamen ihr wie von selbst über die Lippen. »Und ich werde auf dich warten, so lange es auch dauern mag.«

Kapitel 25

Danzers Wohnung über dem Kaffeehaus

27. Dezember 1890

Richard erschrak, als er Stephan Danzer zum ersten Mal seit längerer Zeit wiedersah. Sophies Onkel sah mit seinem hohlwangigen, von tiefen Falten durchfurchten Gesicht nicht nur um viele Jahre älter aus, als er mit seinen noch nicht einmal fünfzig Jahren war, sondern war inzwischen auch stark abgemagert. Sein schwarzer Anzug, in den er sich anlässlich Richards Besuch korrekt gekleidet hatte, schlackerte ihm um den ehemals wohlgenährten Körper.

Sophie, ihr Onkel und Richard saßen im Salon von Danzers Privatwohnung, die sich über die ganze obere Etage des Hauses erstreckte, das im Erdgeschoss sowohl das alte Kaffeehaus als auch das neuere Café Prinzess beherbergte. Hier war Richard noch nie zu Gast gewesen. Doch er war sich mit Stephan Danzer darüber einig, dass sich Sophie vorläufig nicht in den Räumen des Cafés zeigen sollte. Daher hatte Danzer anstatt des Treffens in einem der Separees auch seine Privatwohnung vorgeschlagen.

Während Sophie ihm seinen Großen Schwarzen servierte und sich selbst und ihrem Onkel einen Pfefferminztee eingoss, da Danzer auf ärztlichen Rat hin keinen Kaffee mehr trinken sollte, sah sich Richard unauffällig in dem großen Raum um. Mit seinen wuchtigen Schränken aus Nussbaum- und Eichenholz wirkte er etwas altmodisch und war mit allerlei Nippes geradezu überladen. Die Einrichtung war wahrscheinlich von einer weiblichen Hand vorgenommen worden. Richard vermutete, dass sie noch auf Danzers verstorbene Frau Annerl zurückging und Danzer in seiner Wohnung seit ihrem Tod weit weniger Zeit verbracht hatte als in den Räumen des Kaffeehauses.

Aus Annerls Nachlass stammte offensichtlich auch das dunkelgrüne Wollkleid, das Sophie trug, die fast all ihre Habe in der Hofburg zurückgelassen hatte. Trotz des unmodernen Schnitts stand es ihr gut.

In einer Ecke war ein kleiner, mit roten Kerzen und goldenen Schleifen und Kugeln geschmückter Christbaum aufgestellt worden. Die Dekoration war die gleiche, die man in diesem Jahr auch für die weit größeren Tannen im alten Kaffeehaus und dem Café Prinzess gewählt hatte.

Der ovale Tisch mit der gemaserten hellgrünen Marmorplatte, um den sich zwei schwere Sessel, ein zweisitziges Sofa und eine Chaiselongue gruppierten, war mit feinem Porzellan gedeckt. Auch dieses mit winzigen Tannenzweigen, Lebkuchenmännchen und anderen Weihnachtsmotiven bemalte Geschirr verwendete man im Advent und rund um das Christfest im Café Prinzess.

In der Mitte des Tischs stand ein Teller mit Weihnachtsgebäck. »Darf ich dir ein paar Kokoskuppeln oder Ischler Lebkuchen anbieten, Richie?« Sophie wies auf die typischen Spezialitäten des Cafés. »Oder lieber ein Stück von unserem Dresdner Christstollen?«

Richard lehnte Sophies Angebot ab. Er war kein Freund von Süßigkeiten, sondern zog Herzhaftes vor. Aber auch ohne diese Vorliebe hätte er gerade kaum etwas essen können. Er fühlte sich sehr bedrückt. Zu deutlich sah man Sophies Onkel an, dass er dem Tod immer näher kam.

Sophie warf Richard einen bekümmerten Blick zu, den er erwiderte. »Dr. Adler gibt meinem Onkel höchstens noch ein Jahr, vielleicht sogar nur noch ein paar Monate«, hatte sie ihm mitgeteilt, als sie Richard an der Wohnungstür begrüßte. »Auch die Ärzte in Gastein glauben an einen Hirntumor und halten die Krankheit daher für unheilbar. Man kann die Symptome nur noch mit Morphium lindern.«

»Also, dann lasst uns jetzt mit dem Kriegsrat beginnen!« Mit seiner forschen Aufforderung versuchte Richard, sich von seinen trüben Gedanken abzulenken. Vor allem von seiner Sorge, was geschehen würde, wenn Danzer noch vor Sophies einundzwanzigstem Geburtstag im nächsten Juni starb.

Zudem war seine Zeit heute knapp bemessen. Im Palais Thurnau wusste niemand, wo er sich gerade aufhielt. Man wähnte ihn in der Franz-Josephs-Kaserne anlässlich einer trotz der Weihnachtspause unaufschiebbaren Angelegenheit. Amalie hatte verärgert die Lippen geschürzt, sein Schwiegervater Adalbert indigniert dreingeblickt, als sich Richard beim Mittagessen für den Nachmittag entschuldigte.

Denn eigentlich war geplant gewesen, dass er mit Ami heute eine Spazierfahrt im Prater machte, wo es auch einen kleinen Weihnachtsmarkt gab. Es sollte ihr erster Ausflug nach ihrer noch immer nicht völlig abgeschlossenen Genesung sein. Sofern es Ami gut genug ginge, war auch noch ein Abstecher in den Wurstelprater geplant. Dort gab es eine große Exotenschau, die in allen Wiener Zeitungen angekündigt worden war. Fremdartige Menschen und Tiere würden dort ausgestellt, hieß es in den Werbeanzeigen.

Aber nachdem Sieber Richard die Nachricht Sophies überbracht hatte, die sie ihm unter dem während der Feiertage vereinbarten Tarnnamen eines Offizierskollegen ins Palais Thurnau sandte, änderte er seine Pläne sofort. Pünktlich um drei Uhr nachmittags hatte er sich in Danzers Wohnung eingefunden.

»Du hast mir geschrieben, es solle heute um deinen Stiefvater gehen, Phiefi?«, fragte Richard nun.

Sophie bestätigte das. »Mina Löb berichtete uns, dass Arthur schon zwei Tage nach meiner Flucht im Café Prinzess erschienen ist und mich und meinen Onkel zu sprechen wünschte. Mina teilte ihm wahrheitsgemäß mit, dass wir beide nicht anwesend seien. Doch er weigerte sich, das Café zu verlassen, bis er zumindest einen von uns gesprochen hätte. Toni Schleiderer musste ihn schließlich unter Androhung einer Besitzstörungsklage hinausweisen.«

»Toni Schleiderer? Der Zuckerbäckermeister?«, unterbrach Richard Sophie verwundert.

»Toni war so freundlich, meine Vertretung zu übernehmen, bis ich mich wieder besser fühle. Das hat er sogar schon vor meiner Rückkehr aus Gastein getan. Gleich nachdem Sophies Tarnung als Aufseherin aufgeflogen war«, erklärte Danzer. »Und er scheint seine Sache recht gut zu machen, wie Mina erzählt.«

»Und was ist mit der Backstube und den Küchen? Wird Schleiderer da nicht gebraucht?«

»Er hat die jeweilige Leitung dem dienstältesten Koch oder Konditor übergeben. Das funktioniert bislang recht gut, zumal die Leute schon lange für mich arbeiten und Schleiderer sie sehr gut ausgebildet hat.«

»Zumindest, bis ich mich wieder besser fühle, muss es so gehen«, fügte Danzer hinzu. »Aber das dauert sicher nur noch ein paar Tage.« Wieder warfen Sophie und Richard sich einen bekümmerten Blick zu.

»Außerdem habe ich mich dazu durchgerungen, das Café Prinzess zum ersten Mal seit seiner Eröffnung über die Weihnachtsfeiertage zu schließen. Phiefi hat mir dazu geraten.« Er tätschelte Sophie, die neben ihm saß, die Hand. »Es war eine sehr gute Idee, weil unser Personal auf diese Weise endlich einmal das ganze Christfest zu Hause feiern konnte. Auch wenn es uns etliche Gulden Umsatz gekostet hat. Doch Phiefi hatte zuvor errechnet, dass wir uns das in diesem Jahr leisten können. Die Adventszeit hat sich in dieser Saison mehr als gelohnt.«

»Das ist wahr«, bestätigte Sophie lächelnd. »Die Buchhaltung kann ich ja auch hier oben erledigen. Mina bringt mir die Unterlagen regelmäßig hinauf. Daher wusste ich von den guten Einnahmen im Advent.«

Sophie hatte die Schließung des Cafés über die Feiertage trotz der Schulden ihres Onkels vorgeschlagen, vor allem um Mina zu entlasten und ihr ein paar Tage Ruhe zu gönnen. Noch hatte sie mit Danzer nicht über den Ende Jänner fälligen Wechsel gesprochen. So gravierend dieses Problem auch war, momentan stand es nicht im Vordergrund.

Richard erwiderte ihr Lächeln. Dann wurde seine Miene wieder ernst. »Aber zurück zu deinem Stiefvater, Phiefi. Wie gut, dass dein Onkel und ich dich davon überzeugen konnten, vorläufig nicht einmal mehr in deiner Tarnung als Aufseherin aufzutreten. Bestimmt hat Szalay ihm davon erzählt.«

»Ich vermute, davon wusste mein Stiefvater sogar schon vor meiner Flucht!«, stimmte Sophie Richard zu. »Und war sich mit allen anderen darin einig, dass ich mich schändlich verhalten habe. Wahrscheinlich hat er auch deshalb meiner Zwangsheirat zugestimmt und wollte ihr sogar als Trauzeuge beiwohnen, wie mir Ida Ferenczy erzählt hat. Szalay wird also unmittelbar vor meiner Flucht bei ihm gewesen sein.«

»Daher hätte es leicht zu einem echten Eklat kommen können, Phiefi, wenn Arthur dich im Café angetroffen hätte«, fiel Onkel Stephan ein. »Stell dir nur vor, dieser Kerl hätte dir die Perücke diesmal in aller Öffentlichkeit heruntergerissen.«

»Ja, ja! Ich sehe ja ein, dass ihr beide recht hattet«, erwiderte Sophie mit einer Spur von Ungeduld. »Aber das Problem der fehlenden zweiten Aufseherin bleibt bestehen. Mina war jedenfalls sehr froh, die Weihnachtstage mit ihrer Familie verbringen zu können. Es war vielleicht das letzte Christfest mit ihrer Mutter.«

So wie es vielleicht auch das letzte Christfest mit dir gewesen ist, liebster Onkel. Richard sah Sophie an, dass sie dies dachte, aber natürlich nicht aussprach.

Wieder tätschelte Danzer Sophies Hand. »Du wirst sehen, mein Schatzerl, bald bin ich wieder gesund genug, um Mina jeden zweiten Tag zu ersetzen. Bis deine Entlassung aus dem Hofdienst erfolgt ist und du wieder hier mitarbeiten kannst. Notfalls auch so lange, bis du volljährig bist.«

»Denn für höchstens sechs Monate eine weitere Aufseherin einzustellen und einzuarbeiten, macht keinen Sinn«, fügte Danzer hinzu. »Oder möchtest du gar nicht mehr als Aufseherin arbeiten, Phiefi?«, deutete er Sophies betretene Miene falsch.

»Doch, doch, Onkel Stephan, natürlich möchte ich das! Mehr als alles andere! Aber es dauert vielleicht noch bis zu meinem Geburtstag, bis es möglich ist, und in der Zwischenzeit...« Sie stockte.

... könntest du immer kränker werden oder gar sterben. Wieder ergänzte Richard Sophies Satz in Gedanken.

»... in der Zwischenzeit fällt mir hier oben die Decke auf den Kopf«, fiel Sophie zum Glück ein unverfängliches Satzende ein. »Wo ich doch nicht einmal die Wohnung verlassen kann.«

Richard dachte nach. Für Szalay hatte er sich schon eine Strategie überlegt. Die galt es nur noch um einen Punkt zu erweitern. Aber Sophies Stiefvater Arthur von Freiberg blieb bis zu Sophies Volljährigkeit ein echtes Problem.

»Also müssen wir zwei verschiedene Lösungen finden. Eine habe ich schon parat.« Dann erläuterte Richard Danzer und Sophie seine Idee, wie er Szalay schachmatt setzen wollte. Beide waren auf Anhieb überzeugt davon, dass der Plan aufgehen würde.

Eine kleine Wanduhr schlug viermal. Richard wurde nervös. Spätestens zum Nachmittagstee um fünf Uhr wollte er wieder im Palais Thurnau sein, damit dort niemand allzu lästige Fragen stellte. Denn er hatte versprochen, dass die Angelegenheit in der Franz-Josephs-Kaserne höchstens zwei Stunden dauern würde.

»Was machen wir aber jetzt mit deinem abscheulichen Stiefvater?«, fuhr er fort.

Danzer grinste. Das Lächeln wirkte gespenstisch in seinem hohlwangigen Gesicht. »Schleiderer hat ihm doch eine Besitzstörungsklage angedroht, wenn er sich noch einmal im Prinzess sehen lässt! Damit sind wir ihn erst mal los.«

Sophie seufzte. Nun musste sie ihrem Onkel doch die ganze Wahrheit sagen, was sie ihm lieber erspart hätte. Aber Danzer hatte darauf bestanden, beim Gespräch zwischen Richard und Sophie dabei zu sein, als er von dessen bevorstehendem Besuch erfuhr.

»Mein Stiefvater hat angedroht, einen gerichtlichen Beschluss zu erwirken, um mich zurück ins Palais Werdenfels zu bringen. Gelingt ihm dies, weil ich ja noch nicht volljährig bin, will er mich notfalls mit Gendarmen aus dem Kaffeehaus schleppen lassen.«

»Das hat er Toni Schleiderer gesagt?«, fragte Danzer ungläubig nach. »Und warum erfahre ich das erst jetzt?«

»Lasst uns lieber über einen Ausweg nachdenken!«, fuhr ihm Richard in die Parade, bevor Danzer auf ein Nebengleis abbiegen konnte. Eine ehrliche Antwort Sophies hätte ihn zudem erneut mit seiner Gebrechlichkeit konfrontiert.

Sophie nahm den Faden sofort auf. »Wir müssten Arthur so unter Druck setzen, dass er befürchten muss, noch viel mehr zu verlieren als diesen vermaledeiten Truchsess-Titel«, überlegte sie. »Aber wie können wir das am besten bewerkstelligen?«

Richard und sie sahen sich an. Beiden kam der gleiche Gedanke. »Mayerling!«, sprach Richard aus, was Sophie dachte.

»Mayerling?«, fragte Danzer verständnislos. »Was hat Mayerling denn mit Sophies Stiefvater zu tun?«

»Ich habe Ihnen doch schon einmal angedeutet, dass Sophie und ich mehr über die Vorgänge in Mayerling wissen als Sie und die breite, immer noch an dieser Tragödie interessierte Öffentlichkeit, Herr Danzer. Wenn Sophie Arthur von Freiberg droht, dieses Wissen über Mayerling preiszugeben, wäre er als ihr Stiefvater und Vormund ruiniert, wenn sie dies wirklich täte und die Familie des Kaisers derart kompromittierte. Er müsste den diplomatischen Dienst sofort quittieren.«

»Aber das würde doch Sophie ebenfalls sehr schaden!«, wandte Danzer ein.

Noch bevor Richard oder Sophie etwas entgegnen konnten, zuckte Danzer plötzlich zusammen und griff sich mit beiden Händen an den Kopf. Offensichtlich überfiel ihn gerade eine heftige Schmerzattacke.

»Onkel Stephan! Du solltest dich niederlegen!«, mahnte Sophie, als der Anfall nach einer kleinen Weile noch immer nicht verebbte. »Ich erzähle dir später haargenau, was wir uns überlegt haben.«

»Sophie hat recht, Herr Danzer«, schloss Richard sich an.

Der gab tatsächlich nach. »Ich sollte jetzt besser meine Tropfen einnehmen.« Seine Stimme klang verwaschen. »Ihr werdet schon das Richtige tun!« Damit stand er mühsam auf und wankte aus dem Salon. Sophies Hilfe lehnte er ab.

Nun war keine Zeit mehr zu verlieren, da Richard bald gehen musste. Deshalb begannen er und Sophie sofort, über das beste Vorgehen zu beratschlagen, um Arthur von Freiberg in seine Schranken zu weisen.

»Wir müssen schweres Geschütz auffahren«, fasste Richard die Ergebnisse schließlich zusammen. »Ich halte es für das Beste, Arthur alles zu sagen, was du über Mayerling weißt, auch das, was ich dir darüber erzählt habe.«

»Du behauptest, alles zu Papier gebracht und das Dokument über einen seriösen Mittelsmann, der für die Wahrheit bürgt, da er sie ebenfalls kennt, in einem Bankschließfach deponiert zu haben«, fuhr Richard fort. »Und drohst Freiberg damit, diese Informationen über eben jenen Bürgen an Moritz Szeps, den Verleger des *Neuen Wiener Tagblatts*, weiterzugeben, wenn Arthur dich nicht in Ruhe lässt. Notfalls kannst du ihm auch sagen, dass es sich bei deinem Bürgen um einen Freund des Kronprinzen handelt. Natürlich ohne meinen Namen zu nennen, damit Arthur keinerlei Handhabe gegen mich hat.«

»Warum Moritz Szeps? Wiederhole mir noch einmal, was für ihn spricht!«, bat Sophie.

»Szeps war gut mit Rudolf befreundet und hat ihn oft mit den Informationen aus dem Ausland versorgt, die ihm sein Vater oder die Regierung vorenthalten haben. Davon wird dein Stiefvater als Diplomat im Ministerium des Äußeren sicher schon einmal gehört haben. Auch dass Szeps gute Beziehungen zu ausländischen Zeitungen pflegt, die nicht der österreichischen Zensur unterliegen, zum Beispiel dem Pariser *Figaro*. Diese Zeitung hat schon früher Interna gedruckt, die Szeps an sie weitergegeben hat und die bei einer Wiener Zeitung sofort zur Beschlagnahmung der Auflage geführt hätten. Du musst betonen, dass du Szeps ausdrücklich autorisieren würdest, bei einer Veröffentlichung deinen vollen Namen zu nennen.«

»Und wenn Arthur das alles für eine Finte hält, was ja auch stimmt, und mir nicht glaubt, dass ich diese Drohung wahr machen würde?«, zweifelte Sophie. »Denn die Hände sind mir ja gebunden. Ich habe Ida Ferenczy versprochen, kein Sterbenswörtchen über Mayerling zu verraten. Mit diesem Argument will Ida sogar die Kaiserin überzeugen, um sie milde zu stimmen. Außerdem habe ich sogar einen Eid schwören müssen, nichts über Hofinterna zu verraten. Dagegen verstoße ich schon, wenn ich nur meinen Stiefvater in die Vorgänge von Mayerling einweihe.«

Richard ballte die Hände zu Fäusten und öffnete sie wieder. »Das Risiko müssen wir eingehen, Phiefi. Denn was ist die Alternative? Ich halte Freiberg zu jeder Schandtat fähig, aus Rache für den ihm entgangenen Truchsess-Titel, wenn deine Heirat mit Szalay platzt. Dazu kann er dich dann zwar nicht mehr zwingen, da dieser Ungar von seinem Antrag zurücktreten wird, sobald er erfährt, was ich gegen ihn in der Hand habe.

Aber wenn Freiberg dich erst einmal wieder in seiner Gewalt hat, sperrt er dich vielleicht in ein Kloster oder sogar in eine Irrenanstalt ein. Womöglich lässt er dich auch sofort nach deiner Volljährigkeit wieder entmündigen und zwingt dich zur Ehe mit einem anderen Scheusal.«

Sophie blickte weiterhin unschlüssig drein.

»Wenn du ihm jedoch drohst, die Öffentlichkeit nicht nur auf Mayerling, sondern damit auch auf dein Schicksal aufmerksam zu machen, sollte er dich wieder in seine Fänge bekommen, wird dies nicht ohne Wirkung auf ihn bleiben«, sagte Richard mit großer Eindringlichkeit.

Sophie spürte, dass Richard recht haben könnte. »Vielleicht sollte ich diesbezüglich aber etwas zu Papier bringen, das ich Arthur zeigen kann«, überlegte sie zögernd. »Und behaupten, das sei eine Abschrift des Originals, das im Tresor liegt.«

»Das ist eine ausgezeichnete Idee!«, lobte Richard. »Und ich steuere noch eine Ausfertigung von Johanna Wolfs eidesstattlicher Erklärung bei. Damit Arthur weiß, warum Szalay als Heiratskandidat aus dem Spiel ist.«

»Aber ganz wohl fühle ich mich mit diesem Plan immer noch nicht!«, gestand Sophie bedrückt. Etwas fehlte ihr noch. Sie kam aber nicht darauf, was.

Richard, der mittlerweile neben ihr auf dem Sofa saß, zog sie in seine Arme und küsste sie auf die Nasenspitze. »Wir müssen zuversichtlich sein, Phiefi! Und du musst kühles Blut bewahren! Wenn du überzeugend auftrittst, wird die Drohung, dich und damit auch ihn zu ruinieren, weil du nichts mehr zu verlieren hast, einen so auf seinen Status bedachten Mann wie deinen Stiefvater einschüchtern. Das Risiko, all das zu verlieren, was er bereits besitzt, wird er nicht eingehen wollen.«

Sophie war immer noch unschlüssig, war aber unendlich dankbar für Richards Loyalität. »Was täte ich nur ohne dich!«, lächelte sie. »Ich wäre ganz und gar verloren!«

Davon gerührt, zog Richard sie noch einmal in seine Arme.

Sophie leistete keinen Widerstand. Beide gaben sich dem leidenschaftlichen Kuss hin, der sie die Welt um sie herum mit all ihren Tücken eine selige Zeit lang vergessen ließ.

Die Uhr schlug ein Viertel vor fünf. Richard löste sich aus der Umarmung und sprang auf. »Ich muss jetzt gehen, Phiefi. Auch wenn ich viel lieber bleiben würde. Denk in den Tagen zwischen den Jahren noch einmal in Ruhe über alles nach! Vielleicht fällt dir ja etwas ein, was unsere Lösung noch überzeugender macht.«

Sophie begleitete Richard zur Wohnungstür. Das Dienstmädchen Emma, das Danzer den Haushalt besorgte, hatte seit dem Christtag frei und würde erst heute Abend zurückkommen.

»Juristisch wird Arthur von Freiberg bis nach dem Dreikönigstag keine Schritte gegen dich einleiten können«, fuhr Richard in seinen Überlegungen fort, während Sophie ihm seinen Uniformmantel reichte. »Denn das zuständige Vormundschaftsgericht dürfte bis dahin geschlossen sein. Lade deinen Stiefvater also noch vor Dreikönig zu einem Gespräch ein! Ich werde mich mit Szalay schon übermorgen treffen und dich natürlich sofort über das Resultat unterrichten.«

Er küsste Sophie noch einmal auf die Nasenspitze. »Und wenn dir Zweifel kommen oder es noch etwas zu klären gibt, lass mir unter dem vereinbarten Tarnnamen eine Nachricht zukommen! Sollen wir so verbleiben?«

Sophie nickte. »Es tut auf jeden Fall gut, noch ein paar Nächte darüber zu schlafen. Vielleicht fällt mir ja tatsächlich noch etwas ein, das wir übersehen haben oder gut verwenden können.«

»Was ist eigentlich aus dieser Sanna und dem Spion geworden?«, fiel Richard noch ein, als er schon auf dem Treppenabsatz stand.

Sophie lächelte schmal. »Onkel Stephans und mein erster Impuls war, Sanna sofort hinauszuwerfen, ebenso wie diesen vorgeblichen Baron Birkhaus, wenn er sich noch einmal im

Café Prinzess blicken lässt. Doch von beidem haben wir Abstand genommen. Mina meinte, Sanna jetzt fristlos zu entlassen, könne dazu führen, dass sie die Geschichte mit meiner Verkleidung herumerzählt. Besser sei es, sie im Glauben zu lassen, dass wir gar nichts von ihrer Denunziation wüssten und ihr erst zu kündigen, wenn ich nichts mehr zu befürchten habe.«

Richard grinste. »Mina ist eine kluge Frau. Und was ist mit diesem Baron?«

»Der ist bislang nicht mehr aufgetaucht. Und wenn er noch einmal kommt, behandeln wir ihn wie jeden anderen Gast. Denn da ich mich im Café ja vorerst nicht blicken lasse, hat er auch nichts mehr auszuforschen.«

Mit einem letzten Kuss auf die Wange verabschiedeten sie sich endgültig voneinander.

Richard war die Treppe zum Flur des Kaffeehauses noch nicht ganz hinabgestiegen, da begann in Sophie eine vage Idee, Gestalt anzunehmen. Sie musste unbedingt noch einmal mit Minas Verwandtem aus dem Wurstelprater sprechen. Vielleicht konnte er ihr ja ein zweites Mal helfen.

Kaffeehaus Prinzess in der Dorotheergasse

29. Dezember 1890, um die Mittagszeit

Als Richard das alte Kaffeehaus Prinzess durch den Eingang in der Dorotheergasse betrat, wurde ihm zum ersten Mal bewusst, dass er sich in dieser rustikalen Umgebung mit den verschrammten Möbeln und dem geschäftigen Stimmengewirr weitaus wohler fühlte als im noblen Café nebenan. Nur der dichte Qualm der Zigarren und Zigaretten störte ihn, da er dem Rauchen nichts abgewinnen konnte.

Lajosz von Szalay wartete schon auf ihn und winkte ihm zu. War es Zufall oder Vorsehung, dass er genau in derselben

Nische saß, in der Richard vor knapp zwei Jahren von Graf Josef Hoyos die wahren Begebenheiten über das Auffinden von Rudolfs und Marys Leiche in Mayerling erfahren hatte? In diesem Augenblick kam es Richard so vor, als hätte diese Unterredung erst gestern stattgefunden.

Das Willkommenslächeln Szalays wirkte aufgesetzt, als sich Richard ihm gegenübersetzte und den üblichen Großen Schwarzen bestellte. Toni Schleiderer persönlich brachte ihm das Gewünschte. Richard hätte den Konditormeister, der sonst in weißem Kittel und Haube in der Backstube werkelte, in seinem schwarzen Anzug beinahe nicht erkannt.

»Grüß Gott, Herr Graf«, begrüßte ihn Toni. »Wünschen die Herren auch zu speisen? Ich kann wie üblich unser Fiakergulasch empfehlen. Aber zu dieser besonderen Zeit zwischen den Jahren haben wir auch einen ausgezeichneten Hirschbraten im Angebot, mit Schwammerlsoße, Semmelknödeln und Kastanienblaukraut.«

Unter anderen Umständen wäre Richard das Wasser im Munde zusammengelaufen, zumal er noch nicht zu Mittag gegessen hatte. Wieder hatte er sich kurzfristig unter dem Vorwand, er würde in der Franz-Josephs-Kaserne gebraucht, im Palais Thurnau entschuldigt.

Natürlich war Amalie erneut beleidigt gewesen, obwohl er den ihr versprochenen Ausflug in den Prater samt dem Besuch der Exotenschau gestern Nachmittag nachgeholt hatte. Doch gleich nach Dreikönig würden seine Eltern, die zu Silvester in Wien erwartet wurden, Amalie auf ihr Landgut nach Tirol mitnehmen. Dort sollte sie sich in der gesunden Bergluft endgültig von ihrer Fehlgeburt erholen.

Im Gegensatz zu Amalie, die lieber in Wien geblieben wäre, war das Richard nur recht. Denn er hatte mittlerweile einen schwerwiegenden Entschluss gefasst: Er beabsichtigte, die durch Amalies Fehlgeburt erzwungene sexuelle Abstinenz auch in Zukunft beizubehalten und Sophie auf diese Weise körperlich treu zu bleiben. Natürlich wollte er dadurch auch verhindern, dass Amalie durch eine weitere Schwangerschaft wieder in Lebensgefahr geriet. Aber dieses Argument sollte ihm vor allem als Vorwand dafür dienen, »vorläufig«, wie er behaupten würde, auf seine ehelichen Rechte zu verzichten.

Zu guter Letzt wollte er sich damit aber die Hintertür für eine Scheidung offen halten. Vielleicht wäre Amalie am Ende ja sogar mit einer solchen Trennung einverstanden, wenn er ihr Bett in Zukunft meiden würde. Denn vor ihrer Fehlgeburt war sie, ungewöhnlich genug für eine junge Frau, auf die Befriedigung ihrer eigenen Lust geradezu versessen gewesen. Eine Weile hatte dies auch Richard erregt, sodass ihre Beziehung zumindest im Schlafzimmer der einer erfüllten Ehe entsprach.

Doch seit Sophie ihm ihre Liebe gestanden und sich dazu bereitgefunden hatte, zumindest wieder einige Zärtlichkeiten zuzulassen, war Richards Begehren für Amalie völlig erloschen.

»Nein, danke, ein andermal«, beschied Richard Schleiderer nun abschlägig. Ein gemütliches Mittagessen passte nicht zu der bevorstehenden Unterredung. Auch Szalay lehnte ab.

»Sehr wohl. Wie es den werten Herren beliebt.« Schleiderer verbeugte sich formvollendet und setzte danach seinen Rundgang durch das Kaffeehaus fort.

Richard sah dem Konditormeister nach. *Er macht seine Sache als Vertreter Stephan Danzers wirklich gut,* lenkte er sich noch einen Moment lang von der bevorstehenden Unterredung mit Szalay ab. Dann wandte er sich dem Ungarn zu.

»Graf von Szalay, ich bin Ihnen außerordentlich verbunden, dass Sie sich zu dem heutigen Treffen bereit erklärt haben.«

Szalay musterte Richard mit seinen bernsteinfarbenen Augen. Dann strich er sich über seinen schwarz gefärbten Schnurrbart, der wie üblich mit Pomade zu Kringeln geformt war.

»Ich gestehe, dass mich Ihre Ankündigung, über eine *delikate Angelegenheit* mit mir sprechen zu wollen, zugleich ratlos und neugierig gemacht hat«, antwortete er gestelzt. »Worum geht es dabei?«

»Um die Komtess Sophie von Werdenfels«, fiel Richard gleich mit der Tür ins Haus.

Szalay erblasste, sodass die geplatzten Äderchen auf seiner knolligen Nase besonders deutlich hervortraten. Bevor er Richard antwortete, winkte der Ungar einem vorbeieilenden Kellner und bestellte sich einen doppelten Cognac. Richard lehnte ab, als der Ober auch ihn nach entsprechenden Wünschen fragte.

»Nuuun«, erwiderte Szalay schließlich gedehnt. »Ich wüsste nicht, dass diese Angelegenheit Sie etwas anginge, verehrter Herr von Löwenstein.«

Richard, der mit einer solchen Reaktion gerechnet hatte, zog schweigend ein Exemplar von Johanna Wolfs eidesstattlicher Erklärung aus seiner Uniformjacke und reichte es Szalay über den Tisch.

Dessen Gesichtszüge gefroren, während er das Dokument studierte. Sein Gesicht wurde kalkweiß. In seiner Nervosität zupfte er an einem Kringel seines Schnurrbarts, bis dessen Ende schlaff herabhing.

Schließlich gab sich Szalay einen Ruck und sah auf. »Das ist eine üble Verleumdung!«, stritt er zunächst alles ab. »Damit könnte ich diese Halbweltdame vor Gericht bringen ...«

»Wovon ich Ihnen ausdrücklich abraten würde«, fiel ihm Richard ins Wort. »Denn es gibt ja die beiden Mädchen, die dort als Zeuginnen gegen Sie auftreten könnten.«

»Kleine Hürchen!«, sagte Szalay so verächtlich, dass es Richard in den Fingern juckte, ihm ins Gesicht zu schlagen. Schließlich hatte der Schuft das Leben dieser jungen Frauen für alle Zeit ruiniert. Doch er beherrschte sich.

»Wer wird zwei Freudenmädchen und ihrer Zuhälterin glauben? Und wie wollen Sie denn überhaupt beweisen, dass diese Grabennymphen sich bei mir angesteckt haben?« Die Stimme des Ungarn zitterte trotz seiner unverschämten Worte.

»Grabennymphen« wurden die Prostituierten genannt, die ihre Dienste am Straßenrand anboten. Anstatt Szalay seine Faust ins Gesicht zu donnern, wonach Richard erneut zumute war, griff er diese Bezeichnung auf.

»Sie wissen sehr gut, Szalay, dass die beiden Mädchen nie in der Gosse gearbeitet und fast noch Jungfrauen waren, als Sie sie bei Frau Wolf im vergangenen Sommer für Ihre Orgie auf dem Kahlenberg engagierten. Und Sie wissen noch besser, in welchem Zustand Sie die Madln wieder entlassen haben.«

Bei einem weiteren Treffen mit Johanna Wolf hatte sich Richard wohl oder übel nach den unappetitlichen Einzelheiten dieser Orgie erkundigt. Er wollte für alle Eventualitäten im Gespräch mit Szalay vorbereitet sein.

»Das Schwein hat ihre sämtlichen Körperöffnungen benutzt«, hatte Frau Wolf berichtet. »Obwohl ich Analverkehr ausdrücklich ausgeschlossen hatte, da die Madln in ihrer Ausbildung noch nicht so weit waren. Dafür hat er dann zwar einen Nachschlag von einhundert Gulden bezahlt. Aber als nach vier Wochen die Syphilis-Geschwüre auftraten, zeigten sie sich gleichermaßen an dem Mund, der Vulva und dem Gesäß.« Richard schauderte es noch immer bei der Erinnerung an diese Worte.

Szalay senkte den Blick zu Boden. Aber noch versuchte er, alles abzustreiten. »Wieso sollen sich die Bordsteinschwalben die Franzosenkrankheit denn bei mir geholt haben? Diese geldgierige Hurenwirtin wird nicht gezögert haben, sie auch anderen Freiern anzudienen.«

Richard schüttelte den Kopf und war jetzt sehr froh über das zweite Gespräch mit der Freudenhausinhaberin. Es half ihm, Szalay Paroli zu bieten.

»Das hat Frau Wolf nicht getan. Aus Gründen, die Sie sehr gut kennen. Die Mädchen waren so in Mitleidenschaft gezogen, dass die Wunden, die Sie ihnen zugefügt haben, erst einmal ausheilen mussten. Dadurch alarmiert, fragte Frau Wolf nach, ob den beiden denn irgendetwas an Ihnen aufgefallen sei. Beide berichteten ihr von kupferfarbenen Pickeln, die Sie am ganzen Körper aufgewiesen hätten. Manche waren aufgeplatzt und nässten sogar. Besonders die, die sich in den Hautfalten unter Ihrem mächtigen Wanst befanden.«

»Schon gut, schon gut«, versuchte Szalay, Richard zu unterbrechen. Doch der ließ sich nicht beirren und fuhr fort.

»Frau Wolf erkannte diese Symptome sofort als die, die sie waren: Anzeichen für eine bereits fortgeschrittene Syphilis. Da sie schon immer den allergrößten Wert darauf legte, nur gesunde Mädchen an ihre Kunden zu vermitteln, wartete sie einige Wochen ab. Zu ihrer Bestürzung entwickelten beide Madln tatsächlich die ersten Symptome. Die Krankheit nahm zudem von Anbeginn an einen schweren Verlauf. Frau Wolf wusste, dass die Mädchen für sie verloren waren. In der Hoffnung, sie wenigstens vor dem Schlimmsten bewahren zu können, ließ sie sie einer Quecksilbertherapie unterziehen. Dadurch fielen den beiden erwartungsgemäß alle Haare und ein Teil der Zähne aus. Nun sind die Madln, wenn sie Glück haben, vielleicht genesen, aber für ihr ganzes Leben gezeichnet. Beide sind noch keine zwanzig Jahre alt, habe ich mir sagen lassen.«

Szalay wich Richards bohrendem Blick aus und glotzte auf den Kaffeehaustisch.

»Jetzt können sich die zwei nicht einmal mehr als Dienstmagd verdingen, geschweige denn als die Edelprostituierten, zu denen Frau Wolf sie ausbilden wollte. Sie fristen ein elendes Dasein als Putzfrauen in ihrem Bordell«, beendete Richard seine Anklage.

»Ich habe der Wolf freiwillig noch einmal fünfhundert Gulden Schadensersatz bezahlt«, verteidigte sich Szalay.

Richards Puls begann sich zu beschleunigen. Das hatte ihm die Freudenhauswirtin verschwiegen. Doch gestählt durch seine Ermittlungen in der Armee, blieb Richard äußerlich ruhig.

»Also haben Sie Ihre Schuld bereits eingestanden!«, erwiderte er kaltblütig.

Szalay leerte den Cognac, den man ihm inzwischen serviert hatte, in einem Zug und winkte sofort nach Nachschub. Notgedrungen stockte ihr Gespräch, während der Ober die neue Bestellung aufnahm.

Offensichtlich hatte der Ungar die Pause genutzt, um sich wieder zu fassen. »Es tut mir leid um die Madln«, sagte er. »Doch wer sich in Gefahr begibt, kann darin umkommen, wie es so schön heißt. Das steht schon in der Bibel.« Wieder juckte es Richard in den Fäusten.

»*Ich* bin allerdings wieder vollständig genesen«, warf sich Szalay in die Brust. »Die Krankheit ist völlig ausgeheilt.«

Auch auf dieses Argument war Richard vorbereitet. Noch vor Weihnachten hatte er diesbezüglich die Expertise von Dr. Adler eingeholt.

»Diese Krankheit heilt nicht von alleine aus. Das wissen Sie so gut wie ich, wenn Sie jemals einen einigermaßen tüchtigen Arzt dazu befragt haben«, sagte er Szalay auf den Kopf zu. »Die Syphilis kann höchstens eine Zeit lang zum Stillstand kommen. Jedoch auch während eines solchen Stillstands ist der Infizierte weiterhin ansteckend.«

An Szalays Zusammenzucken erkannte Richard, dass der Graf über diesen Aspekt sehr wohl Bescheid wusste, auch wenn er es abstritt. »Mein Arzt hat mir etwas anderes gesagt«, erwiderte er lahm. Dann lenkte er ein. »Was wollen Sie eigentlich von mir? Geld?«

Richard schnaubte. »Ihr Geld interessiert mich nicht im Geringsten.« Er klopfte mit dem Knöchel auf das Dokument, das zwischen ihnen auf dem zerkratzten Kaffeehaustisch lag.

»Ich stelle Ihnen ganz andere Bedingungen für mein Schweigen. Sollten Sie sich weigern, sie zu erfüllen, benutze ich dieses Papier, das ich in mehreren Ausfertigungen besitze. Davon geht eine an Sophies Stiefvater, der seine Zustimmung zur Heirat daraufhin sicherlich rückgängig machen wird. Eine geht an den Obersthofmeister Ihrer Majestät, Baron Nopcsa. Eine gute

Freundin Sophies wird außerdem Ihre Majestät, die Kaiserin, unterrichten. Vielleicht war Baron Nopcsa ja nicht bewusst, dass Sie an dieser Krankheit leiden, als er Kaiserin Elisabeth um die Zustimmung zu Ihrer Hochzeit bat.«

»Lassen Sie den Baron aus dem Spiel!« Szalays Stimme klang nun panisch. Er umklammerte sein Cognacglas mit beiden Händen. »Franz weiß nichts von meiner Krankheit.«

Richard atmete innerlich auf. »Dann sollte das tunlichst auch so bleiben«, schlug er vor. »Das sind meine Bedingungen dafür: Sie erklären Nopcsa, dass Sie von Ihrer Heiratsabsicht mit Sophie von Werdenfels zurücktreten. Das Gleiche erklären Sie auch gegenüber ihrem Stiefvater Arthur von Freiberg. Schützen Sie meinethalben Sophies Flucht aus der Hofburg als Grund dafür vor.«

Richard fixierte Szalay, bis der widerstrebend nickte. »Außerdem erwirken Sie von Nopcsa eine ehrenhafte Entlassungsurkunde für Sophie von Werdenfels aus dem Dienst Ihrer Majestät. Dies alles duldet keinen Aufschub, da zu vermuten steht, dass die Kaiserin schon bald nach Neujahr wieder zu ihren nächsten Reisen aufbrechen wird und Nopcsa für die Ausfertigung der Urkunde ja deren Zustimmung benötigt.«

Szalay starrte auf den Tisch, auf dem sich eine kleine Lache Cognac gebildet hatte. Das volle Glas war übergeschwappt, weil Szalay es so fest umklammert hatte.

»Und welche Garantien bieten Sie mir?«, fragte er schließlich.

»Johanna Wolfs eidesstattliche Erklärungen bleiben zunächst sicher in einem Bankschließfach verwahrt. Am Tag, an dem Sophie von Werdenfels' Entlassungsurkunde eintrifft, vernichte ich sie.«

»Woher weiß ich, dass Sie diese Zusage einhalten werden?«

Richard fixierte ihn. Kalter Zorn lag nun in seinem Blick. Doch seine Stimme blieb ruhig.

»Ich gebe Ihnen mein Ehrenwort als Offizier Seiner Majestät, des Kaisers Franz Joseph. Das muss Ihnen genügen, Szalay!«

Wieder starrte der Ungar auf den Tisch. Dann hob er entschlossen den Kopf und suchte jetzt Richards Blick.

»Zwei Fragen bleiben noch offen, Löwenstein. Was tun Sie, wenn ich mich mit einer anderen Dame vermählen möchte? Werden Sie mich auch dann denunzieren?«

Richard fuhr ein Stich durch die Brust. Daran hatte er noch gar nicht gedacht. Er ballte unter dem Tisch die Hände zu Fäusten und holte tief Luft.

»Mir liegt nur das Wohl der Komtess von Werdenfels am Herzen!«, rang er sich zu einer Antwort durch. »Alles Weitere hat mich nicht zu interessieren. Auch dafür gebe ich Ihnen mein Ehrenwort.«

Szalay grinste anzüglich. »Was mich gleich zu meiner zweiten Frage bringt, Löwenstein. Sie sind erst seit Kurzem verheiratet. Mit einer überaus reizenden jungen Frau. Was haben Sie mit der Komtess von Werdenfels zu schaffen?«

Zu seinem Ärger spürte Richard, dass er errötete.

»Das wiederum geht Sie nicht das Geringste an«, beschied er dem Ungarn. Dann stand er auf und warf einige Münzen auf den Tisch.

»Wir haben uns also verstanden, Szalay. Daher möchte ich mich nun empfehlen.«

Kapitel 26

Danzers Wohnung über dem Kaffeehaus

29. Dezember 1890, am späten Nachmittag

»Des is aba a arg feines Haus, gnä's Fräulein, wo die Mina arbeit'. Des hätt i nie 'dacht.«

Sophie musste über die Bewunderung von Minas Onkel zweiten Grades, der ein Cousin ihres Vaters Benjamin war, unwillkürlich lächeln. Der Besitzer des kleinen Theaters im Wurstelprater hatte ihr auch zu den Requisiten verholfen, die sie für ihre Tarnung als Aufseherin benötigte.

»Kommen Sie doch bitte herein, Herr Stern. Und geben Sie mir Ihren Mantel und Hut!«

»Das kann ich doch übernehmen, Fräulein Sophie«, bot Mina Löb an, die ihren Verwandten vom Café zur Wohnung hinaufbegleitet hatte. Dem Dienstmädchen hatte Sophie zu dessen Verwunderung bis zum Abend erneut freigegeben.

»Lassen Sie es gut sein, Mina! Es ist mir eine Ehre und eine Freude, dass Ihr Onkel mich heute sogar persönlich aufsucht, um ein weiteres Anliegen, das ich an ihn herantragen möchte, mit mir zu besprechen.«

Dann kam ihr eine Idee. »Aber vielleicht mögen Sie ein paar unserer Kanapees kosten, Herr Stern?«

Der Mann sah sie verlegen an und drehte seinen abgetragenen Hut in den Händen.

»Das sind Schnittchen, Onkel Jakob«, sprang Mina ein. »Sie sind im Café Prinzess sehr lecker. Du wirst sie mögen.«

»Ja gern! Wenn's ned zu viel Umständ' macht!«

Mina und Sophie lächelten einander zu.

»Bringen Sie Ihrem Onkel eine tüchtige Portion, Mina! Derweil kann ich ja bereits mit ihm besprechen, ob er mir noch einmal helfen kann!«

»Und nun nehmen Sie Platz«, forderte Sophie Herrn Stern auf, der sich zögernd und offensichtlich von Danzers Wohnung ebenso beeindruckt wie vom Café Prinzess in einen der brokatüberzogenen Sessel des Salons setzte.

Sophie bot ihm ein Glas Wein an. Es war draußen schon dunkel. Daher erschienen ihr Wein und Kanapees angemessener als Kaffee und Kuchen, zumal für die Bewirtung eines Mannes.

Stern nahm einen Schluck und verdrehte genießerisch die Augen. »Des is ja a Tropfen wie aus'm Paradies. So was Fein's hab i lang ned gekostet.«

In Sophies herzliches Lächeln schlich sich eine Spur Mitgefühl. Am zwar sauberen, aber fadenscheinigen Anzug von Minas Onkel erkannte sie ebenso wie an seiner Bewunderung für das Interieur des Hauses und den rheinbayerischen Riesling des Weinguts Gerban, dass der Mann in bescheidenen Verhältnissen lebte. Sie war schon jahrelang nicht mehr im Wurstelprater gewesen und konnte sich daher auch nicht an das kleine Theater erinnern, das seinem Besitzer offensichtlich nicht allzu viel einbrachte.

Nachdem sie sich selbst ein Glas Wein eingegossen hatte, erläuterte Sophie Minas Onkel ihr Anliegen.

Der kratzte sich das Kinn unter seinem dichten grauen Vollbart.

»Ja, freilich gibt's des, gnä's Fräulein. Damit hab i scho viele Zauberkunststückerln g'macht«, beantwortete er Sophies Frage zu ihrer Freude positiv.

»Und die Methode ist wirklich sicher?«

»Todsicher, gnä's Fräulein.«

Sophie ließ sich das Verfahren genau beschreiben. Es klang vielversprechend. Zumindest einen Versuch war es wert.

»Dann würde ich gerne je ein Flascherl davon erwerben, Herr Stern. Was kostet es mich?«

»Gar nix, gnä's Fräulein. I schenk's Ihna.«

»Das kommt gar nicht infrage«, sagte Sophie bestimmt. »Wo Sie sich doch extra die Mühe gemacht haben, heute dafür herzukommen.« Sie zückte ihre Börse und reichte dem Mann einen Gulden.

»Des is viel zu viel!«, protestierte der. »Die Flascherln sind höchstens a paar Kreuzer wert.«

»Nehmen Sie das Geld, Herr Stern!«, insistierte Sophie. »Sie wissen gar nicht, wie sehr Sie mir damit helfen.«

Der Mann griff zögernd nach der Münze, die Sophie ihm hinhielt.

»Aber ich habe eine Bitte und eine Bedingung!« Sophie hörte, dass Mina, die einen Schlüssel für Danzers Wohnung besaß, die Hintertür aufsperrte.

Stern hielt mitten in der Bewegung inne, mit der Münze noch in der Hand.

»Die Bitte ist, dass Sie mir die Flascherln bis spätestens morgen Mittag herbringen. Ist Ihnen das möglich?«

»Aber ja, gnä's Fräulein. I bring's Ihna gern scho heut Abend.«

Sophie überlegte einen Moment lang und lehnte das Angebot dann ab. »Das ist sehr freundlich von Ihnen, Herr Stern. Aber es würde bedeuten, dass Sie den Weg vom Prater zum Graben heute noch ein zweites Mal machen müssten. Und draußen friert es Stein und Bein. Wenn ich die Flascherln morgen Mittag habe, reicht es vollkommen.«

»I bring sie glei morgen in der Früh«, insistierte Stern.

Sophie wurde der Mann immer sympathischer. »Wie es Ihnen am besten passt, Herr Stern«, sagte sie freundlich. »Aber jetzt kommt noch meine *Bedingung*.«

Sie winkte Mina, die mittlerweile mit einem großen Tablett an der Tür zum Salon stand. Es war voller Kanapees, die appetitlich mit geräucherter Forelle, Gänseleberpastete, Wildschinken und anderen Leckereien belegt waren.

Stern machte große Augen, als Mina das Tablett vor ihm abstellte.

»Sie lassen sich all diese Schnittchen schmecken und trinken den Wein dazu. Derweil leiste ich Ihnen Gesellschaft, und Sie erzählen mir etwas über die Vorführungen, die gerade in Ihrem Theater stattfinden.«

Danzers Wohnung über dem Kaffeehaus

3. Januar 1891

Arthur von Freiberg lehnte Sophies Angebot eines heißen Getränks oder eines Stücks Torte brüsk ab und bat lediglich um ein Glas Wasser. Sophie klingelte nach dem Dienstmädchen Emma. Für sich selbst bestellte sie eine Mandelmelange aus dem Café.

Hinter dem Mädchen, das die Getränke auf einem Tablett hereinbrachte, trat Stephan Danzer in den Salon. Sophie musterte ihn besorgt. Eigentlich hatte sie ihren Onkel darum gebeten, sie dieses Gespräch mit ihrem Stiefvater unter vier Augen führen zu lassen.

Dies geschah nicht aus Sorge, Danzer könne die vertraulichen Informationen über Mayerling erfahren, mit denen sie ihren Stiefvater konfrontieren wollte. Darüber hatte sie ihrem Paten nach Richards Besuch im Zusammenhang mit ihrem Plan schon alles erzählt.

Eher befürchtete sie, dass Arthur ihren Onkel Stephan beleidigen könnte, da dieser ihr Zuflucht nach ihrem unerlaubten Verlassen der Hofburg geboten hatte, und dies dem Gesundheitszustand ihres Onkels nicht guttäte, der sich gerade etwas gebessert hatte.

Doch obwohl seine Pupillen nur stecknadelkopfgroß waren, was auf eine kürzlich eingenommene starke Dosis Morphium hinwies, blickte Danzer so energisch drein, wie sie es schon länger nicht mehr gesehen hatte. Sophie begriff sofort, dass sich ihr Onkel nicht abweisen lassen würde.

Solange das Dienstmädchen mit dem von Danzer bestellten Kräutertee nicht zurück war, versuchten Sophie und er, Arthur von Freiberg in ein unverfängliches Gespräch zu verwickeln. Doch der blieb auf ihre Fragen nach Henriette und Milli zunächst betont einsilbig, konnte sich eine Spitze dann aber doch nicht verkneifen.

»Wenn dir das Wohl deiner Mutter und Schwester am Herzen liegt, Sophia, tätest du gut daran, die beiden bald einmal im Palais Werdenfels zu besuchen. Nicht einmal am Christfest bist du erschienen.«

Sophie registrierte mit gerunzelter Stirn, dass ihr Stiefvater sie wieder mit ihrem falschen Vornamen ansprach, den sie sich schon vor einiger Zeit verbeten hatte. Sobald das Dienstmädchen den Salon verlassen hatte, kam sie daher ohne Umschweife zur Sache. Sie musste Arthur in die Schranken weisen, bevor er sich noch mehr herausnahm.

»Mein Taufname ist Sophie, Herr Stiefvater. Ich war der Ansicht, das hätten Sie bereits begriffen.«

Ob ihres nach seinen Maßstäben unverschämten Tonfalls zuckte Arthur zusammen. Doch Sophie ließ sich nicht beirren und fuhr in gleicher Tonart fort:

»Es nimmt mich wunder, Stiefvater, dass Sie nach dem, was Sie mir antun wollten, tatsächlich glauben, ich würde Ihnen so weit trauen, dass ich zu Besuch ins Palais meines verstorbenen Vaters käme. Wahrscheinlich würden Sie keine Minute lang zögern, mich dort erneut einzusperren, um mich diesem syphiliskranken ungarischen Grafen weiter als Ehefrau anzudienen.«

Mit diesem Überraschungsangriff erzielte Sophie einen ersten Erfolg. Arthur von Freiberg starrte sie völlig verdattert an. Auch Stephan Danzer stöhnte vernehmlich auf. Die Krankheit Szalays hatte ihm Sophie bislang verschwiegen.

»Was redest du da für dummes Zeug, Sophia?« Nachdem Freiberg sich gefasst hatte, versuchte er sofort, wieder die Oberhand zu gewinnen. Obwohl er mit Sicherheit bereits von Szalays Rückzug wusste, der bei seinem Treffen mit Richard zugesagt hatte, all dessen Bedingungen zu erfüllen.

»Ich rede keinerlei dummes Zeug, Stiefvater.« Sophie ließ sich nicht einschüchtern. »Sondern zitiere nur das, was in dieser eidesstattlichen Erklärung steht.«

Sie reichte ihrem Stiefvater eine Ausfertigung des von Johanna Wolf leserlich unterschriebenen Dokuments über den Tisch. Richard hatte es ihr schon vor einigen Tagen übergeben. Eine Abschrift davon hatte sie nach der von Stern empfohlenen Methode rechtzeitig vor Arthurs Besuch angefertigt.

»Und während Sie den Inhalt zur Kenntnis nehmen, lassen Sie sich gesagt sein, dass auch Graf von Szalay dieses Papier mittlerweile kennt. Ich weiß, dass er daraufhin seinen Heiratsantrag definitiv zurückziehen wollte«, legte Sophie ihre Karten nun auf den Tisch.

Denn Richard hatte Sophie schon vor Neujahr von seinem erfolgreichen Gespräch mit dem Grafen berichtet und dabei auch die Idee gutgeheißen, die sie mithilfe von Minas Verwandtem, Herrn Stern, anwenden wollte. Sie funktionierte tatsächlich, wie Sophie mehrfach ausprobiert hatte.

Arthur zuckte erneut zusammen, woraus Sophie schloss, dass er in der Tat schon von Szalays Rückzug wusste. Seine Augen weiteten sich vor Schreck, als er jetzt die eidesstattliche Erklärung und damit den wahren Beweggrund des Ungarn für dessen Entscheidung las.

»Woher ... woher hast du dieses Schriftstück?« Er warf das Papier auf den Tisch.

Sophie lächelte schmal. »Das muss Sie nicht kümmern, Herr Stiefvater.«

Während Arthur noch um die nächsten Worte rang, griff Stephan Danzer nach dem Dokument und überflog es. Auch er kannte es noch nicht.

Mittlerweile hatte sich Arthur wieder etwas gefasst und holte zum Gegenschlag aus. »Mit welchen Leuten, die eine stadtbekannte Hurenwirtin kennen, pflegst du denn Kontakt, Sophia? Geht es hier im Haus deines Patenonkels denn ohne jegliche Zucht und Ordnung zu?«

Sophie kam nicht mehr dazu, ihrem Stiefvater ironisch zu antworten, dass vor allem Szalay zu den Leuten mit zweifelhaften Kontakten gehörte. Danzer kam ihr zuvor. Nicht nur sein Blick war heute energisch. Auch seine Stimme hatte schon lange nicht mehr so bestimmt geklungen.

»Dieser Szalay war mir vom ersten Moment an zuwider, Freiberg! Doch dies hier schlägt dem Fass den Boden aus! Sehe ich das richtig, Schwager, dass Sie meine Nichte mit einem Mann verheiraten wollten, der sie mit dieser ekelhaften Krankheit infiziert und daher ihr Leben in Gefahr gebracht hätte? Oder schätzen Sie diese Gefahr etwa gering, da Sie sich selbst in den Wiener Hurenhäusern herumtreiben?«

Sophie stockte der Atem. Gleichzeitig ergriff sie ein unbändiger Lachreiz, den sie nur mühsam unterdrücken konnte. Sie wusste so gut wie ihr Onkel, dass diese Frage eine unerhörte Provokation für ihren Stiefvater darstellte. Zwar wollte sie lieber gar nicht darüber nachdenken, ob Arthur noch immer seine ehelichen Rechte bei ihrer Mutter Henriette einforderte. Aber dass er sich mit Prostituierten verlustieren könnte, war ein Gedanke, der ihr vollkommen absurd erschien.

Käufliche Frauen standen so weit unter dem Niveau eines Arthur von Freiberg, dass es schon allein aufgrund seines Dünkels undenkbar war, dass er jemals ein Freudenhaus aufgesucht hatte.

Tatsächlich färbte sich Freibergs Gesicht puterrot. Seine dunklen Augen schossen Blitze und verliehen seinem Gesicht mehr denn je etwas Diabolisches. So hatte sich Sophie als kleines Mädchen den Teufel vorgestellt, wurde ihr plötzlich klar.

»Was ... Was erlauben Sie sich, Sie unverschämter Patron?«, reagierte er auf Danzers Vermutung. »Wie kommen Sie zu einer solch absurden Unterstellung?«

Doch Danzer war nicht auf den Mund gefallen. »Wie kommen Sie dazu, die leibliche Tochter meiner geliebten Schwester auf diese Art zu traktieren? Sie haben sowohl als Vater als auch als Vormund, dem das Wohl eines Mündels anvertraut ist, in all den Jahren vollständig versagt.«

Arthur sprang so heftig von seinem Sessel auf, dass er das Glas Wasser umstieß, dessen Inhalt sich prompt über seine dunkelgraue Hose aus feinem Wollstoff ergoss.

»Solche Unverschämtheiten muss ich mir von Ihnen nicht bieten lassen, Danzer«, zischte er. »Das nächste und letzte Mal sehen Sie mich in Ihrem Haus, wenn ich meine Tochter, deren Vormund *ich* bin, wie Sie zu Recht erwähnt haben, von Gendarmen aus Ihrer Wohnung schleppen lasse.«

»Das würde ich mir an Ihrer Stelle sehr gut überlegen, Stiefvater. Denn dann wird das Original *dieses* Dokuments, das augenblicklich noch gut verwahrt in einem Bankschließfach liegt, einer ausländischen Zeitung überantwortet werden. Unter voller Nennung meines Namens und mit einem hochadeligen Mitglied der Wiener Gesellschaft als Bürgen für seine Wahrhaftigkeit, damit es auch tatsächlich veröffentlicht wird.« Sie wedelte mit dem eng beschriebenen Papier, das sie zwischenzeitlich wie die eidesstattliche Erklärung Johanna Wolfs nach Sterns Methode abgeschrieben hatte.

Arthur ließ sich in seinen Sessel zurückfallen und streckte schweigend die Hand aus. An seinem Gesichtsausdruck, während er las, konnte Sophie die verschiedenen Gefühlsstadien ablesen, die Arthur durchlief: Verblüffung, Ungläubigkeit, Bestürzung bis hin zu Entsetzen. Schließlich ließ er das Papier auf seinen Schoß sinken. So fassungslos hatte Sophie Arthur von Freiberg noch nie gesehen.

»Wenn du dies über unseren verstorbenen Kronprinzen und die Hofbehörden publik machst, wird man dich und deinen Bürgen wegen Verleumdung ins Gefängnis werfen lassen«, stotterte er.

Sophie antwortete, so kühl es ihr möglich war. Im Vorfeld hatte sie sorgfältig überlegt, was sie auf diesen Einwand, den sie erwartet hatte, erwidern sollte.

»In eine Art von Gefängnis würden auch Sie mich werfen lassen, Stiefvater, wenn das Vormundschaftsgericht Ihnen recht gäbe und Sie mich wieder in Ihre Gewalt bekämen. Allerdings ohne das Aufsehen zu erregen, das einer Veröffentlichung über Mayerling auf dem Fuße folgen würde. Natürlich würde ich damit gegen den Eid verstoßen, den ich zu Beginn meiner Tätigkeit schwören musste, keine Hofgeheimnisse zu verraten. Genau aus diesem Grund würde man mich sofort zur Rede stellen, vielleicht sogar verhaften lassen wollen. In jedem Fall würde man nach meinem Verbleib forschen. Und das würde mich davor schützen, dass Sie mich in einem Kloster, einer Irrenanstalt oder einer neuen Zwangsehe verschwinden lassen können.«

»Du würdest deine gesamte Zukunft ruinieren«, warf Arthur ein.

»Und damit nicht mehr verlieren...«, erwiderte Sophie umgehend, »... als ich fast bereits verloren hätte und wieder verlieren könnte. Aber in diesem Fall gäbe es nicht nur mich als Verliererin. Auch Sie wären ruiniert!«

Arthur starrte Sophie verständnislos an. »Was meinst du damit?«

»Nun, stellen Sie sich doch einmal vor, ein Mitglied der Regierung, ein hoher Hofbeamter oder sogar ein Staatsanwalt würde mich darüber befragen, warum ich mein Wissen über Mayerling auf diese Weise preisgegeben hätte. Ich würde natürlich mein Motiv offenlegen müssen, nämlich den Selbstschutz vor Ihrer Tyrannei.«

In Arthurs Gesicht arbeitete es. Aber er gab noch nicht auf. »Man würde dich für eine Lügnerin halten.«

»Nun, für das, was Sie mir schon antun wollten, gibt es zahlreiche Beweise«, entgegnete Sophie kühl. »So kann man den im *Wiener Salonblatt* erwähnten Heiratsantrag Szalays im Rahmen einer großen Hochzeit nachlesen. Hier auf dem Tisch liegt Johanna Wolfs eidesstattliche Erklärung, was für ein verworfener Mann das ist. Und eine Freundin bei Hofe würde bezeugen, dass man mich mit Ihrem Einverständnis zu dieser Ehe zwingen wollte und sie mir deshalb zur Flucht aus der Hofburg verholfen hat.«

Arthur konnte ein Stöhnen nicht unterdrücken. Woran Sophie erkannte, dass sie mit ihrer Strategie auf dem richtigen Weg war, weshalb sie in dieser Weise fortfuhr.

»Auch was die Begebenheiten in Mayerling angeht, gibt es weitere Zeugen, die sie bestätigen können. Würde man mich tatsächlich wegen Verleumdung vor Gericht stellen, würde ich diese Zeugen benennen.«

»Und wer sollen diese Zeugen sein?« Arthur versuchte, spöttisch zu klingen, was ihm aber nicht gelang. Mittlerweile rannen ihm Schweißtropfen über die Schläfen.

Die Antwort auf diese Frage hatte sich Sophie im Vorfeld ebenfalls gut überlegt. Sie ging ein gewisses Risiko damit ein, doch das musste sie auf sich nehmen. Zumal sie noch einen Trumpf im Ärmel hatte.

»Meine eigene Mutter Henriette kennt die Wahrheit genauso gut wie ich. Die Baronin Vetsera hat ihr die Denkschrift zu lesen gegeben, die sie über die Ereignisse in Mayerling verfasst hat.« Sophie verschwieg, dass Henriette wahrscheinlich sogar noch eines der wenigen nicht konfiszierten Exemplare in ihrem Besitz hatte.

»Außerdem halte ich es für denkbar, dass auch die Baronin

Vetsera selbst sowie ihre Tochter Hanna die Gelegenheit ergreifen werden, die Wahrheit über Mayerling vor Gericht zu bezeugen.«

Arthur knirschte vor Wut mit den Zähnen. Sophie kam einer erneuten Entgegnung seinerseits zuvor.

»Doch käme es zu einem solchen Prozess oder auch nur zu der Verbreitung eines Zeitungsartikels über Mayerling unter Nennung meines Namens, wären Sie schon allein deshalb ruiniert. Ein Stiefvater und Vormund, dessen Tochter und Mündel die Regierung und sogar die Kaiserfamilie derartig düpiert, ist ungeeignet und als Diplomat im Dienst Seiner Majestät nicht länger tragbar. Man würde Sie auf der Stelle suspendieren. Sie wären in ganz Wien geächtet. Niemand würde mehr wagen, Umgang mit Ihnen zu pflegen.«

»Das würde nicht nur mich, sondern deine ganze Familie treffen. Deine Mutter, deine Schwester, deinen Patenonkel«, wandte Freiberg ein. »Das würdest du in Kauf nehmen?«

Sophie zuckte betont gleichmütig mit den Achseln. »Natürlich nicht. Deshalb würde ich ja meine Notlage offenlegen. Und die Behörden um Nachsicht und gleichzeitig um Hilfe bitten. Was bliebe mir auch anderes übrig, um mich selbst vor Ihnen zu schützen? Und wie ich schon sagte, würde ich die ganze Geschichte mit Szalay gleich mit erzählen. Das würde zudem den Obersthofmeister der Kaiserin ebenfalls kompromittieren.«

Sie machte eine kleine Pause und versuchte, ihre mittlerweile verkrampften Muskeln zu entspannen. Würde ihr Stiefvater angesichts eines Skandals dieses Ausmaßes, wie Sophie ihn gerade skizzierte, nachgeben?

»Es war übrigens Baron Nopcsa, der damals im Ministerium des Äußeren darum ersuchte, Sie in Ihre jetzige Position zu befördern«, fiel ihr plötzlich noch ein.

»Baron Nopcsa?« Jetzt schrie Arthur fast. »Es waren meine eigenen Verdienste, die ...«

»Ach was, Stiefvater!« Sophie unterbrach ihn und winkte

ab. »Wenn Sie wirklich noch nicht wussten, dass Sie Ihr augenblickliches Amt im Ministerium des Äußeren ausschließlich der Tatsache zu verdanken haben, dass Kaiserin Elisabeth mich in ihren Hofstaat berufen hat, nehmen Sie es jetzt endlich zur Kenntnis! Und da ich nun bald nicht mehr zum Gefolge der Kaiserin gehöre, muss man meine Herkunft auch nicht mehr künstlich aufwerten.«

»Was soll denn das nun wieder heißen, ›künstlich aufwerten‹?«, schnappte Arthur. Offensichtlich hatte Sophie seinen wundesten Punkt getroffen.

Langsam begann Sophie, die Auseinandersetzung sogar Spaß zu machen. »Jedermann im Ministerium weiß, dass man Ihnen Ihre jetzige hohe Position ausschließlich aus Gefälligkeit zugestanden hat. Wie ich schon erwähnte, auf Bitten Nopcsas hin. Um der Öffentlichkeit eine für eine Hofdame der Kaiserin veritablere Herkunft vorzugaukeln, als es die Stieftochter eines unbedeutenden kleinen Beamten in einer Behörde im entlegenen Kairo gewesen wäre.«

Arthurs Augen waren mittlerweile so groß wie Untertassen. Er schnaufte schwer, als ob er kaum noch Luft bekäme.

»Also lassen Sie mich am besten in Ruhe!«, kam Sophie zum Schluss. »Dann behalten Sie Ihr Amt und ich meine Freiheit. Ich bleibe bei meinem Onkel Stephan, bis ich volljährig bin, und niemand wird zu Schaden kommen.«

Noch einmal griff Arthur von Freiberg nach den Dokumenten und studierte sie. Dann schwieg er lange und focht offensichtlich einen schweren inneren Kampf aus.

»Nun gut, wie du willst, Sophia! Ich lasse dich hier bei Danzer«, rang er sich schließlich zu einer Entscheidung durch. »Aber nur unter der Bedingung, dass du mir diese Papiere aushändigst.«

Auch damit hatte Sophie gerechnet. Sie nickte und verkniff sich ein triumphierendes Lächeln. »Beide Papiere können Sie mitnehmen. Das Original meiner Ausführungen über die Geschehnisse in Mayerling liegt ja ohnehin im Tresor der Bank, und auch von der eidesstattlichen Erklärung der Bordellwirtin habe ich eine Abschrift angefertigt. Das Original behalte ich.«

Sie tauschte das Original gegen die Abschrift aus und reichte ihrem Stiefvater das Dokument über den Tisch.

»Dann will ich dieses unerfreuliche Gespräch jetzt beenden.« Arthur stand auf und verstaute die Papiere in der Innentasche seines Jacketts. »Ab jetzt sind wir geschiedene Leute, Sophia. Auch deiner Mutter und Schwester werde ich jeden Kontakt zu dir untersagen.«

Auch auf diese Drohung war Sophie vorbereitet. Doch bevor sie ihren letzten Trumpf ausspielen konnte, mischte sich Danzer ein. »Das sieht Ihnen ähnlich, Freiberg«, knirschte er verächtlich. »Aber es überrascht mich nicht. Ich habe Sie von Anfang an für genau den Schurken gehalten, als der Sie sich jetzt entpuppen. Wenn auch meine Schwester Henriette dies endlich begreift, steht mein Haus ihr und meiner jüngsten Nichte jederzeit offen.«

Sophie warf ihrem Onkel eine Kusshand zu. »Ich danke dir für deine Hilfe, lieber Onkel«, sagte sie herzlich. »Doch auch gegen diese Drohung meines verehrten Herrn Stiefvaters gibt es ein Gegenmittel.«

Dann wandte sie sich wieder an Freiberg. »Graf Szalay wird Baron Nopcsa darum bitten, mir eine ehrenhafte Entlassungsurkunde auszustellen. Im Gegenzug für meine Diskretion über seine venerische Krankheit.« Sophie zeigte auf Johanna Wolfs Erklärung. »Dabei wird man mir bescheinigen, dass ich aus dem Dienst Ihrer Majestät ausscheide, weil ich meinem alleinstehenden, gebrechlichen Patenonkel zur Seite stehen muss und die Kaiserin daher nicht mehr auf ihren Reisen fernab von Wien begleiten kann.«

Arthur starrte sie an. Er verstand nicht, worauf Sophie hinauswollte.

»Es ist mir ein Leichtes, meine Forderung an den Grafen um

die Bitte zu erweitern, Baron Nopcsa zu veranlassen, dem Minister des Äußeren Ihre umgehende Versetzung ins Ausland zu empfehlen«, machte Sophie die kryptische Aussage für ihren Stiefvater verständlich.«

Nicht zum ersten Mal an diesem denkwürdigen Tag wirkte Arthur fassungslos. Jetzt fehlten ihm sogar die Worte.

»Und das werde ich tun, Stiefvater, früher oder später, sobald Sie meiner Mutter und Schwester den Kontakt zu mir untersagen. Wie Sie bereits erwähnten, ist es schlimm genug, dass ich sie über die Feiertage hinweg nicht sehen konnte. Ab sofort erwarte ich die beiden alle vierzehn Tage hier zu Besuch.«

»Das kommt auf keinen Fall infrage!«, knirschte Arthur.

»Gut, dann veranlasse ich, dass der Graf von Szalay meine Bitte um Ihre Versetzung an den Obersthofmeister der Kaiserin heranträgt, der sie dem Ministerium des Äußeren empfehlen wird. Sind Sie erst einmal wieder Hunderte von Kilometern fern von Wien, können Sie meine Mutter und Schwester sowieso nicht mehr kontrollieren.«

Sophie behielt die Nerven, obwohl sie ein riskantes Spiel spielte. Diese Finte hatte sie mit Richard nicht abgesprochen, weil sie ihr erst kurz vor dem Gespräch mit Arthur in den Sinn gekommen war. Und Szalay hatte Wien vorläufig verlassen, wie Richie ihr mitgeteilt hatte.

Wieder dachte Arthur mit verkniffener Miene nach, bis er den geordneten Rückzug antrat. »Ich werde mir dein Ansinnen durch den Kopf gehen lassen, Sophia.« Demonstrativ nannte er sie weiter bei ihrem falschen Vornamen. »Und erst mit deiner Mutter darüber sprechen, ob sie angesichts deiner Unbotmäßigkeit den weiteren Kontakt zu dir überhaupt wünscht.«

Danzer schnaubte empört. Doch Sophie gab ihm ein Zeichen, ihr noch einmal das Wort zu überlassen.

»Ich bin sicher, dass meine Mutter mich weiterhin sehen möchte. Also erwarte ich sie und Milli spätestens Mitte Januar.«

Dann fiel ihr noch etwas ein. »Und sollten Sie hoffen, es

wachse Gras über die unschönen Dinge, über die wir gerade gesprochen haben, sobald ich meine Entlassungsurkunde erhalten habe und Szalay wieder in Ungarn ist, lassen Sie sich gesagt sein: Ich verfüge noch über genügend Kontakte bei Hofe und in der Wiener Gesellschaft, um mich auch über andere Personen, die mir gewogen sind, an das Ministerium des Äußeren zu wenden. So unbeliebt, wie Sie dort sind, wird es auch später noch ein Leichtes sein, Ihre Versetzung zu erwirken.«

An Arthurs wechselndem Mienenspiel erkannte Sophie, dass sie mit ihrem Schuss ins Blaue gleich zweimal getroffen hatte. Anfangs huschte für einen Lidschlag der Ausdruck eines bei einem bösen Streich ertappten Buben über sein Gesicht. Und als sie auf gut Glück von Arthurs Unbeliebtheit sprach, färbten seine Wangen sich dunkelrot. Er schnappte nach Luft wie ein Fisch auf dem Trockenen.

Erneut sprang er auf. Erneut stieß er dabei sein mittlerweile leeres Glas um. »Das muss ich mir nicht länger bieten lassen«, knurrte er. »Zumal nicht von einem unmündigen Rotzmenschen!«

Damit stürmte er grußlos aus dem Zimmer. Wenig später hörten sie die Wohnungstür krachend ins Schloss fallen.

Plötzlich sank Sophie, vollkommen kraftlos, in sich zusammen. Tränen der Erschöpfung traten ihr in die Augen. Verzagtheit übermannte sie. Konnte dieser riskante Plan aufgehen? Bei einem Mann wie ihrem Stiefvater? Würde er ihr wirklich zutrauen, dass sie die Schritte unternahm, mit denen sie ihm gedroht hatte? Oder hatte sie sich selbst und ihrer Familie mit ihrem Vorgehen nur geschadet? Zumal sie ihre Drohung, ihre Kenntnisse über Mayerling preiszugeben, ja nicht in die Tat umsetzen würde.

Die Stimme ihres Onkels riss sie aus ihrer Lethargie. »Ich bin ungemein stolz auf dich, Phiefi!« Er strahlte sie an. »Du bist weit über deine jungen Jahre hinaus erwachsen! Und weißt dich und die Deinen zu verteidigen. Ich bin sehr froh, dass ich zu den Menschen gehöre, die du liebst. Denn zur Feindin wollte ich dich wahrlich nicht haben.«

Palais Werdenfels in der Marokkanergasse

3. Januar 1891, eine halbe Stunde später

Noch immer kochend vor Wut stürmte Arthur von Freiberg die Treppe zur Bibliothek empor. Den Diener, dem er seinen Mantel in der Halle zugeworfen hatte, schnauzte er an, als dieser ihm folgte, um ihn nach seinen Wünschen zu fragen. »Verschwinden Sie, Gruber, und lassen Sie sich nicht blicken, bevor ich läute! Sagen Sie jedem, dass ich nicht gestört werden will.«

»Sehr wohl, gnädiger Herr.« Gruber zog sich eingeschüchtert zurück. Wenn sein Dienstherr in einer solchen Stimmung war, machte man in der Tat besser einen großen Bogen um ihn. Zumal sich Gruber nicht daran erinnern konnte, Arthur jemals dermaßen außer sich erlebt zu haben.

Drinnen warf sich Freiberg in einen Sessel, goss sich ein großes Glas Cognac ein und registrierte mit neuem Zorn, dass der Kamin auszugehen drohte. Fluchend legte er selbst ein paar Scheite nach. Dann starrte er blicklos in die langsam aufzüngelnden Flammen.

Die Gedanken rasten durch seinen Kopf. Sein Truchsess-Titel war dahin. Das war ihm schon klar geworden, als er Szalays Schreiben las, das ihn noch vor Neujahr erreicht hatte:

Ich bedauere unendlich, werter Freiherr von Freiberg, von meinem Heiratsantrag an Ihre Tochter Sophie zurücktreten zu müssen. Doch nach reiflicher Überlegung ist mir klar geworden, dass meine Neigungen zu Ihrem Fräulein Tochter nicht stark genug sind, um auf solch brüchigem Fundament eine Ehe zu begründen.

Arthur hatte Gruber sofort mit einem Billett ins Grand Hotel am Kärntner Ring geschickt, um von dem Grafen, der dort abzusteigen pflegte, umgehend eine Unterredung zu fordern. Doch der Diener war bereits nach einer Stunde unverrichteter Dinge ins Palais zurückgekehrt. »Ich bedaure außerordentlich, Ihnen mitteilen zu müssen, dass der werte Herr Graf von Szalay nicht bereit ist, Sie zu treffen.«

Arthur schäumte vor Wut. Bis zu seinem heutigen Gespräch mit Sophie war er allerdings der Ansicht gewesen, deren Flucht aus der Hofburg habe den Ungarn letztlich doch so düpiert, dass er es sich mit der Heirat anders überlegt hätte. Entgegen seiner ursprünglichen Absicht, an Sophie festzuhalten, die er Arthur noch vor Weihnachten kundgetan hatte, bevor Freiberg zum ersten Mal im Café Prinzess erschienen war.

Doch nun sah er klarer: Der Schuft litt an einer widerlichen Krankheit, die er ihm als Bewerber um Sophies Hand wohlweislich verschwiegen hatte, und war dadurch erpressbar geworden und von der Heirat zurückgetreten. Arthur verschwendete keinen Gedanken daran, ob er seine Zustimmung zur Hochzeit auch dann erteilt hätte, wenn ihm Szalays Syphilis bekannt gewesen wäre.

Jedenfalls war der Truchsess-Titel mit Sophies verlorener Hoffähigkeit nun für alle Zeiten dahin. Aber nun bedrohte dieses Miststück sogar seine Karriere im Ministerium des Äußeren. Und machte ihm Vorschriften, wie er mit seiner eigenen Familie umzugehen hatte.

Obwohl... Plötzlich kam Arthur ein Gedanke, der ihn höhnisch grinsen ließ. Hatte ihm das Luder nicht ihre eigenen Waffen in die Hand gegeben? Besaß er nicht gleich zwei kompromittierende Dokumente, die auch ihm Macht und Einfluss verschaffen würden, wenn er sie einsetzte?

Was Szalay betraf, könnte er sich sogar sofort Genugtuung für die Demütigung verschaffen, die ihm dieser dreckige Ungar zugefügt hatte. Der Kerl war reich genug, um Arthur für den entgangenen Truchsess-Titel reichlich zu entschädigen.

Einhunderttausend Gulden wird ihm die Erklärung dieser Hurenwirtin wohl wert sein, überlegte er.

Und sollte man ihm seinen Posten im Ministerium streitig machen wollen, könnte auch er mit seinen Kenntnissen über Mayerling dagegenhalten, die er ja sogar schriftlich hatte.

Frohlockend griff Freiberg in seine Jacketttasche und zog die Papiere hervor. Sein triumphierendes Feixen verwandelte sich jedoch zunächst in Ungläubigkeit, dann in blanke Wut, als er die Dokumente auseinanderfaltete. Beide waren ... leer! Kein einziges Wort stand darauf. Wäre es nicht ein wenig zerknittert gewesen, hätte das schwere Büttenpapier völlig jungfräulich ausgesehen. Als ob noch nie jemand ein einziges Wort darauf geschrieben hätte.

Mit rasendem Puls sprang Arthur auf, knipste den gasbetriebenen Kronleuchter der Bibliothek an und hielt die Dokumente ins Licht. Nichts! Kein Wort, geschweige denn eine einzige Zeile war zu erkennen.

Mit einem wütenden Brüllen, das durch das ganze Palais hallte, warf Freiberg die Dokumente in die Flammen des Kamins. Erst als sie Feuer fingen, sich aufrollten und schließlich zu Asche zerfielen, kam ihm der Gedanke, dass es möglicherweise ein Verfahren gegeben hätte, die verschwundene Schrift wieder sichtbar zu machen. Aber da war es bereits zu spät.

Epilog

Café Prinzess am Graben

Juni 1891

»Also haltet ihr alle meine Idee für gut und machbar«, fasste Sophie zufrieden den Stand ihrer morgendlichen Arbeitsbesprechung zusammen.

Stephan Danzer, Toni Schleiderer und Mina Löb nickten.

»Wir sollten erst einmal mit einer Probezeit von einem Monat beginnen«, schlug der Konditormeister vor. »Um zu sehen, ob die Küche des Cafés sich so einfach auf dieses leichte Mittagsmahl umstellen kann. Bislang haben wir dort ja nur ein paar Speisen hergestellt. Kanapees, Palatschinken und Süßspeisen übers ganze Jahr hinweg und den Kaiserschmarrn in der Fastenzeit.«

»Die Café-Küche ist natürlich sehr klein«, überlegte Sophie. »Im Vergleich zur viel größeren und gerade erst neu eingerichteten Küche des alten Kaffeehauses. Sollte sich das leichte Mittagsmahl im Café gut verkaufen, sollten wir einmal darüber nachdenken, ob wir die Küchen nicht zusammenlegen können.«

»Dazu müssten wir aber die Zwischenwand wieder einreißen, die wir dereinst errichtet haben, damit die kräftigen Düfte des Gulaschs oder der Eintopfgerichte, die im Kaffeehaus serviert werden, die zarten Mehlspeisen des Cafés und die Kanapees nicht verderben«, gab Danzer zu bedenken.

»Dann lasst uns doch alle Mehlspeisen in der Kaffeeküche

herstellen«, schlug Toni Schleiderer vor. »Sie ist groß genug und liefert ohnehin auch die Heißgetränke für das Café. Dort bereiten wir schon immer die gröberen Mehlspeisen zu, auch die gekochten wie Marillen- oder Germknödel. Da stören ein paar Pfannen mehr oder weniger nicht. Und kein Kaiserschmarrn schmeckt plötzlich nach Paprika.«

»Außerdem können wir durch die vergrößerte Kühlkammer jetzt viel mehr auf Vorrat herstellen. Das käme uns auch bei den leichten Mittagsangeboten zugute. Die wir zum Beispiel um eine feine Gemüsesuppe ergänzen könnten, die schon am Vortag zubereitet und nur noch aufgewärmt werden müsste«, ergänzte Sophie die Vorschläge. Sie freute sich über die lebhafte Diskussion.

Stephan Danzer kniff mehrmals hintereinander die Augen zusammen. Ein Zeichen dafür, dass es ihn gerade anstrengte, den vielen Ideen, die plötzlich im Raum standen, zu folgen.

Mina Löb, die die letzten Wortwechsel schweigend verfolgt hatte, bemerkte es als Erste und griff ein. »Lassen Sie uns über so gewichtige Fragen doch erst beraten, wenn sich der Lunch bewährt hat, den wir anbieten wollen, Fräulein Sophie, Herr Schleiderer.«

Ihr Versuch, Stephan Danzer mit ihrem Einwurf zu entlasten, schlug allerdings fehl. Ihr Dienstherr selbst vereitelte ihn.

»Willst du denn dieses Mittagsmahl wirklich ›Lunch‹ nennen, Phiefi?«, richtete er das Wort an seine Nichte. »Warum denn eine englische Bezeichnung?«

Sophie lächelte ihm zu. Wie immer freute sie sich darüber, wie viel Anteil ihr Onkel in jüngster Zeit wieder an den Vorgängen im Kaffeehaus nahm. »Herr Danzer lebt regelrecht auf, seit Sie bei ihm wohnen, Fräulein Sophie!«, hatte auch Dr. Adler bemerkt. Zwar verschrieb er ihrem Onkel nach wie vor große Morphiumdosen. Aber er war wieder etwas optimistischer, was Danzers Krankheitsverlauf anging.

»Weil es kein geeignetes österreichisches Wort dafür gibt,

Onkel Stephan«, antwortete Sophie ihm nun. »Mit ›Lunch‹ bezeichnen die Engländer tatsächlich das *leichte* Mittagsmahl, das wir anbieten möchten. Sie nehmen ihre Hauptmahlzeit, wie die meisten Gäste des Cafés, erst am Abend ein.«

»Aber werden unsere Gäste denn verstehen, was mit ›Lunch‹ gemeint ist?«, insistierte Danzer.

»Es gibt kaum jemanden in der gehobenen Wiener Gesellschaft, der nicht zumindest ein paar Brocken Englisch spricht« beruhigte ihn Sophie. »Selbst das *Wiener Salonblatt* bezeichnet das gesellschaftliche Leben in Wien mit dem Begriff *Highlife*.«

»Na gut, wenn ihr alle von dieser Idee überzeugt seid, will ich mich nicht dagegenstellen. Aber ich habe noch eine andere Frage. Soll das Mittagsgericht täglich oder wöchentlich wechseln?«

»Für einen täglichen Wechsel spricht, dass so feine Speisen wie Hühner- oder Kalbsfrikassee sowieso jeden Tag frisch zubereitet werden müssen«, gab Toni Schleiderer zu bedenken.

»Für einen wöchentlichen Wechsel spricht dagegen die Möglichkeit, uns mit größeren Mengen an Zutaten bevorraten zu können. Das kommt uns preiswerter als der Einkauf kleinerer Mengen«, wandte Sophie ein. Sie kannte sich mittlerweile ausgezeichnet in der Buchhaltung des Cafés und des alten Kaffeehauses aus.

Eine kleine Weile herrschte unschlüssiges Schweigen rund um den Tisch in Danzers Esszimmer, in dem sich die vier auf Sophies Anregung hin seit Kurzem jeden zweiten Werktag um neun Uhr trafen, um alles Wichtige zu besprechen.

»Wir sollten es auf jeden Fall entschieden haben, bevor wir die Annoncen für unser neues Lunch-Angebot in den großen Zeitungen schalten«, meldete sich Danzer schließlich wieder zu Wort.

»Du hast recht, lieber Onkel«, stimmte Sophie zu. »Aber das können wir erst tun, wenn Herr Schleiderer mit dem Chefkoch zumindest die ersten Gerichte, die wir zum Lunch anbieten möchten, ausgewählt und zubereitet hat. Und wir alle sie verkostet und für gut oder, besser noch, für sehr gut befunden haben. Schließlich wollen wir uns mit dem Lunch ja von der großen Masse unserer Konkurrenten absetzen. Jedes Kaffeehaus in Wien bietet einen veritablen Topfenstrudel an. Aber nur im Café Prinzess gibt es die unvergleichlichen Torten, allen voran die Mokkaprinzentorte.«

Beifälliges Nicken rund um den Tisch signalisierte ihr Zustimmung.

»Wir müssen uns außerdem rechtzeitig um die Ergänzung des Geschirrs für das Café kümmern. Wir brauchen große Speiseteller und viel mehr Besteck. Messer und Gabeln vor allem«, meldete sich Mina zu Wort. »Vielleicht sogar Suppenteller und -löffel, wenn ich Sie richtig verstanden habe, Fräulein Sophie. Und die Serviermädchen sollten vorher ein wenig damit üben können, damit ihnen am Ende kein Malheur passiert.«

Sophie unterdrückte ein Seufzen. So begeistert sie auch von ihrer Lunch-Idee war und so sehr es sie freute, die anderen grundsätzlich dafür gewonnen zu haben, so viel gab es leider darum herum zu bedenken. Das wurde ihr gerade zum ersten Mal klar. Eine Idee zu haben, war das eine. Sie umzusetzen, das andere.

Mina sah auf die Uhr und gab Danzer und Schleiderer ein Zeichen. Danzer lächelte ihr liebevoll zu. *Jeder, der Augen im Kopf hat, sieht, dass die beiden etwas füreinander empfinden,* dachte Sophie wehmütig. *Aber Onkel Stephan hat sich Mina noch immer nicht erklärt. Vielleicht wird er es tun, wenn es ihm noch etwas besser geht.*

»Liebe Sophie«, begann Danzer nun ein wenig salbungsvoll. »Das Café öffnet in einer halben Stunde. Und wir drei haben zuvor noch etwas Vertrauliches zu besprechen. Lässt du uns bitte allein?«

Sophie verkniff sich ein Lächeln und mimte die Ahnungslose. Natürlich wusste sie, dass es um ihren einundzwanzigsten

Geburtstag in der nächsten Woche ging. Irgendetwas planten die drei, um sie zu überraschen.

»Nun gut«, seufzte sie gespielt theatralisch. »Dann gehe ich hinunter und befasse mich schon einmal mit der Buchhaltung. Um zwölf Uhr löse ich Sie dann als Aufseherin ab, Mina, damit Sie mit Ihrer Mutter zum Arzt fahren können.«

»Wenn du bis dahin noch nicht fertig bist, Phiefi, schaffe ich es auch eine Weile allein«, bot Danzer an. »Denn Sie, Toni, sollten sich mit dem Koch zusammensetzen, um die neuen *Lunch-Gerichte*«, er betonte das Wort ein wenig spöttisch, »zu besprechen.«

»Das tue ich gleich um zehn Uhr, Herr Danzer«, protestierte Toni. »Um zwölf Uhr ist Hochbetrieb in der Küche. Sie wissen doch, wie voll das alte Kaffeehaus um die Mittagszeit ist. Da haben die Köche alle Hände voll zu tun.«

»Nun gut, tun Sie, was Sie für richtig halten. Aber im Café führe ich heute die Oberaufsicht. Sie können ja das Kaffeehaus übernehmen.«

Mina und Sophie wechselten einen halb amüsierten, halb besorgten Blick. Es war für das Selbstbewusstsein und damit auch für den Gesundheitszustand Danzers wichtig, dass er wieder aktiver mitarbeitete. Aber die beiden waren sich darin einig, dass sie ihn nie dabei allein lassen sollten. Zu plötzlich konnten die Schmerzattacken auftreten, die eine sofortige Ruhepause ihres Onkels erforderten.

»Ich schaffe es schon bis zwölf Uhr«, versicherte Sophie, hauptsächlich, um Mina zu beruhigen. Dann stand sie auf und verließ den Raum. Auf dem Flur begegnete sie Franzi, die gerade mit einem Armvoll Bettwäsche aus Sophies Schlafkammer kam.

Der Anblick ihrer Kammerzofe, die schon kurz nach Dreikönig in einem Mietfuhrwerk mit Sophies sämtlichen in der Hofburg zurückgelassenen Sachen im Kaffeehaus erschienen war, löste erneut die glückliche Zufriedenheit aus, die Sophie in den letzten Monaten mehr und mehr gespürt hatte.

»Die Gräfin Ferenczy hat mi g'schickt«, hatte Franzi ihr damals erklärt. »Und i bitt recht schön, dass S' mi wieder als Zofe nehmen. Z'ruck in die Hofburg würd i ned so gern geh'n. Da is es fad.«

Sophie war selbstverständlich einverstanden gewesen. In einem Kästchen fand sie sogar die Smaragdbrosche, die Sisi ihr geschenkt hatte. »Die hab i in Ihrem Kissen gefund'n, gnä's Fräulein«, erklärte Franzi. »Die haben S' wohl vergess'n, wie S' fortgangen sind.«

Gerührt über Franzis Ehrlichkeit und Treue wollte ihr Sophie die Brosche schenken. »Aba des kann i ned annehmen, gnä's Fräulein«, wehrte Franzi erschrocken ab. »Die hat Ihna doch die Kaiserin geb'n.«

»Dann verwahre ich die Brosche für dich, bis du einmal heiratest«, entschied Sophie salomonisch. »Das ist dann mein Hochzeitsgeschenk.« Damit war Franzi nur zu gern einverstanden.

Auf dem Weg die Treppe hinunter ins Kontor ihres Onkels, in dem sich Sophie einen ständigen Arbeitsplatz eingerichtet hatte, kamen ihr weitere glückliche Erinnerungen.

Tatsächlich waren ihre Mutter und Milli ungefähr zwei Wochen nach Sophies Gespräch mit Arthur von Freiberg Mitte Jänner das erste Mal im Café Prinzess erschienen. Dem Briefwechsel mit Henriette, der diesem Besuch vorangegangen war, hatte Sophie bereits entnommen, dass Arthur ihre Mutter über Mayerling ausgefragt hatte.

Da er ja ohnehin die wichtigsten Einzelheiten über die Ereignisse im Jagdschloss kannte, sah ich keinen Grund zu verheimlichen, dass es stimmt, was du ihm erzählt hast, schrieb Henriette an ihre Tochter. *Auch wenn ich ihm nichts über Helene Vetseras Denkschrift verraten habe.*

Über die mit der Zaubertinte des Theaterbesitzers Jakob Stern beschriebenen Dokumente wusste Henriette nichts. Sie berichtete lediglich, dass Arthur schon kurz nach seiner Rückkehr aus Danzers Wohnung am 3. Jänner vor Wut in der Bibliothek wie ein Stier gebrüllt hätte.

»Offensichtlich hat er da irgendetwas verbrannt. Gruber, den ich später befragt habe, sagt, er hätte ein paar Fetzen Papier vor dem Kamin liegen sehen, als er an diesem Abend in der Bibliothek aufräumte. Er hat aber nicht näher darauf geachtet, und so hat das Hausmädchen, das die Öfen besorgt, sie auf den Kehricht geworfen.

Sophie verbiss sich mit aller Macht ein triumphierendes Lächeln. »Weißt du etwas darüber, Phiefi?« Ihre Mutter kannte sie gut genug, um Sophies Mienenspiel richtig zu deuten.

Die versuchte sich an einem unschuldigen Blick. »Nicht das Geringste«, stritt sie ab.

Also hatte Sterns Methode funktioniert. Er hatte ihr eine Tinte gebracht, die unmittelbar nach dem Schreiben verblasste. Mit einer weiteren Substanz, die man vorsichtig über das Papier sprühte, konnte die Schrift dann eine Zeit lang wieder sichtbar gemacht werden. Ehe sie erneut, diesmal endgültig, verschwand. Arthur hatte also erst zu Hause entdeckt, dass beide Dokumente blank waren, und sie offensichtlich vor Wut in den Kamin geschleudert.

Jetzt öffnete Sophie die Tür zum Kontor ihres Onkels und zog das Bilanzbuch zu sich heran. Doch ihre Gedanken schweiften wieder ab. Die Begleichung des Ende Jänner fälligen Wechsels hatte sich – entgegen Minas ursprünglichen Befürchtungen – nicht als Problem erwiesen.

»Hast du wirklich geglaubt, mein Schatzerl, dass ich meine Schulden nicht zahlen kann?«, fragte Danzer sie entgeistert, als Sophie das Thema behutsam zur Sprache brachte.

Sie nickte beschämt. »Aber nein!«, beteuerte Danzer. »Ich war gerade nicht flüssig, als ich vor einem Jahr auf diesen Schwindler hereinfiel und die wertlosen Aktien kaufte. Daher der Wechsel. Doch ich habe seit vielen Jahren auch gute Geldanlagen. Die wollte ich damals nur nicht antasten. Allein die Renditen, die sie im vergangenen Jahr abgeworfen haben, reichen aus, um den Wechsel abzulösen.«

Dann zeigte er Sophie seine Wertpapiere. Erstaunt registrierte sie, dass das Vermögen ihres Onkels noch weit größer war, als sie vermutet hatte.

Anfang Februar war dann ihre Entlassungsurkunde aus der Hofburg eingetroffen. Im Wortlaut genauso ausgestellt, wie es mit Szalay vereinbart worden war. Seit dieser Zeit arbeitete Sophie auch wieder ab und zu als Vertretung für Mina im Café Prinzess mit. Ihre volle Stelle als Aufseherin würde sie allerdings erst einnehmen, wenn sie volljährig wurde. Damit folgte sie einem brieflichen Rat Ida Ferenczys, sich bis dahin noch möglichst unauffällig zu verhalten, der auch die Zustimmung ihres Onkels fand.

Wenn erst einmal ein paar Monate lang Gras über deine Entlassung aus dem Hofdienst gewachsen ist, wird niemand mehr Baron Nopcsa oder der Gräfin Goëss unangenehme Fragen stellen, weil du ständig im Kaffeehaus deines Onkels mitarbeitest. Und deinem Stiefvater ebenfalls nicht, der ja im Augenblick noch immer dein offizieller Vormund ist, schrieb Ida.

Besonders freute es Sophie, dass ihr Ida auch ein Wiedersehen im Café Prinzess in Aussicht stellte, sobald sie volljährig geworden wäre.

Nachdem Sophie die seit über einem Jahr fälligen Rechnungen für die Lieferungen des Prinzess im Rahmen der letztjährigen Hofbälle erfolgreich korrigiert hatte, wurden diese im März auch endlich vom Hofwirtschaftsamt beglichen. Dabei stieß Sophie auf ein Kuriosum. Teilweise hatte ihr Onkel sogar zu wenig für einige Posten berechnet. Aber die überkorrekte Hofbehörde wies auch diese Rechnungen zurück, obwohl sie zu ihren Gunsten gewesen wären.

Wahrscheinlich wegen der fehlerhaften Rechnungen war in diesem Jahr auch kein neuer Auftrag für die Hofbälle ans Prinzess ergangen. Doch das war allen Beteiligten nur recht. Zu sehr saß die letztjährige Anstrengung den Mitarbeitern noch in den Knochen.

Seitdem sie ihre Entlassungsurkunde besaß, wagte sich Sophie auch wieder ab und zu vor die Tür des Kaffeehauses. Sie bummelte mit Franzi im Schlepptau über den Graben, um kleinere Einkäufe zu erledigen, und suchte sowohl das Café Demel als auch das Hotel Sacher auf, um sich dort Anregungen für das Café Prinzess zu holen.

Im Wonnemonat Mai kam Mina dann mit einer Ausgabe des *Wiener Salonblatts* ins Kontor. Sie zeigte Sophie eine Annonce, die sich fast über eine halbe Seite erstreckte.

Mit großer Freude gibt sich Graf Lajosz von Szalay die Ehre, seine Verlobung mit Komtess Ernestine von Breuner anzuzeigen.

Das war einer der wenigen Momente gewesen, in denen sich Sophie in den letzten Monaten beklommen gefühlt hatte. Sie erinnerte sich gut an die junge Frau, die auf dem Hofball im vergangenen Jahr wegen der Schuhcremeflecken auf ihrer aprikosenfarbenen Ballrobe geweint hatte, weil ihrer Familie das Geld fehlte, das verdorbene Kleid durch ein neues zu ersetzen. Nun würde Ernestine aufgrund des unermesslichen Reichtums ihres zukünftigen Gatten von solchen Sorgen nicht mehr geplagt werden. Jedoch womöglich bald von weit schlimmeren.

»Ich habe dem Grafen mein Ehrenwort gegeben, dass wir einer neuen Verbindung nicht im Wege stehen werden«, versuchte Richard, Sophies schlechtes Gewissen bei einer ihrer Begegnungen zu beruhigen.

Ab und zu traf sich Sophie mit ihm in einem der Separees, meist zu Zeiten, in denen sich nur wenige Gäste im Café aufhielten. Einige Male waren sie und Richard auch in einem geschlossenen Wagen durch den Prater kutschiert.

Richard! Ein leiser Schmerz mischte sich jetzt in Sophies Glückseligkeit. Sie versuchte, das Gefühl zu verdrängen und nicht weiter an Richard zu denken, um sich auf die Zahlenkolonnen vor ihr zu konzentrieren. Allein, es wollte ihr nicht gelingen.

Der Mann, den sie liebte, blieb weiter unerreichbar für sie. Und seit Amalie, Richards Ehefrau, vom Landsitz seiner Eltern nach Wien zurückgekehrt war, bereiteten ihr auch die harmlosen Zärtlichkeiten, die sie ab und zu mit Richard austauschte, im Nachhinein heftige Schuldgefühle. Trotz seiner Beteuerungen, mit Amalie nur noch eine rein platonische Ehe zu führen, und der Unterlassung jeden Versuchs, Sophie zu verführen. Doch Richard war nun einmal ein verheirateter Mann und eine Ehe vor Gott und im Kaiserreich auch vor den meisten Menschen, unauflösbar.

Jetzt war es aber genug der Träumereien, rief sich Sophie selbst zur Ordnung und konzentrierte sich endlich auf den Eintrag der gestrigen Einnahmen ins Bilanzbuch. Schließlich wollte sie Mina pünktlich ablösen. Deren Mutter ging es zwar von Tag zu Tag besser, aber nach wie vor nahm sich Mina ab und zu einige Stunden frei, um sich um sie zu kümmern.

Bald würde sich Sophie die Arbeit wieder mit Mina teilen können! In wenigen Tagen würde sie volljährig werden. Sie würde endlich im Rahmen dessen, was man jungen Frauen in der konservativen Habsburgermonarchie zugestand, tun können, was ihr beliebte! Sie würde dann geschäftsfähig sein und ihr Bankkonto, das als Lohn ihrer Tätigkeit als Hofdame ein Guthaben von mehreren Tausend Gulden aufwies, selbst verwalten können! Sie würde endlich frei sein von den Schatten der Angst, die sie manchmal nachts in ihren Albträumen heimsuchten, ihr Stiefvater könne sie doch noch auf irgendeine Weise in seine Gewalt bekommen.

Mit neuem Schwung wandte sich Sophie wieder ihrer Arbeit

zu und beendete sie sogar eine Viertelstunde früher, als Mina gehen musste. Gerade wollte sie die Buchhaltungsunterlagen wieder in einer Schublade verstauen, da hörte sie draußen ein lautes Poltern und Klirren, gefolgt von mehreren Aufschreien und lautem Stimmengewirr.

Mit übler Vorahnung eilte sie nach draußen. Was sie dort erblickte, als sie sich durch eine kleine Menschenmenge drängte, übertraf ihre schlimmsten Befürchtungen. Ihr Onkel lag regungslos inmitten des Caféraums. Beim Fallen hatte er sich offenbar an einer Tischkante den Kopf aufgeschlagen, den Mina tränenüberströmt in ihrem Schoß hielt. Ihre weiße Halbschürze war bereits blutdurchtränkt.

»Onkel Stephan! Onkel Stephan!« Ohne auf das Blut und die Scherben am Boden zu achten, kniete sich Sophie neben Danzer und legte ihm zwei Finger an den Hals. Sie spürte einen schwachen Puls.

»Er lebt!«, rief sie erleichtert. »Und braucht sofort einen Arzt!«

Ein Herr in einem anthrazitgrauen Anzug trat vor und verbeugte sich knapp. »Darf ich helfen, Fräulein? Ich bin Mediziner.«

In diesem Augenblick stürzten zwei Ober aus dem Kaffeehaus herein, gefolgt von Toni Schleiderer im schwarzen Anzug des Aufsehers. Gemeinsam hievten sie Danzer vom Boden hoch und trugen ihn in sein Kontor, wo sie ihn auf der Chaiselongue ablegten.

»Er ist plötzlich umgefallen wie ein gefällter Baum«, schluchzte Mina. »Hinterrücks mit dem Tablett in den Händen, auf das er gerade einige leere Gläser gestellt hatte.«

Nachdem der Arzt Danzers Kopf notdürftig verbunden und empfohlen hatte, den Kranken nicht zu bewegen, verabschiedete er sich mit den Worten, dass er nichts weiter für ihn tun könne.

Nun wartete man auf einen Krankenwagen, um Danzer ins

nächste Spital schaffen zu lassen. Auch Dr. Adler war wahrscheinlich schon auf dem Weg dorthin, sofern ihn das zu ihm entsandte Serviermädchen noch in seiner Praxis angetroffen hatte.

Sophie fühlte sich wie gelähmt vor Schock. Sie kniete mit Mina vor der Chaisclongue und umklammerte die Hände ihres Onkels. Mechanisch murmelte sie ein Vaterunser nach dem anderen, während ihr die Tränen wie Sturzbäche über das Gesicht liefen. Sie merkte gar nicht, dass Mina in ihre Gebete einfiel.

Bitte, bitte, lieber Gott, flehte Sophie stumm. *Bitte lass ihn heute noch nicht sterben. Es ging ihm doch besser in den letzten Wochen! Er wollte doch noch meinen Geburtstag erleben.* Der Schmerz drohte sie zu übermannen.

Denn sie spürte ganz deutlich, wie das Leben langsam aus ihrem Onkel wich. Seine Hände, die sie umklammert hielt, wurden kälter, sein ganzer Körper versteifte sich.

Plötzlich begannen seine Lider zu flattern. »Bitte, Onkel Stephan, geh noch nicht! Wir brauchen dich doch!«, rief Sophie laut.

Tatsächlich öffnete Danzer die Augen. Sein Blick war erstaunlich klar. Er wanderte über die Gesichter der vor ihm knienden Frauen, von Sophie zu Mina und wieder zurück. Dann verzogen sich seine Mundwinkel zu einem Lächeln.

»Adieu, ihr zwei Schatzerl. Ich hab euch aus ganzem Herzen geliebt.« Seine Stimme war nur ein Flüstern. Trotzdem verstand Sophie seine Worte deutlich. »Aber brauchen tut ihr mich nicht. Ihr beide seid stark genug!«

Dann brachen seine Augen. Noch bevor der Krankenwagen das Café Prinzess erreichte, tat Stephan Danzer seinen letzten Atemzug.

Sophies Onkel, ihr über alles geliebter Patenonkel, war tot.

Wahrheit und Fiktion

Obwohl Band zwei meiner Kaffeehaus-Trilogie mehr fiktive Elemente enthält als Band eins, war auch er außerordentlich rechercheintensiv.

Historisches Leitmotiv ist diesmal Leben und Charakter der Kaiserin Elisabeth, genannt Sisi, in den Jahren nach dem Selbstmord ihres einzigen Sohnes Rudolf im Januar 1889. Wie Kronprinz Rudolf ist auch Sisi eine tragische Figur. Mit der überaus geschönten Version der Sissi-Filme (wo schon ihr Kurzname falsch geschrieben wird), hatte ihre Ehe von Anfang an nichts zu tun.

Wie aus einer unbedarften und mit ihrer neuen Rolle als Kaiserin völlig überforderten Sechzehnjährigen die neurotische Frau wurde, die ich in meinem Roman schildere, wird dabei allerdings nur kurz angerissen. Zur Zeit meines Romans war Sisi, anders als in den ersten Jahren ihrer Ehe, fast völlig autonom in ihren Entscheidungen und ihrem Verhalten und scherte sich kaum mehr um die Regeln und Erwartungen des archaisch strukturierten Kaiserhofs. Andererseits zeigte sie Symptome gleich mehrerer schwerer psychischer Störungen:

Da ist zum einen Sisis ausgeprägte Magersucht, eigentlich eine typische Störung der Adoleszenz, die sich nur selten bis ins Erwachsenenalter und noch viel seltener bis ins fortgeschrittene Alter erstreckt, wie es bei Sisi offensichtlich der Fall war.

Sisis Verhalten passt tatsächlich zu den extremen Ausprägungen dieser Störung. Dazu gehört zum einen ein nahezu völliger Verzicht auf Nahrung: Sisi lebte zeitweise nur von Milch und Orangen und gönnte sich höchstens ab und an ihr geliebtes Veilchensorbet. Zum anderen aber auch eine zwanghafte Gewichtskontrolle, ein bei Sisi besonders exzessiv ausgeprägter Bewegungsdrang und eine ausgesprochene Abneigung gegen Sex als Begleiterscheinungen der Magersucht.

Zwar wird dies in keiner meiner Quellen erwähnt, aber ich gehe davon aus, dass die Kaiserin auch an einer gestörten Körperwahrnehmung litt, sich also selbst dann noch für zu dick hielt, wenn sie fast bis zum Skelett abgemagert war. Ihr Gewicht wird bei einer Körpergröße von 1,72 Meter jedenfalls mit ungefähr fünfzig Kilogramm angegeben, wobei man davon noch das Gewicht ihrer bis zu den Fersen reichenden Haare subtrahieren müsste.

Ihre Haarpracht führt uns zu einer weiteren psychischen Problematik Sisis, diesmal aus dem Bereich der Persönlichkeitsstörungen: einem mit den Jahren immer ausgeprägteren Narzissmus und Egozentrismus. Er manifestierte sich zum einen in Sisis Schönheitskult. Die Szene, in der ihre Haarwäsche beschrieben wird, entspricht mehreren Augenzeugenberichten. Auch die restlichen Beschreibungen ihrer intensiven täglichen Körperpflege sind keine Fiktion.

Lediglich ob Sisi tatsächlich eine Zahnprothese trug, ist in den Quellen umstritten. Hier fallen die extrem widersprüchlichen Berichte über den Zustand ihrer Vorderzähne im Lauf der Jahrzehnte auf. Ihre Zeitgenossen beschreiben Sisis Zähne in ihren jungen Jahren als so hässlich, dass sich die junge Kaiserin ihrer schämte und beim Sprechen kaum den Mund aufmachte. Auch habe sie deshalb angeblich vermieden, mit offenem Mund zu lächeln. Daher verwundert es, dass Augenzeugen, wie ihr griechischer Vorleser, Sisis Zähne noch zu der Zeit, in der mein Roman spielt, als »strahlend schön« beschreiben.

Diese sehr unterschiedlichen Beobachtungen über die Jahre hinweg könnten sehr wohl mit einer Prothese der Vorderzähne übereinstimmen. Dafür gibt es mit Rosa Albach-Retty, der Großmutter von Romy Schneider, sogar eine durchaus zuverlässige Augenzeugin, deren Wahrnehmungen ich im Roman auf Sophie übertragen habe. Wenn diese Dame recht hat, hat sich ihre Entdeckung genauso abgespielt, wie im Roman beschrieben. In jedem Fall habe ich mich, wie auch schon früher, bei ambivalenten Informationen in meinen Quellen für die dramaturgisch spannendere Variante entschieden.

Für eine echte Fiktion, die ich ursprünglich für die Realität hielt, sorgte Sisi allerdings selbst. Sie ließ sich gemäß dem Schönheitsideal ihrer Zeit mit dunklen Haaren und Augen malen. In Wahrheit waren ihre Augen blaugrau, wie ich einer Quelle entnahm, die ich erst spät bei meinen Recherchen fand. Ich entschloss mich dennoch, bei meiner ursprünglichen Beschreibung von Sisi zu bleiben, auch um die Kenner der berühmten Winterhalter-Gemälde der Kaiserin nicht unnötig zu verwirren.

Auch alle anderen Macken und Eigenheiten Sisis, die ich Sophie als Promeneuse der Kaiserin miterleben lasse, sind bis auf eine Ausnahme durch meine Quellen belegt. Lediglich die Hyperventilation, also die Anfälle von Atembeschwerden, sind meine Erfindung, obwohl diese Symptomatik durchaus zu den anderen beschriebenen Störungen Sisis passen könnte.

Aus meiner Sicht als ehemals im klinischen Bereich tätige Psychologin lässt sich für Sisis zunehmende Rücksichtslosigkeit und ausgeprägte Egomanie in ihren späten Jahren (sie drang zum Beispiel tatsächlich unbefugt in fremde Grundstücke ein) auch noch eine andere Erklärung finden:

Aufgrund der Enttäuschungen und psychischen Verletzungen, denen Sisi insbesondere in den frühen Jahren ihrer Ehe und Rolle als Kaiserin ausgesetzt war, könnte sie eine sogenannte Verbitterungsstörung entwickelt haben. Das Gefühl, hilflos großes Unrecht erlitten zu haben, geht bei seiner psychischen Verarbeitung oft mit dem Verlust von Empathie für die Befindlichkeit anderer sowie einem ausgeprägten Selbstmitleid und dem Verlust jeglicher Selbstkritikfähigkeit einher. Dazu passt auch Sisis Rolle als »Mater dolorosa« nach Rudolfs Tod, die sie bis zu ihrem eigenen Tod beibehielt. Offen bleibt für mich, ob Sisi sich je ihren eigenen Anteil an der Tragödie von Mayerling eingestand. Dies wird anhand meiner Quellen nicht klar.

Meine fiktive Hauptperson Sophie zu Sisis Hofdame und damit zur Zeugin vieler ihrer Absonderlichkeiten, aber auch Seelenkämpfe, zu machen, bedeutete dramaturgisch, dass ich fast alle überlieferten Episoden zeitlich und inhaltlich in einen anderen Kontext versetzen musste, als sie sich in der Realität abgespielt haben. Doch Sisis Leben bestand in ihren letzten Jahren fast nur noch aus Reisen. Da ich aber Wien und das Kaffeehaus als Dreh- und Angelpunkt für meine Trilogie gewählt habe, konnte ich Sophie nicht beständig mit ihr durch halb Europa reisen lassen.

Etliche Vorkommnisse haben sich auch an anderen Orten abgespielt, als ich sie für den Roman gewählt habe: So wurde Sisi nicht in Wiesbaden, sondern in Nizza von einer erbosten Villenbesitzerin von deren Grundstück gejagt.

Es würde an dieser Stelle leider zu weit führen aufzuzählen, wann genau sich die Szenen, die ich im Roman schildere, in der wahren Historie abgespielt haben. Aber ich möchte noch einmal betonen, dass bis auf die Hyperventilation allesamt in den Quellen überliefert sind.

Apropos Quellen: An dieser Stelle soll auch Sisis poetisches Tagebuch nicht unerwähnt bleiben, in dem sie in Gedichtform ihre Erlebnisse in den Jahren 1885 bis zu Rudolfs Tod zu Papier brachte. Hier offenbart sich nicht nur die überaus große Beobachtungsgabe der Kaiserin, verbunden mit ihrer Fähigkeit, den Charakter von Personen ihrer Umgebung, insbesondere ihrer Verwandtschaft, überaus treffend zu skizzieren. Sondern an der ein oder anderen Stelle auch Sisis persönliche Tragik, sich als

Frau mit zweifellos hohen Geistesgaben nie wirklich entfalten zu können.

Denn obwohl Franz Joseph sie als Gatte mit einer Toleranz gewähren ließ, die für die damalige Zeit ihresgleichen sucht und auch völlig atypisch für den ansonsten erzkonservativen Kaiser war, kränkte er seine Frau immer wieder, indem er ihre Begabungen und kulturellen Interessen als »Wolkenkraxeleien« bezeichnete. Hier bietet insbesondere das Tagebuch der Kaisertochter Marie Valerie interessante Einblicke in die Ehe ihrer Eltern.

Betrachten wir diese Ehe näher, wird der Untertitel, den ich für meinen zweiten Band der Kaffeehaustrilogie gewählt habe, besonders nachvollziehbar: *Falscher Glanz*. Nach außen entfaltete sich der Kaiserhof mit all seiner Pracht. Nach innen herrschte jedoch Bigotterie in einem Ausmaß, das mich zeitweise regelrecht abgestoßen hat.

Wie es um die Ehe des Kaiserpaars stand, zeigt sich vor allen Dingen in seinem nicht mehr vorhandenen Liebesleben. So streng Kaiser Franz Joseph auch die Affären seines Sohnes Rudolf verurteilte, so wenig hielt er sich selbst an seine eigenen moralischen Prinzipien. Er tarnte sich einfach nur besser. Viele Jahre lang benutzte er die Eisenbahnersgattin Anna Nahowski wie eine bessere Prostituierte. Er suchte sie nur zum Sex auf und entlohnte sie reichlich für ihre »Dienste«. Bis er sie dann nach mehr als zehn Jahren im März 1889 sang- und klanglos aus diesen entließ.

Sicherlich war sein tatsächlich von Sisi in die Wege geleitetes und aktiv gefördertes Verhältnis zur Schauspielerin Katharina Schratt vielschichtiger. Ich selbst bin der Meinung, die ich im Roman Ida Ferenczy in den Mund lege: Solange sein Verhältnis zu Anna Nahowski währte, blieb die Beziehung zu Katharina platonisch. Etliche Historiker glauben, dies sei auch nach dem Ende der Affäre mit Nahowski so geblieben.

Als Psychologin hielt ich dies immer für wenig glaubhaft,

zumal gesichert ist, dass Sisi sich schon seit Jahrzehnten ihren ehelichen Pflichten entzog. Dann stieß ich fast am Ende meiner Recherchen auf das Buch von Georg Markus: Dort zitiert der Autor aus der Originalkorrespondenz Franz Josephs und Katharinas. An etlichen Stellen erwähnen beide als Hindernis, sich zu treffen, Katharinas »stille Tage«, ein Synonym für Menstruation.

Und nun frage ich Sie, liebe Leserinnen und Leser: Können Sie sich vorstellen, dass der überaus prüde Kaiser Franz Joseph in den letzten Jahren des 19. Jahrhunderts mit einer rein platonischen Freundin über ihre Monatsblutung korrespondierte? Ich nicht!

Doch den für diese Zeit charakteristischen »falschen Glanz« lasse ich auch an anderen Stellen des Romans aufblitzen: Dies betrifft insbesondere die Zustände in der ach so hochgehaltenen Armee. Interessanterweise hat sich die Forschung erst in jüngster Zeit mit den wahren Zuständen, die dort zumindest für die Rekruten herrschten, befasst. Richards Erlebnisse in Salzburg sind daher realen Zeitzeugenberichten von Wehrpflichtigen nachgestellt, obwohl sie nicht in dieser gehäuften Form und an verschiedenen Orten stattfanden. Dafür allerdings zum Teil noch Jahrzehnte nach der Zeit meines Romans bis in den Ersten Weltkrieg hinein!

Die Geschehnisse in der Bukowina sind dagegen fiktiv. Es gibt keine Detailberichte über die Untaten einquartierter k.u.k. Soldaten gegenüber der Bevölkerung, die sie beherbergen musste. Dass solche aber vorkamen, ist wiederum belegt. Aber man kehrte solche Vorkommnisse wohl unter den Teppich, jedenfalls konnte ich hierzu keine schriftlichen Zeugnisse finden. Also habe ich mich bei der Bukowina-Episode an anderen, leider bis in die jüngste Zeit hinein verfügbaren Erlebnisberichten von Opfern solcher Gewalt orientiert.

Auch die gepflegte Fassade des Hochadels und des Großbürgertums zähle ich zum »falschen Glanz« unter der Ägide

Franz Josephs. Rudolfs ehemaliger Obersthofmeister Carl von Bombelles starb tatsächlich im Juli 1889 inmitten einer Orgie in den Armen einer Prostituierten. Es ist ebenfalls belegt, dass die Syphilis weit verbreitet unter den eifrigen hochgestellten Besuchern der Freudenhäuser war. So starb zum Beispiel Otto, der jüngere Bruder des Thronanwärters Franz Ferdinand, im Jahr 1906 an dieser Krankheit.

Zwar ist die Figur des ungarischen Grafen Lajosz Szalay völlig fiktiv. Doch ich halte es – auch angesichts ähnlicher Vorkommnisse in der Kaiserfamilie – für durchaus wahrscheinlich, dass so manch ein vor oder während seiner Ehe mit einer Geschlechtskrankheit infizierter Mann seine Gemahlin damit ansteckte. Und ebenso wie Szalay den Schweregrad schlichtweg verdrängte, insbesondere bei der Syphilis, wenn diese im häufig latenten, also vordergründig symptomlosen dritten Stadium war.

Auch dass Liebesehen in höheren Kreisen die Ausnahme und nicht die Regel waren, und man sich dabei oft über die Wünsche junger Frauen hinwegsetzte, notfalls auch mit Zwangsmaßnahmen, ist ein bekanntes Phänomen im 19. Jahrhundert.

Graf Szalay ist daher in der Fiktion nicht nur der abscheuliche Charakter, als der er vielleicht auf den ersten Blick erscheinen mag, sondern wie Sophies Stiefvater Arthur von Freiberg ein typischer (Ehe-)Mann seiner Zeit und seines Standes.

So wie übrigens auch Richard von Löwenstein im ersten Band meiner Trilogie ein typischer junger Mann seiner Zeit ist. Mit all den Unarten, die aus heutiger Sicht vielleicht unsympathisch wirken. Aber ich lege auch bei meinen fiktiven Charakteren viel Wert darauf, dass sie in das historische Zeitkolorit meines Romans passen.

Und hätte ich nicht die Geschichte der Maria Demel und Anna Sacher vor dem Entwurf des Plots meiner Romantrilogie gekannt, wäre ich nie so kühn gewesen, Sophie im letzten Band zur Leiterin des Kaffeehauses zu machen.

Auch hier musste ich aus dramaturgischen Gründen einen historischen Fakt anpassen: Volljährig und damit geschäftsfähig wurde man im Jahr 1891 im deutschen Teil des Habsburgerreiches nicht mit einundzwanzig, sondern erst mit vierundzwanzig Jahren. Hätte ich Sophie jedoch drei Jahre älter als Mary gemacht, wäre es mir nicht möglich gewesen, ihre fiktive Freundschaft psychologisch authentisch zu beschreiben.

Abbitte leisten muss ich auch bei einigen Hofdamen Sisis. Da ich meiner fiktiven Sophie einen Platz in der Nähe der Kaiserin einräumen musste, habe ich vor allem die Ungarin Charlotte von Majláth, über deren wahres Wesen ich in meinen Quellen so gut wie nichts fand, so dargestellt, wie Marie Festetics in ihrem Tagebuch Sisis ehemalige Hofdame Ludwiga Schaffgotsch beschreibt, die im Roman jedoch nur an einer einzigen Stelle erwähnt wird.

Bei der Charakteristik der anderen ungarischen Hofdamen Sisis habe ich mich von meinen Gefühlen leiten lassen. Sowohl Marie Festetics als auch Ida Ferenczy haben Sisi ihr eigenes Leben »geopfert« und dabei auf ihr privates Glück verzichtet. Beide neigten dazu, die Kaiserin zu idealisieren, und blieben ihr trotz diskreter Kritik in späteren Jahren, die sie Sisi gegenüber jedoch kaum jemals äußerten, bis an ihr Lebensende loyal verbunden.

Beide scheinen jedoch mit ihrem persönlichen Verzicht zu Sisis Gunsten unterschiedlich umgegangen zu sein. In den Quellen belegt ist Maries chronische Eifersucht auf andere nahe Bezugspersonen der Kaiserin, allen voran auf die Friseurin Fanny Feifalk. Ob sie aus Eifersucht jedoch zu einer solch miesen Intrige fähig gewesen wäre wie gegenüber Sophie in diesem Roman, bleibt dahingestellt. Doch Marie Festetics war mir sowohl aufgrund ihrer Selbstbeschreibung in ihrem Tagebuch als auch in der Fremdbeschreibung anderer Quellen unsympathisch und hat daher im Roman diese im Vergleich zur Realität sicherlich überzeichnete Rolle erhalten.

Über Ida Ferenczy ist mir dagegen nichts Negatives begegnet. Dass sie womöglich Sisis intimere Vertraute war, obwohl Marie die Kaiserin auch noch in den Neunzigerjahren bis zur eigenen Erschöpfung auf ihren Reisen begleitete, schließe ich aus verschiedenen Tatsachen: Ida wurde von Sisi als einzige ihrer Hofdamen geduzt und diente der Kaiserin als Chaperon für die Treffen Franz Josephs mit Katharina Schratt. Und sie hatte nach Sisis Tod deren private Korrespondenz in Verwahrung, die sie, wahrscheinlich auf Anweisung der Kaiserin, vernichtete. So auch Rudolfs Abschiedsbrief aus Mayerling.

Dass sie, anders als Marie Festetics, Sisi in den Neunzigerjahren nicht mehr auf ausgedehnten Reisen begleitete, entnehme ich dem Fehlen jeglicher Hinweise darauf in meinen Quellen. Als Begründung dafür habe ich ihr eine fiktive Kränklichkeit angedichtet, ohne zu wissen, ob dies tatsächlich so war.

Es bleibt noch zu erwähnen, dass ich in Band zwei auch dem sozialkritischen Motiv aus Sicht der unteren Schichten wieder Genüge tun wollte. Dazu bot sich neben den bereits erwähnten Episoden, in denen die Armee eine Rolle spielt, der tatsächlich im Jahr 1889 stattgefundene Streik der Wiener Tramway-Kutscher an. Ich habe ihn aus dramaturgischen Gründen zwar ein paar Monate nach hinten verlegt, aber die Ereignisse haben sich im Wesentlichen so abgespielt, wie ich sie geschildert habe. Auch den Ausgang des Streiks habe ich korrekt wiedergegeben. Fiktiv ist lediglich der Schauplatz einer gewalttätigen Auseinandersetzung an der Tramway-Strecke vor der Oper – solche Zusammenstöße zwischen Streikenden mit der Polizei und dem Militär fanden aber tatsächlich in den Arbeitervierteln Hernals und Favoriten statt – und Erzherzog Albrechts Einstellung dazu, obwohl diese zu seinem in den Quellen beschriebenen Charakter passen würde.

Trotzdem erlebte ich mit diesem Protagonisten des späten Kaiserreichs ein Paradoxon: Im Gegensatz zu Band eins, wo ich Albrecht noch, übereinstimmend mit meinen damaligen

Quellen, als erzreaktionär empfand, wurde er mir aufgrund der für diesen Band verwendeten Quellen sympathischer. Insofern lasse ich ihn in Band zwei auch eine ambivalentere Rolle einnehmen, mit positiven und negativen Charakterzügen, die gleichermaßen zu ihm passen könnten.

Zurück zu den Tramway-Kutschern: Natürlich sind auch alle Handlungsträger bis auf Victor Adler fiktiv, einschließlich der Rolle der Jahodas. Vater und Tochter sind zwar historisch belegte Personen. Allerdings habe ich keinen Hinweis darauf gefunden, was nach der Tragödie in Mayerling aus ihnen geworden ist. Zwar setzte sich Mary Vetsera in einem ihrer Abschiedsbriefe tatsächlich dafür ein, die Jahodas nicht für ihre Taten büßen zu lassen. Aber ob Helene Vetsera diesem Wunsch nachkam, konnte ich den Quellen nicht entnehmen. Also ließ ich Joseph Jahoda die Rolle eines Tramway-Kutschers übernehmen.

Der Streik bot mir außerdem die Möglichkeit, einige Protagonisten aus meiner Trilogie *Das Weingut* wieder auftreten zu lassen: Irene Gerban und auch ihren mittlerweile »geläuterten« Schwiegervater Ferdinand von Sterenberg. Er vertritt die fortschrittlichen Vertreter des Adels, die es zum Glück auch zur damaligen Zeit gab. Ein Wiedersehen mit seiner Frau Pauline verspreche ich für den dritten Band.

Noch eine letzte Anmerkung: Die von mir im Roman geschilderten Festlichkeiten bei Hofe, insbesondere die Fußwaschung, fanden im Jahr nach Rudolfs Tod nicht statt. Aber den »falschen Glanz« des Kaiserhofs ohne solche Feste zu schildern, wäre mir nicht möglich gewesen. So mögen es mir die geneigten Leser*innen nachsehen, dass die Daten der Ereignisse zwar fiktiv sind, nicht aber die detailgetreue Beschreibung der Zeremonien.

Es bliebe noch so viel zu erwähnen, denn Band zwei der Trilogie ist womöglich noch vielschichtiger als Band eins. Ich beschränke mich an dieser Stelle darauf zu erwähnen, dass die

Historie, nicht die Fantasie, wieder einmal die interessantesten Elemente beisteuerte.

Dazu gehören nicht nur die schlimmen Folgen von Mayerling für die Familie Vetsera, die ich entsprechend der vorhandenen Quellen geschildert habe, und die vielen Episoden rund um die Person der Kaiserin, sondern auch einige amüsante Begebenheiten:

Allen voran die Geschichte mit den von der Schuhcreme ihrer Tänzer während der Hofbälle verdorbenen Ballroben junger Damen. Wer Kaiser Franz Joseph irgendwann einmal darüber »die Meinung sagte«, ist in meinen Quellen nicht überliefert. Im Buch lasse ich dies Sophie von Werdenfels tun. Diese kleine Szene ist übrigens eine meiner Lieblingsszenen des Romans.

Nun bleibt mir nur noch, wie bei meinen acht vorangegangenen Büchern, den Personen zu danken, die mich (wieder einmal) nachhaltig dabei unterstützt haben. Besonderer Dank gebührt meiner Lektorin Heike Fischer, die sich auch in dieser komplexen Materie bestens auskennt und mir jederzeit mit Rat und Tat zur Seite stand. Von Anfang an begleitet mich auch mein wunderbarer Agent Thomas Montasser, ohne den ich (wenn überhaupt) nur eine unbekannte und unbedeutende Autorin wäre.

Auch vonseiten des Goldmann Verlags wurde ich erneut intensiv bei der Arbeit an diesem Roman begleitet. Hier möchte ich, stellvertretend für alle Mitarbeiterinnen und Mitarbeiter, die sich beständig für meine Romane einsetzen, Frau Barbara Heinzius danken, die trotz ihrer anspruchsvollen und arbeitsintensiven Tätigkeit als Senior Editor jederzeit gesprächsbereit ist und sich leidenschaftlich für den Erfolg auch dieser Trilogie engagiert.

Ein ganz besonderer Dank gebührt erneut einer Leserin: Die Wienerin Isabella Girstmair, die Band eins mit großer Begeisterung gelesen hat, bot mir an, auch meine etwas unbeholfenen Dialektpassagen durchzusehen und ihnen weit mehr die Sprache der kleinen Leute zu verleihen, als ich selbst es vermocht hätte. Für die viele Freizeit, die Frau Girstmair hier investiert hat, und das auch noch sehr gerne, wie sie mir immer wieder versicherte, bin ich ihr zutiefst verbunden.

Auch die Leserinnen Brunhilde Leber und Martina Luger haben wertvolle Tipps beigesteuert. Ebenso wie mein Mann Jürgen Fitzek, der mir nicht nur wie bei meinen vorigen Romanen jederzeit zugehört hat, wenn ich ihm meine Plot-Ideen vortrug, sondern mir aus seiner großen Erfahrung als psychologischer Psychotherapeut heraus auch das Phänomen der Hyperventilation anschaulich erläutert hat. Ganz lieben Dank an alle!

Das Buch beschließe ich mit ein wenig Wehmut: Leider ist im Sommer 2020 der letzte Verwandte meines Mannes aus der Generation seiner Eltern, Onkel Ernst, im Alter von siebenundneunzig Jahren verstorben. Bis zum Schluss im Vollbesitz seiner geistigen Kräfte las er all meine Bücher und freute sich schon sehr auf Band eins meiner neuen Trilogie. Ihm habe ich daher den zweiten Band meiner Trilogie gewidmet.

Glossar

Ahnl	österreichisch (veraltet): Vorfahre
Apanage	monatliche Zuwendung zur Finanzierung eines standesgemäßen Lebenswandels
Barben	Zierbänder an einer Haube
Beisl	österreichisch: kleine Gastwirtschaft
Besitzstörungsklage	österreichisch: Strafanzeige wegen Hausfriedensbruch
Billett	kurzer Brief
Buchtel	Hefegebäck
Bukowina	ehemalige Region im Habsburgerreich; heute: nördlicher Teil Bestandteil der Ukraine; südlicher Teil Bestandteil Rumäniens
Buschenschank	österreichisch: alternativer Begriff für Heuriger, also Straußwirtschaft; so genannt, weil ein Strauchbusch ausgehängt wurde, sobald der Buschenschank geöffnet war
Causa	lateinisch: Sache, Angelegenheit
Cercle	kurze persönliche Ansprache eines Mitglieds der kaiserlichen Familie als Auszeichnung für Mitglieder der Hofgesellschaft
Chaiselongue	niedriges, gepolstertes kombiniertes Sitz- und Liegemöbel für eine Person

Chaperon	Anstandsdame
Christfest	österreichisch: Weihnachten
Contenance bewahren	die Form wahren; gelassen bleiben
Corps	größere Gruppe eines Armeeverbundes, eines diplomatischen Dienstes oder einer schlagenden Studentenverbindung
Corpsgeist	Zusammenhalt einer Gruppe, beruhend auf einem für sie gültigen Ehrenkodex
Courmacher	Verehrer
Deka	österreichisch: zehn Gramm
Dienstmann	bezahlter Bote
Dünkel	alte Bezeichnung für Arroganz
dünken – mich dünkt	alte Bezeichnung für »ich denke«
Entourage	französisch: Leute, die zum engen Umfeld einer Person gehören und deren Gefolgschaft bilden
Equipage	elegante Kutsche nebst Ausstattung
Erdäpfel	österreichisch: Kartoffeln
Fabrikherr	Fabrikant, Unternehmer
fad	österreichisch: langweilig, uninteressant
Fauteuil	französisch: schwerer Lehnsessel
Fauxpas	französisch: Fehler, Peinlichkeit
fesch	österreichisch: attraktiv, hübsch
Fiaker	österreichisch: sowohl für Kutsche als auch für Kutscher
Fideikommiss	unveräußerliches, nicht teilbares Besitztum einer Adelsfamilie
Fisolen	österreichisch: grüne Bohnen
Fortuna	römische Göttin des Glücks
Franzosenkrankheit	umgangssprachlich für Syphilis
Gazette	französisch: Zeitung

Gemächt	alter Begriff für Penis
Gliederreißen	alter Begriff für Rheuma
Gonorrhoe	eine Geschlechtskrankheit
gordischer Knoten	Begriff aus der griechischen Mythologie für einen unauflösbar erscheinenden Knoten; im übertragenen Sinn ein Synonym für: »ein schwieriges Problem«
Gotha	Verzeichnis aller wichtigen Adelsfamilien Europas
grantig	österreichisch: übel gelaunt, ärgerlich
Großer Schwarzer	österreichisch: doppelter Espresso
Gulden	in Österreich bis 1892 gültige Währung, bis zirka 1900 noch im Umlauf
heuer	österreichisch: in diesem Jahr; heutzutage
hoffärtig	alter Begriff für eitel, arrogant
Ilias	Dichtung des Griechen Homer über den Kampf um Troja
Insubordination	mangelnder Gehorsam gegenüber einem (militärischen) Vorgesetzten
Interpellation	von einem oder mehreren Parlamentariern an die Regierung gerichtetes Verlangen um Auskunft in einer bestimmten Sache
Jänner	österreichisch: Januar
Jause	kräftiger Imbiss
Joppe	Männerjacke
Jour fixe	fester Besuchstag in adeligen Familien
Kämmerer	dem Hochadel vorbehaltenes männliches Ehrenamt bei Hofe
Kanapee	Appetithäppchen
Katarrh	Erkrankung der Atemwege
Kleiner Schwarzer	österreichisch für Espresso

Kompanie	militärische Einheit aus 60 bis 250 Soldaten
Kontor	alter Begriff für Büro
Kotillon	Gesellschaftstanz aus verschiedenen Elementen; Höhepunkt eines Balls im 19. Jh.
Kren	österreichisch: Meerrettich
Kreuzer	ein Gulden = sechzig Kreuzer
k.u.k.	österreichische Abkürzung für kaiserlich u. königlich
Lakai	alte Bezeichnung für Diener
Landauer	vierrädrige, viersitzige Kutsche mit zwei gefederten Achsen
Laudanum	im 19. Jh. gebräuchliches Beruhigungsmittel auf Opiumbasis
Leibstuhl	Toilettenstuhl
Livree	einer Uniform nachgestellte Kleidung männlicher Dienstboten
Majoratsherr	Titel für das Familienoberhaupt einer hochadeligen Familie, deren Erbrecht nach der Primogenitur ausgerichtet ist (nur der jeweils älteste, aus direkter Linie stammende Sohn erbt); alleiniger Herr über den gesamten Familienbesitz
Malheur	französisch: Missgeschick
Mamsell	Vorgesetzte der weiblichen Dienerschaft in einem Haushalt
Marie	österreichisch: Geld (nach dem Maria-Theresien-Taler)
Marille	österreichisch: Aprikose
Mater dolorosa	Schmerzensmutter
Matrone	ältere, lebenserfahrene Frau

Mehlspeise	österreichischer Oberbegriff für Gebäck und Kuchen aller Art
Melange	schwarzer Kaffee mit aufgeschlagener Milch
morganatische Ehe	nicht standesgemäße Ehe
Muff	rohrförmige (Pelz-)Hülle zum Wärmen der Hände
nobilitiert	geadelt
Obersthofmeisteramt	höchste Behörde am Kaiserhof
Obersthofmeister	Leiter des Obersthofmeisteramts
Odyssee	Titel der Dichtung des Griechen Homer; Synonym für eine Irrfahrt
Palastdame	im Gegensatz zur Hofdame unbezahltes Ehrenamt im Hofstaat für verheiratete adelige Damen
Palatschinken	österreichisch: dünner Pfannkuchen
Paradeiser	österreichisch: Tomate
Paravent	Wandschirm
Petit Four	oft mit farbigem Zuckerguss glasiertes Feingebäck
Promeneuse	französisch: Spaziergängerin; hier bezahlte Gesellschafterin für adelige Damen bei deren Spaziergängen
Quadrille	französischer Tanz für je vier Paare
quid pro quo	lateinisch: dies für das
Reichsrat	österreichisches Parlament im Habsburgerreich des 19. Jh.; bestehend aus dem Herrenhaus und dem Abgeordnetenhaus
requirieren	für militärische Zwecke beschlagnahmen
Rotzmensch	österreichisch: dumme Göre
Sacktüchlein	alter Begriff für Taschentuch
Schlagobers	österreichisch: Schlagsahne

Schulze	alter Begriff für Gemeinde- oder Ortsvorsteher
Schwadron	meist Kavallerieeinheit, vergleichbar der Kompanie
Schwammerl	österreichisch: Pilz
Schwindsucht	alter Begriff für Tuberkulose
sekkieren	österreichisch: schikanieren
Separee	abgeteilter, sichtgeschützter Bereich in einem Lokal oder Restaurant
Soiree	festliche Abendgesellschaft
Solferino	lombardischer Ort einer Schlacht im Sardinischen Krieg zwischen dem Kaiserreich Österreich und dem Königreich Sardinien im Juni 1859
Souper	französisch: festliches Abendessen
Staubzucker	österreichisch: Puderzucker
subversiv	aufrührerisch
Suite	Zimmerflucht in einem Hotel
Syphilis	im 19. Jh. tödlich verlaufende Geschlechtskrankheit
Thronprätendent	Thronanwärter
Topfenstrudel	österreichisches Gebäck mit Quark
Tramway	Pferdeomnibus; öffentliches Verkehrsmittel im 19. Jh.
très chic	französisch: sehr modisch
Tric Trac	im 19. Jh. beliebtes Brettspiel; französische Variante von Backgammon
Truchsess	Ehrenamt bei Hofe für neu Geadelte
Truck-System	Auszahlung des Lohns in Blechmünzen anstatt Geld, verbunden mit dem Zwang, dafür oft überteuerte Waren in fabrikeigenen Geschäften zu erstehen
venerische Krankheit	Geschlechtskrankheit

Verdruss	alter Begriff für Ärger
veritabel	wahrhaftig, unverfälscht; im Buch oft Synonym für »ganz ordentlich«
Vogerlsalat	österreichisch: Feldsalat
weiland	alter Begriff für damals
Zinshaus	österreichisch: Mietshaus

Verzeichnis der wichtigsten Quellen

Vorbemerkung: Aufgrund der Fülle des verwendeten Materials können nur die wichtigsten Quellen genannt werden.

Biografien über Kaiserin Elisabeth
Conte Corti, E.C.: Elisabeth. Die seltsame Frau. Wien: Styria Verlag, 43. Auflage 1998.
Hain, W. & Hain, R.: Kaiserin Elisabeth und die historische Wahrheit. Norderstedt: Books on Demand, 3. Auflage 2016.
Hamann, B.: Elisabeth. Kaiserin wider Willen. München: Piper Verlag GmbH, 2005.

Originaltagebücher
Hamann, B. (Hrsg.): Kaiserin Elisabeth: Das poetische Tagebuch. Wien: Verlag der österreichischen Akademie der Wissenschaften, 1997.
Schad, M. & Schad, H. (Hrsg.): Marie Valerie. Das Tagebuch der Lieblingstochter von Kaiserin Elisabeth von Österreich. München: Langen Müller Verlag, 1998.
Walterskirchen, G. & Meyer, B.: Das Tagebuch der Gräfin Marie Festetics. Kaiserin Elisabeths intimste Freundin. St. Pölten: Residenz Verlag, 4. Auflage 2014.

Über die Folgen von Mayerling
Baltazzi-Scharschmid, H. & Swistun, H.: Die Familien Baltazzi-Vetsera im kaiserlichen Wien. Graz: Verlag Hermann Böhlaus Nachf., 1980.
Etzlstorfer, H.: Mayerling 1889. Ein Mythos entsteht. Heiligenkreuz im Wienerwald: Be&Be-Verlag, 2016.

Über das Leben am Kaiserhof und den Wiener Adel
Walterskirchen, G.: »Der Franzi war ein wenig unartig«. Hofdamen der Habsburger erzählen. Wien: Residenz Verlag, 2013.
Richter, S.: »Hofdame – ein Beruf für Frauenzimmer?« In: Zeitschrift für die Geschichte des Oberrheins, Heft 114, S. 441-480, Stuttgart: 2005.
Winkelhofer, M.: Der Alltag des Kaisers. Franz Joseph und sein Hof. Innsbruck-Wien: Haymon Verlag, 2015.

Weitere Biografien
Allmayer-Beck, J.C.: Der stumme Reiter. Erzherzog Albrecht. Der Feldherr »Gesamtösterreichs«. Graz: Verlag Styria, 1997.
Markus, G.: Katharina Schratt. Die zweite Frau des Kaisers. Wien: Amalthea Verlag, 5. Auflage 2004.
Meysels, L.O.: Victor Adler: Die Biografie. Wien: Amalthea Verlag, 1997.

Über den Streik der Tramway-Kutscher
Adler, V.: »Zum Streik der Tramwaykutscher.« In: *Callesen, G. & Maderthaner, W. (Hrsg.)* Victor Adler/Friedrich Engels, Briefwechsel. Akademie Verlag, 2011, S. 124–126.
Krobot, W.; Slezak, J.O. & Sternhart, H.: Straßenbahn in Wien vorgestern und übermorgen. Wien: Josef Otto Slezak Verlag, 1972.
(Autor unbekannt): »Der Tramwaykutscherstreik im Jahre 1889.« Wien: Zeitschrift *Der jugendliche Arbeiter*, 1953, S. 38 f.

Über das k.u.k. Militär

Deák, I.: Der k.u.k. Offizier. 1848–1918. Wien: Böhlau Verlag, 2. Auflage 1995.

Hämmerle, C.: »… dort wurden wir dressiert und sekkiert und geschlagen …« Vom Drill, dem Disziplinarstrafrecht und Soldatenmisshandlungen im Heer. In: *Cole, L.; Hämmerle, C. & Scheutz, M., (Hrsg.)* Glanz–Gewalt–Gehorsam. Militär und Gesellschaft in der Habsburgermonarchie (1800 bis 1918). Essen: Klartext Verlag, 2011.

Die Geschichte von Sophie von Werdenfels geht weiter:

Marie Lacrosse
Das Kaffeehaus. Geheime Wünsche

ISBN 978-3-442-20619-3

Nach dem Tod ihres Onkels leitet Sophie das Kaffeehaus Prinzess mit großem Erfolg. Sie erweitert das Angebot und setzt neue Ideen um, zum Beispiel eine spektakuläre Schaufensterdekoration. Das Café wird schon bald zum Treffpunkt der Wiener Kulturbohème. Privat ist Sophie in großer Sorge um ihre Schwester Milli. Und dann gefährdet auch noch ein unbekannter Saboteur das Kaffeehaus. Derweil ist Sophies große Liebe Richard sehr unglücklich in seiner Standesehe mit Amalie. Und sucht verzweifelt nach einer Möglichkeit, Sophie wieder nahe zu kommen…

Wiener Prater

August 1895

Sophie genoss das milde Wetter, das endlich auf die schwüle Augusthitze der vergangenen Tage und die heftigen Gewitter, die sich abends oder nachts entladen hatten, gefolgt war. Der Tag war wie gemacht für den Ausflug in den Prater, den Richard und sie schon seit Wochen planten. Heute war es endlich so weit.

Während Richard den gemieteten offenen Einspänner in leichtem Trab über die Prater-Hauptallee lenkte, schloss Sophie die Augen und streckte ihr Gesicht den Sonnenstrahlen entgegen, die durch die Zweige der Kastanienbäume zu beiden Seiten der Straße fielen. entgegen. Allzu lange war sie schon nicht mehr vor die Tür gekommen. Wenn überhaupt, hatte ihr die Tätigkeit im Café Prinzess höchstens einmal einen kleinen Abendspaziergang nach der Schließung des Cafés erlaubt. Umso mehr hatte sie sich auf den heutigen Tag gefreut.

Auch Richard hatte sie seit einigen Wochen nicht mehr getroffen. Sein neuer Vorgesetzter war seit dem Tod Erzherzog Albrechts im Februar dieses Jahres Generaloberst Friedrich Beck. Offiziell hatte Kaiser Franz Joseph selbst Albrechts Nachfolge als oberster Heerführer angetreten. Doch hinter den Kulissen hatte der Generaloberst dessen ehemalige Funktion inne, obwohl er formal nur Chef des Generalstabs der k.u.k. Armee war.

Beck betraute Richard immer wieder mit Aufgaben, die ihn mehrere Tage oder sogar wochenlang von Wien wegführten. Erst vor zwei Tagen war er aus dem fernen Galizien zurückgekehrt, wo er das Terrain für ein geplantes Herbstmanöver sondiert hatte.

Wie immer seit dem Ende ihrer platonischen Beziehung vor zwei Jahren in Salzburg hatten sich Sophie und Richard am Vorabend in dem verschwiegenen kleinen Hotel in der Josefstadt zu einer leidenschaftlichen Liebesnacht getroffen. Denn nach wie vor lebten Henriette und Milli zusammen mit Sophie in Stephan Danzers ehemaliger Wohnung im Haus an der Ecke Dorotheergasse zum Graben. Und obwohl beide von ihrer Beziehung wussten, behandelte Sophie ihr Liebesleben ihnen gegenüber diskret.

Einen Moment lang schien sich ein Schatten vor die Sonne zu schieben, der Sophie frösteln ließ. Doch es war nur der Gedanke an die noch immer ungelösten Eheprobleme ihrer Mutter mit ihrem Stiefvater, den Sophie jetzt rasch verdrängte. Sie öffnete die Augen und ließ ihren Blick über die saftig grünen Wiesen des Praters schweifen. Schon vernahm sie aus der Ferne die fröhlichen Stimmen der Volksmenge, untermalt von Walzermusik.

Richard lächelte Sophie liebevoll an und deutete nach vorn. »Dort liegt das Prohaska, wo wir zu Mittag speisen werden. Hörst du die Damenkapelle spielen?«

Sophie erwiderte Richards Lächeln und merkte, dass sie diesen unbeschwerten Tag im Prater fast noch mehr herbeigesehnt hatte als ihre vergangene Liebesnacht. »Ich freue mich schon darauf, Richie«, strahlte sie ihn an. Um gleich darauf in gespieltem Abscheu den Mund zu verziehen. »Aber die Krebse werde ich dort nicht probieren. Mich schaudert es vor diesem Getier.«

Krebse waren die in ganz Wien berühmte Spezialität des Prohaska und genauso bekannt wie die aus acht Damen bestehende Musikkapelle Richter, die im Sommer jeden Tag im Schanigarten, der Gartenterrasse des Prohaska, aufspielte.

Richard zwinkerte Sophie zu. »Wart einmal ab, Liebes! Auf einem Versuchsbissen bestehe ich jedenfalls und pule ihn dir auch eigens aus der Schale«, kam er Sophies Protest zuvor. »Und wenn dir das Krebsfleisch dann wirklich nicht schmeckt, haben sie dort auch ganz wunderbare Eierschwammerln mit Semmelknödeln.«

Sophie täuschte ein Seufzen vor. »Na gut, wenn es denn unbedingt sein muss, Richie, koste ich von dem Krebs.«

Nur wenige Minuten später hielt Richard bei einem Mietstandplatz für Fiaker an. Nachdem er dem Platzwart eine Münze in die Hand gedrückt und ihn gebeten hatte, das Zugpferd des Einspänners zu füttern und zu tränken, hakte sich Sophie bei ihm unter.

Fröhlich schob sie sich den einfachen Strohhut ein wenig aus der Stirn, um sich umzublicken. Ihr Korsett unter dem mit einem Blumenmuster bedruckten Baumwollkleid war nur leicht geschnürt. Auch auf Handschuhe hatte sie verzichtet. Niemand sollte heute in ihr die selbstbewusste Leiterin des Cafés Prinzess erkennen, zu der sie sich in den letzten Jahren entwickelt hatte. Stattdessen wollte sie wie eine junge Frau aus dem Kleinbürgertum wirken, die mit ihrem Liebsten einen Bummel über das ausgedehnte Pratergelände macht.

Auch Richard hatte seine Majorsuniform selbstverständlich zu Hause gelassen und war in die Kleidung eines Handwerksburschen geschlüpft, der sein Festgewand trug. Sein hellgraues Hemd stand am Kragen ein wenig offen, das grüne locker geschlungene Halstuch kontrastierte gefällig mit seinen dunklen Haaren.

Beide wussten mittlerweile aus Erfahrung, dass das Sprichwort »Kleider machen Leute« mehr denn je auf sie zutraf. Selbst für den hypothetischen Fall, dass sie während der Hundstage eines heißen Sommers an einem späten Freitagvormittag hier im Prater auf Bekannte aus ihren Kreisen stoßen sollten, war es unwahrscheinlich, dass man sie beide in ihrer schlichten Aufmachung erkennen würde.

Doch die allermeisten ihrer Bekannten hielten sich momentan sowieso nicht in Wien auf. Die reichen Familien des Hochadels und des Großbürgertums befanden sich um diese Jahreszeit auf ihren im ganzen Kaiserreich verstreuten Landsitzen. So wie auch Amalie seit einigen Wochen mit ihrem Vater Adalbert im Salzkammergut weilte, um dort die Sommerfrische zu genießen, anstatt sich im stickigen Wien zu langweilen.

Für Sophie und Richard war die heiße Sommerzeit dagegen genau aus diesem Grund mittlerweile die schönste im Jahr. Sofern sie einmal in ihren anspruchsvollen Berufen abkömmlich waren, konnten sie sich relativ unbeschwert auch in der Öffentlichkeit treffen.

»Wo möchtest du denn als Erstes hingehen, Phiefi?«, fragte Richard Sophie nun.

»Ins Aschanti-Dorf«, antwortete sie, ohne zu überlegen. Verdutzt stellte sie fest, dass sich Richards Miene darauf unwillig verzog.

»In allen Zeitungen wird darüber geschrieben«, verteidigte Sophie ihren Wunsch. »Und da ich in meinem Leben wohl nie nach Afrika kommen werde, möchte ich wenigstens in dem im Prater aufgebauten Dorf sehen, wie die Menschen dort leben.«

Schon öffnete Richard den Mund zu einer Erwiderung, schloss ihn dann aber wieder. Sophie bemerkte es trotzdem. »Was spricht denn dagegen?«

»Nun, das musst du selbst herausfinden, Phiefi«, wich er ihr aus.

Nach zehn Minuten Wegs waren sie im Tiergarten am Schüttel angekommen, in dem sich das Dorf der Aschanti befand. Richard entrichtete den Eintritt und führte Sophie auf das Gelände.

In einem umzäunten Areal, das Sophie an das Gehege eines Zoos erinnerte, waren primitive Holzhütten und luftige Zelte aufgebaut. Da es kurz vor Mittag war, hockten dunkelhäutige Frauen aller Altersgruppen vor offenen Feuerstellen im Sand. Einige rührten in eisernen Töpfen. Sie trugen Turbane auf ihren Köpfen und um den Leib lediglich schreiend bunte Tücher, die sie unterhalb ihrer nackten Brüste zusammengebunden hatten.

»Oh!« Sophie schlug sich schockiert die Hand vor den Mund.

Gemäß den heißen Regionen, aus denen es stammte, sei das afrikanische Negervolk nur leicht bekleidet, hieß es in den aufdringlichen Werbeannoncen der Wiener Gazetten. Doch dass diese Kleidung bei den Frauen nur aus billigen Stoffbahnen bestand, die ihren Oberkörper nahezu frei ließen, hatte sich Sophie darunter nicht vorgestellt. Schon nahm sie das Feixen und die lüsternen Blicke einer Gruppe junger Burschen wahr, die neben ihr stand. Einige machten sogar obszöne Geräusche und die dazugehörigen Gesten, wenn eine der Frauen aufschaute.

Die wenigen Aschanti-Männer, die sich außerhalb der Hütten aufhielten, warfen den Grobianen zwar finstere Blicke zu, blieben ansonsten aber passiv.

Richard schaute in das Programm, das man ihm am Eingang in die Hand gedrückt hatte. »Gleich führen die Frauen einen Tanz auf«, teilte er Sophie mit.

Die nahm ihm das Programm aus der Hand. *Aufreizend in seiner primitiven Art,* sei dieser *Fruchtbarkeitstanz,* las sie. Plötzlich fühlte sie sich zutiefst abgestoßen.

»Das sind doch Menschen!«, raunte sie Richard zu. »Aber man beglotzt sie wie Tiere und beraubt sie jeglicher Würde. Das ist furchtbar! Komm, lass uns gehen! So habe ich mir das nicht vorgestellt.«

Sophie registrierte Richards erleichtertes Lächeln. Doch den eigentlichen Grund dafür verschwieg er ihr.

Auch Amalie hatte vor ihrer Abreise darauf bestanden, das viel gerühmte Aschanti-Dorf zu besichtigen. Während sie für die eingeborenen Frauen nur Verachtung übrig gehabt hatte, entblödete Ami sich nicht, die Armmuskeln eines der Krieger mit ihrer behandschuhten Hand zu betasten. Auch die Kleidung der Männer ließ den Oberkörper größtenteils frei. Sie hatten zuvor einen Kriegstanz aufgeführt und gingen nun am Zaun des Geheges entlang, um sich betrachten zu lassen. Und auch zu befühlen, hielt dies einer der Gaffer für angezeigt.

Richard hatte sich in Grund und Boden für Ami geschämt

und ihr auf der Rückfahrt heftige Vorwürfe gemacht. Wie üblich waren sie vollständig von ihr abgeprallt. Stattdessen trieb sie es noch auf die Spitze.

»Im *Wiener Salonblatt* steht, dass es sogar zu Unzucht dieser Wilden mit Wiener Frauen gekommen sein soll.« Ihre hellgrauen Augen nahmen jenen begehrlichen Ausdruck an, den Richard in den Zeiten zu fürchten gelernt hatte, in denen Amalie ihn noch vergeblich zu verführen trachtete. Er verkniff sich die Bemerkung, dass auch sie sich wahrscheinlich am liebsten von einem dieser »Wilden«, wie sie die Aschanti nannte, bespringen lassen würde.

Nun schüttelte er heftig den Kopf, um diese unangenehme Erinnerung zu vertreiben. »Wohin möchtest du denn als Nächstes gehen?«, lenkte er sich ab.

Sophie überlegte. »Für die Zaubervorstellung im Theater Stern ist es vor dem Mittagessen schon zu spät«, überlegte sie laut. Von ferne schlug eine Kirchturmuhr zwölfmal. »Lass uns doch einfach ein wenig bummeln und schauen, was es hier alles noch zu entdecken gibt.«

Mittlerweile hatten sie den Wurstelprater erreicht, wie der Vergnügungsteil des Praters im Volksmund genannt wurde. Vor einer Bude hatte sich eine größere Menschentraube gebildet, aus der immer wieder ein dumpf klatschendes Geräusch wie von einem Schlag, gefolgt von lautem Johlen, erklang. Neugierig traten Richard und Sophie näher. Um sich dann fast gleichzeitig angewidert abzuwenden und weiterzugehen.

Denn vor einem sogenannten Watschenmann stand eine Schlange mehr oder weniger muskelbepackter Männer. Sie alle bemühten sich nacheinander, einer überlebensgroßen männlichen Puppe mit aller Kraft ins lederüberzogene Gesicht zu schlagen, um auf diese Art ihre Kraft zu demonstrieren. Eine mit der Figur verbundene Messskala zeigte die Wucht der Schläge an, damit sich die einzelnen Kandidaten auch miteinander vergleichen konnten.

Was Sophie und Richard jedoch so abstieß, war das Aussehen des Watschenmanns. Es war zwar nur eine Negerpuppe, auf die eingeprügelt wurde. Doch es bestand kein Zweifel daran, dass ein Großteil der Wiener Praterbesucher dunkelhäutige Menschen als minderwertig empfand. Sie dienten entweder als lebendige Schauobjekte oder in Form der Puppe als Ventil, an der man seine Aggressionen ungestraft abreagieren konnte.

Niemand käme auf den Gedanken, einen Offizier der k.u.k Armee als Watschenmann aufzustellen, ging es Richard durch den Kopf, während sie schweigend weitergingen. *Das würde jedermann für eine unerhörte Beleidigung unserer ach so verehrten Armee erachten. Der Schausteller, dem eine solche Puppe gehört, befände sich noch am selben Abend in Haft.*

Schon kam die nächste Menschenansammlung in Sicht, aus der lautes Gelächter und Jubelrufe ertönten. Doch diese Gruppe bestand überwiegend aus Kindern. »Das ist das Kasperltheater«, jauchzte Sophie. »Daran erinnere ich mich! Hier war ich als Kind schon einmal mit meinem Vater.« Sophies Vater Nikolaus war bei einem Kutschenunfall ums Leben gekommen, als sie acht Jahre alt war.

Aufgeregt zog Sophie an Richards Hand, der sie ein wenig verwundert gewähren ließ. Dass sich Sophie ausgerechnet für eine Kinderbelustigung begeistern würde, hatte er nicht erwartet.

Doch Sophie war völlig hingerissen von den Figuren und dem Stück, das mit den typischen Charakteren des Kasperltheaters aufgeführt wurde. »Es ist das Spiel vom Räuber, der den Geburtstagskuchen der Großmutter geklaut hat«, flüsterte sie ihm zu. »Schau! Nun verpasst der Kasperl dem Bösewicht mit seiner Pritsche die Abreibung, die er verdient.«

Amüsiert verfolgte Richard das Geschehen. Nach und nach erkannte auch er die Geschichte wieder. Die Kinderfrau seiner um etliche Jahre jüngeren Schwestern hatte sie ihnen einst an einem Christtag mit den dabei geschenkten Handpuppen vorgespielt.

Nachdem der Räuber noch eine Reihe von Schlägen mit Kasperls Klatsche erhalten hatte, bat die blonde Gretl um Gnade für den Burschen. Als dieser zudem um Verzeihung für seinen Diebstahl flehte, da er so hungrig gewesen sei, lud die Großmutter den Räuber sogar zu ihrer Geburtstagfeier ein, zu der sie den Kuchen gebacken hatte. Sehr zum Ärger des gefräßigen Hanswurst, der sich weidlich darüber beklagte, bis der Kasperl auch ihm mit seiner Pritsche drohte. Doch am Ende reichte der Kuchen für alle.

»Wusstest du, dass der Wurstelprater der Figur des Hanswurst angeblich sogar seinen Namen verdankt?«, raunte Richard Sophie zu.

Die nickte. »Das wusste ich. Das Puppentheater gehört zu den ältesten Pratervergnügungen.«

Nach dem Ende des Stücks klatschten die Kinder begeistert Beifall. Ihre Augen strahlten vor lauter Glückseligkeit. Plötzlich durchfuhr Richard ein Stich. Der Gedanke, der ihn ausgelöst hatte, überwältigte ihn mit Macht.

In diesem Jahr hatte er seinen fünfunddreißigsten Geburtstag gefeiert. Noch stand er als Mann in der Blüte seiner Jahre. Aber würde er jemals Kinder haben? Mit Amalie war dies völlig ausgeschlossen, nicht nur weil sie womöglich gar kein Kind mehr austragen könnte. Sondern auch weil er ihr Bett seit ihrer Fehlgeburt am Tag ihrer Hochzeit mied, und daran würde sich auch nichts mehr ändern.

Und Sophie? Auch sie war inzwischen fünfundzwanzig Jahre alt. Noch nicht zu alt, um Kinder zu gebären. Aber eben auch nicht mehr die Jüngste. Würden sie je ein eigenes Kind haben? Noch schützten sie sich bei jeder leidenschaftlichen Umarmung mit den Mitteln, die eine vertrauenswürdige Hebamme Sophie empfohlen hatte, vor einer Schwangerschaft. Doch was wäre, wenn diese Mittel einmal versagten?

Im gleichen Moment wurde Richard überdeutlich bewusst, wie sehr er sich eine Familie und mehrere Kinder mit Sophie wünschte. Fast konnte er deren kleine Gesichter schon vor sich sehen. Würden sie Phiefis grüne Augen haben oder seine dunkelbraunen? Und wie würden sie heißen? Ihm gefiel der Mädchenname Susanna am besten. Aber was würde Sophie dazu sagen? Noch nie hatten sie über gemeinsame Kinder gesprochen.

Erst als sie schon fast beim Restaurant Prohaska angekommen waren, fiel Richard auf, dass auch Sophie auf dem Weg dorthin merkwürdig still geworden war. Er legte ihr den Arm um die Taille. »Woran denkst du gerade, mein Lieb?«, flüsterte er ihr ins Ohr.

Doch zu seiner gelinden Enttäuschung schüttelte sie zunächst den Kopf. Erst als sie am Tisch saßen und auf ihre Bestellung warteten, teilte ihm Sophie ihre eigenen Gedanken mit.

»Ich musste eben an all die armen Kinder denken, die in unserem Haus für bedrängte Frauen wohnen und nicht vor die Tür gehen dürfen, weil ihre gewalttätigen Väter sie sonst entführen könnten. Für die wäre es doch wunderbar, solch ein Kasperl-Theaterstück anschauen zu können. Die Anschaffung ist sicher gar nicht so teuer. Man braucht die Kulisse ...«

»Weißt du was?«, fiel ihr Richard ins Wort. »Ich kann doch meinen Burschen Clemens bitten, solch ein Theater zu basteln. Dafür genügen einige dünne Holzplatten und ein paar Farben zum Anmalen.« Er stockte und überlegte kurz. »Nur die Vorhänge müssten wir von woanders hernehmen!«

»Das dürfte gar kein Problem sein«, griff Sophie strahlend den Faden auf. »Ich spendiere den Stoff, und die meisten Frauen im Haus können nähen. Ich habe doch bereits eine Nähmaschine für sie besorgt.«

»Die Handpuppen habe ich neulich in der Auslage eines Spielwarenhändlers am Stephansplatz gesehen. Sie sind zwar recht teuer, da es Spielzeug für die Reichen ist. Doch für uns wären die Preise durchaus erschwinglich! An den Kosten beteilige ich mich gerne!«

»Ach, wie wunderbar!« Sophie klatschte vor Freude in die Hände. »Aber es müssen mindestens fünf Figuren sein! Der Kasperl, der Hanswurst, die Gretl, die Großmutter und wenigstens einer der Bösewichter!«

»Lass uns lieber zwei davon nehmen! Ich schlage den Räuber und den Zauberer vor. Damit kann man schon viele verschiedene Stücke aufführen!«

Sophie quoll das Herz vor Glück schier über. Spontan ergriff sie Richards Hand. »Ich liebe dich! Und die Kinder werden so glücklich sein. Wenn ich schon keine eigenen...!« Sie stoppte mitten im Satz und errötete. »Entschuldige, ich wollte nicht...« Unter Richards intensivem Blick verstummte sie.

»Auch ich habe eben daran gedacht, Phiefi!« Richards Stimme klang rau. »Wie schön es wäre, mit dir eine richtige Familie zu haben.«

Gemischte Gefühle drohten Sophies Brust zu zersprengen. Überströmendes Glück, große Traurigkeit und Zorn auf das unbarmherzige Schicksal wechselten einander ab. Zum Glück kam gerade der Ober mit den bestellten Speisen und ersparte es beiden, ihre Sehnsüchte tiefer zu erforschen, als es für den entspannten Tag, den sie noch miteinander verbringen wollten, gut gewesen wäre.

Etliche Stunden später fühlte sich Sophie aufs Angenehmste erschöpft. So viele Eindrücke waren auf sie eingestürmt und hatten ihre traurige Anwandlung vor dem Mittagessen beinahe verdrängt.

Wie sie es vorausgeahnt hatte, schmeckte ihr das berühmte Krebsfleisch im Restaurant Prohaska überhaupt nicht. Schon vom Geruch wurde ihr leicht übel, sodass Richard mit großem Behagen beide Portionen aufaß, die er zunächst trotz ihres Protestes bestellt hatte. Sophie war der Appetit auf eine warme Mahlzeit allerdings vergangen. Sie begnügte sich mit einem Stück Apfelstrudel mit Schlagobers.

Umso interessanter empfand sie das Ambiente im Prohaska, vor allem die achtköpfige Damenkapelle in ihren weißen Rüschenkleidern mit den hellblauen Schärpen. Gekonnt boten sie bekannte Wiener Walzermelodien dar, allen voran den Donauwalzer von Johann Strauß.

Sophie wunderte sich allerdings über den einzigen Mann, der am Harmonium mitspielte. Zumal ihr dies eher ein Fraueninstrument zu sein schien, während neben den Geigen und Bratschen so typische Instrumente für Männer wie Cello und Kontrabass und sogar die große Trommel von den Damen gespielt wurden.

Der Grund dafür ernüchterte sie vorübergehend. »Der Herr am Harmonium ist Herr Richter. Er leitet die Kapelle, die daher auch seinen Namen trägt«, erklärte der Ober auf ihre Nachfrage hin trocken.

»Ach, ich dachte, die Dame am Stehpult mit ihrer Geige wäre die Leiterin?«

Der Ober schüttelte den Kopf. »Das ist die Dirigentin. Aber der Chef ist ein Mann.«

Wie es sich gehört, ergänzte Sophie in Gedanken die Worte, die der Ober zwar nicht ausgesprochen hatte, die aber an seiner Miene deutlich abzulesen waren.

Nach dem Mittagessen besichtigten Sophie und Richard zuerst Präuschers Panoptikum mit seinen Wachsfiguren berühmter Persönlichkeiten, wie der von Kaiserin Maria Theresia, den Mumien und der grausigen Folterkammer, die Sophie allerdings rasch wieder verließ. Der nächste Höhepunkt war der Besuch der Vorstellung im kleinen Zaubertheater des Jakob Stern. Er war ein entfernter Verwandter von Mina Löb, der Sophie nach ihrer Flucht aus der Hofburg zu der Zaubertinte verholfen hatte, mit der sie ihren Stiefvater Arthur aufs Glatteis führte.

Sophie genoss die Darbietungen in vollen Zügen. Doch ihre leise und recht irreale Hoffnung, dass die »Fliegenden Münzen«, die »Wandernde Orange« oder gar die Fackel, die sich nach dem Anzünden in eine Rose verwandelte, ihr einen weiteren Ansatzpunkt bieten könnten, um ihren Stiefvater Arthur endlich ein für alle Mal loszuwerden, zerschlug sich natürlich. Trotzdem verfolgte Sophie die Kunststücke mit atemloser Spannung. Obwohl sie wusste, dass es keine Zauberei gab und selbst die »Dame ohne Unterleib« in ihrer Vitrine nur das Produkt einer optischen Täuschung war, faszinierte die Vorstellung sie über alle Maßen.

Es war schon spät am Nachmittag, als Sophie und Richard das Theater nach einem vergnüglichen Plausch mit Herrn Stern verließen. Der absolute Höhepunkt des Tages stand ihnen jedoch noch bevor:

Erst seit wenigen Monaten gab es die aufgebaute Theater- und Vergnügungsstadt »Venedig in Wien«. Im sogenannten Kaisergarten hatte man die Lagunenstadt naturgetreu nachgebaut, mit einem Panorama des Markusplatzes, begehbaren Palazzi, der berühmten Rialto-Brücke und natürlich vielen Kanälen. Auf ihnen konnten sich die Besucher in echten Gondeln zu den italienischen Gesängen der Gondolieri entlangfahren lassen, um all diese wunderbaren Sehenswürdigkeiten zu bestaunen.

Wegen des riesigen Besucheransturms gab es allerdings keinen unbegrenzten Zutritt zu diesem Gelände, sondern man musste eine Reservierung vornehmen. Richard hatte noch vor dem Besuch des Panoptikums Eintrittskarten erworben, die allerdings erst ab sieben Uhr abends gültig waren. Bis dahin hatten Sophie und Richard fast noch eine ganze Stunde Zeit.

Da sie noch keinen Hunger verspürten, zumal sie später im Ristorante Al Doge di Venezia auf dem Gelände zu Abend speisen wollten, bummelten sie zunächst ziellos durch die Gassen des Wurstelpraters. Sie beobachteten weitere Kinder, die auf den Pferden oder in den Kutschen eines Karussells jauchzend im Kreis fuhren, und bewunderten die prächtige Ausstattung dieses Ringelspiels, in deren Zentrum eine riesige Figur stand, die »Großer Chinese« genannt wurde.

An einer Schießbude schoss Richard Sophie einen ganzen Strauß künstlicher Rosen, die, aus der Nähe betrachtet, allerdings eher schäbig aussahen. Mit Richards Einverständnis verteilte Sophie die unechten Blumen an verschiedene junge Mädchen, die ihnen entgegenkamen.

Schließlich fiel ihr ein auffälliges, mit grellen Farben bemaltes Schild ins Auge. *Erforsche Deine Zukunft!*, stand darauf in riesigen Lettern. *Das Schicksal steht in Deinen Händen geschrieben!* »Lass uns dort einmal hineingehen, Richie!«, bat sie spontan.

Der runzelte skeptisch die Stirn. »Das ist alles Hokuspokus«, wandte er ein. »Die Handleser oder Chiromanten, wie sie sich nennen, sind ausgemachte Scharlatane, die einem nur das Geld aus der Tasche ziehen!«

»Es sind doch nur ein paar Heller!«, bettelte Sophie. »Und ich glaube natürlich nicht an das, was dort geweissagt wird. Aber es wäre doch ein Riesenspaß!«

Richard seufzte tragisch, bevor er amüsiert nickte. Er gab Sophie einen leichten Nasenstüber. »Also gut, wenn du darauf bestehst!«

Dann entrichtete er den geringen Eintritt. Beide traten ins Innere der Bude. Sofort stellte Sophie enttäuscht fest, dass das durch einen, mit magischen Zeichen bedruckten Vorhang abgetrennte Kabinett des Chiromanten besetzt war. Zwei weitere Frauen warteten bereits darauf, an die Reihe zu kommen. Zunächst ziellos ließ Sophie ihren Blick durch den Raum schweifen, bis ein aufwendig gestalteter Apparat ihre Blicke auf sich zog.

Sie knuffte Richard leicht in die Seite. »Schau mal, Richie! Dort gibt es ein *Internationales Heiraths-Vermittlungs-Bureau!*«

Verdutzt musterte er Sophie und folgte dann ihrem ausgestreckten Zeigefinger. »Tatsächlich!« Er grinste breit, als er das Schild las. Es war ganz oben am Automaten angebracht, der unmittelbar darunter ein nach vorn offenes Gebäude nachstellte, in dem sich eine Gruppe papierener Figuren befand.

Dann packte auch ihn der Mutwille. »Dann sollten wir doch einmal schauen, wen uns der Automat als Ehepartner empfiehlt!«

Beim Näherkommen erkannten sie, dass es im unteren Teil des Geräts links die Auswurfschlitze für Damen und rechts die für Herren gab. Der Automat versprach jedem Ratsuchenden nach dem Einwurf von je drei Zweiheller-Münzen eine genaue Beschreibung des zukünftigen Bräutigams beziehungsweise der Braut. Richard kramte in den Taschen seiner leinenen Hose nach Kleingeld.

»Du zuerst!«, entschied er. »Denn du bist ja noch ledig!« Kaum waren ihm die Worte entschlüpft, hätte er sich am liebsten die Zunge abgebissen. Doch Sophie sah darin offenbar gar keinen Affront. Ihre Wangen glühten vor Aufregung, ihre Augen blitzten.

Richard warf drei Kupfermünzen in den Schlitz der Damenseite des Automaten. Sie hörten die Münzen klappernd in den Bauch des Apparats fallen. Dann zog Sophie an der Klappe direkt unterhalb des Geldeinwurfs und fischte einen Zettel heraus.

»Ihr Bräutigam«, las sie fröhlich vor, »ist ein schneidiger Kavallerieoffizier in der k.u.k. Armee Seiner Majestät.«

Sie hob den Kopf und lächelte schelmisch. »So weit stimmt die Beschreibung schon einmal.«

Richard schmunzelte. »Ich wette, dass jeder Zettel diesen Satz enthält. Denn welche Dienstmagd wünscht sich nicht einen schneidigen Kavallerieoffizier zum Mann?«

Doch Sophie las schon wieder. Ihre Augen weiteten sich, ihre Hand mit dem Zettel begann zu zittern. Sie bewegte lautlos die Lippen, bis sie zum Ende der Beschreibung gekommen war.

Dann hielt sie Richard schweigend den Zettel hin. Mittlerweile war sie totenblass geworden. Beunruhigt riss er ihr das Papier aus der Hand und konnte anfangs selbst kaum fassen, was daraufstand.

Ihr Bräutigam ist ein stattlicher Mann von über 1,80 Meter Größe. Er hat braune Haare und Augen und trägt einen kurzen Schnauzer. Im Gesicht hat er eine Narbe von einem Gefecht.

In seiner Jugend war er recht leichtsinnig. Doch jetzt in gesetzterem Alter hat er einen ausgeprägten Gerechtigkeitssinn entwickelt und setzt sich für das Gute ein.

Als seine Braut wird er Sie auf Händen tragen und Ihnen jeden Wunsch von den Augen ablesen. Doch noch steht Ihnen beiden ein Hindernis im Weg, bevor alles zu einem guten Ende kommen wird.

Völlig verdattert schaute Richard Sophie an. »Was ... was für ein unglaublicher Zufall«, stammelte er zunächst. Um sich nach einer kurzen Weile zu schütteln wie ein junger Hund. »Doch auf den zweiten Blick betrachtet, werden hier eigentlich nur Allgemeinplätze verkündet. Viele Offiziere haben braune Haare und Augen und tragen einen Schnauzer anstatt eines Vollbarts. Und als Soldat ist auch eine Narbe nichts Seltenes. Zu guter Letzt sind Offiziere in ihrer Jugend oft leichtfertig, auch das ist nichts Besonderes.«

»Und ... und das Hindernis?«

Richard lachte kurz auf. »Ist ebenfalls für einen Offizier nicht außergewöhnlich. Die meisten können sich aufgrund ihres mageren Solds nicht erlauben zu heiraten und brauchen außerdem dazu die Erlaubnis ihres Vorgesetzten. Die keinesfalls immer erteilt wird.«

Langsam fasste er sich wieder. »Also, sehr geschickt gemacht, dieser Automat hier mit seinen Vermittlungstexten. Die Beschreibungen des Bräutigams passen auf Tausende junger Männer im Reich. Und trotzdem ist man im ersten Moment geneigt zu glauben, man sei selbst in persona gemeint.«

»Nun gut!«, stimmte Sophie mit einem schiefen Lächeln zögernd zu. »Dann wird sich jetzt ja erweisen, ob und inwieweit der Automat recht hat, wenn er dir deine Braut beschreibt.« Sie streckte die Hand aus und ließ die Münzen selbst in den Einwurfschlitz fallen.

»Du wirst sehen, Phiefi! Mir prophezeit das Ding eine Matrone in fortgeschrittenem Alter, vielleicht eine Wittib mit drei halbwüchsigen Kindern und Haaren auf den Zähnen. Oder sogar auf der Oberlippe.«

Trotz seiner spöttischen Worte begann sich sein Puls zu beschleunigen, als Richard nun seinen eigenen Zettel herauszog. Mit lauter Stimme begann er vorzulesen:

»*Ihre Braut ist um etliche Jahre jünger als Sie, doch trotzdem kein junges Madl mehr, sondern eine gestandene Frau.* Siehst du? Wieder nur Allgemeinplätze! Welcher Mann wünscht sich schon eine Braut, die älter ist als er selbst, oder gar einen albernen Backfisch?«

»Lies weiter!«, drängte ihn Sophie. Sie lächelte nicht. Aus ihr unerfindlichen Gründen schlug ihr das Herz bis zum Hals.

»*Ihre Braut ist blondhaarig und hat …*«, Richards Stimme wurde leiser, »*Augen, so grün wie Smaragde.*«

Auch seine Hand begann nun zu zittern. »*Sie macht sich nicht viel aus Geld und Gut, obwohl sie sehr wohlhabend ist. Sie hat ein großes Herz und kümmert sich gern um die Armen. Besonders liegen ihr Kinder am Herzen!*« Richards Stimme war nun so leise, dass Sophie ihn kaum mehr verstand.

»*Sie weiß, dass Sie noch unerreichbar für sie sind. Doch sie hat Geduld und wird bis zum letztlich guten Ende auf Sie warten.*« Diese letzten Worte las Sophie selbst. Richard stand wie zur Salzsäule erstarrt. Sie musste ihm den Zettel aus der Hand ziehen.

Richard erholte sich als Erster von der Überraschung, die sie beide gelähmt hatte. »Das ist ein Zaubertrick, Phiefi! Stimmt's? Das hast du mit diesem Herrn Stern, dessen Vorstellung wir heute besucht haben, irgendwie arrangiert!«

Sophie schüttelte den Kopf. Sie brauchte drei Anläufe, bevor sie wieder sprechen konnte. »Nein, Richie! Stern hat hiermit überhaupt nichts zu tun. Es ist lediglich reiner, unglaublicher Zufall!«

Noch immer ganz perplex wanderten sie eine Weile ziellos herum und begaben sich dann zum Eingang des Themenparks »Venedig in Wien«. Doch die fröhliche, unbeschwerte Stimmung von vorher wollte sich zwischen ihnen nicht mehr einstellen. Mechanisch absolvierten sie die Gondelfahrt zwischen den Palazzi, ohne wirklich etwas von der wunderbaren Umgebung zu sehen oder den milden Sommerabend zu genießen. Nicht einmal für die herrlichen Vasen und Schalen der Glasbläser aus Murano hatte Sophie einen Blick. Da ihnen weder nach dem geplanten Souper noch dem Tanz, der den Abschluss des Tages bilden sollte, zumute war, verließen sie den Park schon nach einer Stunde.

Hand in Hand kehrten sie zu ihrem Mieteinspänner zurück und hielten sich dabei in innigem Schweigen an den Händen. Erst als Richard von der Prater-Hauptallee in die Wiener Innenstadt abbog, fand er seine Sprache wieder.

»Wenn es kein unglaublicher Zufall war, dann eben ein Fingerzeig des Himmels, Phiefi.« Seine Stimme klang rau. »Doch Fortuna ist unbeständig in ihrer Gunst. Wir werden unserem Glück daher selbst auf die Sprünge helfen müssen.«

»Eine großartige Familiensage«

LOVELYBOOKS.DE

672 Seiten
Band 1

704 Seiten
Band 2

736 Seiten
Band 3

Alle Romane sind auch als E-Book erhältlich

www.goldmann-verlag.de
www.facebook.com/goldmannverlag

Um die ganze Welt des
GOLDMANN Verlages
kennenzulernen, besuchen Sie uns doch
im Internet unter:

www.goldmann-verlag.de

Dort können Sie
nach weiteren interessanten Büchern *stöbern*,
Näheres über unsere *Autoren* erfahren,
in *Leseproben* blättern, alle *Termine* zu Lesungen und
Events finden und den *Newsletter* mit interessanten
Neuigkeiten, Gewinnspielen etc. abonnieren.

Ein *Gesamtverzeichnis* aller Goldmann Bücher finden
Sie dort ebenfalls.

Sehen Sie sich auch unsere *Videos* auf YouTube an und
werden Sie ein *Facebook*-Fan des Goldmann Verlags!

www.goldmann-verlag.de
www.facebook.com/goldmannverlag